Michael Crichton wurde am 23. Oktober 1942 in Chicago geboren. Er absolvierte das Harvard College und die Harvard Medical School. Nach seiner Promotion war er 1969 Dozent am Salk Institute in La Jolla, Kalifornien. Neben mehreren Filmen und Sachbüchern haben ihm vor allem seine Romane weltweiten Ruhm gebracht. *Andromeda* und *DinoPark* sind bei Droemer Knaur erschienen. *Nippon Connection* wurde mit Sean Connery in der Hauptrolle verfilmt.

D1859139

Von Michael Crichton sind
außerdem erschienen:

Andromeda (Band 3258)
DinoPark (Band 60021)

Dieses Buch wurde auf chlor- und säurefreiem Papier gedruckt.

Vollständige Taschenbuchausgabe November 1993
Droemersche Verlagsanstalt Th. Knaur Nachf., München
© 1992 für die deutschsprachige Ausgabe
Droemersche Verlagsanstalt Th. Knaur Nachf., München
Das Werk einschließlich aller seiner Teile ist urheberrechtlich geschützt.
Jede Verwertung außerhalb der engen Grenzen des Urheberrechtsgesetzes ist ohne Zustimmung des Verlages unzulässig und strafbar.
Das gilt insbesondere für Vervielfältigungen, Übersetzungen,
Mikroverfilmungen und die Einspeicherung und Verarbeitung in
elektronischen Systemen.
© 1992 Michael Crichton
Titel der Originalausgabe »Rising Sun«
Originalverlag Alfred A. Knopf, New York
Umschlaggestaltung Charlie Dengler, München
Umschlagabbildung mit freundlicher Genehmigung der
Twentieth Century Fox, Frankfurt/M.
Druck und Bindung Ebner Ulm
ISBN 3-426-60223-7

4 5 3

Michael Crichton

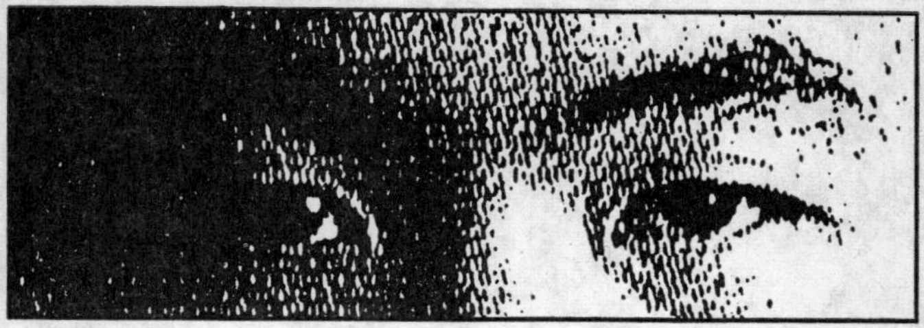

Nippon Connection

Roman

Aus dem Amerikanischen
von Michaela Grabinger

Knaur

Bei diesem Buch handelt es sich um einen Roman. Die dargestellten Figuren, Institutionen und Firmen sind fiktiv und in keinerlei Zusammenhang mit lebenden Personen bzw. mit real existierenden Unternehmen oder Einrichtungen zu bringen.
Der Realität dagegen entspricht die Darstellung der Vorgehensweise bestimmter japanischer Konzerne (Toshiba, Sumitomo, Matsushita, Nintendo, Mitsubishi, Panasonic und Minolta), japanischer Politiker (Takeshita und Tanaka) sowie amerikanischer Firmen (Fairchild, Houdaille, Cray, Research, Sears, Emerson, RCA und General Electric).

Für meine Mutter
Zula Miller Crichton

Wir stehen am Beginn eines Zeitalters,
in dem die alten Regeln nicht mehr gelten.

PHILLIP SANDERS

Geschäft ist Krieg.

JAPANISCHES SPRICHWORT

LOS ANGELES POLICE DEPARTMENT
ABSCHRIFT INTERNER AUFZEICHNUNGEN
VERTRAULICH ZU BEHANDELN

Inhalt: Abschrift einer auf Video aufgezeichneten Befragung des Detective Peter J. Smith im Zusammenhang mit dem Nakamoto-Mord (A8895–404), 13.–15. März

Diese Abschrift ist Eigentum des Los Angeles Police Department und ausschließlich für den internen Gebrauch bestimmt.
Das Recht, den Text zu kopieren, aus ihm zu zitieren, ihn anderweitig zu vervielfältigen bzw. den Inhalt dieses Dokuments an Außenstehende weiterzugeben, ist gesetzlich eingeschränkt. Bei Zuwiderhandlung droht schwere Bestrafung.

Anfallende Nachfragen sind weiterzuleiten an den
Abteilungsleiter Interne Angelegenheiten
Los Angeles Police Department
Postfach 2029
Los Angeles, CA 92038-2029
Telefon: (213) 555-7600
Telefax: (213) 555-7812

ABSCHRIFT DER AUF VIDEO AUFGEZEICHNETEN BEFRAGUNG VON DET. P. J. SMITH, 13.–15. MÄRZ

Betrifft: Nakamoto-Mord

Angaben zur Befragung: Die befragte Person (Lt. Smith) wurde an drei aufeinanderfolgenden Tagen, von Montag, 13. März, bis Mittwoch, 15. März, insgesamt 22 Stunden lang vernommen. Die Befragung wurde auf S-VHS/SD-Videokassetten festgehalten.

Angaben zur Szenerie: Die befragte Person (Smith) sitzt an einem Schreibtisch in Video-Raum 4 des Polizeipräsidiums Los Angeles. An der Wand hinter der befragten Person ist eine Uhr zu sehen. Der Bildausschnitt zeigt die Schreibtischplatte, eine Kaffeetasse sowie den Oberkörper der befragten Person. Die befragte Person trägt Jackett und Krawatte (1. Tag), Hemd und Krawatte (2. Tag) bzw. Hemd mit aufgekrempelten Ärmeln (3. Tag). Der Timecode befindet sich in der unteren rechten Ecke des Videobildes.

Zweck der Befragung: Klärung der Frage, welche Rolle die befragte Person im Zusammenhang mit dem Nakamoto-Mord (A8895-404) spielt. Die für die Befragung Verantwortlichen waren Detective T. Conway und Detective P. Hammond. Die befragte Person verzichtete auf ihr Recht, einen Anwalt hinzuzuziehen.

Stand der Ermittlungen in obengenanntem Mordfall: Der Fall ist bisher nicht aufgeklärt.

ABSCHRIFT DER AUFZEICHNUNG VOM 13. MÄRZ (1)

Befrager: Okay. Das Band läuft jetzt. Nennen Sie bitte Ihren Namen fürs Protokoll!

Befragte Person: Peter James Smith

B.: Nennen Sie Ihr Alter und Ihren Dienstgrad!

P.J.S.: Ich bin vierunddreißig Jahre alt und Lieutenant im Sonderdezernat des Los Angeles Police Department.

B.: Lieutenant Smith, es wird Ihnen, wie Sie wissen, im Augenblick kein kriminelles Vergehen zur Last gelegt.

P.J.S.: Ja, ich weiß.

B.: Sie haben dennoch das Recht, sich hier durch einen Anwalt vertreten zu lassen.

P.J.S.: Ich verzichte auf dieses Recht.

B.: Okay. Und sind Sie in irgendeiner Weise gezwungen worden, hierherzukommen?

P.J.S.: (lange Pause) Nein. Nein, ich bin nicht gezwungen worden.

B.: Okay. Wir möchten jetzt mit Ihnen über den Nakamoto-Mord sprechen. Wann sind Sie zum erstenmal mit diesem Fall in Berührung gekommen?

P.J.S.: Am Donnerstag, dem 9. Februar, abends gegen einundzwanzig Uhr.

B.: Wie ging das vor sich?

P.J.S.: Ich war daheim und erhielt einen Telefonanruf.

B.: Und was taten Sie gerade, als dieser Anruf kam?

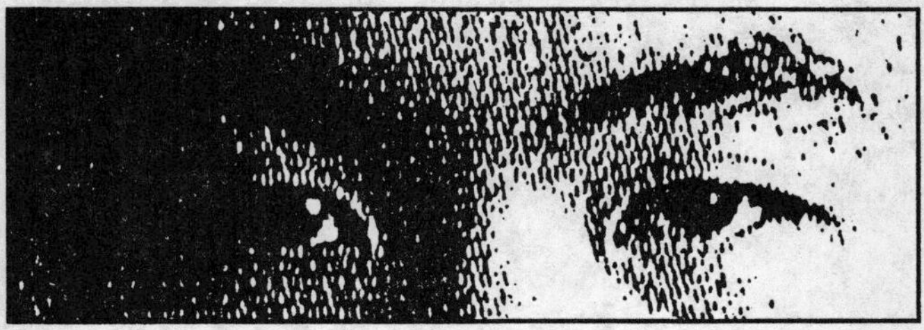

Die erste Nacht

Ich saß auf meinem Bett in meiner Wohnung in Culver City, sah mir bei abgeschaltetem Ton das Spiel der Lakers an und versuchte dabei, Vokabeln für meinen Japanisch-Anfängerkurs zu büffeln.

Es war ein ruhiger Abend. Gegen acht Uhr hatte ich es geschafft, meine Tochter zum Einschlafen zu bringen, und nun ertönten aus dem Kassettenrecorder auf meinem Bett von einer fröhlichen Frauenstimme gesprochene Sätze wie: »Hallo, ich bin Polizist. Kann ich Ihnen helfen?« oder »Bitte, geben Sie mir die Speisekarte!« Nach jedem Satz folgte eine Pause, in der ich das Ganze auf Japanisch wiederholen sollte, und ich stotterte es herunter, so gut ich konnte. Manchmal fiel es mir schwer, mich zu konzentrieren, aber ich gab mir redliche Mühe. »Mr. Hayashi hat zwei Kinder.«

Ich versuchte es zu übersetzen. *»Hayashi-san wa kodomo ga san... sannin...«* Ich stieß einen Fluch aus.

Die Frauenstimme war inzwischen schon beim nächsten Satz: »Dieses Getränk schmeckt nicht gut.«

Neben dem aufgeschlagenen Lehrbuch lagen eine leicht demolierte Puppe, die ich für meine Tochter Michelle reparieren sollte, ein Fotoalbum und die Bilder von der Kinderparty zu Michelles zweitem Geburtstag. Das Fest lag schon vier Monate zurück, aber ich hatte die Fotos noch immer nicht eingeklebt; solche Sachen schiebe ich immer lange vor mir her.

»Um vierzehn Uhr findet eine Besprechung statt.«

Die Fotos auf meinem Bett entsprachen der Realität bereits nicht mehr. Inzwischen sah Michelle ganz anders aus als vor vier Monaten. Sie war viel größer und längst aus dem teuren Kleid herausgewachsen, das meine Exfrau ihr gekauft hatte: schwarzer Samt mit einem weißen Spitzenkragen.

Auf den Bildern steht meine Exfrau ständig im Mittelpunkt; sie hält Michelle die Torte hin, damit das Kind die Kerzen auspusten kann, und hilft ihm beim Auspacken der Geschenke. Man hat den

Eindruck von einer hingebungsvollen Mutter. In Wirklichkeit lebt meine Tochter bei mir, und meine Exfrau kümmert sich nicht allzusehr um sie. Sie taucht nur an jedem zweiten Besuchswochenende auf, und mit dem Beitrag zum Unterhalt nimmt sie es auch nicht gerade genau. Wenn man sich die Fotos ansieht, würde man das freilich kaum glauben.

»Wo ist die Toilette?«

»Ich habe ein Auto. Wir können zusammen fahren.«

Ich büffelte weiter. Offiziell war ich an diesem Abend natürlich im Dienst, ich hatte nämlich Bereitschaftsdienst als Officer des Sonderdezernats und mußte mit Anrufen aus dem Präsidium in der Innenstadt rechnen. Aber der 9. Februar fiel auf einen ruhigen Donnerstag, und ich erwartete keine größeren Aktionen. Bis neun Uhr waren nur drei Anrufe eingegangen.

Zum Sonderdezernat gehört unter anderem der Diplomatische Dienst der Polizei. Wir sind zuständig, wenn es Probleme mit Diplomaten und Prominenten gibt, und stellen Ausländern, die, aus welchem Grund auch immer, mit der Polizei in Berührung kommen, Dolmetscher und Kontaktleute zur Verfügung. Der Job ist sehr abwechslungsreich, aber nicht besonders anstrengend. Wenn ich Bereitschaftsdienst habe, erreichen mich normalerweise fünf, sechs Anrufe mit der Bitte um Hilfe; Notfälle sind nie darunter. Es ist kaum je nötig, ins Auto zu steigen und irgendwo hinzufahren. Kein Vergleich mit der Arbeit eines für die Presse zuständigen Officers – das war ich nämlich, bevor ich ins Sonderdezernat kam.

Wie auch immer, beim ersten Anruf am Abend des 9. Februar ging es um Fernando Conseca, den chilenischen Vizekonsul. Ein Streifenwagen hatte ihn angehalten; Ferny saß betrunken hinter dem Steuer, machte jedoch sein Recht auf diplomatische Immunität geltend. Ich sagte den Streifenpolizisten, sie sollten ihn nach Hause bringen, und notierte mir den Vorfall, um mich am nächsten Tag wieder einmal beim Konsul zu beschweren.

Eine Stunde darauf riefen Kollegen aus Gardena an. Sie hatten nach einer Schießerei in einem Restaurant einen Verdächtigen festgenommen, der nur Samoanisch sprach, und wollten nun einen Dolmetscher. Ich sagte, daß ich ihnen einen besorgen könne, alle Samoaner allerdings Englisch sprächen, weil das Land schon seit Jahren amerikanisches Territorium ist. Daraufhin meinten die Detectives, sie würden es auch so schaffen. Dann kam ein Anruf, in dem mir mitgeteilt wurde, daß Übertragungswagen des Fernsehens die Feuerwehrzufahrten zum Aerosmith-Konzert blockierten. Ich ordnete an, die Sache der Feuerwehrzentrale zu übergeben. Die folgende Stunde hindurch blieb es ruhig. Ich widmete mich wieder meinem Lehrbuch und meiner Singsang-Frau, die mir Sachen wie »Gestern war es regnerisch« vorplapperte.

Dann rief Tom Graham an.

»Es geht um die verdammten Japsen«, sagte er. »Kaum zu fassen, was die sich erlauben. Am besten kommst du gleich her, Pete-*san*. Figueroa Street 1100, Ecke Seventh Street. Im neuen Nakamoto-Gebäude.«

»Was ist denn passiert?« fragte ich. Graham ist ein guter Detective, aber er neigt dazu, alles aufzubauschen.

»Was los ist, willst du wissen? Die verdammten Japsen wollen den Kontaktmann des Sonderdezernats sprechen, das ist los. Und der bist nun mal du, Junge. Die sagen, sie lassen die Polizei nicht weiterermitteln, bevor der Kontakt-Officer da ist.«

»Nicht weiterermitteln? Was ist passiert?«

»Mordsache. Eine Weiße, an die fünfundzwanzig, wahrscheinlich vergewaltigt. Liegt mitten im Konferenzsaal, alle viere von sich gestreckt. Netter Anblick, kann ich dir sagen. Komm her, so schnell du kannst!«

»Ist das Musik im Hintergrund?« fragte ich.

»Ja, Mensch. Hier ist 'ne Riesenparty im Gang: großer Empfang zur Einweihung des Nakamoto Tower. Aber jetzt fahr endlich los, ja?«

Ich rief meine Nachbarin, Mrs. Ascenio, an und fragte, ob sie bereit wäre, auf Michelle aufzupassen; den kleinen Nebenverdienst konnte sie immer gut brauchen. Während ich auf sie wartete, wechselte ich das Hemd und zog meinen guten Anzug

an. Dann klingelte wieder das Telefon. Es war Fred Hoffmann, Einsatzleiter im Bereich Innenstadt, ein kleiner, zäher Kerl mit grauen Haaren. »Hör mal, Pete, ich glaube, du könntest Unterstützung brauchen.«
»Wie kommst du denn darauf?«
»Sieht ganz so aus, als hätten wir da einen Mordfall, in den Japaner verwickelt sind. Könnte heikel werden. Wie lange bist du schon Kontakt-Officer?«
»Seit einem halben Jahr ungefähr.«
»Ich an deiner Stelle würde mir in dieser Sache einen erfahrenen Mann zur Seite stellen. Hol Connor ab, und fahr mit ihm zum Tatort!«
»Wen?«
»John Connor. Der Name dürfte dir doch wohl bekannt sein.«
»Klar«, sagte ich. Jeder in unserer Abteilung kannte diesen Namen. Der Mann war eine lebende Legende, der versierteste Officer des Sonderdezernats. »Aber ist der nicht längst im Ruhestand?«
»Er ist für unbestimmte Zeit beurlaubt, aber er arbeitet noch an den Fällen mit, in die Japaner verwickelt sind. Ich glaube, er könnte sehr hilfreich für dich sein. Weißt du was, ich rufe ihn selber an, dann kannst du schon mal losfahren und ihn abholen.«
Hoffmann gab mir die Adresse.
»Okay, danke.«
»Und noch was: Verdeckte Kommunikation in diesem Fall, okay, Pete?«
»Gut. Wer hat das angeordnet?«
»Ist einfach besser so.«
»Wie du meinst, Fred.«

Verdeckte Kommunikation, das hieß die Finger vom Funktelefon zu lassen, damit unsere Übermittlungen nicht von den Medien abgefangen werden konnten, die den Polizeifunk ständig abhörten. In bestimmten Situationen war das durchaus angebracht. Wenn beispielsweise Liz Taylor mal wieder ins Krankenhaus ging, wechselten wir auf verdeckte Kommunikation über. Oder

wenn etwa der Sohn irgendeines Prominenten bei einem Autounfall ums Leben gekommen war, schalteten wir auf verdeckte Kommunikation, um sicherzustellen, daß die Eltern benachrichtigt wurden, bevor die Fernsehteams ihnen die Tür einrannten. Daß die verdeckte Kommunikation jedoch jemals bei einem Mordfall angeordnet worden war, hatte ich noch nie gehört.
Ich ließ also, während ich Richtung Innenstadt fuhr, das Funktelefon in Ruhe und hörte Radio. Man hatte einen dreijährigen Jungen angeschossen, er sei jetzt von der Hüfte abwärts gelähmt, hieß es. Das Kind sei zufällig während eines Überfalls auf einen Supermarkt von einer verirrten Kugel ins Rückgrat getroffen worden, und es...
Ich schaltete auf einen anderen Sender und erwischte eine Talk-Show. Vor mir tauchten schon die Lichter der Wolkenkratzer auf, deren Spitzen im Dunst verschwanden. Bei der Ausfahrt San Pedro verließ ich den Freeway.
Das einzige, was ich über Connor wußte, war, daß er eine Zeitlang in Japan gelebt und sich dort Kenntnisse der japanischen Sprache und Kultur erworben hatte. In den sechziger Jahren war er der einzige Officer gewesen, der fließend Japanisch sprach, obwohl Los Angeles schon damals die meisten Japaner außerhalb des Mutterlandes zählte.
Inzwischen verfügt das Los Angeles Police Department über mehr als achtzig Officers, die Japanisch können – und über noch mehr, die wie ich die Sprache zu erlernen versuchen. Connor war vor einigen Jahren ausgeschieden. Aber die Kontakt-Officers, die mit ihm zusammengearbeitet hatten, stimmten alle darin überein, daß er der beste war. Er war berühmt für seine Schnelligkeit; manchmal hatte er einen Fall innerhalb von Stunden gelöst. Er stand im Ruf, ein geschickter Detective und ein hervorragender Vernehmer zu sein, der aus Zeugen Informationen herausholte, die sonst keiner bekam. Am meisten aber lobten die Kollegen seine unparteiische Vorgehensweise. Einer sagte mal zu mir: »Wenn man es mit Japanern zu tun hat, ist das immer ein Drahtseilakt. Früher oder später fällt da jeder runter, entweder auf der einen Seite oder auf der anderen. Manche finden die

Japaner toll und sagen, sie könnten gar kein Unrecht begehen, für andere wiederum sind sie miese Gauner. Connor dagegen hält immer die Balance. Er bleibt in der Mitte und weiß immer ganz genau, was zu tun ist.«

John Connor wohnte im Industriegebiet an der Seventh Street in einem großen, noch aus Ziegelsteinen errichteten Lagerhaus neben einem Lastwagendepot. Der Aufzug in dem Gebäude funktionierte nicht. Ich ging zu Fuß in den dritten Stock und klopfte an Connors Tür.

»Ist offen«, sagte eine Stimme.

Ich betrat eine kleine Wohnung. Das Wohnzimmer, in dem sich niemand befand, war im japanischen Stil eingerichtet: Tatami-Matten, Shoji-Schiebewände und Holztäfelung. Eine Schriftrolle mit kalligraphischen Zeichen, ein schwarzes Lacktischchen, eine Vase mit einer einzelnen, weiß leuchtenden Orchidee.

Neben der Tür standen zwei Paar Schuhe, ein Paar Herren-Halbschuhe und ein Paar hochhackige Damenpumps.

»Captain Connor?« rief ich.

»Augenblick!«

Einer der Shoji wurde zurückgeschoben, und Connor stand vor mir. Er war erstaunlich groß, ungefähr einen Meter neunzig, und trug einen *yukata*, einen leichten japanischen Hausmantel, aus blauer Baumwolle. Ich schätzte den Mann auf fünfundfünfzig. Er war breitschultrig, hatte schütteres Haar, einen gepflegten Schnurrbart, harte Gesichtszüge und einen durchdringenden Blick. Seine Stimme war tief, er strahlte große Ruhe aus.

»Guten Abend, Lieutenant.«

Wir gaben uns die Hand. Connor musterte mich von oben bis unten und nickte zufrieden. »Gut. Durchaus vorzeigbar.«

»Ich hatte früher mit der Presse zu tun. Da weiß man nie, ob man nicht plötzlich vor eine Kamera muß.«

Er nickte. »Und jetzt sind Sie also im Sonderdezernat?«

»Ja.«

»Wie lange sind Sie schon Kontakt-Officer?«

»Seit sechs Monaten.«

»Sprechen Sie Japanisch?«
»Ein bißchen. Ich lerne es gerade.«
»Es dauert nur noch ein paar Minuten. Ich muß mir etwas anderes anziehen.« Er drehte sich um und verschwand hinter der Schiebewand. »Ein Mord also?«
»Ja.«
»Wer hat Sie verständigt?«
»Tom Graham. Er leitet die Ermittlungen am Tatort. Er sagt, daß die Japaner auf der Anwesenheit eines Kontakt-Officers bestehen.«
»Verstehe.« Eine Weile hörte ich nur Wasser laufen. »Ist das üblich?«
»Nein. Ich habe noch nie gehört, daß so etwas vorgekommen ist. Normalerweise fordern unsere Officers Kontaktleute an, weil es Sprachprobleme gibt. Ich habe noch nie gehört, daß Japaner das tun.«
»Ich auch nicht«, sagte Connor. »Hat Graham Sie gebeten, mich mitzubringen? Tom Graham und ich stehen nämlich nicht gerade auf gutem Fuß miteinander.«
»Nein, es war Fred Hoffmanns Idee. Er meinte, ich hätte noch nicht genug Erfahrung, und sagte, er würde Sie benachrichtigen.«
»Dann sind Sie also zweimal daheim angerufen worden?«
»Ja.«
»Verstehe«, sagte Connor und trat, seine Krawatte bindend, ins Zimmer. Er trug jetzt einen dunkelblauen Anzug. »Wir müssen uns beeilen.« Er warf einen Blick auf seine Armbanduhr. »Wann hat Graham Sie angerufen?«
»Gegen neun.«
»Dann sind schon vierzig Minuten vergangen. Los jetzt, Lieutenant! Wo steht Ihr Wagen?«
Wir liefen die Treppe hinunter.

Ich fuhr die San Pedro Street hinauf und bog dann links in die Second Street ein, Richtung Nakamoto-Gebäude. Feiner Dunst hing in den Straßen. Connor sah zum Fenster hinaus. »Wie gut ist Ihr Gedächtnis?« fragte er.

»Ziemlich gut, glaube ich.«
»Können Sie mir die Telefongespräche, die Sie heute abend geführt haben, wiederholen? Möglichst detailliert. Wortwörtlich, wenn es geht.«
»Ich werd's versuchen.«
Ich rekapitulierte die Gespräche. Connor hörte kommentarlos zu, ohne mich zu unterbrechen. Ich wußte nicht, was ihn daran so interessierte, und er erklärte es mir auch nicht. Als ich fertig war, sagte er: »Von wem die Anordnung ›verdeckte Kommunikation‹ kommt, hat Ihnen Hoffmann nicht gesagt?«
»Nein.«
»Na ja, ist auf jeden Fall keine schlechte Idee. Ich benütze nie das Funktelefon, wenn es sich vermeiden läßt. Da hören heutzutage einfach zu viele Leute mit.«
Ich bog in die Figueroa Street ein. Vor dem neuen Nakamoto Tower waren Scheinwerfer aufgestellt. Das mit grauen Granitplatten verkleidete Gebäude ragte hoch in den Nachthimmel. Ich scherte rechts aus, öffnete das Handschuhfach und nahm einen Pack Visitenkarten heraus.
Auf ihnen stand: DETECTIVE LIEUTENANT PETER J. SMITH, KONTAKT-OFFICER DES SONDERDEZERNATS LOS ANGELES POLICE DEPARTMENT – englisch auf der einen, japanisch auf der anderen Seite.
Connor betrachtete die Karten. »Wie wollen Sie in dieser Sache vorgehen, Lieutenant? Hatten Sie es schon mal mit Japanern zu tun?«
»Eigentlich noch nie«, sagte ich. »Ein paar Festnahmen wegen Trunkenheit am Steuer, das war bisher so ziemlich alles.«
»Dann möchte ich Ihnen eine Strategie vorschlagen, nach der wir beide vorgehen sollten«, sagte Connor höflich.
»Sehr gut, einverstanden! Ich bin Ihnen dankbar, wenn Sie mir helfen.«
»Also gut: Da Sie der Kontakt-Officer sind, wird es das beste sein, wenn Sie nach unserem Eintreffen die Führung übernehmen.«
»Okay.«
»Mich stellen Sie gar nicht erst vor, Sie erwähnen mich überhaupt nicht. Sie dürfen nicht mal in meine Richtung sehen.«

»Okay.«
»Ich bin ein Niemand. Sie allein haben die Verantwortung.«
»In Ordnung.«
»Es empfiehlt sich, so formell wie möglich aufzutreten. Stehen Sie gerade, und lassen Sie Ihr Jackett immer zugeknöpft! Wenn man sich vor Ihnen verbeugt, unterlassen Sie es, sich ebenfalls zu verbeugen; reagieren Sie mit einem leichten Kopfnicken. Ein Ausländer wird niemals das japanische Zeremoniell des Verbeugens meistern. Versuchen Sie es erst gar nicht.«
»Okay«, sagte ich.
»Wenn Sie mit den Japanern sprechen, denken Sie daran, daß sie nicht gern verhandeln! Für sie ist das viel zu direkt. Untereinander vermeiden sie es, wo immer sie können.«
»Okay.«
»Machen Sie möglichst wenig Bewegungen. Am besten halten Sie Ihre Arme immer an den Seiten. Japaner empfinden ausladende Gesten als bedrohlich. Sprechen Sie langsam, mit leiser, ruhiger Stimme!«
»Okay.«
»Wenn es geht.«
»Okay.«
»Es wird Ihnen vielleicht schwerfallen. Japaner können einen sehr verunsichern, und heute abend wird das mit großer Wahrscheinlichkeit so sein. Versuchen Sie Ihr Möglichstes! Aber was immer auch geschieht, verlieren Sie auf keinen Fall die Nerven!«
»Ja, gut.«
»Das wäre ein extrem unpassendes Verhalten.«
»Geht in Ordnung«, sagte ich.
Connor lächelte. »Ich bin überzeugt, Sie werden Ihre Sache gut machen. Wahrscheinlich brauchen Sie meine Hilfe gar nicht. Aber wenn Sie nicht weiterkommen, werde ich sagen: ›Vielleicht kann ich helfen.‹ Das ist dann das Zeichen, daß ich die Gesprächsführung übernehme. Von diesem Augenblick an rede nur noch ich. Ich möchte, daß Sie dann kein Wort mehr sagen, auch wenn man Sie direkt anspricht. Okay?«
»Okay.«

»Selbst wenn Sie sprechen möchten – Sie lassen sich nichts mehr entlocken.«
»Ich verstehe.«
»Noch etwas: Egal, was ich tue, Sie dürfen kein Erstaunen zeigen. Ganz egal, was ich tue.«
»Okay.«
»Sobald ich übernommen habe, stellen Sie sich halbrechts hinter mich. Setzen Sie sich niemals hin! Und schauen Sie nie herum; Sie dürfen keine Sekunde lang unkonzentriert wirken. Denken Sie daran: Sie kommen aus einer ganz anderen Kultur als die Japaner. Alles, was Sie tun, hat eine Bedeutung für sie. Jede Einzelheit Ihrer äußeren Erscheinung und Ihres Auftretens fällt auf Sie zurück, auf die Polizei und auf mich als den Älteren und *senpai.«*
»Okay, Captain.«
»Irgendwelche Fragen?«
»Was ist ein *senpai*?«
Connor lächelte.
Wir fuhren an den Scheinwerfern vorbei die Rampe hinunter, die zur Tiefgarage führte.
»In Japan«, erklärte mir Connor, »ist ein *senpai* ein älterer Mann, der einen jüngeren Mann, einen sogenannten *kōhai*, führt. Solche *senpai-kōhai*-Beziehungen sind etwas durchaus Übliches. Wenn ein älterer und ein jüngerer Mann zusammenarbeiten, wird diese Konstellation meist vorausgesetzt. Bei uns erwarten sie wahrscheinlich auch dergleichen.«
»So eine Art Meister und Lehrling?« fragte ich.
»Nicht ganz. Die *senpai-kōhai*-Beziehung ist ein bißchen anders geartet: eher wie ein fürsorglicher Vater sich gegenüber seinem Sohn verhält. Vom *senpai* wird erwartet, daß er seinem *kōhai* gegenüber Nachsicht walten läßt und alle jugendlichen Exzesse und Fehltritte des Jüngeren toleriert.« Connor grinste. »Aber ich bin sicher, daß Sie mich vor solchen verschonen werden.«
Wir hatten das Ende der Rampe erreicht und überblickten den flachen, weiten Raum der Tiefgarage. Connor sah stirnrunzelnd durch die Scheibe. »Wo sind die denn alle?«
Die Garage des Nakamoto Tower war voller Limousinen, deren

Chauffeure lesend an den Wagen lehnten oder sich miteinander unterhielten. Aber es waren keine Polizeiautos zu sehen. Normalerweise ist der Tatort eines Mordes angestrahlt wie ein Weihnachtsbaum, und es herrscht reger Betrieb: ein halbes Dutzend Streifenwagen, der Leichenbeschauer, Sanitäter und was sonst noch alles dazugehört.

Hier war nichts davon auszumachen. Man fühlte sich wie in der Garage eines Hauses, in dem gerade eine Party stattfindet: Schicke Leute standen in Gruppen herum und warteten auf ihre Autos.

»Interessant«, sagte ich.

Wir hielten an. Die Parkwächter öffneten die Türen. Ich stieg aus und trat auf einen weichen Teppich. Unter den Klängen leiser Musik gingen Connor und ich Richtung Aufzug. Elegant gekleidete Leute kamen uns entgegen: Männer im Smoking, Frauen in teuren Abendgarderoben. Und in der Nähe der Lifttüren stand in einem speckigen Cordsamtjackett, hastig eine Zigarette paffend, Tom Graham.

Graham war früher einmal Halfback im Football-Team der University of Southern California gewesen, aber zum Spitzenspieler hatte er es nie gebracht. Diese Episode haftete ihm an wie ein Charakterzug; es war, als würde ihm die entscheidende Beförderung ewig versagt bleiben, als würde er auf der Karriereleiter eines Detective die nächste Sprosse nach oben nie schaffen. Er hatte sich von einem Dezernat ins andere versetzen lassen und doch nie einen Bereich gefunden, in dem es ihm gefiel, oder einen Kollegen, mit dem er gut ausgekommen wäre. Weil er nie ein Blatt vor den Mund nahm, hatte er unter den Vorgesetzten wenig Freunde, und jetzt, mit neununddreißig, standen die Chancen für ein berufliches Weiterkommen für ihn sehr schlecht. Er war verbittert, schroff und hatte stark zugenommen – ein massiger, schwerfälliger Kerl, ein unangenehmer Mensch: Er hatte eine miese Art, andere niederzumachen. In seinen Augen war mensch-

liche Integrität ein Zeichen für Schwäche, und jedem, der das anders sah, begegnete er mit Sarkasmus.
»Hübscher Anzug«, sagte er zu mir, als ich auf ihn zuging. »Siehst todschick aus, Peter.« Er zupfte mir ein imaginäres Fädchen vom Revers.
Ich ignorierte es. »Wie läuft's denn, Tom?«
»Ihr solltet bei dieser Party mitmachen, anstatt hier zu ermitteln, Leute.« Er wandte sich an Connor und schüttelte ihm die Hand. »Hallo, Jack. Wer hatte denn die Idee, Sie aus dem Bett zu holen?«
»Ich bin nur als Beobachter hier«, erwiderte Connor sanft.
»Fred Hoffmann hat mich gebeten, ihn mitzunehmen«, sagte ich.
»Ist mir sehr recht, daß Sie da sind. Ich kann ein bißchen Hilfe gebrauchen. Ziemlich angespannte Atmosphäre da oben.«
Wir gingen weiter zu den Aufzügen. Ich sah noch immer keine anderen Polizisten und fragte: »Wo sind denn alle?«
»Gute Frage«, erwiderte Graham. »Die haben es geschafft, alle unsere Leute hinten beim Lieferanteneingang festzuhalten. Die behaupten, der Lastenaufzug wäre am schnellsten. Reden andauernd davon, wie wichtig ihr großer Eröffnungsempfang ist und daß er von nichts und niemandem gestört werden darf.«
Die Lifttüren kontrollierte ein uniformierter japanischer Wachmann, der uns abschätzig musterte. »Die beiden hier gehören zu mir«, sagte Graham. Der Wachmann nickte, sah uns jedoch mit zusammengekniffenen Augen mißtrauisch nach.
Wir stiegen ein.
»Scheißjapaner!« sagte Graham, als sich die Tür hinter uns geschlossen hatte. »Das hier ist immer noch unser Land. Noch sind wir hier die Polizei in unserem eigenen Land!«
Durch die Glaswände der Kabine sahen wir vor uns Downtown Los Angeles, während wir im leichten Dunst nach oben fuhren. Genau gegenüber stand das hell erleuchtete Arco-Gebäude.
»Weißt du eigentlich, daß diese Aufzüge verboten sind?« fragte mich Graham. »Laut Gesetz dürfen Aufzüge aus Glas nur bis in den neunzigsten Stock gebaut werden, und dieses Gebäude hat siebenundneunzig Stockwerke. Es ist das höchste in Los Angeles. Aber das ganze Gebäude hier ist ja im Grunde ein einziger

Ausnahmefall. In sechs Monaten haben sie es hochgezogen. Und weißt du, wie? Die haben Fertigteile aus Nagasaki eingeflogen und sie hier zusammengebaut. Ohne einen einzigen amerikanischen Bauarbeiter. Hatten eine Sondererlaubnis, so daß sie unsere Gewerkschaften umgehen konnten, und zwar wegen eines sogenannten technischen Problems, mit dem angeblich nur Japaner fertig werden konnten. Glaubst du diesen Mist?«
Ich zuckte mit den Achseln. »Immerhin sind sie damit bei den Gewerkschaften durchgekommen.«
»Beim *Stadtrat* sind sie damit durchgekommen, Mensch!« sagte Graham. »Aber natürlich nur mit Geld. Und wenn eines klar ist, dann, daß die Japaner Geld haben. Damit haben sie sich von der Bebauungsbeschränkung freigekauft und von der Erdbebenverordnung. Die haben alles erreicht, was sie wollten.«
Ich hob die Schultern. »So ist das eben in der Politik.«
»Was du nicht sagst! Weißt du, daß die nicht mal Steuern zahlen? Ja, mein Freund, die Stadt erläßt ihnen acht Jahre lang die Grundsteuer. Wir sind wirklich dabei, dieses Land aus der Hand zu geben.«
Eine Weile fuhren wir schweigend weiter hinauf. Graham starrte nach draußen. Es waren Hochgeschwindigkeits-Fahrstühle von Hitachi, ausgestattet mit der allerneuesten Technik. Die schnellsten und angenehmsten Aufzüge der Welt. Wir tauchten in dichteren Dunst ein.
Ich wandte mich wieder an Graham: »Wollen Sie uns irgend etwas über diesen Mord erzählen, oder soll es eine Überraschung werden?«
»Verdammt, ja, na klar«, sagte Graham und schlug seinen Notizblock auf. »Also: Der Anruf kam um zwanzig Uhr zweiunddreißig. Irgend jemand sagte, es gebe da ›ein Problem‹, eine Leiche müsse ›entsorgt‹ werden. Es war ein Mann mit starkem asiatischem Akzent, sprach nicht gut Englisch. Die Frau in der Telefonzentrale bekam kaum mehr als eine Adresse aus ihm raus: Nakamoto Tower. Zwei Streifenpolizisten fahren hin, kommen dort um zwanzig Uhr neununddreißig an und sehen, daß es sich um einen Mord handelt. Im sechsundvierzigsten Stock, das ist eine Büro-

Etage. Das Opfer ist circa fünfundzwanzig Jahre alt, eine Weiße. Sieht sagenhaft aus, das Mädchen. Na, Sie werden's ja selbst sehen. Jedenfalls haben die beiden uns dann sofort verständigt. Ich bin mit Merino hergefahren und war um sieben vor neun hier. Ungefähr zur gleichen Zeit sind die Leute von der Spurensicherung aufgetaucht, Fingerabdrücke, Fotos et cetera. Soweit okay?«

»Ja«, sagte Connor und nickte.

»Wir wollten gerade anfangen, da kommt plötzlich so ein Japse von der Nakamoto Corporation in einem Tausend-Dollar-Anzug angelaufen und behauptet, er habe Anspruch auf ein Gespräch mit dem Kontakt-Officer des Police Department, bevor irgend etwas in ihren verdammten Büros untersucht werden darf. Und dann sagt er noch, wir hätten ja gar nicht das Recht und lauter so Zeug. Ich frage ihn daraufhin, was der Scheiß soll – schließlich haben wir es hier ganz offensichtlich mit einem Mord zu tun. Ich wünschte diesen Kerl zum Teufel, aber dieser Japse spricht ausgezeichnetes Englisch und kennt sich ziemlich gut mit den Gesetzen aus. Und plötzlich sind wir alle ein bißchen – na ja – unruhig geworden. Schließlich hat es ja keinen Sinn, Ermittlungen anzustellen, wenn sie dann vor Gericht für unzulässig erklärt werden, oder? Und dieser Japse besteht auf der Anwesenheit des Kontakt-Officer, bevor wir irgend etwas unternehmen dürfen. Er spricht so verdammt gut Englisch, daß ich überhaupt nicht kapiere, wo eigentlich das Problem liegt. Ich dachte immer, diese ganze Kontakt-Sache ist für Leute, die kein Englisch können, aber dieser Typ riecht geradezu nach einem Jurastudium in Stanford. Na, auch egal.« Er seufzte.

»Und dann hast du mich angerufen«, sagte ich.

»Hm.«

»Wie heißt dieser Nakamoto-Mensch?«

»Verdammt.« Graham durchblätterte seinen Notizblock. »Ishihara, Ishiguri – so irgendwie.«

»Hast du seine Karte? Er muß dir doch seine Karte gegeben haben.«

»Ja, hat er auch. Aber die habe ich Merino gegeben.«

»Sind noch irgendwelche anderen Japaner da?« fragte ich.

»Soll das ein Witz sein?« fragte Graham. »Die schwirren da oben in Massen rum. Das reinste Disneyland ist das.«
»Ich spreche vom Tatort.«
»Ich auch«, sagte Graham. »Wir können sie nicht rauswerfen. Sie sagen, es ist ihr Gebäude, sie haben das Recht dazubleiben. Heute ist die große Feier zur Eröffnung des Nakamoto Tower, und sie sind berechtigt, da zu sein, bla, bla, bla.«
»Wo findet diese Eröffnungsfeier statt?« fragte ich.
»Ein Stockwerk unter dem Tatort, in der fünfundvierzigsten Etage. Da is 'ne Riesensause im Gang. Dürften so an die achthundert Leute sein. Filmstars, Senatoren, Kongreßabgeordnete – was das Herz begehrt. Madonna soll da sein, habe ich mir sagen lassen, und Tom Cruise und Senator Kennedy. Senator Hammond auch, und Elton John und Senator Morton. Bürgermeister Thomas ist auch da und Staatsanwalt Wyland. Hey, vielleicht ist sogar deine Exfrau da, Pete! Die arbeitet doch noch für Wyland, oder?«
»Ja, soviel ich weiß.«
Graham seufzte. »Muß toll sein, einen Anwalt auszunehmen, statt sich von ihm ausnehmen zu lassen. Mal was anderes zur Abwechslung.«
Ich hatte keine Lust, mich über meine Exfrau zu unterhalten, und sagte: »Wir haben nicht mehr viel Kontakt miteinander.«
Ein leises Klingeln ertönte, dann sagte der Aufzug: »*Yonjūsan-kai.*«
Graham betrachtete die Leuchtziffern über der Tür. »Ist das zu fassen?«
»*Yonjūyon-kai*«, sagte der Aufzug. »*Mamonaku tōchaku itashi masu.*«
»Was heißt das?«
»Wir haben das angegebene Stockwerk gleich erreicht.«
»Scheiße«, murmelte Graham. »Wenn ein Aufzug schon unbedingt reden muß, dann bitte auf englisch. Wir sind hier immer noch in Amerika!«
»Aber nur noch fast«, sagte Connor, den Blick nach draußen gerichtet.

»*Youjūgo-kai*«, sagte die Aufzugstimme.
Die Tür öffnete sich.

Graham hatte recht, es war eine Riesensause. Die ganze Etage war im Stil eines Ballsaals der vierziger Jahre dekoriert, Männer in Anzügen, Frauen in Cocktailkleidern, eine Band spielte Glenn Miller. Vor der Aufzugtür stand ein grauhaariger, sonnengebräunter Mann mit athletischen Schultern, der mir irgendwie bekannt vorkam. Er trat in den Aufzug und sagte, an mich gewandt: »Erdgeschoß, bitte.« Er roch nach Whiskey.
Sofort war ein zweiter, junger Mann im dunklen Anzug an seiner Seite. »Dieser Lift fährt nach oben, Senator.«
»Was?« sagte der grauhaarige Mann.
»Dieser Lift fährt nach oben, Sir.«
»Ich will aber *hinunter*.« Er artikulierte überdeutlich, wie es Betrunkene oft tun.
»Ja, Sir. Das weiß ich, Sir«, erwiderte sein Assistent mit aufgesetzter Fröhlichkeit. »Wir nehmen einfach den nächsten Lift, Senator!« Er packte den grauhaarigen Mann fest am Ellbogen und bugsierte ihn aus dem Fahrstuhl. Die Tür ging zu.
»Hier kannst du deine Steuerdollars bei der Arbeit sehen«, sagte Graham. »Hast du ihn erkannt? Senator Stephen Rowe. Nett, ihn hier zu treffen, wo er doch im Senatsausschuß für Finanzen mitarbeitet: die regeln nämlich die Bestimmungen für japanische Importe. Aber Rowe ist ja einer der ganz großen Weiberhelden, genau wie sein Kumpel Senator Kennedy.«
»Ach ja?«
»Und saufen soll er auch nicht schlecht.«
»Das habe ich gemerkt.«
»Deshalb hat er auch diesen jungen Schnösel dabei. Der muß auf ihn aufpassen, damit er keine Dummheiten macht.«
Der Aufzug hielt im sechsundvierzigsten Stock. Ein leises elektronisches Klingeln ertönte. »*Youjūrkou-kai. Goriyou arigatō gozaimashita*.«
»War aber auch Zeit«, sagte Graham. »Vielleicht können wir jetzt endlich anfangen zu arbeiten.«

Die Aufzugtür öffnete sich. Eine Wand aus blauen Anzugrücken starrte uns an. Mindestens zwanzig Männer drängten sich in dem kleinen Bereich unmittelbar vor dem Aufzug. Dicke Schwaden Zigarettenrauch hingen in der Luft.
»Durchlassen, durchlassen!« rief Graham, während er sich einen Weg durch die Leute bahnte. Ich folgte ihm. Connor ging schweigend, fast wie ein Unbeteiligter hinter mir her.
Der sechsundvierzigste Stock beherbergte die Büros der Firmenleitung von Nakamoto Industries und war wirklich beeindrukkend. Von der Empfangsecke neben den Aufzügen aus konnte ich die ganze Etage überblicken: ein einziger, riesiger Raum, ungefähr sechzig mal vierzig Meter, halb so groß wie ein Football-Feld. Jedes Detail steigerte noch den Eindruck von Weiträumigkeit und Eleganz. Die Decke war sehr hoch und mit Holz getäfelt. Die Möbel bestanden ausschließlich aus Holz und Stoff in Schwarz und Grautönen. Der Teppichboden war dick und dämpfte die Geräusche, und zusätzlich sorgte das weiche Licht für eine angenehme, luxuriöse Atmosphäre. Das Ganze ähnelte mehr einer Bankhalle als einer Büroetage. Der Halle der reichsten Bank, die man je gesehen hatte.
Man mußte einfach stehenbleiben und schauen. Ich war jetzt hinter dem gelben Band, das den Tatort absperrte und den weiteren Zugang in den riesigen Raum verhinderte. Direkt vor mir befand sich ein großes Atrium, ein offener Arbeitsbereich für Sekretärinnen und kleinere Angestellte. Die Schreibtische waren in Gruppen plaziert, dazwischen standen große Kübelpflanzen, die den Raum auflockerten. In der Mitte des Atriums ragte ein großes Modell des Nakamoto Tower und der angrenzenden Gebäude, die sich noch im Bau befanden, in die Höhe. Das Modell war mit einem Scheinwerfer angestrahlt; ansonsten wirkte das Atrium trotz der Nachtbeleuchtung dunkel.
Rund um das Atrium gruppierten sich die Büros der Firmenleitung. Die Wände zum Atrium und die Außenfront waren aus Glas, so daß ich von meinem Standpunkt aus direkt auf die Wolkenkratzer von Los Angeles sehen konnte. Es war, als würde die Etage in der Luft schweben.

Rechts und links vom Atrium befanden sich Konferenzsäle, deren Wände ebenfalls aus Glas waren. Der rechte war kleiner; dort lag die Leiche des Mädchens auf einem langen schwarzen Tisch. Blut sah ich nicht. Aber ich war ziemlich weit entfernt, sechzig Meter vielleicht. Einzelheiten konnte man da kaum erkennen.

Ich hörte das Krächzen aus den Polizeifunkgeräten, und dann sagte Graham: »Ich habe jetzt den Kontakt-Officer, meine Herren. Vielleicht können wir hier jetzt endlich mit unseren Ermittlungen anfangen. Peter?«

Ich drehte mich zu den Japanern um, die vor dem Aufzug standen. Ich wußte nicht, wen ich ansprechen sollte, und es entstand eine peinliche Pause.

Schließlich trat einer der Herren vor. Er war etwa fünfunddreißig und trug einen teuren Anzug. Er nickte mir zu, es war nur die Andeutung einer Verbeugung. Ich nickte zurück, und er begann zu sprechen.

»*Konbanwa. Hajimemashite, Sumisu-san. Ishiguro desū. Dōzo yoroshiku.*« Das war eine formale, aber ziemlich oberflächliche Begrüßungsfloskel. Offenbar wollte er keine Zeit verschwenden. Er hieß Masao Ishiguro. Meinen Namen kannte er bereits.

Ich sagte: »*Hajimemashite. Watashi wa Sumisu desu. Dōzo yoroshiku.*« Guten Abend. Ich freue mich, Sie kennenzulernen. Das übliche eben.

»*Watashi no meishi desu. Dōzo.*« Er gab mir seine Visitenkarte. Seine Bewegungen waren hastig, ruckartig.

»*Dōmo arigatō gozaimasu.*« Ich ergriff die Karte mit beiden Händen, was im Grunde nicht notwendig gewesen wäre, aber nach dem, was Connor mir geraten hatte, wollte ich alles so formell wie möglich abwickeln. Ich überreichte ihm nun meine Karte. Das Ritual verlangte, daß beide die Karten lasen und irgendeinen Kommentar abgaben oder eine Frage stellten, beispielsweise: »Ist das Ihre Büronummer?«

Ishiguro nahm meine Karte mit einer Hand und fragte: »Ist das Ihre Privatnummer, Detective?« Ich war überrascht. Er sprach ein akzentfreies Englisch, das man nur während eines langen

Aufenthalts im Land, und zwar von früher Jugend an, lernen kann. Er mußte hier die Universität besucht haben, wohl als einer der vielen Japaner, die in den siebziger Jahren in Amerika studiert hatten. Damals hatten sie einhundertfünfzigtausend Studenten pro Jahr zu uns geschickt, damit sie das Land kennenlernten. Und wir schickten jedes Jahr ganze zweihundert unserer Studenten nach Japan.

»Ja, die untere Nummer ist meine Privatnummer«, antwortete ich.

Ishiguro steckte meine Karte in seine Hemdtasche. Ich setzte zu einer Höflichkeitsfloskel über seine Karte an, aber er schnitt mir das Wort ab. »Hören Sie, Detective, ich glaube, wir können uns die Förmlichkeiten sparen. Das einzige Problem, das es hier gibt, besteht in der Unverschämtheit Ihres Kollegen.«

»Meines Kollegen?«

Ishiguro machte eine Kopfbewegung zur Seite. »Der Dicke da, Graham. Seine Forderungen sind unzumutbar, und wir verwahren uns mit aller Entschiedenheit gegen seine Absicht, hier heute abend Ermittlungen durchzuführen.«

»Aber wieso denn, Mr. Ishiguro?« fragte ich.

»Sie haben nicht das Recht, hier Ermittlungen durchzuführen.«

»Wie kommen Sie denn darauf?«

Ishiguro schnaubte verächtlich. »Ich denke, das müßte sogar Ihnen klar sein.«

Ich blieb cool. Fünf Jahre als Detective und das eine Jahr in der Presseabteilung hatten mich gelehrt, cool zu bleiben. »Nein, Sir, ich fürchte, da ist gar nichts klar.«

Er warf mir einen verächtlichen Blick zu. »Tatsache ist, Sir, daß kein Grund zu der Annahme besteht, der Tod dieses Mädchens könne in irgendeiner Weise mit unserem Empfang im Stockwerk darunter zu tun haben.«

»Ich habe den Eindruck, daß sie ein Partykleid trägt...«

Er unterbrach mich schroff. »Ich denke, Sie werden mit großer Wahrscheinlichkeit zu der Erkenntnis gelangen, daß sie an einer Überdosis Rauschgift gestorben ist. Ihr Tod hat also nichts mit unserem Fest zu tun. Oder sind Sie anderer Meinung?«

Ich atmete tief durch. »Ja, Sir, ich bin anderer Meinung. Zumindest solange keine Ermittlung durchgeführt wurde.« Ich holte noch einmal tief Luft. »Mr. Ishiguro, ich respektiere Ihre Bedenken, aber ...«

»Ich bezweifle, daß Sie das tun«, unterbrach mich Ishiguro ein zweites Mal. »Ich bestehe darauf, daß Sie Rücksicht nehmen auf die Lage, in der sich das Unternehmen Nakamoto am heutigen Abend befindet. Dies ist ein überaus wichtiges Ereignis für uns, eine *offizielle* Angelegenheit. Da ist es nur natürlich, daß wir Befürchtungen hegen, unsere Interessen könnten durch unbegründete Behauptungen über den Tod einer Frau Schaden nehmen – um so mehr, als es sich um eine völlig unbedeutende Person handelt...«

»Eine unbedeutende Person?«

Ishiguro machte eine wegwerfende Handbewegung. Er schien das Gespräch mit mir leid zu sein. »Das ist doch ganz offensichtlich, sehen Sie sie doch nur an. Diese Frau ist eine Prostituierte. Ich kann mir nicht vorstellen, wie sie überhaupt in dieses Gebäude gekommen ist. Und aus diesem Grund protestiere ich entschieden gegen die Absicht von Detective Graham, alle Gäste unseres Empfangs zu befragen. Das ist eine Zumutung. Unter diesen Leuten befinden sich Senatoren, Kongreßabgeordnete und hohe Beamte von Los Angeles. Sie stimmen mir sicherlich zu, daß so prominente Menschen es als äußerst unangenehm empfinden würden, wenn...«

»Einen Augenblick mal«, sagte ich. »Detective Graham hat Ihnen gesagt, daß er alle Gäste des Empfangs vernehmen will?«

»Das hat er mir gesagt, ja.«

Jetzt begann ich endlich zu verstehen, warum ich hierhergerufen worden war. Graham mochte die Japaner nicht und hatte damit gedroht, ihnen die Fete zu verderben. Das war natürlich völlig aussichtslos. Es war ausgeschlossen, daß er Senatoren der Vereinigten Staaten verhören würde, vom Staatsanwalt oder Bürgermeister ganz zu schweigen, solange er die Absicht hatte, am nächsten Tag wieder zur Arbeit anzutreten. Aber er ärgerte sich über die Japaner und hatte beschlossen, sie zu schikanieren.

»Wir könnten unten eine Registrationsstelle einrichten«, sagte ich zu Ishiguro. »Dort können sich Ihre Gäste abmelden, wenn sie gehen.«
»Das dürfte schwierig sein«, erwiderte Ishiguro. »Sie werden ja wohl zugeben, daß...«
»So und nicht anders werden wir es machen, Mr. Ishiguro.«
»Aber es ist extrem problematisch für uns...«
»Mr. Ishiguro!«
»Verstehen Sie denn nicht, daß uns das große Schwierigkeiten...«
»Es tut mir leid, Mr. Ishiguro. Ich habe Ihnen gerade erklärt, wie die Polizei vorzugehen gedenkt.«
Er reckte den Hals. Es entstand eine kurze Pause. Er wischte sich den Schweiß von der Oberlippe und sagte: »Ich bin sehr enttäuscht, Lieutenant, daß Sie sich uns gegenüber so wenig kooperativ zeigen.«
»Kooperativ?« Jetzt wurde ich wirklich sauer. »Mr. Ishiguro, Sie haben hier eine tote Frau liegen, und es ist unsere Pflicht zu ermitteln, was da vorgefallen...«
»Aber Sie müssen doch die besonderen Umstände berücksichtigen!«
In diesem Augenblick hörte ich Graham sagen: »Verdammt, was soll *das* denn?«
Ich warf einen Blick über die Schulter und sah einen kleinen, bebrillten Japaner etwa zwanzig Meter hinter der Absperrung. Er fotografierte den Tatort. Seine Kamera war so klein, daß sie fast in seiner Hand verschwand. Es schien ihn gar nicht zu berühren, daß er unter dem gelben Band durchgeschlüpft war, um Fotos zu machen. Während ich ihn beobachtete, kam er langsam rückwärts auf uns zu, hob kurz die Hand, schoß ein Foto und drückte sofort wieder ein Auge hinter der Metallbrille zu, um die nächste Aufnahme vorzubereiten. Seine Bewegungen waren zielstrebig, gleichzeitig wirkte er völlig gelassen.
Graham ging zur Absperrung und sagte: »Mensch, kommen Sie sofort raus da! Das ist ein Tatort! Sie können doch nicht einfach Aufnahmen machen!« Der Mann reagierte nicht, sondern ging

weiter rückwärts. Graham drehte sich zu uns um. »Wer ist der Kerl?«
»Einer unserer Angestellten«, antwortete Masao Ishiguro. »Mr. Tanaka. Er arbeitet im Sicherheitsdienst unseres Unternehmens.«
Es war nicht zu fassen. Die Japaner ließen einfach einen ihrer Angestellten innerhalb der Absperrung herumspazieren und Spuren verwischen. Es war unglaublich. »Holen Sie ihn da raus!« sagte ich.
»Er macht doch nur Fotos.«
»Das darf er nicht.«
»Aber die sind für den internen Gebrauch unseres Unternehmens bestimmt«, wandte Ishiguro ein.
»Das ist mir völlig egal, Mr. Ishiguro«, sagte ich. »Er darf die Absperrung nicht durchschreiten, und er darf keine Fotos machen. Sagen Sie ihm, daß er den Tatort auf der Stelle verlassen soll! Außerdem möchte ich bitte den Film haben.«
»Wie Sie wünschen.« Ishiguro sagte hastig etwas auf japanisch. Ich drehte mich um und bekam gerade noch mit, wie Tanaka unter dem gelben Band durchschlüpfte und in der Ansammlung blauer Anzüge vor dem Aufzug verschwand, hinter der sich die Lifttür öffnete und sofort wieder schloß.
Dieses Arschloch! Ich wurde wirklich wütend. »Mr. Ishiguro, Sie behindern hier eine offizielle polizeiliche Ermittlung!«
Ishiguro erwiderte ganz ruhig: »Sie müssen unsere Lage verstehen, Detective Smith. Selbstverständlich setzen wir volles Vertrauen in die Polizei von Los Angeles, aber es muß uns gestattet sein, eigene Nachforschungen anzustellen, und deshalb müssen wir...«
Eigene Nachforschungen! Dieser Scheißkerl! Plötzlich konnte ich gar nichts mehr sagen vor Zorn. Ich ballte die Faust, ich sah rot. Ich hatte gute Lust, Ishiguro festnehmen zu lassen. Am liebsten hätte ich ihn gepackt, mit dem Gesicht gegen die Wand gedreht, ihm Handschellen angelegt und...
»Vielleicht kann ich helfen, Lieutenant«, hörte ich jemanden hinter mir sagen.

Ich drehte mich um. Es war John Connor. Er lächelte mich fröhlich an.
Ich trat zur Seite.

Connor trat vor Ishiguro, verneigte sich leicht und überreichte ihm seine Karte. »*Totsuzen shitsurei desuga, jikoshōkai shitemo yoroshii desuka. Watashi wa John Connor to mōshimasu. Meishi o dōzo. Dōzo yoroshiku.*« Er sprach sehr schnell.
»John Connor?« fragte Ishiguro. »*Der* John Connor? *Omeni kakarete kōei desu. Watashi wa Ishigura desu. Dōzo yoroshiku.*« Es sei ihm eine Ehre, Connor kennenlernen zu dürfen.
»*Watashi no meishi desu. Dōzo.*« Eine elegante Dankesformel.
Nachdem die Formalitäten abgeschlossen waren, verlief die Unterhaltung zwischen den beiden so rasch, daß ich nur hin und wieder ein einzelnes Wort verstand. Ich mußte aber aufmerksam und interessiert erscheinen, mußte zusehen und nicken, dabei hatte ich in Wahrheit keine Ahnung, über was sie sprachen. Einmal hörte ich, wie Connor mich als *wakaimono* bezeichnete, was soviel bedeutete wie sein Schützling oder Lehrling. Er sah mich mehrmals streng an und schüttelte dabei den Kopf wie ein bekümmerter Vater. Offenbar entschuldigte er sich für mich. Ich hörte auch, daß er Graham einmal einen *bushitsuki* nannte, einen unangenehmen Menschen.
Diese Entschuldigungen verfehlten ihre Wirkung nicht. Ishiguro beruhigte sich, lockerte die Haltung und wurde zusehends entspannter. Er lächelte sogar. Schließlich sagte er: »Sie werden also die Identität unserer Gäste nicht prüfen?«
»Selbstverständlich nicht«, antwortete Connor. »Ihre verehrten Gäste können kommen und gehen, wie es ihnen beliebt.«
Ich wollte einen Einwand vorbringen, aber Connor warf mir einen Blick zu.
»Es ist nicht nötig, daß sie sich ausweisen«, fuhr er in formeller Sprechweise fort, »denn ich bin sicher, daß kein Gast der Nakamoto Corporation jemals in einen so unglücklichen Vorfall verwickelt sein könnte.«
»Ist doch sonnenklar!« knurrte Graham vor sich hin.

Ishiguro strahlte übers ganze Gesicht. Ich dagegen war wütend. Connor hatte mich widerlegt. Er hatte mich zum Idioten gemacht. Und zu allem Überfluß hielt er sich nicht an das übliche Vorgehen der Polizei. Möglicherweise drohten uns allen deswegen noch gewaltige Schwierigkeiten. Verärgert vergrub ich mit einem Ruck beide Hände in den Taschen und wandte mich ab.

»Ich bin Ihnen sehr dankbar für Ihre umsichtige Vorgehensweise in dieser delikaten Situation, Captain Connor«, sagte Ishiguro.

»Ich habe ja gar nichts gemacht«, erwiderte Connor, während er sich wieder einmal verbeugte. »Ich hoffe jedoch, daß Sie es jetzt für angemessen halten, das Stockwerk räumen zu lassen, damit die Polizei mit ihren Ermittlungen beginnen kann.«

Ishiguro blinzelte ihn verständnislos an. »Das Stockwerk räumen lassen?«

»Ja«, sagte Connor und nahm ein Notizbuch aus der Tasche. »Und bitte, helfen Sie mir dabei, den Namen jedes dieser Herren dort hinter Ihnen zu erfahren, während Sie sie einzeln auffordern, die Etage zu verlassen!«

»Wie bitte?«

»Die Namen der Herren hinter Ihnen, bitte!«

»Darf ich fragen, wozu?«

Connors Gesichtsausdruck verdüsterte sich, und er stieß einen japanischen Satz hervor, dessen Inhalt ich nicht verstand. Ishiguro lief knallrot an.

»Es tut mir leid, Captain Connor, aber ich sehe keinerlei Grund dafür, daß Sie in diesem Ton mit mir…«

Da verlor Connor seine Contenance. Er explodierte förmlich. Er beugte sich ganz nah zu Ishiguro vor, fuchtelte mit ausgestrecktem Zeigefinger vor dessen Gesicht herum und schrie: *»Iikagen ni shiro! Soko o doke! Kiiterunoka!«*

Völlig überrumpelt von diesem verbalen Angriff zog Ishiguro den Kopf ein und wandte sich ab.

Connor sah auf ihn hinunter und sagte mit harter, sarkastisch klingender Stimme: *»Doke! Doke! Wakaranainoka?«* Dabei deutete er wütend auf die vor der Aufzugtür herumstehenden Japaner, die angesichts dieses offenen Zornausbruchs geflissentlich wegblickten und nervös an ihren Zigaretten zogen. Aber sie machten keine Anstalten zu gehen.

»Hey, Richie!« rief Connor. Richie Walters war der Fotograf der Mordkommission. »Mach ein paar Erkennungsfotos von den Kerlen, ja?«

»Geht in Ordnung, Captain.« Richie hob die Kamera ans Auge, schritt die Reihe der Männer ab und drückte in schneller Folge auf den Auslöser.

Ishiguro wurde plötzlich ganz aufgeregt, trat vor die Kamera und hielt abwehrend die Hände in die Höhe. »Einen Augenblick, einen Augenblick, was soll das?«

Doch die Japaner hatten beim Anblick der aufflackernden Blitzlichter sofort den Rückzug angetreten; sie stoben weg wie ein Schwarm Fische. Innerhalb weniger Sekunden waren sie fort. Wir hatten das Stockwerk für uns. So ganz ohne seine Kollegen sah Ishiguro äußerst unbehaglich drein.

Er sagte etwas auf japanisch. Offenbar das Falsche.

»Ach?« sagte Connor. »Nein. *Sie* sind an allem schuld. *Sie* sind der Grund für die Schwierigkeiten, die wir hier haben. Und *Sie* werden dafür sorgen, daß meine Detectives jede Unterstützung erhalten, die sie brauchen. Ich will mit derjenigen Person sprechen, die die Leiche entdeckt hat, und mit derjenigen, die uns telefonisch verständigt hat. Ich will den Namen eines jeden, der sich seit dem Auffinden der Leiche in diesem Stockwerk aufgehalten hat. Und ich will den Film aus der Kamera von Tanaka. *Ore wa honkida*. Wenn Sie diese Ermittlungen weiterhin behindern, nehme ich Sie fest.«

»Aber ich muß erst meine Vorgesetzten verständigen...«

»*Namerunayo*.« Connor rückte ihm wieder bedrohlich nahe. »Hören Sie auf mit diesen Mätzchen, Ishiguro-*san!* Gehen Sie, und lassen Sie uns endlich unsere Arbeit tun!«

»Selbstverständlich, Captain«, sagte Ishiguro mit einer steifen, kurzen Verbeugung. Dann ging er. Er wirkte ziemlich unglücklich.

Graham kicherte. »Dem haben Sie's ganz schön gegeben.«

Connor drehte sich mit einem Ruck zu ihm um. »Was fällt Ihnen

ein, ihm zu sagen, Sie würden alle Gäste seiner Party vernehmen?«
»Ach was, ich wollte ihn doch nur ein bißchen ärgern«, erwiderte Graham. »Ist doch völlig ausgeschlossen. Den Bürgermeister vernehmen! Oder? Kann ich was dafür, wenn diese Arschlöcher keinen Humor haben?«
»Sie haben durchaus Humor, Graham, und der Gelackmeierte hier sind Sie! Ishiguro hatte heute abend ein Riesenproblem, und mit Ihrer Hilfe hat er es gelöst.«
»Mit *meiner* Hilfe?« Graham runzelte die Stirn.
»Es ist doch offensichtlich«, erklärte ihm Connor, »daß die Japaner die Ermittlungen verzögern wollten. Mit Ihrer aggressiven Vorgehensweise haben Sie ihnen den Grund geliefert, den Kontaktmann des Sonderdezernats anzufordern.«
»Also jetzt machen Sie aber mal halblang«, sagte Graham. »Der Kontakt-Officer hätte doch in fünf Minuten hier sein können.«
Connor schüttelte den Kopf. »Machen Sie sich nichts vor, Graham! Die wußten genau, wer heute nacht Dienst hat. Sie wußten, wie weit weg Smith zu diesem Zeitpunkt war und wie lange er brauchen würde, um hierher zu kommen. Und sie haben es geschafft, den Beginn der Ermittlungen um eineinhalb Stunden zu verzögern. Hervorragende Arbeit, Detective!«
»Quatsch!« sagte Graham. »Das ist völliger Schwachsinn, und das wissen Sie auch ganz genau. Ich mache mich jetzt an die Arbeit, Leute. Es geht los, Richie! Du hast dreißig Sekunden Zeit, das Ganze zu fotografieren, dann kommen meine Jungs und machen dir Beine. An die Arbeit, Leute! Ich will fertig sein, bevor sie zu stinken anfängt.«
Er stapfte zum Tatort.

Hinter Graham rückten die Leute von der Spurensicherung mit ihren Köfferchen und Handwagen an. Richie Walters an der Spitze schwenkte seine Kamera auf dem Weg zum Atrium unablässig nach rechts und links und verschwand schließlich durch die Tür des Konferenzsaals. Die Wände dieses Raums bestanden aus getöntem Glas, das die Blitzlichter abschwächte. Aber es war gut zu sehen, wie er die Leiche mit seiner Kamera umkreiste. Er machte viele Aufnahmen; er wußte, daß dies hier eine große Sache war.

Connor und ich blieben zurück. »Sie hatten mir doch eingebleut, daß es sich nicht schickt, Japanern gegenüber die Haltung zu verlieren«, sagte ich zu ihm.

»So ist es auch«, erwiderte Connor.

»Warum sind Sie dann so wütend geworden?«

»Anders konnte ich Ishiguro leider nicht helfen.«

»Ishiguro *helfen*?«

»Ja. Ich habe das Ganze für Ishiguro veranstaltet – er mußte vor seinem Boß das Gesicht wahren. Ishiguro war nicht der wichtigste Mann in diesem Raum. Einer der Japaner, die am Aufzug standen, war der *jūyaku*, der wirkliche Boß.«

»Das habe ich nicht bemerkt«, gab ich zu.

»Es ist üblich, einen Untergebenen vorzuschicken, während der Boß im Hintergrund bleibt, um die Entwicklung beobachten zu können. Genauso wie ich es mit Ihnen gemacht habe, *kōhai*.«

»Ishiguros Chef hat alles beobachtet?«

»Ja. Und Ishiguro hatte eindeutig die Anweisung, den Beginn der Ermittlungen zu verzögern. Ich dagegen wollte die Ermittlungen vorantreiben, aber das mußte ich so tun, daß seine untergeordnete Stellung nicht offenkundig wurde. Deshalb spielte ich den *gaijin*, der sich nicht mehr beherrschen konnte, und ersparte ihm einen Gesichtsverlust. Jetzt ist er mir einen Gefallen schuldig. Und das ist gut, weil ich seine Hilfe später vielleicht noch brauchen werde.«

»Er ist Ihnen einen Gefallen schuldig?« fragte ich. Es wollte mir nicht recht einleuchten. Connor hatte Ishiguro gerade eben angebrüllt, genauer gesagt, er hatte ihn zutiefst gedemütigt.

Connor seufzte. »Auch wenn Sie nicht verstehen, was da vorgegangen ist, glauben Sie mir: Ishiguro versteht es sehr gut. Er hatte ein Problem, und ich half ihm aus der Klemme.«

Ich verstand es immer noch nicht ganz und wollte eine weitere Frage stellen, aber Connor hob die Hand. »Ich denke, wir sehen uns jetzt am besten mal den Tatort an, bevor Graham und seine Leute noch mehr verderben.«

Seit über zwei Jahren arbeitete ich nicht mehr bei der Kriminalpolizei, und ich fand es toll, wieder mal mit einem Mordfall zu tun zu haben. Es brachte Erinnerungen zurück – nächtliche Anspannung, Adrenalinstöße, bewirkt durch die Unmengen von scheußlich schmeckendem Kaffee in Pappbechern, die Einsatzteams, mit denen man zusammenarbeitet. Das Ganze hat etwas leicht Verrücktes: Alles dreht sich um die eine Stelle, an der ein Mensch liegt und tot ist. Jeder Schauplatz eines Mordes hat eine solche Atmosphäre, und immer bildet jene Endgültigkeit den Mittelpunkt. Wenn man den toten Menschen betrachtet, wirkt alles ganz klar, und doch ist es gleichzeitig ein undurchdringliches Geheimnis. Auch wenn es nur um einen banalen Ehekrach geht, in dessen Verlauf die Frau schließlich zum Revolver gegriffen und den Kerl erschossen hat, fragt man sich, wenn man sie dann so sieht, übersät mit Narben und Brandwunden, die er ihr mit Zigaretten beigebracht hatte: Warum ausgerechnet heute nacht? Was war in dieser Nacht anders als in allen Nächten zuvor? Man sieht immer etwas Eindeutiges, aber es bleibt ein unerklärlicher Rest. Immer beides gleichzeitig.
Und am Schauplatz eines Mordes hat man jedesmal das Gefühl, die elementaren Wahrheiten des Lebens erkennen zu können: die Gerüche und Ausscheidungen der Leiche und der aufgeblähte tote Körper. Meistens weint auch jemand, und man kommt nicht umhin, sich das Schluchzen anzuhören. Plötzlich hört das übliche Getue auf: Ein Mensch ist gestorben, und das ist eine unabänderliche Tatsache wie ein Felsbrocken mitten auf der Straße, den alle Autos umfahren müssen. Und in einer so düsteren und realen Szenerie kommt plötzlich Kameradschaft auf, denn man arbeitet spät nachts mit Leuten zusammen, die man kennt, und zwar sehr gut kennt, weil man ständig mit ihnen zu tun hat. In Los Angeles werden pro Tag vier Menschen umgebracht, alle sechs Stunden einer. Jeder Detective am Tatort hat vielleicht schon in zehn Mordfällen ermittelt; dieser neue Mord ist für ihn eine unerträgliche Belastung, und er und alle anderen hoffen, ihn so schnell wie möglich abhaken, am besten auf der Stelle lösen zu können. Dieses Gefühl der Endgültigkeit, die Anspannung und die Ener-

gie, die man bei einem Mordfall an den Tag legt, erzeugen eine besondere Atmosphäre.
Wenn man das ein paar Jahre lang gemacht hat, beginnt es einem zu gefallen. Und als ich den Konferenzsaal betrat, merkte ich zu meiner eigenen Überraschung, daß ich diese Atmosphäre vermißt hatte.
Natürlich war auch der Konferenzsaal sehr elegant eingerichtet: ein schwarzer Tisch, schwarze Ledersessel mit hohen Rückenlehnen – dazu die nächtliche Beleuchtung der Wolkenkratzer hinter den Glaswänden. In der Mitte des Raumes lag die Leiche des Mädchens, umringt von leise miteinander sprechenden Ermittlungsbeamten.
Sie hatte blondes, kurzgeschnittenes Haar, blaue Augen, volle Lippen. Ich schätzte sie auf fünfundzwanzig. Sie war groß, hatte lange Beine und eine sportliche Figur. Sie trug ein schwarzes Kleid aus dünnem Stoff.
Graham war ganz in die Spurensuche vertieft; er stand an der Schmalseite des Tisches und betrachtete mit zusammengekniffenen Augen die schwarzen, hochhackigen Lackpumps, in einer Hand eine kleine Stablampe, in der anderen seinen Notizblock.
Kelly, der Assistent des Leichenbeschauers, war gerade dabei, die Papiertüten zuzukleben, in die die Hände des Mädchens zum Schutz gesteckt worden waren. Connor unterbrach ihn bei seiner Arbeit. »Einen Moment!« Er nahm die eine Hand, betrachtete das Gelenk und sah gründlich unter den Fingernägeln nach. An einem Nagel roch er. Dann ließ er einen Finger nach dem anderen mit schnellen Bewegungen nach oben schnellen.
»Reine Zeitvergeudung«, sagte Graham trocken. »Die Totenstarre ist noch nicht eingetreten, und unter den Nägeln haben wir nichts gefunden, weder Hautfetzchen noch Stoffasern. Es gibt überhaupt kaum Anzeichen für einen Kampf.«
Kelly stülpte die Papiertüte über die Hand. Connor fragte ihn: »Können Sie etwas über die Todeszeit sagen?«
»Ich arbeite dran.« Kelly hob den Hintern des Mädchens hoch, um die Rektaltemperatur zu messen. »Die Thermometer unter den Achseln sind schon am Platz. Das werden wir gleich haben.«

Connor befühlte den Stoff des schwarzen Kleides und las, was auf dem Schildchen stand. Helen, eine Mitarbeiterin der Spurensicherung, sagte: »Ist von Yamamoto.«
»Hab's schon gesehen«, sagte Connor.
»Wer ist Yamamoto?« fragte ich.
»Ein sündhaft teurer japanischer Designer«, klärte Helen mich auf. »Dieses schwarze Nichts kostet mindestens fünftausend Dollar. Allerdings nur, wenn es gebraucht gekauft wurde. Neu muß man dafür an die fünfzehntausend hinlegen.«
»Könnt ihr herausfinden, wo es gekauft wurde?« fragte Connor.
»Vielleicht. Kommt darauf an, ob sie es hier oder in Europa oder in Tokio gekauft hat. Wird ein paar Tage dauern.«
Connor verlor sofort das Interesse. »Vergiß es. Dann ist es zu spät.«
Er zog eine kleine Halogen-Taschenlampe hervor und begann die Kopfhaut und das Haar des Mädchens zu untersuchen. Dann betrachtete er kurz die Ohren. Beim rechten Ohr murmelte er überrascht etwas vor sich hin. Ich schaute ihm über die Schulter und sah einen eingetrockneten Blutstropfen am Ohrringloch. Connor fühlte sich durch mich offenbar belästigt, denn er sah zu mir auf und sagte: »Dürfte ich wohl mal, *kōhai*?«
Ich trat einen Schritt zurück. »Entschuldigung!«
Als nächstes verformte Connor den Mund des Mädchens zu einer Schnute, drückte den Unterkiefer hinunter und rasch wieder nach oben und leuchtete mit der kleinen Stablampe in ihren Mund. Dann drehte er den Kopf auf dem Tisch nach links und nach rechts und tastete vorsichtig, fast zärtlich, ihren Hals ab.
Danach trat er abrupt von der Leiche zurück, sagte: »Gut. Ich bin fertig«, und verließ den Konferenzsaal.
Graham schaute auf. »Der hat es am Tatort noch nie gebracht.«
»Wie kommst du darauf?« fragte ich ihn. »Soviel ich gehört habe, ist er ein hervorragender Detective.«
»Quatsch!« erwiderte Graham. »Das siehst du doch selbst. Der hat keine Ahnung, was zu tun ist. Kennt sich überhaupt nicht aus. Connor ist kein Detective, Connor hat Beziehungen. Nur aus diesem Grund hat er die Fälle gelöst, für die er so berühmt

geworden ist. Erinnerst du dich an die Arakawa-Flitterwochen-Schießerei? Nein? War wohl vor deiner Zeit, Pete-*san*. Wann war die Arakawa-Geschichte, Kelly?«

»Sechsundsiebzig«, sagte Kelly.

»Genau, sechsundsiebzig. War 'ne ganz große Sache damals. Mr. und Mrs. Arakawa, ein junges Ehepaar auf Flitterwochen in Los Angeles, stehen in East L.A. am Straßenrand und werden von einem vorbeifahrenden Wagen aus erschossen. Typischer Bandenkriegsstil. Zu allem Überfluß stellt sich bei der Autopsie heraus, daß Mrs. Arakawa schwanger war. Ein gefundenes Fressen für die Presse: Das Los Angeles Police Department wird mit der Bandenkriminalität nicht fertig und so weiter und so weiter. Aus der ganzen Stadt kommen Briefe und Geld. Die Leute sind entsetzt über das, was diesem frischverheirateten Paar in unserer Stadt zugestoßen ist. Und die Detectives, die mit der Klärung des Falls beauftragt sind, finden natürlich nichts heraus. Haben einen Doppelmord mit japanischen Staatsangehörigen als Opfer und kommen absolut nicht weiter – stell dir das mal vor! Nach einer Woche wird Connor auf die Sache angesetzt. Einen Tag später hat er den Fall gelöst. Das reinste Ermittlungswunder. Es war *eine Woche danach*, verstehst du? An den Leichen konnte er nichts mehr feststellen, die waren schon längst daheim in Osaka, und an der Straßenecke, wo es passiert war, lag ein Berg von verwelkten Blumen. Aber Connor kann beweisen, daß der junge Mr. Arakawa in Osaka ein ganz schlimmer Junge war. Er beweist, daß die Schießerei an der Straßenecke in Wahrheit ein *yakuza*-Mord ist – Auftrag erteilt in Japan, auszuführen in Amerika. Und er beweist, daß der böse Ehemann nur ein unschuldiger Beteiligter war: Man hatte es nämlich auf die Frau abgesehen. Es war bekannt, daß sie schwanger war, und man wollte sich an ihrem Vater rächen. Bingo! Connor bringt alles auf die Reihe. Einigermaßen erstaunlich, was?«

»Und du meinst, das hat er mit seinen japanischen Beziehungen geschafft?«

»Weiß ich nicht«, sagte Graham. »Ich weiß nur, daß er kurz danach für ein Jahr nach Japan gegangen ist.«

»Was hat er dort gemacht?«
»Hab' mal gehört, daß er als Sicherheitsmensch für eine japanische Firma gearbeitet haben soll, die sich erkenntlich zeigen wollte. Die haben ihn unter ihre Fittiche genommen, darauf lief's raus. Er hatte was für sie getan, und sie revanchierten sich. Wenigstens stelle ich es mir so vor. Genau weiß es keiner. Auf jeden Fall ist der Mann kein Detective. Schau ihn dir doch nur an!«
Draußen im Atrium stand Connor, starrte verträumt und nachdenklich an die Decke und ließ den Blick nach links, dann nach rechts schweifen. Es sah aus, als versuche er, eine Entscheidung zu treffen. Plötzlich ging er mit eiligen Schritten auf den Lift zu, wie um einzusteigen, machte aber ruckartig kehrt, ging rasch zur Mitte des Raums zurück, blieb stehen und begann, die Blätter der über das ganze Atrium verteilten Topfpalmen zu untersuchen.
Graham schüttelte den Kopf. »Was soll denn das, hat er sich jetzt aufs Gärtnern verlegt? Ein komischer Kauz, sag' ich dir. Er war mehr als einmal in Japan, weißt du, kommt aber immer wieder zurück. Irgendwie schafft er es dort nie. Es ist wie mit einer Frau, mit der er nicht leben kann und ohne die er nicht leben kann, verstehst du? Ist mir ein völliges Rätsel – ich mag Amerika. Zumindest das, was davon übriggeblieben ist.«
Er drehte sich zu den Leuten von der Spurensicherung um, die sich bereits nicht mehr für die Leiche interessierten und den übrigen Raum absuchten. »Habt ihr schon den Schlüpfer gefunden?«
»Noch nicht, Tom.«
»Wir suchen noch, Tom.«
»Was für einen Schlüpfer?« fragte ich.
Graham hob den Rock des Mädchens. »Dein Freund Connor hält eine gründliche Untersuchung offenbar für unnötig, aber ich finde das hier ziemlich wichtig. Ich würde sagen, daß da Samenflüssigkeit aus der Vagina tropft, daß die Frau keinen Schlüpfer trägt und daß sich hier an der Leiste, wo er heruntergerissen wurde, eine Rötung befindet. Die äußeren Schamlippen sind gerötet und wund. Es ist ziemlich eindeutig, daß sie vor ihrem Tod zum

Geschlechtsverkehr gezwungen wurde. Und darum habe ich die Jungs gebeten, den Schlüpfer zu suchen.«

»Vielleicht hat sie keinen getragen«, sagte einer vom Spurensicherungsteam.

»Doch, doch, sie hat einen getragen«, erwiderte Graham.

Ich wandte mich an Kelly. »Wie sieht es mit Drogen aus?«

Er zuckte mit den Achseln. »Das Labor untersucht alles. Aber auf den ersten Blick wirkt sie clean. Völlig clean.« Mir fiel auf, daß Kelly etwas zu beunruhigen schien.

Graham bemerkte es auch. »Mensch, welche Laus ist dir denn über die Leber gelaufen, Kelly? Halten wir dich von einem späten Rendezvous ab, oder was?«

»Nein«, sagte Kelly, »aber um ehrlich zu sein, hier deutet nichts auf einen Kampf oder auf Drogen hin, ja, ich sehe nicht mal Anzeichen dafür, daß sie überhaupt ermordet wurde.«

»Keine Anzeichen für einen Mord?« fragte Graham. »Soll das ein Witz sein?«

»Das Mädchen hat Verletzungen am Hals, die von besonderen Sexualpraktiken herrühren können. Unter dem Make-up haben wir Anzeichen dafür gefunden, daß sie des öfteren gefesselt worden ist.«

»Ja, und?«

»Technisch gesehen, ist sie vielleicht gar nicht ermordet worden. Es kann sein, daß plötzlich ein natürlicher Tod eingetreten ist.«

»Und wie?«

»Es ist durchaus möglich, daß es sich hier um das handelt, was wir einen plötzlichen Herztod nennen, einen reflektorisch bedingten Tod.«

»Und was bedeutet das?«

Kelly hob die Schultern. »Der Mensch stirbt einfach.«

»Ohne jeden Grund?«

»Na ja, nicht ganz. Meistens handelt es sich um ein Herztrauma. Aber das Trauma allein ruft nicht den Tod hervor. Ich hatte mal einen Fall, da wurde ein zehnjähriger Junge von einem Baseball an der Brust getroffen, gar nicht besonders hart, und fiel mitten auf dem Schulhof um und war tot. Im Umkreis von zwanzig

Metern befand sich kein anderer Mensch. Ein weiteres Beispiel ist die Frau, die einen leichten Autounfall hatte, mit der Brust gegen das Lenkrad stieß – auch nicht besonders hart –, die Tür öffnete, um aus dem Wagen zu steigen, und tot zu Boden sank. Es passiert offenbar vor allem dann, wenn der Hals oder der Brustkorb verletzt worden ist, das kann die Nerven beeinträchtigen, die zum Herz führen. Plötzlicher Tod ist hier also durchaus eine Möglichkeit, Tom. Und da Vögeln nun mal kein Verbrechen ist, wäre es eben kein Mord.«

Graham blickte ihn argwöhnisch an. »Du willst damit also sagen, daß sie vielleicht von niemandem getötet worden ist?«

Kelly zuckte mit den Achseln und griff nach seinen Notizen. »Aber das schreibe ich nicht hin. Ich gebe als Todesursache Ersticken infolge manueller Strangulation an. Es ist nämlich sehr wahrscheinlich, daß sie erdrosselt wurde. Aber ihr solltet im Hinterkopf behalten, daß es möglicherweise auch anders gewesen sein könnte. Vielleicht ist sie einfach so abgekratzt.«

»Schön«, sagte Graham. »Wir werden es im Hinterkopf ablegen, und zwar im Ordner ›Ärztephantasien‹. Hat inzwischen irgendeiner rausgekriegt, wer sie ist?«

Vom Spurensicherungsteam, das noch immer den Raum absuchte, kam verneinendes Gemurmel.

»So«, sagte Kelly, »ich glaube, ich habe eine Todeszeit für euch.« Er las die Thermometer ab und sah dann in einer Tabelle nach. »Okay, die Körperinnentemperatur beträgt zweiundzwanzig Grad Celsius. Bei der bestehenden Raumtemperatur entspricht das bis zu drei Stunden *post mortem*.«

»Bis zu drei Stunden? Ist ja großartig! Daß sie *irgendwann* heute abend gestorben ist, wußten wir bereits, Kelly.«

»Mehr kann ich dir nicht bieten«, sagte Kelly. »Die Abkühlungskurven lassen bei einem Zeitraum unter drei Stunden leider keine genaueren Angaben zu. Ich kann euch nur sagen, daß der Tod irgendwann innerhalb der letzten drei Stunden eingetreten ist. Allerdings habe ich den Eindruck, daß dieses Mädchen schon eine ganze Weile tot ist: an die drei Stunden, würde ich sagen.«

Graham wandte sich an die Leute von der Spurensicherung. »Hat inzwischen einer von euch den Schlüpfer gefunden?«
»Bisher nicht, Lieutenant.«
Graham ließ den Blick durch den Raum schweifen und sagte: »Keine Handtasche und kein Schlüpfer.«
»Glaubst du, daß hier jemand aufgeräumt hat?«
»Weiß nicht. Aber hat ein Mädchen, das in einem Fünfzehntausend-Dollar-Kleid zu einer Party geht, nicht normalerweise eine Handtasche dabei?« Er sah mir über die Schulter und begann plötzlich zu grinsen. »Sieh mal an, Pete-*san*, eine deiner zahlreichen Verehrerinnen will dich sprechen.«

Es war Ellen Farley, Pressesprecherin des Bürgermeisters, die da auf mich zukam. Sie war fünfunddreißig, hatte dunkelblondes, kurzgeschnittenes Haar und war elegant gekleidet wie immer. Früher war sie Nachrichtenmoderatorin gewesen, mittlerweile aber arbeitete sie schon seit vielen Jahren für den Bürgermeister. Ellen Farley war intelligent und fix, und sie hatte einen tollen Körper, der, soweit bekannt, ausschließlich dem eigenen Gebrauch vorbehalten war.
Ich mochte sie ziemlich gern und hatte ihr den einen oder anderen Gefallen getan, als ich noch für die Pressestelle tätig gewesen war. Da der Bürgermeister und der Polizeipräsident einander haßten, waren Wünsche, die Ellen aus dem Büro des Bürgermeisters geschickte hatte, manchmal direkt bei mir gelandet, und dann hatte ich mich persönlich darum gekümmert. Meistens handelte es sich nur um Kleinigkeiten, beispielsweise darum, die Veröffentlichung einer Polizeimeldung bis zum Wochenende hinauszuzögern, damit sie am Samstag publik wurde. Oder man bat uns, mitzuteilen, daß in einem bestimmten Fall noch keine Anklage erhoben worden sei, obwohl dies in Wirklichkeit bereits geschehen war. Ich tat es, weil Ellen Farley ein ehrlicher Mensch war; sie sagte immer genau, was sie dachte. Und es sah ganz so aus, als würde sie es auch diesmal tun.
»Hör mal, Pete, ich weiß nicht, was hier los ist, aber der Bürgermeister hat sich ziemlich haarsträubende Beschwerden von einem gewissen Mr. Ishiguro anhören müssen...«

»Kann ich mir denken.«

»... und er bat mich, dich daran zu erinnern, daß er keine Entschuldigung gelten läßt, wenn Beamte dieser Stadt sich ausländischen Bürgern gegenüber unhöflich benehmen.«

»Ganz besonders, wenn sie so große Wahlkampfspenden springen lassen«, sagte Graham deutlich hörbar.

»Ausländer dürfen für amerikanische Wahlkämpfe nicht spenden«, erwiderte Ellen. »Das wissen Sie ganz genau.« Sie senkte die Stimme: »Das hier ist ein heikler Fall, Pete. Bitte sei vorsichtig. Du weißt doch, daß die Japaner ganz besonders empfindlich sind, wenn es darum geht, wie sie in Amerika behandelt werden.«

»Okay, geht in Ordnung.«

Sie sah durch die Glaswände des Konferenzsaals zum Atrium hinüber. »Ist das John Connor?«

»Ja.«

»Ich denke, der hat sich zur Ruhe gesetzt. Was macht er denn hier?«

»Er hilft mit bei diesem Fall.«

Ellen runzelte die Stirn. »Du weißt sicherlich, daß die Japaner ihm ziemlich gemischte Gefühle entgegenbringen. Sie haben einen eigenen Ausdruck dafür – für jemanden, der Japan und die Japaner liebt und dann ins andere Extrem verfällt und es übertreibt.«

»Connor übertreibt es nicht.«

»Ishigura jedenfalls fühlte sich unmöglich behandelt.«

»Ishigura wollte uns sagen, was wir zu tun und zu lassen hätten. Und hier liegt ein ermordetes Mädchen, aber das scheint einfach jeder hier zu vergessen.«

»Ich bitte dich, Pete«, sagte Ellen, »kein Mensch versucht hier, euch bei eurer Arbeit dreinzureden. Ich will dir nur klarmachen, daß du die besonderen Umstände berücksich...«

Sie verstummte und starrte die Leiche an.

»Ellen?« sagte ich. »Kennst du sie?«

»Nein.« Sie wandte sich ab.

»Bist du sicher?«

Ich sah, daß sie ziemlich aus der Fassung geraten war.

»Haben Sie sie vorhin unten gesehen?« fragte Graham.
»Nein... vielleicht. Ich glaube schon. Also, Jungs, ich muß jetzt wieder zurück.«
»Mensch, Ellen!«
»Ich weiß nicht, wer sie ist, Pete. Ich schwöre es. Wenn ich es wüßte, würde ich es dir sagen. Ich muß jetzt gehen. Seid einfach ein bißchen freundlicher zu den Japanern! Mehr sollte ich euch vom Bürgermeister nicht ausrichten. Ich muß jetzt gehen.«
Sie hastete zum Lift zurück. Ich sah ihr nach. Mir war nicht wohl zumute.
Graham trat zu mir. »Toller Arsch«, sagte er. »Aber sie ist nicht auf unserer Seite, Junge – nicht mal auf deiner.«
»Was soll das heißen: nicht mal auf meiner?«
»Weiß doch jeder, daß ihr beide, du und Ellen Farley, das neue Traumpärchen seid!«
»Von was redest du da?«
Graham schlug mir auf die Schulter. »Na, komm schon! Ist doch völlig egal – bist doch geschieden!«
»Ich habe nichts mit Ellen, Tom!«
»Kannst doch tun, wozu du Lust hast – so ein hübscher Junge wie du!«
»Ich sage dir, daß nichts davon wahr ist.«
»Schon gut, schon gut!« Er streckte mir die Hände entgegen. »Mein Irrtum.«
Ich beobachtete, wie Ellen unter dem Absperrband im Atrium durchschlüpfte, auf den Liftknopf drückte und, ungeduldig mit dem Fuß auf den Boden klopfend, wartete.
»Meinst du wirklich, daß sie das Mädchen kennt?«
»Das kannst du laut sagen«, erwiderte Graham. »Du weißt doch, warum der Bürgermeister so viel von ihr hält: weil sie neben ihm steht und ihm alle Namen zuflüstert. Die kann sich sogar an Leute erinnern, die sie seit Jahren nicht mehr gesehen hat, und kennt auch noch die dazugehörigen Ehemänner, Ehefrauen und Kinder – einfach jeden. Ellen Farley weiß, wer dieses Mädchen ist.«
»Warum hat sie es uns dann nicht gesagt?«

»Verdammt! Die Sache muß für irgend jemanden ziemlich wichtig sein. Die ist doch abgehauen wie von der Tarantel gestochen, stimmt's? Wir müssen unbedingt rauskriegen, wer diese Tote ist. Ich habe es nämlich dick, der letzte in der Stadt zu sein, der etwas erfährt.«
Connor stand auf der anderen Seite des Raums und winkte uns zu sich.
»Was will er denn jetzt?« fragte Graham. »Warum winkt er uns? Was hat er da in der Hand?«
»Sieht aus wie eine Handtasche«, sagte ich.

»Cheryl Lynn Austin«, las Connor uns vor. »Geboren in Midland, Texas. Hat an der Texas State University studiert. Dreiundzwanzig Jahre alt. Hatte eine Wohnung in Westwood, lebte aber noch nicht lange hier, weil sie ihren texanischen Führerschein noch nicht hat umschreiben lassen.«
Der Inhalt der Handtasche wurde auf einem Schreibtisch ausgebreitet. Wir schoben die Sachen mit Kugelschreibern hin und her.
»Wo haben Sie die Tasche gefunden?« fragte ich. Es war eine kleine, schwarze, paillettenbestickte Henkeltasche mit perlenbesetztem Schloß im Stil der vierziger Jahre. Ein teures Ding.
»In dem Palmentopf vor dem Konferenzsaal.« Connor öffnete den Reißverschluß eines kleinen Innentäschchens. Mehrere eng zusammengerollte neue Hundert-Dollar-Scheine landeten auf dem Schreibtisch. »Wunderbar! Miss Austin ist gut versorgt gewesen.«
»Keine Wagenschlüssel?« fragte ich.
»Nein.«
»Sie ist also mit irgend jemandem hierhergekommen.«
»Und hatte offenbar vor, mit irgend jemandem wieder abzuziehen. Ein Taxifahrer hätte ihr keinen Hundert-Dollar-Schein gewechselt.«
Vor uns auf dem Schreibtisch lagen eine goldene American-Express-Karte, ein Lippenstift, eine Puderdose, eine Packung japanische Zigaretten Marke Mild Seven Menthol, eine Mitglieds-

karte für den »Daimatsu Night Club« in Tokio und vier kleine blaue Pillen. Das war alles.
Connor stellte die Handtasche mit Hilfe seines Stiftes auf den Kopf. Kleine grüne Kügelchen fielen auf die Tischplatte. »Wissen Sie, was das ist?«
»Nein«, antwortete ich. Graham besah sich die Dinger mit einer Lupe.
»Das sind mit *wasabi* überzogene Erdnüsse«, erklärte Connor. *Wasabi* ist grüner Meerrettich, den man in Sushi-Bars serviert bekommt. Von *wasabi*-überzogenen Erdnüssen hatte ich noch nie gehört.
»Ich weiß nicht, ob die außerhalb Japans verkauft werden.«
Graham knurrte. »Ich für meinen Teil habe genug gesehen. Was meinen Sie, John, wird Ishiguro uns die Zeugen schicken, um die Sie ihn gebeten haben?«
»Ich an Ihrer Stelle würde nicht damit rechnen, daß sie bald auftauchen«, meinte Connor.
»Da können Sie recht haben«, sagte Graham. »Diese Zeugen werden wir erst übermorgen zu Gesicht bekommen, wenn ihre Anwälte ihnen eingetrichtert haben, was sie sagen sollen.« Er trat einen Schritt vom Schreibtisch zurück. »Es ist Ihnen doch klar, warum sie derart mauern, oder? Dieses Mädchen ist von einem Japaner ermordet worden. Darum geht es hier.«
»Schon möglich«, sagte Connor.
»Hey, Mann, das ist mehr als nur möglich! Wir sind *hier*. Das Gebäude hier gehört *ihnen*. Und das Mädchen ist genau der Typ, auf den sie abfahren: die langstielige amerikanische Rose. Sie wissen doch, daß diese Winzlinge es alle am liebsten mit Volleyball-Spielerinnen treiben würden.«
Connor hob die Schultern. »Schon möglich.«
»Hey, Sie wissen doch, daß diese Typen daheim völlig unterdrückt werden. Die müssen sich in die U-Bahn zwängen und in Riesenfirmen arbeiten. Die dürfen nicht sagen, was sie denken. Und dann hauen sie ab von den Zwängen zu Hause, kommen hierher und sind plötzlich reich und frei. Hier können sie machen, was sie wollen. Und hin und wieder rastet dann eben einer aus.

Wenn Sie anderer Meinung sind, brauchen Sie's mir nur zu sagen!«
Connor sah Graham lange an. Dann sagte er: »Ihrer Ansicht nach hat also ein japanischer Mörder beschlossen, dieses Mädchen hier mitten auf dem Konferenztisch der Nakamoto Corporation ins Jenseits zu befördern?«
»Genau.«
»Um einen symbolischen Akt zu begehen?«
Graham zuckte mit den Achseln. »Meine Güte, wer weiß das schon. Wir reden hier nicht von normalen Menschen. Aber eines sage ich Ihnen: Ich kriege das Schwein, das dies hier angestellt hat – und wenn es das letzte ist, was ich noch zustande bringe.«

Der Aufzug glitt hinunter. Connor lehnte sich gegen die Glaswand. »Es gibt viele Gründe, die Japaner nicht zu mögen«, sagte er, »aber Graham kennt keinen einzigen davon.« Er seufzte. »Wissen Sie, was sie über uns sagen?«
»Was denn?«
»Sie sagen, Amerikaner sind immer viel zu schnell mit Theorien bei der Hand. Sie sagen, wir würden die Welt nicht genau genug betrachten, und deshalb wüßten wir nicht, wie die Dinge in Wirklichkeit sind.«
»Ist das ein Zen-Gedanke?«
»Nein.« Er lachte auf. »Nur eine Beobachtung. Fragen Sie mal einen Computerhändler, was er von seinen amerikanischen Kollegen hält! Er wird ihnen genau das zur Antwort geben. Alle Japaner, die mit Amerikanern zu tun haben, denken so. Und wenn Sie sich Graham ansehen, wird Ihnen klar, daß sie recht haben. Graham weiß eigentlich nichts. Er hat keinerlei eigene Erfahrung, nur ein Sammelsurium von Vorurteilen und Phantasien, wie er sie in den Medien aufschnappt. Er hat keine Ahnung von den Japanern – und nicht einmal das Gefühl, daß er vielleicht etwas über sie wissen sollte.«
»Sie glauben also, daß er mit seinem Verdacht falsch liegt?«

fragte ich. »Daß das Mädchen nicht von einem Japaner ermordet wurde?«
»Das habe ich nicht gesagt, *kōhai*«, erwiderte Connor. »Es ist sogar ziemlich wahrscheinlich, daß Graham recht hat. Aber im Augenblick...«
Die Aufzugtür öffnete sich, und wir waren mitten in der Fete. Die Band spielte gerade »Moonlight Serenade«. Zwei Pärchen in Abendkleidung betraten den Lift, wahrscheinlich Leute aus der Immobilienbranche: die Männer mit silbrigem Haar und sehr elegant, die Frauen hübsch, mit einem Stich ins Vulgäre. Eine der Frauen sagte: »Sie ist kleiner, als ich dachte.«
»Ja, wirklich winzig. Und dieser... war das ihr Freund?«
»Glaub' schon. War der nicht auch auf ihrem Video-Clip zu sehen?«
»Ja, ich glaube, der war es.«
Einer der Männer sagte: »Meint ihr, sie hat sich den Busen operieren lassen?«
»Hat doch jede.«
Die andere Frau begann zu kichern. »Außer mir natürlich.«
»Ja, natürlich, Christine.«
»Aber ich spiele mit dem Gedanken. Hast du Emily gesehen?«
»Ach, die hat ihren ja wahnsinnig groß machen lassen!«
»Na, damit hat Jane angefangen, die ist schuld dran. Jetzt wollen sie alle einen großen.«
Die Männer wandten sich ab und sahen durchs Glas hinaus. »Ein Wahnsinnsgebäude«, sagte der eine. »Die Detailausführung ist phantastisch. Muß ein Vermögen gekostet haben. Machst du im Augenblick viel mit den Japanern, Ron?«
»Um die zwanzig Prozent«, antwortete der andere. »Das ist viel weniger als letztes Jahr. Da bin ich kaum vom Golfplatz gekommen, kann ich dir sagen. Die wollen ja immer und ewig Golf spielen.«
»Zwanzig Prozent deines Umsatzes?«
»Ja, ja. Die kaufen jetzt Orange County auf.«
»Ist doch logisch, schließlich gehört ihnen ja schon ganz Los Angeles!« sagte eine der beiden Frauen lachend.

»So ungefähr. Das Arco-Gebäude da drüben gehört ihnen auch«, sagte der eine Mann und deutete hinaus. »Sie besitzen inzwischen schätzungsweise siebzig, fünfundsiebzig Prozent von Downtown Los Angeles.«
»Und noch mehr auf Hawaii.«
»Allerdings! Hawaii gehört ihnen doch praktisch – neunzig Prozent von Honolulu und die gesamte Kona-Küste. Die legen da Golfplätze an wie verrückt.«
Eine der Frauen sagte: »Wird ein Bericht über diese Party morgen abend im Fernsehen gebracht? Genug Kameras hatten sie ja.«
»Wir müssen es unbedingt anschauen.«
Die Aufzugstimme sagte: »*Mamonaku tōchaku itashimasu*.«
Wir waren in der Tiefgarage angekommen; die beiden Paare stiegen aus. Connor sah ihnen kopfschüttelnd nach. »In keinem anderen Land der Welt hört man Menschen so seelenruhig darüber reden, daß ganze Städte und Landstriche an Ausländer verkauft werden.«
»Darüber reden?« fragte ich. »Das da sind doch die Leute, die diese Verkäufe unter Dach und Fach bringen!«
»Ja, die Amerikaner sind scharf aufs Verkaufen. Das erstaunt die Japaner immer wieder. In ihren Augen begehen wir ökonomischen Selbstmord. Und da haben sie natürlich recht.« Noch während er sprach, drückte Connor einen Knopf, auf dem NOTRUF stand.
Ein leiser, durchdringender Pfeifton erklang.
»Warum haben Sie das gemacht?«
Connor blickte zu der Video-Kamera hinauf, die oben in einer Ecke der Liftkabine angebracht war, und winkte fröhlich. Aus dem Lautsprecher tönte es: »Guten Abend, Officers! Kann ich Ihnen helfen?«
»Ja«, antwortete Connor. »Spreche ich mit dem Sicherheitsdienst?«
»Jawohl, Sir. Ist irgend etwas mit dem Aufzug nicht in Ordnung?«
»Wo befinden Sie sich?«

»Wir sind in der Eingangshalle, in der südöstlichen Ecke hinter den Aufzügen.«

»Vielen Dank«, sagte Connor. Dann drückte er den Knopf mit der Aufschrift LOBBY.

Das Büro des Sicherheitsdienstes im Nakamoto Tower war klein, höchstens fünf mal sieben Meter. Als erstes fielen die drei großen Bildschirmwände ins Auge, die jeweils in ein Dutzend kleinere Monitoren unterteilt waren. Als wir den Raum betraten, waren die meisten ausgeschaltet. In einer der Reihen sah man jedoch Aufnahmen von der Eingangshalle und der Garage; eine andere Reihe zeigte die Party in vollem Gang, und auf einer dritten konnte man die Leute von der Spurensicherung oben im sechsundvierzigsten Stock beobachten.

Der diensthabende Wachmann war ein Schwarzer Mitte vierzig namens Jerome Phillips. Die graue Uniform des Nakamoto-Sicherheitsdienstes war an seinem Kragen völlig durchnäßt, und unter seinen Achseln hatten sich dunkle Flecken gebildet. Als wir eintraten, bat er uns, die Tür offen zu lassen. Es war ihm anzumerken, daß unsere Anwesenheit ihn beunruhigte. Ich hatte sofort den Verdacht, daß er etwas verheimlichte, aber Connor ging ganz freundlich auf ihn zu. Wir zeigten ihm unsere Polizeimarken und gaben ihm die Hand. Connor schaffte es mühelos, ihm den Eindruck zu vermitteln, hier hätten sich drei Sicherheitsexperten getroffen, um ein bißchen fachzusimpeln. »Ist wohl ein anstrengender Abend für Sie, Mr. Phillips.«

»Ja, klar, die Party und alles.«

»Und ziemlich eng hier, in dem Kabuff.«

»Das kann man wohl sagen. Meine Güte – und das Gedränge, als alle hier reinkamen!«

»Wer war das: ›alle‹?« fragte ich.

»Nachdem die Japaner den sechsundvierzigsten Stock verlassen hatten, sind sie alle hier herunter gekommen und haben uns auf den Monitoren beobachtet, nicht wahr, Mr. Phillips?«

Phillips nickte. »Alle waren es nicht, aber 'ne ganze Menge. Standen hier rum und qualmten ihre verdammten Zigaretten. Standen da und stierten auf die Monitore und reichten Faxe herum.«

»Faxe?«

»Ja, ja, alle paar Minuten kam ein neues Fax rein. Mit japanischer Schrift, verstehen Sie. Das haben sie dann herumgereicht und ihren Senf dazugegeben. Dann ging einer los und schickte ein Fax zurück. Und der Rest ist dageblieben und hat Sie da oben beobachtet.«

»Haben sie auch zugehört?«

Phillips schüttelte den Kopf. »Nein. Wir haben keinen Ton.«

»Das überrascht mich«, sagte Connor. »Diese Geräte sehen hochmodern aus.«

»Hochmodern? Mann, das ist das Beste, was es auf der Welt gibt! Ich sag' Ihnen mal was: Diese Leute haben den Dreh raus. Die haben das beste Feueralarmsystem und die beste Sprinkleranlage und die besten Geräte zur Erdbebenvorhersage. Und natürlich das beste Sicherheitssystem: die besten Kameras, die besten Detektoren, alles.«

»Das sehe ich«, erwiderte Connor. »Eben darum bin ich so überrascht, daß sie nicht auch mit Ton ausgestattet sind.«

»Nein, Ton haben sie nicht, und auch keine Farbmonitoren. Nur hochauflösendes Schwarzweiß-Video. Fragen Sie mich nicht, warum. Hat irgendwas mit den Kameras zu tun und wie die angebracht sind. Mehr weiß ich nicht.«

Ich warf einen Blick auf die Monitorenwand und sah fünf verschiedene Ansichten vom sechsundvierzigsten Stock, jede aus einer anderen Perspektive aufgenommen. Offenbar hatten die Japaner über die gesamte Etage Kameras verteilt. Ich erinnerte mich, wie Connor im Atrium umherspaziert war, die Augen zur Decke gerichtet. Da hatte er wohl die Kameras entdeckt.

Ich sah zu, wie Graham im Konferenzsaal die Leute vom Erkennungsdienst herumkommandierte. Er rauchte eine Zigarette, was an einem Tatort streng verboten war. Helen streckte sich und gähnte. Kelly hatte die Leiche des Mädchens inzwischen vom

Tisch auf eine fahrbare Bahre gelegt und war gerade dabei, den Reißverschluß der Umhüllung zu schließen und…

In diesem Augenblick wurde mir schlagartig klar: *Dort oben waren Kameras*. Fünf Kameras. Jeder Winkel der Etage wurde aufgenommen.

»Mein Gott!« Ich drehte mich aufgeregt um und wollte etwas sagen, aber Connor lächelte mich lässig an, legte mir eine Hand auf die Schulter und drückte, daß es weh tat.

»Lieutenant«, sagte er.

Der Schmerz war unglaublich. Ich bemühte mich, mich nicht zu winden. »Ja, Captain?«

»Haben Sie etwas dagegen, daß ich Mr. Phillips ein, zwei Fragen stelle?«

»Nein, Captain, machen Sie nur!«

»Am besten notieren Sie sich 'n bißchen was.«

»Gute Idee, Captain.«

Er ließ meine Schulter los. Ich holte meinen Notizblock hervor. Connor setzte sich auf den Tischrand und sagte: »Arbeiten Sie schon lange für den Nakamoto-Sicherheitsdienst, Mr. Phillips?«

»Ja, Sir, schon seit ungefähr sechs Jahren. Angefangen habe ich in ihrer Fabrik drüben in La Habra, und als ich mir das Bein verletzte – bei einem Autounfall – und nicht mehr so gut gehen konnte, da haben sie mich in den Sicherheitsdienst versetzt. In der Fabrik. Weil ich da nicht gehen mußte, verstehen Sie. Und als sie dann die Fabrik in Torrance eröffneten, da haben sie mich dorthin versetzt. Meine Frau hat auch einen Job in der Fabrik in Torrance gekriegt. Die haben da einen Zulieferbetrieb für Toyota. Als dann dieses Gebäude hier eröffnet worden ist, bin ich hierhergekommen, für den Nachtdienst.«

»Verstehe. Sechs Jahre also, alles in allem.«

»Jawohl, Sir.«

»Dann gefällt es Ihnen offenbar.«

»Es ist ein sicherer Job, wissen Sie. Und das ist schon was in Amerika. Ich weiß, daß sie nicht viel von uns Schwarzen halten, aber sie haben mich immer anständig behandelt. Davor habe ich bei General Motors in Van Nuys gearbeitet, und diese Fabrik, also, die gibt es gar nicht mehr, wissen Sie.«

»Ja, ja«, sagte Connor in mitfühlendem Ton.
»Das war vielleicht ein Arbeitsplatz, sage ich Ihnen!« Phillips schüttelte den Kopf. »Meine Güte! Diese Management-Arschlöcher, die die zu uns geschickt haben – nicht zu fassen! Super-Manager, direkt aus Detroit, kleine Möchtegerns, die keinen blassen Dunst hatten! Die wußten überhaupt nicht, wie es am Montageband zugeht. Konnten einen Drehstahl nicht von einem Schneideisen unterscheiden. Aber die Vorarbeiter herumkommandieren! Die haben alle zweihunderttausend Dollar im Jahr eingeschoben und keine Ahnung gehabt. Und nichts hat funktioniert. Die Autos waren große Scheiße. Aber hier«, er klopfte mit der Hand auf den Tisch, »wenn es hier ein Problem gibt oder irgendwas nicht funktioniert, dann sage ich das, und dann kommen die sofort runter und kennen sich aus mit dem System, wie es funktioniert, und dann besprechen wir das Problem gemeinsam, und dann wird die Sache bereinigt, und zwar sofort. Probleme werden hier gelöst, das ist der Unterschied. Ich sag' Ihnen: Diese Leute hören einem zu.«
»Es gefällt Ihnen also hier?«
»Sie haben mich immer anständig behandelt«, wiederholte Phillips mit einem Kopfnicken.
Es klang nicht gerade enthusiastisch. Ich hatte den Eindruck, daß der Mann in Wahrheit seinen Arbeitgebern alles andere als blind ergeben war und daß man das mit Hilfe einiger Zusatzfragen aus ihm herauskitzeln konnte. Wir mußten ihm nur Mut machen.
»Loyalität ist etwas sehr Wichtiges«, sagte Connor und nickte verständnisvoll.
»Na, für die Japaner auf jeden Fall«, sagte Phillips. »Die erwarten, daß man ganz große Begeisterung für die Firma zeigt. Darum komme ich auch immer fünfzehn, zwanzig Minuten früher und bleibe noch fünfzehn, zwanzig Minuten, wenn mein Schichtdienst zu Ende ist. Die mögen das, wenn man Überstunden macht. In der Fabrik in Van Nuys habe ich das auch getan, bloß hat es da nie einer bemerkt.«
»Von wann bis wann geht Ihre Schicht?«

»Ich arbeite von neun bis sieben.«
»Und heute abend? Wann sind Sie da zum Dienst erschienen?«
»Um dreiviertel neun. Hab' ich Ihnen ja gesagt, daß ich meistens eine Viertelstunde früher komme.«
Der Mord war gegen zwanzig Uhr dreißig telefonisch gemeldet worden. Wenn dieser Mann also um dreiviertel neun den Dienstraum betreten hatte, war das fast fünfzehn Minuten zu spät gewesen, um den Mord mitansehen zu können. »Wer hatte vor Ihnen Dienst?« fragte ich.
»Also, normalerweise Ted Cole. Aber ich weiß nicht, ob er heute gearbeitet hat.«
»Warum nicht?«
Der Mann fuhr sich mit dem Ärmel über die Stirn und wandte den Blick ab.
»Warum wissen Sie das nicht, Mr. Phillips?« wiederholte ich, diesmal ein bißchen drängender.
Der Wachmann blinzelte und legte die Stirn in Falten, aber er schwieg.
Connor sagte seelenruhig: »Weil Ted Cole nicht hier war, als Mr. Phillips heute abend eintraf, nicht wahr, Mr. Phillips?«
Der Wachmann nickte. »Ja.«
Ich wollte eine weitere Frage stellen, aber Connor hob die Hand.
»Mr. Phillips, ich kann mir vorstellen, daß Sie ziemlich überrascht waren, als Sie um dreiviertel neun diesen Raum betraten.«
»Da haben Sie verdammt recht.«
»Was haben Sie gemacht, als Sie sahen, was los war?«
»Also, als erstes habe ich den Kerl gefragt: ›Kann ich Ihnen helfen?‹ Sehr höflich, aber bestimmt. Schließlich ist das hier der Raum des Sicherheitsdienstes! Und ihn habe ich nicht gekannt, hatte den noch nie zuvor gesehen. Und der Kerl war ganz schön nervös, ganz schön nervös. Er sagte: ›Machen Sie Platz!‹ Richtig patzig, so als würde ihm die Welt gehören. Und dann ist er an mir vorbeigezischt mit seiner Aktentasche. Ich sage noch: ›Entschuldigen Sie, Sir, aber Sie müssen mir Ihren Ausweis zeigen!‹ Doch er hat mir gar nicht geantwortet, sondern ist einfach weitergegangen, raus in die Eingangshalle und dann die Treppe runter.«

»Haben Sie ihn nicht aufzuhalten versucht?«
»Nein, Sir.«
»Weil es ein Japaner war?«
»Ganz genau. Aber die Sicherheitszentrale habe ich angerufen – die ist oben im neunten Stock – und gemeldet, daß ich hier einen Mann angetroffen habe. Und die haben gesagt, ich soll mir keine Gedanken machen, es ist schon in Ordnung. Aber ich habe gemerkt, daß die auch nervös waren. Alle waren sie nervös. Und dann habe ich auf dem Monitor das... na, Sie wissen schon, das tote Mädchen gesehen. Da habe ich erst mitgekriegt, was eigentlich los war.«
Connor sagte: »Können Sie den Mann beschreiben, den Sie hier gesehen haben?«
Der Wachmann zuckte mit den Achseln. »Dreißig, fünfunddreißig, mittelgroß. Dunkelblauer Anzug, wie sie ihn alle tragen. War sogar noch ein bißchen schicker als die meisten anderen. Er hatte eine Krawatte mit lauter Dreiecken drauf. Ach ja, und eine Narbe an der Hand, von einer Brandwunde oder so.«
»An welcher Hand?«
»An der linken. Ich habe sie gesehen, als er den Aktenkoffer zumachte.«
»Haben Sie in den Aktenkoffer hineinsehen können?«
»Nein.«
»Aber als Sie den Raum betraten, schloß er den Aktenkoffer?«
»Ja.«
»Hatten Sie den Eindruck, daß er irgend etwas aus diesem Raum mitgenommen hat?«
»Das kann ich wirklich nicht sagen, Sir.«
Die ausweichende Art des Mannes begann mich zu ärgern. »Was könnte er denn mitgenommen haben?« fragte ich ihn.
Connor warf mir blitzschnell einen Blick zu.
Der Wachmann antwortete überfreundlich: »Das weiß ich wirklich nicht, Sir.«
»Natürlich, woher sollten Sie auch wissen, was sich im Aktenkoffer eines anderen befindet«, sagte Connor. »Werden die Aufnahmen der Überwachungskameras hier eigentlich auf Band gespeichert?«

»Ja.«
»Können Sie mir zeigen, wie das funktioniert?«
»Klar.« Der Wachmann stand von seinem Schreibtisch auf und öffnete eine Tür an der gegenüberliegenden Wand. Wir folgten ihm in einen kleinen Raum, nicht viel größer als ein begehbarer Kleiderschrank, der vom Boden bis zur Decke mit Geräten im Format eines Buchs angefüllt war; auf jedem Gerät befanden sich schablonierte Beschriftungen in japanischer *kanji*-Schrift und arabischen Ziffern sowie ein rotes Lämpchen und eine Leuchtkristallanzeige mit laufenden Ziffern.
»Das sind die Bandgeräte«, sagte Phillips. »Sie speichern die Aufnahmen aller Kameras im Gebäude. Hochauflösende Video-acht-Millimeter-Aufnahmen.« Er hielt eine kleine Kassette in die Höhe; sie sah aus wie eine Tonbandkassette. »Jedes dieser kleinen Dinger nimmt acht Stunden auf. Um neun Uhr abends werden sie ausgewechselt. Das ist das erste, was ich mache, wenn ich meinen Dienst antrete. Ich hol' die alten raus und steck' die neuen rein.«
»Haben Sie das heute abend um neun auch gemacht?«
»Ja, Sir. Wie immer.«
»Und was machen Sie mit den alten Bändern?«
»Die lege ich in die Schubladen hier unten«, antwortete er, bückte sich und zeigte uns mehrere lange, schmale Schubladen. »Alle Bänder werden zweiundsiebzig Stunden lang aufgehoben. Das sind drei Tage. Wir haben also insgesamt neun Sätze Kassetten. Alle drei Tage ist ein anderer Satz dran, verstehen Sie?«
Connor zögerte. »Das schreibe ich mir besser mal auf.« Er nahm ein kleines Notizbuch und einen Kugelschreiber zur Hand. »Also, jede Kassette hat acht Stunden Laufzeit, daher haben Sie neun verschiedene Sätze...«
»Genau, genau.«
Connor schrieb eine Weile; plötzlich begann er verärgert den Stift zu schütteln. »Die verdammte Kulimine ist leer. Haben Sie hier einen Papierkorb?«
Phillips deutete in die Ecke. »Da drüben.«

»Danke.«
Connor warf den Kugelschreiber weg. Ich gab ihm meinen: »Also, Mr. Phillips, Sie sagten, daß Sie neun Sätze haben...«
»Genau. Die Sätze sind mit Buchstaben gekennzeichnet, von A bis I. Wenn ich um neun komme, nehme ich die Kassetten raus und sehe nach, was für ein Buchstabe draufsteht, und dann stecke ich die nächsten in der Reihenfolge rein. Heute abend habe ich zum Beispiel C rausgenommen und D reingesteckt, und die nehmen jetzt gerade auf.«
»Verstehe«, sagte Connor. »Und dann haben Sie den Satz C in eine dieser Schubladen hier gelegt?«
»Genau.« Phillips zog eine Schublade heraus. »In diese hier.«
»Darf ich?« Connor warf einen Blick auf die Reihe säuberlich beschrifteter Kassetten. Dann öffnete er rasch die anderen Schubladen und sah sich die darinliegenden Kassetten an. Die Schubladen sahen alle gleich aus, nur waren sie eben mit verschiedenen Buchstaben versehen.
»Ich glaube, jetzt verstehe ich«, sagte Connor. »Sie benützen neun Kassettensätze, die in der immer gleichen Reihenfolge eingelegt werden.«
»Ganz genau.«
»Jeder Satz wird also alle drei Tage verwendet.«
»Ja.«
»Seit wann benützt das Sicherheitsbüro dieses System?«
»Das Gebäude ist noch ganz neu, aber inzwischen machen wir das schon so zwei Monate ungefähr.«
»Das ist ein sehr gut organisiertes System, muß ich schon sagen«, bemerkte Connor anerkennend. »Danke, daß Sie es uns erklärt haben. Ich habe nur noch ein paar Fragen.«
»Na klar.«
»Als erstes: Diese Ziffern hier« – er deutete auf die Leuchtkristallanzeigen eines Videorecorders – »geben wohl an, wie lange das jeweilige Band bereits aufgenommen hat, richtig? Es ist jetzt nämlich fast elf Uhr; Sie haben die Kassetten um neun Uhr eingelegt, und auf dem obersten Recorder steht 1:55:30, auf dem nächsten 1:55:10 und so weiter.«

»Ja, das stimmt. Ich schiebe eine Kassette nach der anderen rein. Dazwischen vergehen immer ein paar Sekunden.«
»Verstehe. Alle zeigen im Moment etwa zwei Stunden an. Aber dieser Recorder dort unten, fällt mir auf, zeigt nur dreißig Minuten Laufzeit an. Ist der vielleicht kaputt?«
»Huh«, rief Phillips und runzelte die Stirn. »Das wird's wohl sein. Ich habe ja die Kassetten alle hintereinander reingeschoben, wie ich's Ihnen erklärt habe. Diese Recorder sind doch das Allerneueste. Irgendein kleiner Defekt, oder es hat mit der Stromversorgung gehapert. Das könnte es gewesen sein.«
»Ja, durchaus möglich«, sagte Connor. »Können Sie mir sagen, an welche Kamera dieser Recorder angeschlossen ist?«
»Ja, klar.« Phillips las die Nummer ab und ging dann in den Hauptraum, wo die Monitoren standen. »Kamera vier, sechs, Schrägstrich sechs«, sagte er. »Das ist diese hier.« Er klopfte auf einen Monitor.
Die entsprechende Kamera befand sich im Atrium; sie überblickte den gesamten sechsundvierzigsten Stock.
»Aber Sie sehen ja«, sagte Phillips, »das Schöne an dem System ist, daß es, wenn ein Recorder mal ausfällt, noch andere Kameras in diesem Stockwerk gibt, und die Recorder für diese Kameras scheinen ja zu funktionieren...«
»Ja, sie funktionieren«, stimmte ihm Connor zu. »Übrigens – können Sie mir sagen, warum in diesem Stock so viele Kameras angebracht sind?«
»Ich will nichts gesagt haben«, antwortete Phillips, »aber Sie wissen doch, wie wichtig den Japanern gute Leistung ist. Sie wollen die Büroangestellten *kaizen*, heißt es.«
»Diese Kameras sind also vor allem dazu da, die Angestellten tagsüber zu beobachten, um ihre Arbeitsleistung zu steigern?«
»Das habe ich gehört, ja.«
»Gut, ich denke das genügt«, sagte Connor. »Ach, eine Frage noch: Haben Sie die Adresse von Ted Cole?«
Phillips schüttelte den Kopf. »Nein.«
»Sind Sie mal mit ihm ausgegangen, einen trinken und so?«
»Ja, aber nicht oft. Ist ein komischer Kerl.«

»Waren Sie schon mal in seiner Wohnung?«

»Nein. Er ist ziemlich verschlossen. Ich glaube, er lebt mit seiner Mutter zusammen oder so was. Wir gehen meistens in die ›Palomino-Bar‹ drüben beim Flughafen. Da gefällt es ihm.«

Connor nickte. »Und eine letzte Frage: Wo ist das nächste öffentliche Telefon?«

»Draußen in der Eingangshalle, rechts um die Ecke bei den Toiletten. Aber Sie können gerne hier telefonieren.«

Connor verabschiedete sich freundlich von dem Wachmann. »Mr. Phillips, ich weiß es sehr zu schätzen, daß Sie sich die Zeit genommen haben, mit uns zu reden.«

»Nicht der Rede wert.«

Ich gab ihm meine Karte. »Für den Fall, daß Ihnen noch etwas einfällt, was uns vielleicht weiterhelfen könnte – hier ist meine Karte. Rufen Sie mich an!«

Dann gingen wir.

Connor stand am Münztelefon in der Lobby. Es war einer dieser neuen Apparate mit zwei Hörern, an jeder Seite einem, so daß zwei Teilnehmer gleichzeitig über eine Leitung telefonieren können. In Tokio gab es solche Telefone schon seit Jahren, jetzt tauchten sie allmählich in ganz Los Angeles auf. Pacific Bell war schon lange nicht mehr der wichtigste Betreiber öffentlicher Fernsprecher in Amerika, auch japanische Firmen mischten inzwischen auf diesem Markt mit. Ich sah, daß Connor die Nummer des Apparats in seinem Notizbuch vermerkte.

»Was machen Sie da?«

»Wir haben heute nacht zwei Fragen zu beantworten: Wir müssen herausfinden, warum das Mädchen im sechsundvierzigsten Stock getötet wurde, und wir sollten wissen, wer uns davon telefonisch verständigt hat.«

»Und Sie glauben, daß der Anruf von diesem Telefon aus erfolgt sein könnte?«

»Es ist möglich, ja.«

Er schloß das Notizbuch und blickte auf seine Armbanduhr. »Es ist schon spät. Wir müssen los.«

»Ich glaube, wir sind dabei, einen Riesenfehler zu begehen.«

»Wieso denn?«

»Ich weiß nicht, ob es richtig ist, die Kassetten in diesem Sicherheitsraum zu lassen. Irgend jemand könnte sie austauschen, während wir weg sind.«

»Sie sind schon ausgetauscht worden«, sagte Connor.

»Woher wissen Sie das?«

»Ich habe einen voll funktionstüchtigen Kugelschreiber geopfert, um das herauszufinden. Kommen Sie jetzt!« Er ging auf die Treppe zu, die in die Tiefgarage führte. Ich folgte ihm.

»Als Phillips uns dieses simple Rotationssystem erklärte«, sagte Connor, »war mir sofort klar, daß da ein Austausch stattgefunden haben könnte. Die Frage war nur, wie sich das beweisen ließ.« Seine Stimme hallte wider in dem Betontreppenhaus. Connor nahm immer zwei Stufen auf einmal, und ich gab mir Mühe, Schritt zu halten.

»Wenn jemand die Kassetten ausgetauscht hat – wie ist er wohl vorgegangen? Hastig, auf jeden Fall, und mit dem angestrengten Bemühen, keinen Fehler zu machen. Ganz bestimmt hat er darauf geachtet, kein belastendes Band zurückzulassen. Also hat er wahrscheinlich einen ganzen Satz Kassetten ausgetauscht. Aber womit hat er ihn ersetzt? Man kann nicht einfach den nächsten Satz einschieben. Insgesamt sind es nur neun Sätze – das Fehlen eines Satzes würde also viel zu leicht bemerkt werden, zumal dann eine Schublade leerstünde. Nein, der ganze Satz, der mitgenommen wurde, mußte durch einen völlig neuen Satz Kassetten ersetzt werden. Zwanzig brandneue Videokassetten. Deshalb habe ich mal im Papierkorb nachgesehen.«

»Darum haben Sie Ihren Kugelschreiber weggeworfen?«

»Ja. Ich wollte nicht, daß Phillips mitbekam, was ich tat.«

»Und?«

»In dem Papierkorb lag eine Menge zerknitterter Folien. Das Zeug, in das neue Videokassetten eingepackt sind.«

»Aha.«

»Als ich wußte, daß die Bänder ausgetauscht worden waren, blieb nur noch die Frage, welcher Satz. Ich stellte mich dumm und guckte in alle Schubladen. Sie haben wahrscheinlich bemerkt, daß Satz C, der, den Phillips aus den Geräten genommen hatte, als er seinen Dienst antrat, ein wenig weißere Etiketten hatte als die anderen Kassetten. Der Unterschied war nur gering, weil es das Sicherheitsbüro erst seit zwei Monaten gibt, aber man konnte ihn erkennen.«

»Ich verstehe.« Irgend jemand war also in den Sicherheitsraum gegangen, hatte zwanzig neue Bänder ausgepackt, neue Beschriftungen darauf angebracht, die Kassetten in die Videorecorder geschoben und so die Originalbänder ersetzt, auf denen der Mord zu sehen war.

»Wenn Sie mich fragen«, sagte ich, »weiß Phillips darüber mehr, als er uns erzählt hat.«

»Möglich. Aber wir haben jetzt Wichtigeres zu tun. Auf jeden Fall kann er nicht alles wissen. Der Mord wurde gegen zwanzig Uhr dreißig gemeldet. Phillips kam um zwanzig Uhr fünfundvierzig. Den Mord hat er also nicht gesehen. Es ist zu vermuten, daß sein Vorgänger Cole ihn mitangesehen hat. Aber um dreiviertel neun war Cole nicht mehr da; statt dessen stand zu diesem Zeitpunkt ein unbekannter Japaner im Sicherheitsraum und schloß gerade einen Aktenkoffer.«

»Sie meinen also, der hat die Kassetten vertauscht?«

Connor nickte. »Aller Wahrscheinlichkeit nach. Es würde mich nicht überraschen, wenn er selbst der Mörder ist. Ich hoffe, daß wir das in Miss Austins Wohnung herausfinden.« Er stieß die Tür auf, und wir betraten die Garage.

Mehrere Partygäste warteten in einer Reihe darauf, daß ihre Wagen von Hausdienern vorgefahren wurden. Ich sah Ishigura, der gerade auf Bürgermeister Thomas und dessen Frau einredete. Connor lotste mich auf die Gruppe zu. Ishigura stand neben dem Bürgermeister und gab sich so herzlich, daß es beinahe schleimig wirkte. »Ah, meine Herren! Kommen Sie gut voran mit Ihren Ermittlungen? Kann ich Ihnen noch irgendwie behilflich sein?«

Als ich sah, wie devot er sich in Anwesenheit des Bürgermeisters benahm, wurde ich wütend. Ich war so aufgebracht, daß ich rot anlief; Connor dagegen ließ sich nicht aus der Ruhe bringen.

»Danke, Ishiguro-*san*«, antwortete er und verbeugte sich leicht. »Die Ermittlungen schreiten gut voran.«

»Und bekommen Sie auch alle Hilfe, um die Sie mich gebeten haben?« wollte Ishiguro wissen.

»O ja. Man hat sich uns gegenüber sehr kooperativ gezeigt.«

»Gut, gut. Da bin ich froh.« Ishiguro schielte zum Bürgermeister hinüber und lächelte auch ihn strahlend an.

»Eine Sache wäre da allerdings«, sagte Connor.

»Sagen Sie es nur, wir werden alles, was in unserer Macht steht…«

»Die Videobänder sind offenbar entfernt worden.«

»Videobänder?« Ishiguro runzelte die Stirn. Es war offensichtlich, daß er damit nicht gerechnet hatte.

»Ja. Die Aufzeichnungen der Überwachungskameras.«

»Davon weiß ich nichts«, sagte Ishiguro. »Aber ich darf Ihnen versichern, falls irgendwelche Bänder existieren, werden Sie Ihnen für Ihre Ermittlungen ausgehändigt.«

»Danke«, sagte Connor. »Leider sind die Aufzeichnungen, um die es uns geht, offenbar aus dem Sicherheitsraum entfernt worden.«

»Entfernt worden? Das kann ich nicht glauben. Es muß sich um ein Mißverständnis handeln.«

Der Bürgermeister folgte dem Wortwechsel aufmerksam.

Connor sagte: »Das ist möglich, aber ich glaube es nicht. Es würde uns sehr beruhigen, Mr. Ishiguro, wenn Sie sich dieser Angelegenheit persönlich annehmen würden.«

»Aber selbstverständlich«, versicherte Ishiguro. »Ich kann mir allerdings nicht vorstellen, Mr. Connor, daß irgendwelche Aufzeichnungen fehlen.«

»Danke, daß Sie sich darum kümmern werden, Mr. Ishiguro«, erwiderte Connor.

»Keine Ursache, Captain«, sagte Ishiguro, noch immer lächelnd. »Es ist mir ein Vergnügen, Sie zu unterstützen, wo immer ich kann.«

»Dieser Scheißkerl«, sagte ich. Wir fuhren in westlicher Richtung auf dem Santa Monica Freeway. »Der kleine Schleimscheißer lügt doch, daß sich die Balken biegen.«
»Ich gebe zu, daß es nervt«, erwiderte Connor. »Aber wissen Sie, Ishiguro sieht die Sache ein bißchen anders. Sobald er neben dem Bürgermeister stand, betrachtete er sich in einem anderen Zusammenhang, in dem es andere Verpflichtungen für ihn gab und ein anderes Verhaltensmuster angebracht war. Weil er große Sensibilität in Hinsicht auf die jeweilige Situation besitzt, kann er sich unterschiedlich geben, ganz unabhängig davon, wie er sich zuvor benommen hat. Auf uns wirkt er dann wie ein ausgewechselter Mensch, aber für ihn ist es das einzig angemessene Verhalten.«
»Mir stinkt einfach«, meinte ich gereizt, »daß er uns gegenüber so vertraulich tat.«
»Natürlich hat er das getan«, sagte Connor. »Und er wäre ziemlich überrascht, wenn ihm zu Ohren käme, daß Sie jetzt wütend auf ihn sind. Sie halten ihn für unehrlich. Er aber würde Sie als naiv bezeichnen. Für einen Japaner ist konsequentes Verhalten einfach unmöglich. Ein Japaner verändert sich entsprechend dem Status seines jeweiligen Gesprächspartners. Er wird sogar dann immer wieder ein anderer Mensch, wenn er durch die verschiedenen Zimmer seines eigenen Hauses geht.«
»Na gut«, sagte ich, »mag ja sein. Aber es bleibt dabei, daß er ein beschissener Lügner ist.«
Connor sah mich an. »Würden Sie so etwas zu Ihrer Mutter sagen?«
»Natürlich nicht.«
»Dann verändern Sie sich auch entsprechend Ihrer jeweiligen Umgebung. Das tun wir nämlich alle. Nur glauben die Amerikaner, daß sich im tiefsten Inneren ein Kern von Individualität verbirgt, der sich nicht von einem Moment auf den anderen

verwandelt. Die Japaner glauben nicht an einen solchen Kern. Für sie ist die jeweilige Situation alles.«

»Klingt mir ganz nach einer Ausrede fürs Lügen«, wandte ich ein.

»Für ihn ist es keine Lüge.«

»Aber es *ist* eine Lüge.«

Connor hob die Schultern. »Nur, wenn man es von Ihrem Blickwinkel aus betrachtet, *kōhai*. Er sieht es anders.«

»Scheiße!«

»Passen Sie auf: Sie haben die Wahl. Entweder Sie bringen Verständnis für die Japaner auf und nehmen sie, wie sie sind, oder Sie ärgern sich über sie. Das Problem in diesem Land hier ist, daß wir mit den Japanern nicht so umgehen, wie sie nun einmal sind.«

Der Wagen geriet in ein Schlagloch und schlug so hart auf, daß der Hörer des Funktelefons hinunterfiel. Connor nahm ihn und hängte ihn wieder ein.

Wir hatten die Ausfahrt nach Bundy erreicht. Ich ordnete mich auf der rechten Spur ein. »Eines verstehe ich nicht«, sagte ich, »und zwar, warum Sie glauben, daß der Mann mit dem Aktenkoffer im Sicherheitsraum der Mörder sein könnte.«

»Es hat etwas mit der zeitlichen Abfolge zu tun. Der Mord wurde um zwanzig Uhr zweiunddreißig gemeldet. Weniger als zwanzig Minuten später hielt sich dort unten ein Japaner auf und tauschte Kassetten aus, um etwas zu vertuschen. Es wurde also überaus schnell reagiert – viel zu schnell für ein japanisches Unternehmen.«

»Wieso?«

»Japanische Unternehmen reagieren nur sehr langsam auf Krisensituationen. Ihr System basiert auf Präzedenzfällen. Eine ihnen nicht vertraute Konstellation macht die Beteiligten unsicher, sie wissen nicht, wie sie sich verhalten sollen. Sie erinnern sich doch an die Telefaxe. Ich bin mir sicher, daß den ganzen Abend über Faxe zwischen Los Angeles und der Nakamoto-Zentrale in Tokio hin und her gegangen sind. Die Leute wissen auch jetzt noch nicht, was sie tun sollen, daran besteht kein Zweifel. Eine japanische Organisation kann in einer neuen Situation ganz einfach nicht schnell entscheiden.«

»Und ein einzelner kann es?«

»Ja, genau.«

»Und deshalb glauben Sie, daß der Mann mit dem Aktenkoffer der Mörder sein könnte.«

Connor nickte. »Ja. Entweder der Mörder selbst oder jemand, der ihm nahesteht. Aber ich denke, in Miss Austins Wohnung werden wir weitere Hinweise finden. Ich glaube, da ist es schon – dort vorn, rechts.«

Das »Imperial Arms« war ein Apartment-Gebäude in einer baumgesäumten Straße etwa einen Kilometer außerhalb von Westwood Village. Den falschen Tudor-Balken hätte ein bißchen frische Farbe nicht geschadet, das ganze Haus wirkte ziemlich heruntergekommen, aber das war nichts Ungewöhnliches bei diesen Mittelklassemietshäusern, die von Studenten und jungen Familien bewohnt wurden. Das Auffälligste am »Imperial Arms« war seine Unauffälligkeit: Man konnte Tag für Tag an diesem Gebäude vorbeifahren, ohne es je wahrzunehmen.

»Perfekt«, sagte Connor, als wir die Treppen hinaufgingen. »Genau so was mögen sie.«

»Wer mag was?«

Wir betraten eine Eingangshalle im gängigsten California-Stil: pastellfarbene Tapeten mit Blumenmuster, plüschige Sofas, billige Keramiklampen und ein Couchtisch aus Chrom. Das einzige, was diese Apartment-Lobby von Hunderten anderer unterschied, war die Portiersloge in der Ecke, wo ein fülliger japanischer Portier den Blick äußerst ungnädig von seinem Comic-Heft hob.

»Was gibt's?«

Connor zeigte ihm seine Polizeimarke und fragte, wo er Cheryl Austins Apartment finden könne.

»Ich melde an«, sagte der Portier und griff nach dem Telefon.

»Nicht nötig.«
»Ja, ja, ich melde an. Vielleicht gerade Besuch.«
»Ganz bestimmt nicht«, erwiderte Connor. *»Kore wa keisatsu no shigoto da.«* Dies ist eine offizielle polizeiliche Angelegenheit.
Der Portier verbeugte sich ruckartig. *»Kyugo shitu.«* Er reichte Connor einen Schlüssel.
Wir gingen durch eine zweite Glastür und einen teppichbelegten Gang entlang. An jedem Ende des Korridors stand ein Lacktischchen. Die einfache Ausstattung ließ das Innere des Gebäudes erstaunlich elegant wirken.
»Typisch japanisch«, meinte Connor mit einem Lächeln.
Ich dachte nur: ein heruntergekommenes, auf Tudor getrimmtes Apartment-Gebäude in Westwood? Typisch japanisch? Aus einem Zimmer links von uns war schwach Rap zu hören – der neueste Hit von M.C. Hammer.
»Weil das Äußere keinerlei Rückschlüsse auf das Innere zuläßt«, erklärte Connor. »Das ist ein fundamentales Prinzip japanischen Denkens. Die Fassade offenbart nichts – weder in der Architektur noch im menschlichen Gesicht, nirgends. So ist es immer schon gewesen. Sehen Sie sich mal alte Samurai-Häuser in Takayama oder Kyoto an! Vom Äußeren kann man nicht auf das Innere schließen.«
»Soll das heißen, daß dies hier ein japanisches Gebäude ist?«
»Natürlich. Warum sonst sollte hier ein Japaner, der kaum Englisch spricht, als Portier arbeiten? Außerdem ist er ein *yakuza*. Die Tätowierung ist Ihnen ja wahrscheinlich aufgefallen.«
Ich hatte sie nicht bemerkt. Die *yakuza* waren japanische Gangster. Daß es auch hier in Amerika *yakuza* gab, war mir unbekannt, und ich sagte es Connor.
»Sie müssen verstehen, daß es da eine Schattenwelt gibt – hier in Los Angeles, in Honolulu, in New York«, klärte Connor mich auf. »Die meiste Zeit über bemerkt man sie gar nicht. Man lebt in seiner normalen amerikanischen Umgebung, fährt auf seinen amerikanischen Straßen und nimmt nie wahr, daß sich neben dieser Welt eine zweite befindet, eine sehr verschwiegene, sehr geheime Welt. In New York kann es vorkommen, daß Sie japani-

sche Geschäftsleute durch eine nichtgekennzeichnete Tür gehen sehen und mitbekommen, daß sich dahinter ein Club verbirgt. Vielleicht erzählt Ihnen hin und wieder jemand von einer kleinen Sushi-Bar in Los Angeles, aus der man mit einer Zeche unter zwölfhundert Dollar pro Person nicht herauskommt – das sind Preise, wie sie in Tokio üblich sind. Aber solche Lokale sind in den amerikanischen Fremdenführern nicht aufgelistet, die gehören nicht zu unserer amerikanischen Welt. Sie sind Teil der Schattenwelt und nur für Japaner zugänglich.«

»Und das hier?«

»Das hier ist ein *bettaku*. Eine Liebesunterkunft, in der die Mätressen untergebracht sind – und hier ist schon Miss Austins Apartment.«

Connor sperrte die Tür mit dem Schlüssel auf, den ihm der Portier gegeben hatte. Wir gingen hinein.

Es war eine Drei-Zimmer-Wohnung, ausgestattet mit teuren, viel zu großen Leihmöbeln in Pink und Pastellgrün. Auch die Ölbilder an den Wänden waren geleast; auf einem kleinen Schild an einer der Rahmenleisten stand BREUNER'S RENTS. Auf der Küchentheke war nur eine Schale mit Obst zu sehen. Im Kühlschrank fand sich nichts außer Joghurtbechern und Cola-Light-Dosen. Die Sofas im Wohnzimmer sahen nicht so aus, als hätte jemals ein Mensch auf ihnen gesessen. Auf dem Couchtisch lag ein Bildband mit Porträts von Hollywood-Stars, daneben stand eine Vase mit vertrockneten Blumen. Im ganzen Raum waren leere Aschenbecher verteilt.

Das eine der beiden Schlafzimmer war zu einem Aufenthaltsraum umfunktioniert worden, mit einer Couch und einem Fernseher und einem Home-Trainer in der Ecke. Alles war nagelneu. Über einem Eck des Bildschirms klebte ein großer Sticker, auf dem DIGITAL TUNING FEATURE stand. Die Lenkstange des Home-Trainers war noch mit einer Plastikverpackung umhüllt.

Erst im großen Schlafzimmer stieß ich auf ein bißchen menschliche Unordnung. Eine Tür des Spiegelschranks stand offen, und auf dem Bett lagen drei teure Cocktailkleider. Offenbar hatte sie

sie anprobiert, um zu entscheiden, was sie tragen solle. Auf der Frisierkommode standen Parfumflacons, gerahmte Fotografien und ein Aschenbecher mit Mild-Seven-Menthols-Kippen; daneben lagen ein Diamanthalsband und eine goldene Rolex. Die oberste Schublade der Kommode, in der sich Schlüpfer und andere Unterwäsche befanden, war ein Stück herausgezogen. In einer Ecke sah ich Cheryl Austins Paß liegen und blätterte ihn durch: ein Visum für Saudi-Arabien, eines für Indonesien, drei japanische Einreisestempel.

Die Stereoanlage in der Ecke war noch angeschaltet; aus dem Recorder ragte eine Kassette. Ich drückte sie hinein, und Jerry Lee Lewis begann zu singen: »*You shake my nerves and you rattle my brain, too much of love drives a man insane…*« Texas-Musik, eigentlich viel zu altbacken für ein so junges Mädchen. Aber vielleicht stand sie auf die guten alten Songs.

Ich sah mir die Frisierkommode noch einmal etwas genauer an. Auf einigen der gerahmten Farbfotos war eine lächelnde Cheryl Austin in Asien zu sehen: vor dem roten Tor eines Shinto-Schreins, in einem Klostergarten, in einer Straße mit grauen Wolkenkratzern, auf einem Bahnsteig. Die Fotos waren offensichtlich in Japan aufgenommen worden. Die meisten zeigten Cheryl allein, aber auf einigen war sie in Begleitung eines älteren Japaners mit Brille und hoher Stirn. Eines der Bilder zeigte sie in einer Landschaft, die auf den Westen der Vereinigten Staaten schließen ließ. Cheryl stand lächelnd vor einem schmutzigen Kleinlaster, neben sich eine gebrechliche, großmütterlich wirkende Frau mit Sonnenbrille. Die alte Frau lächelte nicht und sah überhaupt eher unbehaglich drein.

Neben der Frisierkommode lehnten an der Wand lange Papierrollen – mehrere Exemplare eines Posters von Cheryl im Bikini: Sie hielt lachend eine Flasche Asahi-Bier hoch. Die Beschriftung war ausschließlich japanisch.

Ich ging ins Badezimmer.

In einem Eck lag eine Jeans, auf der Waschbeckentheke ein weißer Pullover. An einem Haken vor der Duschkabine hing ein feuchtes Handtuch. In der Dusche selbst waren noch Wassertrop-

fen zu sehen. Ein ausgeschaltetes Gerät mit elektrischen Lockenwicklern stand neben dem Waschbecken. Im Spiegelrahmen steckten Fotos von Cheryl und einem anderen Japaner am Pier von Malibu, einem ziemlich gutaussehenden Mann Mitte dreißig. Auf einem der Bilder hatte er ihr liebevoll den Arm um die Schulter gelegt. Die Narbe an seiner Hand war deutlich zu sehen.
»Bingo!« sagte ich.
Connor trat ins Badezimmer. »Etwas gefunden?«
»Unseren Mann mit der Narbe.«
»Gut.« Er sah sich das Foto gründlich an. Ich warf noch einmal einen Blick auf das Durcheinander im Bad, auf die Gegenstände am Waschbecken. »Wissen Sie«, sagte ich, »irgend etwas stört mich hier.«
»Was denn?«
»Ich weiß, daß sie nicht lange hier gewohnt hat, und ich weiß auch, daß das ganze Zeug nur geliehen ist... aber trotzdem, ich kann mir nicht helfen, ich habe das Gefühl, daß alles hier irgendwie arrangiert wirkt. Aber ich komme nicht darauf, warum.«
Connor lächelte. »Ausgezeichnet, Lieutenant. Es wirkt tatsächlich alles ›irgendwie arrangiert‹. Und es gibt auch einen Grund dafür.«
Er gab mir ein Polaroidfoto, auf dem das Badezimmer zu sehen war, in dem wir gerade standen. Die Jeans in der Ecke. Das Handtuch. Die Lockenwickler neben dem Waschbecken. Aber es war mit einem Weitwinkelobjektiv aufgenommen, das alles verzerrte. So ein Ding benutzte die Spurensicherung manchmal.
»Woher haben Sie das?«
»Aus dem Abfallkorb in der Eingangshalle.«
»Dann ist dieses Foto offenbar heute abend aufgenommen worden.«
»Ja. Bemerken Sie irgendeine Veränderung in diesem Raum?«
Ich sah mir das Polaroidfoto gründlich an. »Nein, alles sieht ganz genauso aus – halt, Augenblick mal! Diese Bilder im Spiegelrahmen. Die sind auf dem Polaroidfoto nicht zu sehen. Die sind erst hinterher reingesteckt worden.«

»Ganz genau.« Connor ging ins Schlafzimmer zurück. Er nahm eines der gerahmten Fotos, die auf der Frisierkommode standen. »Jetzt sehen Sie sich mal dieses hier an«, sagte er. »Miss Austin und ein japanischer Freund im Shinjuku-Bahnhof in Tokio. Sie wollte sich wahrscheinlich das Kabukichō-Viertel ansehen, vielleicht machte sie auch nur einen Einkaufsbummel. Beachten Sie den rechten Rand des Fotos! Sehen Sie den schmalen Streifen, der heller ist als der Rest des Bildes?«

»Ja.« Und ich wußte auch, was dieser Streifen bedeutete. Auf diesem Foto war ein anderes gelegen. Der hervorlugende Rand des unteren Fotos war von der Sonne gebleicht worden. »Das darüberliegende Bild hat man entfernt.«

»Ja.«

»Man hat die ganze Wohnung systematisch durchsucht.«

»Jawohl«, sagte Connor. »Und zwar sehr gründlich. Sie sind gleich hierhergefahren, haben vorsichtshalber Polaroidaufnahmen gemacht, dann das Apartment durchsucht und alles wieder so hingelegt wie auf den Fotos. Aber so ganz exakt kann man das nicht machen. Die Japaner sagen, Kunstlosigkeit ist die größte Kunst. Aber diese Leute können nicht aus ihrer Haut heraus, sie sind wie besessen. Deshalb stellen sie die Bilderrahmen ein kleines bißchen zu gerade zurück und die Parfumflaschen ein kleines bißchen zu ordentlich zusammen. Alles wirkt ein wenig unnatürlich, arrangiert eben. Man fühlt es selbst dann, wenn man es gar nicht bewußt wahrnimmt.«

»Aber warum haben sie alles durchsucht?« fragte ich. »Welche Fotos haben sie verschwinden lassen? Die, auf denen sie zusammen mit dem Mörder ist?«

»Das kann man im Augenblick nicht sagen«, antwortete Connor. »Auf alle Fälle scheinen Miss Austins Verbindungen zu Japan und zu japanischen Männern nicht gestört zu haben. Aber eines haben sie offensichtlich entfernen wollen, und das kann nur...«

In diesem Augenblick ertönte aus dem Wohnzimmer eine zaghafte Stimme: »Lynn? Kleines? Bist du da?«

Sie stand in der Tür und schaute ins dunkle Zimmer, so daß ich nur ihre Silhouette sah. Barfuß, in Shorts und einem knappen, von Trägern gehaltenen Oberteil. Das Gesicht konnte ich nicht gut erkennen, aber ganz offensichtlich war sie das, was mein alter Kollege Anderson immer als einen heißen Feger bezeichnete.
Connor zückte seine Marke. Sie sagte, sie heiße Julia Young. Sie hatte einen Südstaatenakzent und nuschelte ein bißchen. Connor knipste das Licht an, und wir konnten sie besser sehen. Ein wirklich hübsches Mädchen. Zögernd trat sie ein.
»Ich habe Musik gehört – ist sie da? Ist mit Cherylynn alles in Ordnung? Ich weiß, daß sie heute abend zu dieser Party gegangen ist.«
»Ich habe nichts Gegenteiliges gehört«, sagte Connor und schoß mir einen Blick zu. »Kennen Sie Cherylynn?«
»Na klar. Ich wohne gegenüber, in Nummer acht. Warum kommen Sie alle hierher?«
»Alle?«
»Na, Sie beide, und davor waren diese beiden Japaner da.«
»Wann war das?«
»Weiß nicht. Vor einer halben Stunde vielleicht. Ist irgendwas mit Cherylynn passiert?«
»Haben Sie die Männer gesehen, Miss Young?« fragte ich. Vielleicht hatte sie einen Blick durch ihren Türgucker geworfen.
»Na ja, ich habe Hallo zu ihnen gesagt.«
»Wieso denn?«
»Einen kenne ich ziemlich gut. Eddie.«
»Eddie?«
»Eddie Sakamura. Eddie kennt jeder. Den schnellen Eddie.«
»Können Sie ihn beschreiben?« fragte ich.
Sie sah mich erstaunt an. »Das ist der Typ auf den Fotos, der Junge mit der Narbe an der Hand. Eddie Sakamura kennen doch alle. Der steht immer in der Zeitung. Spendet viel und so. Großer Partyhengst.«
»Können Sie uns sagen, wo wir ihn finden?«
»Er ist Mitbesitzer eines polynesischen Lokals in Beverly Hills«, sagte Connor. »Das ›Bora Bora‹. Da hängt er oft rum.«

»Das ist er«, bestätigter Julia. »Das Lokal ist praktisch sein Büro. Mir gefällt's dort nicht, ist zu laut. Aber Eddie läuft da immer rum und ist hinter den großen Blondinen her. Er mag es, wenn er zu einem Mädchen aufschauen kann.«
Sie lehnte sich an den Tisch und strich sich verführerisch das volle braune Haar aus dem Gesicht. Dabei sah sie mich an und zog einen Schmollmund. »Seid ihr Kollegen, ihr beide?«
»Ja«, antwortete ich.
»Er hat mir seine Marke gezeigt, aber Sie nicht.«
Ich nahm meine Brieftasche heraus. Sie sah sich meinen Ausweis an. »Peter«, las sie laut vor. »Mein erster Freund hieß Peter. Aber so hübsch wie Sie war er nicht.« Sie lächelte mich an.
Connor räusperte sich und sagte: »Sind Sie schon mal in Cheryls Wohnung gewesen?«
»Na klar, schließlich wohne ich gegenüber. Aber in letzter Zeit ist sie selten in Los Angeles. Meistens auf Reisen.«
»Wohin denn?«
»Ganz verschieden. Nach New York, Washington, Seattle, Chicago... überallhin. Ihr Freund reist viel. Sie trifft ihn dann immer. Um ehrlich zu sein, ich glaube, sie trifft ihn nur, wenn seine Frau nicht dabei ist.«
»Dieser Freund ist verheiratet?«
»Na ja, irgendwas ist den beiden jedenfalls im Weg.«
»Wissen Sie, wer dieser Freund ist?«
»Nein. Sie hat einmal gesagt, daß er nie hierher in ihre Wohnung kommt. Er ist irgendein hohes Tier, total reich. Die schicken ihr einfach einen Privatjet, und schon ist sie weg. Das macht Eddie ganz verrückt. Eddie ist ein eifersüchtiger Typ, wissen Sie. Muß bei den Mädchen immer *iro otoko* sein, der sexy Lover.«
»Ist Cheryls Verhältnis mit diesem Freund ein Geheimnis?« fragte Connor.
»Weiß ich nicht. Glaube nicht. Es ist einfach eine ganz ernste Sache. Sie ist total verknallt in den Typen.«
»Sie ist total verknallt?«
»Das können Sie sich gar nicht vorstellen. Ich habe selbst gesehen, wie sie alles stehen und liegen ließ und auf und davon

ging, um sich mit ihm zu treffen. Einmal ist sie abends zu mir rübergekommen und hat mir zwei Karten für das Springsteen-Konzert geschenkt, weil sie gleich nach Detroit fliegen wollte, ihren kleinen Koffer in der Hand und im Sonntagskleid. Und das nur, weil er vor zehn Minuten angerufen und gesagt hatte: ›Triff dich mit mir!‹ Strahlte übers ganze Gesicht, sah aus wie eine Fünfjährige. Ich weiß auch nicht, warum sie das nicht auf die Reihe kriegt.«

»Was soll sie auf die Reihe kriegen?«

»Der Typ nützt sie doch nur aus.«

»Wie kommen Sie darauf?«

»Cherylynn ist sehr schön und sieht wirklich umwerfend aus. Sie hat auf der ganzen Welt als Model gearbeitet, vor allem in Asien. Aber ganz tief drinnen ist sie immer noch das Mädchen aus der Kleinstadt. Midland ist eine Erdölstadt, verstehen Sie, da gibt es viel Geld, aber es ist und bleibt eine Kleinstadt. Und im Grunde will Cherylynn nur den Ehering am Finger und Kinder und einen Hund im Garten. Aber von dem Typ bekommt sie das nie. Das checkt sie einfach nicht.«

»Und Sie wissen nicht, wer er ist?« fragte ich.

»Nein.« Plötzlich machte sie ein verschmitztes Gesicht und ließ einen Träger über die Schulter fallen, so daß der Brustansatz aus dem Oberteil hervorsah. »Aber Sie sind doch nicht hier, weil Sie sich für irgendeinen Freund von ihr interessieren, oder?«

»Eigentlich nicht, nein«, sagte Connor.

Julia nickte mit wissendem Gesichtsausdruck. »Es geht um Eddie, stimmt's?«

»Hm«, grummelte Connor.

»Hab' ich's doch gewußt«, sagte sie. »Mir war klar, daß er früher oder später Schwierigkeiten kriegen würde. Das haben wir alle hier gesagt. Wir haben alle gewußt, daß es so kommen würde, alle Mädchen hier im ›Arms‹.« Sie machte eine vage Handbewegung. »Weil er einfach zu schnell ist, der schnelle Eddie. Man würde gar nicht glauben, daß er Japaner ist. Er ist so ein greller Typ.«

»Stammt er aus Osaka?« fragte Connor.

»Ja, sein Vater ist ein wichtiger Manager dort, arbeitet bei Daimatsu. Netter alter Knabe. Wenn der hierher auf Besuch kommt, trifft er sich manchmal mit einem der Mädchen im zweiten Stock. Eddie sollte eigentlich hier studieren und dann wieder heimfahren und für die *kaisha*, die Firma, arbeiten, aber er hat keine Lust. Ihm gefällt's hier. Na ja, warum auch nicht? Hat ja alles hier. Jedesmal wenn er seinen alten Ferrari zu Schrott gefahren hat, kauft er sich einen neuen. Der hat mehr Geld als der liebe Gott. Er lebt lange genug hier, er ist wie ein Amerikaner. Sieht gut aus, sexy. Und mit Drogen hat er natürlich auch zu tun. Ist ein richtiger Partylöwe. Was soll er da in Osaka?«

Ich sagte: »Aber Ihnen war von Anfang an klar, daß er...«

»Daß er in Schwierigkeiten kommen würde? Freilich. Weil er eben auch ein bißchen spinnt.« Sie zuckte mit den Achseln. »Wissen Sie, die haben alle einen leichten Schlag. Diese Typen kommen aus Japan hierher, und sogar wenn sie ein *shōkai* haben, eine persönliche Empfehlung, muß man vor ihnen auf der Hut sein. Die denken sich nichts dabei, zehntausend Dollar, manchmal sogar zwanzigtausend in einer Nacht auf den Kopf zu hauen, das ist gar nichts für die. Das ist für die ein Trinkgeld, das lassen die auf dem Nachtkästchen liegen. Aber was sie dafür wollen – zumindest manche...«

Sie verstummte. Sie blickte verträumt in irgendeine Ferne. Ich sagte nichts, ich wartete einfach. Connor sah sie an, verständnisvoll nickend.

Plötzlich redete sie weiter, als sei sie sich der Pause gar nicht bewußt geworden. »Und ihre Wünsche, ihre Begierden, sind für sie genauso selbstverständlich, wie ein Trinkgeld zu geben. Das ist alles völlig natürlich für die. Wissen Sie, ich habe nichts gegen einen Spritzer Natursekt oder so, oder gegen Handschellen. Oder gegen ein bißchen Prügeln, wenn der Typ mir sympathisch ist. Aber daß jemand an mir rumsäbelt, das geht mir zu weit, egal, wieviel er zahlt. Mit Messern oder Dolchen geht bei mir gar nichts. Aber sie können so... Viele sind so höflich, so korrekt, aber dann kommen sie plötzlich in diese Stimmung,

dann werden sie so, so...« Sie unterbrach sich und schüttelte den Kopf. »Das sind schon komische Menschen.«
Connor sah auf seine Uhr. »Miss Young, Sie haben uns sehr geholfen. Es kann sein, daß wir noch einmal mit Ihnen sprechen müssen. Lieutenant Smith wird sich Ihre Telefonnummer notieren.«
»Ja, na klar!«
Ich schlug meinen Notizblock auf.
Connor sagte: »Ich unterhalte mich inzwischen mal mit dem Portier.«
»Shinichi«, sagte Julia.
Connor ging. Ich schrieb mir ihre Telefonnummer auf. Sie fuhr sich mit der Zunge über die Lippen, während sie mir dabei zusah. Dann sagte sie: »Sie können es mir doch verraten. Hat er sie umgebracht?«
»Wer?«
»Eddie. Hat er Cherylynn umgebracht?«
Sie war ein hübsches Mädchen, aber in ihrem Blick sah ich helle Panik. Sie betrachtete mich unverwandt mit leuchtenden Augen. Es war unheimlich. Ich sagte: »Warum fragen Sie mich das?«
»Darum. Er hat es ihr immer angedroht. Heute nachmittag zum Beispiel. Da hat er es ihr angedroht.«
»Eddie war heute nachmittag hier?«
»Ja, klar doch.« Sie hob die Schultern. »Der ist doch ständig hier. Hat sie besucht, war ziemlich aufgebracht. Als sie das Haus hier übernahmen, haben sie extra lärmdämmende Wände eingebaut. Und trotzdem konnte man hören, wie sie sich in Cherylynns Wohnung anschrien. Er und Cherylynn. Sie legte ihren Jerry Lee Lewis auf, den spielte sie Tag und Nacht, bis man fast verrückt wurde, und dann schrien sie sich an und bewarfen sich mit Gegenständen. Er brüllte immer: ›Ich bring' dich um, ich bring' dich um, du Hure!‹ Also: Hat er sie umgebracht?«
»Ich weiß es nicht.«
»Aber sie ist tot, oder?« Ihre Augen leuchteten noch immer.
»Ja.«
»Mußte ja so kommen«, sagte sie. Sie wirkte vollkommen ruhig.

»Das haben wir alle hier gewußt. War nur eine Frage der Zeit. Rufen Sie mich an, wenn Sie... wenn Sie mehr wissen wollen.«
»Ja, ist gut.« Ich gab ihr meine Karte. »Und wenn Ihnen was Besonderes einfällt, können Sie mich unter dieser Nummer erreichen.«
Sie steckte die Karte in ihre Shortstasche. »Hat Spaß gemacht, mit Ihnen zu reden, Peter.«
»Ja. Okay.«
Ich ging den Korridor hinunter. Als ich am Ende angelangt war, drehte ich mich um. Sie stand in ihrer Wohnungstür und winkte mir nach.

Connor telefonierte an dem Apparat in der Eingangshalle des »Imperial Arms«, mißtrauisch beobachtet vom japanischen Portier, der so wirkte, als wolle er ihn abhalten, finde aber keinen ausreichenden Grund dafür.
»Genau«, sagte Connor gerade. »Alle Telefonate, die von diesem Apparat aus zwischen zwanzig und zweiundzwanzig Uhr geführt worden sind. Genau.« Er lauschte eine Weile in den Hörer hinein. »Also, es ist mir völlig egal, daß Ihre Daten anders geordnet sind, ich will diese Information haben. Wie lange wird das dauern? Morgen? Machen Sie sich doch nicht lächerlich! Was glauben Sie eigentlich, um was es hier geht? Ich brauche die Angaben in zwei Stunden. Ich rufe zurück. Ja, Sie mich auch!« Er hängte den Hörer ein. »Los jetzt, *kōhai*!«
Wir gingen zum Wagen hinaus.
»Haben Sie Ihre Verbindungen angezapft?« fragte ich.
»Meine Verbindungen?« Er sah erstaunt drein. »Ach, Graham hat Ihnen von meinen sogenannten Kontakten erzählt. Nein, ich habe keine speziellen Informanten. Das bildet er sich nur ein.«
»Er erwähnte die Arakawa-Sache.«
Connor seufzte. »Ach, die!« Wir gingen aufs Auto zu. »Wollen Sie die Geschichte hören? Es ist ganz einfach. Zwei japanische Staatsangehörige werden ermordet. Die Polizei setzt Detectives

auf den Fall an, die nicht japanisch sprechen. Nach einer Woche überlassen sie die Sache endlich mir.«
»Und was haben Sie gemacht?«
»Die Arakawas wohnten im ›New Otani Hotel‹. Ich ließ mir die Liste der Telefonate geben, die sie nach Japan geführt hatten. Diese Nummern habe ich angerufen und mit einigen Leuten in Osaka gesprochen. Dann sprach ich mit der Polizei in Osaka, und zwar wiederum auf japanisch. Ich war der erste, der sich dort gemeldet hatte. Die waren ganz erstaunt, daß wir keine Ahnung von der ganzen Geschichte hatten.«
»Verstehe.«
»Nicht ganz«, fuhr Connor fort. »Unserer Polizei hier war die Sache ziemlich peinlich. Inzwischen hatte nämlich die Presse die Katze aus dem Sack gelassen und die Polizei kritisiert. Alle möglichen Leute hatten Blumen für die Opfer geschickt. Es war zu einer gigantischen Sympathiekundgebung gekommen für Menschen, die sich nun als Gangster herausstellten. Vielen Leuten war das peinlich. Also lastete man alles mir an. Ich sei heimlich vorgegangen, um den Fall zu lösen. Hat mich ziemlich auf die Palme gebracht, kann ich Ihnen sagen.«
»Und deshalb sind Sie nach Japan gegangen?«
»Nein. Das ist wieder eine andere Geschichte.«
Wir standen vor dem Auto. Ich warf einen Blick zurück auf das »Imperial Arms« und sah Julia Young am Fenster stehen und zu uns herunterschauen. »Die macht einen ganz schön an«, sagte ich.
»Die Japaner nennen solche Frauen *shirigaru onna*, Frauen mit einem leichten Arsch.« Er öffnete die Wagentür und stieg ein. »Aber sie nimmt Dope. Wir dürfen ihr nicht ein Wort glauben. Trotzdem – allmählich bildet sich hier eine Konstellation heraus, die mir nicht gefällt.« Er sah auf seine Uhr und schüttelte den Kopf. »Verdammt, wir sind spät dran. Wir müssen jetzt zum ›Palomino‹ fahren und uns mit Mr. Cole unterhalten.«
Ich fuhr los, Richtung Süden. Connor lehnte sich in seinem Sitz zurück und kreuzte die Arme über der Brust. Er starrte seine Füße an und sah ziemlich unzufrieden drein.

»Was war das mit der Konstellation, die Ihnen nicht gefällt?«
»Die Verpackung im Papierkorb. Das weggeworfene Polaroidfoto. Das alles hätten wir eigentlich nicht finden dürfen.«
»Sie sagten doch selbst, daß die es eilig haben.«
»Ja, schon. Wissen Sie, die Japaner halten die amerikanische Polizei für unfähig. Diese Schlampigkeit ist ein Zeichen ihrer Verachtung.«
»Na und? Wir sind aber nicht unfähig.«
Connor schüttelte den Kopf. »Verglichen mit den Japanern, sind wir tatsächlich unfähig. In Japan wird fast jeder Verbrecher gefaßt. Schwere Vergehen werden zu neunundneunzig Prozent aufgeklärt. In Japan weiß also praktisch jeder Verbrecher von vornherein, daß man ihn fassen wird. Hier liegt die Aufklärungsrate bei ungefähr siebzehn Prozent. Nicht mal jeder fünfte wird bestraft. Ein Verbrecher in den Vereinigten Staaten weiß also, daß er höchstwahrscheinlich *nicht* gefaßt wird – und wenn man ihn faßt, wird er oft dank diverser juristischer Tricks nicht verurteilt. Und Sie wissen ja: Alle Untersuchungen über die Effektivität der Polizei zeigen, daß amerikanische Detectives einen Fall entweder innerhalb der ersten sechs Stunden lösen oder überhaupt nicht.«
»Was wollen Sie damit sagen?«
»Hier wurde ein Verbrechen in der Erwartung begangen, daß es nie aufgeklärt wird. Ich aber will es aufklären, *kōhai*.«

Die folgenden zehn Minuten hindurch war Connor ganz still. Bewegungslos saß er da, mit verschränkten Armen, das Kinn auf die Brust gesenkt. Er atmete tief und gleichmäßig. Man hätte glauben können, er wäre eingeschlafen, aber er hatte die Augen weit geöffnet.
Ich lenkte den Wagen und lauschte seinem Atmen.
Plötzlich sagte er: »Ishiguro.«
»Was ist mit ihm?«
»Wenn wir wüßten, warum Ishiguro sich so verhalten hat, wie er sich verhielt, würden wir alles verstehen.«
»Wieso?«

»Für einen Amerikaner ist es schwierig, ihn richtig einzuschätzen. In Amerika rechnet man immer mit einer gewissen Fehlerquote. Man erwartet, daß das Flugzeug Verspätung hat. Man erwartet, daß die Waschmaschine kaputtgeht. Man erwartet, daß die Post nicht zugestellt wird. Andauernd wird erwartet, daß irgend etwas schiefläuft. In Japan ist das anders. In Japan *funktioniert* alles. In einem Bahnhof in Tokio gibt es auf dem Bahnsteig markierte Stellen, und wenn der Zug hält, öffnen sich die Türen genau dort. Die Züge sind pünktlich. Gepäckstücke gehen nicht verloren. Termine werden eingehalten. Alles passiert zum geplanten Zeitpunkt. Die Japaner sind gut ausgebildet, gut ausgerüstet und hochmotiviert. Sie werden mit allem fertig, und zwar ohne jede Zeitverschwendung.«
»Na – also…«
»Und der heutige Abend war ein wichtiger Abend für die Nakamoto Corporation. Sie können sicher sein, daß alles bis ins letzte Detail geplant war. Sie hatten vegetarische Hors d'œuvres für Madonna, und sie hatten deren Lieblingsfotografen engagiert. Glauben Sie mir: Die haben immer alles vorbereitet. Für jeden Notfall ist gesorgt. Sie wissen doch, wie sie es machen: Sie sitzen herum und diskutieren endlos alle Möglichkeiten. Was, wenn ein Brand ausbricht? Was, wenn es zu einem Erdbeben kommt? Oder zu einer Bombendrohung oder zu Stromausfall? Endlos überlegen sie sich die unwahrscheinlichsten Eventualitäten. Das ist schon eine Art Besessenheit. Aber wenn das Fest dann stattfindet, haben sie an alles gedacht und alles im Griff. Etwas nicht im Griff zu haben, gilt als sehr peinlich. Okay?«
»Okay.«
»Andererseits steht da unser Freund Ishiguro, der offizielle Repräsentant von Nakamoto, vor einem toten Mädchen und hat die Sache ganz eindeutig nicht im Griff. Er ist *yōshiki nō*, fällt in den aggressiven westlichen Stil, aber er fühlt sich nicht wohl dabei – den Schweiß auf seiner Oberlippe haben Sie sicherlich bemerkt. Seine Hände waren feucht, er hat sie ständig an den Hosenbeinen abgewischt. Er war *rikutsuppoi* – zu aggressiv. Er hat zuviel geredet. Kurz und gut, er hat sich verhalten, als wisse

er nicht, wie er reagieren soll, als würde er nicht mal das tote Mädchen kennen – dabei kennt er sie ganz bestimmt, denn er kennt jeden, der zu dieser Party eingeladen wurde –, und er tut so, als wisse er nicht, wer sie umgebracht hat. Dabei ist ihm auch das mit ziemlicher Sicherheit bekannt.«

Das Auto fuhr wieder in ein Schlagloch und machte einen Satz nach oben. »Augenblick mal! Ishiguro weiß, wer das Mädchen ermordet hat?«

»Da bin ich ganz sicher. Und er ist nicht der einzige. Mindestens drei Leute wissen in diesem Augenblick, wer sie umgebracht hat. Haben Sie nicht gesagt, daß Sie früher mal in der Presseabteilung gearbeitet haben?«

»Ja, letztes Jahr.«

»Haben Sie noch Kontakte zu irgendwelchen Fernsehnachrichtenredaktionen?«

»Ein paar. Dürften schon etwas angerostet sein. Warum?«

»Ich möchte mir ein paar Aufnahmen ansehen, die heute abend gemacht wurden.«

»Einfach nur ansehen? Ohne Durchsuchungsbefehl?«

»Genau. Einfach nur ansehen.«

»Dürfte kein Problem sein«, sagte ich. »Ich rufe einfach mal an.« In Frage kamen Jennifer Lewis bei KNBC und Bob Arthur bei KCBS. Bob war wohl der bessere Anlaufpartner.

»Es muß jemand sein, den Sie persönlich darum bitten können. Sonst helfen uns die Sender niemals. Sie haben ja bemerkt, daß heute abend kein einziges Fernsehteam am Tatort war. Sonst muß man sich einen Weg durch die Kameraleute bahnen, um überhaupt zur Absperrung zu gelangen. Aber heute waren keine Fernsehteams da, kein einziger Reporter. Nichts.«

Ich zuckte mit den Achseln. »Wir arbeiten unter verdeckter Kommunikation. Die Presse konnte unsere Funksprüche nicht mithören.«

»Die Presse war aber da«, sagte Connor. »Über die Fete mit Tom Cruise und Madonna wurde doch berichtet. Und dann wird ein Stockwerk höher ein Mädchen ermordet. Aber wo sind die Fernsehteams geblieben?«

»Das erscheint mir ziemlich konstruiert, Captain«, sagte ich. Als Presse-Officer hatte ich gelernt, daß es in dieser Branche kaum Absprachen gibt. Das Pressewesen ist zu mannigfaltig – und in gewisser Hinsicht auch zu schlecht organisiert. Bei den seltenen Gelegenheiten, bei denen wir eine Nachrichtensperre brauchten – wenn beispielsweise bei einer Entführung noch über die Lösegeldübergabe verhandelt wurde –, war es immer unglaublich schwer, die Medien zum Mitmachen zu bewegen. »Redaktionsschluß ist ziemlich früh«, sagte ich. »Die Fernsehaufnahmen müssen noch in die Dreiundzwanzig-Uhr-Nachrichten. Wahrscheinlich sind sie einfach gegangen, um ihre Stories fertigzumachen.«

»Da bin ich anderer Ansicht. Ich glaube, die Japaner haben Besorgnis über ihr *kigyou image*, das Image ihres Unternehmens, geäußert, und die Presse ließ sich darauf ein und brachte keine Berichterstattung. Glauben Sie mir, *kōhai*: Die Presse wird in diesem Fall unter Druck gesetzt.«

»Das kann ich nicht glauben«, erwiderte ich.

»Ich gehe jede Wette ein«, sagte Connor. »Die stehen alle unter Druck.«

In diesem Moment schnarrte das Funktelefon.

»Verdammte Scheiße, Peter«, sagte eine vertraute heisere Stimme. »Was ist mit euren Ermittlungen los?« Es war unser Chef. Es klang, als hätte er schon ziemlich tief ins Glas geschaut.

»Was meinen Sie damit, Chief?«

Connor sah mich an und drückte den Lautsprecherknopf, um mithören zu können.

»Macht ihr den Japanern Schwierigkeiten? Wollt ihr, daß unserem Dezernat wieder angehängt wird, wir seien rassistisch?«

»Nein, Sir«, sagte ich. »Auf keinen Fall. Ich weiß nicht, was Sie gehört haben ...«

»Ich habe gehört, daß dieser Idiot Graham wie üblich mit Beleidigungen um sich geschmissen hat.«

»Na ja, Beleidigungen waren es eigentlich nicht, Sir ...«

»Hören Sie, Peter, machen Sie mir nichts vor, ja? Ich habe Fred

Hoffmann schon die Hölle heiß gemacht, daß er Graham überhaupt dort hingeschickt hat. Ich will, daß dieses rassistische Arschloch die Finger von dem Fall läßt! Wir müssen von jetzt ab alle mit den Japanern gut auskommen. So ist das nun mal. Haben Sie mich verstanden, Peter?«

»Ja, Sir.«

»Und jetzt zu John Connor. Er ist bei Ihnen, stimmt's?«

»Ja, Sir.«

»Warum haben Sie ihn da mit reingezogen?«

Warum *ich* ihn da mit reingezogen hatte? Fred Hoffmann war es offenbar geraten erschienen, das mit Connor für meine Idee auszugeben.

»Tut mir leid«, sagte ich. »Aber ich...«

»Verstehe«, sagte der Chef. »Sie haben wahrscheinlich geglaubt, Sie würden mit dem Fall nicht allein fertig werden, und haben sich Hilfe geholt. Aber ich fürchte, damit haben Sie sich eher Schwierigkeiten als Hilfe eingehandelt. Die Japaner können Connor nämlich nicht ausstehen. Und ich muß Ihnen sagen, ich kenne John schon seit einer Ewigkeit. Wir sind neunundfünfzig zusammen auf die Polizeischule gekommen. Er ist immer schon ein Einzelgänger und ein Störenfried gewesen. Wissen Sie, wenn einer freiwillig in einem anderen Land lebt, dann tut er das, weil er sich daheim nicht anpassen kann. Ich will nicht, daß er uns jetzt diese Ermittlungen vermasselt.«

»Chief...«

»So sehe ich die Sache, Peter. Sie haben es mit einem Mordfall zu tun – lösen Sie ihn, und haken Sie die Sache ab! Erledigen Sie die Sache schnell und erledigen Sie sie ordentlich! Ich verlasse mich da ganz auf Sie, und zwar nur auf Sie. Haben Sie gehört?«

»Ja, Sir.«

»Haben Sie mich gut verstanden?«

»Ja, Sir.«

»Klären Sie die Sache, Pete. Ich will nicht, daß mich irgend jemand sonst mit dem Fall belästigt.«

»Jawohl, Sir.«

»Spätestens morgen haben Sie alles abgeschlossen. Das wär's.« Er hängte ein.

Ich legte den Hörer auf die Gabel.

»Ja«, sagte Connor langsam. »Ich würde sagen, da wird Druck ausgeübt.«

Wir fuhren auf dem Freeway 405 nach Süden, Richtung Flughafen. Hier draußen war es nebliger als in der Innenstadt. Connor schaute aus dem Fenster.

»In Japan würde man niemals einen solchen Anruf bekommen. Der Chief hat Sie gerade eben im Regen stehen lassen. Er übernimmt keine Verantwortung – das Ganze ist jetzt Ihr Problem. Und er gibt Ihnen die Schuld an Dingen, für die Sie überhaupt nichts können, an Graham und mir zum Beispiel.« Connor schüttelte den Kopf. »Japaner würden so etwas nie tun. Bei ihnen heißt es: Sieh zu, daß du mit dem Problem fertig wirst, um die Verantwortung brauchst du dich nicht zu kümmern. Bei amerikanischen Organisationen geht es immer darum, *wer* etwas vermasselt hat, *wessen* Kopf rollen wird. Den Japanern geht es darum, *was* vermasselt worden ist und *wie* man die Scharte wieder auswetzt. Niemandem wird ein Vorwurf gemacht. Das ist die bessere Methode.«

Connor sah schweigend aus dem Fenster. Wir fuhren die Slauson Avenue entlang; über uns im Nebel kreuzte in kühnem Schwung der Marina Freeway.

»Der Chief war einfach sauer, das ist alles«, sagte ich.

»Ja – und wie üblich schlecht informiert. Aber egal, es empfiehlt sich, diesen Fall zu lösen, bevor er sich morgen aus seinem Bett wälzt.«

»Schaffen wir das?«

»Ja. Wenn Ishiguro uns diese Videobänder aushändigt.« Wieder schnarrte das Telefon. Ich meldete mich. Es war Kasaguro Ishiguro.

Ich gab Connor den Hörer.

Ich konnte Ishiguros Stimme leise hören. Sie klang nervös. Er sprach sehr schnell. »*A, moshi moshi, Connor-san desuka. Keibi no heyani denwa shitandesugane. Daremo denaindesuyo.*«
Connor bedeckte die Sprechmuschel mit der Hand und übersetzte: »Er hat den Wachmann angerufen, aber niemanden erreicht.«
»*Sorede, chuōkeibishitsu ni renraku shite, hito o okutte morai, masite, issho ni tēpu o kakunin shite kimashita.*«
»Dann hat er in der Sicherheitszentrale angerufen und gebeten, es sollen Leute mit ihm runtergehen und die Videokassetten überprüfen.«
»*Tēpu wa subete rekōdā no naka ni arimasu. Nakunattemo torikaeraretemo imasen. Subete daijōbu desu.*«
»Die Kassetten sind alle in den Recordern. Kein Band fehlt oder ist ausgetauscht worden.« Connor runzelte die Stirn und erwiderte: »*Iya, tēpu wa surikaerarete iru hazu nanda. Tēpu o sagase!*«
»*Dakara, daijōbu nandesu, Connor-san. Dōshiro to iun desu ka.*«
»Er bleibt dabei, es sei alles in Ordnung.«
»*Tēpu o sagase*!« sagte Connor, und zu mir. »Ich habe ihm gesagt, daß ich die verdammten Kassetten haben will.«
»*Daijōbu da to itterudeshou. Dōshite sonnani tēpu ni kodawarundesuka.*«
»*Ore niwa wakatte irunda. Tēpu wa nakunatte iru.* Ich weiß mehr, als Sie denken, Mr. Ishiguro. *Mōichido iu, tēpu o sagasunda*!«
Connor knallte den Hörer auf die Gabel und lehnte sich verächtlich schnaubend zurück. »Mistkerle! Sie beharren einfach darauf, daß keine Bänder fehlen.«
»Was soll das heißen?« fragte ich.
»Sie haben beschlossen, mit harten Bandagen zu kämpfen.«
Connor sah aus dem Fenster auf die anderen Autos und klopfte mit dem Zeigefinger auf seine Zähne. »Das würden sie nie tun, wenn sie sich nicht völlig unangreifbar fühlten, was wiederum bedeutet...«
Connor verlor sich in seinen Gedanken. Sooft wir eine Straßenlampe passierten, spiegelte sich sein Gesicht in der Windschutzscheibe. Nach einer Weile sagte er: »Nein, nein, nein«, als spräche er mit jemandem.

»Was, nein?«
»Graham kann es nicht sein.« Er schüttelte den Kopf. »Graham ist ein zu großes Risiko – zu viele Gespenster aus der Vergangenheit. Und ich bin es auch nicht. Mich kennen sie. Also sind Sie es, Peter.«
»Wovon reden Sie denn?«
»Es muß irgend etwas passiert sein, das Ishiguro glauben läßt, er habe die Sache im Griff. Und ich nehme an, daß es etwas mit Ihnen zu tun hat.«
»Mit mir?«
»Ja. Es ist mit ziemlicher Sicherheit etwas Privates. Hatten Sie in der Vergangenheit irgendwelche Schwierigkeiten?«
»Welche denn, zum Beispiel?«
»Vorstrafen. Haft, interne Beschwerden, Klagen über Ihr Verhalten. Beanstandungen wegen Trunkenheit oder Homosexualität oder irgendwas mit Frauen. Drogenentzug, Probleme mit Kollegen oder mit Vorgesetzten. Irgendwelche Skandale. Irgend etwas Persönliches oder Berufliches. *Irgend etwas.*«
Ich hob die Schultern. »Also, ich denke nicht, daß es da irgend etwas gibt.«
Connor sah mich nur an und wartete. Nach einer Weile sagte er: »Die glauben aber, daß sie etwas gegen Sie in der Hand haben, Peter.«
»Ich bin geschieden, alleinerziehender Vater. Ich habe eine Tochter, Michelle. Zwei Jahre ist sie alt...«
»Ja...«
»Ich lebe zurückgezogen und kümmere mich um meine Tochter. Ich trage die Verantwortung für sie.«
»Und Ihre Frau?«
»Meine Exfrau ist Juristin bei der Staatsanwaltschaft.«
»Wann sind Sie geschieden worden?«
»Vor zwei Jahren.«
»Noch bevor das Kind auf die Welt kam?«
»Gleich danach.«
»Warum haben Sie sich scheiden lassen?«
»Mein Gott – warum läßt man sich scheiden?«

Connor schwieg.
»Wir waren nur ein Jahr lang verheiratet. Sie war noch sehr jung, als wir uns kennenlernten, vierundzwanzig, und hatte ziemlich seltsame Vorstellungen. Wir lernten uns beim Gericht kennen. Sie hielt mich für einen harten, draufgängerischen Detective, der jeden Tag irgendeiner Gefahr ins Auge blicken muß. Es gefiel ihr, daß ich eine Waffe trug und das alles. Wir hatten eine Affäre miteinander. Als sie schwanger geworden war, wollte sie das Kind nicht abtreiben lassen, sondern heiraten. Irgend so eine romantische Idee, völlig undurchdacht. Aber es wurde eine komplizierte Schwangerschaft, und für eine Abtreibung war es zu spät, und ziemlich bald hatte sie keine Lust mehr, mit mir zusammenzuleben, weil meine Wohnung klein war und ich nicht genug Geld verdiente und außerdem in Culver City wohnte statt in Brentwood. Als das Baby dann da war, wirkte sie völlig desillusioniert und sagte, sie habe einen Fehler begangen. Sie wolle lieber Karriere machen als mit einem Bullen verheiratet sein. Sie hatte keine Lust, ein Kind großzuziehen. Sie sagte, es tue ihr sehr leid, aber das Ganze sei ein Riesenfehler gewesen. Und dann ging sie einfach.«
Connor hörte mit geschlossenen Augen zu. »Ja...«
»Ich kapiere nicht, warum das alles eine Rolle spielen soll. Es ist zwei Jahre her, daß sie abgehauen ist. Und danach konnte ich – wollte ich nicht mehr als Detective arbeiten, weil ich doch für das Kind dasein mußte. Deshalb habe ich die Tests gemacht und mich ins Sonderdezernat versetzen lassen und ein Jahr lang in der Presseabteilung gesessen. Da gab's auch keine Probleme. Alles lief wunderbar. Letztes Jahr wurde mir dann der Job als Kontakt-Officer für Asiaten angeboten, der ist besser bezahlt, ungefähr zweihundert Dollar mehr im Monat. Also habe ich mich dafür beworben.«
»Hm.«
»Das Geld konnte ich wirklich brauchen. Ich habe jetzt mehr Ausgaben als früher. Ich muß die Betreuung für Michelle bezahlen. Wissen Sie, was das für eine Zweijährige pro Tag kostet? Und dann noch ganztägig eine Haushälterin – dabei zahlt Lauren

ihren Unterhalt für das Kind bestenfalls zur Hälfte. Sie sagt, sie kommt mit ihrem Geld nicht aus, dabei hat sie sich gerade einen neuen BMW gekauft. Ich weiß auch nicht, was das soll. Aber was kann ich machen, soll ich Sie vor Gericht zerren? Schließlich arbeitet sie für den Staatsanwalt, verdammt noch mal!«

Connor sagte nichts. Dicht über uns flogen Flugzeuge. Wir näherten uns dem Airport.

»Auf jeden Fall war ich froh, als man mir den Job als Kontakt-Officer anbot. Das paßt von der Arbeitszeit her besser, und mehr Geld verdiene ich, wie gesagt, damit auch. Und deshalb sitze ich jetzt hier, in diesem Wagen, neben Ihnen. Das ist alles.«

»Wir sitzen beide in einem Boot, *kōhai*«, sagte Connor leise. »Erzählen Sie es mir einfach! Was ist es?«

»Es gibt kein Problem.«

»*Kōhai*.«

»Wirklich nicht.«

»*Kōhai* ...«

»Jetzt sage ich Ihnen mal was, John«, erwiderte ich. »Wenn Sie sich für das Sonderdezernat bewerben, werden Ihre Unterlagen von fünf verschiedenen Kommissionen geprüft. Um Kontakt-Officer zu werden, muß man *clean* sein. Die Kommissionen haben sich meine Unterlagen angesehen, und sie haben nichts von Bedeutung gefunden.«

Connor nickte. »Aber *etwas* haben sie doch gefunden.«

»Verdammt noch mal! Ich war fünf Jahre lang Detective. So einen Job kann man nicht ohne Beschwerden durchziehen. Das wissen Sie doch ganz genau!«

»Und welche Beschwerden wurden gegen Sie vorgebracht?«

Ich schüttelte den Kopf. »Nichts, im Grunde. Kleinigkeiten. In meinem ersten Jahr habe ich einen Kerl verhaftet, der mich daraufhin wegen unbilliger Härte angezeigt hat. Die Anklage wurde nach Abschluß der Ermittlungen fallengelassen. Eine Frau habe ich wegen bewaffneten Raubes verhaftet, die dann behauptete, ich hätte ihr Drogen untergeschoben. Die Anklage wurde fallengelassen, es war ihr Zeug. Ein Mordverdächtiger bestand darauf, ich hätte ihn während der Vernehmung geschlagen und getreten, aber es waren die ganze Zeit über andere Officers dabei gewesen. Einmal habe ich eine betrunkene Frau auf eine Anzeige wegen Kindesmißhandlung hin verhaftet, und sie sagte, ich hätte ihr Kind belästigt. Sie zog die Anklage ziemlich schnell wieder zurück. Der Anführer einer Jugendbande, der wegen Mordes verhaftet worden war, sagte, ich hätte einen homosexuellen Annäherungsversuch unternommen. Die Klage wurde zurückgezogen. Das ist alles.«

Als Polizist weiß man, daß Anschuldigungen dieser Art nur Hintergrundmusik sind wie der Verkehrslärm auf der Straße. Man kann nichts dagegen tun. Man arbeitet in einer feindseligen Atmosphäre und klagt ununterbrochen Menschen irgendwelcher Verbrechen an. Sie versuchen zurückzuschlagen. So ist das eben. Die Behörde nimmt davon keine Notiz, außer im Wiederholungsfall. Wenn gegen einen im Lauf einiger Jahre drei, vier Beschwerden wegen ungerechtfertigter Härte eingehen, wird man dazu befragt. Das gleiche passiert, wenn mehrere Anschuldigungen wegen rassistischen Verhaltens erhoben worden sind. Ansonsten aber braucht man als Polizist eben eine dicke Haut, wie Jim Olson, der stellvertretende Leiter unserer Abteilung, zu sagen pflegt.

Connor schwieg lange. Er legte die Stirn in Falten und dachte über das, was ich ihm erzählt hatte, nach. Schließlich sagte er: »Was war mit der Scheidung? Gab es da Schwierigkeiten?«

»Nein. Nichts Ungewöhnliches.«

»Sie und Ihre Exfrau sprechen noch miteinander?«

»Ja. Da ist alles in Ordnung. Nicht gerade die große Freundschaft, aber es ist okay.«

Er runzelte immer noch die Stirn. Er war auf der Suche nach etwas. »Und als Detective haben Sie vor zwei Jahren aufgehört?«

»Ja.«

»Warum?«

»Das habe ich Ihnen doch schon gesagt.«

»Sie sagten, es sei Ihnen von der Arbeitszeit her passender gewesen.«

»Das war der Hauptgrund, ja.«
»Und was noch?«
Ich zuckte mit den Achseln. »Nach der Scheidung wollte ich nichts mehr mit Mordfällen zu tun haben. Ich war – ach, ich weiß auch nicht – desillusioniert. Ich hatte das kleine Kind, und meine Frau war ausgezogen. Sie genoß ihr Leben schon wieder, hatte eine Beziehung mit irgendeinem tollen Hecht von Rechtsanwalt. Ich mußte daheim bleiben und das Kind versorgen. Es ist mir ziemlich mies gegangen. Ich wollte einfach kein Detective mehr sein.«
»Haben Sie damals Hilfe gesucht? Eine Therapie?«
»Nein.«
»Alkohol- oder Drogenprobleme?«
»Nein.«
»Andere Frauen?«
»Ein paar.«
»Schon während der Ehe?«
Ich zögerte.
»Ellen Farley? Die aus dem Büro des Bürgermeisters?«
»Nein, das war später.«
»Aber irgend etwas war während der Ehe!«
»Ja, aber sie wohnt jetzt in Phoenix«, sagte ich. »Ihr Mann ist versetzt worden.«
»Sie hat bei der Polizei gearbeitet?«
Ich hob die Achseln.
Connor lehnte sich zurück. »Okay, *kōhai*«, sagte er, »wenn sonst nichts ist, dann ist alles in Ordnung.« Er sah mich an.
»Es ist sonst nichts.«
»Okay. Aber ich muß Sie warnen. Ich erlebe so etwas mit den Japanern nicht zum erstenmal. Wenn die Japaner zu den harten Bandagen greifen, können sie sehr ungemütlich werden. *Sehr* ungemütlich.«
»Wollen Sie mir Angst einjagen?«
»Nein. Ich will nur sagen, was Sache ist.«
»Die Japaner können mich mal«, sagte ich. »Ich habe nichts zu verbergen.«

»Na gut. So, jetzt rufen Sie Ihre Freunde beim Fernsehen an und sagen ihnen, daß wir kommen, sobald wir unsere nächste Etappe hinter uns gebracht haben.«

Über uns donnerte eine 747; die Landescheinwerfer durchdrangen den Dunst. Die Maschine überflog das flackernde Neonschild, auf dem GANZ NACKT! GIRLS! GIRLS! GIRLS stand. Als wir hineingingen, war es etwa halb zwölf.

Die »Palomino-Bar« als Strip-Kaschemme zu bezeichnen, wäre eine Beschönigung gewesen. Es handelte sich um eine umgebaute Bowlingbahn mit an die Wände gemalten Kakteen und Pferden. Von außen hatte der Schuppen größer gewirkt, als er innen war. Eine Frau in einem silbernen Tanga, die auf die Vierzig zuging, tänzelte lustlos in orangefarbenem Scheinwerferlicht. Sie sah genauso gelangweilt drein wie die Gäste, die mit eingezogenen Schultern an den winzigen rosaroten Tischchen saßen. Barbusige Serviererinnen schlenderten durch die rauchgeschwängerte Luft. Aus einem Kassettenrecorder dröhnte scheppernd Musik.

Ein Typ an der Tür sagte: »Zwölf Mäuse. Mindestens zwei Drinks.« Connor hielt ihm seine Polizeimarke unter die Nase, und der Mann meinte. »Okay, ist gut.«

Connor sah sich um. »Ich wußte gar nicht, daß Japaner hierherkommen.« An einem Tisch im Eck saßen drei japanische Geschäftsleute in dunkelblauen Anzügen.

»Nur ganz selten«, sagte der Türsteher. »Das ›Star Strip‹ in der Innenstadt gefällt ihnen besser. Mehr Glanz und Gloria und größere Titten.«

Connor nickte. »Ich suche Ted Cole.«

»An der Bar. Der mit der Brille.«

Ted Cole saß an der Theke. Die Nakamoto-Sicherheitsdienst-Uniform wurde von seiner Windjacke verdeckt. Er stierte uns dumpf an, als wir auf ihn zugingen und uns neben ihn setzten.

Der Barmann trat zu uns. Connor sagte: »Zwei Buds.«

»Budweiser haben wir nicht. Ist Asahi okay?«

»Na gut.«
Connor zeigte Cole seine Polizeimarke. Der schüttelte den Kopf, wandte sich von uns ab und begann, die Stripperin eingehend zu studieren.
»Ich weiß nichts.«
»Über was denn?« fragte Connor.
»Ganz egal, über was. Ich kümmere mich nur um meine eigenen Angelegenheiten. Ich bin nicht im Dienst.« Er war leicht angetrunken.
»Wann hatten Sie Dienstschluß?« fragte Connor.
»Heute ging ich früher.«
»Warum denn?«
»Weil ich Magenschmerzen hatte. Ich habe ein Geschwür, das meldet sich hin und wieder. Darum bin ich früher gegangen.«
»Um wieviel Uhr?«
»Um Viertel nach acht, spätestens.«
»Müssen Sie eine Kontrolluhr bedienen?«
»Nein, gibt's bei uns nicht.«
»Und wer hat den Dienst für Sie übernommen?«
»Ich bin beurlaubt worden.«
»Von wem?«
»Vom Chef.«
»Wer ist das?«
»Weiß ich nicht. Irgendein Japaner. Hatte ihn noch nie gesehen.«
»Er ist Ihr Chef, und Sie kennen ihn nicht?«
»Ein Neuer, ein Japaner. Kenne ihn nicht. Was wollen Sie überhaupt von mir?«
»Wir wollen Ihnen nur ein paar Fragen stellen«, sagte Connor.
»Ich habe nichts zu verbergen.«
Einer der Japaner, die an dem Tisch im Eck saßen, ging zur Theke. Neben uns sagte er zum Barmann: »Welche Zigaretten haben Sie?«
»Marlboro«, antwortete der Barmann.
»Was noch?«
»Kools, vielleicht. Muß mal nachsehen. Aber daß wir Marlboro haben, weiß ich genau. Wollen Sie Marlboro?«

Ted Cole starrte den Japaner an. Der schien es nicht zu bemerken und setzte sich auf einen Barhocker. »Kent?« fragte er. »Haben Sie Kent Lights?«

»Nein. Kent haben wir nicht.«

»Okay, dann eben Marlboro«, sagte der Japaner. »Marlboros sind okay.« Er drehte sich um und grinste uns an. »Ist ja schließlich Marlboro Country hier, oder?«

»Sehr richtig«, sagte Connor.

Cole griff nach seinem Bier und trank. Keiner sprach ein Wort. Der Japaner klopfte im Takt der Musik mit der Hand auf die Theke. »Toll hier«, sagte er, »super Atmosphäre.«

Ich wußte beim besten Willen nicht, wovon er sprach. Das Lokal war eine mickrige Spelunke.

Der Japaner ließ sich auf einem Barhocker direkt neben uns nieder. Cole starrte seine Bierflasche an, als hätte er noch nie eine gesehen. Er drehte sie unablässig in der Hand hin und her, so daß sie feuchte Ringe auf der Theke hinterließ.

Der Barmann brachte die Zigaretten; der Japaner warf ihm eine Fünf-Dollar-Note hin. »Behalten Sie den Rest!« Er öffnete die Packung und nahm eine Zigarette heraus. Er lächelte uns an.

Connor holte sein Feuerzeug hervor, um ihm Feuer zu geben. Als der Japaner sich über die Flamme beugte, sagte Connor: *»Doko kaisha ittenno?«*

Der Mann blinzelte: »Wie bitte?«

»Wakannē no?« fragte Connor. *»Doko kaisha ittenno?«*

Der Japaner lächelte einmal mehr und glitt von seinem Barhokker. *»Soro soro ikanakutewa. Shitsurei shimasu.«* Er winkte uns zu und ging zurück zu seinen Freunden.

»Dewa mata«, sagte Connor und ließ sich auf dem Barhocker nieder, auf dem der Japaner gesessen hatte.

»Was war *das* denn?« fragte Cole.

»Ich habe ihn nur gefragt, bei welcher Firma er arbeitet. Aber er wollte es nicht sagen. Ich glaube, es zog ihn sehr zu seinen Freunden zurück.« Connor tastete die Unterseite des Tresens ab. »Scheint sauber zu sein.«

Dann wandte er sich wieder Cole zu. »Also, Mr. Cole, Sie haben mir von einem Vorgesetzten erzählt, der Sie heute abend abgelöst hat. Wann war das?«

»Um Viertel nach acht.«

»Aber Sie haben ihn nicht gekannt?«

»Nein.«

»Und davor, als Sie noch im Dienst waren, haben Sie da die Videobilder auf Band genommen?«

»Ja, klar. Der Sicherheitsdienst nimmt immer alles auf.«

»Und hat dieser Vorgesetzte die Bänder entfernt?«

»Entfernt? Nein, glaube ich nicht. Die Bänder sind noch da, soweit ich weiß.«

Er sah uns verdutzt an.

»Ihr Jungs interessiert euch für die Bänder?«

»Ja.«

»Also, um die Bänder hab' ich mich nicht groß gekümmert. Die Kameras haben mich interessiert.«

»Wieso?«

»Na ja, sie haben das ganze Gebäude für ihre große Party vorbereitet, und da hat es natürlich noch in allerletzter Minute viel zu tun gegeben. Aber wundern mußte man sich schon, warum sie so viele Videokameras aus anderen Teilen des Gebäudes weggenommen und in diesem Stockwerk installiert haben.«

»Wie bitte?« fragte ich.

»Diese Kameras waren gestern vormittag noch nicht im sechsundvierzigsten Stock«, erklärte Cole. »Die waren im ganzen Gebäude verteilt. Irgendwer hat sie tagsüber abmontiert. Das ist ganz leicht, wissen Sie, weil keine Kabel dran sind.«

»Die Kameras haben keine Kabel?«

»Nein. Im Inneren des Gebäudes läuft alles drahtlos, mit Akkus. Es ist extra so angelegt. Deshalb haben sie auch keinen Ton – die Akkus schaffen das nicht. Nur Schwarzweißbilder. Dafür sind aber alle Kameras mobil, ganz nach Wunsch. Dann können sie sehen, was sie sehen wollen. Haben Sie das nicht gewußt?«

»Nein«, sagte ich.

»Überrascht mich, daß Ihnen das keiner gesagt hat. Darauf sind sie nämlich ganz besonders stolz.« Cole trank von seinem Bier. »Das einzige, was mich wundert, ist, warum an dem Abend, wo eine große Party stattfindet, einer fünf Kameras wegnimmt und sie in dem Stockwerk *über* der Party anbringt. Da oben gibt's doch gar kein Sicherheitsproblem. Schließlich kann man die Aufzüge ab einem bestimmten Stockwerk sperren. Die Kameras muß man einen Stock unter der Party anbringen, aber doch nicht drüber!«

»Die Aufzüge waren aber nicht gesperrt.«

»Nein. Fand ich auch ziemlich komisch.« Er sah zu den Japanern hinüber. »Muß bald gehen.«

»Sie waren eine große Hilfe, Mr. Cole«, sagte Connor. »Möglicherweise müssen wir uns noch einmal mit Ihnen unterhalten...«

»Ich schreibe Ihnen meine Telefonnummer auf«, sagte Cole und kritzelte etwas auf eine Papierserviette.

»Und Ihre Adresse?«

»Ach ja, richtig. Aber, wissen Sie, ich bin die nächsten paar Tage nicht in der Stadt. Meiner Mutter geht's nicht gut, und da hat sie mich gebeten, ein paar Tage mit ihr nach Mexiko zu fahren. Dieses Wochenende geht's los.«

»Lange Reise?«

»Eine Woche oder so. Ich habe ein paar Tage dienstfrei, da bietet es sich an.«

»Ah ja«, sagte Connor. »Das verstehe ich. Nochmals Dank für Ihre Hilfe!« Er schüttelte Cole die Hand und gab ihm einen Klaps auf die Schulter. »Und achten Sie auch auf *Ihre* Gesundheit, ja?«

»Ja, mach' ich.«

»Trinken Sie nichts mehr, und kommen Sie heil heim!« Er machte eine Pause. »Oder dorthin, wo Sie die heutige Nacht lieber verbringen.«

Cole nickte. »Ich glaube, Sie haben recht. Das ist keine schlechte Idee.«

»Bestimmt nicht.«

Cole gab mir die Hand. Connor hatte sich schon auf den Weg zum Ausgang gemacht. Cole sagte: »Ich kapier' nicht, warum ihr so einen Affenzirkus aufführt.«

»Mit den Bändern?«

»Mit den Japanern. Was soll man da schon machen? Die sind uns immer einen Schritt voraus. Und sie haben die hohen Tiere in der Hand. Wir können sie im Augenblick nicht schlagen, und ihr beide werdet es auch nicht schaffen. Die sind einfach zu gut.«
Draußen wartete Connor schon ungeduldig unter dem flackernden Neonschild. »Los, die Zeit drängt!«
Wir stiegen in den Wagen. Er gab mir die Papierserviette. In Blockbuchstaben stand darauf: SIE HABEN DIE BÄNDER GESTOHLEN.
»Los, jetzt!« sagte Connor.
Ich ließ den Motor an.

Die Dreiundzwanzig-Uhr-Nachrichten waren vorbei; im Redaktionsbüro befand sich kein Mensch mehr. Connor und ich gingen durch den Korridor ins Studio, wo die Kulisse der »Action News« noch hell erleuchtet war.
Auf einem Monitor lief, bei abgeschaltetem Ton, eine Aufzeichnung der Abendnachrichten. Der Nachrichtenmoderator deutete auf den Bildschirm. »Ich bin doch nicht blöd, Bobby! Ich beobachte das doch. An den letzten drei Abenden hat sie den Aufmacher und die Zusammenfassung gemacht.« Er saß auf seinem Stuhl, die Arme über der Brust gekreuzt. »Ich bin gespannt, was du dazu zu sagen hast, Bobby.«
Mein Freund Bob Arthur, der schwergewichtige Produzent der Dreiundzwanzig-Uhr-Nachrichten, nippte erschöpft an einem Glas Scotch, das genauso groß war wie seine Faust: »Jim, es hat einfach besser gepaßt so.«
»Besser gepaßt – so eine Scheiße!« sagte der Moderator.
Die Nachrichtenmoderatorin war eine hinreißende Rothaarige mit einer Killerfigur. Sie schien es überhaupt nicht eilig zu haben, ordnete umständlich ihre Manuskriptseiten und war sehr darauf bedacht, nichts von dem Gespräch zwischen Bob und ihrem Kollegen zu verpassen.
»Hör mal«, sagte der Moderator, »es steht in meinem Vertrag:

die Hälfte der Aufmacher und der Zusammenfassungen. Das steht mir vertraglich zu.«

»Jim«, sagte der Produzent. »Der Aufmacher war heute abend die Pariser Mode und die Nakamoto-Party. Das ist doch nur Klatsch und Tratsch.«

»Ursprünglich wollten wir mit dem Serienmörder aufmachen.« Bob seufzte. »Die Anklageverlesung ist verschoben worden. Außerdem haben die Zuschauer Serienmörder satt.«

Der Moderator sah ihn ungläubig an. »Die Zuschauer haben Serienmörder satt? Wer hat dir denn das erzählt?«

»Das kannst du in allen Meinungsumfragen lesen, Jim. Serienmörder sind out. Unsere Zuschauer machen sich Sorgen um die Wirtschaft. Die wollen keine Serienmörder mehr sehen.«

»Unser Publikum ist besorgt über die Wirtschaft, und wir machen mit Nakamoto und der Pariser Mode auf?«

»Genau, Jim«, sagte Bob Arthur. »In schweren Zeiten bringt man tolle Feten. So was wollen die Leute sehen, Glitzer und Glamour.«

Der Moderator blickte sauer drein. »Ich bin Journalist. Ich bin hier, um harte Fakten zu präsentieren, nicht Mode.«

»Und genau deshalb, Jim«, erwiderte der Produzent »hat Liz heute den Aufmacher übernommen. Wir wollen doch dein Image nicht aufweichen.«

»Als Teddy Roosevelt dieses Land aus der Großen Depression herausführte, hat er das auch nicht mit Glitzer und Glamour getan.«

»Das war Franklin Roosevelt.«

»Ist doch egal. Du weißt genau, was ich damit sagen will. Wenn sich die Leute Sorgen machen, dann bringen wir eben Berichte über die wirtschaftliche Lage. Dann bringen wir eben die Zahlungsbilanz oder was auch immer.«

»Gut, Jim. Aber wir haben es hier mit den Elf-Uhr-Nachrichten eines Lokalsenders zu tun, und die Zuschauer wollen nicht hören, daß...«

»Genau das ist das Problem in Amerika«, sagte der Moderator und fuchtelte mit ausgestrecktem Zeigefinger vor Bobs Gesicht herum. »Die Leute wollen die tatsächlichen Fakten nicht hören.«

»Genau, Jim. Du hast vollkommen recht.« Er legte dem Nachrichtenmoderator den Arm um die Schulter. »Geh jetzt schlafen, Jim, ja? Wir unterhalten uns morgen weiter.«
Das schien eine Art Signal zu sein, denn die Moderatorin packte ihre Papiere und schlenderte aus dem Studio.
»Ich bin Journalist«, wiederholte der Moderator. »Ich will doch nur den Job machen, für den ich ausgebildet worden bin!«
»Genau, Jim. Morgen mehr darüber. Gute Nacht!«

»So ein Schwachkopf«, sagte Bob Arthur, während er uns mit dem Glas in der Hand den Korridor zurück führte. »Teddy Roosevelt – mein Gott! Das sind doch keine Journalisten, das sind Schauspieler. Zählen ihre Textzeilen wie alle Schauspieler.« Er seufzte und trank einen Schluck von seinem Scotch. »Also, jetzt noch mal. Was wollt ihr Jungs sehen?«
»Die Aufnahmen von der Nakamoto-Eröffnungsparty.«
»Die Aufzeichnung der Sendung? Wie wir sie heute abend gebracht haben?«
»Nein, wir möchten uns das gesamte Material ansehen, das heute aufgenommen wurde.«
»Ach, du meine Güte! Hoffentlich haben wir noch alles. Die Bänder sind vielleicht schon gelöscht.«
»Gelöscht?«
»Ja. Wir nehmen hier jeden Tag an die vierzig Kassetten auf. Die meisten werden sofort wieder gelöscht. Früher haben wir solche Bänder eine Woche lang aufgehoben, aber jetzt müssen wir Kosten sparen.«
An einer Wand des Redaktionsbüros standen Regale vollgestopft mit Betamax-Kassetten. Arthur fuhr mit dem Zeigefinger an ihnen entlang. »Nakamoto… Nakamoto… Nein, ich sehe sie nicht.« Eine Frau ging vorbei. »Cindy, ist Rick noch da?«
»Nein, er ist heimgegangen. Brauchst du was?«
»Die Bänder von der Nakamoto-Sache. Im Regal sind sie nicht.«
»Schau mal in Dons Zimmer nach! Er hat den Bericht geschnitten.«
»Okay.« Bob führte uns quer durch das große Büro zu den

Schneideräumen an der gegenüberliegenden Seite. Er öffnete eine Tür, und wir betraten einen kleinen, unordentlichen Raum, in dem zwei Monitoren, mehrere Tonbandgeräte und ein Schneidetisch standen. Auf dem Boden lagen Kassetten herum. Bob durchstöberte sie. »Okay, ihr habt Glück, Jungs. Kameraoriginale. Eine ganze Menge sogar. Ich hole Jenny Gonzales, die soll sie euch vorführen. Sie kennt Gott und die Welt. Die identifiziert jeden.« Er streckte den Kopf zur Tür hinaus. »Jenny? Jenny!«

»Also, dann schauen wir mal«, sagte einige Minuten später Jenny Gonzales, eine füllige Frau in den Vierzigern, und rückte ihre Brille zurecht. Sie sah die Notizen des Redakteurs durch und machte ein verärgertes Gesicht. »Ich kann es ihnen sagen, so oft ich will – sie ordnen die Sachen einfach nie richtig ein... Na endlich, da sind sie ja. Vier Bänder. Zwei von der Anfahrt der Gäste und zwei von der Party selbst. Was wollen Sie sehen?«
»Fangen Sie mal mit der Anfahrt an«, sagte Connor. Er warf einen Blick auf seine Uhr. »Kann man das auch schneller durchlaufen lassen? Wir haben es eilig.«
»So schnell Sie wollen. Ich bin es gewöhnt. Also, sehen wir es uns im Schnellauf an!«
Sie drückte auf eine Taste, und im Eiltempo sahen wir, wie die Limousinen vorfuhren, die Wagenschläge aufgerissen wurden, die Gäste ausstiegen und mit verzerrten Bewegungen auf den Eingang zustrebten.
»Suchen Sie nach jemand Bestimmtem? Ich sehe hier nämlich, daß die Bänder bei der Bearbeitung an den Stellen markiert wurden, wo Promies vorkommen.«
»Wir suchen nicht nach einem Prominenten«, sagte ich.
»Schade. Wahrscheinlich haben wir nur Promies aufgenommen.«
Wir starrten auf den Monitor. Jenny sagte: »Da ist Senator Kennedy. Hat ein bißchen abgenommen, oder? Huch, schon ist er weg. Und Senator Morton. Sieht ziemlich fit aus. Na, kein Wunder. Da ist sein komischer Assistent! Ich kriege immer eine Gänsehaut, wenn ich den sehe. Senator Rowe, wie üblich ohne seine Frau. Da ist Tom Hanks. Den Japaner kenne ich nicht.«

»Das ist Hiroshi Masukawa, der Vizedirektor von Mitsui«, klärte Connor sie auf.
»Sehen Sie sich das an. Senator Chalmers – steht ihm gut, das transplantierte Haar. Das da ist der Kongreßabgeordnete Daniels, zur Abwechslung mal nüchtern. Wissen Sie, es wundert mich, daß Nakamoto es geschafft hat, so viele Leute aus Washington anzulocken.«
»Warum?«
»Na, im Grunde war das doch nur die Eröffnungsfeier für irgendein japanisches Gebäude. Eine ganz gewöhnliche Betriebsfete. Obendrein an der Westküste. Und Nakamoto ist im Augenblick ziemlich umstritten. Da – Barbra Streisand. Wer der Typ neben ihr ist, weiß ich nicht.«
»Nakamoto ist umstritten? Wieso denn?«
»Wegen des Ankaufs von MicroCon.«
»Wer ist MicroCon?« fragte ich.
»MicroCon ist ein amerikanisches Unternehmen, das Geräte für die Computerchipsherstellung anfertigt. Eine japanische Firma namens Akai Ceramics versucht, es zu kaufen. Im Kongreß gibt es Widerstand gegen den Verkauf, weil man befürchtet, Amerika könne seine Technologie an Japan verlieren.«
»Und was hat das mit Nakamoto zu tun?«
»Akai ist ein Tochterunternehmen von Nakamoto.« Das erste Band war durchgelaufen, die Kassette sprang heraus. »War da nichts für Sie dabei?«
»Nein. Machen wir weiter!«
»Gut.« Sie schob das nächste Band ein. »Auf jeden Fall überrascht es mich, daß es so viele Senatoren und Kongreßabgeordnete angebracht fanden, heute abend dort zu erscheinen. Okay, jetzt geht's los. Wieder die vorfahrenden Wagen. Roger Hillerman, der ist Staatssekretär im Außenministerium, zuständig für den pazifischen Raum. Das da ist eine Mitarbeiterin von ihm. Kenichi Aikou, japanischer Generalkonsul hier in der Stadt. Da, Richard Meier, Architekt. Arbeitet für Getty. Sie kenne ich nicht. Das ist irgendein Japaner…«
»Hisashi Koyama, Vizedirektor von Honda U.S.«, sagte Connor.

»Ach, ja, stimmt. Er ist seit ungefähr drei Jahren hier. Geht wohl bald wieder nach Hause. Das da ist Edna Morris, sie leitet die amerikanische Delegation bei den GATT-Verhandlungen. Allgemeines Zoll- und Handelsabkommen, Sie wissen schon. Es ist unglaublich, daß sie auch da ist; das läßt auf einen klaren Interessenkonflikt schließen. Aber sehen Sie sie nur an! Strahlt übers ganze Gesicht und ist völlig relaxed. Chuck Norris. Eddie Sakamura, einer von den hiesigen Playboys. Das Mädchen neben ihm kenne ich nicht. Und da natürlich Tom Cruise mit seiner australischen Frau. Und da ist Madonna.«
Auf dem beschleunigten Band flackerten fast ununterbrochen Blitzlichter auf, während Madonna aus ihrer Limousine stieg und sich die Frisur zurechtstrich. »Soll ich das langsamer machen? Interessiert Sie das?«
»Heute ausnahmsweise nicht«, sagte Connor.
»Von Madonna haben wir wahrscheinlich sehr viel aufgenommen«, sagte Jenny. Sie schaltete den schnellen Vorlauf ein; eine Weile waren auf dem Monitor nur graue Streifen zu sehen. Als das Bild wieder erschien, sah man Madonna mit wackelndem Hintern am Arm eines schlanken, schnauzbärtigen Hispanic auf den Lift zugehen. Dann verschwamm das Bild, weil die Kamera wieder auf die Straße zurückschwenkte, wurde aber gleich darauf wieder schärfer.
»Da ist Daniel Okimoto. Der ist Experte für japanische Wirtschaftspolitik. Da sind Arnold und Maria. Und hinter ihnen Steve Martin und Arata Isozaki, der Architekt, der das Museum entworfen hat...«
»Augenblick mal!« sagte Connor.
Jenny drückte auf eine Taste. Das Bild blieb stehen. Sie wirkte überrascht. »Interessiert Sie Isozaki?«
»Nein. Weiter zurück, bitte.«
Das Band lief mit verschwommenen, flackernden Bildrändern rückwärts. Die Kamera schwenkte von Steve Martin weg zur vorhergehenden Limousine. Aber während dieses Schwenks sah man einen Moment lang Leute, die über den teppichbelegten Gehsteig rückwärts zu ihren Limousinen schritten.

»Da!« sagte Connor.
Das Bild fror ein. Leicht verzerrt sah man eine große Blondine in einem schwarzen Cocktailkleid neben einem gutaussehenden Mann im dunklen Anzug.
»Holla!« sagte Jenny. »Wollen Sie wissen, wer er ist oder wer sie ist?«
»Wer sie ist.«
»Lassen Sie mich mal nachdenken! Seit ungefähr neun Monaten sehe ich sie bei Partys mit den Typen aus Washington. Sie ist die Kelly Emberg dieses Jahres. Der eher athletische Model-Typ. Kommt auch aus Texas, glaube ich. Aber eleganter, eher Richtung Tatiana. Sie heißt... Austin. Cindy Austin, Carrie Austin... Cheryl Austin, das ist es!«
»Wissen Sie sonst noch etwas über sie?« fragte ich.
Jenny schüttelte den Kopf. »Also, daß mir der Name eingefallen ist, war doch schon mal nicht schlecht, oder? Von dieser Sorte tauchen ständig neue auf. Sechs Monate oder ein Jahr lang sieht man sie überall, und dann sind sie von der Bildfläche verschwunden. Kein Mensch weiß, wohin. Wer kann das schon mitverfolgen?«
»Und ihr Begleiter?«
»Richard Levitt, plastischer Chirurg. Operiert viele große Stars.«
»Was hat der dort zu suchen?«
Jenny zuckte mit den Achseln. »Er ist überall dabei. Wenn die Stars jemanden brauchen, springt er ein, das tun viele von diesen Typen. Wenn sich eine seiner Patientinnen scheiden läßt oder so, begleitet er sie in der Öffentlichkeit. Wenn er nicht gerade mit einer Kundin ausgeht, nimmt er sich ein Model, eine wie die da. Machen sich ja auch prächtig zusammen, die beiden!«
Auf dem Monitor schritten Cheryl und ihr Begleiter nun ruckartig auf uns zu: alle dreißig Sekunden ein Einzelbild. Sie gingen langsam und sahen einander kein einziges Mal an. Cheryl wirkte angespannt, erwartungsvoll.
Jenny Gonzales sagte: »Um einen Chirurgen und ein Model geht es also. Darf ich fragen, warum Sie sich ausgerechnet für die

beiden so wahnsinnig interessieren? Ich meine, an einem solchen Abend sind das doch nur Nebenfiguren.«

»Sie ist heute abend ermordet worden«, sagte Connor.

»Ach, *die* ist das? Interessant.«

»Sie haben von dem Mord gehört?« fragte ich.

»Ja, klar.«

»Wurde in den Nachrichten darüber berichtet?«

»Nein, kam nicht mehr rechtzeitig für die Elf-Uhr-Sendung rein«, sagte Jenny. »Und morgen wird es wahrscheinlich auch nicht gebracht. Ist ja im Grunde auch keine richtige Story.«

»Wieso denn nicht?« fragte ich mit einem Seitenblick auf Connor.

»Na, was soll denn das Sensationelle an der Sache sein?«

»Ich kann Ihnen nicht folgen.«

»Die von Nakamoto würden sagen, es sei nur deshalb interessant, weil es bei ihrem Eröffnungsfest passiert ist. Sie würden sich auf den Standpunkt stellen, daß jede Berichterstattung darüber ein schlechtes Licht auf sie wirft. Wenn dieses Mädchen auf dem Freeway umgekommen wäre, würde das keiner für die Nachrichten wert halten. Wenn sie bei einem Raubüberfall in einem Laden getötet worden wäre, käme das auch nicht im Fernsehen. So was passiert hier drei-, viermal pro Nacht. Und daß sie bei einer Party umgebracht worden ist – wen interessiert das schon? Auch das ist noch keine Meldung wert. Sie ist zwar jung und hübsch, aber nichts Besonderes. Sie spielt nicht in einer Fernsehserie mit oder so.«

Connor blickte auf seine Armbanduhr. »Können wir uns die anderen Bänder auch ansehen?«

»Das Material von der Party? Klar. Suchen Sie speziell nach diesem Mädchen?«

»Ja.«

»Okay.« Sie schob die dritte Kassette ein.

Wir sahen Aufnahmen von der Party im fünfundvierzigsten Stock: die Bigband, tanzende Menschen unter einer prächtigen Dekoration. Wir bemühten uns, in dem Gedränge einen Blick auf das Mädchen zu erhaschen. Jenny sagte: »In Japan müßten wir das nicht mit unseren eigenen Augen machen. Die Japaner verfügen mittlerweile über eine ziemlich ausgeklügelte Video-Suchsoftware. Es gibt da ein Programm, mit dem man eine bestimmte Aufnahme, sagen wir von einem Gesicht, markiert, und dann wird das ganze Band automatisch danach abgesucht. Damit findet man jede Aufnahme dieses Gesichts, auch in einer Menschenmenge, wo immer es auftaucht. Das Programm sieht das Einzelbild eines dreidimensionalen Objekts und erkennt dasselbe Objekt in anderen Perspektiven wieder. Ziemlich raffiniert. Aber langsam.«

»Wundert mich, daß Ihr Sender das nicht hat.«

»Ach, das darf hier gar nicht verkauft werden. Die allerneueste japanische Videotechnologie ist bei uns gar nicht erhältlich. Die halten uns absichtlich drei bis fünf Jahre hinterm Mond. Ist auch ihr gutes Recht. Schließlich ist es *ihre* Technologie, damit können sie machen, was sie wollen. Aber in diesem Fall wäre es natürlich eine nützliche Sache.«

Die Aufnahmen von der Party rasten völlig verzerrt über den Monitor.

Plötzlich ließ Jenny das Bild einfrieren.

»Da, die linke Hintergrundkamera. Die Austin unterhält sich mit Eddie Sakamura. Ist ja klar, daß er sie kennt. Eddie kennt alle Models. Normale Geschwindigkeit?«

»Ja, bitte«, sagte Connor, den Blick starr auf den Monitor gerichtet. Die Kamera schwenkte langsam über den ganzen Raum. Cheryl Austin war fast die ganze Zeit über im Bild. Sie sprach mit Eddie Sakamura, lachte, warf den Kopf in den Nacken, legte ihm die Hand auf den Arm und war offenbar glücklich, bei ihm sein zu dürfen. Eddie spielte den Clown für sie, er zog Grimassen. Es machte ihm Spaß, sie zum Lachen zu bringen. Aber von Zeit zu Zeit blickte Cheryl nervös umher. Es sah aus, als wartete sie darauf, daß irgend etwas geschah oder daß irgend jemand eintraf.

Auf einmal bemerkte Sakamura, daß sie ihm nicht ihre volle Aufmerksamkeit schenkte. Er packte sie am Arm und zog sie grob zu sich heran; sie wandte das Gesicht ab. Er zog sie noch näher an sich und redete verärgert auf sie ein. Dann trat ein glatzköpfiger Mann in den Vordergrund, dicht vor die Kamera. Das Licht spiegelte sich auf seinem Gesicht, so daß man dieses nicht erkennen konnte, und sein Kopf verstellte die Sicht auf Eddie und das Mädchen. Die Kamera schwenkte nach links und verlor die drei aus dem Blickfeld.

»Verdammt!«

»Noch mal?« Jenny betätigte den Rücklauf, und wir sahen uns alles noch einmal an.

»Eddie ist offensichtlich nicht recht glücklich mit ihr«, sagte ich.

»Würde ich auch sagen.«

Connor seufzte. »Es ist so schwierig zu verstehen, was wir da eigentlich sehen. Gibt es dazu auch Ton?«

»Klar, aber da ist wahrscheinlich nur ›Rhabarber, Rhabarber‹ zu hören.« Sie drückte verschiedene Tasten und ließ das Band ein drittes Mal durchlaufen. Auf der Tonspur waren die typischen Partygeräusche festgehalten, nur ganz selten hörte man einen klar verständlichen Satz.

An einer Stelle sah Cheryl Austin Eddie Sakamura an und sagte: »...kann ich doch nichts dafür, daß es für dich so wichtig ist, daß ich...«

Seine Erwiderung war unverständlich, aber ein wenig später sagte er klar und deutlich zu ihr: »... nicht verstehen... alles über das Samstagstreffen...«

Und in den letzten Sekunden des Schwenks, während er sie zu sich zog, zischte er ihr etwas ins Ohr, das klang wie: »... keine Idiotin... nich' dabei...«

»Hat er ›nich' dabei‹ gesagt?« fragte ich.

»Irgend so was, ja«, antwortete Connor.

»Wollen Sie es noch mal sehen?« fragte Jenny.

»Nein, das bringt nichts. Machen wir weiter«, sagte Connor.

»Ist recht.«

Die Bilder rasten vorbei; die Partygäste sahen aus wie Verrückte, sie lachten und tranken ruckartig aus ihren Gläsern. Plötzlich sagte ich: »Stop!«

Jetzt lief das Band in normalem Tempo. Eine blonde Frau in

einem Seidenanzug schüttelte dem kahlköpfigen Mann von vorhin die Hand.
»Und?« fragte Jenny und sah mich an.
»Das ist seine Frau«, erklärte ihr Connor.
Die Frau beugte sich vor und küßte den Glatzkopf auf den Mund, aber nur andeutungsweise. Dann trat sie einen Schritt zurück und gab irgendeinen Kommentar über seinen Anzug ab.
»Sie ist Juristin bei der Staatsanwaltschaft«, sagte Jenny. »Lauren Davis. Hat bei einigen wichtigen Fällen mitgearbeitet. Beim Sunset-Würger und bei dem Prozeß gegen den Typen, der Kellerman erschoß. Wahnsinnig ehrgeizig und sehr intelligent. Hat gute Beziehungen. Man sagt, wenn sie bei der Staatsanwaltschaft bleibt, hat sie eine große Zukunft vor sich. Muß wohl stimmen, weil Wyland sie vor der Öffentlichkeit versteckt. Sie ist, wie man sieht, sehr attraktiv, aber er läßt sie nicht an die Mikrofone. Der Glatzkopf ist John McKenna von der Werbeagentur Regis McKenna in San Francisco. Die machen die Werbung für die meisten High-Tech-Firmen.«
»Weiter, bitte«, sagte ich.
Jenny drückte auf die entsprechende Taste. »Ist sie wirklich Ihre Frau, oder hat Ihr Kollege einen Witz gemacht?«
»Nein, sie ist wirklich meine Frau. War meine Frau.«
»Geschieden?«
»Ja.«
Jenny sah mich an und wollte etwas sagen. Aber dann überlegte sie es sich anders und wandte sich wieder dem Monitor zu, wo die Party in rasanter Geschwindigkeit weiterging.
Ich ertappte mich bei Gedanken an Lauren. »Schon als wir noch zusammenlebten, wußte ich, wie intelligent und schön sie war, aber im Grunde hatte sie wenig Durchblick. Sie war das Kind reicher Eltern, hatte berühmte Universitäten an der Ostküste besucht und schien von der tiefen Überzeugung aller Privilegierten durchdrungen, daß alles, was sie dachte, wohl richtig war, auf jeden Fall aber so, daß man damit leben konnte. Nichts mußte an der Realität gemessen werden.
Sie war damals noch sehr jung gewesen, das machte viel aus. Sie

hatte die Welt noch gefühlsmäßig wahrgenommen, hatte gelernt, wie es in ihr zuging. Sie war begeisterungsfähig und konnte sehr leidenschaftlich werden, wenn es darum ging, ihre Ansichten darzulegen. Allerdings wechselten ihre Ansichten ständig, je nachdem, mit wem sie sich zuletzt unterhalten hatte. Sie war ungemein leicht zu beeindrucken. Sie probierte Ideen aus, wie manche Frauen Hüte anprobieren. Immer war sie über den allerneuesten Trend informiert. Eine Zeitlang fand ich das reizend, erfrischend, dann begann es mich anzuöden.

Sie hatte nämlich keinen wahren Kern, keine menschliche Substanz. Sie war wie ein Fernsehapparat: Sie spulte immer nur die neueste Show ab, ganz egal, um was es ging; danach fragte sie nie.

Letztlich bestand Laurens großes Talent darin, sich anzupassen. Mit allem, was sie als Autorität betrachtete – dem Fernsehen, der Zeitung, ihrem Chef –, ging sie konform und versuchte ständig herauszubekommen, woher der Wind wehte. Und sie wußte immer ganz genau, auf welchen Standpunkt sie sich stellen mußte, um richtig dazustehen. Es wunderte mich überhaupt nicht, daß sie beruflich vorankam. Ihre Wertvorstellungen waren – genau wie ihre Garderobe – immer gepflegt und auf dem Stand der neuesten Mode und...«

»– Ihnen zeigen, Lieutenant, aber es ist schon spät... Lieutenant?«

Ich blinzelte und kam wieder in die Gegenwart zurück. Jenny sprach mit mir. Sie deutete auf den Monitor, wo in einem Standbild Cheryl Austin in ihrem schwarzen Kleid neben zwei älteren Herren zu sehen war.

Connor hatte sich von uns weggedreht und telefonierte gerade.

»Lieutenant? Ist das hier wichtig für Sie?«

»Ja, sicher. Wer sind die zwei?«

Jenny startete das Band mit normaler Geschwindigkeit. »Senator John Morton und Senator Stephen Rowe. Sitzen beide im Finanzausschuß des Senats, wo die Hearings über diesen MicroCon-Verkauf stattfanden.«

Auf dem Monitor sah man Cheryl lachend nicken. Sie war

wirklich ungewöhnlich hübsch, eine interessante Mischung aus Unschuld und Sex-Appeal. Aber dann wirkte sie auch wieder abgebrüht, dabei wurden ihre Gesichtszüge hart. Sie schien beide Männer zu kennen, allerdings nicht besonders gut. Sie näherte sich keinem der beiden und berührte sie auch nicht, außer beim Händeschütteln. Die Senatoren ihrerseits waren sich der laufenden Kamera offenbar voll bewußt und verhielten sich Cheryl gegenüber auf eine leicht formelle Art freundlich.

»Unser Land geht vor die Hunde, und da stehen unsere Senatoren an einem Donnerstagabend herum und plaudern mit Models«, klagte Jenny. »Kein Wunder, daß wir Probleme haben. Und die beiden sind wichtige Köpfe! Morton wird als möglicher Präsidentschaftskandidat für die nächste Wahl gehandelt.«

»Was wissen Sie über das Privatleben der zwei?« fragte ich.

»Sie sind beide verheiratet – das heißt, Rowe lebt praktisch getrennt von seiner Frau. Sie bleibt immer in Virginia, während er umherreist. Trinkt zuviel.«

Ich betrachtete Rowe auf dem Bildschirm. Es war derselbe Mann, der am Abend mit uns im Aufzug gefahren war. Er war dabei betrunken gewesen und beinahe hingefallen. Dort auf dem Bildschirm wirkte er nüchtern.

»Und Morton?«

»Gibt sich als Saubermann. War mal Sportler und ist ein Fitneß-Freak. Ißt Reformkost. Familienvater. Sein Spezialgebiet sind Naturwissenschaften und Technologie. Umweltschutz, die Wettbewerbsfähigkeit der Vereinigten Staaten, amerikanische Werte und so. Aber ganz so brav, wie er tut, ist er wohl nicht. Er soll eine junge Freundin haben.«

»Stimmt das?«

Sie hob die Schultern. »Es heißt, seine Mitarbeiter versuchen, die Sache zu bereinigen. Aber wer weiß schon, was wahr ist und was nicht...«

Das Band war zu Ende. Jenny schob die nächste Kassette ein. »Das ist jetzt die letzte.«

Connor legte den Telefonhörer auf und sagte: »Vergessen Sie das Band!« Er stand auf. »Wir müssen gehen, *kōhai*.«

»Warum?«

»Ich habe mich bei der Telefongesellschaft wegen der Gespräche erkundigt, die zwischen acht und zehn von dem öffentlichen Fernsprecher im Foyer des Nakamoto-Gebäudes aus geführt worden sind.«

»Und?«

»In diesen zwei Stunden ist kein einziges Gespräch geführt worden.«

Connor hatte geglaubt, irgend jemand sei aus dem Sicherheitsraum gegangen und habe vom öffentlichen Fernsprecher aus telefoniert – Cole oder einer der Japaner. Jetzt waren seine Hoffnungen, einer vielversprechenden Spur nachgehen zu können, dahin.

»Schade«, sagte ich.

»Schade?« fragte Connor erstaunt. »Es hilft uns entschieden weiter, weil es die Möglichkeiten enorm eingrenzt. Miss Gonzales, haben Sie Aufnahmen von Leuten, die die Party gerade verlassen?«

»Die die Party verlassen? Nein. Als die Gäste alle eingetroffen waren, sind die Kamerateams nach oben gegangen, um das Fest selbst aufzunehmen. Dann haben sie das Band vor Redaktionsschluß hierhergebracht. Da war die Fete noch in vollem Gang.«

»Gut. Dann sind wir hier wohl fertig. Danke für Ihre Hilfe! Sie kennen sich wirklich erstaunlich gut aus. Los, *kōhai*!«

Wir saßen wieder im Auto. Diesmal fuhren wir zu einer Adresse in Beverly Hills. Es war nach eins, und ich wurde allmählich müde. »Warum ist das öffentliche Telefon in der Eingangshalle so wichtig?«

»Weil unser ganzes Verständnis dieses Falles sich darum dreht, ob von diesem Apparat aus telefoniert worden ist oder nicht«, antwortete Connor. »Jetzt ist die Frage, mit welchem japanischen Unternehmen Nakamoto im Clinch liegt.«

»Mit einem japanischen Unternehmen?«

»Ja«, sagte Connor. »Es handelt sich eindeutig um eine Gesellschaft, die zu einem anderen *keiretsu* gehört.«

»*Keiretsu?*« fragte ich.

»Die Japaner fassen ihre Unternehmen in großen Organisationen zusammen, die *keiretsu* genannt werden. Es gibt davon sechs wichtige in Japan, und die sind riesig. Das Mitsubishi-*keiretsu* beispielsweise besteht aus siebenhundert Einzelfirmen, die zusammenarbeiten beziehungsweise von der Finanzierung oder von diversen Geschäftsvereinbarungen her zusammengehören. In Amerika gibt es solche großen Strukturen nicht, weil sie unsere Kartellgesetze verletzen würden. Aber in Japan sind sie die Norm. Unserem Verständnis nach steht jedes Großunternehmen für sich. Aus der Sicht der Japaner müßte man sich hier eine Verbindung von, sagen wir, IBM, Citibank und Ford sowie Exxon vorstellen, die alle untereinander Geheimabkommen über Zusammenarbeit und gemeinsame Finanzierung oder gemeinsame Forschung getroffen haben. Ein japanisches Großunternehmen steht also niemals nur für sich. Es agiert immer in Partnerschaft mit Hunderten von anderen Firmen – und in Konkurrenz mit den Unternehmen von anderen *keiretsu*. Wenn man wissen will, wie sich die Nakamoto Corporation verhält, muß man sich fragen, wie sich das Nakamoto-*keiretsu* daheim in Japan in Gegnerschaft zu anderen *keiretsu*-Unternehmen verhält. Denn dieser Mord ist eine hochnotpeinliche Angelegenheit für Nakamoto. Man kann in ihm sogar einen Angriff auf Nakamoto sehen.«

»Einen Angriff?«

»Ja. Denken Sie mal nach! Nakamoto plant einen großen, mit Stars gespickten Abend anläßlich der Eröffnung des neuen Gebäudes. Alles soll perfekt sein. Da wird aus irgendeinem Grund ein Partygast erwürgt. Und die Frage ist: Wer hängt das an die große Glocke?«

»Wer hat den Mord gemeldet?«

»Genau. Schließlich hatten die von Nakamoto doch die ganze Umgebung des Tatorts unter Kontrolle – es ist *ihre* Party, es ist *ihr* Gebäude. Nichts wäre leichter für sie gewesen, als bis zum

Ende des Festes zu warten und den Mord dann erst zu melden, wenn alle Gäste das Gebäude verlassen haben. Wenn ich um mein Erscheinungsbild, um jeden Aspekt meines öffentlichen Ansehens besorgt wäre, würde ich es so und nicht anders machen. Alles andere wäre peinlich und potentiell gefährlich für das Image der Nakamoto Corporation.«

»Schon klar.«

»Aber die Meldung wurde nicht hinausgezögert«, sagte Connor. »Ganz im Gegenteil, irgend jemand hat die Polizei um zwanzig Uhr zweiunddreißig telefonisch davon verständigt, zu einem Zeitpunkt, als die Party gerade anlief. Der ganze Abend stand damit unter einem unglaublichen Risiko. Und die ganze Zeit über haben wir uns zu fragen: Von wem kam der Anruf?«

»Sie haben Ishiguro gebeten, uns die Person zu nennen, die angerufen hat. Bis jetzt ist das nicht geschehen.«

»Richtig. Weil er sie uns nämlich nicht nennen kann.«

»Weil er nicht weiß, wer angerufen hat?«

»Richtig.«

»Sie glauben nicht, daß irgend jemand aus dem Haus die Meldung erstattet hat?«

»Richtig.«

»Ein Feind von Nakamoto hat es getan?«

»Mit ziemlicher Sicherheit.«

»Wie kriegen wir heraus, wer es war?« fragte ich.

Connor lachte auf. »Deshalb habe ich das Telefon in der Lobby überprüfen lassen. Das ist ein ganz wichtiger Punkt.«

»Wieso?«

»Nehmen Sie einmal an, Sie arbeiten für eine Konkurrenzfirma, und Sie wollen herausfinden, was bei Nakamoto intern los ist. Das schaffen Sie nicht, weil japanische Firmen ihre Führungskräfte auf Lebenszeit anstellen. Die leitenden Angestellten fühlen sich als Angehörige einer Familie, und ihre eigene Familie würden sie nie verraten. Nakamoto hält also dem Rest der Welt eine undurchdringliche Maske hin; demnach zählt jedes noch so unwichtige Detail: Welche Führungskräfte aus Japan sind gerade in der Stadt? Wer trifft sich mit wem? Das ganze Kommen und

Gehen und so weiter. Diese Einzelheiten können Sie vielleicht in Erfahrung bringen, wenn Sie sich mit einem amerikanischen Wachmann anfreunden, der den ganzen Tag vor den Monitoren sitzt. Besonders dann, wenn dieser Wachmann unter den Vorurteilen gegenüber Schwarzen zu leiden hat.«

«Sprechen Sie weiter.«

»Die Japaner versuchen oft, ortsansässige Sicherheitsdienstleute rivalisierender Firmen zu bestechen. Sie sind zwar ehrenwerte Menschen, aber ihre Tradition gestattet ein solches Vorgehen. In der Liebe und im Krieg ist alles erlaubt, und in den Augen der Japaner ist das Geschäftemachen Krieg. Also geht Bestechung in Ordnung, wenn sie gelingt.«

»Ich verstehe.«

»Es gibt nur zwei Menschen, von denen wir sicher sein können, sie wußten in den ersten Sekunden nach dem Mord, daß ein Mädchen umgebracht worden ist. Der eine ist der Mörder selbst, der andere ist der Wachmann Ted Cole, der das Ganze auf dem Monitor gesehen hat.«

»Augenblick mal! Ted Cole hat alles auf dem Monitor gesehen? Er weiß, wer der Mörder ist?«

»Offensichtlich ja.«

»Er sagte, er sei um Viertel nach acht gegangen.«

»Er hat gelogen.«

»Aber wenn Sie das wußten, warum haben wir ihn dann nicht…«

»*Uns* würde er das nie sagen«, erwiderte Connor. »Genausowenig wie Phillips. Deshalb habe ich Cole gar nicht erst festgenommen und verhört. Es wäre nur Zeitverschwendung gewesen – und Zeit bedeutet hier alles. Wir wissen, daß er es uns nicht sagen würde. Meine Frage lautet jetzt: Hat er es jemand anderem erzählt?«

Langsam wurde mir klar, auf was er hinauswollte. »Sie meinen, ob er den Sicherheitsraum verlassen hat, zum öffentlichen Telefon in der Lobby gegangen ist und irgend jemanden angerufen und von dem Mord berichtet hat?«

»Genau. Denn er hat nicht das firmeneigene Telefon im Sicherheitsraum, sondern den öffentlichen Apparat benützt, um jemanden anzurufen – einen Feind von Nakamoto, ein Konkurrenzunternehmen. Irgend jemanden.«

»Aber von diesem Apparat aus ist kein Gespräch geführt worden!«

»Genau.«

»Damit fällt doch Ihre ganze Argumentation in sich zusammen.«

»Keineswegs. Die Sache wird dadurch nur um so klarer. Wenn Cole niemanden verständigt hat, wer dann war der Anrufer? Das kann doch eindeutig nur der Mörder selbst gewesen sein.«

»Er hat den Mord gemeldet, weil er Nakamoto in eine peinliche Lage bringen wollte?«

»Das ist anzunehmen.«

»Von wo aus hat er dann angerufen?«

»Das ist mir noch nicht klar«, antwortete Connor. »Von irgendwo innerhalb des Gebäudes, nehme ich an. Es gibt zudem einige andere verwirrende Einzelheiten, die wir noch nicht in Erwägung gezogen haben.«

»Zum Beispiel?«

Das Autotelefon schnarrte. Connor hob ab, dann gab er mir den Hörer. »Es ist für Sie.«

»Nein, nein«, sagte Mrs. Ascenio, »der Kleinen geht es gut. Ich habe erst vor ein paar Minuten nach ihr gesehen. Es ist alles in Ordnung, Lieutenant. Ich wollte Ihnen nur sagen, daß Mrs. Davis angerufen hat.« So nannte sie meine Exfrau.

»Wann?«

»Vor zehn Minuten ungefähr.«

»Hat sie eine Nummer hinterlassen?«

»Nein. Sie hat gesagt, daß sie heute nacht nicht zu erreichen ist. Aber ich soll Ihnen ausrichten, daß ihr etwas dazwischengekommen ist und sie vielleicht wegfährt. Sie hat gesagt, daß sie die Kleine dieses Wochenende wahrscheinlich nicht nehmen kann.«

Ich seufzte. »Okay.«

»Sie hat gesagt, sie ruft Sie morgen an, dann kann sie es Ihnen genau sagen.«

»Okay.«
Ich war nicht überrascht. Das war typisch Lauren. Änderungen in allerletzter Minute. Mit Lauren konnte man nie etwas planen, weil sie es sich immer wieder anders überlegte. Wahrscheinlich bedeutete diese Kehrtwendung, daß sie einen neuen Freund hatte und mit ihm verreisen wollte.
Früher war ich der Meinung gewesen, daß diese Unwägbarkeiten schädlich für Michelle seien, weil sie sie verunsicherten. Aber Kinder denken praktisch. Michelle scheint zu verstehen, daß ihre Mutter nun mal so ist, und regt sich darüber gar nicht auf.
Aber ich rege mich darüber auf.
Mrs. Ascenio sagte: »Kommen Sie bald heim, Lieutenant?«
»Nein. Ich werde wohl die ganze Nacht weg sein. Können Sie bei Michelle bleiben?«
»Ja, aber um neun muß ich gehen. Soll ich die Couch ausziehen?«
In meinem Wohnzimmer stand eine ausziehbare Couch. Wenn Mrs. Ascenio bei mir übernachtete, schlief sie darauf. »Ja, klar.«
»Okay. Gute Nacht, Lieutenant!«
»Gute Nacht, Mrs. Ascenio!«

»Ist etwas passiert?« fragte Connor. Es erstaunte mich, eine gewisse Anspannung in seiner Stimme mitschwingen zu hören.
»Nein. Nur daß meine Exfrau wie üblich Scheiße baut. Sie weiß nicht, ob sie unsere Tochter übers Wochenende zu sich nehmen kann oder nicht. Warum fragen Sie?«
Connor zuckte mit den Achseln. »Nur so.«
Ich hatte nicht den Eindruck, daß das Thema damit beendet war. »Sie haben vorhin gemeint, dieser Fall könnte noch ziemlich heikel werden...«
»Kann auch anders kommen. Das beste wäre, wenn wir diese Nuß in den nächsten paar Stunden knacken könnten. Und ich glaube, das schaffen wir auch. Da vorne links ist das Restaurant.«
Ich sah das Neonschild. »Bora Bora«.
»Ist das das Lokal, das Sakamura gehört?«
»Ja. Genaugenommen ist er nur Mitinhaber. Lassen Sie das Auto

nicht vom Hausdiener wegfahren! Parken Sie dort drüben! Es könnte sein, daß wir schnell abhauen müssen.«

Das »Bora Bora« war eines der typischen kurzlebigen Modelokale in L.A. Die Inneneinrichtung bestand aus einem wilden Durcheinander aus polynesischen Masken und Schilden. Limonengrüne Auslegerboote ragten über der Bar heraus wie hölzerne Zähne. Oberhalb der offenen Küche flimmerte ein Prince-Videoclip gespenstisch über eine fünf Meter breite Videowand. Zu den Spezialitäten aus der Südsee wurde ohrenbetäubender Lärm geboten. Die Klientel bestand aus Leuten, die davon träumten, ganz groß im Filmgeschäft rauszukommen. Alle trugen Schwarz.

Connor grinste. »Sieht aus wie das ›Trader Vic's‹ nach einem Bombenangriff, was? Glotzen Sie nicht so! Sie scheinen ja nicht oft auszugehen.«

»Stimmt«, sagte ich. Connor sprach mit der Empfangsdame, einer Eurasierin. Ich sah hinüber zur Bar, wo sich gerade zwei Frauen kurz auf den Mund küßten. Daneben stand ein Japaner in einer Fliegerjacke, den Arm um eine üppige Blondine gelegt. Die beiden hörten einem Mann mit schütterem Haar zu, der ziemlich streitlustig wirkte. Das war doch der Regisseur des Films...

»Los!« sagte Connor zu mir. »Wir gehen.«

»Was?«

»Eddie ist nicht da.«

»Wo ist er denn?«

»Bei einer Party, oben, über der Stadt. Kommen Sie!«

Unser Ziel lag an einer kurvenreichen Straße auf den Höhen über dem Sunset Boulevard. Von dort oben hätten wir einen schönen Blick auf die Stadt gehabt, aber alles war in dichten Dunst gehüllt. Zu beiden Seiten der Straße parkten Luxuskarossen: vor allem Lexus-Limousinen, aber auch ein paar Bentleys und Mercedes-Cabrios. Die Parkwächter sahen ziemlich verdutzt drein, als wir ihnen unseren Chevy überließen und uns auf den Weg zum Haus hinauf machten.

Wie die meisten anderen Gebäude an dieser Straße, war auch dieses von einer drei Meter hohen Mauer umgeben. Die Zufahrt war von einem ferngesteuerten Stahltor versperrt, über dem sich eine Videokamera befand; eine weitere Kamera hatte den Weg, der zum Haus selbst hinaufführte, im Visier. Am Tor stand der Angestellte einer privaten Wachgesellschaft und kontrollierte unsere Polizeimarken.

»Wem gehört dieses Haus?« fragte ich.

Noch vor zehn Jahren hatten sich in Los Angeles nur Mafiosi so streng bewachen lassen – oder aber Stars wie Stallone, die mit ihren brutalen Filmfiguren Gewalt geradezu anzogen. In letzter Zeit schützten sich aber offenbar alle Bewohner in den reichen Stadtteilen auf diese Weise. Es galt fast als schick. Mehrere Stufen führten durch einen Kakteengarten zum Haus hinauf, einem modernen, festungsartigen Betongebäude, aus dem laute Musik drang.

»Es gehört dem Besitzer des ›Maxim Noir‹.« Connor mußte meinen verständnislosen Blick gesehen haben. »Das ist eine teure Boutique, die für ihr arrogantes Verkaufspersonal berühmt ist. Jack Nicholson und Cher kleiden sich dort ein.«

»Jack Nicholson und Cher?« fragte ich kopfschüttelnd. »Woher wissen Sie denn das?«

»Es kaufen mittlerweile auch viele Japaner im ›Maxim Noir‹ ein. Mit dem Laden ist es wie mit den meisten teuren amerikanischen Geschäften – ohne Kunden aus Tokio wäre er schon längst pleite gegangen. Er ist auf die Japaner angewiesen.«

Als wir uns dem Hauseingang näherten, sahen wir einen breitschultrigen Mann im Trenchcoat davor stehen. Er hielt eine Namensliste in der Hand. »Tut mir leid, meine Herren – nur mit Einladung!«

Connor hielt ihm seine Marke hin. »Wir möchten uns mit einem Ihrer Gäste unterhalten.«

»Mit wem denn, Sir?«

»Mit Mr. Sakamura.«

Der Mann machte ein unglückliches Gesicht. »Warten Sie mal hier, bitte!«

Vom Eingang aus konnten wir direkt in die Wohnhalle sehen. Sie war voller Partygäste, unter ihnen schon auf den ersten Blick viele, die bereits an der Nakamoto-Eröffnungsfeier teilgenommen hatten. Wie im »Bora Bora« waren auch hier alle in Schwarz gekleidet. Noch auffälliger aber war der Raum selbst: ganz in Weiß gehalten und völlig schmucklos. Keine Bilder an den Wänden, keinerlei Mobiliar. Nur nackte weiße Wände und ein Teppichboden. Die Gäste wirkten nicht so, als ob sie sich besonders wohl fühlten. Sie hielten Papierservietten und Gläser in der Hand und suchten ratlos nach einer Abstellmöglichkeit.

Auf dem Weg zum Speisezimmer kam ein Pärchen in unsere Nähe. »Rod weiß wirklich, wie man's macht«, sagte die Frau.

»Ja«, meinte der Mann, »alles so elegant minimalistisch. Das ist bis ins kleinste Detail toll ausgeführt. Ich kann es einfach nicht fassen, wer ihm diese Malerarbeit geliefert hat – absolut perfekt. Kein Pinselstrich zu sehen, völlig makellos. Eine perfekte Oberfläche.«

»Muß auch so sein«, sagte sie. »Das ist ja der Witz an dem Ganzen.«

»Wirklich ziemlich gewagt«, sagte der Mann.

»Gewagt?« sagte ich zu Connor. »Was reden die daher? Das ist doch nur ein leeres Zimmer.«

Connor lächelte. »Ich nenne so was Pseudo-Zen: Stil ohne Substanz.«

Ich besah mir die Leute. »Senator Morton ist da.« Er stand in der Ecke und schwang irgendwelche Reden. Ganz der zukünftige Präsidentschaftskandidat.

»Na so was«, sagte Connor sarkastisch.

Der Wachmann war noch nicht zurückgekommen, und so gingen wir ein paar Schritte in den Raum hinein. Als ich mich Senator Morton näherte, hörte ich ihn sagen: »Ja, ich kann Ihnen genau erklären, warum mich das Ausmaß der japanischen Beteiligungen an der amerikanischen Industrie so beunruhigt. Wenn wir nicht mehr fähig sind, unsere eigenen Produkte herzustellen,

verlieren wir die Macht über unser Schicksal. So einfach ist das. 1986, beispielsweise, verkaufte Toshiba den Sowjets – gesetzwidrig – wichtige amerikanische Technologie, die es diesen erlaubte, den Lärm ihrer U-Boot-Schrauben zu dämpfen. Jetzt liegen russische Atom-U-Boote direkt vor der Küste, und wir können sie nicht aufspüren, weil sie dank der Japaner über unsere Technologie verfügen. Der Kongreß war empört und das amerikanische Volk in hellem Aufruhr, und zwar völlig zu Recht – es war wirklich unerhört. Der Kongreß plante wirtschaftliche Vergeltungsmaßnahmen gegen Toshiba. Aber die amerikanischen Lobbyisten, die japanische Interessen wahrnehmen, veranlaßten Hewlett-Packard und andere amerikanische Unternehmen, sich für Toshiba einzusetzen, weil diese Firmen nämlich wegen bestimmter Computerteile von Toshiba abhängig sind. Ein Boykott wäre für sie nicht in Frage gekommen, denn andere Zulieferfirmen gab es nicht. Wir konnten es uns also tatsächlich nicht leisten, gegen Toshiba vorzugehen. Hier steckt das Problem: Wir sind inzwischen abhängig von Japan – und es ist meine tiefe Überzeugung, daß Amerika von keinem Land der Welt abhängig sein darf.«
Jemand stellte ihm eine Frage, und Morton nickte. »Ja, das ist richtig, unserer Industrie geht es nicht gut. Die Reallöhne sind in diesem Land heute auf dem gleichen Stand wie 1962. Die Kaufkraft der amerikanischen Arbeiter ist wieder so niedrig wie vor dreißig Jahren. Und das betrifft auch die wohlhabenden Menschen, die ich hier sehe, denn es bedeutet, daß der amerikanische Konsument kein Geld mehr hat, um ins Kino zu gehen oder Autos oder Kleidung zu kaufen oder was immer Sie hier zu verkaufen haben. Die Wahrheit ist, daß es mit unserem Land abwärts geht.«
Eine Frau stellte ihm eine weitere Frage, die ich nicht hören konnte, und Morton erwiderte: »Ja, auf dem gleichen Stand wie 1962. Ich weiß, daß das kaum zu glauben ist, aber denken Sie mal zurück an die fünfziger Jahre, als es sich die amerikanischen Arbeiter leisten konnten, Häuser zu kaufen, eine Familie zu gründen und die Kinder aufs College zu schicken, alles mit einem einzigen Einkommen. Heute arbeiten beide Elternteile, und trotzdem können sich die meisten Leute kein eigenes Haus leisten.

Man bekommt weniger für den Dollar, alles ist teurer geworden. Die Leute müssen kämpfen, um auch nur das zu behalten, was sie haben, aber sie kommen nicht weiter.«

Während ich ihm zuhörte, ertappte ich mich bei einem zustimmenden Nicken. Ungefähr einen Monat zuvor hatte ich mich nach einem Haus umgesehen, weil ich einen Garten für Michelle wollte. Aber die Immobilienpreise in L.A. waren unglaublich – völlig ausgeschlossen, daß ich mir je ein Haus würde leisten können, es sei denn ich heiratete wieder. Und vielleicht nicht einmal dann, wenn man sich überlegte...

Jemand stieß mir in die Rippen. Ich drehte mich um. Hinter mir stand der Wachmann und deutete verärgert auf die Eingangstür.

»Zurück, Kumpel. Aber bißchen dalli!«

Ich war sauer und schielte zu Connor hinüber, aber der ging ganz ruhig zum Eingang zurück.

Der Türsteher sagte: »Ich habe nachgesehen. Hier ist kein Mr. Sakamura.«

»Mr. Sakamura«, sagte Connor, »ist der japanische Gentleman dort hinten rechts. Der Herr, der sich gerade mit der Rothaarigen unterhält.«

Der Wachmann schüttelte den Kopf. »Tut mir leid, Jungs. Wenn ihr keinen Durchsuchungsbefehl habt, muß ich euch bitten, das Haus zu verlassen.«

»Aber warum denn gleich ein Problem daraus machen?« fragte Connor. »Mr. Sakamura ist ein Freund von mir. Ich weiß, daß er mit mir reden will.«

»Tut mir leid. Haben Sie einen Durchsuchungsbefehl?«

»Nein.«

»Dann ist das hier Hausfriedensbruch. Bitte gehen Sie!«

Connor blieb einfach stehen.

Der Türsteher trat zurück und pflanzte sich mit gespreizten Beinen vor uns auf. »Ich glaube, ich sollte Ihnen sagen, daß ich den schwarzen Gürtel habe.«

»Ach, wirklich?« sagte Connor.

»Und Jeff auch«, sagte der Türsteher, als ein zweiter Mann aufkreuzte.

»Jeff«, sagte Connor, »sind Sie derjenige, der Ihren Freund hier nachher ins Krankenhaus fahren wird?«
Jeff lachte dreckig auf. »Hey, gefällt mir, wenn einer Humor hat! Ist wirklich witzig. Aber du bist hier am falschen Platz, kleiner Klugscheißer, das hast du doch gehört. Raus jetzt! Und zwar sofort!« Er bohrte Connor einen seiner Wurstfinger in die Brust.
Connor sagte ganz ruhig: »Das ist eine tätliche Bedrohung.«
»Mach dir nicht ins Hemd, alter Knabe«, sagte Jeff. »Ich hab' dir gesagt, daß du hier am falschen Platz bist...«
Connor machte eine blitzschnelle Bewegung, und plötzlich rollte Jeff, vor Schmerz wimmernd, über den Boden. Erst vor einem Paar dunkler Hosenbeine blieb er liegen. Als ich den Blick hob, sah ich einen Mann ganz in Schwarz: schwarzes Hemd, schwarze Krawatte, schwarzes Seidensacco. Er hatte weißes Haar und gab sich in typischer Hollywood-Manier ziemlich dramatisch: »Ich bin Rod Dwyer. Dies hier ist mein Haus. Um was geht es?«
Connor stellte sich und mich höflich vor und zeigte ihm seine Polizeimarke. »Wir sind dienstlich hier. Wir haben gebeten, uns mit einem Ihrer Gäste unterhalten zu dürfen, mit Mr. Sakamura, der dort drüben in der Ecke steht.«
»Und dieser Mann hier?« fragte Dwyer und deutete auf Jeff, der noch immer keuchend und hustend vor ihm auf dem Boden lag.
»Hat mich angegriffen«, erklärte Connor.
»Scheiße, ich hab' ihn überhaupt nicht angegriffen!« widersprach Jeff, während er sich hustend aufsetzte.
»Haben Sie ihn angefaßt?« fragte Dwyer.
Jeff blickte finster drein und schwieg.
Dwyer wandte sich wieder an uns. »Ich bedaure, daß das passiert ist. Diese Männer sind neu. Ich weiß nicht, was sie sich dabei gedacht haben. Darf ich Ihnen etwas zu trinken bringen lassen?«
»Danke, wir sind im Dienst«, sagte Connor.
»Ich werde Mr. Sakamura bitten, zu Ihnen zu kommen und mit Ihnen zu reden. Wie war noch mal Ihr Name?«
»Connor.«
Dwyer ging. Der erste Wachmann half Jeff auf die Beine. Der murmelte noch im Weghumpeln: »Arschlöcher!«

»Das waren noch Zeiten, als die Polizei respektiert wurde«, sagte ich zu Connor.
John Connor schüttelte den Kopf, senkte den Blick und sagte: »Ich schäme mich sehr.«
»Warum denn?«
Aber er erklärte es mir nicht.

»Hey, John! John Connor! *Hisashiburi dana*! Lange nicht gesehen! Wie geht's denn immer, he?« Eddie Sakamura schlug Connor auf die Schulter.
Aus der Nähe war er nicht mehr ganz so gutaussehend. Er hatte eine bleiche Gesichtsfarbe und pockennarbige Haut, und er roch wie abgestandener Scotch. Seine Bewegungen waren ruckartig, hastig, und er sprach sehr rasch. Der schnelle Eddie war kein Mensch, der in sich ruhte.
»Es geht mir ziemlich gut, Eddie«, sagte Connor. »Und wie steht es mit Ihnen?«
»Hey, ich kann nicht klagen, Captain. Nur ein, zwei kleinere Sachen. Hab' ne Anzeige wegen Trunkenheit am Steuer gekriegt, versuche gerade, da wieder rauszukommen, aber bei meinen Vorstrafen ist das gar nicht so leicht. Ach was, das Leben geht weiter! Was treiben Sie denn hier? Ziemlich greller Laden, was? Der allerletzte Schrei: keine Möbel! Rod bestimmt den neuen Stil. Super! Keiner kann sich mehr hinsetzen!« Er lachte. »Neuer Stil! Geil!«
Ich hatte das Gefühl, daß er unter Drogeneinfluß stand. Er wirkte geradezu manisch. Die Narbe auf seiner linken Hand konnte ich deutlich sehen. Sie war dunkelrot und etwa drei mal vier Zentimeter groß, es schien sich um eine alte Brandnarbe zu handeln.
Connor senkte die Stimme und sagte: »Eddie, wir sind hier wegen des *yakkaigoto* gestern abend bei Nakamoto.«
»Ach ja«, sagte Eddie, ebenfalls mit gedämpfter Stimme. »Kein Wunder, daß es so mit ihr geendet hat. War 'ne *henntai*.«
»Pervers war sie? Wie kommen Sie darauf?«
»Gehen wir ein bißchen nach draußen!« sagte Eddie. »Ich hätte Lust auf eine Zigarette, und Rod will nicht, daß in seinem Haus geraucht wird.«

»Okay, Eddie.«

Wir gingen hinaus und blieben am Rand des Kakteengartens stehen. Eddie zündete sich eine Mild Seven Menthol an. »Hey, Captain, ich weiß nicht, was man Ihnen bis jetzt erzählt hat. Aber dieses Mädchen hat mit ein paar von den Leuten da drin gebumst. Mit Rod zum Beispiel, und mit ein paar anderen auch. Da läßt's sich hier draußen besser quatschen. Einverstanden?«

»Klar.«

»Ich kannte das Mädchen ziemlich gut. Sehr gut sogar. Sie wissen ja, daß ich *hipparidako* bin, oder? Kann nichts dafür – bin einfach beliebt. Sie hing an mir die ganze Zeit.«

»Ich weiß, Eddie. Aber Sie sagten, daß sie Probleme hatte.«

»Große Probleme, *amigo. Grande problemos*, kann ich Ihnen sagen. Sie war krank. Stand auf Schmerzen.«

»Die ganze Welt ist voll von solchen Leuten, Eddie.«

Eddie zog an seiner Zigarette. »Nein, nein, ich rede von was anderem, ich rede davon, *wie* sie drauf stand. Wenn man ihr richtig weh getan hat, ist sie gekommen. Hat immer um mehr, mehr, mehr gebettelt. Wollte, daß man immer stärker zudrückte.«

»Den Hals?« fragte Connor.

»Ja, den Hals. Genau. Sie wollte, daß man ihr den Hals zudrückte. Kapiert? Und manchmal auch mit einer Plastiktüte. Sie kennen doch diese Müllbeutel aus Plastik. Einen solchen mußte man ihr über den Kopf stülpen und am Hals zuhalten, während man sie fickte. Dann hat sie die Folie mit dem Mund angesaugt und ist ganz blau geworden im Gesicht. Hat einem den Rücken zerkratzt dabei und gekeucht und gejapst. Mein Gott! Ich selbst steh' ja nicht auf so was. Aber ich sage Ihnen, dieses Mädchen hatte 'ne Pussy! Also, wenn die loslegte, ging die Post ab! Das vergißt man nicht so leicht, sage ich Ihnen. Mir war das allerdings zuviel. Immer hart an der Grenze, immer dieses Risiko, verstehen Sie? Immer näher an die Grenze ran. Vielleicht passiert es diesmal, vielleicht ist dieses Mal das letzte Mal. Verstehen Sie, was ich meine?« Er schnippte den Rest seiner Zigarette weg, der in den Kaktusstacheln landete. »Manchmal wird so was ganz schön aufregend, wie russisches Roulette. Ich hab's aber nicht mehr ausgehalten, Captain, hab' das einfach nicht verkraftet. Ehrlich, Captain. Und Sie kennen mich ja, ich hab's gern wild.«

Ich versuchte, mir Notizen zu machen, während Sakamura sprach, aber er spuckte die Wörter nur so aus, ich kam nicht mit. Er zündete sich mit zittriger Hand eine zweite Zigarette an und fuchtelte, während er hastig weiterredete, mit dem glühenden Ende in der Luft herum, wie um seine Worte zu unterstreichen.

»Also, ich meine, dieses Mädchen war ein echtes *Problem*. Recht hübsch, okay. Wirklich hübsch. Aber manchmal konnte die nicht aus dem Haus gehen, weil sie so übel zugerichtet war. Die brauchte manchmal 'ne Menge Make-up. Die Haut am Hals ist nämlich ganz schön empfindlich, Mann. Und die hatte da Blutergüsse, richtige Ringe um den Hals. Scheußlich. Vielleicht haben Sie's ja gesehen. Haben Sie sie tot gesehen, Captain?«

»Ja.«

»Na, dann...« Er stockte, trat nachdenklich einen Schritt zurück und schnippte die Asche von seiner Zigarette. »Dann ist sie also erwürgt worden, oder was?«

»Ja, Eddie. Sie ist erwürgt worden.«

Er tat einen tiefen Zug. »Tja, kann ich mir denken.«

»Haben Sie sie gesehen, Eddie?«

»Ich? Nein. Was soll das? Wie hätte ich sie denn sehen können, Captain?« Er blies den Rauch in die Nacht hinaus.

»Sehen Sie mich an, Eddie!«

Eddie wandte Connor das Gesicht zu.

»Sehen Sie mir in die Augen! Und jetzt sagen Sie mir, ob Sie die Leiche gesehen haben!«

»Nein. Also bitte, Captain!« Er lachte nervös auf und warf mit einem Ruck die Zigarette weg, so daß sie funkenstiebend durch die Luft flog. »Was soll das denn? Wollen Sie ein Geständnis aus mir herauspressen? Nein, ich habe die Leiche nicht gesehen.«

»Eddie!«

»Ich schwör' es, Captain!«

»Eddie, was haben Sie mit der Sache zu tun?«

»Ich? Scheiße, gar nichts, Captain. Ich kannte das Mädchen, klar. Ich war öfter mit ihr zusammen, hab' sie gebumst, klar. Was soll's? Sie war ein bißchen verrückt, aber man hatte seinen Spaß mit ihr. Tolle Pussy. Das ist alles, Mann.« Er sah sich um und zündete die dritte Zigarette an. »Netter Kakteengarten, was? ›Xeriscape‹ nennen sie so was. Ist das Allerneueste. Los Angeles kehrt zurück zum Wüstenleben. *Hayatterunosa* – todschick.«

»Eddie!«

»Kommen Sie, Captain, jetzt reicht es! Wir kennen uns doch schon so lange!«

»Klar, Eddie. Aber es gibt da einige Probleme. Was ist mit den Videobändern?«

Eddie starrte ihn mit Unschuldsmiene an. »Mit den Videobändern?«

»Ein Mann mit einer Narbe auf der Hand und einer Krawatte mit Dreiecken war im Sicherheitsbüro des Nakamoto-Gebäudes und hat Videobänder mitgehen lassen.«

»Verdammt! Welches Sicherheitsbüro? Was soll das, Captain?«

»Eddie!«

»Wer hat Ihnen das gesagt? Das stimmt einfach nicht, Mann. Videobänder mitgenommen? So was hab' ich nie getan. Sind Sie verrückt, oder was?« Er drehte seine Krawatte um und betrachtete das Etikett. »Das hier ist eine Polo-Krawatte, Captain. Polo, von Ralph Lauren. Von denen gibt's garantiert 'ne ganze Menge.«

»Eddie. Was ist mit dem ›Imperial Arms‹?«

»Was soll mit dem sein?«

»Waren Sie dort heute nacht?«

»Nein.«

»Haben Sie nicht ein bißchen aufgeräumt in Cheryls Zimmer?«

»Was?« Eddie blickte schockiert drein. »Was? In ihrem Zimmer aufgeräumt? Wo haben Sie denn diese Scheiße her, Captain?«

»Das Mädchen von gegenüber, Julia Young«, sagte Connor, »hat uns erzählt, daß sie Sie gestern abend dort mit einem anderen Mann gesehen hat. In Cheryls Apartment im ›Imperial Arms‹.«

Eddie warf die Arme in die Höhe. »Mein Gott, Captain, jetzt hören Sie mir mal zu! Dieses Mädchen wüßte doch nicht mal, ob sie mich gestern abend oder vor einem Monat gesehen hat, Mann! Die ist auf Heroin. Schauen Sie bei der mal zwischen den Zehen nach, da finden sie die Einstichnarben. Oder unter ihrer Zunge oder an ihren Schamlippen. Da werden Sie garantiert fündig. Die ist doch nicht ganz da, Mann! Die kriegt doch überhaupt nichts mit, Mann! Sie kommen einfach hierher und knallen mir diese Scheiße hin. Das gefällt mir überhaupt nicht.«

Er warf die Zigarette weg und zündete sofort eine neue an.

»Das gefällt mir ganz und gar nicht. Sehen Sie denn nicht, was hier läuft?«

»Nein«, sagte Connor. »Sagen Sie es mir, Eddie! Was läuft denn hier?«

»Diese Kacke stimmt einfach nicht, Mann! Kein Wort davon ist wahr.« Er paffte hastig. »Wissen Sie, um was es hier geht? Hier geht es nicht um irgendein beschissenes Mädchen, Mann! Hier geht's um die Samstagstreffen, um die *Doyou kai*, Connor-*san*, die Geheimtreffen. Darum geht es!«

»*Sonna bakana*«, schnauzte Connor ihn an.

»Kein *bakana*, Connor-*san*. Das ist kein Schwachsinn.«

»Was soll ein Mädchen aus Texas mit den *nichibei kai* zu tun haben?«

»Sie wußte darüber Bescheid. *Hontō nanda*. Und sie machte Schwierigkeiten. War auf Randale aus, die Dame.«

»Eddie, ich glaube, Sie kommen besser mit uns mit.«

»Na gut, wunderbar. Sie nehmen denen die Arbeit ab, den *kuromaku*.« Er trat dicht an Connor heran. »Scheiße, Captain, was soll das? Sie wissen doch, wie das läuft. Dieses Mädchen wurde bei Nakamoto umgebracht. Sie kennen meine Familie. Mein Vater und Daimatsu sind eins. Jetzt werden sie in Osaka lesen, daß bei Nakamoto ein Mädchen gekillt wurde und man mich im Zusammenhang damit in Haft genommen hat. Mich, seinen Sohn!«

»In Untersuchungshaft.«

»In Untersuchungshaft, völlig egal. Sie wissen genau, was das bedeutet. *Taihennakoto ni naru zo.* Mein Vater muß seine Stellung aufgeben, und seine Firma muß sich bei Nakamoto entschuldigen, vielleicht sogar Wiedergutmachung zahlen, ihnen geschäftliche Vorteile einräumen. Das ist eine mächtige *ōsawagi ni naruzo*. Das alles tun Sie mir an, wenn Sie mich in Untersuchungshaft stecken.« Er schnippte seine Zigarette weg. »Also, Sie glauben, ich habe diesen Mord begangen, und Sie verhaften mich. Okay. Sie wollen sich damit nur aus der Affäre ziehen, mir aber fügen Sie unter Umständen großen Schaden zu. Das wissen Sie genau, Captain.«

Connor erwiderte ziemlich lange nichts. Schweigend gingen die beiden im Kreis herum.

Schließlich sagte Eddie: *»Na, Connor-san. Tanomuyo ...«* Seine Stimme hatte einen flehenden Unterton. Es klang ganz so, als bettle er um Milde.

Connor seufzte. »Haben Sie Ihren Paß dabei, Eddie?«

»Ja, klar. Immer.«

»Lassen Sie mal sehen!«

»Selbstverständlich, Captain. Da ist er.«

Connor warf einen Blick auf das Dokument und reichte es mir. Ich steckte den Paß in die Tasche.

»Okay, Eddie. Ich hoffe, daß das nicht *murina koto* ist. Sonst werden Sie nämlich zur Persona non grata erklärt, Eddie. Dann stecke ich Sie höchstpersönlich ins nächste Flugzeug nach Osaka. *Wakattaka*?«

»Sie beschützen die Ehre meiner Familie, Captain. *On ni kiru yo*.« Er machte eine steife Verbeugung, die Arme zackig an den Seiten. Connor erwiderte die Verbeugung.

Ich starrte die beiden an. Ich konnte kaum glauben, was ich sah. Connor ließ ihn einfach laufen. Ich fand das nur noch verrückt.

Ich gab Eddie meine Karte und spulte den üblichen Spruch herunter. Falls ihm noch etwas einfalle, solle er mich anrufen. Eddie zuckte mit den Achseln und steckte die Karte in die Hemdentasche, worauf er sich eine neue Zigarette anzündete. Ich hatte überhaupt nichts zu melden – er verhandelte ausschließlich mit Connor.

Eddie schlenderte zurück zum Haus, blieb aber noch einmal stehen. »Ich habe da diese Rothaarige an der Hand, ziemlich interessant«, sagte er. »Wenn ich hier abhaue, fahre ich in mein Haus in den Bergen. Wenn Sie mich brauchen – ich bin dort. Gute Nacht, Captain! Gute Nacht, Lieutenant!«

»Gute Nacht, Eddie!«
Wir stiegen die Treppe hinunter.

»Ich hoffe bloß, Sie wissen, was Sie da tun«, sagte ich.
»Ich auch«, erwiderte Connor.
»Er scheint mir nämlich verdammt tief drinzustecken.«
»Schon möglich.«
»Wenn Sie mich fragen, ich fände es besser, ihn mitzunehmen, wäre sicherer.«
»Kann sein.«
»Sollen wir zurückgehen und ihn holen?«
»Nein.« Er schüttelte den Kopf. »Mein *dai rokkan* sagt nein.«
Diesen Ausdruck kannte ich. Er bedeutete »sechster Sinn». Die Japaner halten viel von ihrer Intuition. »Na, okay. Hoffentlich haben Sie recht.«
Wir stiegen die letzten Stufen hinunter.
»Auf jeden Fall bin ich ihm etwas schuldig«, sagte Connor.
»Wieso denn?«
»Vor einigen Jahren brauchte ich mal eine bestimmte Information. Erinnern Sie sich an die Sache mit dem Fugu-Giftmord? Nein? Keiner in der japanischen Kolonie wollte mir etwas sagen, sie blockten alles ab. Aber ich mußte es unbedingt herausbekommen. Es war... es war sehr wichtig. Da hat Eddie es mir gesagt. Er hatte Angst, weil er nicht wollte, daß irgend jemand es erfuhr. Aber er hat es getan. Wahrscheinlich hat er mir damit das Leben gerettet.«
Wir waren am Fuß der Treppe angelangt.
»Und hat er Sie mal daran erinnert?«
»Das würde er nie tun. Es ist meine Aufgabe, es nicht zu vergessen.«
»Schön und gut, Captain«, sagte ich, »das mit der Verpflichtung ist ja in Ordnung und sehr ehrenwert. Und ich bin ja auch dafür, daß Freundschaft herrscht zwischen den Völkern. Aber es besteht inzwischen die Möglichkeit, daß er sie getötet, die Bänder gestohlen und sich in ihrer Wohnung zu schaffen gemacht hat. Eddie Sakamura kommt mir vor wie ein Ball, aus dem man die

Luft gelassen hat. Er benimmt sich wie ein Verdächtiger. Und wir fahren hier einfach weg und lassen ihn laufen.«

»Genau.«

Wir gingen weiter. Ich ließ mir alles noch einmal durch den Kopf gehen. Ich machte mir ernsthafte Sorgen. »Sie wissen, daß das hier offiziell meine Ermittlung ist«, sagte ich.

»Offiziell ist es Grahams Ermittlung.«

»Ja, okay. Aber wenn Eddie es war, stehen wir beide ganz schön blöd da.«

Connor seufzte ungeduldig. »Okay. Gehen wir die Sache mal so durch, wie Sie glauben, daß es passiert sein könnte. Eddie bringt das Mädchen um, ja?«

»Ja.«

»Er kann sich jederzeit mit ihr treffen, aber er beschließt, sie ausgerechnet auf dem Konferenztisch zu vögeln, und tötet sie dabei. Dann fährt er hinunter in die Vorhalle und gibt sich als ein leitender Angestellter von Nakamoto aus – obwohl Eddie Sakamura wie alles mögliche aussieht, nur nicht wie ein leitender Angestellter. Aber gut, sagen wir, er gibt sich dafür aus. Es gelingt ihm, den Wachmann abzulenken. Er nimmt die Bänder. Da kommt Phillips, und er haut ab. Dann fährt er zu Cheryls Apartment, um dort Spuren zu verwischen, steckt aber seltsamerweise ein Foto von sich in ihren Spiegelrahmen. Als nächstes begibt er sich ins ›Bora Bora‹ und erzählt jedem, daß er gleich zu einer Hollywood-Party fahren wird, wo wir ihn auch tatsächlich antreffen, und zwar in einem unmöblierten Zimmer, wo er gerade in aller Ruhe ein rothaariges Mädchen anmacht. Stellt sich Ihnen die heutige Nacht so dar?«

Ich sagte nichts. So wie er es schilderte, ergab das Ganze tatsächlich nicht viel Sinn. Andererseits…

»Ich kann nur hoffen, daß er es nicht getan hat.«

»Ja. Mir geht es genauso.«

Wir standen auf der Straße. Ein Parkwächter lief los, um unseren Wagen zu holen.

»Aber diese unverhüllte Art, wie er bestimmte Sachen auftischt, zum Beispiel das mit der Plastiktüte über ihrem Kopf, das ist doch unheimlich«, sagte ich.

»Ach, das bedeutet gar nichts«, sagte Connor. »Sie dürfen nicht vergessen, daß die Japaner weder an Freud noch ans Christentum glauben. Was Sex betrifft, fühlen sie sich nie schuldig oder auch nur peinlich berührt. Sie haben keine Probleme mit Homosexualität oder mit schrägen Spielarten; sie bleiben da immer ganz nüchtern. Manche Leute mögen es auf eine bestimmte Art, und dann tun sie es eben, was soll's. Die Japaner können nicht verstehen, weshalb wir uns wegen eines natürlichen körperlichen Bedürfnisses so aufregen. Sie finden, daß wir uns, wenn es um Sex geht, ziemlich verrückt benehmen. Und da haben sie nicht ganz unrecht.« Er sah auf seine Uhr.

Der Wagen eines Sicherheitsdienstes fuhr heran. Ein uniformierter Wachmann steckte den Kopf aus dem Fenster. »Hey, irgendwelche Probleme bei der Party da oben?«

»Was denn für Probleme?«

»Kleine Rauferei? Wir sind telefonisch verständigt worden.«

»Weiß nicht«, sagte Connor. »Am besten gehen Sie einfach mal rauf und sehen nach.«

Der Wachmann stieg aus dem Auto, rückte sich den Gürtel unter dem gewaltigen Bauch zurecht und stieg die Treppe hinauf. Connor warf einen Blick auf die hohe Mauer. »Wissen Sie, daß wir inzwischen mehr private Sicherheitsleute als Polizisten haben? Alle stellen sie solche Wachleute ein und ziehen Mauern hoch. In Japan kann man um Mitternacht allein in einem Park spazierengehen und sich auf eine Bank setzen, und es geschieht einem nichts. In Japan ist man an jedem Ort und zu jeder Zeit sicher. Man kann überallhin allein gehen, man wird weder ausgeraubt noch zusammengeschlagen, noch getötet. Dort muß man sich nicht ständig umsehen und Angst haben, und man braucht auch keine Mauern oder Bodyguards. Die Sicherheit jedes einzelnen ist die Sicherheit der ganzen Gesellschaft. Dort ist jeder frei. Das ist ein wunderbares Gefühl. Hier müssen sich alle einsperren, die Tür absperren, das Auto absperren. Menschen, die ihr ganzes Leben lang eingesperrt sind, leben in einem Gefängnis. Das ist doch verrückt! Es demoralisiert die Leute. Aber das geht nun schon so lange, daß die Amerikaner ganz vergessen haben, was für ein Gefühl das ist, sich wirklich sicher zu fühlen. Nun gut, da ist unser Wagen. Wir fahren jetzt ins Präsidium!«

Kurz nachdem wir losgefahren waren, schnarrte das Funktelefon. Es war eine Telefonistin des Polizeipräsidiums. »Lieutenant Smith, wir haben da einen Auftrag für das Sonderdezernat.«

»Ich bin ziemlich beschäftigt«, erwiderte ich. »Kann das nicht die Bereitschaft übernehmen?«

»Lieutenant Smith, eine Polizeistreife hat jemanden vom Sonderdezernat wegen einer Be-Prom-Sache im Bezirk neunzehn angefordert.«

Es gab also ein Problem mit einem zu Besuch in der Stadt weilenden Prominenten. »Verstehe«, sagte ich, »aber ich bin schon wegen einer anderen Sache unterwegs. Geben Sie es an den Bereitschaftsdienst weiter!«

»Aber es ist am Sunset Plaza Drive. Sie sind doch...«

»Ja«, antwortete ich. Jetzt kapierte ich, warum sie so hartnäckig blieb. Wir waren nur ein paar Häuserblocks entfernt. »Okay. Was ist passiert?«

»Trunkenheit am Steuer, eine nicht ortsansässige hochrangige Persönlichkeit. Wurde als BR plus eins gemeldet. Der Name lautet Rowe.«

»Okay. Wir sind schon unterwegs.« Ich legte den Hörer auf und wendete den Wagen.

»Interessant«, sagte Connor. »BR plus eins – das ist doch die Bundesregierung?«

»Ja.«

»Also ist es Senator Rowe?«

»Klingt ganz danach. Hat sich betrunken ans Steuer gesetzt.«

Die schwarze Lincoln-Limousine war auf dem Rasenstreifen vor einem Haus am steilen Abschnitt des Sunset Plaza Drive zum Stehen gekommen. Am Straßenrand parkten zwei Streifenwagen mit zuckendem Rotlicht. Um den Lincoln hatte sich auf dem Rasen ein halbes Dutzend Leute gruppiert: ein Mann im Bade-

mantel, der mit über der Brust gekreuzten Armen dastand, zwei Mädchen in kurzen, glitzernden Paillettenkleidern, ein sehr gutaussehender blonder Mann um die vierzig im Smoking und ein jüngerer im dunkelblauen Anzug, den ich als den jungen Begleiter wiedererkannte, der Stunden zuvor zusammen mit Senator Rowe den Aufzug betreten hatte.
Die Streifenpolizisten arbeiteten mit ihrer Videokamera; grelles Licht fiel auf Senator Rowe, der sich auf den vorderen Kotflügel des Lincoln stützte und den Arm vors Gesicht hielt, um seine Augen vor dem Licht zu schützen. Als Connor und ich auf ihn zugingen, hörten wir ihn laut fluchen.
Der Mann im Bademantel lief uns entgegen und sagte: »Ich will wissen, wer das hier bezahlen wird.«
»Einen Augenblick, Sir.« Ich ging an ihm vorbei.
»Der kann mir doch nicht einfach meinen Rasen ruinieren! Das lasse ich mir bezahlen!«
»Einen Augenblick noch, Sir.«
»Außerdem ist meine Frau wahnsinnig erschrocken. Und sie hat Krebs!«
Ich sagte: »Ich bitte Sie, Sir, lassen Sie mir eine Minute Zeit, dann unterhalte ich mich mit Ihnen.«
»Ohrenkrebs!« sagte er bedeutungsvoll. »Ohrenkrebs!«
»Ja, Sir, ist schon gut, Sir.« Ich näherte mich dem Lincoln und dem grellen Licht.
Als ich an Rowes Begleiter vorbeikam, schloß der sich mir an. »Ich kann Ihnen alles erklären, Detective.« Er war ungefähr dreißig und sah adrett aus wie alle Kongreßmitarbeiter. »Ich kann das alles aufklären.«
»Einen Augenblick«, sagte ich. »Ich möchte erst mit dem Senator reden.«
»Der Senator fühlt sich nicht wohl. Er ist sehr müde.« Er stellte sich mir in den Weg. Als ich einfach einen Bogen um ihn machte und weiterging, lief er mir nach. »Er leidet noch unter den Auswirkungen des Jet-lag, das ist das Problem. Der Senator hat einen Jet-lag.«
»Ich muß trotzdem mit ihm sprechen«, erwiderte ich und trat in

den grellen Lichtschein. Rowe hielt nach wie vor den Arm vors Gesicht. »Senator Rowe?«

»Schaltet doch dieses Scheißlicht ab, verdammt noch mal!« knurrte Rowe. Er war schwer betrunken und lallte so stark, daß man ihn kaum verstand.

»Senator Rowe«, wiederholte ich, »ich fürchte, wir müssen Sie bitten...«

»Du kannst mich am Arsch lecken, du kleiner Wichser!«

»Senator Rowe!«

»*Schaltet diese verdammte Kamera ab*!«

Ich drehte mich zu einem der Streifenpolizisten um und gab ihm ein Zeichen. Widerwillig schaltete er die Kamera ab. Das Licht erlosch.

»Mein Gott!« sagte Rowe, ließ den Arm sinken und stierte mich mit glasigen Augen an. »Was ist hier eigentlich los, verdammte Scheiße?«

Ich machte mich bekannt.

»Dann tun Sie doch endlich was, damit dieser verdammte Zirkus hier aufhört! Ich will in mein Hotel!«

»Ich verstehe, Senator.«

»Ich kapier' nicht...« Er machte eine fahrige Handbewegung. »Wo liegt denn das Problem, verdammte Scheiße?«

»Sind Sie am Steuer dieses Wagens gesessen, Senator?«

»Scheißwagen.« Er wandte sich um. »Jerry? Erklär du das denen. Mein Gott!«

Rowes Assistent war sofort zur Stelle. »Das Ganze tut mir schrecklich leid«, sagte er schmierig. »Der Senator fühlt sich nicht gut. Wir sind erst gestern aus Tokio zurückgekommen. Jetlag. Er ist noch etwas benommen und sehr müde.«

»Wer ist gefahren?« fragte ich.

»Ich«, sagte der Assistent. »Garantiert.«

Eines der Mädchen kicherte.

»Nein, das stimmt nicht!« schrie der Mann im Bademantel von der anderen Seite des Wagens herüber. »Der da ist gefahren. Und er konnte nicht mal aussteigen, ohne gleich hinzufallen.«

»So ein Affentheater!« sagte Rowe und rieb sich das Gesicht.

»Ich bin am Steuer gesessen, Detective«, sagte der Assistent. »Diese beiden Frauen hier werden es bestätigen.« Er deutete auf die Mädchen in den Partykleidern und warf ihnen einen vielsagenden Blick zu.

»Das ist eine unverschämte Lüge!« rief der Mann im Bademantel.

»Nein, es stimmt«, sagte der gutaussehende blonde Mann im Smoking, der bisher geschwiegen hatte. Er war braungebrannt und wirkte sehr souverän, so als sei er es gewohnt, daß man seinen Befehlen Folge leistete. Wahrscheinlich ein Wallstreet-Mensch. Er stellte sich nicht vor.

»Ich bin gefahren«, wiederholte Rowes Assistent.

»Alles Scheiße«, murmelte Rowe. »Ich will in mein Hotel.«

»Ist irgend jemand verletzt worden?« fragte ich.

»Niemand«, antwortete der Assistent. »Alle sind wohlbehalten.«

Ich fragte den Streifenpolizisten, der hinter mir stand. »Müssen Sie den entstandenen Sachschaden auflisten?«

»Brauchen wir nicht. Es ist nur ein Fahrzeug beteiligt, und der Schaden ist nicht hoch genug.« Ein Bericht wird erst fällig, wenn der Schaden mehr als zweihundert Dollar beträgt. »Es geht hier lediglich um Trunkenheit am Steuer. Wenn Sie das übernehmen wollen.«

Ich wollte nicht. Wenn man beim Sonderdezernat etwas schnell lernt, dann die »situationsgerechte Reaktion«. SGR bedeutet, daß man eine Sache, in die Politiker oder andere Prominente verwikkelt sind, unter den Teppich kehrt, solange niemand Anklage erhebt. In der Praxis heißt das: niemanden festnehmen, solange es sich nicht um ein ausgesprochenes Verbrechen handelte.

»Sie bekommen Namen und Adresse des Grundstückseigentümers«, sagte ich zu Rowes Assistenten, »dann können Sie den Schadensersatz regeln.«

»Meinen Namen und meine Adresse hat er schon«, warf der Mann im Bademantel ein. »Aber ich will endlich wissen, was man in dieser Sache zu unternehmen gedenkt.«

»Ich habe ihm gesagt, daß wir den Schaden wiedergutmachen«, erklärte der Assistent. »Das habe ich ihm glaubwürdig versichert, aber er scheint ja...«

»Verdammt noch mal, schauen Sie sich das doch an! Ihre ganzen Blumen sind ruiniert, und sie hat Ohrenkrebs!«
»Augenblick, Sir«, sagte ich zum Assistenten. »Wer wird denn jetzt fahren?«
»Ich«, antwortete der Assistent.
»Ja, er«, sagte Senator Rowe nickend. »Jerry, fahr du!«
»Na gut«, sagte ich zum Assistenten. »Ich möchte, daß Sie ins Pusteröhrchen blasen...«
»Aber klar doch, sicher...«
»Und ich möchte Ihren Führerschein sehen.«
»Selbstverständlich.«
Er blies in das Alkoholteströhrchen und gab mir seinen Führerschein. Er war in Texas ausgestellt. Gerrold D. Hardin, vierunddreißig Jahre alt. Eine Adresse in Austin, Texas. Ich notierte mir alles und gab den Führerschein zurück.
»Gut, Mr. Hardin. Ich überlasse den Senator jetzt Ihrer Obhut.«
»Danke, Lieutenant. Ich weiß das sehr zu schätzen.«
»Was«, rief der Mann im Bademantel, »Sie wollen den laufenlassen?«
»Sachte, sachte, Sir«, sagte ich zu Hardin. »Geben Sie bitte diesem Mann Ihre Karte und bleiben Sie in Kontakt mit ihm. Ich erwarte, daß der entstandene Schaden zu seiner Zufriedenheit wiedergutgemacht wird.«
»In Ordnung. Jawohl.« Hardin griff in seine Tasche. Er zog etwas Weißes hervor, das wie ein Taschentuch aussah. Hastig stopfte er es wieder in seine Tasche zurück, ging zu dem Mann im Bademantel und gab ihm seine Karte.
»Sie müssen sämtliche Begonien ersetzen!«
»Geht in Ordnung«, sagte Hardin.
»Aber wirklich alle!«
»Wird gemacht, Sir.«
Senator Rowe stieß sich vom vorderen Kotflügel ab und stand nun ganz ohne Stütze schwankend in der Nacht. »Scheißbegonien«, sagte er. »Eine beschissene Nacht. Hast du eine Frau?«
»Nein«, sagte ich.
»Aber ich. Scheißbegonien. Alles Scheiße.«

»Hierhin, Senator«, sagte Hardin und brachte Rowe auf dem Beifahrersitz unter. Die Mädchen stiegen hinten ein und nahmen rechts und links von dem gutaussehenden Wallstreet-Mann Platz. Hardin setzte sich hinters Lenkrad und bat Rowe um die Schlüssel. Ich wandte den Blick und sah die beiden Streifenwagen wegfahren. Als ich mich wieder umdrehte, ließ Hardin das Fenster herunter und sagte zu mir: »Ich danke Ihnen.«

»Fahren Sie vorsichtig, Mr. Hardin!«

Er fuhr rückwärts vom Rasen herunter, wobei er in ein Blumenbeet geriet.

»Und jetzt auch noch die Iris!« rief der Mann im Bademantel, während der Wagen auf die Straße fuhr, und sah mich an. »Ich sage Ihnen, der *andere* ist gefahren, und er war sturzbetrunken.«

»Hier ist meine Karte. Wenn es Probleme gibt, melden Sie sich bei mir.«

Er betrachtete kopfschüttelnd die Karte und ging in sein Haus zurück. Connor und ich stiegen in unseren Wagen und fuhren den Hügel hinab.

»Haben Sie etwas über den Assistenten erfahren?« fragte Connor.

»Ja.«

»Was war das in seiner Tasche?«

»Ich würde sagen, das war ein Damenschlüpfer.«

»Ich auch.«

Wir hatten natürlich nichts unternehmen können. Ich persönlich hätte diesen Kerl liebend gern mit dem Gesicht zum Wagen gedreht und ihn an Ort und Stelle durchsucht. Aber wir wußten beide, daß uns die Hände gebunden waren – es gab keinen hinreichenden Verdachtsgrund, um Hardin zu durchsuchen oder festzunehmen. Er war ein junger Mann, der mit zwei jungen Frauen im Fond durch die Gegend fuhr, von denen eine vielleicht gerade keine Unterhose trug, neben sich auf dem Beifahrersitz einen betrunkenen Senator der Vereinigten Staaten. Es war das einzig Vernünftige gewesen, sie alle laufenzulassen.

Dabei kam es mir vor, als hätten wir die ganze Nacht nichts anderes getan, als Leute laufengelassen.

Das Telefon schnarrte. Ich drückte den Lautsprecherknopf. »Lieutenant Smith.«
»Hey, Kumpel!« Es war Graham. »Ich bin gerade in der Pathologie, und weißt du was? Da ist irgend so ein Japaner, der mir was vorquengelt, weil er bei der Autopsie dabei sein will. Der will dabeisitzen und zuschauen. Ist das zu fassen? Ist ganz außer sich, weil wir ohne ihn angefangen haben. Die Laborergebnisse trudeln inzwischen allmählich ein. Steht nicht gut für Nippon – sieht ganz nach einem japanischen Täter aus, würde ich sagen. Also: Kommst du oder kommst du nicht?«
Ich sah zu Connor hinüber. Er nickte.
»Wir sind schon unterwegs«, sagte ich.

Am schnellsten gelangt man in die Pathologie, wenn man durch die Notaufnahme des County General Hospital geht. Als wir dort durchliefen, sahen wir einen blutüberströmten Schwarzen aufrecht auf einer Krankenliege sitzen. Er war im Drogenrausch und schrie ständig: »Tötet den Papst! Tötet den Scheißpapst!« Fünf, sechs Leute vom Krankenhauspersonal versuchten, ihn auf die Liege niederzudrücken. Er hatte Schußwunden in der Schulter und in einer Hand. Der Boden und die Wände der Notaufnahme waren mit Blut bespritzt. Eine Putzfrau ging herum und machte mit einem Mop sauber. Zu beiden Seiten des Korridors saßen Leute, vor allem Schwarze und Hispanics. Einige hielten Kinder auf dem Schoß. Sie bemühten sich, dem Anblick des blutroten Mops auszuweichen. Vom anderen Ende des Korridors drangen Schreie herüber.
Wir stiegen in den Aufzug. Es wurde ruhig.
»Alle zwanzig Minuten ein Mord«, sagte Connor. »Alle sieben Minuten eine Vergewaltigung. Alle vier Stunden wird ein Kind umgebracht. Kein anderes Land der Welt toleriert ein solches Ausmaß an Gewalttätigkeit.«
Die Lifttüren öffneten sich. Verglichen mit der Notaufnahme, waren die Kellerkorridore des Bezirksleichenschauhauses geradezu beschaulich zu nennen. Es roch stark nach Formaldehyd. Am Schreibtisch saß der dünne, grobknochige Angestellte Harry

Landon über irgendwelche Papiere gebeugt und verspeiste ein Schinkensandwich. Ohne den Blick zu heben, sagte er: »Hallo, Jungs.«

»Hallo, Harry.«

»Wo wollt ihr denn hin? Zur Leiche der Austin?«

»Ja.«

»Sie haben vor ungefähr einer halben Stunde angefangen. Auf die sind alle ganz scharf, was?«

»Wie kommst du denn darauf?«

»Na, soweit ich weiß, hat der Chef Dr. Tim aus dem Bett geklingelt und ihm gesagt, daß er das ruck-zuck erledigen soll. Dr. Tim war ganz schön angesäuert deswegen.« Er grinste. »Ihr wißt ja, was für ein Kauz er ist. Und 'ne Menge Laborleute haben sie auch herbestellt. Wann hat es das schon mal gegeben, daß mitten in der Nacht so ein Aufwand getrieben wird? Wißt ihr, was da an Überstunden fällig wird?«

»Und was ist mit Graham?« fragte ich.

»Der flattert auch hier irgendwo rum. So ein Japaner war hinter ihm her. Ist ihm nachgelaufen wie sein eigener Schatten und hat mich alle halbe Stunde gefragt, ob er mal telefonieren darf, und mit irgend jemandem ziemlich lange auf japanisch gesprochen. Dann hat er wieder Graham genervt und gesagt, er will bei der Autopsie zusehen. Das muß man sich mal vorstellen! Hat ständig darauf gedrängt. Vor ungefähr zehn Minuten hat er dann das letzte Telefonat geführt, und plötzlich war er wie verwandelt. Saß hier an diesem Schreibtisch. Ich hab' es ihm sofort angesehen. Immer wieder hat er *mojo mojo* gesagt, als würde er seinen Ohren nicht trauen. Und dann ist er rausgerannt, aber wirklich *gerannt*.«

»Und wo findet die Autopsie statt?«

»Raum zwei.«

»Danke, Harry.«

»Mach die Tür zu!«

»Hi, Tim«, sagte ich, als wir den Autopsieraum betraten. Tim Haller, jedem als Dr. Tim bekannt, stand über den Tisch aus rostfreiem Stahl gebeugt. Obwohl es kurz vor halb zwei Uhr morgens war, wirkte er, was man bei ihm gewohnt war, wie aus dem Ei gepellt. Alles saß an der richtigen Stelle. Sein Haar war sorgfältig gekämmt, seine Krawatte perfekt geknotet, die Kugelschreiber in der Brusttasche seines gestärkten Laborkittels waren aufgereiht wie Soldaten.

»Hast du mich nicht gehört?«

»Ich mach' sie schon zu, Tim!« Die Tür war mit einem selbstschließenden Luftdruckmechanismus versehen, aber offensichtlich funktionierte der nicht schnell genug für Dr. Tim.

»Ich will nicht, daß dieser Japaner hier reinschaut.«

»Der ist weg, Tim.«

»Ach, wirklich? Aber er kann jeden Moment wieder zurückkommen. Ein unglaublich hartnäckiger und aufreizender Mensch.« Er warf mir einen Blick über die Schulter zu. »Und wen hast du da mitgebracht? Doch nicht John Connor! Wir haben uns ja eine Ewigkeit nicht mehr gesehen, John.«

»Hi, Tim.« Connor und ich gingen zum Tisch. Ich sah, daß die Obduktion bereits weit fortgeschritten war, der Y-förmige Schnitt war gemacht, die ersten Organe waren entnommen und säuberlich auf flache Schalen aus Edelstahl gelegt worden.

»Also, vielleicht kann mir einer von euch erklären, was an diesem Fall so Besonderes ist«, sagte Tim. »Graham ist so sauer, daß er überhaupt nichts sagt. Er ist nebenan im Labor, um sich die ersten Ergebnisse anzusehen. Aber ich würde wirklich gern wissen, warum man mich für diese Obduktion aus dem Bett geholt hat. Heute nacht hat nämlich Mark Dienst, aber er ist offenbar nicht erfahren genug, das hier zu erledigen. Und unser Chef ist natürlich bei einem Kongreß in San Francisco. Jetzt, wo er eine neue Freundin hat, ist er fast nie hier. Also haben sie mich angerufen. Ich kann mich gar nicht erinnern, wann ich das letzte Mal aus dem Bett geholt wurde.«

»Wirklich nicht?« fragte ich. Dr. Tim war nämlich ein in jeder Hinsicht präziser Mensch, das galt auch für sein Gedächtnis.

»Das letzte Mal passierte es im Januar vor drei Jahren. Aber da mußte ich einspringen. Viele Kollegen hatten damals Grippe, und die Leichen türmten sich sozusagen. Eines Nachts hatten wir plötzlich kein einziges freies Kühlfach mehr. Die Leichen lagen in Säcken auf dem Boden herum. Irgend etwas mußte geschehen. Der Gestank war kaum zu ertragen. Aber daß ich herbestellt wurde, nur weil ein Fall politisch heikel war wie dieser hier – daran kann ich mich nun wirklich nicht erinnern.«

»Wir wissen auch nicht genau, warum er so heikel ist«, erklärte Connor.

»Dann findet das am besten mal raus! Hier wird nämlich massiver Druck ausgeübt. Der Chef ruft mich aus San Francisco an und sagt immer wieder: ›Machen Sie's sofort, noch heute nacht, und basta!‹ – ›Okay, Bill‹, hab' ich gesagt. Darauf er: ›Hören Sie, Tim, gehen Sie gründlich vor! Nehmen Sie sich Zeit, machen Sie viele Fotos und viele Notizen! Dokumentieren Sie, was das Zeug hält! Am besten knipsen Sie gleich mit zwei Kameras. Ich habe nämlich das Gefühl, daß jeder, der mit diesem Fall zu tun hat, in große Schwierigkeiten kommen kann.‹ Da ist doch klar, daß man wissen möchte, was das Ganze soll.«

»Um wieviel Uhr bist du angerufen worden?« fragte Connor.

»Zwischen zehn und halb elf.«

»Hat dein Chef gesagt, wer ihn verständigt hat?«

»Nein. Aber eigentlich kann es nur der Polizeipräsident oder der Bürgermeister gewesen sein.«

Tim betrachtete die Leber, er breitete die Lappen aus und legte das Organ auf eine der flachen Schalen. Sein Assistent nahm jedes Organ mit Blitzlicht auf und stellte es dann zur Seite.

»Und? Was hast du gefunden?«

»Ehrlich gesagt, zeigten sich die bisher interessantesten Befunde auf der Körperoberfläche«, sagte Dr. Tim. »Sie hatte sich den Hals stark geschminkt, um einige Druckstellen zu überdecken. Blutergüsse unterschiedlichen Alters. Ich habe noch keine Spektroskopkurve für die Hämoglobinanalyse der Blutergüsse, aber ich würde sagen, diese Druckstellen sind teilweise bis zu zwei Wochen alt, vielleicht sogar noch älter. Sie lassen auf wiederholte, druckbedingte Halsverletzungen schließen. Für mich gibt es da keinen Zweifel: Wir haben es hier mit einem Fall von sexuell bedingtem Erstickungstod zu tun.«

»Sie hat sich würgen lassen?«

»Ja, so ist es.«

Das hatte bereits Kelly vermutet und war damit ausnahmsweise einmal richtig gelegen.

»So etwas kommt häufiger bei Männern vor, aber natürlich ist es auch bei Frauen belegt. Das Syndrom äußert sich darin, daß die betreffende Person nur dann sexuell erregt werden kann, wenn sie durch Beinahe-Strangulierung einen Sauerstoffmangel erleidet. Diese Menschen bitten ihre Sexualpartner, sie zu würgen oder ihnen eine Plastiktüte über den Kopf zu stülpen. Wenn sie allein sind, legen sie sich manchmal einen Strick um den Hals, hängen sich irgendwo auf und masturbieren. Da es für sie unerläßlich ist, die Sauerstoffzufuhr bis kurz vor dem Eintreten einer Ohnmacht zu drosseln, machen sie dabei leicht einen Fehler und gehen zu weit. Es passiert immer wieder.«

»Und in diesem Fall hier?«

Tim zuckte mit den Achseln. »Der körperliche Befund läßt auf ein schon länger bestehendes Syndrom sexuell bedingter Asphyxie schließen. Außerdem haben wir in ihrer Vagina Ejakulat gefunden sowie Abschürfungen an den äußeren Schamlippen; sie hatte also kurz vor ihrem Tod Geschlechtsverkehr.«

»Bist du sicher, daß die Abschürfungen an der Vagina aus der Zeit vor ihrem Tod stammen?«

»Ja. Das sind eindeutig Antemortem-Verletzungen. Es besteht nicht der geringste Zweifel, daß sie vor ihrem Tod heftigen Geschlechtsverkehr hatte.«

»Willst du damit sagen, daß man sie vergewaltigt hat?«

»Nein, so weit würde ich nicht gehen. Ihr seht ja, die Abschürfungen sind nicht sehr dramatisch, und es fehlen entsprechende Verletzungen an anderen Körperteilen. Überhaupt gibt es keinerlei Anzeichen dafür, daß ein Kampf stattgefunden hat. Die Befunde sind meiner Meinung nach mit einem vorzeitigen Eindringen in die Vagina zu erklären, zu einem Zeitpunkt, als noch keine ausreichende Lubrikation der äußeren Labia eingetreten war.«

»Sie war also noch nicht feucht«, sagte Connor.

Tim blickte leicht gequält drein. »Na ja, in der kruden Sprache der Laien drückt man es wohl so aus.«

»Wie lange vor ihrem Tod sind ihr diese Abschürfungen beigebracht worden?«

»Könnte bis zu ein, zwei Stunden davor gewesen sein, auf keinen Fall unmittelbar vor Eintritt des Todes. Das sieht man am ausgetretenen Blut und an den Schwellungen im Bereich der betroffenen Partien. Wenn der Tod gleich nach der Verletzung eintritt, hört der Blutfluß auf, und dann gibt es auch keine Schwellungen oder doch nur in sehr geringem Maße. In diesem Fall ist die Schwellung aber, wie ihr seht, ziemlich ausgeprägt.«

»Und das Sperma?«

»Wir haben Proben davon ins Labor geschickt. Zusammen mit allen anderen Körperflüssigkeiten der Frau.« Er hob die Schultern. »Man muß abwarten. So – klärt ihr jetzt bitte mal mich auf? Sieht mir nämlich ganz so aus, als wäre dieses Mädchen hier früher oder später ohnedies in Schwierigkeiten gekommen. Ich meine, sie ist süß, aber ziemlich daneben. Also – um was geht es hier eigentlich? Warum bin ich mitten in der Nacht hier statt in meinem Bett und führe eine gründliche, gut dokumentierte Autopsie an einem Mädchen mit leicht schrägen Neigungen durch?«

»Keine Ahnung«, sagte ich.

»Also, kommt! Seid fair! Ich hab' euch meine Geheimnisse erzählt, jetzt erzählt ihr mir eure!«

»Soll das ein Witz sein, Tim?« fragte Connor.

»Hey, ihr Idioten – das seid ihr mir schuldig!«

»Ich fürchte, Peter hat dir die Wahrheit gesagt«, erklärte Connor. »Wir wissen nur, daß dieser Mord geschah, während eine große japanische Eröffnungsveranstaltung stattfand, und daß unsere Leute scharf darauf sind, die Sache sofort aufzuklären.«

»Das erscheint mir plausibel«, sagte Tim. »Das letzte Mal, als hier die Kacke am Dampfen war, ging es um diese Sache, in die das japanische Konsulat verwickelt war, erinnert ihr euch? Der Entführungsfall Takashima. Na, vielleicht wißt ihr das nicht mehr – die Zeitungen brachten nie etwas darüber. Die Japaner schafften es, daß die Angelegenheit sehr diskret behandelt wurde. Ein Bodyguard war unter seltsamen Umständen getötet worden, und zwei Tage lang übten sie massiven Druck auf uns aus. Ich war ganz erstaunt, welche Hebel die in Bewegung setzen können. Senator Rowe rief uns höchstpersönlich an und sagte, was wir zu tun hätten. Der Gouverneur desgleichen. Die halbe Welt rief uns an. Man hätte glauben können, es handle sich um das Kind des Präsidenten. Ich will damit nur sagen: Diese Leute haben Einfluß.«

»Na klar. Haben ja auch nicht schlecht bezahlt dafür«, sagte Graham, der in diesem Augenblick den Raum betrat.

»Mach die Tür zu!« rief Tim.

»Aber diesmal wird ihnen ihr Scheißeinfluß nicht helfen«, sagte Graham. »Diesmal haben wir sie am Schlafittchen. Wir haben einen Mord – und anhand der bisherigen Laborergebnisse steht eindeutig fest, daß der Mörder ein Japaner ist.«

Das Pathologielabor nebenan war ein großer Raum, den zahlreiche Leuchtstoffröhren hell ausleuchteten. Auf den Arbeitstischen standen zahlreiche Mikroskope säuberlich aufgereiht. So spät nachts arbeiteten allerdings nur zwei Laboranten in dem weitläufigen Raum. Und neben sie stellte sich, hämisch grinsend, Graham.

»Schaut es euch selbst an! Die Untersuchung des Schamhaars hat männliche Schamhaare zum Vorschein gebracht, nur leicht gewellt, eiförmiger Querschnitt, fast mit Sicherheit asiatischer Herkunft. Die erste Samenanalyse hat Blutgruppe AB ergeben, die kommt bei Weißen ziemlich selten vor, viel häufiger bei Asiaten. Nach der ersten Proteinanalyse des Samens läßt sich ausschließen, daß... Wie heißt das gleich?«

»Äthanol Dehydrogenase«, sagte einer der Laboranten.

»Genau: daß Äthanol Dehydrogenase vorhanden ist. Das ist ein Enzym, das die Japaner nicht haben. Und in dieser Samenflüssigkeit fehlt es auch. Und dann ist da noch der Diego-Faktor, das ist ein Blutgruppenprotein. Es wird bald noch mehr Testergebnisse geben, aber es ist jetzt schon so gut wie erwiesen, daß das Mädchen von einem Japaner zum Geschlechtsverkehr gezwungen worden ist.«

»Es ist so gut wie erwiesen, daß Sie Samenflüssigkeit eines Japaners in ihrer Vagina gefunden haben«, berichtigte ihn Connor. »Das ist alles.«

»Japanischer Samen, japanisches Schamhaar, japanische Blutfaktoren – Mann! Es kann doch nur ein Japaner gewesen sein.«

Graham hatte einige Fotos vom Tatort ausgebreitet, auf denen Cheryl auf dem Konferenztisch zu sehen war. Er begann nun, vor ihnen hin und her zu gehen.

»Ich weiß, wo ihr beide wart, und ich weiß, daß ihr nur die Zeit vergeudet habt«, sagte er. »Ihr habt nach Videobändern gesucht – aber die sind weg, stimmt's? Dann seid ihr in ihr Apartment gefahren, aber dort hatte sich vor euch schon jemand zu schaffen gemacht. Wenn der Verdächtige ein Japaner ist, läßt sich ja auch nichts anderes erwarten. Die Sache ist glasklar. Das sieht doch jeder.«

Er deutete auf die Fotos. »Da liegt unser Mädchen, Cheryl Austin aus Texas. Richtig niedlich ist sie. Tolle Figur. Ist Schauspielerin oder so was ähnliches. Ist in ein paar Werbespots zu sehen. Vielleicht in einem Spot für Nissan. Egal. Sie lernt Leute kennen. Knüpft Kontakte. Taucht auf diversen Namenslisten auf. Seid ihr soweit einverstanden?«

»Ja«, sagte ich. Connor schwieg und betrachtete aufmerksam die Fotos.

»Irgendwie bringt unsere Cheryl es zu so viel Geld, daß sie in ein schwarzes Yamamoto-Kleid schlüpfen kann, als man sie zur großen Eröffnungsfeier des Nakamoto Tower einlädt. Sie geht mit irgendeinem Typen hin, vielleicht einem Freund, vielleicht aber auch nur ihrem Friseur. Auf jeden Fall nur ein Alibibegleiter. Vielleicht kennt sie einige Leute auf der Party, vielleicht auch nicht. Aber im Laufe des Abends schlägt ihr irgend jemand, der mächtig und einflußreich ist, vor, sich mit ihm ein bißchen zurückzuziehen. Sie erklärt sich einverstanden, nach oben zu gehen. Warum auch nicht? Sie ist abenteuerlustig. Sie liebt die

Gefahr. Die schönsten blauen Flecken kriegt man in dunklen Ecken. Also geht sie rauf – vielleicht zusammen mit dem Typen, vielleicht getrennt. Auf jeden Fall treffen sie sich dort oben und suchen ein Plätzchen, wo sie es miteinander treiben können. Ein aufreizendes Plätzchen. Und sie beschließen – das heißt, er beschließt es wahrscheinlich –, es mitten auf dem Konferenztisch zu treiben. Sie fangen an, bumsen drauflos, aber dann gerät ihnen die Sache aus der Hand. Ihr Loverboy geht ein bißchen zu gründlich vor, oder vielleicht ist er selbst auch schräg, und er drückt ihr den Hals ein bißchen zu fest zu. Sie ist tot. Bis hierher einverstanden?«

»Ja…«

»Jetzt hat unser Loverboy ein Problem. Er ist raufgegangen, um ein Mädchen zu ficken, aber leider, leider hat er sie umgebracht. Was macht er jetzt? Was *kann* er machen? Er geht wieder nach unten, mischt sich unter die Partygäste, und weil unser toller Liebhaber ein echter Samurai ist, erzählt er einem seiner Kulis, daß er da dieses kleine Problem hat: Unglückseligerweise hat eine kleine Nutte in seinem Beisein ihr Leben ausgehaucht. Das paßt nun überhaupt nicht in seinen vollgestopften Terminkalender. Deshalb rennen jetzt die Kulis in der Gegend herum und versuchen, das, was der Boß da angerichtet hat, wenigstens einigermaßen hinzubiegen. Sie gehen in das obere Stockwerk und beseitigen belastendes Beweismaterial. Sie lassen die Videobänder verschwinden. Sie fahren zu ihrem Apartment und nehmen alles mit, was ihren Chef verdächtig erscheinen lassen könnte. Alles wunderbar – nur: Es kostet Zeit. Deshalb muß einer die Polizei hinhalten. Und da kommt dieser schmierige Schleimscheißer, Herr Rechtsanwalt Ishiguro, ins Spiel und hält uns gute eineinhalb Stunden auf. So. Wie klingt das?«

Es herrschte eine Weile Schweigen. Ich wartete, daß Connor etwas sagte.

»Also«, begann er endlich zu sprechen. »Hut ab vor Ihnen, Tom! Diese Ereigniskette scheint mir in vieler Hinsicht einleuchtend zu sein.«

»Verdammt einleuchtend«, sagte Graham mit stolzgeschwellter Brust. »Verdammt einleuchtend ist sie.«
Das Telefon klingelte. Einer der beiden Laboranten meldete sich und fragte dann: »Ist hier ein Captain Connor?«
Connor ging an den Apparat.
Graham sagte zu mir: »Ich sag' dir: Ein Japse hat dieses Mädchen getötet, und wir werden ihn finden und ihm die Haut abziehen. Die Haut abziehen!«
»Warum bist du eigentlich so hinter ihnen her?« fragte ich ihn.
Graham stierte mich an. »Was soll denn das heißen?«
»Ich frage dich, weshalb du die Japaner so haßt.«
»Hey, hör mal zu!« sagte Graham. »Eines will ich hier mal klarstellen, Pete-*san*. Ich hasse überhaupt niemanden. Ich erledige nur meinen Job. Schwarze, Weiße, Japaner – für mich macht das nicht den geringsten Unterschied.«
»Ist schon gut, Tom.« Es war spät nachts, ich hatte keine Lust zu streiten.
»Nein, verdammt noch mal! Du glaubst doch, daß ich Vorurteile habe.«
»Lassen wir's, Tom.«
»Nein, verdammte Scheiße, wir lassen es eben nicht! Jedenfalls nicht im Augenblick. Ich sag' dir mal was, Pete-*san*: Du hast dir doch diesen verdammten Job als Kontaktmann selbst eingehandelt, stimmt's?«
»Stimmt.«
»Und warum hast du dich dafür beworben? Weil du die japanische Kultur so sehr liebst?«
»Na ja, damals habe ich noch in der Presseabteilung gearbeitet...«
»Nein, nein, hör auf mit diesem Schwachsinn! Du hast dich beworben, weil du dafür ein höheres Gehalt kriegst, richtig? Zwei-, dreitausend mehr pro Jahr, einen Weiterbildungszuschuß. Den läßt die Stiftung für japanisch-amerikanische Freundschaft der Polizei zukommen. Und unser Dezernat bewilligt das Geld als Weiterbildungszuschuß, damit Polizeibeamte ihre Kenntnisse der japanischen Sprache und Kultur erweitern können. Und? Wie läuft es mit deinem Kurs, Pete-*san?*«

»Ich mache ihn.«
»Wie oft?«
»Einen Abend pro Woche.«
»Einen Abend pro Woche. Und wenn du mal schwänzt, verlierst du dann deinen Zuschuß?«
»Nein.«
»Na, siehst du! Es ist völlig egal, ob du je den Unterricht besuchst oder nicht. In Wahrheit ist es nämlich so, daß du dich bestechen läßt, Alter! Du steckst dir dreitausend Dollar in die Tasche, und diese Knete kommt direkt aus Nippon. Aber soviel ist das ja auch wieder nicht. Für drei Riesen kann dich keiner kaufen, oder? Nein, natürlich nicht.«
»Mach mal Schluß, Tom!«
»Aber sie kaufen dich ja auch gar nicht. Sie beeinflussen dich bloß. Sie wollen nur, daß du jedesmal gründlich nachdenkst und daß du alles, was sie tun, wohlwollend betrachtest. Tja, warum auch nicht? So ist der Mensch nun mal. Sie haben deinen Lebensstandard ein bißchen verbessert, tragen zu deinem Wohlergehen bei und zu dem deiner Familie, deiner kleinen Tochter. Sie kraulen dir den Rücken, warum solltest du da nicht auch ihren Rücken kraulen? Trifft es das nicht ziemlich genau, Pete-*san?*«
»Nein, überhaupt nicht.« Langsam wurde ich wütend.
»Doch, doch«, sagte Graham. »So funktioniert nämlich Beeinflussung. Sie läßt sich immer abstreiten. Du sagst einfach, daß sie nicht existiert. Du machst dir selbst weis, daß sie nicht existiert – aber sie ist da. Die einzige Möglichkeit, clean zu sein, besteht darin, clean zu sein, Mann! Nur wenn du kein Geld kriegst, nur wenn dein Einkommen unabhängig von ihnen ist, kannst du sagen, was du willst. Andernfalls bezahlen sie dich, und ich sage dir, dann gehörst du ihnen, Mann!«
»Augenblick, verdammt noch mal...«
»Also komm mir bitte nicht mit ›Haß‹, Mann! Dieses Land befindet sich in einem Krieg. Die einen kapieren das, und die anderen halten es mit dem Gegner. Genau wie im Zweiten Weltkrieg, da sind auch einige Leute von den Deutschen bezahlt

worden, damit sie Propaganda für die Nazis machen. New Yorker Zeitungen haben damals in ihren Leitartikeln Adolf Hitler nach dem Mund geredet. Manchmal merkten die das selber nicht. Aber getan haben sie es doch. So ist das im Krieg, Mann. Und du bist ein beschissener Kollaborateur!«

Ich war unglaublich dankbar, als in diesem Moment Connor wieder zu uns trat. Graham und ich waren kurz davor, uns zu prügeln, aber Connor sagte seelenruhig: »Ach, Tom, nur damit ich das auch verstehe: Was passierte denn in Ihrem Szenario nach dem Mord mit den Videobändern?«

»Diese Bänder sind ganz einfach verschwunden«, antwortete Graham. »Die sehen Sie nie wieder.«

»Nun, das ist interessant. Der Anruf eben kam nämlich von unserer Zentrale. Mr. Ishiguro ist gerade dort. Und er brachte einen Karton mit Videobändern mit, die ich mir ansehen soll.«

Connor und ich fuhren zusammen hin. Graham hatte seinen eigenen Wagen genommen. Ich fragte Connor: »Warum haben Sie gesagt, Graham sei ein zu großes Risiko für die Japaner?«

»Sein Onkel«, erklärte Connor, »war Kriegsgefangener im Zweiten Weltkrieg. Sie brachten ihn nach Tokio, dort verschwand er. Nach dem Krieg fuhr Grahams Vater hinüber, um herauszufinden, was mit seinem Bruder geschehen war. Es wurden unangenehme Fragen gestellt. Sie wissen wahrscheinlich, daß einige amerikanische Soldaten kurz vor Kriegsende bei medizinischen Experimenten in Japan ums Leben kamen. Es gab Gerüchte, die Japaner hätten die Lebern dieser Amerikaner als Witz ihren Untergebenen zu essen gegeben und so weiter.«

»Nein, das wußte ich nicht.«

»Ich glaube, diese Zeit würde jeder am liebsten vergessen, um einfach weiterzuleben. Und wahrscheinlich ist das auch richtig. Es ist heute nicht mehr dasselbe Land. Was wollte denn Graham von Ihnen?«

»Er hat mich wegen meines Gehalts als Kontakt-Officer beschimpft.«

»Sie haben mir gesagt, daß es nur zweihundert Dollar pro Monat mehr sind.«

»Ein bißchen mehr ist es schon.«
»Um wieviel mehr?«
»Ungefähr hundert Dollar pro Woche. Fünftausendfünfhundert pro Jahr. Aber davon muß ich den Unterricht und die Bücher und die Fahrtkosten zahlen, außerdem die Babysitter, alles.«
»Sie bekommen also fünf Riesen mehr«, sagte Connor. »Na und?«
»Graham meint, das würde mich beeinflussen. Die Japaner hätten mich gekauft.«
»Na, versuchen werden sie das bestimmt. Und sie gehen dabei außerordentlich subtil vor.«
»Haben sie es bei Ihnen auch probiert?«
»Na klar.« Er machte eine Pause. »Und ich habe es oft akzeptiert. Jemandem Geschenke zukommen zu lassen, um dafür zu sorgen, daß der andere einem wohl will, ist etwas, das die Japaner geradezu instinktiv machen. Und es unterscheidet sich gar nicht so sehr von dem, was wir tun, wenn wir den Chef zu uns zum Abendessen einladen. Gefälligkeit ist Gefälligkeit. Nur laden wir den Chef nicht dann ein, wenn wir wieder mal mit einer Gehaltserhöhung an der Reihe sind, sondern es empfiehlt sich, den Chef schon bald, nachdem man ihn kennengelernt hat, einzuladen, zu einem Zeitpunkt also, wenn es noch nicht um irgend etwas geht. Dann ist es einfach eine freundliche Geste. Die Japaner machen es genauso. Sie glauben, daß man ein Geschenk frühzeitig geben solle, denn dann ist es keine Bestechung. Es ist einfach ein Geschenk – eine Möglichkeit, eine Beziehung zu Ihnen herzustellen, bevor diese Beziehung irgendeinem Druck ausgesetzt werden kann.«
»Und Sie finden das in Ordnung?«
»Ich glaube einfach, daß es nun mal so zugeht auf der Welt.«
»Glauben Sie, daß man durch so was korrumpiert wird?«
Connor sah mich an und fragte: »Glauben Sie es?«
Ich nahm mir viel Zeit für die Antwort. »Ja. Ich glaube, daß das möglich ist.«
Er lachte schallend. »Na, da bin ich aber erleichtert. Sonst hätten nämlich die Japaner das ganze Geld für Sie umsonst ausgegeben.«

»Was ist denn daran so lustig?«

»Daß Sie so durcheinander sind, *kōhai*.«

»Graham sagt, daß wir uns im Krieg befinden.«

»Das stimmt auch. Wir führen eindeutig einen Krieg mit Japan. Aber jetzt sehen wir uns erst einmal an, welche Überraschungen Mr. Ishiguro im nächsten Scharmützel für uns auf Lager hat!«

Das Vorzimmer im fünften Stock der Polizeizentrale in der Innenstadt war wie gewohnt voller Menschen, auch jetzt, um zwei Uhr morgens. Detectives liefen zwischen den zusammengeschlagenen Prostituierten und den zuckenden Drogensüchtigen hin und her, die auf ihre Vernehmung warteten. In einer Ecke saß ein Mann in einem karierten Mantel und schrie eine Beamtin mit einer Dokumentenmappe in der Hand immer wieder an. »Mach dieses Scheißding zu!«

Masao Ishiguro wirkte in dem lärmenden Durcheinander überaus fehl am Platz. Immer noch in seinem dunkelblauen Nadelstreifenanzug, saß er mit gesenktem Kopf da, die Beine fest geschlossen. Auf seinen Knien stand ein Pappkarton.

Als er uns sah, sprang er auf. Er stellte die Schachtel beiseite und verbeugte sich tief, wobei er beide Hände flach auf die Oberschenkel legte, ein Zeichen großen Respekts. In dieser Haltung verharrte er mehrere Sekunden. Dann verbeugte er sich sofort wieder, und diesmal wartete er, auf den Boden starrend, bis Connor ihn auf japanisch ansprach. Ishiguros ebenfalls japanische Erwiderung war leise und klang ehrerbietig. Dabei blickte er immer noch zu Boden.

Tom Graham zog mich mit sich zum Kühlschrank. »Meine Güte! Sieht ganz danach aus, als würden wir hier ein richtiges Geständnis serviert bekommen!«

»Ja, kann sein«, sagte ich. Ich war nicht so überzeugt wie er. Ich hatte schon einmal mit angesehen, wie Ishiguro sein Verhalten schlagartig änderte.

Ich beobachtete Connor, während er sich mit Ishiguro unterhielt.

Der Japaner legte seine Armesündermiene nicht ab und starrte weiterhin auf den Boden.
»Auf ihn wäre ich nie gekommen«, sagte Graham. »Nie im Leben! Auf ihn – nie!«
»Wieso nicht?«
»Soll das ein Witz sein? Das Mädchen umbringen und dann im selben Raum bleiben und uns herumkommandieren! Der hat ja Nerven aus Stahl. Aber schau ihn dir jetzt an: Mein Gott, der flennt ja fast.«
Das stimmte. Ich glaubte, Tränen in Ishiguros Augen zu sehen. Connor nahm die Schachtel, drehte sich um und kam zu uns herüber. Er gab mir die Schachtel. »Erledigen Sie das! Ich muß Ishiguros Aussage zu Protokoll nehmen.«
»Na also«, sagte Graham. »Hat er gestanden?«
»Was soll er gestanden haben?«
»Den Mord.«
»Meine Güte – nein!« sagte Connor. »Wie kommen Sie denn darauf?«
»Na, da steht er und verbeugt sich und katzbuckelt…«
»Das ist nur *sumimasen*«, erklärte Connor. »Das dürfen Sie nicht zu ernst nehmen.«
»Der heult doch fast«, sagte Graham.
»Nur weil er glaubt, daß es ihm helfen wird.«
»Er hat also nicht gestanden?«
»Nein. Aber er hat schließlich doch herausgefunden, daß die Bänder gestohlen wurden. Und das bedeutet, daß er einen schweren Fehler begangen hat, als er sich in aller Öffentlichkeit vor dem Bürgermeister so aufspielte. Jetzt kann man ihm vorwerfen, er habe Beweismaterial unterschlagen. Er kann aus dem Anwaltsverband ausgeschlossen werden, und sein Unternehmen könnte blamiert sein. Ishiguro steckt in großen Schwierigkeiten, und das weiß er auch.«
»Und deshalb benimmt er sich so unterwürfig?« fragte ich.
»Ja. Wenn man in Japan etwas vermasselt hat, dann geht man am besten zur Obrigkeit und zieht eine große Show ab, wie leid einem alles tut und wie sehr man sich schämt und daß man es nie wieder

tun wird. Eine reine Formalität, aber die Obrigkeit ist beeindruckt, wie gut man seine Lektion gelernt hat. Das ist *sumimasen*: Entschuldigungen ohne Ende. Es ist die japanische Spielart, sich dem Gericht auf Gnade oder Ungnade auszuliefern. Man hält das für die beste Art, Milde zu bewirken. Aber mehr hat das, was Ishiguro macht, nicht zu bedeuten.«
»Das Ganze ist also nur eine Farce?« fragte Graham mit versteinerter Miene.
»Ja und nein. Es ist schwierig zu erklären, wissen Sie. Sehen Sie sich jetzt bitte die Bänder an! Ishiguro sagt, er hat einen Videorecorder mitgebracht, weil die Bänder eine unübliche Norm haben und er befürchtet hat, wir könnten sie nicht abspielen. Okay?«
Ich öffnete den Pappkarton. Zwanzig kleine Acht-Millimeter-Kassetten lagen darin, die wie Tonbandkassetten aussahen, und ein kleines Gerät von der Größe eines Walkman: der Videorecorder. Die Kabel ließen sich an einen Fernseher anschließen.
»Gut«, sagte ich. »Dann schauen wir uns das mal an!«

Das erste Band mit Aufnahmen aus der sechsundvierzigsten Etage stammte von der Kamera, die hoch oben an der Decke des Atriums angebracht war. Man sah Menschen, die dort an einem offensichtlich normalen Bürotag arbeiteten. Wir schalteten auf Schnellauf. Auf dem Boden bildete das Sonnenlicht geschwungene Schatten, die schließlich verschwanden. Das Licht in der Etage wurde immer schwächer und gedämpfter, während der Tag sich seinem Ende zuneigte. Immer mehr Schreibtischlampen wurden angeschaltet. Die Angestellten bewegten sich jetzt langsamer, schließlich standen sie nach und nach von ihren Schreibtischen auf und gingen. Während es immer weniger wurden, fiel uns etwas auf: Die Kamera bewegte sich jetzt gelegentlich, schwenkte auf den einen oder anderen Angestellten, der unter ihr gerade vorbeiging, auf andere dagegen nicht. Schließlich wurde uns klar, daß die Kamera mit automatischer Scharf- und Sucheinstellung ausgestattet war. Wenn im Bildausschnitt viel Bewegung herrschte – wenn zum Beispiel mehrere Leute in verschiedene Richtungen gingen –, rührte sich

die Kamera nicht. Wenn es dagegen im Bildausschnitt ruhig war, fixierte die Kamera Einzelpersonen, die durchgingen, und verfolgte sie auf ihrem Weg.
»Komisches System«, sagte Graham.
»Ist wahrscheinlich sinnvoll bei einer Überwachungskamera«, sagte ich. »Eine Einzelperson ist wohl problematischer als mehrere Menschen auf einmal.«
Wir sahen, daß man die Nachtbeleuchtung eingeschaltet hatte. Alle Schreibtische waren leer. Plötzlich begann das Bild zu flackern, fast wie bei einem Blitzlichtgewitter.
»Stimmt etwas nicht mit dem Band?« fragte Graham mißtrauisch. »Haben die da dran rumgefummelt?«
»Ich weiß nicht. Nein, warte mal! Das ist es nicht. Schau mal die Uhr an!«
An der gegenüberliegenden Wand sahen wir die Bürouhr. Der Minutenzeiger bewegte sich rasch von halb acht auf acht Uhr.
»Zeitraffer.«
»Was heißt das? Nehmen sie da nur einzelne Bilder auf?«
Ich nickte. »Wenn das System eine Zeitlang niemanden sieht, beginnt es wahrscheinlich alle zehn oder zwanzig Sekunden Einzelaufnahmen zu machen, bis ...«
»Hey, was ist das?«
Das Flackern hatte aufgehört. Die Kamera machte einen Schwenk nach rechts über die leere Etage hinweg. Aber es war niemand zu sehen. Nur leere Schreibtische und hier und da ein aufleuchtendes Nachtlämpchen.
»Vielleicht haben sie einen Weitensensor, der über den Bildrand hinaussieht«, sagte ich. »Entweder das, oder die Kamera wird manuell gesteuert. Von einem Wachmann, der irgendwo sitzt, vielleicht unten im Sicherheitsbüro.«
Der Schwenk endete vor den Lifttüren. In tiefem Schatten waren sie ganz rechts im Bild zu sehen. Etwas, das wie ein Stück der Deckenverkleidung aussah, versperrte die Sicht.
»Mensch, das ist vielleicht dunkel. Ist da jemand?«
»Ich sehe nichts.«
Das Bild wurde abwechselnd unscharf und scharf.

»Was ist denn jetzt los?« sagte Graham.
»Offenbar funktioniert die Scharfeinstellung nicht. Vielleicht kann sich die Kamera nicht entscheiden, was sie aufnehmen soll. Vielleicht werden die Impulse durch den hereinragenden Teil der Decke gestört. Bei meiner Videokamera daheim passiert das auch immer wieder. Das Bild wird unscharf, wenn das Objektiv nicht weiß, was genau es aufnehmen soll.«
»Du meinst, die Kamera versucht, irgend etwas zu fixieren? Ich sehe nämlich nichts. Ist alles schwarz da unten.«
»Nein, schau! Da ist etwas. Man kann weiße Beine erkennen, ganz schwach.«
»Mensch!« sagte Graham. »Das ist unser Mädchen. Sie steht am Aufzug. Nein, warte, jetzt bewegt sie sich.«
Einen Augenblick später trat Cheryl Lynn Austin unter dem ins Bild ragenden Teil der Deckenverkleidung hervor. Wir konnten sie nun deutlich erkennen.

Sie war schön und selbstbewußt. Ohne zu zögern betrat sie den Raum. Sie wirkte zielstrebig und entschlossen und bewegte sich ganz ohne die durch Lässigkeit kaschierte Unsicherheit vieler junger Leute.
»Mensch, sieht die gut aus!« sagte Graham.
Cheryl Austin war groß und schlank, ihr kurzes blondes Haar ließ sie noch größer erscheinen. Sie hielt sich sehr gerade. Sie drehte sich langsam um und betrachtete den Raum, als gehöre er ihr.
»Ich kann es nicht fassen, daß wir das tatsächlich sehen«, flüsterte Graham.
Ich wußte, was er damit sagen wollte. Dieses Mädchen war wenige Stunden zuvor ermordet worden. Wir sahen sie jetzt auf dem Bildschirm, wie sie nur einige Minuten vor ihrem Tod umherspazierte.
Cheryl nahm einen Briefbeschwerer von einem der Schreibtische, wog ihn in der Hand und stellte ihn zurück. Sie öffnete ihre Handtasche und schloß sie wieder. Dann warf sie einen Blick auf ihre Armbanduhr.
»Sie wird nervös.«

»Sie hat es nicht gern, wenn man sie warten läßt«, sagte Graham. »Und ich wette, daß ihr das nicht oft passiert. So einem Mädchen doch nicht!«
Sie begann mit den Fingern rhythmisch auf die Schreibtischplatte zu klopfen. Es kam mir irgendwie bekannt vor. Dazu nickte sie im gleichen Takt mit dem Kopf. Graham starrte blinzelnd auf den Bildschirm. »Spricht sie? Sagt sie was?«
»Sieht so aus.« Ihre Lippen waren nur schwach zu erkennen. Aber plötzlich wußte ich es: Ihre Bewegungen und das rhythmische Klopfen – ich konnte das, was sie sang, synchronisieren. »*I chew my nails and I twiddle my thumbs. I'm real nervous but it sure is fun. Oh baby, you drive me crazy…*« sang ich vor mich hin.
»Mensch, du hast recht«, sagte Graham. »Wie hast du das bloß rausgekriegt?«
»*Goodness, gracious, great balls of…*«
Cheryl hörte auf zu singen. Sie wandte sich zum Aufzug um.
»Ah, jetzt kommt's!«
Sie ging zum Lift. Gleich nachdem sie hinter dem hereinragenden Teil der Decke verschwunden war, umarmte sie den eintretenden Mann. Man konnte sehen, daß sie einander im Arm hielten und sich küßten, aber der Mann blieb verdeckt. Wir sahen seine Arme um Cheryls Oberkörper, nicht aber sein Gesicht.
»Scheiße!« sagte Graham.
»Keine Sorge, wir werden ihn gleich sehen. Wenn ihn diese Kamera nicht aufgenommen hat, dann eben eine andere. Aber ich denke, wir können schon jetzt sagen, daß das nicht jemand ist, den sie gerade kennengelernt hat. Sie muß ihn sehr gut kennen.«
»Das wird sich zeigen, wenn sie vertraulich werden. Jawohl, schau hin! Der Typ verliert keine Zeit.«
Die Hand des Mannes schob das schwarze Kleid hoch. Er drückte ihre Pobacken. Cheryl Austin preßte sich eng an ihn. Es war eine lange, leidenschaftliche Umarmung. Sie gingen gemeinsam weiter in den Raum hinein, wobei sie sich langsam drehten, so

daß uns der Mann den Rücken zuwandte. Der Rock ihres Kleids war bis zur Hüfte hochgeschoben. Sie ließ die Hand sinken und streichelte den Mann zwischen den Beinen. Mehr stolpernd als gehend näherten sie sich einem Schreibtisch. Der Mann bog sie nach hinten, aber sie wehrte sich plötzlich dagegen und stieß ihn weg.

»Na, na, nicht so schnell! Schließlich hat unser Mädchen gewisse Prinzipien«, sagte Graham.

Ich war mir nicht sicher, ob das zutraf. Cheryl hatte ihn ganz offensichtlich angemacht und es sich plötzlich anders überlegt. Mir war aufgefallen, daß dieser Stimmungsumschwung schlagartig eingetreten war. Ich fragte mich, ob sie nicht die ganze Zeit über nur Theater gespielt hatte, ob ihre Leidenschaftlichkeit vielleicht nur Show gewesen war. Der Mann schien aber von dieser abrupten Veränderung nicht sonderlich überrascht zu sein. Sie saß nun auf dem Schreibtisch und versuchte weiterhin, ihn wegzustoßen. Sie wirkte dabei fast wütend. Der Mann trat zurück. Wir sahen ihn immer noch von hinten, sein Gesicht war nicht zu erkennen. Kaum hatte er von ihr abgelassen, veränderte sie sich wieder. Jetzt lächelte sie und gab sich katzenhaft. Sie ließ sich langsam von der Schreibtischplatte herabgleiten und brachte ihr Kleid in Ordnung. Dabei wand sie sich provokativ und blickte sich um. Von dem Mann sahen wir nur ein Ohr und eine seitliche Partie des Gesichts, gerade genug, um erkennen zu können, daß seine Kinnlade sich bewegte. Er redete mit ihr. Sie ging lächelnd auf ihn zu und legte ihm die Arme um den Hals. Dann begannen sie, sich wieder zu küssen und einander mit den Händen zu liebkosen. Dabei durchquerten sie langsam das Büro in Richtung Konferenzsaal.

»Dann war das mit dem Konferenzraum also ihre Idee?«

»Schwer zu sagen.«

»Scheiße! Sein Gesicht kann ich immer noch nicht erkennen.«

Sie waren in der Mitte des Großraumbüros angelangt; die Kamera nahm sie jetzt fast senkrecht von oben auf. Wir sahen nur die Köpfe.

»Findest du, daß er aussieht wie ein Japaner?«

»Wer kann das schon sagen. Wie viele Kameras waren in dem Raum?«
»Insgesamt fünf.«
»Sein Gesicht kann nicht auch in allen anderen vieren verdeckt sein. Wir werden ihn schon noch kriegen.«
»Hör mal, Tom, der Kerl wirkt ziemlich massig. Er scheint größer zu sein als sie. Und sie war alles andere als klein.«
»Wer vermag das aus dieser Perspektive schon zu beurteilen? Ich kann überhaupt nichts sagen, außer daß er einen Anzug trägt. Okay, jetzt gehen sie in den Konferenzsaal.«
Auf den letzten paar Metern dorthin begannen sie plötzlich wieder, miteinander zu ringen.
»Hoppla«, sagte Graham. »Jetzt ist sie wieder unzufrieden. Zickiges Mädel, was?«
Der Mann packte sie. Sie wand sich hin und her, versuchte freizukommen. Er zerrte sie in den Konferenzraum, wobei er sie mehr trug als zog. Am Eingang drehte sie sich noch einmal um und hielt sich am Türrahmen fest.
»Ob sie da ihre Handtasche verloren hat?«
»Wahrscheinlich. Es ist nicht genau zu sehen.«
Der Konferenzsaal lag der Kamera genau gegenüber, so daß wir den ganzen Raum überblicken konnten, in dem es aber sehr dunkel war. Man sah nur die Silhouetten der beiden im Licht der Wolkenkratzer, das durch die Glasfront einfiel. Der Mann hob sie hoch, legte sie auf den Tisch und drehte sie auf den Rücken. Sie wirkte ganz passiv, ganz weich, als er ihr das Kleid bis zu den Hüften hinaufschob. Es schien ihr zu gefallen, sie kam ihm offensichtlich entgegen. Plötzlich machte er eine ruckartige Bewegung, und irgend etwas flog durch die Luft.
»Das war der Schlüpfer.«
Der war wohl auf dem Boden gelandet, aber genau konnten wir es nicht erkennen. Wenn das der Schlüpfer gewesen war, dann mußte er schwarz, auf jeden Fall aber dunkel sein. Soviel im Hinblick auf Senator Rowe, dachte ich.
»Als wir eintrafen, war der Schlüpfer nicht mehr dort«, sagte Graham, den Blick auf den Bildschirm gerichtet. »Da ist Beweis-

material zurückgehalten worden, ganz eindeutig.« Er rieb sich die Hände. »Falls du Nakamoto-Aktien besitzt, würde ich sie an deiner Stelle schleunigst verkaufen, Alter. Schon morgen nachmittag werden die nämlich keinen Cent mehr wert sein.«

Cheryl zeigte sich weiterhin durchaus willig; der Mann hantierte an seinem Reißverschluß herum. Aber plötzlich versuchte sie sich aufzurichten und schlug ihn heftig ins Gesicht.

»Jawohl! Mach ihm Feuer unterm Arsch!«

Der Mann ergriff ihre Hände und versuchte, sie auf den Mund zu küssen, aber sie wehrte sich dagegen und wandte das Gesicht ab. Er stieß sie auf den Tisch zurück und hielt sie dort fest, indem er sich mit seinem ganzen Körpergewicht auf sie legte. Ihre nackten Beine ruderten durch die Luft.

Die beiden Silhouetten verschmolzen miteinander und trennten sich wieder. Es war schwer auszumachen, was da genau vor sich ging. Es sah so aus, als versuche Cheryl immer wieder, sich aufzusetzen, während der Mann sie zurückstieß. Er hielt eine Hand auf ihre Brust gepreßt, während sie mit den Füßen nach ihm trat und sich auf dem Tisch hin und her wand. Das Ganze wirkte eher mühsam als erregend. Je länger ich zusah, um so seltsamer erschien mir die Szene. War das wirklich eine Vergewaltigung? Oder spielten die beiden nur? Sie trat ihn zwar ständig und versuchte loszukommen, aber sie schaffte es nicht, ihn wegzustoßen. Wahrscheinlich war der Mann stärker als sie, aber ich hatte das Gefühl, daß es ihr mit einem gezielten Fußtritt gelungen wäre, ihn abzuwehren, wenn sie das gewollt hätte. Und manchmal sah es aus, als habe sie die Arme um den Hals des Mannes geschlungen, anstatt ihn von sich zu stoßen. Genau konnte man es nicht sagen. Plötzlich…

»Oh, oh, jetzt wird's gefährlich…«

Der Mann erstarrte mitten in seiner rhythmischen Bewegung, und Cheryl unter ihm wurde schlaff. Ihre Arme glitten von seinen Schultern und knallten auf den Tisch. Ihre Beine fielen locker zu beiden Seiten seines Körpers hinab.

Graham sagte: »War's das? Es ist einfach so passiert?«

»Ich weiß nicht.«

Der Mann klopfte ihr auf die Wange, dann schüttelte er sie heftig. Offenbar redete er auf sie ein. Eine Weile, vielleicht eine halbe Minute lang, stand er so da, dann ließ er von ihr ab. Sie blieb auf dem Tisch liegen. Er ging um sie herum. Er bewegte sich ganz langsam, als könne er es nicht fassen.

Plötzlich blickte er nach links, als habe er von dort ein Geräusch gehört. Einen Augenblick stand er da wie erstarrt, aber dann schien er einen Entschluß gefaßt zu haben. Er lief durch den ganzen Raum und suchte ihn methodisch ab. Schließlich hob er etwas vom Boden auf.

»Der Schlüpfer.«

»Er hat ihn selbst mitgenommen. Scheiße!« sagte Graham.

Der Mann ging noch einmal um das Mädchen herum und beugte sich vom anderen Tischende her kurz über sie.

»Was macht er da?«

»Weiß nicht. Kann es nicht erkennen.«

»Scheiße!«

Der Mann richtete sich auf und verließ den Konferenzsaal. Jetzt sah man mehr als nur seine Silhouette. Jetzt hätten wir ihn erkennen können. Aber er stand mit dem Gesicht zum Konferenzsaal und warf einen Blick zurück auf das tote Mädchen.

»Hey, Kumpel«, sagte Graham zu dem Mann auf dem Bildschirm. »Schau doch mal her! Na, komm schon, nur eine Sekunde!«

Der Mann entfernte sich, immer mit dem Rücken zur Kamera, vom Konferenzraum. Dann ging er rasch nach links.

»Er geht nicht zum Aufzug«, sagte ich.

»Nein. Aber ich kann sein Gesicht einfach nicht erkennen.«

»Wohin geht er denn?«

»Dort drüben ist ein Treppenhaus«, erklärte mir Graham. »Der Notausgang.«

»Warum geht er da runter, anstatt den Lift zu nehmen?«

»Wer weiß? Ich will doch nur sein Gesicht sehen. Nur ein einziges Mal!«

Aber jetzt hatte der Mann schon den linken Rand des Kamerablickfelds erreicht, und obwohl er uns nun nicht mehr den Rücken zuwandte, sahen wir nur sein linkes Ohr und den Backenknochen. Er bewegte sich hastig. Gleich würde er hinter dem hereinragenden Teil der Deckenverkleidung am gegenüberliegenden Ende des Raums verschwunden sein.

»So eine Kacke! Diese Perspektive ist mies. Schauen wir uns die anderen Bänder an!«

»Augenblick noch!« sagte ich.

Unser Mann ging auf einen dunklen Gang zu, der wohl ins Treppenhaus führte. Dabei mußte er an einem großen Wandspiegel mit Goldrahmen vorbei. Er passierte ihn genau in dem Moment, in dem die Deckenverkleidung ihn zu verbergen begann und er ins Dunkel tauchte.

»Da!«

»Wie hält man dieses Ding an?«

Ich drückte wie wild die Tasten an dem Gerät. Endlich fand ich die richtige. Das Band stoppte. Wir ließen es zurücklaufen, und dann wieder vorwärts.

Wieder eilte der Mann zielstrebig mit raschen Schritten auf den dunklen Gang zu. Er ging am Spiegel vorbei, und einen Augenblick lang sahen wir darin sein Gesicht, sahen es klar und deutlich, und ich drückte die Taste, um das Bild festzuhalten.

»Bingo!« sagte ich.

»Ein Scheißjapse«, sagte Graham. »Genau wie ich's dir gesagt habe!«

Im Spiegel erstarrt, sahen wir das angespannte Gesicht des Mörders auf seinem Fluchtweg. Es kostete mich keine Mühe, ihn zu erkennen. Es war Eddie Sakamura.

»Er gehört mir«, sagte Graham. »Das hier ist mein Fall. Den Dreckskerl hol' ich mir.«

»Klar«, sagte Connor.

»Ich meine, ich würde lieber allein weitermachen.«

»Selbstverständlich«, sagte Connor. »Es ist Ihr Fall, Tom. Tun Sie, was Sie für richtig halten!«

Connor schrieb ihm Eddie Sakamuras Adresse auf.

»Nicht, daß ich Ihre Hilfe nicht zu schätzen wüßte«, sagte Graham. »Aber ich erledige das lieber allein. Also, ich bin doch richtig informiert: Ihr habt heute nacht mit dem Kerl geredet und ihn nicht festgenommen?«

»Korrekt.«

»Na, macht euch nichts draus, das wird in meinem Bericht nicht auftauchen. Ihr kriegt keine Schwierigkeiten deswegen, das verspreche ich euch.« Die Vorfreude auf Sakamuras Verhaftung stimmte Graham geradezu hochherzig. Er sah auf seine Armbanduhr. »Astrein! Der Mord ist noch keine sechs Stunden gemeldet, und wir haben den Täter. Nicht schlecht.«

»Wir haben den Täter noch nicht ganz«, wandte Connor ein. »Ich an Ihrer Stelle würde ihn mir so schnell wie möglich schnappen.«

»Bin schon unterwegs.«

»Ach, Tom«, sagte Connor, als Graham bereits auf dem Weg zur Tür war. »Eddie Sakamura ist ein seltsamer Typ, aber er gilt nicht als gewalttätig. Ich bezweifle sehr, daß er bewaffnet ist. Wahrscheinlich besitzt er gar keine Waffe. Er hat bei der Party eine Rothaarige abgeschleppt und ist mit ihr zu sich nach Hause gefahren. Er liegt wohl gerade mit ihr im Bett. Ich halte es für ratsam, ihn lebend hierherzubringen.«

»Hey, was habt ihr beiden denn?«

»Ist nur ein Vorschlag«, sagte Connor.

»Glauben Sie wirklich, ich würde diesen kleinen Scheißer abknallen?«

»Sie fahren doch mit mehreren Streifenwagen zu ihm, oder? Die Polizisten könnten nervös werden. Ich will Sie nur vorwarnen.«

»Danke, auf solche Tips kann ich verzichten«, sagte Graham und ging. Er war so dick, daß er sich ein wenig seitlich drehen mußte, um durch den Türstock zu kommen.

Ich sah ihm nach. »Warum lassen Sie ihn das alleine übernehmen?«

Connor zuckte mit den Achseln. »Es ist sein Fall.«

»Aber Sie waren die ganze Nacht hindurch wie wild hinter der Sache her. Warum hören Sie jetzt auf?«

»Lassen wir Graham den Triumph! Was hat das Ganze schon mit uns zu tun? Ich werde bald meinen Abschied nehmen, und Sie sind nur ein korrupter Kontakt-Officer.« Er deutete auf das Videoband. »Zeigen Sie mir das noch, bevor Sie mich nach Hause fahren?«

»Klar.« Ich ließ das Band zurücklaufen.

»Vielleicht besorgen wir uns vorher eine Tasse Kaffee«, sagte Connor. »In den WE-Labors machen sie einen hervorragenden. Zumindest war es früher so.«

»Soll ich den Kaffee holen, während Sie sich das Band ansehen?« fragte ich.

»Das wäre nett von Ihnen, *kōhai*.«

»Aber gern.« Ich drückte auf die Abspieltaste und wandte mich zum Gehen.

»Ach, noch etwas, *kōhai*. Fragen Sie doch bitte den diensthabenden Officer dort unten, welche Videogeräte wir hier haben. Die Bänder müssen nämlich alle kopiert werden. Außerdem brauchen wir Abzüge von einigen Standbildern, für den Fall, daß uns Sakamuras Verhaftung als anti-japanisches Vorgehen ausgelegt wird. Es könnte sein, daß wir zu unserer Rechtfertigung Fotos veröffentlichen müssen.«

Das war klug vorausgedacht. »Okay«, sagte ich. »Ich erkundige mich mal.«

»Und für mich bitte: schwarz und ohne Zucker.« Er drehte seinen Stuhl zum Bildschirm hin.

Die Abteilung Wissenschaftliche Ermittlungen befand sich im Keller des Parker Center. Als ich dort eintraf, war es kurz nach zwei Uhr, und die meisten Räume waren leer. In den WE-Labors wurde meist nur zwischen neun und siebzehn Uhr gearbeitet. Natürlich sammelten die WE-Teams nachts an den Tatorten Beweismaterial, aber die Sachen wurden zunächst in Schränken verstaut, entweder in der Zentrale oder in irgendeinem Polizeirevier, bis die Arbeit am nächsten Morgen begann.

Ich ging zur Kaffeemaschine in der kleinen Cafeteria neben den Labors. Im ganzen Raum hingen Schilder, auf denen stand: Haben

Sie sich die Hände gewaschen? Ja – Sie sind gemeint! und Setzen Sie Ihre Kollegen keinem Risiko aus – waschen Sie sich die Hände! Der Grund dafür war, daß hier giftige Substanzen benutzt wurden. Es lag so viel Quecksilber, Arsen und Chrom herum, daß früher immer wieder Angestellte krank geworden waren, weil sie aus einem Styroporbecher getrunken hatten, den zuvor ein anderes Labormitglied berührt hatte.

Inzwischen waren die Leute vorsichtiger geworden. Ich nahm die beiden Becher Kaffee und ging zum Schreibtisch des Nachtdienst-Officers. Jackie Levine hatte die Füße hochgelegt. Sie war ziemlich dick und trug enge Kniebundhosen und eine orangefarbene Perücke. Trotz ihrer bizarren Erscheinung war sie anerkanntermaßen die beste Fingerabdruckspezialistin der ganzen Abteilung. Sie schmökerte gerade in einer Ausgabe der Zeitschrift *Die moderne Braut*.

»Willst du's noch mal probieren, Jackie?« fragte ich sie.

»Nein, um Gottes willen! Meine Tochter ist dran.«

»Wen heiratet sie denn?«

»Reden wir von was Erfreulicherem. Ist der eine Kaffee für mich?«

»Nein, tut mir leid«, sagte ich. »Aber eine Frage habe ich für dich: Wer erledigt hier die Videobeweisaufnahme?«

»Videobeweisaufnahme?«

»Bänder von Überwachungskameras zum Beispiel. Wer ist hier für die Auswertung zuständig, fertigt Abzüge an und so weiter?«

»Also, das wird nicht gerade oft verlangt«, sagte Jackie. »Früher haben das die Elektronikheinis hier gemacht, aber ich glaube, sie tun es nicht mehr. Jetzt werden Videos entweder in Valley oder in Medlar Hall bearbeitet.« Sie setzte sich auf und blätterte ein Adressenverzeichnis durch. »Du kannst mit Bill Harrelson drüben in Medlar sprechen, wenn du willst. Aber wenn es was Besonderes ist, leiten wir es am besten ans JPL oder ans Videolabor der Uni weiter. Soll ich dir die Nummern geben, oder willst du es über Harrelson erledigen?«

Sie sagte es so, daß ich sofort wußte, für was ich mich entscheiden sollte. »Gib mir bitte die Nummer des JPL!« sagte ich.

»Ja, das ist das beste.«

Ich schrieb die Telefonnummern des Jet Propulsion Laboratory auf und ging wieder nach oben. Connor hatte sich das Band angesehen und ließ es immer wieder an jener Stelle vor- und zurücklaufen, an der Eddie Sakamuras Gesicht im Spiegel zu sehen war.

»Na?« sagte ich.

»Ja, es ist eindeutig Eddie.« Er wirkte ruhig, fast gleichgültig. Er nahm mir den Becher ab und nippte an seinem Kaffee. »Scheußlich!«

»Ja, finde ich auch.«

»Früher war er besser.« Connor stellte den Becher ab, schaltete den Videorecorder aus, stand auf und streckte sich. »Also, ich finde, wir haben gute Arbeit geleistet heute nacht. Wie wär's jetzt mit ein bißchen Schlaf? Ich habe vormittags ein wichtiges Golfspiel in Sunset Hills.«

»Okay.« Ich schichtete die Kassetten in die Pappschachtel zurück und stellte den Videorecorder vorsichtig dazu.

»Was werden Sie mit den Bändern machen?« wollte Connor wissen.

»Ich sperre sie in einen der Schränke für Beweismaterial.«

»Das hier sind die Originale, und wir haben keine Kopien.«

»Ich weiß, aber die Kopien können erst morgen gemacht werden.«

»Genau das meine ich. Nehmen Sie die Bänder doch lieber mit!«

»Ich soll sie mit nach Hause nehmen?« Was das betraf, gab es genaue Bestimmungen. Es war, milde ausgedrückt, streng verboten, Beweismaterial an sich zu nehmen.

Connor hob die Schultern. »Ich an Ihrer Stelle würde kein Risiko eingehen. Nehmen Sie die Bänder mit, dann können Sie das Kopieren morgen selbst veranlassen.«

Ich klemmte mir die Schachtel unter den Arm und sagte: »Sie glauben doch nicht, daß irgend jemand hier...«

»Natürlich nicht. Aber das hier ist wichtiges Beweismaterial, und wir wollen doch nicht, daß irgend jemand mit einem großen Magneten an den Schränken vorbeigeht, während wir schlafen, oder?«

Ich nahm also die Bänder mit. Draußen vor der Tür stießen wir auf Ishiguro, der noch immer ganz zerknirscht dahockte. Connor sprach ihn kurz auf japanisch an. Ishiguro sprang auf, verbeugte sich hastig und huschte aus dem Zimmer.

»Hat er wirklich so große Angst?«

»Ja«, sagte Connor.

Ishiguro ging hastig und mit gesenktem Kopf vor uns den Korridor entlang. Er sah fast aus wie die Karikatur eines eingeschüchterten, verängstigten Menschen.

»Aber warum?« fragte ich. »Er lebt doch schon lange genug hier, um zu wissen, daß wir ihn wegen Zurückhaltung von Beweismaterial kaum belangen können. Und gegen Nakamoto haben wir noch weniger in der Hand.«

»Darum geht es nicht«, erklärte Connor. »Er macht sich keine Sorgen wegen irgendwelcher juristischer Sachen. Er fürchtet den Skandal. Und einen solchen würde es sicher geben, wenn wir in Japan wären.«

Wir gingen um die Ecke. Ishiguro stand wartend vor den Aufzügen. Auch wir warteten. Eine peinliche Stille trat ein. Dann kam der erste Aufzug, und Ishiguro trat einen Schritt zurück, um uns den Vortritt zu lassen. Als sich die Tür schloß, stand er draußen und verbeugte sich noch einmal. Der Aufzug fuhr hinunter.

»In Japan wären er und seine Firma jetzt erledigt«, sagte Connor.

»Warum?«

»Weil in Japan der Skandal das gebräuchlichste Mittel darstellt, die Hackordnung zu verändern, einen mächtigen Gegner loszuwerden. Dort drüben ist das ein ganz normaler Vorgang. Man legt den Finger auf einen schwachen Punkt und läßt es die Presse oder die staatlichen Behörden wissen. Dann kommt es unausweichlich zum Skandal, und die entsprechende Person oder Firma ist erledigt. Auf diese Art ist Takeshita durch den Recruit-Skandal seinen Posten als Ministerpräsident losgeworden. In den siebziger Jahren brachte ein Finanzskandal Ministerpräsident Tanaka zu Fall, und auf dieselbe Weise haben die Japaner vor einigen Jahren General Electric drangekriegt.«

»General Electric?«

»Ja, durch den Yokogawa-Skandal. Haben Sie nicht davon gehört?

Also, das war klassisches japanisches Taktieren. Vor einigen Jahren stellte General Electric die besten Röntgengeräte der Welt her. GE gründete eine Tochtergesellschaft, Yokogawa Medical, um die Geräte auch in Japan auf den Markt zu bringen. Und sie verhielten sich ganz japanisch: Sie senkten die Preise, so daß ihre Produkte billiger wurden als die der Konkurrenz, um sich einen großen Marktanteil zu verschaffen, entwickelten eine hervorragende Kundenbetreuung: Sie luden die Kunden ein und schenkten potentiellen Käufern Flugtickets und Reiseschecks. Wir würden das als Bestechung bezeichnen, aber in Japan ist das durchaus üblich. Yokogawa stieg rasch zum Marktführer auf, überrundete sogar japanische Unternehmen wie Toshiba. Den japanischen Firmen gefiel das gar nicht, sie beschwerten sich über dieses unfaire Geschäftsgebaren. Eines Tages wurden die Yokogawa-Büros im Auftrag der Regierung durchsucht, und man fand Beweise dafür, daß auch mit Bestechung gearbeitet wurde. Mehrere Angestellte von Yokogawa wurden verhaftet, und der Name des Unternehmens war von nun an untrennbar mit einem Skandal verbunden. Weder der Erfolg von GE in Japan noch der Umstand, daß andere japanische Firmen ebenfalls Schmiergelder zahlen, änderte etwas daran: Die nicht-japanische Firma wurde angeschwärzt. Erstaunlich, was?«

»Ist es wirklich so schlimm?« fragte ich.

»Die Japaner können ganz schön hart rangehen«, antwortete Connor. »Bei ihnen heißt es eben: ›Geschäft ist Krieg‹, und sie meinen das auch so. Sie wissen ja, daß die Japaner uns ständig beteuern, ihre Märkte stünden uns offen. Aber wenn früher ein Japaner ein amerikanisches Auto kaufen wollte, mußte er sich einer Befragung durch die staatlichen Behörden unterziehen. Da kaufte natürlich bald keiner mehr ein amerikanisches Auto. Auf offizieller Seite zuckte man mit den Achseln. Was können wir dafür? Der Markt ist offen, wenn niemand amerikanische Autos kaufen will, ist das nicht unsere Schuld. Tatsächlich aber werden den Käufern unzählige Hindernisse in den Weg gelegt. Jeder einzelne importierte Wagen muß noch im Hafen daraufhin geprüft werden, ob er den Abgasbestimmungen entspricht. Ausländische

Medikamente dürfen nur in japanischen Labors von japanischen Labortechnikern getestet werden. Früher war die Einfuhr ausländischer Skis verboten, weil der japanische Schnee angeblich feuchter ist als der europäische oder amerikanische. So gehen sie mit anderen Ländern um, und da ist es nicht verwunderlich, daß sie Angst davor haben, einmal selbst eine Dosis ihrer eigenen Medizin schlucken zu müssen.«
»Dann wartet Ishiguro also auf einen Skandal, weil es in Japan unweigerlich zu einem solchen kommen würde?«
»Ja. Er befürchtet, daß Nakamoto mit einem Handstreich erledigt wird. Ich bezweifle das allerdings. Wahrscheinlich wird morgen ganz Los Angeles zur Tagesordnung übergehen.«

Ich fuhr Connor zu seiner Wohnung. Als er aus dem Wagen stieg, sagte ich: »Es war sehr interessant, Captain. Danke, daß Sie mitgekommen sind.«
»Bitte, bitte! Wenn Sie in Zukunft Hilfe brauchen, rufen Sie mich einfach an!«
»Hoffentlich sind Sie nicht allzu früh zum Golfen verabredet.«
»Um sieben. Aber in meinem Alter braucht man nicht mehr sehr viel Schlaf. Wir spielen in Sunset Hills.«
»Ist das nicht ein japanischer Golfplatz?« Der Verkauf des Sunset Hills Country Club galt als die jüngste Schmach für L. A. Dieser Golfplatz im Westen der Stadt war 1990 für eine riesige Summe veräußert worden: für zweihundert Millionen Dollar. Die neuen japanischen Eigentümer hatten damals versichert, keine Veränderungen vorzunehmen. Aber mittlerweile schmolz die Zahl der amerikanischen Mitglieder mit Hilfe einer simplen Prozedur immer mehr: Sobald ein Amerikaner seine Mitgliedschaft aufgab, bot man seinen Platz einem Japaner an. In Tokio wurden Mitgliedsausweise für Sunset Hill zum Preis von einer Million Dollar pro Stück gehandelt, und das galt noch als günstig. Die Warteliste war lang.
»Ja«, sagte Connor, »ich spiele mit Japanern.«
»Tun Sie das oft?«
»Die Japaner sind scharf aufs Golfspielen, das wissen Sie ja. Ich

versuche, zweimal wöchentlich mit ihnen zu spielen. Manchmal kommen einem dabei interessante Dinge zu Ohren. Gute Nacht, *kōhai*!«

»Gute Nacht, Captain.«

Ich fuhr nach Hause.

Ich bog gerade auf den Santa Monica Freeway ein, als das Telefon schnarrte. Es war eine Telefonistin aus der Zentrale. »Lieutenant, hier will jemand das Sonderdezernat. Kollegen im Einsatz bitten um die Hilfe des Kontakt-Officers.«

Ich seufzte. »Okay.« Sie gab mir die Nummer.

»Hey, Kumpel!« Es war Graham.

»Hi, Tom«, gab ich müde zurück.

»Bist du allein?«

»Ja. Ich fahre gerade nach Hause. Warum fragst du?«

»Ich hab' mir's überlegt«, sagte Graham. »Vielleicht ist es besser, wenn der Kontaktmann für Japaner bei dieser Festnahme dabei ist.«

»Ich denke, du willst das allein erledigen?«

»Na ja, trotzdem. Ich glaube, es ist besser, wenn du kommst und uns bei der Festnahme hilfst, damit alles seine Richtigkeit hat.«

»Willst du die Sache auf mich abwälzen, oder was?«

»Hilfst du mir, oder hilfst du mir nicht?«

»Klar, Tom. Bin schon unterwegs.«

»Wir warten auf dich.«

Eddie Sakamura wohnte in einem kleinen Haus an einer engen, gewundenen Straße in den Bergen von Hollywood über dem Freeway 101. Punkt zwei Uhr fünfundvierzig bog ich um eine Kurve und sah zwei Streifenwagen mit abgeschalteten Scheinwerfern sowie Grahams braunes Auto hintereinander am Straßenrand parken. Graham und die Streifenpolizisten standen herum und rauchten. Ich mußte ein Stück zurückfahren, bis ich eine Lücke zum Parken fand. Dann ging ich zu ihnen hinüber.

Wir sahen zu Eddies Haus hinauf. Es war über einer Garage erbaut, die sich auf Höhe der Straße befand – eines jener weißen Stuckhäuser aus den vierziger Jahren mit nur drei Zimmern. Es brannte Licht, und wir hörten die Stimme von Frank Sinatra. Graham sagte: »Er ist wirklich nicht allein. Hat irgendwelche Weiber bei sich.«

»Wie willst du es angehen?« fragte ich.

»Die Jungs lassen wir hier. Keine Sorge, ich habe ihnen schon gesagt, daß nicht geschossen werden soll. Wir beide gehen rauf und erledigen die Sache.«

Neben der Garage führten steile Stufen zum Haus hinauf.

»Okay. Du gehst vorne rein, ich komme von hinten.«

»Nein, nein«, sagte Graham. »Ich will dich bei mir haben, Kumpel. Er ist doch nicht gefährlich, oder?«

Eine Frau ging oben am Fenster vorbei. Man sah nur die Umrisse. Sie war offenbar nackt. »Ich glaube nicht.«

»Okay, dann bringen wir's hinter uns.«

Wir stiegen hintereinander die Stufen hinauf. Frank Sinatra sang »My Way«. Wir hörten Frauenlachen. Es klang, als seien es mehr als eine. »Mensch, hoffentlich liegt auch ein bißchen Stoff herum«, sagte Graham.

Ich hielt das sogar für ziemlich wahrscheinlich. Wir waren oben angekommen und duckten uns, um nicht durchs Fenster gesehen zu werden.

Das Haus hatte eine schwere, schmiedeeisenbeschlagene Tür. Graham blieb stehen. Ich ging ein paar Schritte in Richtung Garten, sah aber nur ein grünlich beleuchtetes Schwimmbecken. Wahrscheinlich führte eine hintere Tür zum Pool. Ich versuchte, mich zu orientieren.

Graham klopfte mir auf die Schulter. Wir gingen zur Haustür zurück. Graham drückte vorsichtig die Klinke. Es war nicht abgeschlossen. Er holte seinen Revolver hervor und sah mich an. Auch ich nahm meine Waffe zur Hand.

Er blieb stehen und hielt drei Finger in die Höhe. Bei drei geht's los.

Graham stieß die Tür mit dem Fuß auf, betrat leicht geduckt das

Haus und rief: »Halt, Polizei! Stehenbleiben!« Noch bevor ich im Wohnzimmer war, hörte ich die Frauen kreischen.

Es waren zwei, beide völlig nackt. Sie liefen im Zimmer herum und schrien wie am Spieß: »Eddie! Eddie!« Eddie war nicht da.
Graham brüllte: »Wo ist er? Wo ist Eddie Sakamura?«
Die Rothaarige griff nach einem Couchkissen, um sich zu bedekken, und rief: »Raus hier, du Wichser!« Dann schleuderte sie das Kissen nach Graham.
Das andere Mädchen, eine Blondine, rannte mit einem gellenden Schrei ins Schlafzimmer. Wir folgten ihr. Die Rothaarige warf uns noch ein Kissen hinterher.
Im Schlafzimmer fiel die Blonde zu Boden und heulte vor Schmerz auf. Graham beugte sich mit gezücktem Revolver über sie. »Nicht schießen!« rief sie. »Ich mache doch nichts!«
Graham packte sie am Fußgelenk. Sie krümmte und wand sich, nackt wie sie war, völlig hysterisch. »Wo ist Eddie?« fragte Graham. »Wo ist er?«
»Bei einem Treffen!« winselte das Mädchen.
»Wo?«
»Bei einem Treffen!« Sie warf sich herum und kickte Graham mit dem anderen Bein in die Eier.
»Ah – verdammt!« Graham ließ das Mädchen los und plumpste hustend in einen Sessel. Ich ging ins Wohnzimmer zurück. Die Rothaarige trug jetzt Stöckelschuhe, aber mehr auch nicht.
»Wo ist er?« fragte ich.
»Ihr Scheißkerle! Ihr dreckigen Scheißkerle!«
Ich ging an ihr vorbei zu einer Tür in der gegenüberliegenden Wand; sie war zugesperrt. Die Rothaarige kam angelaufen und hämmerte mit den Fäusten auf meinen Rücken. »Laßt ihn in Ruhe! Ihr sollt ihn in Ruhe lassen!« Ich versuchte, die Tür zu öffnen, während das Mädchen mich schlug. Ich glaubte, dahinter Stimmen zu hören.
Im nächsten Augenblick warf sich Graham mit seiner ganzen Masse gegen die Tür, so daß das Holz splitterte. Die Tür ging auf. Wir standen in der Küche, die nur vom grünen Schein der Pool-

Lampen beleuchtet war. Der Raum war leer. Die Tür zum Garten stand offen.
»Scheiße!«
Inzwischen war mir die Rothaarige auf den Rücken gesprungen und umklammerte mit den Beinen meine Hüften. Sie zog mich an den Haaren und beschimpfte mich obszön. Ich wirbelte ein paarmal herum, um sie loszuwerden. Es war ein seltsamer Augenblick – mitten im größten Chaos dachte ich: Sei vorsichtig, tu ihr nicht weh! Denn es hätte sich nicht gerade gut gemacht. Wenn ein junges Mädchen sich den Arm oder ein paar Rippen brach, würde es nach einem brutalen Polizeieinsatz aussehen, obwohl sie gerade dabei war, mir sämtliche Haare mitsamt den Wurzeln auszureißen. Sie biß mich ins Ohr, was unglaublich weh tat. Schließlich ließ ich mich mit dem Rücken gegen die Wand fallen. Sie bekam keine Luft mehr, gab einen Grunzlaut von sich und ließ mich los.
Ich blickte aus dem Fenster und sah eine dunkle Gestalt die Stufen hinunterrennen. Graham sah es auch.
»Scheiße!« Er lief los. Ich hinterher. Aber das Mädchen hatte mir wohl ein Bein gestellt, denn ich knallte auf den Boden. Als ich wieder stand, hörte ich die Sirenen der Streifenwagen und Motorengeräusche.
Dann war ich draußen und lief die Stufen hinab, ungefähr zehn Meter hinter Graham. Eddie preschte in seinem Ferrari rückwärts aus der Garage, ließ den Gang knirschen und düste die Straße hinunter.
Die beiden Streifenwagen nahmen sofort die Verfolgung auf. Graham lief zu seinem Auto. Er war schon eingestiegen, während ich noch zu meinem Wagen lief, der weiter hinten stand. Als er an mir vorbeifuhr, sah ich sein grimmiges, wütendes Gesicht.
Ich stieg in meinen Wagen und fuhr ihm nach.

In den Bergen kann man nicht schnell fahren und gleichzeitig telefonieren. Ich versuchte es gar nicht erst. Ich lag schätzungsweise einen halben Kilometer hinter Graham zurück, er seinerseits befand sich ein ziemliches Stück hinter den beiden Streifenwagen. Als ich unten an der Überführung anlangte, sah ich die blitzenden Rotlichter über den Freeway 101 rasen. Ich mußte wenden und ein Stück zurückfahren, um die Auffahrt unter dem Mulholland Drive zu erreichen. Dann reihte ich mich in den Richtung Süden fließenden Verkehr ein.

Als es immer langsamer voranging, befestigte ich mein Blinklicht auf dem Wagendach und fuhr auf der rechten Pannenspur weiter. Den Betonwall erreichte ich etwa dreißig Sekunden nachdem der Ferrari mit hundertsechzig Stundenkilometern frontal gegen ihn gerast war. Bei dem Aufprall mußte der Benzintank explodiert sein, denn die Flammen schossen zehn, fünfzehn Meter in die Höhe. Die Hitze war kaum zu ertragen. Es sah fast so aus, als würden die Bäume oben auf dem Hügel Feuer fangen. Es war völlig unmöglich, auch nur in die Nähe des in sich zusammengeschobenen Autowracks zu gelangen.

Dann trafen der erste Löschzug und drei weitere Streifenwagen ein. Sirenengeheul hing in der Luft, und überall zuckten die Alarmlichter.

Ich fuhr mein Auto ein Stück zurück, um Platz für die Feuerwehrwagen zu machen. Dann ging ich zu Graham hinüber. Er rauchte eine Zigarette, während die Feuerwehrleute den Unfallwagen mit Schaum zu besprühen begannen.

»So eine verdammte Kacke!«

»Warum haben ihn sich die Jungs, die draußen warteten, nicht gegriffen, als er in der Garage war?«

»Weil ich ihnen gesagt hatte, daß sie nicht auf ihn schießen sollen. Und wir waren nicht da. Sie versuchten gerade zu entscheiden, was sie tun sollten, da ist er davongebraust.« Er schüttelte den Kopf. »Wird ziemlich mies aussehen im Bericht.«

»Aber immer noch besser, als wenn du ihn erschossen hättest«, sagte ich.

»Kann sein.« Er drückte mit dem Fuß seine Zigarette aus.

Die Feuerwehrleute hatten die Flammen erstickt. Der Ferrari war nur mehr eine rauchende, wie eine Ziehharmonika zusammengepreßte Masse. Ein stechender Geruch hing in der Luft.

»Tja«, sagte Graham, »hier können wir nichts mehr tun. Ich fahre

noch mal zu seinem Haus hinauf – nachsehen, ob diese Mädchen noch da sind.«
»Brauchst du mich noch?«
»Nein, du kannst heimfahren. Morgen ist auch noch ein Tag. Scheiße! Das gibt wieder einen Papierkrieg ohne Ende.« Er sah mich an. Dann sagte er zögerlich: »Wir sind uns doch einig, was den Ablauf hier betrifft?«
»Ja, klar, Mensch!«
»Wir hatten keine andere Möglichkeit, jedenfalls soweit ich es sehe.«
»Genau«, sagte ich. »So was passiert eben.«
»Okay, Alter! Wir sehen uns morgen!«
»Gute Nacht, Tom!«
Wir stiegen in unsere Wagen.
Ich fuhr heim.

Mrs. Ascenio schlief laut schnarchend auf dem Sofa. Es war dreiviertel vier. Ich ging auf Zehenspitzen an ihr vorbei und warf einen Blick in Michelles Zimmer. Meine Tochter lag auf dem Rücken, die Ärmchen über dem Kopf; die Bettdecke hatte sie weggestrampelt, und ein Fuß hing zwischen den Gitterstäben heraus. Ich deckte sie fest zu und ging in mein Zimmer.
Der Fernseher lief noch. Ich schaltete ihn aus, nahm die Krawatte ab und setzte mich aufs Bett, um die Schuhe abzustreifen. Plötzlich merkte ich, wie müde ich war. Ich zog Jackett und Hose aus und warf beides auf den Fernseher. Dann legte ich mich auf den Rücken und dachte, daß ich auch das Hemd ausziehen sollte; es war verschwitzt und dreckig und klebte mir geradezu am Körper.
Nur für einen Moment schloß ich die Augen und ließ den Kopf aufs Kissen sinken. Dann spürte ich einen stechenden Schmerz – irgend etwas zerrte an meinen Lidern. Ich hörte ein zwitscherndes Geräusch und dachte einen alptraumhaften Moment lang, Vögel würden mir die Augen aushacken.

Jemand sagte: »Mach die Augen auf, Daddy! Mach die Augen auf!« Es war meine Tochter, die mir mit spitzen Fingern die Lider zu heben versuchte.

»Uaaah.« Ich rollte mich zur Seite und begrub das Gesicht im Kissen.

»Daddy? Mach die Augen auf! Mach doch die Augen auf, Daddy!«

»Daddy ist erst ganz spät nach Hause gekommen«, brummte ich. »Daddy ist müde.«

Ihr war das egal. »Daddy, mach die Augen auf! Machst du jetzt die Augen auf! Mach endlich die Augen auf!«

Ich wußte, daß sie das so lange wiederholen würde, bis ich entweder durchdrehte oder aber die Augen öffnete. Ich wälzte mich auf den Rücken und hustete. »Daddy ist noch müde, Shelly. Schau doch mal nach, was Mrs. Ascenio macht!«

»Daddy, mach die Augen auf!«

»Kannst du Daddy nicht noch eine Weile schlafen lassen? Daddy will heute ein bißchen länger schlafen.«

»Es ist Tag, Daddy. Mach die Augen auf! Mach die Augen auf!«

Ich öffnete die Augen. Sie hatte recht. Es war Tag.

Mist!

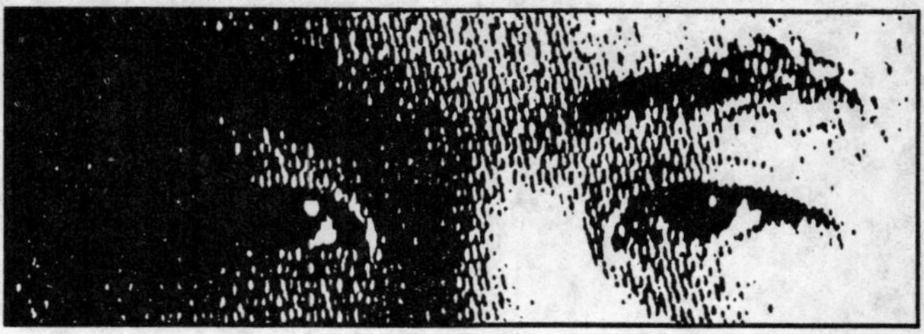

Der zweite Tag

»Iß deine Pfannkuchen!«
»Ich will nichts mehr.«
»Nur noch einen Bissen, Shelly!« Das Sonnenlicht strömte durchs Küchenfenster. Ich gähnte. Es war sieben Uhr morgens.
»Kommt Mommy heute?«
»Lenk nicht ab! Komm, Shel, nur noch einen einzigen Bissen, ja?« Wir saßen an ihrem Kindertisch in der Küchenecke. Manchmal bringe ich sie dazu, an dem kleinen Tisch etwas zu essen, wenn sie am großen nichts essen will. Aber heute hatte ich nicht viel Glück damit. Michelle blickte mich unverwandt an.
»Kommt Mommy heute?«
»Ich glaube schon, aber ich weiß es nicht genau.« Ich wollte sie nicht enttäuschen. »Wir müssen noch warten, bis sie anruft.«
»Fährt Mommy wieder woanders hin?«
»Vielleicht«, sagte ich. Ich überlegte, was »woanders hinfahren« wohl für eine Zweijährige bedeutete, was sie sich darunter vorstellte.
»Fährt sie mit Onkel Rick weg?«
Wer ist Onkel Rick? Ich hielt Michelle die Gabel vor den Mund.
»Ich weiß nicht, Shel. Jetzt komm, mach den Mund auf! Nur noch einen Bissen!«
»Er hat ein neues Auto«, sagte Michelle feierlich nickend, wie immer, wenn sie mir wichtige Neuigkeiten erzählte.
»Ah, wirklich?«
»Mhm. Ein schwarzes.«
»Ach so. Und was für ein Auto ist das?«
»Zedes.«
»Ein Sedes?«
»Nein, Zedes.«
»Du meinst, einen Mercedes?«
»Mhm. Einen schwarzen.«
»Das ist fein.«
»Wann kommt Mommy?«

»Noch einen Bissen, Shel!«
Sie öffnete den Mund, und ich rückte mit der Gabel vor, aber im allerletzten Augenblick wandte Michelle den Kopf zur Seite und machte einen Schmollmund. »Nein, Daddy!«
»Na gut. Ich geb's auf.«
»Ich habe keinen Hunger, Daddy.«
»Das sehe ich.«
Mrs. Ascenio räumte noch die Küche auf, bevor sie in ihre eigene Wohnung zurückging. In einer Viertelstunde würde meine Haushälterin Elaine kommen, um Michelle zum Kindergarten zu bringen. Ich mußte das Kind noch anziehen. Ich stellte gerade Michelles Teller mit den Pfannkuchen in die Spüle, als das Telefon klingelte. Es war Ellen Farley, die Pressedame des Bürgermeisters.
»Siehst du es dir gerade an?«
»Was denn?«
»In den Nachrichten, Kanal sieben. Die bringen gerade den Unfall.«
»Wirklich?«
»Ruf mich zurück!« sagte sie.
Ich ging ins Schlafzimmer und schaltete den Fernseher ein. Gerade sagte jemand: »...eine rasante Verfolgungsjagd auf dem Hollywood-Freeway in südlicher Richtung, der damit endete, daß der Verdächtige mit seinem Ferrari gegen die Mauer der Vine-Street-Überführung unweit der Hollywood Bowl prallte. Zeugen berichten, der Wagen sei mit einer Geschwindigkeit von über hundertsechzig Stundenkilometern gegen den Betonwall gerast und sofort in Flammen aufgegangen. Obwohl die Feuerwehr umgehend eintraf, konnte der Fahrer nur noch als Leiche aus dem Wrack geborgen werden. Der Tote war so stark verbrannt, daß seine Brillengläser geschmolzen waren. Der für die Verfolgungsjagd verantwortliche Officer, Detective Tom Graham, sagt, der Fahrer, Mr. Edward Sakamura, sei in Zusammenhang mit dem mutmaßlichen Mord an einer Frau in der Innenstadt gesucht worden. Freunde von Sakamura äußern heute jedoch Zweifel an dieser Darstellung und behaupten, das rigorose Vorgehen der

Polizei habe den Verdächtigen in Panik geraten lassen und zur Flucht getrieben. Es wird geprüft, ob der Vorfall einen rassistischen Hintergrund hat. Derzeit ist noch nicht klar, ob die Polizei Mr. Sakamura den Mord zur Last legen wollte oder nicht. Es war dies die dritte Verfolgungsjagd auf dem Freeway 101 innerhalb von zwei Wochen. Erste Zweifel an der Angemessenheit des Vorgehens der Polizei wurden laut, als eine Frau aus Compton im Januar bei einer solchen Verfolgungsjagd ums Leben kam. Weder Detective Graham noch sein Kollege Lieutenant Peter J. Smith standen bisher für ein Interview zur Verfügung. Wir warten im Augenblick noch auf Informationen darüber, ob die beiden Officers eine Disziplinarstrafe erhalten oder vom Dienst suspendiert werden.«

Mein Gott!

»Daddy…«

»Gleich, Shel!«

Man sah, wie das zusammengedrückte, rauchende Autowrack vom Seitenstreifen des Highway auf einen Tieflader gehievt wurde. An der Stelle, wo der Wagen gegen die Betonwand geprallt war, blieb ein schwarzer Fleck zurück.

Dann wurde ins Studio zurückgeschaltet. Die Nachrichtenmoderatorin blickte in die Kamera und sagte: »Aus anderen Quellen hat KNBC erfahren, daß zwei Officers Mr. Sakamura gestern abend im Zusammenhang mit dem Mordfall befragt, jedoch nicht festgenommen haben. Captain John Connor und Lieutenant Smith werden sich wahrscheinlich einer dienstlichen Überprüfung unterziehen müssen; dabei dürfte es um die Frage gehen, ob sie gegen bestimmte Dienstvorschriften verstoßen haben. Die gute Nachricht lautet: Die Behinderungen auf dem Freeway 101 für den Verkehr in Richtung Süden sind beseitigt. Und jetzt zu Ihnen, Bob…«

Ich starrte wie gelähmt auf den Bildschirm. Dienstliche Überprüfung?

Das Telefon läutete. Es war wieder Ellen Farley. »Hast du das gehört?«

»Ja. Ich komme nicht mit. Was soll das alles, Ellen?«

»Es stammt nicht aus dem Büro des Bürgermeisters, wenn du das wissen willst. Aber die japanische Kolonie war schon vorher alles andere als glücklich mit Graham. Sie halten ihn für einen Rassisten. Sieht ganz so aus, als wäre er ihnen direkt ins Messer gerannt.«
»Ich war doch dabei! Graham hat völlig korrekt gehandelt.«
»Ja, ich weiß, daß du dabei warst, Pete. Unglücklicherweise, muß ich sagen. Hoffentlich hast du nicht dieselben Fehler gemacht.«
»Graham hat korrekt gehandelt«, wiederholte ich.
»Hörst du mir überhaupt zu, Pete?«
»Was soll das mit der Suspendierung und der Überprüfung?«
»Ich habe gerade eben zum erstenmal davon gehört«, sagte Ellen. »Aber das ist eine interne Sache, das kommt aus dem Polizeipräsidium selbst. Übrigens – ist das wahr? Habt ihr, du und Connor, gestern abend mit Sakamura gesprochen?«
»Ja.«
»Und ihn nicht verhaftet?«
»Nein. Wir hatten zu diesem Zeitpunkt noch keinen hinreichenden Verdacht gegen ihn. Erst später.«
»Glaubst du wirklich, daß er den Mord begangen hat?« fragte Ellen.
»Ich weiß, daß er ihn begangen hat. Wir haben das Ganze auf Video.«
»Auf Video? Ist das dein Ernst?«
»Ja. Der Mord wurde von einer der Überwachungskameras im Nakamoto-Tower aufgenommen.«
Sie schwieg eine Weile. »Ellen?« fragte ich.
»Hör mal zu – aber das bleibt unter uns, klar?«
»Ja, klar.«
»Ich weiß nicht, was da vor sich geht, Pete. Ich kapiere das einfach nicht.«
»Warum hast du mir gestern abend nicht gesagt, wer das Mädchen ist?«
»Das tut mir leid. Ich mußte mich um so vieles kümmern.«
»Ellen!«

Sie schwieg. Dann sagte sie: »Pete, dieses Mädchen ist ziemlich rumgekommen. Die kannte eine Menge Leute.«
»Auch den Bürgermeister?«
Schweigen.
»Wie gut kannte sie ihn?«
»Hör zu«, sagte Ellen, »sagen wir einfach, sie war ein hübsches Mädchen, und sie kannte viele Leute in dieser Stadt. Ich persönlich hielt sie für ausgesprochen labil, aber sie sah gut aus und hatte eine unglaubliche Wirkung auf Männer. Du hättest das mal sehen müssen! Jetzt haben wir den Schlamassel. Hast du heute schon einen Blick in die *Times* geworfen?«
»Nein.«
»Dann schau mal rein! Ich an deiner Stelle würde mich in den nächsten Tagen absolut korrekt verhalten. Sei ein Polizist wie aus dem Bilderbuch! Und sei auf der Hut, ja?«
»Okay. Danke, Ellen!«
»Bedank dich nicht, ich habe gar nicht angerufen.« Plötzlich klang ihre Stimme weicher. »Paß auf dich auf, Peter!«
Dann hörte ich nur noch ein Knacken.
»Daddy?«
»Einen Augenblick, Shel.«
»Darf ich Zeichentrickfilme anschauen?«
»Klar, mein Liebling.«
Ich schaltete auf einen Sender, der Zeichentrickfilme brachte, und ging in den Flur. Dort öffnete ich die Eingangstür und hob die *Times* vom Fußabstreifer auf. Es dauerte eine Weile, bis ich den Artikel gefunden hatte; er stand auf der letzten Seite des Lokalteils.

POLIZEI WIRD RASSISTISCHES VERHALTEN BEI
JAPANISCHEM FEST VORGEWORFEN

Ich überflog den ersten Absatz. Japanische Vertreter der Nakamoto Corporation hatten sich über das »instinktlose und unsensible« Verhalten der Polizei beschwert, durch das die Eröffnungs-Fete mit den vielen Stars im neuen Wolkenkratzer an der Figueroa Street stark beeinträchtigt worden sei. Einer der Repräsentanten von Nakamoto äußerte die Ansicht, das Vorgehen der Polizei habe »rassistische Gründe«. Ein Sprecher sagte: »Wir glauben, daß sich die Polizei in Los Angeles anders benehmen würde, wenn es sich nicht um eine japanische Firma handelte. Die Vorgehensweise der Polizei ist der Beweis dafür, daß Japaner von den amerikanischen Behörden anders behandelt werden als Amerikaner.« Mr. Hiroshi Ogura, Vorstandsvorsitzender von Nakamoto, hatte an dem Eröffnungsempfang, bei dem Stars wie Madonna und Tom Cruise erschienen waren, ebenfalls teilgenommen, war jedoch nicht zu einem Kommentar über den Vorfall bereit. Ein Sprecher erklärte: »Mr. Ogura ist zutiefst darüber empört, daß das aggressive Vorgehen der Behörden die Festivität gestört hat, und bedauert den unangenehmen Zwischenfall außerordentlich.« Zeugen berichteten, Bürgermeister Thomas habe eine Mitarbeiterin zu Verhandlungen mit der Polizei geschickt, allerdings erfolglos. Die Polizei habe ihr Verhalten nicht geändert, obwohl der für Japaner zuständige Kontakt-Officer, Lieutenant Peter Smith, anwesend gewesen sei, zu dessen Aufgaben es gehöre, heikle Situationen, in die Angehörige verschiedener Nationalitäten verwickelt sind, zu entschärfen... Und so weiter.

Man mußte ganze vier Absätze hinter sich bringen, bis man erfuhr, daß ein Mord begangen worden war. Dieses spezielle Detail schien fast unwichtig zu sein.

Ich warf einen Blick auf den Vorspann. Der Bericht stammte vom City News Service, war also ohne Nennung eines Verfassers.

Ich war so wütend, daß ich beschloß, einen alten Bekannten bei der *Times*, Kenny Shubik, anzurufen. Ken war der Chefreporter des Lokalteils. Er war schon seit einer Ewigkeit bei der Zeitung und wußte alles, was in der Stadt vorging. Weil es erst acht Uhr morgens war, rief ich ihn unter seiner Privatnummer an.

»Ken? Hier spricht Peter Smith.«

»Ach, hallo«, sagte er. »Gut, daß du meine Nachricht erhalten hast.«

Im Hintergrund hörte ich die Stimme eines jungen Mädchens: »Ach, komm, Dad! Warum darf ich denn nicht hingehen?«

Ken sagte: »Jennifer, laß mich bitte in Ruhe telefonieren!«
»Welche Nachricht?« fragte ich.
»Ich habe dich gestern nacht angerufen, weil ich fand, daß du es sofort erfahren solltest. Offenbar hat er einen heißen Tip bekommen. Aber hast du eine Ahnung, was dahintersteckt?«
»Hinter was denn?« Ich wußte nicht, wovon er sprach. »Tut mir leid, Ken, ich habe deine Nachricht nicht erhalten.«
»Wirklich? Ich hab' dich gestern gegen halb zwölf angerufen. Das Mädchen in eurer Zentrale sagte, du seist in einem Mordfall unterwegs, aber du hättest Autotelefon. Ich sagte ihr, daß es wichtig sei, und daß du mich, wenn nötig, daheim anrufen kannst. Ich dachte mir nämlich, daß es dich interessiert.«
Das Mädchen im Hintergrund sagte: »Dad, jetzt sag schon! Ich muß doch überlegen, was ich anziehen soll!«
»Verdammt noch mal, Jennifer!« schimpfte Ken. »Gib endlich Ruhe!« Zu mir sagte er: »Du hast doch auch eine Tochter, oder?«
»Ja«, antwortete ich, »aber die ist erst zwei.«
»Du wartest jetzt einen Augenblick!« sagte Ken. »Also, Pete, du hast meine Nachricht tatsächlich nicht erhalten?«
»Nein. Ich rufe wegen etwas anderem an, und zwar wegen der Story, die heute in der Zeitung steht.«
»Welche Story?«
»Der Artikel über die Nakamoto-Party auf Seite acht, über das ›instinktlose‹ und ›rassistische‹ Verhalten der Polizei.«
»Also, ich wußte gar nicht, daß wir gestern eine Nakamoto-Story ins Blatt gesetzt haben. Ich weiß, daß Jody darüber berichten sollte, aber es stand fest, daß das erst in der morgigen Ausgabe erscheinen soll. Über die Japaner schreiben jetzt die besten Leute. Aber gestern hatte Jeff darüber im Lokalteil nichts vorgesehen.«
Jeff war der Chef des Lokalteils. »Aber in der heutigen Ausgabe steht ein Bericht über den Mord«, sagte ich.
»Über welchen Mord?« Seine Stimme klang irgendwie komisch.
»Gestern abend ist im Nakamoto-Gebäude ein Mord verübt worden. Gegen halb neun. Ein Gast wurde umgebracht.«
Am anderen Ende der Leitung herrschte Schweigen. Ken mußte

das Ganze offenbar erst einmal auf die Reihe bekommen. Schließlich fragte er: »Hast du mit dem Fall zu tun?«

»Das Morddezernat hat mich als Kontaktmann hinbeordert.«

»Hmm. Also, hör mal zu: Ich fahre jetzt in die Redaktion und schaue, was ich darüber in Erfahrung bringen kann. In einer Stunde reden wir weiter. Gib mir alle Nummern, unter denen du zu erreichen bist, damit ich dich direkt anrufen kann!«

»Okay.«

Er räusperte sich. »Hör zu, Pete, ganz unter uns: Bist du in Schwierigkeiten?«

»In was für Schwierigkeiten, beispielsweise?«

»Zum Beispiel irgendwas mit Sex, oder daß du dein Bankkonto überzogen hast. Oder vielleicht hast du ein falsches Einkommen angegeben... irgend etwas, das ich wissen sollte. Als dein Freund.«

»Nein«, sagte ich.

»Ich brauche keine Einzelheiten, aber wenn es irgend etwas gibt, das nicht ganz in Ordnung ist...«

»Da gibt es nichts, Ken.«

»Wenn ich mich nämlich für dich einsetzen soll, will ich nicht plötzlich bemerken müssen, daß ich in einen Scheißhaufen getreten bin.«

»Was ist eigentlich los, Ken?«

»Ich will im Augenblick keine Einzelheiten erörtern. Aber das eine kann ich dir schon jetzt sagen: Irgend jemand will dir verdammt hart an die Eier.«

»Daddy«, sagte das Mädchen, »das ist ja widerlich!«

»Du sollst ja auch nicht zuhören – Pete?«

»Ja«, sagte ich. »Ich bin noch dran.«

»Ruf mich in einer Stunde an!«

»Bist ein echter Kumpel, Ken. Ich bin dir sehr dankbar.«

»Hast auch allen Grund dazu.«

Er legte auf.

Ich blickte mich in der Wohnung um. Alles sah aus wie immer. Die Morgensonne schien herein. Michelle saß in ihrem Lieblingssessel und schaute sich daumenlutschend Trickfilme an. Und doch wirkte alles plötzlich völlig verändert. Es war geradezu unheimlich. Es war, als stünde alles auf dem Kopf.

Aber ich mußte an die Arbeit. Es wurde schon spät; Michelle mußte angezogen werden, bevor Elaine kam und sie zum Kindergarten brachte. Ich sagte es ihr. Sie begann zu weinen. Ich schaltete den Fernseher aus. Sie warf sich auf den Boden, trat mit den Beinen nach mir und brüllte: »Nein. Daddy! Trickfilme, Daddy!«

Ich hob sie auf, um sie in ihr Zimmer zu tragen. Sie schrie aus voller Kehle. Das Telefon klingelte wieder. Diesmal war es der Disponent meines Dezernats.

»Guten Morgen, Lieutenant. Ich habe hier einige Mitteilungen für Sie.«

»Ich hole mir was zu schreiben«, sagte ich und ließ Michelle auf den Boden gleiten. Sie brüllte noch lauter. Ich sagte: »Kannst du bitte die Schuhe heraussuchen, die du heute tragen willst?«

»Klingt, als würde bei Ihnen einer abgestochen«, sagte der Disponent.

»Sie will sich nicht für den Kindergarten anziehen.«

Michelle zog mich am Bein. »Nein, Daddy. Nicht in den Kindergarten, Daddy!«

»Doch in den Kindergarten«, erwiderte ich streng. Sie schrie weiter. »Es kann losgehen«, sagte ich in die Sprechmuschel hinein.

»Also, um dreiundzwanzig Uhr einundvierzig gestern abend kam ein Anruf von Ken Subotik oder Subotnick von der *L. A. Times*, Sie möchten ihn zurückrufen. Die Nachricht lautet: ›Das Wiesel ist hinter dir her.‹ Er sagte, Sie wüßten, was das heißt. Sie können ihn daheim anrufen. Haben Sie seine Nummer?«

»Ja.«

»Okay. Um ein Uhr zweiundvierzig heute früh kam ein Anruf von einem Mr. Eddie Saka..., sieht aus wie Sakamura. Er sagte, es sei dringend, sie sollen ihn bitte unter seiner Privatnummer, 555-8434, anrufen. Es geht um das verschwundene Band. Okay?«

Scheiße.

»Wann kam dieser Anruf?« fragte ich.
»Um ein Uhr zweiundvierzig. Der Anruf wurde an die Bezirkszentrale weitergeleitet, und die wußten wahrscheinlich nicht, wo Sie sich gerade aufhielten. Waren Sie in der Gerichtsmedizin, oder was?«
»Ja, genau.«
»Tut mir leid, Lieutenant, aber sobald Sie aus Ihrem Wagen ausgestiegen sind, müssen wir die entsprechenden Zwischenstellen einschalten.«
»Schon gut. Sonst noch was?«
»Um sechs Uhr dreiundvierzig hinterließ Captain Connor eine Piepser-Nummer, die Sie anrufen sollen. Er sagte, daß er heute vormittag beim Golfspielen sein wird.«
»Okay.«
»Und um zehn nach sieben erreichte uns ein Anruf von Robert Woodson, einem Mitarbeiter von Senator Morton. Senator Morton möchte Sie und Captain Connor heute um dreizehn Uhr im Los Angeles Country Club treffen. Er bat darum, daß Sie zurückrufen und Ihr Kommen bestätigen. Ich habe Sie zu erreichen versucht, aber Ihr Anschluß war besetzt. Rufen Sie den Senator an?«
Ich sagte ja und bat den Disponenten, Connor für mich auf dem Golfplatz ausfindig zu machen und ihm sagen zu lassen, er solle mich in meinem Wagen anrufen.
Ich hörte, daß die Wohnungstür geöffnet wurde. Elaine kam herein. »Guten Morgen!« sagte sie.
»Shelly ist leider noch nicht angezogen.«
»Macht nichts. Ich erledige das. Um wieviel Uhr holt Mrs. Davis sie ab?«
»Ich weiß es noch nicht.«
Elaine erlebte diese Situation nicht zum erstenmal. »Komm, Michelle, wir suchen jetzt deine Kleider für heute heraus. Du mußt in den Kindergarten.«
Ich sah auf meine Armbanduhr und wollte mir gerade noch einen Kaffee holen, als das Telefon schon wieder klingelte. »Lieutenant Peter Smith, bitte.«
Es war der stellvertretende Leiter unseres Dezernats, Jim Olson.

»Hi, Jim!«
»Guten Morgen, Pete.« Es klang freundlich. Aber Jim Olson rief nie jemanden vor zehn Uhr morgens an, wenn es nicht irgendein großes Problem gab. »Sieht ganz so aus, als wären wir da in ein Schlangennest getreten. Haben Sie schon die Zeitung gelesen?«
»Ja.«
»Und zufälligerweise auch die Frühnachrichten gesehen?«
»Teilweise.«
»Der Chef hat mich angerufen und aufgefordert, den Schaden möglichst zu begrenzen. Ich wollte mich erst mal nach Ihrer Meinung erkundigen, bevor ich irgendwelche Ratschläge erteile. Okay?«
»Okay.«
»Ich habe gerade mit Tom Graham telefoniert. Er gibt zu, daß die Sache gestern nacht total danebenging. Da hat sich keiner mit Ruhm bekleckert.«
»Ja, das sehe ich auch so.«
»Zwei nackte Miezen stellen sich zwei kräftigen Polizisten in den Weg und verhindern die Festnahme eines Verdächtigen – trifft es das ungefähr?«
Es klang zu lächerlich. »Sie hätten dabeisein müssen, Jim.«
»Nun ja. *Eine* gute Nachricht habe ich wenigstens für Sie: Ich habe überprüfen lassen, ob die Vorschriften eingehalten wurden, und offensichtlich ist das der Fall. Wir verfügen über Computeraufzeichnungen und über Aufnahmen von Gesprächen über Autotelefon, die beweisen, daß alles seinen üblichen Gang genommen hat, Gott sei's gedankt! Nicht mal geflucht habt ihr. Wenn diese Typen noch mehr aufdrehen, können wir den Medien das Bandmaterial aushändigen. In dieser Hinsicht kann uns also nichts passieren. Aber Sakamuras Tod ist natürlich sehr ungünstig.«
»Ja.«
»Graham fuhr zurück, um die Mädchen zu holen, aber es war niemand mehr im Haus. Die Mädchen waren weg.«
»Verstehe.«
»Hat denn in dem ganzen Chaos keiner die Namen der Mädchen in Erfahrung gebracht?«

»Nein, leider nicht.«
»Wir haben also keine Zeugen der Vorfälle im Haus selbst. Das ist ein heikler Punkt für uns.«
»Hmm.«
»Sie schneiden Sakamuras Leiche heute vormittag aus dem Autowrack und bringen das, was noch übrig ist, in die Gerichtsmedizin. Graham meint, was ihn betrifft, ist der Fall geklärt. Ich habe gehört, daß es Videobänder gibt, die beweisen, daß Sakamura die Dame getötet hat. Graham sagt, er ist dabei, seinen Abschlußbericht anzufertigen. Beurteilen Sie die Sache genauso? Ist der Fall geklärt?«
»Ich glaube schon, Chef. Ja.«
»Dann können wir die Scheißangelegenheit ja zu den Akten geben. Die Japaner empfinden die Ermittlungen in Sachen Nakamoto als Belästigung und als aggressiv. Sie bestehen darauf, daß sie nicht eine Minute länger als nötig dauern. Wenn wir die Aktendeckel über dieser Sache schließen könnten, wäre das für alle eine große Erleichterung.«
»Von mir aus«, sagte ich. »Schließen wir die Aktendeckel!«
»Na gut, Pete. Ich werde mit dem Chef sprechen und sehen, ob wir einer Disziplinarmaßnahme zuvorkommen können.«
»Danke, Jim.«
»Machen Sie sich keine Sorgen! Wenn Sie mich fragen, ich sehe keinen Grund für ein Disziplinarverfahren – nicht, solange wir die Videos haben, auf denen Sakamura als Mörder zu sehen ist.«
»Ja, die haben wir.«
»Noch was zu diesen Videos«, sagte er. »Ich habe Marty gesagt, er soll mal im Schrank mit den Beweismitteln nachsehen, und er hat sie nicht finden können.«
Ich holte tief Luft und sagte: »Nein, die habe ich.«
»Sie haben sie gestern abend nicht in den Schrank gesperrt?«
»Nein. Ich wollte Kopien machen lassen.«
Er hüstelte. »Pete, es wäre wirklich besser, wenn Sie sich auch in diesem Punkt an die Bestimmungen halten.«
»Ich wollte doch Kopien machen lassen.«

»Ich sage Ihnen jetzt folgendes, Pete: Lassen Sie Ihre Kopien anfertigen, und legen Sie mir die Originale um zehn Uhr auf den Schreibtisch. Okay?«

»Okay.«

»Man kann doch Beweismaterial nicht so lange außerhalb des Schranks aufbewahren! Sie wissen ja, wie das ist.« Dann sagte er noch, er würde dies auf seine Kappe nehmen.

»Danke, Jim!«

»Danken Sie mir nicht! Ich habe nichts getan. Soweit ich weiß, sind die Bestimmungen eingehalten worden.«

»Gut.«

»Aber ganz im Vertrauen: Erledigen Sie es sofort! Ich kann die Sache ein paar Stunden vertuschen, aber irgend etwas geht hier vor. Ich weiß nur noch nicht genau, aus welcher Richtung es kommt. Also, lassen Sie Ihre Muskeln nicht allzusehr spielen, ja?«

»Ja, Jim. Bin schon unterwegs.«

Ich legte den Hörer auf und zog los, um Kopien anfertigen zu lassen.

Pasadena sah aus wie eine Stadt auf dem Boden eines Glases saurer Milch. Das Jet Propulsion Laboratory am Ortsrand schmiegte sich an die Ausläufer der Berge unweit der Rose Bowl. Aber nicht einmal jetzt, um halb neun am Morgen, gab der gelblichweiße Dunst den Blick auf die Berge frei.

Ich klemmte mir die Schachtel mit den Bändern unter den Arm, zeigte meine Marke vor, unterschrieb auf der Liste des Pförtners und schwor, ein amerikanischer Bürger zu sein. Der Mann schickte mich ins Hauptgebäude, das über einen Innenhof zu erreichen war.

Jahrzehntelang hatte das Jet Propulsion Laboratory als Kommandozentrale für amerikanische Raumfahrzeuge gedient, die den Jupiter und die Saturnringe fotografierten und die Bilder als Videoaufnahmen zur Erde zurücksandten. Im JPL waren die modernsten Videoverfahren entwickelt worden. Wenn irgend jemand die Bänder kopieren konnte, dann waren es diese Leute. Mary Jane Kelleher, die Pressedame, begleitete mich in den dritten Stock. Wir gingen einen hellgrün gestrichenen Korridor entlang, vorbei an mehreren offenen Türen, die zu leeren Büros führten. Ich machte eine Bemerkung darüber.

»Stimmt«, sagte sie nickend. »Wir haben einige gute Leute verloren, Peter.«

»Wo sind die hingegangen?« fragte ich.

»Meist in die Industrie. Wir haben immer wieder welche an IBM in Armonk oder an die Bell Labs in New Jersey verloren, aber diese Labors haben nicht mehr die beste Ausstattung und auch nicht mehr soviel Geld wie früher. Jetzt gehen viele unserer Mitarbeiter in die japanischen Forschungslabors, zu Hitachi in Long Beach beispielsweise oder zu Sanyo in Torrance oder zu Canon in Inglewood. Dort stellen sie jetzt viele amerikanische Wissenschaftler ein.«

»Habt ihr deswegen Probleme?«

»Klar. Ist doch allgemein bekannt, daß der beste Technologietransfer im Kopf eines Menschen vor sich geht. Aber was soll man dagegen unternehmen?« Sie hob die Schultern. »Forscher wollen forschen. Und Amerika engagiert sich nicht mehr so in Forschung und Entwicklung. Die Etats sind geschrumpft. Da ist es natürlich besser, für die Japaner zu arbeiten. Die zahlen gut, und die Wissenschaft steht bei ihnen in hohem Ansehen. Wenn man bei ihnen ein bestimmtes Gerät braucht, kriegt man es auch. Jedenfalls haben mir das meine Freunde erzählt. So, da wären wir.«

Sie führte mich in einen Raum, der mit Video-Equipment vollgestopft war: schwarze Geräte in Metallregalen und auf Metalltischen, Kabel quer über dem Fußboden, Monitoren und Videowände. Inmitten dieser Anhäufung von Geräten saß ein bärtiger Mann Anfang dreißig, Kevin Howzer. Auf dem Bildschirm vor ihm war ein Getriebe mit wechselnden Regenbogenfarben zu sehen. Sein Tisch war über und über mit leeren Cola-Dosen und Schokoriegelpapier bedeckt; offenbar hatte er die ganze Nacht durchgearbeitet.

»Kevin, hier ist Lieutenant Smith vom Police Department Los Angeles. Er hat ein paar ungewöhnliche Videobänder dabei, die kopiert werden müssen.«

»Nur kopiert?« Howzer wirkte enttäuscht. »Überhaupt keine Bearbeitung?«

»Nein, Kevin«, sagte Mary Jane. »Nichts dergleichen.«

»Na, kein Problem!«

Ich zeigte Howzer eine der Kassetten. Er drehte sie in der Hand hin und her und zuckte mit den Achseln. »Sieht aus wie ein ganz normales Acht-Millimeter-Band. Was ist denn drauf?«

»Japanisches High-Definition-TV.«

»HD also?«

»Ja, ich glaube schon.«

»Dürfte kein Problem sein. Haben Sie ein Wiedergabegerät dabei?«

»Ja.« Ich nahm den kleinen Videorecorder aus dem Karton und gab ihn ihm.

»Mensch, die machen wirklich tolle Sachen, was? Wunderschönes Gerät.« Kevin betrachtete die Tasten. »Ja, das ist High-Definition. Damit komme ich schon zurecht.« Er drehte den Recorder um und besah sich die Buchsen auf der Rückseite. Plötzlich runzelte er die Stirn. Er schwenkte die Schreibtischlampe näher zu sich und öffnete die Plastikklappe der Kassette, so daß man das Band sah. Es hatte einen leicht silbrigen Farbton. »Hoppla – haben diese Bänder irgendeine juristische Bedeutung?«

»Ja, allerdings.«

Er gab mir die Kassette zurück. »Tut mir leid. Ich kann sie nicht kopieren.«

»Warum denn nicht?«

»Sehen Sie diesen silbrigen Glanz? Das ist ein metalldampfbeschichtetes Band. Extrem hohe Dichte. Ich wette, das Format hier hat Datenkomprimierung und -dekomprimierung. Ich kann Ihnen keine Kopien machen, weil ich auf dieses Format nicht eingerichtet bin – ich habe keine Möglichkeit, das Signal so aufzubereiten, daß es wirklich lesbar ist. Ich kann Ihnen eine

Kopie machen, aber nicht garantieren, daß sie exakt ausfällt, weil ich nicht auf dieses Format eingerichtet bin. Wenn es sich also um eine gerichtliche Sache handelt – und so ist es ja offenbar –, dann müssen Sie die Bänder irgendwo anders kopieren lassen.«

»Wo denn, zum Beispiel?«

»Es könnte das neu patentierte D-Vier-Format sein. Wenn es das ist, dann können Sie es nur bei Hamaguchi kopieren lassen.«

»Hamaguchi?«

»Das Forschungslabor in Glendale, gehört Kawakami Industries. Die haben sämtliche Videogeräte, die es gibt.«

»Glauben Sie, die werden mir helfen?« fragte ich.

»Kopien zu machen? Klar. Ich kenne einen der Laborleiter, Jim Donaldson. Ich kann dort anrufen, wenn Sie wollen.«

»Das wäre super.«

»Kein Problem.«

Das Hamaguchi-Forschungsinstitut war ein unscheinbares Spiegelglas-Gebäude in einem Industriepark in Nord-Glendale. Ich trug meinen Karton in die Eingangshalle. Hinter dem glänzenden Empfangstisch sah ich ein Atrium, das an allen Seiten von Laborräumen mit getönten Glaswänden umrahmt war.

Ich fragte nach Dr. Jim Donaldson und setzte mich in einen Sessel. Während ich wartete, betraten zwei Männer in Anzügen die Eingangshalle, nickten der Empfangsdame freundlich zu, ließen sich auf der Couch mir gegenüber nieder und breiteten, ohne mich zu beachten, mehrere Hochglanzbroschüren auf dem Couchtisch aus.

»Schau mal«, sagte der eine, »das hier habe ich gemeint. Dieses Foto nehmen wir. Es rundet das Ganze ab.«

Ich schielte hinüber und sah ein Foto mit Wildblumen und schneebedeckten Berggipfeln.

Der Mann klopfte auf die Bilder. »Das sind die Rockies, mein Freund. Das ist echt amerikanisch. Ungemein verkaufsfördernd, kannst du mir glauben. Und es ist ja auch ein Wahnsinnsgrundstück.«

»Wie groß ist es gleich wieder?«

»Einhundertdreißigtausend Acres. Das größte Stück Land in Montana, das noch zu haben ist. Zehn mal zwanzig Kilometer erstklassiges Weideland am Fuß der Rockies – groß wie ein Nationalpark. Ein prächtiger Brocken, weitläufig, riesig. Allererste Qualität. Geradezu perfekt für eine japanische Unternehmensgruppe.«

»Haben sie schon gesagt, was sie zahlen wollen?«

»Noch nicht. Aber die Rancher sind ziemlich übel dran, weißt du. Zwar dürfen jetzt Ausländer Rindfleisch nach Japan exportieren, und dort kostet Rindfleisch auch um die zwanzig, zweiundzwanzig Dollar das Kilo, aber kein Mensch in Japan will amerikanisches Rindfleisch kaufen. Amerikanisches Rindfleisch würde im Hafen verrotten. Wenn sie aber ihre Anwesen an die Japaner verkaufen, dann kann das Fleisch exportiert werden, denn von Ranches mit japanischen Eigentümern werden die Japaner Fleisch kaufen. Mit ihren Landsleuten kommen sie gern ins Geschäft. Und überall in Montana und Wyoming sind schon viele Ranches verkauft worden. Die anderen Rancher sehen dort japanische Cowboys durch die Gegend reiten. Sie sehen, daß die Anwesen modernisiert werden, es werden neue Ställe gebaut, mit ganz modernen Geräten, weil im Handel mit Japan eben hohe Preise erzielt werden. Und die amerikanischen Rancher sind ja nicht dumm. Die sehen sehr wohl die Schrift an der Wand. Die wissen ganz genau, daß sie damit nicht konkurrieren können. Also verkaufen sie.«

»Aber was machen die amerikanischen Rancher dann?«

»Sie bleiben und arbeiten für die Japaner. Kein Problem. Schließlich brauchen die Japaner Leute, die ihnen die Viehwirtschaft beibringen. Und alle Leute auf den Ranches bekommen mehr Geld. Die Japaner sind sehr sensibel, wenn es um die Gefühle der Amerikaner geht. Sind überhaupt sensible Menschen.«

Der andere Mann sagte: »Ich weiß, aber es gefällt mir nicht. Die ganze Sache gefällt mir nicht.«

»Schön und gut, Ted. Aber was willst du dagegen unternehmen – deinem Kongreßabgeordneten schreiben? Die arbeiten doch sowieso alle für die Japaner. Die Japaner führen diese Ranches mit Zuschüssen der amerikanischen Regierung!« Sein Gesprächspartner nestelte an seiner goldenen Armkette herum und beugte sich zu seinem Gesprächspartner hinüber. »Hör mal, Ted, fangen wir nicht an zu moralisieren! Das kann ich mir nämlich nicht leisten – und du auch nicht. Wir reden hier von einer vierprozentigen Pauschale und von einem Gewinnanteil über fünf Jahre im Zusammenhang mit einem Siebenhundertmillionen-Verkauf. Behalten wir das mal im Blick, ja! Du persönlich kannst allein im ersten Jahr mit zwei Komma vier Millionen rechnen. Und fünf Jahre lang wird ausgezahlt. Verstanden?«

»Ich weiß. Aber es stört mich trotzdem.«

»Tja, Ted, ich glaube, wenn der Verkauf erst mal abgeschlossen ist, wird er dich nicht mehr stören. Es gibt da allerdings noch ein paar Einzelheiten zu erledigen...« In diesem Augenblick bemerkten die beiden offenbar, daß ich ihnen zuhörte. Sie standen auf und entfernten sich außer Hörweite. Ich bekam gerade noch mit, wie der eine etwas über »Garantien, mit denen der Bundesstaat Montana einverstanden ist«, sagte, woraufhin der andere gemächlich nickte. Der erste Mann gab ihm einen aufmunternden Knuff zwischen die Schultern.

»Lieutenant Smith?« Eine Frau stand neben meinem Sessel.

»Ja?«

»Ich bin Kristen, die Assistentin von Dr. Donaldson. Kevin vom JPL hat Sie telefonisch angekündigt. Er sagte, Sie bräuchten Hilfe bei irgendwelchen Videobändern.«

»Ja. Ich muß einige Bänder kopieren lassen.«

»Tut mir leid, aber ich war nicht da, als Kevin anrief. Eine Sekretärin war am Telefon, und sie hat das Ganze nicht recht verstanden.«

»Wie meinen Sie das?«

»Leider ist Dr. Donaldson im Augenblick nicht hier. Er hält heute vormittag einen Vortrag.«

»Ich verstehe.«

»Und ohne ihn ist es für uns schwierig im Labor.«
»Ich will nur ein paar Bänder kopieren lassen. Vielleicht kann mir ja irgend jemand im Labor helfen.«
»Normalerweise schon, aber heute dürfte das leider unmöglich sein.«
Es war die japanische Wand. Sehr freundlich, aber eine Wand. Ich seufzte. Wahrscheinlich war es einfach völlig unrealistisch gewesen zu erwarten, daß mir ein japanisches Institut helfen würde. Auch wenn es sich um etwas so Unspektakuläres wie das Kopieren von Videobändern handelte.
»Ich verstehe.«
»Heute vormittag ist überhaupt keine Fachkraft im Labor. Alle haben gestern bis spät in die Nacht an einem dringenden Projekt gearbeitet. Deshalb kommen heute alle später. Die Sekretärin wußte das nicht. Unsere Mitarbeiter kommen heute erst später. Was soll ich Ihnen noch sagen?«
Ich machte einen allerletzten Versuch. »Sie wissen ja, mein Chef ist der Polizeipräsident. Dies hier ist schon die zweite Stelle, an die ich mich heute wende. Es ist ihm wirklich sehr wichtig, daß diese Bänder so schnell wie möglich kopiert werden.«
»Ich würde Ihnen ja gerne helfen und Dr. Donaldson sicher auch. Wir haben schon öfter spezielle Sachen für die Polizei erledigt. Und ich bin überzeugt, daß wir jedes Band, das Sie haben, kopieren können. Aber nicht jetzt. Sie können sie gerne hierlassen...«
»Nein, das geht nicht.«
»Okay, ich verstehe. Es tut mir leid, Lieutenant. Vielleicht kommen Sie in ein paar Stunden noch mal her.« Sie hob leicht die Schultern.
»Kaum«, sagte ich. »Pech, daß alle gestern so lange gearbeitet haben.«
»Ja. Das ist nicht die Regel.«
»Was war es denn? Gab's irgendwelche Probleme?«
»Das weiß ich nicht. Wir haben hier so viele Möglichkeiten mit Video, da kommt es gelegentlich vor, daß etwas Ungewöhnliches ganz schnell bearbeitet werden muß. Ein Fernseh-Werbespot, für

den man einen Spezialeffekt braucht, oder etwas ähnliches. An dem neuen Videoclip für Michael Jackson für Sony haben wir auch gearbeitet. Manchmal muß ein kaputtes Band in Ordnung gebracht werden, das Signal muß wiederaufgebaut werden, verstehen Sie. Was da gestern nacht reinkam, weiß ich nicht. War wohl 'ne Riesenarbeit. Ich glaube, so an die zwanzig Bänder, die bearbeitet werden mußten, und wirklich in rasender Eile. Ich habe gehört, daß sie erst nach Mitternacht fertig geworden sind.«
Ich dachte: Es kann nicht sein! und versuchte, mir vorzustellen, was Connor an meiner Stelle getan hätte. Ich beschloß, es ganz direkt zu probieren, und sagte: »Na, da ist Nakamoto aber bestimmt sehr dankbar, daß Sie sich solche Mühe gegeben haben.«
»Ja, und wie! Das Ergebnis war offensichtlich durchaus zufriedenstellend für sie. Sie waren richtig glücklich.«
»Sie sagten, Mr. Donaldson hält einen Vortrag...«
»*Dr.* Donaldson, ja.«
»Wo hält er diesen Vortrag?«
»Bei einem Trainingsseminar im Hotel ›Bonaventure‹. Management-Techniken im Forschungsbereich. Er ist bestimmt ziemlich müde. Aber er ist ein ganz hervorragender Redner.«
»Danke!« Ich gab ihr meine Karte. »Sie haben mir sehr geholfen. Wenn Ihnen noch etwas einfällt, wenn Sie mir noch etwas sagen wollen, dann rufen Sie mich an!«
»Okay.« Sie sah auf meine Karte. »Danke!«
Als ich mich zum Gehen wandte, kam ein Amerikaner Ende zwanzig im Armani-Anzug, ganz der geschniegelte Betriebswissenschaftler, der Modemagazine liest, und sagte zu den beiden Männern, die inzwischen wieder auf der Couch saßen: »Gentlemen, Mr. Nakagawa wartet auf Sie.«
Die beiden sprangen auf, griffen nach ihren Hochglanzbroschüren und Fotos und folgten dem jungen Mann, der mit ruhigen, gemessenen Schritten auf den Lift zustrebte.
Ich ging hinaus, zurück in den Smog von Glendale.

Auf dem Schild im Gang stand: ZUSAMMENARBEIT: JAPANISCHE UND AMERIKANISCHE MANAGEMENT-STILE. Im Konferenzraum selbst lief eines jener trüben Business-Seminare ab, bei denen Männer und Frauen an langen Tischen mit grauen Tischdecken sitzen und sich im Zwielicht Notizen machen, während ein Vortragsredner auf dem Podium irgend etwas herunterleiert.

Als ich unschlüssig vor einem Tisch, der offenbar für Spätankömmlinge reserviert war, stehenblieb, kam eine bebrillte Frau auf mich zu und sagte: »Haben Sie sich eingetragen? Hat man Ihnen die Unterlagen ausgehändigt?«

Ich drehte mich ein wenig zur Seite und zückte meine Polizeimarke. »Ich würde gern mit Dr. Donaldson sprechen.«

»Er wird als nächster seinen Vortrag halten. In sieben, acht Minuten ist er an der Reihe. Vielleicht kann Ihnen jemand anderer helfen.«

»Es dauert nur ein paar Sekunden.«

Sie zögerte. »Aber es bleibt nur ganz wenig Zeit, bis sein Vortrag beginnt.«

»Dann beeilen Sie sich am besten.«

Sie sah mich an, als hätte ich ihr eine Ohrfeige verpaßt. Ich weiß nicht, was sie erwartete. Ich war Polizist und wollte mit jemandem reden. Glaubte sie, darüber ließe sich verhandeln? Ich wurde zunehmend gereizt, hatte ich doch noch den jungen Fatzke im Armani-Anzug vor Augen, wie er gemessenen Schrittes vor den beiden Grundstücksmaklern herstolzierte, als wäre er weiß Gott wie wichtig. Wieso hielt sich dieser Knabe für etwas so Besonderes? Gut, er hatte wahrscheinlich ein Betriebswirtschaftsstudium hinter sich, aber im Grunde war er doch nichts anderes als der Empfangschef für die Gäste seines japanischen Bosses.

Ich beobachtete, wie die Frau eine leicht erhöhte Plattform am gegenüberliegenden Ende des Konferenzsaals ansteuerte, wo vier Männer offensichtlich darauf warteten, ihren Vortrag zu halten. Die Geschäftsleute schrieben immer noch eifrig mit, während der hellblonde Mann am Rednerpult dozierte: »In einem japanischen Unternehmen ist durchaus Platz für Ausländer. Nicht an der Spitze, selbstverständlich, möglicherweise nicht einmal auf der Führungsebene. Aber es gibt durchaus Platz. Sie müssen bedenken, daß die Stellung, die Sie als Ausländer in einer japanischen Firma einnehmen, immer eine wichtige Stellung ist, daß Sie respektiert werden und einen sicheren Posten haben. Als Ausländer werden Sie einige Hindernisse überwinden müssen, aber das schaffen Sie. Sie werden Erfolg haben, wenn Sie wissen, wo Ihr Platz ist.«

Ich betrachtete die Geschäftsleute in ihren Anzügen, wie sie mit gesenktem Haupt dasaßen und sich Notizen machten. Ich überlegte mir, was sie da wohl schrieben. »Wenn ich weiß, wo mein Platz ist?«

Der Redner fuhr in seinem Vortrag fort: »Man hört leitende Angestellte oft sagen: ›Für mich war einfach kein Platz in dieser japanischen Firma, ich mußte kündigen.‹ Manche sagen auch: ›Sie haben mir nicht zugehört, ich hatte keine Gelegenheit, meine Ideen umzusetzen, ich kam einfach nicht voran.‹ Diese Leute haben nicht verstanden, welche Rolle Ausländer in der japanischen Gesellschaft spielen. Sie haben es nicht geschafft, sich anzupassen, also mußten sie gehen. Aber das ist deren Problem. Die Japaner sind durchaus bereit, Amerikaner und andere Ausländer in ihren Betrieben zu akzeptieren. Sie sind sogar sehr an ausländischen Mitarbeitern interessiert. Und man wird Sie überall akzeptieren, solange Sie wissen, wo Ihr Platz ist.«

Eine Frau hob die Hand und fragte: »Wie ist es mit Vorurteilen Frauen gegenüber in japanischen Unternehmen?«

»Es gibt keine Vorurteile Frauen gegenüber«, antwortete der Redner.

»Ich habe aber gehört, daß Frauen dort nie nach oben kommen.«

»Das stimmt ganz einfach nicht.«

»Warum gibt es dann die vielen Prozesse? Gegen die Sumitomo-Bank läuft gerade ein großes Diskriminierungsverfahren. Ich habe gelesen, daß ein Drittel der japanischen Unternehmen in solche Prozesse verwickelt ist. Wie erklären Sie das?«

»Das ist vollkommen verständlich«, gab der Redner zurück. »Wenn eine ausländische Firma in einem neuen Land tätig wird, ist es sehr wahrscheinlich, daß sie Fehler macht – aber doch nur so lange, bis sie sich an Lebensweise und Verhaltensmuster des Gastlandes gewöhnt hat. Als amerikanische Unternehmen in den fünfziger und sechziger Jahren erstmals multinational in Europa operierten, sahen sie sich in den einzelnen Ländern auch gewissen Schwierigkeiten gegenüber, und damals gab es ebenfalls zahlreiche arbeitsrechtliche Verfahren. Da muß man eben ein wenig Geduld haben.«

Ein Mann lachte auf und sagte: »Kommt es jemals vor, daß man mit Japan einmal *nicht* Geduld haben muß?« Es klang eher wehmütig als verärgert.

Die anderen schrieben noch immer emsig mit.

»Officer, ich bin Jim Donaldson. Um was handelt es sich?«

Ich drehte mich um. Dr. Donaldson war ein großer, dünner Mann mit Brille und säuberlich, fast penibel gekämmtem Haar. Er war im College-Stil gekleidet, mit einem Tweed-Jackett und einer roten Krawatte. In seiner Brusttasche steckte eine Reihe Filzstifte, was freilich eher auf einen Techniker hindeutete.

»Ich habe nur ein paar Fragen wegen der Nakamoto-Bänder.«

»Nakamoto-Bänder?«

»Die Bänder, an denen Sie gestern nacht in Ihrem Labor gearbeitet haben.«

»In meinem Labor? Mr. eh...«

»Smith. Lieutenant Smith.« Ich gab ihm meine Karte.

»Lieutenant, es tut mir leid, aber ich weiß nicht, wovon Sie sprechen. Bänder in meinem Labor? Gestern nacht?«

»Ihre Assistentin Kristen sagte mir, Sie alle hätten gestern bis spät in die Nacht hinein an mehreren Bändern gearbeitet.«

»Ja, das ist richtig. Die meisten meiner Mitarbeiter.«

»Und die Bänder stammten von Nakamoto.«

»Von Nakamoto?« Er schüttelte den Kopf. »Wer hat Ihnen denn das erzählt?«

»Ihre Assistentin.«

»Ich versichere Ihnen, Lieutenant, die Bänder waren nicht von Nakamoto.«

»Es sollen zwanzig Bänder gewesen sein.«

»Ja, mindestens. Die genaue Anzahl weiß ich nicht mehr. Aber sie stammen von McCann-Erickson. Es ging um eine Werbekampagne für Asahi-Bier. Wir mußten auf jeder einzelnen Einblendung das Logo umändern, nachdem Asahi-Bier nun die Nummer eins in Amerika ist.«

»Aber noch mal wegen Nakamoto…«

»Lieutenant«, sagte er, ungeduldig zum Rednerpult schielend, »lassen Sie mich Ihnen etwas erklären: Ich arbeite für das Hamaguchi-Forschungsinstitut. Hamaguchi gehört Kawakami Industries, einem Konkurrenten von Nakamoto. Der Konkurrenzkampf zwischen den japanischen Unternehmen ist sehr heftig, *sehr* heftig. Sie können ganz sicher sein: Mein Labor hat gestern nacht an keinem einzigen Nakamoto-Band gearbeitet. Dergleichen ist vollkommen unvorstellbar, es kann ganz einfach nicht vorkommen. Wenn meine Assistentin etwas anderes behauptet, dann irrt sie sich. Es ist absolut ausgeschlossen. So, ich muß jetzt meinen Vortrag halten. Gibt es sonst noch etwas?«

»Nein«, sagte ich. »Danke.«

Spärlicher Beifall ertönte; der Redner hatte geendet. Ich drehte mich um und verließ den Raum.

Ich fuhr gerade vom »Bonaventure« weg, als Connor aus dem Golf-Club anrief. Er klang gereizt. »Ich habe Ihre Nachricht erhalten. Mußte vom Green weg. Hoffentlich ist es die Sache wert!«

Ich erzählte ihm von dem Dreizehn-Uhr-Termin bei Senator Morton.

»Na gut. Holen Sie mich um halb elf hier ab! Sonst noch etwas?«

Ich erzählte ihm von meinen Ausflügen zum JPL und zu Hamaguchi, und dann von dem Gespräch mit Donaldson.

Connor seufzte. »Reine Zeitvergeudung.«

»Aber warum denn?«

»Weil Hamaguchi von Kawakami finanziert wird, und das ist die Konkurrenz von Nakamoto. Die würden Nakamoto niemals helfen.«

»Das hat Donaldson auch gesagt.«

»Wohin fahren Sie jetzt?«

»Zu den Videolabors der Universität. Ich versuche noch immer, die Bänder kopieren zu lassen.«
Connor schwieg eine Weile. »Gibt es noch etwas, das ich wissen sollte?«
»Nein.«
»In Ordnung. Wir sehen uns um halb elf.«
»Warum so früh?«
»Um halb elf«, wiederholte er und legte auf.

Kaum hatte ich aufgelegt, schnarrte das Telefon schon wieder. »Du wolltest mich vor einer Stunde anrufen!« Es war Ken Shubik von der *L. A. Times*; er schien ziemlich verärgert zu sein.
»Entschuldige! Es ist mir was dazwischengekommen. Können wir jetzt sprechen?«
»Sicher.«
»Hast du etwas herausgefunden?«
»Paß mal auf!« Er machte eine kurze Pause. »Bist du gerade in der Nähe?«
»Ungefähr fünf Blocks von euch entfernt.«
»Dann komm doch auf eine Tasse Kaffee vorbei!«
»Willst du am Telefon nicht reden?«
»Na ja...«
»Also, komm schon, Ken! Du redest doch ständig am Telefon!«
Shubik war wie alle *Times*-Reporter: Er saß an seinem Schreibtisch vor seinem Computer, hatte Kopfhörer auf und telefonierte ununterbrochen. Er erledigte alles am liebsten per Telefon. Da konnte er seine Unterlagen vor sich ausbreiten und seine Notizen direkt in den Computer tippen, während er Informationen einholte. Zu meiner Zeit als Presse-Officer hatte ich mein Büro im Polizeipräsidium im Parker Center gehabt, zwei Blocks vom Verlagsgebäude der *Times* entfernt. Und trotzdem hatten Reporter wie Ken mich lieber angerufen, als sich unter vier Augen mit mir zu unterhalten.
»Komm vorbei, Pete!«
Das war deutlich genug. Ken wollte am Telefon nichts sagen.
»Na gut. In zehn Minuten bin ich bei dir.«

Die *Los Angeles Times* ist das erfolgreichste Blatt Amerikas. Die Redaktion erstreckt sich über ein ganzes Stockwerk des Verlagsgebäudes, hat also die Ausmaße eines Straßenblocks. Der Raum wurde geschickt aufgeteilt, so daß man nie sieht, wie riesig er wirklich ist und wie viele Hunderte von Menschen in ihm arbeiten. Trotzdem hat man den Eindruck, man könne tagelang an Journalisten vorbeigehen, die an ihren gruppenweise angeordneten Arbeitsplätzen sitzen, vor sich die leuchtenden Computerbildschirme, die blinkenden Telefone und die angepinnten Fotos ihrer Kinder.

Ken saß in der Lokalredaktion, im östlichen Teil des Gebäudes. Als ich dort eintraf, ging er schon ungeduldig vor seinem Schreibtisch hin und her. Er packte mich sofort am Ellbogen.

»Kaffee! Holen wir erst mal Kaffee!«

»Was soll das?« fragte ich. »Willst du nicht mit mir zusammen gesehen werden?«

»Nein, Scheiße noch mal! Ich will dem Wiesel aus dem Weg gehen. Er ist da drüben, baggert das neue Mädchen von der Außenpolitik an. Die kennt sich noch nicht aus.« Ken machte eine Kopfbewegung zum Fenster hin. Dort sah ich die vertraute Gestalt von Willy Wilhelm, jedem als Wiesel Wilhelm bekannt. Willy hatte sein schmales, frettchenartiges Gesicht in diesem Augenblick zu einer Maske grinsender Aufmerksamkeit verzogen. Er alberte mit einem blonden Mädchen herum, das vor einem Computer saß.

»Scharf!«

»Ja. Hintenrum bißchen füllig. Eine Holländerin«, sagte Ken. »Ist erst seit einer Woche hier. Der haben sie noch nichts von ihm erzählt.«

In fast jedem Betrieb gibt es einen Menschen wie das Wiesel: ehrgeizig und nicht von Skrupeln geplagt, ein Mensch, der immer einen Weg findet, sich den Mächtigen nützlich zu machen, der von allen anderen jedoch gehaßt wird. So war es auch mit Wiesel Wilhelm.

Wie die meisten unehrlichen Menschen glaubte das Wiesel von anderen immer nur das Schlechteste. Man konnte immer mit ihm rechnen, wenn es darum ging, unter dem Vorwand, alles andere sei gelogen, Vorfälle im unschmeichelhaftesten Licht darzustellen. Er hatte eine Spürnase für menschliche Fehler und eine Tendenz zum Melodramatischen. Die Wahrheit war ihm schlicht gleichgültig, ein ausgewogenes Urteil galt ihm als Zeichen von Schwäche. Für das Wiesel war die einer jeweiligen Situation zugrunde liegende Wahrheit eine Art Ware, mit der er handelte.

Seine Kollegen in der *Times* verachteten ihn.

Ken und ich verdrückten uns in den Mittelgang. Ich folgte Ken, der auf die Kaffeemaschinen zuging, dann aber in die Bibliothek abbog. In der Mitte der Etage befand sich eine Bibliothek, die größer und besser ausgestattet war als viele College-Bibliotheken.

»Was ist denn mit Wilhelm?« fragte ich.

»Er war gestern nacht hier«, erklärte Ken. »Ich bin nach dem Theater noch mal hergefahren, um Notizen mitzunehmen; die brauchte ich für ein Interview, das ich am Morgen von daheim aus führen wollte. Und da sah ich das Wiesel in der Bibliothek. Es war ungefähr dreiundzwanzig Uhr. Du weißt ja, wie ehrgeizig der kleine Scheißer ist. Ich hab's ihm förmlich angesehen: Der Knabe hatte Blut gerochen. Und da will man natürlich wissen, um was für eine Spur es sich handelt.«

»Natürlich«, sagte ich. Das Wiesel war ein versierter Stuhlsäger. Ein Jahr zuvor war es ihm gelungen, den Rausschmiß des für die Sonntagsbeilage zuständigen Redakteurs zu erwirken. In allerletzter Minute hatte er den Job dann allerdings doch nicht bekommen.

»Da habe ich Lilly, die Nachtbibliothekarin, unauffällig gefragt: ›Was ist los? Was hat das Wiesel vor?‹«, erklärte Ken. »Und sie hat gesagt: ›Er sieht sich die Polizeireporte über irgendeinen Bullen an.‹ Wenn's sonst nichts ist, denke ich noch, aber dann kam es mir plötzlich sehr seltsam vor. Ich meine, in der Lokalredaktion bin immer noch ich der Chefreporter. Ich schreibe mehrere Artikel über das Parker Center pro Monat, was kann also er wissen, das ich nicht weiß? Wie ich das sehe, müßte das immer noch meine Story sein. Also habe ich Lilly nach dem Namen des Polizisten gefragt.«

»Laß mich mal raten!« sagte ich.

»Ganz genau. Peter J. Smith.«

»Um wieviel Uhr war das?«

»Gegen elf.«

»Super.«

»Dachte mir, das könnte dich interessieren«, sagte Ken.

»Brennend.«

»Daraufhin sagte ich zu Lilly – also, das war gestern nacht, wie gesagt –, ich sagte: ›Lilly, was zieht er denn da alles raus?‹ Er fischte nämlich wirklich alles raus, die ganzen alten Ausschnitte mit Artikeln über die Gerichtsmedizin, und offenbar hat er eine Quelle im Parker Center, die ihm interne Berichte zukommen läßt. Irgendwas über eine Anhörung wegen sexueller Belästigung eines Kindes. Die Anklage wurde vor ein paar Jahren erhoben.«

»Ach, du liebe Scheiße!« sagte ich.

»Stimmt das?«

»Es gab eine Vernehmung, aber das Ganze war völliger Nonsens.«

Ken sah mich an. »Erzähl mal!«

»Das war vor drei Jahren, ich arbeitete noch als Detective. Mein Kollege und ich wurden in die Ladera Heights gerufen – eine häusliche Auseinandersetzung. Ein Hispano-Paar stritt sich. Beide waren sturzbetrunken. Die Frau wollte, daß ich den Mann festnehme, und als ich mich weigerte, sagte sie, er würde ihr Baby sexuell mißbrauchen. Ich sah mir das Baby an, konnte nichts entdecken und weigerte mich weiterhin, den Mann zu verhaften. Die Frau war stocksauer. Am nächsten Tag ging sie zur Polizei und bezichtigte *mich* der sexuellen Belästigung. Es gab eine Voruntersuchung. Das Verfahren wurde als unbegründet eingestellt.«

»Okay«, sagte Ken. »Hast du mal irgendeine Reise gemacht, die nicht ganz koscher war?«

Ich runzelte die Stirn. »Eine Reise?«

»Das Wiesel hat gestern nacht versucht, an Unterlagen über

Dienstreisen heranzukommen. Flugreisen, Vergnügungsreisen auf öffentliche Kosten, überhöhte Spesenrechnungen ...«

Ich schüttelte den Kopf. »Da fällt mir nichts ein.«

»Ja, da hat er wohl danebengetippt. Du bist alleinerziehender Vater, du machst keine Vergnügungstrips auf öffentliche Kosten.«

»Völlig ausgeschlossen.«

»Gut.«

Wir gingen in eine Ecke der Bibliothek, von der aus wir durch die Glaswände hindurch einen guten Blick auf die Lokalredaktion hatten. Das Wiesel laberte noch immer auf die Holländerin ein. Ich sagte: »Ich verstehe einfach nicht, warum er sich ausgerechnet für mich interessiert, Ken. Ich werde von niemandem unter Druck gesetzt, habe mit niemandem Streit. Ich bin schon seit drei Jahren nicht mehr als Detective im Einsatz. Nicht mal Presse-Officer bin ich mehr. Ich bin Kontaktmann, ich habe meist mit Leuten aus der Politik zu tun. Warum hat es ein *Times*-Reporter auf mich abgesehen?«

»Um dreiundzwanzig Uhr in einer Donnerstagnacht, meinst du?« Er starrte mich an, als wäre ich ein Idiot, als würde mir Sabber übers Kinn rinnen.

»Glaubst du, daß die Japaner dahinterstecken?« fragte ich.

»Ich glaube, daß das Wiesel für bestimmte Leute bestimmte Dinge erledigt. Ein käufliches Arschloch. Er übernimmt Aufträge von den Filmstudios, von Plattenfirmen, Vermittlerbüros aller Art, auch von Grundstücksmaklern. Er ist ein *Consultant*. Das Wiesel fährt inzwischen einen Mercedes 500 SL, verstehst du.«

»Was du nicht sagst.«

»Ziemlich clever, wenn einer das mit einem Reportergehalt schafft, was?«

»Ja, das meine ich auch.«

»Also, bist du gestern nacht jemandem auf den Schlips getreten?«

»Kann sein.«

»Denn irgend jemand muß das Wiesel angerufen und ihm den Auftrag erteilt haben, belastendes Material über dich hervorzukramen.«

»Ich kann es einfach nicht glauben«, sagte ich.
»Du wirst es glauben müssen. Das einzige, was mir Sorgen macht, ist die Quelle des Wiesels, die mitten im Parker Center sitzen muß. Irgend jemand in deinem Dezernat läßt ihm Interna zukommen. Hast du dort mit jemandem Probleme?«
»Nicht, daß ich wüßte.«
»Gut. Das Wiesel wendet nämlich seine üblichen Tricks an. Heute vormittag habe ich mit Roger Bascomb gesprochen, unserem Syndikus.«
»Und?«
»Dreimal darfst du raten, wer ihn gestern nacht ganz dringend wegen einer juristischen Frage sprechen wollte. Das Wiesel. Und willst du auch mal raten, was für eine Frage das war?«
Ich schwieg.
»Die Frage war: Macht der Dienst als Presse-Officer der Polizei aus einer Privatperson eine Person der Öffentlichkeit? Eine Person der Öffentlichkeit, die kein Recht hat, jemanden wegen Verleumdung zu verklagen?«
»Mein Gott!«
»Genau.«
»Und die Antwort?«
»Was schert dich die Antwort? Du weißt doch, wie so was läuft. Das Wiesel braucht nur ein paar Leute anzurufen und zu sagen: ›Hi, hier ist Bill Wilhelm von der *L. A. Times*. Wir bringen morgen eine Story über Lieutenant Peter Smith, der kleine Kinder begrapscht, wollen Sie dazu etwas sagen?‹ Ein paar gutgewählte Anrufe, und die Story selbst braucht gar nicht mehr zu erscheinen. Die Redakteure können sie streichen, aber der Schaden ist angerichtet.«
Ich erwiderte nichts. Ich wußte, daß Ken die Wahrheit gesagt hatte. Ich hatte so etwas schon mehr als einmal miterlebt.
»Was soll ich jetzt machen?« fragte ich ihn.
Ken lachte auf. »Du kannst ja eine der brutalen Polizeiaktionen veranlassen, für die L. A. so berühmt ist.«
»Finde ich nicht witzig.«
»Keiner in dieser Zeitung würde sich darüber aufregen, das

verspreche ich dir. Du kannst den Scheißkerl umbringen, wenn du Lust dazu hast. Vielleicht läßt es sich einrichten, daß das Ganze auf Video aufgenommen wird. Mann! Die Leute hier würden wer weiß was zahlen, wenn sie das auf Video sehen könnten.«

»Ken!«

Er seufzte. »Ein schöner Traum. Okay. Paß auf: Letztes Jahr, nachdem Wilhelm bei der – ehem – Veränderung in der Leitung der Sonntagsbeilage mitgemischt hatte, wurde mir anonym eine Sendung zugestellt. Ein paar andere Leute haben auch eine bekommen. Keiner hat damals etwas damit gemacht – 'ne ziemlich unfaire Sache. Bist du daran interessiert?«

»Freilich.«

Ken zog aus der Innentasche seines Sportjacketts einen kleinen braunen Umschlag mit einem Bindfaden daran, den man um zwei Laschen wickeln konnte, um ihn zu verschließen. In dem Umschlag lag ein Streifen Fotos, auf denen Willy Wilhelm in einer sehr intimen Situation mit einem dunkelhaarigen Mann zu sehen war: den Kopf im Schoß des Mannes vergraben.

»Aus dieser Perspektive erkennt man das Gesicht des Wiesels nicht besonders gut«, sagte Ken. »Aber er ist es. Schnappschuß des Reporters, der sich gerade um seine Quelle bemüht. Kleine Zusammenkunft auf einen Drink, sozusagen.«

»Wer ist der Typ?«

»Wir haben eine Weile gebraucht, bis wir es herausfanden. Er heißt Barry Borman und ist der regionale Vertriebschef von Kaisei Electronics in Südkalifornien.«

»Was kann ich mit dem Zeug anfangen?«

»Gib mir deine Karte!« sagte Ken. »Ich stecke sie in den Umschlag und lasse das Ganze dem Wiesel per Post zukommen.«

Ich schüttelte den Kopf. »Ich finde das nicht gut.«

»Dann würde er bestimmt ein bißchen nachdenklich werden.«

»Nein. Das ist nichts für mich.«

Ken hob die Schultern. »Na ja. Vielleicht würde es ja auch gar nicht klappen. Selbst wenn wir dem Wiesel die Eier ausquetschen – die Japaner haben wahrscheinlich noch ganz andere Mittel. Ich habe immer noch nicht herausgefunden, wie das mit der Story gestern nacht abgelaufen ist. Ständig heißt es ›Anordnung von oben, Anordnung von oben.‹ Was immer das bedeuten mag.«

»Irgend jemand muß es ja geschrieben haben.«

»Ich sag' dir doch, ich kriege es nicht raus. Aber weißt du, die Japaner haben einen Rieseneinfluß auf die Zeitung. Nicht nur wegen der Anzeigen oder wegen des Getrommels ihrer unerbittlichen PR-Maschine in Washington, und nicht nur weil sie über eine knallharte Lobby verfügen und Politikern und politischen Organisationen Wahlkampfhilfe zukommen lassen. Es ist dies alles zusammen und noch einiges mehr. Und allmählich wird es wirklich hinterhältig. Da sitzt man in der Redaktionskonferenz und diskutiert über einen Artikel, den wir vielleicht bringen, und plötzlich merkt man: Keiner will sie kränken, verstehst du? Es geht nicht darum, ob eine Story in Ordnung ist oder nicht, ob sie eine Meldung ist oder nicht. Und es ist auch keine Wie-ich-dir-so-du-mir-Angelegenheit. Keiner sagt: ›Das können wir nicht schreiben, sonst ziehen sie ihre Anzeigen zurück.‹ Es ist viel subtiler. Manchmal brauche ich meine Redakteure nur anzusehen, um zu wissen, daß sie bei bestimmten Storys nicht mitmachen werden, weil sie Angst haben. Dabei wissen sie nicht mal, vor was sie eigentlich Angst haben. Sie haben einfach Angst.«

»Soviel zum Thema freie Presse.«

»Ja«, sagte Ken, »wir haben jetzt keine Zeit für Schulweisheiten. Du weißt, wie das läuft. Die amerikanische Presse spiegelt die vorherrschende Meinung. Die vorherrschende Meinung ist die Meinung derjenigen, die sich gerade an der Macht befinden. Die Japaner sind im Augenblick an der Macht. Die Presse spiegelt wie immer die vorherrschende Meinung. Nichts Überraschendes. Aber paß auf dich auf!«

»Mach' ich.«

»Und ruf mich sofort an, falls du die Sache doch lieber auf dem Postweg erledigen willst!«

Ich wollte mit Connor reden. Ganz allmählich wurde mir klar, warum er so besorgt gewesen war und die Ermittlungen so schnell wie möglich hatte abschließen wollen. Eine gut durchgezogene Rufmordkampagne ist etwas Grauenhaftes. Ein geschickter Routinier – und das Wiesel war geschickt – konnte alles so arrangieren, daß jeden Tag eine neue Story ans Licht der Öffentlichkeit kam, auch wenn sich gar nichts ereignet hatte. Dann war man plötzlich konfrontiert mit Schlagzeilen wie ANKLAGE-JURY UNEINIG ÜBER SCHULD DES POLIZISTEN, auch wenn die Jury sich in Wirklichkeit noch gar nicht zusammengesetzt hatte. Aber die Leute lasen Tag für Tag die Schlagzeilen und zogen ihre eigenen Schlüsse daraus.

Es gab immer eine Möglichkeit, die Dinge entsprechend hinzubiegen. Am Ende der Verleumdungskampagne konnte man, wenn das Opfer für unschuldig befunden worden war, immer noch Schlagzeilen drucken wie ANKLAGE-JURY HÄLT POLIZISTEN FÜR NICHT SCHULDIG oder STAATSANWALT WEIGERT SICH, BESCHULDIGTEN POLIZISTEN ANZUKLAGEN. Schlagzeilen dieser Art waren genauso übel wie ein Schuldspruch.

Und es gab keine Möglichkeit, sich von solchen wochenlangen Pressekampagnen wieder zu erholen. Jeder erinnerte sich an die Beschuldigung, keiner an die Entlastung. So waren die Menschen nun mal. Wenn man einmal in diese Mühle geraten war, hatte man es schwer, je wieder ein normales Leben führen zu können. Allmählich wurde die Sache unheimlich, und ich hatte ein mieses Gefühl. Als ich auf den Parkplatz des Physikalischen Instituts der University of Southern California einbog, schnarrte das Telefon. Es war Olson, der Stellvertreter des Chefs.

»Peter.«

»Ja, Sir.«

»Es ist fast zehn Uhr. Ich dachte, Sie wollten herkommen und mir die Bänder auf den Tisch legen. Das haben Sie mir versprochen.«

»Es gibt Probleme mit dem Kopieren.«

»Haben Sie sich die ganze Zeit um das Kopieren der Bänder bemüht?«

»Ja. Warum fragen Sie?«

»Weil die Anrufe, die ich bekomme, nicht so klingen, als ob Sie diese Ermittlung beendet hätten«, sagte Jim Olson. »In der letzten

Stunde haben Sie in einem japanischen Forschungsinstitut recherchiert, dann haben Sie einen Wissenschaftler befragt, der für ein japanisches Forschungsinstitut arbeitet, und sind in einem japanischen Trainingsseminar rumgehangen. Ich will das jetzt klargestellt haben, Peter: Ist die Ermittlung beendet oder nicht?«

»Beendet«, sagte ich. »Ich versuche doch nur, die Bänder kopieren zu lassen!«

»Sorgen Sie dafür, daß es dabei bleibt!«

»In Ordnung.«

»Ich will diese Sache endlich abhaken – zum Wohl unseres ganzen Dezernats und jedes einzelnen Mitarbeiters.«

»In Ordnung, Jim.«

»Ich will nicht, daß die Sache aus dem Ruder läuft.«

»Ich verstehe.«

»Na, hoffentlich. Lassen Sie die Kopien machen, und dann schwingen Sie Ihren Arsch hierher!« Er legte auf.

Ich parkte den Wagen und betrat das Gebäude des Physikinstituts.

Ich blieb an der Rückwand des Hörsaals stehen und wartete, bis Phillip Sanders seine Vorlesung beendet hatte. Er stand vor einer Tafel, die über und über mit komplizierten Formeln beschrieben war. Etwa dreißig Studenten saßen vor ihm, von den meisten konnte ich nur den Hinterkopf sehen.

Dr. Sanders war ungefähr vierzig Jahre alt und einer dieser energiegeladenen Typen, die ständig in Bewegung sind, ständig auf und ab gehen. Er schrieb die Gleichungen mit kurzen, ruckartigen Bewegungen an die Tafel, während er über die »Bestimmung des Verhältnisses von Signal zu Kovariante« und das »faktorielle Delta-Bandbreitenrauschen« dozierte. Mir war zunächst völlig schleierhaft, um was es eigentlich ging, aber dann vermutete ich, daß es sich um Elektrotechnik handeln müsse.

Nachdem ein Gong das Ende der Vorlesung angekündigt hatte, standen die Studenten auf und packten ihre Taschen. Zu meinem

Erstaunen waren es fast ausschließlich Asiaten, weiblich und männlich, die wenigsten aus Indien oder Pakistan. Unter den etwa dreißig Studenten waren nur drei Weiße.
»Richtig«, sagte Sanders, als wir den Gang zu seinem Labor entlanggingen. »Eine Vorlesung wie Physik eins-null-eins interessiert Amerikaner nicht. Das geht nun schon seit Jahren so. In der Industrie bewerben sie sich auch nicht. Ohne all die Asiaten, die hier ihr Diplom in Mathematik und Elektrotechnik machen und dann in amerikanischen Firmen arbeiten, wären wir vollkommen aufgeschmissen.«
Wir stiegen eine Treppe hinunter und bogen nach links in einen Kellerkorridor ein. Sanders ging sehr schnell.
»Das Problem ist, daß sich das allmählich ändert«, fuhr er fort. »Immer mehr meiner asiatischen Studenten gehen wieder in ihre Heimatländer. Die Koreaner kehren nach Korea zurück, auch die Taiwaner bleiben meist nicht hier; nicht einmal die Inder. Der Lebensstandard in ihrer Heimat steigt, und bei sich daheim haben sie inzwischen größere Berufschancen. Manche Länder verfügen bereits über eine große Anzahl gutausgebildeter Leute.« Er führte mich im Sauseschritt ein paar Treppen hinauf. »Wissen Sie, in welcher Stadt der Welt es den höchsten Prozentsatz an Promovierten gibt?«
»In Boston?«
»In Seoul. Denken Sie mal darüber nach! *So* düsen wir ins einundzwanzigste Jahrhundert!«
Wir durchquerten einen anderen Korridor. Dann ging es kurz nach draußen, ins Sonnenlicht, einen überdachten Weg entlang, und dann wieder hinein, in ein anderes Gebäude. Sanders warf mir immer wieder einen Blick über die Schulter zu, als habe er Angst, mich zu verlieren. Dabei redete er ununterbrochen weiter.
»Und da die ausländischen Studenten wieder gehen, haben wir nicht genug Techniker für die amerikanische Forschung, für die Entwicklung neuer amerikanischer Technologien. Das ist eine ganz simple Rechnung. Es fehlt an genügend ausgebildeten Leuten. Selbst große Firmen wie IBM kommen allmählich in

Schwierigkeiten. Es gibt einfach keine gut ausgebildeten Leute. Vorsicht, die Tür!«

Die Tür schwang mir entgegen. Ich ging durch und sagte: »Aber wenn es so viele Möglichkeiten für High-Tech-Berufe gibt, lockt das nicht auch die amerikanischen Studenten an?«

»Nicht so stark wie das Investment Banking oder die Juristerei.« Sanders lachte. »Amerika hat zwar keine Techniker und Naturwissenschaftler, aber was das Hervorbringen von Juristen betrifft, da stehen wir an der Weltspitze. Die Hälfte aller Juristen, die es auf der ganzen Welt gibt, sind Amerikaner. Das müssen Sie sich mal vorstellen!« Er schüttelte den Kopf.

»Wir stellen vier Prozent der Erdbevölkerung, unser Anteil an der Weltwirtschaft beträgt achtzehn Prozent, aber wir haben fünfzig Prozent aller Juristen! Und jedes Jahr kommen fünfunddreißigtausend neue von den Universitäten. In diesen Bereich fließt unser intellektuelles Potential ein, das ist unser nationaler Schwerpunkt. Die Hälfte unserer Fernsehfilme handelt von Juristen. Amerika ist das Land der Juristen geworden. Jeder verklagt jeden. Alle streiten miteinander. Jeder geht vor Gericht. Schließlich muß eine Dreiviertelmillion Juristen ja irgend etwas machen! Die müssen jedes Jahr ihre dreihunderttausend verdienen. In anderen Ländern hält man uns schlicht für verrückt.«

Er schloß eine Tür auf. Ich sah ein handgeschriebenes Schild mit der Aufschrift FORSCHUNGSLABOR BILDELEKTRONIK und einem Pfeil. Sanders führte mich durch einen langen Kellergang.

»Selbst unsere intelligentesten Jugendlichen sind schlecht ausgebildet. Die besten amerikanischen Studenten rangieren mittlerweile auf Platz zwölf hinter den asiatischen Industrienationen und den Europäern. Und das ist, wie gesagt, unsere Elite. Weiter unten sieht es noch trüber aus. Ein Drittel der High-School-Absolventen ist nicht in der Lage, einen Busfahrplan zu lesen. Das sind Analphabeten.«

Wir hatten das Ende des Ganges erreicht und bogen nach rechts ab. »Und die Studenten, die ich kenne, sind faul. Keiner will hart arbeiten. Ich lehre Physik; um den Stoff zu beherrschen, braucht man Jahre, aber die Kids wollen sich wie Charlie Sheen kleiden und eine Million Dollar machen, bevor sie achtundzwanzig sind. Soviel Geld kann man nur als Jurist, im Investment Banking oder an der Wall Street verdienen. Da geht es um rechnerische Gewinne – etwas für nichts. Aber darauf fahren die jungen Leute heutzutage ab.«

»Vielleicht besonders stark an der University of Southern California.«

»Es ist überall so, das können Sie mir glauben. Die hocken alle nur vor der Glotze.«

Er stieß eine Tür auf. Wir gingen einen weiteren Gang entlang. Es roch muffig, feucht.

»Ich weiß, ich weiß, ich bin altmodisch«, sagte Sanders. »Ich glaube immer noch daran, daß jeder Mensch eine Art Auftrag hat. Sie haben einen, ich habe einen. Allein schon, daß man auf diesem Planeten lebt, die Kleider trägt, die wir tragen, und die Arbeit macht, die wir machen, bedeutet, daß wir einen Auftrag haben. Und für uns hier in diesem kleinen Erdenwinkel lautet der Auftrag, sich um den Schund zu kümmern. Wir analysieren Fernsehnachrichten und untersuchen, wo etwas an den Bändern manipuliert wurde. Wir analysieren Fernsehwerbespots und zeigen auf, wo die Tricks...«

Plötzlich blieb er stehen.

»Was ist?« fragte ich.

»War da nicht noch jemand?« fragte Sanders. »Sind Sie nicht mit noch jemandem gekommen?«

»Nein, ich bin allein gekommen.«

»Na gut.« Er hastete in mörderischem Tempo weiter. »Ich habe immer Angst, hier unten jemanden zu verlieren. So, wir sind da. Das ist das Labor. Gut. Die Tür ist wenigstens noch da, wo sie zuletzt gewesen ist.«

Er stieß schwungvoll die Tür auf. Ich starrte schockiert in den Raum.

»Es macht nicht viel her, ich weiß«, sagte Sanders, was ich für eine gewaltige Untertreibung hielt.

Ich blickte in einen Kellerraum mit rostigen Rohren und Leitungen, die von der Decke herabhingen. Der grüne Linoleumboden

war an mehreren Stellen aufgebogen, so daß der darunterliegende Zement zum Vorschein kam. Im ganzen Raum verteilt standen verkratzte Holztische mit Laborgeräten und seitlich herabhängenden Kabeln. An jedem Tisch saß ein Student vor einem Monitor. Auf dem Boden standen ein paar Eimer, die das von der Decke tröpfelnde Wasser auffingen.
Sanders sagte: »Der einzige Raum, den wir kriegen konnten, war der hier im Keller, und für kleine Annehmlichkeiten wie eine neue Decke haben wir kein Geld. Aber was macht's! Passen Sie auf Ihren Kopf auf!«
Er ging voran. Ich bin ungefähr einen Meter achtzig groß, und als ich eintrat, mußte ich mich bücken. Von der Decke her hörte ich harte, schabende Geräusche.
»Schlittschuhläufer«, erklärte Sanders.
»Bitte?«
»Wir befinden uns unter der Eislaufbahn. Man gewöhnt sich daran. Im Augenblick ist es ganz erträglich. Wenn sie allerdings nachmittags Eishockey trainieren, wird es ein bißchen laut.«
Wir gingen tiefer in den Raum hinein. Ich fühlte mich wie in einem U-Boot. Ich beobachtete die Studenten an ihren Labortischen. Alle konzentrierten sich auf ihre Arbeit, keiner hob den Blick. »Was für eine Art von Band wollen Sie denn kopieren lassen?« fragte Sanders.
»Ein japanisches Acht-Millimeter-Band, kopiergesichert. Könnte schwierig werden.«
»Schwierig? Das bezweifle ich«, sagte Sanders. »Wissen Sie, in meiner Jugend habe ich die meisten Algorithmen für die frühe Verbesserung von Videoaufzeichnungen erarbeitet. Rauschminderung und Inversion und Schärfenregulierung, solche Sachen, Sie wissen schon. Alle haben sie die Sanders-Algorithmen benützt. Ich war Doktorand am CalTech damals, und in meiner Freizeit arbeitete ich im Jet Propulsion Laboratory. Nein, nein, das schaffen wir schon.«
Ich gab ihm das Band. Er besah es sich. »Niedliches kleines Kerlchen!«

»Was ist denn passiert mit allen Ihren Algorithmen?« fragte ich ihn.
»Sie waren kommerziell nicht verwertbar«, erklärte Sanders. »In den achtziger Jahren sind amerikanische Firmen wie RCA oder General Electrics aus der kommerziellen Elektronik ausgestiegen. Meine Programme zur Bildverbesserung waren in Amerika nicht zu gebrauchen.« Er zuckte mit den Achseln. »Da habe ich versucht, sie in Japan zu verkaufen, an Sony.«
»Und?«
»Die Japaner hatten die Anwendung bereits patentrechtlich schützen lassen. In Japan.«
»Sie meinen, die hatten die Algorithmen schon?«
»Nein, nur die Patente. In Japan ist das Patentieren eine Form von Krieg. Die Japaner patentieren wie verrückt. Und sie haben ein merkwürdiges System. Dort dauert es zwar acht Jahre, bis man ein Patent erhält, aber die Patentanmeldung wird nach achtzehn Monaten veröffentlicht, und danach wird über die Lizenzgebühren diskutiert. Und natürlich besteht zwischen Japan und Amerika kein generelles Lizenzabkommen. Auf diese Weise sind sie immer im Vorteil.
Jedenfalls erfuhr ich, als ich in Japan war, daß Sony und Hitachi über mehrere entsprechende Patente verfügten und daß sie sozusagen eine Flut von Patentierungen veranlaßt hatten. Das heißt, sie hatten mögliche zukünftige Anwendungen ihrer Produkte bereits abgedeckt. Sie hatten zwar nicht das Recht, meine Algorithmen zu benützen – aber ich hatte dieses Recht auch nicht, denn sie hatten schon die *Anwendung* meiner Erfindung patentieren lassen.« Wieder zuckte er mit den Achseln. »Es ist schwierig zu erklären, aber das Ganze ist sowieso nur mehr Schnee von gestern. Mittlerweile haben die Japaner sehr viel kompliziertere Video-Software entwickelt, das geht weit über das hinaus, was wir hier haben. Sie sind uns um Jahre voraus. Aber wir hier in diesem Labor stolpern ihnen hinterher, so gut es eben geht. Ah! Dan, genau Sie brauche ich. Sind Sie gerade sehr beschäftigt?«
Eine junge Frau blickte von ihrem Computerbildschirm auf. Sie

hatte große Augen hinter einer Hornbrille und dunkles Haar. Ihr Gesicht war zum Teil von den Deckenröhren verdeckt.
»Sie sind ja gar nicht Dan!« sagte Sanders überrascht. »Wo ist Dan, Theresa?«
»Er macht Frühstückspause«, sagte Theresa. »Ich helfe gerade bei den Echtzeit-Progressionen mit. Wir sind bald fertig.« Ich hatte den unbestimmten Eindruck, daß sie älter war als die anderen Studenten. An ihrer Kleidung lag es jedoch nicht: Sie trug ein buntes Stirnband und ein U2-T-Shirt unter einer Jeansjacke. Vielleicht war es ihre ruhige Ausstrahlung, die sie älter wirken ließ.
»Können Sie kurz etwas anderes machen?« fragte Sanders, während er um den Tisch herumging und einen Blick auf den Bildschirm warf. »Wir haben hier nämlich etwas Dringendes: Wir müssen der Polizei helfen.« Mich immer wieder unter Rohren duckend, folgte ich Sanders.
»Ja, das wird schon gehen«, sagte die junge Frau und schaltete einige Geräte auf ihrem Tisch aus. Sie wandte mir eine Weile den Rücken zu, aber dann konnte ich sie endlich ganz sehen. Sie war dunkelhäutig, wirkte sehr exotisch, fast ein eurasischer Typ. Sie war bildhübsch, nein: wunderschön. Sie sah aus wie eines dieser Fotomodelle mit den hochliegenden Wangenknochen in den Modezeitschriften. Einen Moment lang war ich ganz verwirrt, denn diese Frau war einfach zu schön, um in diesem Kellerloch von Elektroniklabor zu arbeiten. Sie paßte nicht dorthin.
»Das ist Theresa Asakuma«, sagte Sanders, »die einzige japanische Doktorandin, die hier arbeitet.«
»Hi«, sagte ich und fühlte, wie ich rot wurde. Ich kam mir idiotisch vor. Diese Eröffnung war zu unvermittelt über mich hereingestürzt, und in Anbetracht der Umstände wollte ich die Bänder lieber nicht in den Händen einer Japanerin wissen. Aber ihr Vorname war nicht japanisch, und sie sah auch nicht japanisch aus, sie sah aus wie eine Eurasierin, höchstens teilweise japanisch, vielleicht war sie sogar…
»Guten Morgen, Lieutenant«, sagte sie und streckte mir die

linke, die falsche Hand entgegen. Sie hielt die Linke ein wenig seitlich, so wie man es macht, wenn die rechte Hand verletzt ist. Wir schüttelten uns die Hände. »Hallo, Miss Asakuma«, sagte ich.

»Theresa.«

»Okay.«

»Ist sie nicht schön?« sagte Sanders, so als sei das sein Verdienst.

»Wunderschön.«

»Ja. Ich muß sagen, es erstaunt mich, daß Sie nicht als Model arbeiten.«

Eine peinliche Pause entstand. Ich konnte mir nicht erklären, warum.

Theresa wandte sich hastig ab. »So etwas hat mich nie interessiert.«

Sanders versuchte eilfertig, die Situation zu entschärfen: »Theresa, Lieutenant Smith möchte einige Bänder kopieren lassen. Diese hier.«

Er hielt Theresa eines der Bänder hin. Sie nahm es in die linke Hand und hielt es ins Licht. Ihr rechter Arm blieb abgewinkelt gegen die Taille gestützt. Da sah ich, daß dieser Arm verkrüppelt war: Er endete in einem fleischigen Stumpf, der aus dem Ärmel ihrer Jeansjacke ragte. Es sah aus wie der Arm eines Contergan-Kindes.

»Interessant«, sagte sie, während sie sich mit zusammengekniffenen Augen das Band ansah. »Acht-Millimeter, High Density. Vielleicht ist es das patentierte Digital-Format, über das wir schon einiges gehört haben, das mit der Echtzeit-Bildverbesserung.«

»Tut mir leid, das weiß ich nicht«, sagte ich. Es war mir peinlich, daß ich das Thema Fotomodell angesprochen hatte. Ich griff in den Karton und holte das Abspielgerät heraus.

Theresa nahm sofort einen Schraubenzieher in die linke Hand, entfernte den Deckel und beugte sich über das Innere des Videorecorders. Ich sah eine grüne Platine, einen schwarzen Motor und drei kleine Kristallzylinder. »Ja, das ist die neue Kombination. Ziemlich raffiniert. Sehen Sie mal, Dr. Sanders! Sie machen es mit nur drei Köpfen. Die Platine erzeugt wohl die RGB-

Farbkomponenten, denn da hinten – glauben Sie, daß das der Baustein für die Datenkomprimierung ist?«

»Offenbar ein Digital-Analog-Wandler«, sagte Sanders. »Gut gemacht. Und so klein.« Er wandte sich mit dem Gerät in der Hand zu mir. »Wissen Sie, warum die Japaner solche Geräte herstellen können und wir nicht? Weil sie sie *kaizen*. Das ist ein Prozeß durchdachter, geduldiger, kontinuierlicher Verbesserung. Von Jahr zu Jahr wird das Produkt ein bißchen besser, ein bißchen kleiner, ein bißchen billiger. Wir Amerikaner denken da ganz anders. Wir bemühen uns immer um den großen Sprung nach vorn, um den einen riesigen Entwicklungsschritt. Wir versuchen, das ganz große Ding zu landen, und dann lehnen wir uns zufrieden zurück. Die Japaner erzielen Tag für Tag einen winzigen Erfolg, und sie ruhen sich nie auf ihren Lorbeeren aus. So ein Gerät ist also auch Ausdruck einer bestimmten Philosophie.«

So dozierte Sanders noch eine Weile, während er bewundernd an den Kristallzylindern drehte. Schließlich fragte er Theresa: »Können Sie die Bänder kopieren?«

»Klar«, sagte Theresa. »Vom Wandler aus können wir ein Signal aus dieser Maschine auf jedes beliebige andere Medium aufzeichnen. Wollen Sie es auf Dreiviertel-Zoll, auf optisches Master-Band oder auf einem VHS-Band haben?«

»Auf einem VHS«, sagte ich.

»Kein Problem.«

»Aber ist es dann wirklich eine exakte Kopie? Die Leute im JPL sagten mir, sie könnten nicht dafür garantieren.«

»Ach, du meine Güte, das JPL!« sagte Sanders. »Die sagen so etwas doch nur, weil sie Regierungsangestellte sind. Hier aber wird *gearbeitet*, stimmt's, Theresa?«

Aber Theresa hatte gar nicht zugehört. Sie war schon dabei, mit ihrer gesunden Hand Kabel und irgendwelche Drähte einzustekken, während sie mit dem Armstumpf das Abspielgerät hielt. Wie bei vielen behinderten Menschen waren ihre Bewegungen so selbstverständlich, daß der Ausfall der rechten Hand kaum auffiel. Nach kurzer Zeit hatte sie den kleinen Recorder an einen zweiten und an mehrere Monitoren angeschlossen.

»Wozu brauchen Sie die?«
»Um das Signal zu überprüfen.«
»Sie meinen, um beim Überspielen das Bild zu kontrollieren?«
»Nein. Das Bild zeigt der große Monitor hier. Die anderen ermöglichen es mir, die Signalcharakteristika und die Dateninformation zu sehen: Wie das Bild auf dem Band aufgezeichnet ist.«
»Ist das notwendig?« fragte ich.
»Nein, ich will nur ein bißchen schnüffeln. Ich bin gespannt, wie sie dieses High-Density-Format entwickelt haben.«
»Woher stammt das Band eigentlich?« fragte mich Sanders.
»Von einer Überwachungskamera in einem Büro.«
»Und es ist ein Original?«
»Ich glaube schon. Warum?«
»Also, wenn es sich um Originalmaterial handelt, müssen wir besonders vorsichtig damit umgehen«, erklärte er Theresa. »Es dürfen keine Rückkopplungsschleifen entstehen, die die Bandbeschichtung beschädigen, oder von den Köpfen ausgehende Signalausfälle, die die Kontinuität des Datenflusses gefährden könnten.«
»Keine Angst«, sagte Theresa, »das habe ich schon im Griff.« Sie deutete auf eines ihrer Geräte. »Sehen Sie das? Es warnt vor einer Änderung der Impedanz. Und den Zentralprozessor überprüfe ich auch.«
»Okay«, sagte Sanders. Er strahlte wie ein stolzer Vater.
»Wie lange wird es dauern?« fragte ich.
»Nicht sehr lange. Wir können das Signal mit sehr hoher Geschwindigkeit aufzeichnen. Die Übertragungsgrenze hängt vom Wiedergabegerät ab, und das hat offenbar eine Schnellabtastung. Es wird zwei, drei Minuten pro Band dauern.«
Ich sah auf meine Armbanduhr. »Ich habe um halb elf einen Termin, zu dem ich nicht zu spät kommen darf, und die Bänder will ich nicht hierlassen...«
»Müssen denn alle kopiert werden?«
»Fünf sind besonders wichtig.«
»Dann fangen wir mit denen an.«
Wir sahen uns auf jedem Band jeweils die ersten paar Sekunden

an, um die fünf auszusondern, die von den Kameras im sechsundvierzigsten Stock aufgenommen worden waren. Das Videobild war auf dem größten Monitor auf Theresas Tisch zu sehen. Die kleineren Monitore zeigten hin- und herhüpfende Kurven. Es sah aus wie auf den Geräten einer Intensivstation.

»Das ist gar nicht so falsch«, sagte Theresa, nachdem ich den Vergleich erwähnt hatte. »Eine Intensivstation für Video.« Sie nahm eine Kassette aus dem Gerät, schob die nächste hinein und drückte die Starttaste. »Hoppla! Sagten Sie nicht, das hier sei Originalmaterial? Stimmt nicht. Diese Bänder sind schon Kopien.«

»Woher wissen Sie das?«

»Wir haben hier ein Anlaufsignal.« Sie beugte sich zu den Monitoren vor und beobachtete die Kurvenverläufe, wobei sie verschiedene Knöpfe und Skalenscheiben zur Feineinstellung bewegte.

»Ja, das glaube ich auch«, sagte Sanders und wandte sich zu mir. »Wissen Sie, bei Video ist es schwierig, an Hand des Bildes selbst eine Kopie zu erkennen. Beim älteren Analogverfahren ist eine gewisse Qualitätsminderung bei den aufeinanderfolgenden Generationen festzustellen, aber bei einem Digitalsystem wie diesem hier besteht nicht der geringste Unterschied. Jede Kopie ist buchstäblich identisch mit dem Original.«

»Woher wissen Sie dann, daß diese Bänder Kopien sind?«

»Theresa hält sich nicht an das Bild, sondern an das Signal, und da läßt sich manchmal feststellen, daß das Bild von einem anderen Recorder und nicht aus einer Kamera stammt.«

Ich schüttelte den Kopf. »Wie denn?«

»Das hängt damit zusammen, wie das Signal in der ersten halben Sekunde der Aufzeichnung gespeichert wurde«, erklärte Theresa. »Wenn das aufzeichnende Gerät vor dem Wiedergabegerät eingeschaltet wurde, kommt es manchmal zu einer geringen Schwankung der Ausgangssignale, sobald das Wiedergabegerät zu laufen beginnt. Es ist eine mechanische Funktion: Die Motoren des Wiedergabegeräts erreichen die entsprechende Geschwindigkeit nicht sofort. Im Wiedergabegerät befinden sich elektronische Vorrichtungen, die diesen Effekt mindern, aber eine gewisse Anlaufzeit ist immer zu berücksichtigen.«

»Und das haben Sie gerade eben entdeckt?«

Sie nickte. »Man nennt das Anlaufsignal.«

Sanders fügte hinzu: »Und das passiert nie, wenn das Signal direkt aus einer Kamera kommt. Eine Kamera hat immer sofort die entsprechende Geschwindigkeit.«

Ich runzelte die Stirn. »Diese Bänder sind also Kopien?«

»Ist das schlimm?« fragte Sanders.

»Ich weiß nicht. Wenn sie kopiert wurden, kann es auch sein, daß man sie verändert hat, oder?«

»Theoretisch schon«, sagte Sanders. »Praktisch gesehen, müßten wir da sehr genau hinschauen, und es wäre fast unmöglich, es mit Sicherheit festzustellen. Die Bänder stammen von einer japanischen Firma?«

»Ja.«

»Von Nakamoto?«

Ich nickte. »Ja.«

»Ich bin, ehrlich gesagt, nicht überrascht, daß sie Ihnen Kopien gegeben haben«, sagte Sanders. »Die Japaner sind extrem vorsichtig. Außenstehenden vertrauen sie nicht besonders. Und japanische Betriebe in Amerika fühlen sich so, wie wir uns fühlen würden, wenn wir in Nigeria Geschäfte machten: von lauter Wilden umgeben.«

»Aber, aber!« sagte Theresa.

»Entschuldigung, aber Sie wissen schon, wie ich das meine. Die Japaner haben das Gefühl, sich ständig mit uns herumquälen zu müssen: mit unserer Unfähigkeit, unserer Langsamkeit, unserer Dummheit, unserer Inkompetenz. Davor versuchen sie sich zu schützen. Wenn diese Bänder von juristischer Bedeutung sind, dann würden sie die Originale niemals in die Hände eines barbarischen Polizisten geben. Nein, nein, so jemanden wie Ihnen geben sie eine Kopie, die Originale behalten sie für den Fall, daß sie sie zu ihrer Verteidigung brauchen. Und das alles in dem todsicheren Gefühl, daß Sie mit Ihrer hinterwäldlerischen amerikanischen Technologie niemals herausbekommen, daß es sich um Kopien handelt.«

»Wie lange könnte es gedauert haben, diese Kopien herzustellen?« fragte ich ihn.

»Nicht lange«, sagte Sanders. »So wie Theresa die Bänder jetzt durchlaufen läßt, ungefähr fünf Minuten pro Band. Ich nehme an, daß die Japaner es noch viel schneller können. Wahrscheinlich brauchen Sie gerade mal zwei Minuten pro Band.«

»In diesem Fall hatten sie vergangene Nacht jede Menge Zeit zum Kopieren.«

Während Sanders und ich uns unterhielten, kontrollierte Theresa weiterhin den Anfang jedes Bandes. Sobald das Bild auf dem großen Monitor erschien, warf sie mir einen Blick zu, ich aber schüttelte jedesmal den Kopf. Endlich waren wir beim ersten Band aus dem sechsundvierzigsten Stock angelangt, und der Monitor zeigte die vertraute Aufnahme des Büros, die ich mir schon einmal angesehen hatte.

»Das ist eines von den fünfen.«

»Okay, dann kann's ja losgehen. Ich zeichne es auf VHS auf.« Theresa begann mit dem Kopieren. Sie ließ das Band mit so hoher Geschwindigkeit durchlaufen, daß das Bild mit Streifen versehen über den Monitor hastete. Die Signale auf den kleineren Monitoren sprangen wie wild hin und her.

»Hat das etwas mit dem Mord bei Nakamoto zu tun?« fragte sie.

»Ja. Haben Sie davon gehört?«

Sie hob die Schultern. »In den Nachrichten habe ich etwas darüber gesehen. Der Mörder ist doch bei einem Autounfall ums Leben gekommen?«

»Ja, das stimmt.«

Sie stand ein wenig von mir abgewandt. Im Dreiviertelprofil erschien ihr Gesicht mit den hohen, geschwungenen Wangenknochen überwältigend schön. Mir fiel ein, daß Eddie Sakamura als Playboy gegolten hatte. »Kannten Sie ihn?«

»Nein«, sagte sie und fügte nach einer kurzen Pause hinzu: »Er war Japaner.«

Wieder machte sich eine peinliche Stille zwischen uns dreien breit. Theresa und Sanders schienen irgend etwas zu wissen, was ich nicht wußte, aber ich wagte nicht, danach zu fragen, und starrte weiter auf den Monitor.

Zum zweitenmal sah ich das Sonnenlicht durch die Büroetage wandern. Dann wurden wieder die Lampen angeschaltet, und immer mehr Angestellte verschwanden. Jetzt war das Stockwerk leer. Und dann erschien, in rasendem Tempo, Cheryl Austin, gefolgt von ihrem Liebhaber. Sie küßten sich leidenschaftlich.

»Aah«, sagte Sanders, »ist es das?«

»Ja.«

Er sah mit gerunzelter Stirn zu. »Soll das heißen, daß der Mord aufgenommen wurde?«

»Ja. Von mehreren Kameras sogar.«

»Das ist ja sagenhaft!«

Sanders schwieg und blickte weiter auf den Monitor. Auf dem streifigen Hochgeschwindigkeitsbild waren die Einzelheiten nicht zu erkennen. Man sah nur, wie die beiden sich auf den Konferenzraum zubewegten, dann den plötzlich einsetzenden Kampf und wie der Mann das Mädchen gegen den Tisch drückte, abrupt von ihr abließ und hastig aus dem Raum lief.

Keiner von uns sagte etwas. Wir schauten gebannt auf den Monitor.

Ich schielte zu Theresa hinüber. Ihr Gesicht gab keine Gefühlsäußerung preis. Das Videobild spiegelte sich in ihren Brillengläsern.

Eddie Sakamura ging am Spiegel vorbei und trat in den dunklen Gang. Das Band lief noch einige Sekunden lang, dann sprang die Kassette heraus.

»Da hätten wir mal eines. Es waren mehrere Kameras, sagten Sie. Wie viele denn insgesamt?«

»Fünf, glaube ich.«

Theresa markierte die Kassette mit einem selbstklebenden Etikett. Dann schob sie das zweite Band ins Gerät und kopierte es ebenfalls im Schnellauf.

»Sind diese Kopien exakt?« fragte ich.

»Aber ja.«

»Sie sind also rechtsgültig?«

Sanders sah mich fragend an. »Rechtsgültig in welchem Sinn?«

»Na ja, als Beweismittel vor Gericht...«

»O nein!« sagte Sanders. »Diese Bilder würden niemals vor Gericht zugelassen werden.«

»Aber wenn es exakte Kopien sind...«

»Das hat damit nichts zu tun. Jede Form von fotografischem Beweismaterial, inklusive Video, ist vor Gericht nicht mehr zugelassen.«

»Das höre ich zum erstenmal.«

»Das Präzedenzrecht ist noch nicht ganz durch«, klärte Sanders mich auf, »aber es wird kommen. Heutzutage sind alle fotografischen Aufnahmen unzuverlässig, weil sie mit Hilfe von Digitalsystemen perfekt manipuliert werden können, wirklich perfekt. Und das ist etwas völlig Neues. Erinnern Sie sich, wie die Sowjets bis vor einigen Jahren immer wieder Politiker von den Fotos getilgt haben, die die Parteielite beim Abnehmen der Parade am Ersten Mai zeigten? Damals war das ein wüstes Herumschnippseln und Zusammenkleben, man erkannte sofort, daß irgend etwas verändert worden war – beispielsweise an seltsamen Zwischenräumen zwischen den Schultern der übriggebliebenen Personen oder an einer Verfärbung der Mauer im Hintergrund. Manchmal konnte man sogar die Pinselstriche des Retoucheurs entdecken, der den entstandenen Schaden ein bißchen beschönigt hatte. Zu sehen war es immer, ziemlich deutlich sogar. Man erkannte, daß das Foto verändert worden war, und das Ganze war schlicht lächerlich.«

»Ja, ich erinnere mich«, sagte ich.

»Fotos galten immer als glaubwürdig, gerade weil man sie nicht verändern konnte. Man ging davon aus, daß Fotos die Realität wiedergeben. Aber seit ein paar Jahren ermöglichen es uns die Computer, fotografische Bilder sozusagen nahtlos zu verändern. Vor einigen Jahren verschob *National Geographic* auf einem Titelfoto die Pyramide von Giseh. Den Redakteuren hatte der Standort der Pyramide nicht gefallen, sie fanden, es sähe besser aus, wenn sie sie woandershin rückten. Sie manipulierten einfach die Aufnahme und verschoben das Ding. Niemand bemerkte es. Aber wenn Sie mit einer Kamera nach Ägypten gehen und versuchen, die gleiche Aufnahme noch einmal zu machen, werden Sie feststellen, daß das unmöglich ist. In der Realität gibt es keinen Blickwinkel, von dem aus die Pyramide so dasteht wie auf dem Foto. Die Aufnahme gibt also die Wirklichkeit nicht mehr wieder, aber man kann es nicht sehen. Das nur als kleines Beispiel.«

»Und dasselbe könnte man mit diesem Band gemacht haben?«

»Theoretisch kann jedes Video verändert werden.«

Auf dem Monitor sah ich nun zum zweitenmal den Mord. Die Kamera befand sich diesmal an der gegenüberliegenden Wand. Die Tat selbst zeigte sie nicht besonders gut, aber danach war Sakamura deutlich zu erkennen, als er direkt auf die Kamera zuging.

»Wie könnte man die Aufnahme denn verändern?«

Sanders lachte. »Heutzutage können Sie alles, wirklich alles verändern, was Sie nur wollen.«

»Auch die Identität des Mörders?«

»Technisch gesehen schon. Ein Gesicht über ein komplexes bewegliches Objekt zu legen, ist heute durchaus möglich, auch wenn die praktische Ausführung wahnsinnig schwierig wäre.«

Ich erwiderte nichts. Das spielte jetzt ja sowieso keine Rolle mehr. Sakamura war unser Hauptverdächtiger, und er war tot. Der Chef wollte die Sache beendet wissen. Ich auch.

»Natürlich«, fuhr Sanders fort, »haben die Japaner alle möglichen phantastischen Video-Algorithmen für Veränderungen des wiedergegebenen Bildes, sogar für dreidimensionale Transformationen. Die schaffen Sachen, die wir uns noch nicht einmal vorstellen können.« Er klopfte mit den Fingern auf den Tisch. »Wie lief denn alles zeitlich mit diesen Aufnahmen? Wie war der Ablauf?«

»Der Mord geschah um zwanzig Uhr dreißig gestern abend; das kann man an der Uhr ablesen. Man sagte uns, die Bänder seien gegen zwanzig Uhr fünfundvierzig aus dem Sicherheitsraum entfernt worden. Wir haben uns nach ihrem Verbleib erkundigt, und dann gab es ein ziemliches Hin und Her mit den Japanern.«

»Wie üblich. Wann hatten Sie sie dann in der Hand?«

»Sie wurden gegen halb zwei Uhr morgens in unsere Zentrale gebracht.«

»Okay«, sagte Sanders. »Dann hatten die Japaner die Bänder also von dreiviertel neun bis halb zwei.«
»Richtig. Etwas weniger als fünf Stunden.«
Sanders legte die Stirn in Falten. »Fünf Bänder mit fünf verschiedenen Kameraperspektiven in fünf Stunden verändern?« Er schüttelte den Kopf. »Unmöglich. Das ist nicht zu schaffen, Lieutenant.«
»Stimmt«, schaltete sich Theresa ein. »Das ist unmöglich, sogar für die Japaner. Da muß man einfach zu viele Bildpunkte verändern.«
»Sind Sie ganz sicher?«
»Also, so schnell könnte man es nur mit einem automatisierten Programm machen«, sagte Theresa, »und selbst bei den ausgeklügeltsten Programmen muß man die Einzelheiten noch per Hand aufpolieren. Wenn unscharfe Stellen nicht stimmen oder ähnliches, war alles umsonst.«
»Unscharfe Stellen?« fragte ich. Theresa Fragen zu stellen begann mir zu gefallen. Ich sah sie einfach gerne an.
»Bei Video bewegen sich dreißig Einzelbilder pro Sekunde«, sagte Sanders. »Sie können sich jedes Videoeinzelbild wie ein Foto vorstellen, das bei einer Verschlußgeschwindigkeit von einer Dreißigstelsekunde aufgenommen wurde. Das ist sehr langsam – viel langsamer als bei einfachen Kameras. Wenn man einen Läufer mit einer Dreißigstelsekunde aufnimmt, sieht man die Beine nur als Streifen, ganz verschwommen. Das nennt man Bewegungsunschärfe. Und wenn man sie in einem mechanischen Prozeß verändern will, sieht es irgendwie falsch aus. Das Bild kommt dann zu scharf, zu klar heraus, die Ränder wirken merkwürdig. Da sind wir wieder bei den Sowjets: Man sieht, daß eine Manipulation vorgenommen worden ist. Für den Eindruck eines wirklichkeitsgetreuen Bewegungsablaufs braucht man das richtige Maß an Unschärfe.«
»Ich verstehe.«
»Und dann kommt noch die Farbverschiebung dazu«, sagte Theresa.
»Genau«, fuhr Sanders fort. »Innerhalb der unscharfen Stelle gibt

es eine Farbverschiebung. Schauen Sie beispielsweise mal das Bild auf dem Monitor an. Der Mann trägt einen blauen Anzug, und die Jackenschöße schwingen in der Luft, während er sich mit dem Mädchen durch den Raum bewegt. Wenn Sie davon ein Einzelbild nehmen und dessen Bildpunkte sichtbar machen, sehen Sie, daß die Jacke dunkelblau ist, aber die Unschärfe besteht aus aufeinanderfolgenden Nuancen eines helleren Blaus, das dann an den Rändern fast transparent wirkt. Auf einem Einzelbild ließe sich nie genau erkennen, wo die Jacke aufhört und der Hintergrund beginnt.«

Ich konnte es mir so ungefähr vorstellen. »Okay...«

»Wenn die Farben an den Rändern nicht nahtlos ineinander übergehen, fällt das sofort auf. Es kann Stunden dauern, einige wenige Sekunden auf einem Band so zu bearbeiten, wie es beispielsweise bei Werbefilmen gemacht wird. Aber wenn man es unterläßt, erkennt der eingeweihte Beobachter es sofort.« Er schnippte mit den Fingern.

»Sie haben die Bänder also kopieren, aber nicht manipulieren können?«

»Nicht in fünf Stunden«, sagte Sanders. »Dazu hatten sie einfach nicht genug Zeit.«

»Dann sehen wir also das, was tatsächlich geschehen ist?«

»Ohne jeden Zweifel«, antwortete Sanders. »Aber wenn Sie gegangen sind, werden wir sowieso an diesem Band ein bißchen rumfummeln. Theresa möchte damit herumspielen, das weiß ich genau. Und ich auch. Melden Sie sich heute nachmittag bei uns, dann können wir Ihnen sagen, ob wir etwas gefunden haben. Aber im Prinzip ist es unwahrscheinlich, nein, in diesem Fall hier wurde es auch nicht gemacht.«

Als ich in die Auffahrt des Sunset Hills Country Club einbog, sah ich Connor schon vor dem großen, stuckverzierten Clubhaus stehen. Er verbeugte sich vor den drei japanischen Golfspielern, die bei ihm standen; sie verbeugten sich ihrerseits. Dann schüttelte er jedem die Hand, warf die Schläger auf den Rücksitz und stieg in meinen Wagen.

»Sie haben sich verspätet, *kōhai*.«

»Tut mir leid. Sind ja nur ein paar Minuten. Ich wurde an der Uni aufgehalten.«

»Ihre Verspätung hat den dreien eine große Unannehmlichkeit bereitet. Aus Gründen der Höflichkeit fühlten sie sich verpflichtet, mir vor dem Clubhaus Gesellschaft zu leisten, während ich auf Sie wartete. Männer in ihrer Position stehen nicht gerne untätig herum. Sie haben zu tun. Aber sie fühlten sich verpflichtet und konnten mich nicht einfach so zurücklassen. Sie haben mich in eine sehr peinliche Situation gebracht. Und auch auf die Polizei wirft ein solches Verhalten kein gutes Licht.«

»Es tut mir leid. Ich wußte das nicht.«

»Dann lernen Sie es, *kōhai*. Sie sind nicht allein auf der Welt.«

Ich legte den Gang ein und fuhr los. Im Rückspiegel sah ich die drei Japaner. Sie winkten uns nach. Es sah nicht so aus, als wären sie verärgert oder hätten es eilig wegzukommen. »Mit wem haben Sie gespielt?« fragte ich Connor.

»Aoki-*san* ist der Leiter von Tokio Marine in Vancouver. Hanada-*san* ist Vizedirektor der Mitsui-Bank in London und Kenichi Asaka leitet von Bangkok aus sämtliche südostasiatischen Toyota-Fabriken von Kuala Lumpur bis Singapur.«

»Was machen die hier?«

»Urlaub«, sagte Connor. »Ein paar Tage Golfspielen in den Vereinigten Staaten. Sie finden es schön, sich in einem Land zu entspannen, in dem es ein bißchen gemächlicher zugeht.«

Ich fuhr die kurvenreiche Straße zum Sunset Boulevard hinauf und blieb an einer Ampel stehen. »Wohin?«

»Ins ›Four Season Hotel‹.«

Ich bog rechts ab, Richtung Beverly Hills. »Und warum spielen diese Männer mit Ihnen Golf?«

»Ach, wir kennen uns schon lange. Ein paar Gefälligkeiten hier und da, über die Jahre hinweg. Ich bin keine wichtige Person, aber Beziehungen muß man pflegen. Ein Anruf, ein kleines Präsent, ein gemeinsames Spiel, wenn man gerade in der Stadt ist. Man weiß schließlich nie, wann man solche Verbindungen wieder brauchen wird. Beziehungen sind eine Informationsquelle, ein Sicherheitsventil und ein Frühwarnsystem. Jedenfalls sehen es die Japaner so.«

»Wer hat Sie um dieses Spiel gebeten?«

»Hanada-*san* wollte auf jeden Fall spielen; ich habe mich nur dazugesellt. Ich bin ein ziemlich guter Golfspieler, müssen Sie wissen.«

»Und warum wollten Sie spielen?«

»Ich wollte mehr über diese Samstagstreffen herausfinden«, sagte Connor.

Ich erinnerte mich an das Kameraoriginal der Nachrichtensendung: Samstagstreffen. Sakamura hatte Cheryl Austin gepackt und gesagt, sie könne nicht verstehen, es gehe um das Samstagstreffen.

»Und, wissen Sie jetzt mehr?«

Connor nickte. »Offenbar gibt es sie schon sehr lange, seit neunzehnhundertachtzig oder so. Am Anfang wurden sie im ›Century Plaza‹ abgehalten, später im ›Sheraton‹ und jetzt im ›Biltmore‹.«

Connor sah zum Fenster hinaus. Der Wagen holperte über die Schlaglöcher des Sunset Boulevard.

»Einige Jahre lang wurden die Treffen regelmäßig abgehalten. Prominente japanische Industrielle, die gerade in der Stadt waren, nahmen an einer fortlaufenden Diskussion darüber teil, was man mit den Amerikanern machen solle, wie die amerikanische Wirtschaft zu lenken sei.«

»Was?«

»Ja.«

»Das ist ja unglaublich!«

»Aber warum denn?« fragte Connor.

»Warum? Weil das hier *unser* Land ist. Es ist doch einfach

unmöglich, daß da ein Haufen Ausländer bei irgendwelchen Geheimtreffen herumsitzt und darüber entscheidet, wie unser Land zu lenken ist!«

»Die Japaner sehen es anders.«

»Bestimmt! Die glauben wohl, daß das ihr gutes Recht ist!«

Connor zuckte mit den Achseln. »Genau das denken sie tatsächlich. Und sie sind der Ansicht, daß sie sich das Recht erworben haben, darüber zu entscheiden, wie...«

»Verflucht noch mal!«

»Schließlich haben sie viel in unser Land investiert. Sie haben uns viel Geld zur Verfügung gestellt, Peter, sehr viel Geld. Hunderte von Milliarden Dollar. In den letzten fünfzehn Jahren belief sich das Handelsdefizit der Vereinigten Staaten gegenüber Japan meist auf eine Milliarde Dollar pro Woche. Das ist eine Milliarde Dollar pro Woche, mit der sie irgend etwas anfangen müssen. Das ist wie ein reißender Geldstrom, der auf sie einstürzt. Eigentlich sind sie auf so viele Dollars gar nicht scharf. Was sollen sie denn mit diesen überschüssigen Milliarden anfangen? Sie beschlossen also, dieses Geld an uns zu verleihen. Unsere Regierung leistete sich Jahr für Jahr ein Haushaltsdefizit. Wir bezahlten unsere politischen Programme nicht selbst; die Japaner finanzierten unser Haushaltsdefizit. Sie investierten sozusagen in uns. Und sie liehen uns ihr Geld auf der Grundlage bestimmter Zusicherungen von seiten unserer Regierung. Washington garantierte den Japanern, wir würden unseren Staat in Ordnung bringen: das Haushaltsdefizit verringern, das Bildungssystem verbessern, unsere Infrastruktur erneuern, ja sogar die Steuern erhöhen, falls das notwendig werden sollte. Kurz gesagt: aufräumen. Denn nur dann ist es sinnvoll, in Amerika zu investieren.«

»Mhm.«

»Aber wir haben nichts von alledem getan. Wir ließen das Defizit noch weiter ansteigen, und wir werteten den Dollar ab. Neunzehnhundertfünfundachtzig verringerten wir seinen Wert um die Hälfte. Wissen Sie, welche Auswirkungen das auf die japanischen Investitionen in Amerika hatte? Ein Riesenreinfall. Alles, was sie im Jahr zuvor investiert hatten, brachte nur mehr die Hälfte an Gewinn ein.«

Ich erinnerte mich vage, davon schon einmal gehört zu haben. »Ich dachte, das hätten wir gemacht, um unser Haushaltsdefizit zu verkleinern und die Exporte anzukurbeln.«

»Ja, aber es funktionierte nicht. Unsere Handelsbilanz mit Japan wurde noch mieser. Wenn man seine Währung um die Hälfte abwertet, verdoppeln sich normalerweise die Kosten aller Importe. Aber die Japaner senkten die Preise für ihre Videorecorder und Kopiergeräte und konnten dadurch ihre Marktanteile halten. Denken Sie daran: Geschäft ist Krieg. Das einzige, was wir damit erreichten, war, daß amerikanisches Land und amerikanische Unternehmen so billig wurden, daß die Japaner zugreifen konnten, denn der Yen war nun doppelt so stark wie davor. Die größten Banken der Welt machten wir zu japanischen Banken und Amerika zu einem armen Land.«

»Und was hat das alles mit den Samstagstreffen zu tun?«

»Also«, sagte Connor, »nehmen wir mal an, Sie hätten einen alkoholabhängigen Onkel. Er sagt, wenn Sie ihm Geld leihen, wird er aufhören zu trinken. Aber natürlich hört er nicht auf. Aber Sie hätten gern Ihr Geld zurück, Sie wollen von dieser schlechten Investition retten, was zu retten ist. Außerdem wissen Sie, daß Ihr Onkel, weil er Trinker ist, sich mit großer Wahrscheinlichkeit sinnlos besaufen und jemanden verletzen wird. Ihr Onkel hat die Kontrolle über sich verloren. Irgend etwas muß geschehen. Die Familie setzt sich zusammen und bespricht, wie das Problem angegangen werden soll. Genau das haben die Japaner getan.«

»Mhm.« Der skeptische Unterton in meiner Stimme war Connor offenbar nicht verborgen geblieben.

»Wissen Sie, was? Schlagen Sie sich diese Verschwörungstheorie aus dem Kopf. Oder wollen etwa Sie Japan übernehmen? Wollen Sie Japan regieren? Selbstverständlich nicht. Kein vernünftiges Land will ein anderes übernehmen. Geschäfte machen – ja; Beziehungen unterhalten – gut und schön; aber doch nicht *übernehmen*! Eine solche Verantwortung scheut jeder, und die damit verbundenen Pflichten auch. Es ist genauso wie mit dem trinkenden Onkel: Man setzt sich nur dann zusammen, wenn man dazu gezwungen ist. Es ist eine letzte Möglichkeit.«

»So sehen es die Japaner?«

»Sie sehen Milliarden über Milliarden ihrer Dollars, *kōhai*. Dollars, die sie in ein Land investiert haben, das in großen Schwierigkeiten steckt, ein Land, das voller seltsamer Individuen ist, die permanent reden und einander bekämpfen. Ein Land mit Menschen, die andauernd streiten, die ungebildet sind und nicht viel über den Rest der Welt wissen, weil sie sich ihre Informationen aus dem Fernseher holen. Menschen, die nicht besonders hart arbeiten, die Gewalt und Drogenmißbrauch tolerieren und im Grunde nicht einmal etwas dagegen zu haben scheinen. In dieses sonderbare Land haben die Japaner Milliarden von Dollars gesteckt, und nun hätten sie gern einen anständigen Ertrag aus dieser Investition. Und obwohl die amerikanische Wirtschaft am Zusammenbrechen ist – bald wird sie nur mehr den dritten Platz in der Welt einnehmen, hinter Japan und Europa –, ist es wichtig, daß zumindest der Versuch unternommen wird, den Laden zusammenzuhalten. Genau darum geht es ihnen, das ist alles.«

»Das ist alles?« fragte ich. »Sie haben also die ehrwürdige Aufgabe übernommen, Amerika zu retten?«

»Irgendeiner muß es ja tun«, erwiderte Connor. »So können wir nicht weitermachen.«

»Das kriegen wir schon wieder in den Griff.«

»Das haben die Engländer auch immer gesagt.« Connor schüttelte den Kopf. »Aber heute ist England arm. Und Amerika wird auch bald arm sein.«

»Warum wird Amerika bald arm sein?« fragte ich. Meine Stimme klang ein bißchen lauter, als ich beabsichtigt hatte.

»Die Japaner sagen, der Grund liegt darin, daß Amerika ein Land ohne Substanz geworden ist. Wir haben den Fabrikationsbereich sträflich vernachlässigt. Wir stellen keine Produkte mehr her. Wenn man Produkte anfertigt, bedeutet das eine Wertschöpfung von Rohstoffen, das heißt, man produziert buchstäblich Vermögen. Aber die Amerikaner haben damit aufgehört. Sie verdienen heutzutage an noch nicht realisierten Gewinnen, was sich, wie die Japaner sagen, eines Tages rächen wird, denn rechnerische Gewinne sind kein wirkliches Vermögen. Die Faszination, die die Wall Street und Junk Bonds auf uns ausüben, halten sie für verrückt.«

»Und deshalb sollten die Japaner uns lenken?«

»Irgend jemand sollte uns lenken, ja, das denken sie. Aber es wäre ihnen lieber, wenn wir es selbst täten.«

»Mein Gott!«

Connor richtete sich in seinem Sitz auf. »Sparen Sie sich die Aufregung, *kōhai*! Hanada-*san* zufolge sind die Samstagstreffen neunzehnhunderteinundneunzig eingestellt worden.«

»Ach?«

»Jawohl. Damals stand für die Japaner fest, daß die Amerikaner wegen ihrer Inaktivität kein Problem darstellen. Sie erkannten schnell die Vorteile dieser Situation: Amerika war träge geworden und darum ohne großen Aufwand zu haben.«

»Es gibt also gar keine Samstagstreffen mehr?«

»Nur noch gelegentlich. Wegen *nichibei kankei*, der bestehenden japanisch-amerikanischen Beziehungen. Wirtschaftlich sind die beiden Länder mittlerweile so miteinander verzahnt, daß keiner sich einfach verabschieden kann, selbst wenn er wollte. Aber die Treffen sind nicht mehr wichtig. Sie erfüllen vor allem eine soziale Funktion. Was Sakamura zu Cheryl Austin gesagt hat, ist also falsch. Und ihr Tod hat mit keinem Samstagstreffen zu tun.«

»Mit was denn dann?«

»Meine Freunde halten es offensichtlich für eine private Sache. Ein *chijou no motsure*, ein Verbrechen aus Leidenschaft, in das eine schöne, *iro-kichigai* Frau und ein eifersüchtiger Mann verwickelt waren.«

»Und das glauben Sie ihnen?«

»Nun, dieser Meinung waren alle drei Geschäftsleute einhellig. Natürlich widerstrebt es Japanern, sich untereinander zu widersprechen, sogar auf einem Golfplatz in einem unterentwickelten Agrarland. Aber ich habe die Erfahrung gemacht, daß Einstimmigkeit einem *gaijin* gegenüber eine Vielzahl begangener Sünden verdecken kann.«

»Dann glauben Sie also, daß sie gelogen haben?«
»Nicht ganz.« Connor schüttelte den Kopf. »Aber ich hatte den Eindruck, daß sie mir etwas mitteilten, indem sie mir nichts mitteilten. Das Spiel heute morgen war ein *hara no saguriai*. Meine Freunde waren nicht sehr mitteilsam.«

Connor erzählte mir von der Golfpartie. Den ganzen Vormittag hindurch war es immer wieder zu langen Schweigepausen gekommen. Alle vier hatten sich höflich und rücksichtsvoll verhalten, aber es war nur selten und sehr zurückhaltend gesprochen worden. Die meiste Zeit über waren die Männer in völliger Stille über den Rasen gegangen.
»Sie waren doch dort, um Informationen zu bekommen«, sagte ich. »Wie haben Sie das bloß ausgehalten?«
»Ich habe durchaus Informationen bekommen. Aber«, erklärte er, »es waren unausgesprochene Informationen. Die Japaner haben eine Verständigung, die auf einer jahrhundertealten gemeinsamen Kultur beruht: Sie können Gefühle auch ohne Worte ausdrücken. Es ist wie die Vertrautheit, die bei uns zwischen Eltern und Kind herrscht; ein Kind braucht manchmal nur den Blick der Eltern zu sehen und versteht alles. Aber normalerweise bauen die Amerikaner wenig auf wortlose Kommunikation, die Japaner dagegen schon. Es ist, als wären alle Japaner Mitglieder ein und derselben Familie, sie können miteinander kommunizieren, ohne zu reden. Für einen Japaner hat jedes Schweigen eine Bedeutung.«
Ich nickte nachdenklich.
»Daran ist weder etwas Mystisches noch etwas Wunderbares«, fuhr er fort. »Zum größten Teil liegt es daran, daß die Japaner von so vielen Regeln und Konventionen umgeben sind, daß sie schließlich gar nichts mehr sagen können. Aus Höflichkeit und um das Gesicht zu wahren, ist jeder Gesprächspartner verpflichtet, die Situation, den Zusammenhang und die subtilen Signale der Körperhaltung und der unausgesprochenen Gefühle des anderen zu erspüren. Denn die andere Person ist wirklich überzeugt, die Sache nicht in Worte fassen zu können. Alles Reden

wäre taktlos. Man muß seine Absichten auf andere Weise zum Ausdruck bringen.«

»Und so haben Sie den heutigen Vormittag verbracht: schweigend?«

Connor schüttelte den Kopf und sagte, er habe den Eindruck, daß zwischen ihm und den Japanern eine klare Kommunikation stattgefunden habe. Das Schweigen sei für ihn kein Problem gewesen.

»Weil ich sie bat, über andere Japaner, also über Mitglieder ihrer eigenen Familie, zu reden, mußte ich meine Fragen mit großer Behutsamkeit formulieren – genau so, wie wenn ich Sie fragen würde, ob Ihre Schwester schon mal im Gefängnis war, oder etwas für Sie ähnlich Schmerzliches oder Peinliches. Ich würde dann aufpassen, wie lange Sie brauchen, bis Sie antworten, und würde auf die Pausen zwischen Ihren Sätzen und auf den Klang Ihrer Stimme achten und so weiter. Das sind alles Dinge, die über die verbale Kommunikation hinausgehen. Okay?«

»Okay.«

»Man erfühlt es durch Intuition.«

»Und was haben Sie heute erfühlt?«

»Sie sagten: ›Wir vergessen nicht, daß Sie uns in der Vergangenheit Dienste geleistet haben. Wir haben das starke Bedürfnis, jetzt Ihnen zu helfen. Aber dieser Mord ist eine japanische Angelegenheit, und deshalb können wir Ihnen nicht alles sagen, was wir Ihnen vielleicht gern sagen würden. Aus unserer Zurückhaltung können Sie nützliche Schlüsse über das ziehen, was der Sache zugrunde liegen mag.‹ Das haben sie mir gesagt.«

»Und was mag der Sache zugrunde liegen?«

»Nun, MicroCon wurde mehrmals erwähnt.«

»Dieses High-Tech-Unternehmen?«

»Ja. Das jetzt verkauft wird. Es ist offenbar eine kleinere Firma im Silicon Valley, die spezielle Computerteile herstellt. Mit dem Verkauf gibt es Probleme politischer Art. Auf diese Probleme sind sie einige Male zu sprechen gekommen.«

»Dann hat der Mord also etwas mit MicroCon zu tun?«

»Ich glaube schon.« Connor veränderte seine Sitzhaltung. »Übri-

gens, was haben Sie in der Uni über die Bänder in Erfahrung gebracht?«
»Zunächst einmal, daß sie kopiert wurden.«
Connor nickte. »Das hatte ich mir schon gedacht.«
»Wirklich?«
»Ishigura hätte uns nie und nimmer die Originale gegeben. Die Japaner halten alle Nichtjapaner für Barbaren. Das meinen sie wirklich, ganz wörtlich, so: Barbaren. Stinkende, ungehobelte Barbaren. Sie sind höflich und reiben es einem nicht unter die Nase, weil sie wissen, daß man keine Schuld trägt an dem großen Unglück, nicht als Japaner auf die Welt gekommen zu sein. Aber sie denken es.«
Ich nickte. Sanders hatte mehr oder weniger das gleiche gesagt.
»Der zweite Grund ist«, fuhr Connor fort, »daß die Japaner zwar außerordentlich erfolgreich, aber nicht tollkühn sind. Planung und Plackerei, lautet die Devise. Sie haben uns die Originale nicht gegeben, weil sie im Augenblick kein Risiko eingehen wollten. Was haben Sie noch alles über die Bänder erfahren?«
»Wieso glauben Sie, daß da noch etwas gewesen sein könnte?« fragte ich.
»Wenn Sie sich die Bänder angesehen haben, werden Sie sicher ein wichtiges Detail entdeckt haben...«
In diesem Moment schnarrte das Telefon.

»Captain Connor!« tönte es fröhlich aus dem Lautsprecher. »Hier spricht Jerry Orr vom Sunset Hills Country Club. Sie haben die Unterlagen vergessen.«
»Welche Unterlagen?«
»Die Anmeldeformulare«, sagte Orr. »Sie müssen sie ausfüllen, Captain. Es ist natürlich eine reine Formsache. Ich versichere Ihnen, daß es in Anbetracht Ihrer Bürgen keinerlei Schwierigkeiten geben wird.«
»In Anbetracht meiner Bürgen«, wiederholte Connor.
»Jawohl, Sir. Und meinen herzlichen Glückwunsch! Sie wissen ja, daß es heutzutage fast unmöglich ist, bei uns Mitglied zu werden. Aber Mr. Hanadas Unternehmen hat bereits vor einiger Zeit eine

Firmenmitgliedschaft erworben und nun beschlossen, diese auf Ihren Namen laufen zu lassen. Ich muß schon sagen, das ist eine sehr schöne Geste von Ihren Freunden!«

»Ja, da haben Sie recht«, sagte Connor mit Falten auf der Stirn.

Ich sah zu ihm hinüber.

»Ihre Freunde wissen, wie gerne Sie hier Golf spielen. Die Bestimmungen sind Ihnen ja sicherlich bekannt. Hanada hat die Mitgliedschaft für fünf Jahre erworben, und nach Ablauf dieser Zeit wird Sie auf Ihren Namen übertragen. Wenn Sie die Mitgliedschaft dann einmal aufgeben wollen, können Sie sie veräußern. Wollen Sie die Papiere bei uns abholen, oder soll ich Ihnen die Unterlagen nach Hause schicken?«

»Mr. Orr, ich bitte Sie, Mr. Hanada auszurichten, daß ich tiefe Dankbarkeit für seine Großzügigkeit empfinde. Ich weiß kaum, was ich sagen soll. Aber ich werde Sie in dieser Sache noch einmal anrufen.«

»Gut. Sie brauchen mir nur zu sagen, wohin ich die Sachen schicken soll.«

»Ich rufe Sie zurück«, sagte Connor.

Er drückte auf den Knopf, der das Telefonat beendete, und starrte stirnrunzelnd geradeaus. Beide schwiegen wir lange.

Schließlich sagte ich: »Wieviel ist die Mitgliedschaft in diesem Club wert?«

»Siebenhundertfünfzigtausend. Vielleicht sogar eine Million.«

»Kein schlechtes Geschenk von Ihren Freunden.« Ich mußte wieder an Graham denken und an seine Anspielungen, Connor befinde sich in der Hand der Japaner. Jetzt war das ja wohl kaum mehr zu bezweifeln.

Connor schüttelte langsam den Kopf. »Ich verstehe das nicht.«

»Was ist daran nicht zu verstehen?« rief ich. »Mein Gott, Captain, das ist doch überdeutlich!«

»Nein, ich verstehe es nicht.«

Das Telefon schnarrte schon wieder. Diesmal war es für mich.

»Lieutenant Smith? Hier ist Louise Gerber. Ich bin vielleicht froh, Sie erreicht zu haben!«

Der Name sagte mir nichts. »Ja?«
»Morgen ist Samstag, und da dachte ich mir, vielleicht haben Sie Zeit, sich ein Haus anzusehen.«
Mir fiel wieder ein, wer Louise Gerber war. Einen Monat zuvor hatte ich mir mit einer Maklerin ein Haus angesehen. Michelle wird immer größer, und ich fand, sie sollte einen Garten haben, wenn es irgend möglich wäre. Es wurde ein ernüchterndes Erlebnis. Trotz des Preissturzes auf dem Immobilienmarkt kosteten die kleinsten Häuser vier-, fünfhunderttausend Dollar. Bei meinem Einkommen war also an dergleichen nicht zu denken.
»Es ist etwas ganz Besonderes«, sagte sie. »Ich habe sofort an Sie und Ihre kleine Tochter gedacht. Es ist ein kleines Haus in Palms, ein sehr kleines Haus, aber es steht auf einem Eckgrundstück und hat einen entzückenden Garten mit Blumen und einem wunderschönen Rasen. Es kostet dreihunderttausend. Aber der Grund, warum ich dabei an Sie gedacht habe, ist, daß der Verkäufer bereit ist, außergewöhnliche Bedingungen einzuräumen. Ich glaube, Sie würden nur sehr wenig anzahlen müssen. Wollen Sie es sich anschauen?«
»Wer ist der Verkäufer?« fragte ich.
»Das weiß ich eigentlich gar nicht. Es ist eine ganz besondere Situation. Das Haus gehört einer älteren Frau, die ins Altersheim gezogen ist, und ihr Sohn, der in Topeka lebt, möchte es jetzt verkaufen, auf Rentenbasis. Er will statt einer einmaligen Kaufsumme lieber ein regelmäßiges Einkommen. Offiziell steht das Haus noch nicht zum Verkauf, aber ich weiß, daß der Verkäufer es abstoßen will. Wenn Sie morgen kommen, könnten Sie vielleicht schon etwas erreichen. Und der Garten ist wirklich reizend. Ich sehe schon Ihre kleine Tochter vor mir, wie sie darin spielt.«
Jetzt warf Connor mir einen Blick zu.
Ich sagte: »Miss Gerber, ich müßte schon etwas mehr darüber wissen. Wer der Verkäufer ist und so weiter.«
Sie wirkte erstaunt. »Also, ich dachte, Sie würden vor Freude an die Decke springen. So eine Gelegenheit bietet sich nicht jeden Tag. Wollen Sie sich denn das Haus nicht wenigstens einmal anschauen?«

Connor sah zu mir herüber, nickte und formte mit den Lippen ein lautloses Ja.
»Ich melde mich bei Ihnen«, sagte ich.
»Na gut, Lieutenant.« Es klang ungnädig. »Bitte, lassen Sie es mich wissen!«
»Mach' ich.« Ich legte auf.
»Was zum Teufel ist da los?« sagte ich. Es ließ sich beim besten Willen nicht mehr ignorieren: Uns beiden war gerade viel Geld angeboten worden. Sehr viel Geld.
Connor schüttelte den Kopf. »Ich weiß es nicht.«
»Hat das etwas mit MicroCon zu tun?«
»Ich weiß nicht. Ich dachte, MicroCon ist ein kleines Unternehmen. Das paßt alles nicht zusammen.« Er blickte ziemlich unbehaglich drein. »Was genau steckt eigentlich hinter MicroCon?« fragte er.
»Ich glaube, ich weiß, wo wir das erfahren können.«

»MicroCon?« Ron Levine zündete sich eine dicke Zigarre an. »Klar kann ich Ihnen etwas über MicroCon erzählen. Ist aber eine häßliche Geschichte.«
Wir saßen im Redaktionsbüro von American Financial Network, einem Kabel-Nachrichtensender in der Nähe des Flughafens. Der Blick aus dem Fenster zeigte die weißen Schüsseln der Satellitenantennen auf dem Dach der angrenzenden Garage. Ron zog ein paarmal kurz an seiner Zigarre und lachte. Bevor er den Job als Fernsehmoderator angenommen hatte, war er Wirtschaftsreporter bei der *Times* gewesen. AFN gehört zu den wenigen Fernsehsendern, bei denen die Moderatoren ihre Texte selbst schreiben. Sie müssen wissen, worüber sie reden, und Ron weiß es.
»MicroCon«, begann er, »wurde vor fünf Jahren von einem Konsortium amerikanischer Computerhersteller gegründet. Das Unternehmen sollte die nächste Generation von Röntgen-Lithographiegeräten für Computerchips entwickeln. Als MicroCon startete,

gab es keine amerikanischen Hersteller von Lithographiegeräten mehr. Sie waren alle in den achtziger Jahren der enormen Konkurrenz der Japaner unterlegen und vom Markt gedrängt worden. MicroCon entwickelte eine neue Technologie und stellt Geräte für amerikanische Unternehmen her. Soweit klar?«

»Alles klar«, sagte ich.

»Vor zwei Jahren wurde MicroCon an Darley-Higgins verkauft, das ist eine Investmentgesellschaft in Georgia. Die anderen Firmen, die Darley gehörten, waren allesamt auf dem absteigenden Ast. Man beschloß daher, MicroCon wieder zu verkaufen, um an Geld zu kommen. Man fand einen Käufer, Akai Ceramics, ein Unternehmen in Osaka, das in Japan bereits Lithographiegeräte herstellte. Akai hatte jede Menge Geld und willigte ein, die amerikanische Firma für einen hohen Preis zu kaufen. Aber da schaltete sich der Kongreß ein, um den Verkauf zu verhindern.«

»Warum denn?«

»Der Niedergang der amerikanischen Wirtschaft beginnt allmählich sogar den Kongreß zu beunruhigen. Wir haben schon zu viele Schlüsselindustrien an Japan verloren – Stahl und Schiffbau in den Sechzigern, Fernsehen und Computerchips in den Siebzigern, Werkzeugmaschinen in den Achtzigern. Eines Tages wachte dann eben doch mal einer auf und machte sich klar, daß von diesen Industriezweigen die Verteidigung der Vereinigten Staaten abhängt. Wir schaffen es heutzutage nicht mehr, für die nationale Sicherheit notwendiges grundlegendes Material herzustellen. Wir sind, was die Zulieferung betrifft, voll und ganz von Japan abhängig. Jetzt beginnt sich also der Kongreß Sorgen zu machen. Ich habe allerdings gehört, daß der Verkauf trotzdem durchgehen soll. Aber warum fragen Sie? Haben Sie etwas mit dem Verkauf zu tun?«

»In gewisser Hinsicht, ja«, antwortete Connor.

»Sie sind zu beneiden!« sagte Ron, seine Zigarre paffend. »Wenn man an einem Verkauf an die Japaner beteiligt ist, kommt das der Entdeckung eines Ölfeldes gleich. Alle Beteiligten werden dabei reich. Für Sie beide wird dabei ein schöner Batzen herausspringen, stimmt's?«

Connor nickte. »Ein sehr schöner sogar.«
»Das glaube ich Ihnen sofort«, sagte Ron. »Die kümmern sich um einen – kaufen einem ein Haus oder ein Auto, ermöglichen einem eine günstige Finanzierung oder etwas anderes in dieser Richtung.«
»Warum machen sie das?« fragte ich.
Ron lachte auf. »Warum essen sie Sushi? So betreiben sie eben nun mal ihre Geschäfte.«
»Aber ist MicroCon nicht ein relativ kleiner Brocken?« fragte Connor.
»Ziemlich klein, ja. Der Betrieb ist hundert Millionen wert. Akai kauft ihn für hundertfünfzig. Darüber hinaus geben sie wahrscheinlich noch mal zwanzig Millionen aus, um die gegenwärtige Firmenleitung auf Trab zu bringen, dann, sagen wir, zehn Millionen für Anwaltsgebühren und zehn Millionen in Form von Beratergebühren, die sie in Washington verteilen, und schließlich noch mal zehn Millionen in Form von kleinen Aufmerksamkeiten für Leute wie Sie beide. Alles in allem also um die zweihundert Millionen.«
»Zweihundert Millionen für eine Hundert-Millionen-Firma?« sagte ich. »Warum zahlen sie mehr, als das Ding wert ist?«
»Tun sie nicht. Für sie ist das allemal ein Riesengeschäft.«
»Wieso?«
»Wenn einem die Maschinen gehören, mit denen man etwas herstellt – Computerchips zum Beispiel –, dann gehören einem auch die Industriezweige, die auf diese Maschinen angewiesen sind. Mit Hilfe von MicroCon erhalten die Japaner die Kontrolle über die amerikanische Computerindustrie. Und wir lassen das wie üblich zu. Auf dieselbe Weise haben wir unsere Fernsehindustrie und unsere Werkzeugmaschinenindustrie verloren.«
»Wie war das mit der Fernsehindustrie?« wollte ich wissen.
Ron warf einen Blick auf seine Armbanduhr. »Nach dem Zweiten Weltkrieg war Amerika der führende Hersteller von Fernsehgeräten. Siebenundzwanzig amerikanische Firmen wie Zenith, RCA, General Electric und Emerson nahmen eine solide technologische Spitzenposition gegenüber ausländischen Herstellern ein. Ameri-

kanische Unternehmen waren auf der ganzen Welt erfolgreich, außer in Japan. In den abgeschotteten japanischen Markt konnten sie nicht eindringen. Man sagte ihnen, wenn sie in Japan verkaufen wollten, müßten sie Lizenzen an japanische Firmen erteilen. Und das machten sie dann, wenn auch widerwillig, auf Geheiß der amerikanischen Regierung, die sich Japan als wohlgesonnenen Verbündeten gegen die Sowjets erhalten wollte. Okay?«

»Okay.«

»Aber Lizenzen zu erteilen, das war keine gute Idee. Japan bekam unsere Technologie für den eigenen Gebrauch, während wir Japan als Exportmarkt verloren. Ziemlich bald fingen die Japaner mit der Produktion billiger Schwarzweiß-Fernseher an und exportierten sie nach Amerika – was wir umgekehrt nach Japan nicht können. Neunzehnhundertzweiundsiebzig waren sechzig Prozent der verkauften Schwarzweiß-Fernseher in Amerika Importware. Vier Jahre später waren es hundert Prozent. Den Schwarzweiß-Markt haben wir vollständig verloren. Kein amerikanischer Arbeiter stellt noch ein solches Gerät her, und die Jobs sind dahin. Es hieß: Macht nichts – unsere Betriebe produzieren jetzt eben Farbgeräte. Aber die japanische Regierung hatte bereits ein Intensivprogramm zur Entwicklung einer Farbfernseherindustrie in Gang gesetzt. Wieder bekam Japan Lizenzen für die amerikanische Technologie, verbesserte sie auf ihren geschützten Märkten und überschwemmte uns mit Exporten. Und wieder drängten diese Exporte amerikanische Firmen vom Markt. Es war genau die gleiche Geschichte noch einmal. Neunzehnhundertachtzig stellten nur mehr drei amerikanische Firmen Farbfernsehgeräte her. Sieben Jahre danach war es dann nur noch eine: Zenith.«

»Die japanischen Fernseher waren besser und billiger«, wandte ich ein.

»Sie waren vielleicht besser«, gab Ron zu, »aber billiger waren sie nur, weil sie unterhalb der Fertigungskosten verkauft wurden, um die amerikanische Konkurrenz auszuschalten. So etwas nennt man Dumping. Es ist sowohl nach amerikanischem wie nach internationalem Recht illegal.«

»Warum haben wir es dann nicht verhindert?«

»Berechtigte Frage. Vor allem, wenn man sich vor Augen hält, daß Dumping nur eine von zahlreichen illegalen Vermarktungstechniken der Japaner war. Sie setzten auch die Preise fest; es gab eine bestimmte Gruppe, sie nannte sich die ›Gruppe des zehnten Tages‹. Alle zehn Tage trafen sich japanische Manager in einem Hotel in Tokio und einigten sich über die Preise in Amerika. Wir legten Protest ein, aber die Treffen wurden weiterhin abgehalten. Sie verbesserten auch den Vertrieb ihrer Produkte durch heimliche Absprachen. Die Japaner haben vermutlich Millionen an Schmiergeld an amerikanische Großhandelsunternehmen wie Sears gezahlt. Außerdem haben sie im großen Stil Zollbestimmungen hintergangen. Und sie haben die amerikanische Industrie zerstört, die da selbstverständlich nicht mithalten konnte. Unsere Unternehmen protestierten natürlich und klagten auf Rechtsschutz – Dutzende Fälle von Dumping, Betrug und Verstöße gegen die Kartellgesetze landeten vor Gericht. Dumpingverfahren dauern gewöhnlich nicht länger als ein Jahr, aber unsere Regierung ließ die Leute im Stich, und die Japaner sind geschickte Drahtzieher. Sie zahlten amerikanischen Lobbyisten Millionen, damit diese sich für sie einsetzten. Als nach zwölf Jahren endlich gerichtlich über die Klagen verhandelt wurde, war die Schlacht auf dem Wirtschaftssektor längst geschlagen. Und die ganze Zeit hindurch hatten amerikanische Unternehmen keine Möglichkeit, sich auf dem japanischen Markt zu revanchieren. Die bekamen nicht einmal einen Fuß in die Tür nach Japan.«

»Soll das heißen, daß die Japaner den Markt für Fernseher illegal an sich gerissen haben?«

Ron zuckte mit den Achseln. »Ohne unsere Hilfe hätten sie das nicht geschafft. Unsere Regierung hätschelte Japan, das für sie nur ein winziges aufstrebendes Land war. Und die amerikanische Industrie hielt man für keiner staatlichen Unterstützung bedürftig. In Amerika hat man das Geschäftemachen von jeher skeptisch beurteilt. Aber unserer Regierung wurde einfach nie klar, daß es sich hier um etwas anderes handelte. Wenn Sony den Walkman entwickelt, sagen wir nicht: ›Ein hübsches Produkt. So, und jetzt müßt ihr die Lizenz dafür an GE vergeben und das Gerät über eine amerikanische Firma verkaufen.‹ Wenn sie ihre Produkte vertreiben wollen, sagen wir nicht: ›Tut uns leid, aber die amerikanischen Geschäfte haben allesamt bereits Vereinbarungen mit amerikanischen Lieferanten getroffen. Ihr müßt eure Sachen hier über eine amerikanische Firma vertreiben.‹ Wenn sie Patente wollen, sagen wir nicht: ›Es dauert acht Jahre, bis ihr euer Patent bekommt, und während dieser Zeit ist eure Anmeldung öffentlich einsehbar, so daß unsere Firmen lesen dürfen, was ihr erfunden habt, und es kostenlos kopieren können, damit, wenn wir das Patent erteilen, unsere Firmen schon längst ihre eigene Version eurer Technologie besitzen.‹«

Connor und ich schauten uns an.

»Das alles machen wir nicht. Aber die Japaner machen es. Ihre Märkte sind zu. Unsere Märkte sind weit geöffnet. Es ist einfach kein faires Spiel. Im Grunde ist es überhaupt kein Spiel. Es ist eine Einbahnstraße. Und mittlerweile haben wir in diesem Land ein defätistisches Wirtschaftsklima. Amerikanische Betriebe wurden auf dem Markt für Schwarzweiß-Fernseher ausmanövriert; sie wurden bei den Farbfernsehgeräten ausmanövriert. Die amerikanische Regierung weigerte sich, unseren Unternehmen im Kampf gegen die Handelspraktiken der Japaner zu helfen. Als man bei Ampex den Videorecorder erfand, versuchten sie daher gar nicht erst, ein kommerzielles Produkt daraus zu machen, sondern vergaben die Technologie als Lizenzen nach Japan und machten mit anderen Produkten weiter. Und bald werden amerikanische Unternehmen keine Forschung mehr treiben. Warum neue Technologien entwickeln, wenn die eigene Regierung sich allen Anstrengungen gegenüber so negativ verhält, daß man das Produkt gar nicht erst auf den Markt bekommt?«

»Aber sind die amerikanischen Unternehmen nicht einfach schlecht gemanagt?«

»Das ist der übliche Spruch«, sagte Ron, »in Umlauf gesetzt von den Japanern und ihren amerikanischen Vertretern. Es gab nur wenige Vorfälle, die den Leuten zeigten, wie empörend das Verhalten der Japaner wirklich ist – der Fall Houdaille, beispielsweise. Kennen Sie den? Houdaille war eine Werkzeugmaschinenfirma, die behauptete, ihre Patente und Lizenzen würden von japanischen Firmen mißbraucht. Ein Bundesrichter verfügte, Houdaille solle einen Anwalt nach Japan schicken, um Beweise zu holen. Die Japaner weigerten sich, dem Mann ein Visum auszustellen.«

»Das darf doch nicht wahr sein!«

»Es kann ihnen ja ganz egal sein«, fuhr Ron fort. »Sie wissen genau, daß wir uns nie rächen. Nachdem der Fall Houdaille der Regierung unter Reagan vorgelegt worden war, geschah überhaupt nichts. Houdaille mußte die Produktion von Werkzeugmaschinen aufgeben. Gegen Schleuderpreise kann eben niemand ankommen.«

»Aber verliert man beim Dumping nicht Geld?«

»Eine Zeitlang schon. Aber man verkauft ja Millionenstückzahlen, kann also die Fließbänder rationalisieren und dadurch wiederum die Kosten senken. Ein paar Jahre später kann man die Produkte dann wirklich mit geringeren Kosten herstellen. In der Zwischenzeit hat man die Konkurrenz ausgeschaltet und kontrolliert den Markt. Sie sehen, die Japaner denken strategisch und auf lange Sicht, sie beziehen in ihre Kalkulationen mit ein, wie die Welt in fünfzig Jahren aussehen wird. Ein amerikanisches Unternehmen muß alle drei Monate einen Profit nachweisen, andernfalls sitzen die Führungskräfte und die Angestellten bald auf der Straße. Die Japaner dagegen kümmern sich überhaupt nicht um kurzfristig erzielte Gewinne. Sie wollen Marktanteile. Das Geschäftemachen ist für sie wie Kriegführung. Da geht es darum, an Boden zu gewinnen, die anderen auszuschalten, die Kontrolle über einen bestimmten Markt zu erringen. Nichts anderes haben sie in den vergangenen dreißig Jahren getan.«

Connor nickte.

»Sie haben also, wie gesagt, Stahl, Fernseher, Unterhaltungselektronik, Computerchips und Werkzeugmaschinen zu Dumpingpreisen unter die Leute gebracht – und niemand hat sie daran gehindert. Wir haben diese Industriezweige verloren. Japanische Firmen und die japanische Regierung zielen auf ganz bestimmte

Industriezweige, die sie dann übernehmen. Einen nach dem anderen, Jahr für Jahr – während wir untätig herumsitzen und irgend etwas vom freien Handel vor uns hinplappern. Freier Handel ist jedoch sinnlos, wenn er nicht gleichzeitig fairer Handel ist. Aber die Japaner glauben nicht an fairen Handel. Wissen Sie, es gibt einen Grund, weshalb die Japaner Reagan so lieben: Sie haben während seiner Präsidentschaft schwer eingeheimst. Im Namen des freien Handels hat er uns die Beine ganz weit auseinandergespreizt.«

»Warum kapieren die Amerikaner das nicht?« fragte ich.

Connor lachte auf. »Warum essen sie Hamburger? So sind sie eben nun mal, *kōhai*.«

Aus dem Redaktionsraum rief eine Frau: »Ist jemand hier, der Connor heißt? Ein Anruf aus dem ›Four Seasons Hotel‹.«

Connor blickte auf seine Uhr und erhob sich. »Entschuldigen Sie mich!« Er ging in den Redaktionsraum hinüber. Durch das Glas konnte ich ihn telefonieren sehen; er machte sich Notizen.

»Sie müssen sich klarmachen, daß das immer so weitergeht«, sagte Ron. »Warum ist wohl eine japanische Kamera in New York billiger als in Tokio? Sie wird um die halbe Welt transportiert, Importzölle und Vertriebskosten müssen gezahlt werden, und trotzdem ist sie hier billiger. Wie ist das möglich? Japanische Touristen kaufen hier ihre eigenen Produkte, weil sie weniger kosten. Amerikanische Produkte sind in Japan inzwischen um siebzig Prozent teurer als hier. Warum geht die amerikanische Regierung da nicht mal energisch dazwischen? Ich weiß es nicht. Aber ein Teil der Antwort liegt dort oben.«

Er deutete auf den Bildschirm hinter mir, auf dem gerade ein elegant aussehender Mann sprach; im Hintergrund hörte man das Geräusch eines Fernschreibers. Der Ton war leise gedreht. »Sehen Sie den Burschen da? Das ist David Rawlings, Professor für Betriebswirtschaft in Stanford. Spezialist für den pazifischen Raum. Er ist ein typisches Beispiel. Drehen Sie mal lauter, bitte? Vielleicht sagt er gerade etwas über MicroCon.«

Ich drehte am Lautstärkeregler, und wir hörten Rawlings sagen: »... ist die Einstellung der Amerikaner meiner Ansicht nach völlig irrational. Immerhin bieten japanische Firmen den Amerikanern Jobs, während amerikanische Firmen ins Ausland gehen und den Leuten hier die Arbeit wegnehmen. Die Japaner verstehen überhaupt nicht, was diese Klagen sollen.«

Ron seufzte auf. »Ein typisches Beispiel für Schwachsinn.«

Professor Rawlings fuhr fort: »Ich finde, die Amerikaner reagieren ziemlich undankbar auf die Hilfe, die unser Land von ausländischen Investoren erhält.«

Ron lachte bitter. »Rawlings gehört zu der Gruppe, die wir die Chrysanthemen-Küsser nennen: Experten aus dem akademischen Bereich, die Propaganda für die Japaner machen. Im Grunde bleibt ihnen auch gar nichts anderes übrig, weil sie für ihre Arbeit Gehör bei den Japanern brauchen, und wenn sie sich kritisch zu äußern beginnen, schlafen mit einemmal ihre Kontakte in Japan ein. Dann werden ihnen die Türen vor der Nase zugestoßen, und in Amerika flüstern die Japaner in bestimmte Ohren, daß der Kritiker keine vertrauenswürdige Person sei oder daß seine Ansichten veraltet seien. Oder, noch schlimmer: Es handle sich um einen Rassisten. Jeder, der Japan kritisiert, ist ein Rassist. Diese Akademiker bekommen dann ziemlich bald keine Angebote mehr, Vorträge zu halten, und verlieren ihre Jobs als Unternehmensberater. Sie wissen, daß es den Kollegen, die aus der Reihe tanzten, so ergangen ist, und wollen selbst den gleichen Fehler vermeiden.«

Connor kam zurück. »Ist an diesem MicroCon-Verkauf irgend etwas illegal?«

»Na klar!« sagte Ron. »Kommt darauf an, wie Washington entscheiden wird. Akai Ceramics hat bereits einen Anteil von sechzig Prozent auf dem amerikanischen Markt. Mit MicroCon hätten sie praktisch ein Monopol. Wäre Akai ein amerikanischer Betrieb, würde die Regierung den Verkauf auf Grund der Kartellgesetze verhindern. Da aber Akai kein amerikanisches Unternehmen ist, wird der Verkauf nicht so streng überprüft. Letztlich wird die Sache wohl genehmigt werden.«

»Soll das heißen, daß eine japanische Firma in Amerika ein Monopol innehaben darf, eine amerikanische aber nicht?«

»Darauf läuft es heutzutage meistens hinaus«, erklärte Ron. »Die amerikanischen Gesetze fördern in vielen Fällen den Verkauf unserer Betriebe an Ausländer. Matushita hat die Universal Studios gekauft. Universal stand schon seit Jahren zum Verkauf, und mehrere amerikanische Unternehmen bemühten sich darum, aber es gelang ihnen nicht. Neunzehnhundertachtzig versuchte es Westinghouse. Das Geschäft kam nicht zustande – es hätte gegen die Kartellgesetze verstoßen. Dann versuchte es RCA. Wieder kein Abschluß – Interessensverquickung, hieß es. Als aber Matushita auftauchte, stand nicht ein einziges Gesetz gegen den Verkauf. Die Gesetze waren kurz zuvor geändert worden. Nach dem heute geltenden Recht könnte RCA Universal kaufen, damals ging es nicht. MicroCon ist nur das jüngste Beispiel für die verrückten amerikanischen Bestimmungen.«

»Aber was sagen denn die amerikanischen Computerfirmen zum Verkauf von MicroCon?« fragte ich.

»Er gefällt ihnen nicht«, sagte Ron, »aber sie haben nichts dagegen.«

»Warum nicht?«

»Weil sich die amerikanischen Betriebe schon jetzt von der Regierung gegängelt fühlen. Vierzig Prozent aller amerikanischen Exporte fallen unter die Verschlußsachenordnung. Unsere Regierung erlaubt es unseren Computerfirmen nicht, nach Osteuropa zu verkaufen. Der Kalte Krieg ist längst zu Ende, aber die Verordnungen existieren immer noch. Die Japaner und die Deutschen verkaufen ihre Produkte inzwischen wie verrückt. Die Amerikaner wollen aber weniger gesetzliche Regelungen und betrachten jeden Versuch, den Verkauf von MicroCon zu verhindern, als einen Eingriff der Regierung.«

»Irgendwie kriege ich das alles immer noch nicht zusammen«, sagte ich.

»Da geht es Ihnen nicht viel anders als mir«, stimmte Ron mir bei. »In den nächsten Jahren werden die amerikanischen Unternehmen zugrunde gehen. Die Japaner sind der einzige Produzent von Geräten zur Chipherstellung, und die können sie den amerikanischen Unternehmen vorenthalten.«

»Würden sie das wirklich tun?«

»Sie haben es schon getan, bei Ionenimplantoren und anderen Geräten. Aber die amerikanischen Unternehmen schaffen es einfach nicht, sich miteinander zu solidarisieren, sondern streiten sich lieber untereinander. Während dessen kaufen die Japaner ungefähr alle zehn Tage einen High-Tech-Betrieb auf. Seit sechs Jahren geht das nun schon so. Wir werden regelrecht ausgeweidet. Aber unsere Regierung schenkt dem keine Beachtung, denn wir haben ja das CFIUS, das Komitee für ausländische Investitionen, das den Verkauf von High-Tech-Betrieben überprüft. Allerdings, unternehmen tut das CFIUS nie etwas. Von den letzten fünfhundert Verkäufen ist ein einziger verhindert worden. Eine Firma nach der anderen wird veräußert, aber in Washington sagt keiner auch nur: Huch! Senator Morton hat jetzt endlich einmal die Initiative ergriffen und gesagt: ›So geht das nicht!‹ Aber keiner hört auf ihn.«

»Der Verkauf kommt also durch?«

»So habe ich es heute gehört, ja. Die Japaner rühren die Werbetrommel wie die Verrückten, versuchen, für sich Sympathien zu gewinnen. Und sie sind zäh. Sie stehen überall an der Spitze, wirklich überall...«

Es klopfte an der Tür. Eine blonde Frau steckte den Kopf herein. »Entschuldigen Sie die Störung, Ron«, sagte sie, »aber Keith hat gerade einen Anruf des Vertreters von NHK hier in Los Angeles erhalten. Das japanische Fernsehen will wissen, warum unser Reporter so über die Japaner herfällt.«

Ron runzelte die Stirn. »Über die Japaner herfällt? Was soll das denn heißen?«

»Er behauptet, unser Reporter hätte vor laufender Kamera gesagt: ›Die verdammten Japaner sind dabei, dieses Land zu übernehmen.‹«

»Also bitte«, ereiferte sich Ron, »kein Mensch würde das sagen – vor einer laufenden Kamera! Wer soll das gewesen sein?«

»Lenny, in New York. Über Vorspann/Nachspann.«

Ron rückte unbehaglich auf seinem Stuhl hin und her. »Oh, oh«, sagte er. »Habt ihr die Bänder überprüft?«

»Ja«, sagte die Frau. »Sie sehen sich den ganzen Krempel gerade im Kontrollraum an. Ich gehe davon aus, daß es stimmt.«
»Meine Güte!«
»Was ist das, Vorspann/Nachspann?« fragte ich.
»Unsere Satellitenzuführung. Wir bekommen jeden Tag Zuspielungen aus Washington und New York, die wir senden. Vor und nach dem gesendeten Teil ist immer jeweils ungefähr eine Minute, die wir rausschneiden, die aber von jedem empfangen werden kann, der eine Satellitenantenne hat und unsere Frequenz auffängt. Das machen viele. Wir sagen unseren Leuten ständig, sie sollen aufpassen, was sie vor der Kamera machen, aber letztes Jahr hat sich zum Beispiel Louise die Bluse aufgeknöpft, um sich das Mikro anzustecken – aus dem ganzen Land kamen Anrufe.«
Rons Telefon klingelte. Er horchte eine Zeitlang in den Hörer, sagte dann: »Okay, verstanden« und legte auf. »Sie haben das Band überprüft. Lenny hat vor der übertragenen Passage, als die Kamera schon lief, zu Louise gesagt: ›Den verdammten Japanern wird eines Tages das ganze Land gehören, wenn wir nicht endlich aufwachen.‹ Der Satz wurde nicht gesendet, aber gesagt hat er ihn.« Er schüttelte resigniert den Kopf. »Wissen die Leute von NHK, daß wir es nicht gebracht haben?«
»Ja. Aber er sagt, es kann empfangen werden, und deshalb protestiert er dagegen.«
»So ein Mist!« sagte Ron. »Sie überwachen also sogar unsere Satellitenzuführung. Mein Gott! Was will Keith jetzt machen?«
»Keith sagt, er hat keine Lust mehr, diese Anfänger in New York zu warnen. Er möchte, daß Sie die Sache bereinigen.«
»Will er, daß ich den Typen von NHK anrufe?«
»Er sagt, Sie sollen selbst entscheiden, aber wir haben ein Abkommen mit NHK über die halbstündige Sendung, die sie uns jeden Tag abnehmen, und er will nicht, daß das aufs Spiel gesetzt wird. Er meint, Sie sollten sich besser entschuldigen.«
Ron ließ einen tiefen Seufzer hören. »Jetzt muß ich mich für etwas entschuldigen, was überhaupt nicht gesendet wurde, verdammte Scheiße!« Er sah zu uns auf. »Leute, ich muß an die Arbeit. Hatten Sie noch irgendwelche Fragen?«

»Nein«, sagte ich. »Viel Glück!«
»Glück brauchen wir alle«, sagte Ron. »NHK startet jetzt einen weltweiten Nachrichtensender, Global News Network, in den sie eine Milliarde Dollar gesteckt haben. Sie wollen es mit Ted Turners CNN aufnehmen. Und wenn man an die Entwicklungen in der Vergangenheit denkt...« Er hob die Schultern. »Dann gute Nacht, amerikanische Medien!«
Im Hinausgehen hörte ich Ron am Telefon sagen: »Mr. Akasaka? Hier ist Ron Levine von AFN. Ja, Sir. Ja, Mr. Akasaka. Ich wollte Ihnen sagen, wie betroffen ich bin und wie sehr ich bedaure, was unser Reporter über Satellit gesagt hat...«
Wir schlossen die Tür hinter uns.
»Wohin geht's jetzt?« fragte ich.

Das »Four Seasons Hotel« wird von Stars und Politikern frequentiert und hat ein wunderschönes Entree, aber wir parkten den Wagen ums Eck vor dem Personaleingang. An einer Laderampe stand ein großer Molkereilastwagen, aus dem Leute von der Hotelküche Kartons mit Milch schleppten. Wir warteten nun schon seit fünf Minuten. Connor sah auf seine Armbanduhr.
»Warum warten wir hier?« fragte ich.
»Wir halten uns an die Entscheidungen des Obersten Gerichtshofes, *kōhai*.«
Auf der Laderampe erschien eine Frau im Kostüm, sah sich um und winkte uns dann zu. Connor winkte zurück. Sie verschwand. Connor holte seine Brieftasche heraus und entnahm ihr mehrere Zwanzig-Dollar-Scheine.
»Daß Hotelpersonal von großem Nutzen sein kann«, sagte er, »war so ziemlich das erste, was ich als Detective gelernt habe. Vor allem in Anbetracht der Tatsache, daß die Polizei heutzutage so vielen Einschränkungen unterworfen ist. Ohne Durchsuchungsbefehl dürfen wir kein Hotelzimmer betreten. Wenn wir es täten, wäre jedes Beweismittel, das wir fänden, vor Gericht unzulässig, richtig?«

»Richtig.«
»Aber die Zimmermädchen dürfen hinein. Hausdiener und Putzfrauen und Etagenkellner ebenfalls.«
»Mhm.«
»Ich habe gelernt, daß man in allen großen Hotels seine Kontakte pflegen muß.« Er öffnete die Wagentür. »Es dauert nicht lange.«
Er betrat die Laderampe und wartete. Ich klopfte mit den Fingern rhythmisch aufs Lenkrad. Mir fielen wieder die Zeilen des Songs ein:

I changed my mind, this love is fine.
Goodness, gracious, great balls of fire.

Auf der Laderampe erschien ein Zimmermädchen in Dienstkleidung und sprach kurz mit Connor. Er machte sich Notizen. Sie hielt irgend etwas Goldenes in der Hand. Er berührte es nicht, sondern sah es sich nur an und nickte. Sie steckte es wieder in ihre Tasche. Dann gab Connor ihr Geld, und sie ging.

You shake my nerves and you rattle my brain.
Too much love drives a man insane.
You broke my will, but what a thrill…

Jetzt tauchte ein Hausdiener auf der Rampe auf. Er hielt einen blauen Herrenanzug an einem Kleiderbügel in der Hand. Connor fragte den Mann etwas, der warf einen Blick auf seine Uhr, bevor er antwortete.
Connor ging in die Hocke und betrachtete den unteren Teil der Anzugjacke. Dann knöpfte er sie auf und untersuchte die darunterhängende Hose.
Der Hausdiener trug den Anzug weg und erschien mit einem zweiten. Es war ein blauer Nadelstreifenanzug. Connor wiederholte seine Inspektion. Offenbar war er fündig geworden, denn er kratzte vorsichtig etwas ab und ließ es in eine kleine durchsichtige Plastiktüte fallen. Dann bezahlte er den Hausdiener und ging zum Auto zurück.
»Überprüfung von Senator Rowe?« fragte ich.
»Überprüfung mehrerer Dinge«, antwortete er. »Aber im Augenblick geht es um Senator Rowe, ja.«

»Rowes Assistent hatte gestern nacht einen weißen Schlüpfer in der Tasche, aber Cheryl hat einen schwarzen getragen.«

»Das ist richtig«, sagte Connor. »Aber ich glaube, wir machen Fortschritte.«

»Was haben Sie da in dem Beutel?«

Er holte die Plastiktüte hervor und hielt sie ans Licht. Ich sah kleine, dunkle Fasern. »Teppichfasern, glaube ich. Dunkel wie der Teppichboden im Nakamoto-Konferenzraum. Aber das muß das Labor überprüfen. In der Zwischenzeit müssen wir uns um ein anderes Problem kümmern. Lassen Sie den Motor an!«

»Wohin fahren wir?«

»Zu Darley-Higgins, der Firma, die MicroCon noch besitzt.«

In der Eingangshalle montierte gerade ein Arbeiter große Goldbuchstaben an die Wand neben der Rezeption: DARLEY-HIGGINS INC. Darunter stand: HOCHLEISTUNGS-MANAGEMENT. Andere Arbeiter waren damit beschäftigt, einen Teppichboden zu verlegen.

Wir wiesen uns aus und baten um ein Gespräch mit Arthur Greiman, dem Firmenchef.

Die Dame an der Rezeption hatte einen Südstaatenakzent und eine Stupsnase. »Mr. Greiman ist heute den ganzen Tag über in Sitzungen. Werden Sie von ihm erwartet?«

»Wir sind wegen des Verkaufs von MicroCon hier.«

»Dann unterhalten Sie sich besser mit Mr. Enders, unserem stellvertretenden Pressechef. Er spricht mit allen Leuten über MicroCon.«

»In Ordnung«, sagte Connor.

Wir ließen uns auf einer Couch vor der Rezeption nieder. Auf einem Sofa an der gegenüberliegenden Wand saß eine hübsche Frau in einem engen Rock. Unter ihrem Arm steckte eine Rolle mit irgendwelchen Entwürfen. Die Arbeiter hämmerten, was das Zeug hielt. »Ich dachte, die Firma ist in finanziellen Schwierigkeiten. Warum erneuern die dann ihre Inneneinrichtung?«

Connor hob die Schultern.

Die Rezeptionsdame nahm Anrufe an und leitete sie weiter. »Darley-Higgins, Augenblick bitte. Darley-Higgins... Oh, bleiben Sie bitte dran, Senator... Darley-Higgins, ja, danke...«

Ich nahm eine Broschüre vom Tisch vor uns. Es war der Jahresbericht der Darley-Higgins-Management-Gruppe mit Büros in Atlanta, Dallas, Seattle, San Francisco und Los Angeles. Ich entdeckte ein Foto von Arthur Greiman, auf dem er glücklich und selbstzufrieden dreinsah. Man hatte auch einen Aufsatz von ihm abgedruckt, der mit den Worten »Verpflichtung zur Höchstleistung« überschrieben war.

Die Dame an der Rezeption ließ uns wissen: »Mr. Enders wird sofort für Sie da sein.«

»Danke«, sagte Connor.

Gleich darauf tauchten zwei Männer im Anzug auf. Die Frau mit den Entwürfen erhob sich und sagte: »Hallo, Mr. Greiman!«

»Hallo, Beverly«, sagte der ältere der beiden Herren. »Einen Augenblick, bitte.«

Auch Connor stand auf. Sofort sagte die Rezeptionsdame: »Mr. Greiman, diese Herren...«

»Augenblick, wenn ich bitten darf.« Greiman wandte sich an seinen wesentlich jüngeren Begleiter. »Sorgen Sie also dafür, daß Roger einverstanden ist.«

Der junge Mann schüttelte den Kopf. »Es wird ihm nicht gefallen.«

»Ich weiß, aber sagen Sie es ihm trotzdem: Sechs Komma vier Millionen Abfindung für den Firmenleiter ist das Minimum.«

»Aber Arthur...«

»Sagen Sie es ihm!«

»Na gut, Arthur«, sagte der junge Mann und rückte sich den Krawattenknoten zurecht. Dann fügte er mit leiserer Stimme hinzu: »Aber der Verwaltungsrat könnte sich querstellen, wenn er erfährt, daß Sie über sechs Millionen bekommen, wo doch die Firmenerträge so niedrig sind...«

»Wir reden hier nicht von Erträgen«, gab Greiman zurück, »sondern von einer Abfindung. Das hat nicht das geringste miteinander zu tun. Der Verwaltungsrat muß mit den gegenwärtig übli-

chen Abfindungszahlungen für Führungskräfte gleichziehen. Wenn Roger es nicht schafft, den Verwaltungsrat so weit zu bringen, streiche ich das Treffen im März und bitte um eine andere personelle Zusammensetzung. Das können Sie ihm ruhig sagen!«
»Okay, ich sage es ihm, Arthur, aber…«
»Nichts ›aber‹! Rufen Sie mich heute abend an!«
»In Ordnung, Arthur.«
Sie gaben einander die Hand. Der jüngere Mann dackelte unglücklich ab. Die Rezeptionsdame sagte: »Mr. Greiman, diese Herren hier…«
Greiman wandte sich zu uns um. Connor sagte: »Mr. Greiman, wir würden uns gerne kurz mit Ihnen über MicroCon unterhalten.« Dabei drehte er sich ein wenig zur Seite und zückte seine Polizeimarke.
Greiman bekam einen Wutanfall. »Verdammt noch mal – nicht schon *wieder*! Ich lasse mich nicht auf diese Weise belästigen!«
»Belästigen?«
»Oder wie würden Sie das nennen? Ich hatte Leute vom Senat hier, ich hatte Leute vom FBI hier, und jetzt rückt auch noch die Polizei von Los Angeles an! Wir sind doch keine Kriminellen! Wir sind Eigentümer einer Firma und haben das Recht, sie zu verkaufen. Wo ist Louis?«
»Mr. Enders kommt schon«, sagte die Frau an der Rezeption.
Connor blieb ganz ruhig. »Mr. Greiman, es tut mir leid, wenn Sie sich durch uns belästigt fühlen. Wir haben nur eine einzige Frage an Sie. Es dauert wirklich nur eine Minute.«
Greiman blickte ihn finster an. »Wie lautet Ihre Frage?«
»Wie viele Bieter haben sich um MicroCon bemüht?«
»Das geht Sie nichts an«, sagte Greiman. »Außerdem ist in unserer Vereinbarung mit Akai festgelegt, daß über den Verkauf nicht öffentlich diskutiert wird.«
»Gab es mehr als einen Interessenten?« fragte Connor.
»Passen Sie mal auf: Wenn Sie Fragen haben, dann reden Sie mit Enders! Ich bin beschäftigt.« Er drehte sich zu der Frau mit den Entwürfen um. »Was haben Sie denn da für mich, Beverly?«

»Das ist die Neufassung des Plans für den Sitzungssaal des Verwaltungsrats, Mr. Greiman, und hier sind Fliesenmuster für die Toiletten. Ein sehr schönes Grau, das Ihnen sicher gefallen wird.«

»Gut, gut.« Er führte sie von uns weg in Richtung eines Ganges. Connor sah ihnen nach. Plötzlich ging er eilig auf den Lift zu. »Kommen Sie, *kōhai*, wir schnappen ein bißchen frische Luft!«

»Warum ist das wichtig, ob es noch andere Bieter gegeben hat?« fragte ich, als wir wieder im Wagen saßen.

»Es hängt mit unserer ursprünglichen Frage zusammen«, sagte Connor. »Wer will Nakamoto in eine peinliche Lage bringen? Wir wissen, daß der Verkauf von MicroCon auch militärische Bedeutung hat. Deswegen ist der Kongreß so bestürzt. Aber das wiederum bedeutet mit ziemlicher Sicherheit, daß auch andere Parteien bestürzt sind.«

»In Japan?«

»Exakt.«

»Wer weiß etwas darüber?«

»Akai.«

Als die japanische Empfangsdame Connors Marke sah, begann sie zu kichern. Connor sagte: »Wir würden gern mit Mr. Yoshida sprechen.« Yoshida war der Firmenleiter.

»Einen Moment, bitte.« Sie stand auf und huschte davon.

Akai Ceramics befand sich im fünften Stock eines eleganten Bürogebäudes in El Segundo. Die Inneneinrichtung war hightech-mäßig karg. Vom Empfangsbereich aus überblickte man einen weiten, vom leisen Summen der Computer erfüllten Raum mit vielen Metallschreibtischen, an denen Angestellte saßen, von denen viele telefonierten.

Ich betrachtete das Büro. »Ziemlich kahl«, sagte ich.

»Eine reine Geschäftsatmosphäre«, bestätigte Connor nickend. »In Japan gilt jede Protzerei als suspekt. Wer protzt, ist nicht seriös. Als der alte Mr. Matsushita der Chef des drittgrößten japanischen Unternehmens war, flog er immer mit einer ganz gewöhnlichen Linienmaschine zwischen seinen Büros in Osaka und Tokio hin und her. Er war der Leiter eines Fünfzig-Milliarden-Dollar-Unternehmens, aber er wollte keinen Privat-Jet.«

Während wir warteten, beobachtete ich die Leute an ihren Schreibtischen. Es waren einige Japaner darunter, aber die Mehrheit war weiß. Alle trugen blaue Anzüge. Mit Mühe konnte ich einige Frauen ausmachen.

»Wenn in Japan eine Firma schlecht läuft«, sagte Connor, »ist der erste Schritt, daß die Unternehmensleiter sich ihre Bezüge kürzen. Sie fühlen sich für den Erfolg der Firma verantwortlich und verbinden ihr Schicksal voll und ganz mit dem des Betriebs.«

Die Empfangsdame kam zurück und setzte sich wortlos an ihren Schreibtisch. Unmittelbar darauf erschien ein Japaner im blauen Anzug und trat zu uns. Er hatte graue Haare, trug eine Hornbrille und wirkte sehr würdevoll. »Guten Morgen«, sagte er. »Ich bin Mr. Yoshida.«

Connor stellte sich und mich vor. Wir verbeugten uns und tauschten Visitenkarten aus. Mr. Yoshida nahm jede Karte mit beiden Händen und verbeugte sich dabei jedesmal sehr formell. Wir taten das gleiche. Mir fiel auf, daß Connor mit ihm nicht Japanisch sprach.

Yoshida führte uns in sein Büro. Die Fenster gingen auf den Flughafen hinaus. Die Einrichtung war eher kärglich.

»Darf ich Ihnen Kaffee oder Tee anbieten?«

»Nein, danke«, sagte Connor. »Wir sind in einer dienstlichen Angelegenheit hier.«

»Ich verstehe.« Er forderte uns mit einer Handbewegung auf, Platz zu nehmen.

»Wir möchten mit Ihnen über den Kauf von MicroCon sprechen.«

»Ah ja. Eine betrübliche Sache. Aber ich wüßte nicht, was die Polizei damit zu tun hat.«

»Vielleicht hat sie gar nichts damit zu tun«, sagte Connor. »Können Sie uns etwas über den Verkauf sagen, oder sind die Vereinbarungen geheim?«

»Geheim?« Mr. Yoshida wirkte überrascht. »Ganz und gar nicht. Es liegt alles offen zutage, von Anfang an. Im September letzten Jahres kam Mr. Kobayashi, der Darley-Higgins in Tokio repräsentiert, auf uns zu. Damals erfuhren wir, daß die Firma zum Verkauf steht. Wir waren, offen gestanden, ein wenig erstaunt. Die Verhandlungen begannen Anfang Oktober. Mitte November hatten sich die Delegationen auf eine Rohfassung des Vertrags geeinigt, und die letzte Verhandlungsphase wurde eingeleitet. Am sechzehnten November erhob dann der Kongreß plötzlich Einwände.«

»Sie sagten, es habe Sie erstaunt, daß die Firma zum Verkauf angeboten wurde?«

»Ja, gewiß.«

»Warum denn?«

Mr. Yoshida legte beide Hände auf seinen Schreibtisch. »Soweit uns bekannt war, handelte es sich bei MicroCon um eine staatseigene Firma«, sagte er langsam. »Sie war zum Teil mit staatlichen Mitteln finanziert worden – zu dreizehn Prozent, wenn ich mich recht entsinne. In Japan wäre das eine staatseigene Firma. Deshalb gingen wir bei Beginn der Verhandlungen sehr behutsam vor. Wir wollten niemandem zu nahe treten. Aber unsere Vertreter in Washington versicherten uns, daß es keine Einwände gegen den Verkauf geben würde.«

»Ich verstehe.«

»Aber dann kam es, ganz wie wir befürchtet hatten, doch zu Schwierigkeiten. Ich denke, wir werden heutzutage zum Sündenbock der Amerikaner gemacht. In Washington sind einige Leute sehr erbost. Das wollen wir nicht.«

»Hatten Sie denn nicht damit gerechnet, daß Washington Einwände erheben würde?«

Mr. Yoshida zuckte zaghaft mit den Achseln. »Die beiden Länder sind sehr unterschiedlich. In Japan wissen wir, was wir zu erwarten haben. Hier gibt es immer irgend jemanden, der anderer Meinung ist und dies auch zum Ausdruck bringt. Aber Akai Ceramics wünscht kein Aufsehen. Im Augenblick ist die Situation äußerst unangenehm.«

Connor nickte mitfühlend. »Das klingt, als wollten Sie sich von diesem Verkauf zurückziehen.«
»Viele in unserer Zentrale kritisieren mich, weil ich nicht gewußt hatte, was geschehen würde. Ich sage ihnen ständig, daß man es unmöglich wissen kann. Washington hat keine klare Linie, die ändert sich vielmehr von einem Tag zum anderen, je nach dem Stand der Politik.« Lächelnd fügte er hinzu: »Das heißt, es erscheint uns so, wenn ich das sagen darf.«
»Aber Sie rechnen damit, daß der Verkauf genehmigt wird?«
»Das kann ich nicht sagen. Vielleicht wird der Druck aus Washington zu groß. Sie wissen ja, daß die Regierung in Tokio weiterhin freundschaftliche Beziehungen mit Amerika unterhalten will. Man übt Druck auf die Geschäftswelt aus, keine Käufe zu tätigen, die Amerika verärgern könnten – das Rockefeller Center zum Beispiel oder die Universal Studios –, Käufe, die uns der Kritik aussetzen. Man fordert von uns, *yōjinbukai* vorzugehen, das heißt...«
»Diskret«, sagte Connor.
»Vorsichtig, ja. Behutsam.« Er sah Connor an. »Sie sprechen Japanisch?«
»Ein bißchen.«
Yoshida nickte. Einen Moment lang schien er zu überlegen, ob er nicht auf japanisch weitersprechen solle, entschied sich dann aber offenbar dagegen. »Wir wollen freundschaftliche Beziehungen«, wiederholte er. »Die an uns geübte Kritik empfinden wir als unfair. Das Unternehmen Darley-Higgins leidet unter finanziellen Schwierigkeiten. Vielleicht ist schlechtes Management der Grund dafür, vielleicht liegt es an etwas anderem. Das kann ich nicht sagen. Aber es ist nicht unsere Schuld. Wir sind dafür nicht verantwortlich. Und wir haben uns nicht aufgedrängt. MicroCon wurde uns angeboten. Jetzt kritisiert man uns, weil wir einzuspringen versuchen.« Er seufzte.
Draußen startete ein großes Düsenflugzeug vom Flughafen. Die Fensterscheiben vibrierten.
»Und die anderen Anwärter? Wann sind die abgesprungen?«
Mr. Yoshida legte die Stirn in Falten. »Es gab keine anderen

Anwärter. Die Firma wurde uns streng vertraulich exklusiv angeboten. Darley-Higgins wollte von den Finanzschwierigkeiten nichts an die Öffentlichkeit dringen lassen. Wir haben mit ihnen kooperiert. Aber jetzt... Die Medien stellen vieles sehr verzerrt dar. Wir fühlen uns sehr... *kizu tsuita*. Gekränkt?«
»Ja.«
Er hob die Schultern. »Ja, so fühlen wir uns. Ich hoffe, Sie verstehen mein schlechtes Englisch.«
Es entstand eine Pause. Etwa eine Minute lang sprach keiner von uns ein Wort. Connor saß Yoshida gegenüber, ich saß neben Connor. Wieder startete ein Düsenflugzeug, wieder vibrierte das Fensterglas. Noch immer herrschte Schweigen. Yoshida stieß einen tiefen Seufzer aus. Connor nickte. Yoshida veränderte seine Sitzhaltung und faltete die Hände über dem Bauch. Connor seufzte und brummte vor sich hin. Yoshida seufzte. Die beiden Männer wirkten völlig konzentriert. Irgend etwas ging da vor, aber mir war nicht klar, was es war. Ich kam zu dem Schluß, daß es wohl jene wortlose Intuition sein mußte.
Endlich sagte Yoshida: »Captain, ich möchte nicht, daß irgendwelche Mißverständnisse aufkommen. Akai Ceramics ist ein ehrenwertes Unternehmen. Wir haben nicht den geringsten Anteil an den... gegenwärtigen Komplikationen. Unsere Lage ist sehr heikel. Aber ich werde Ihnen helfen, wo immer ich kann.«
»Ich bin Ihnen sehr dankbar«, sagte Connor.
»Keine Ursache!«
Yoshida erhob sich. Connor stand auf. Ich stand auf. Wir verbeugten uns und schüttelten einander die Hände.
»Bitte, zögern Sie nicht, sich an mich zu wenden, wenn ich Ihnen behilflich sein kann!«
»Danke!« sagte Connor.
Yoshida geleitete uns zum Eingang seines Büros. Wir verbeugten uns ein weiteres Mal, und er öffnete uns die Tür.
Draußen stand ein gutaussehender Amerikaner um die vierzig. Ich erkannte ihn sofort wieder. Es war der blonde Mann, der in der Nacht zuvor mit Senator Rowe im Wagen gefahren war. Der Mann, der sich uns nicht vorgestellt hatte.

»Ah, Richmond-*san*«, sagte Yoshida. »Welch ein Glück, daß Sie hier sind! Diese Herren haben sich gerade nach dem MicroCon-*baishū* erkundigt.« Er wandte sich wieder uns zu. »Vielleicht möchten Sie auch noch mit Mr. Richmond sprechen. Sein Englisch ist viel besser als das meine. Er kann Ihnen weitere Details mitteilen, die Sie möglicherweise interessieren.«

»Bob Richmond von Myers, Lawson und Richmond.« Sein Händedruck war kräftig. Er war braungebrannt und sah aus, als würde er oft Tennis spielen. Munter lachte er uns an. »Wie klein doch die Welt ist, was?«

Connor und ich stellten uns vor. »Ist Senator Rowe gut in sein Hotel gekommen?« fragte ich.

»Aber ja. Dank Ihrer Hilfe.« Er lächelte. »Ich will gar nicht daran denken, wie es ihm wohl heute morgen geht. Aber das war wohl nicht das erste Mal.« Er trat andauernd seitlich auf der Stelle, wie ein Tennisspieler, der den Aufschlag des Gegners abwartet. Er wirkte leicht beunruhigt. »Ich muß schon sagen, Sie beide sind die letzten, die ich jemals hier zu sehen erwartet habe. Ist mir irgend etwas entgangen? Ich vertrete Akai bei den Verhandlungen über MicroCon.«

»Nein«, sagte Connor sanft. »Wir sammeln nur allgemeine Hintergrundinformationen.«

»Hat es etwas mit dem zu tun, was gestern abend bei Nakamoto passiert ist?«

»Eigentlich nicht. Es geht, wie gesagt, nur um Hintergrundinformationen.«

»Wir können uns im Konferenzraum unterhalten, wenn Sie wollen.«

»Leider haben wir einen Termin und sind schon spät dran«, sagte Connor. »Aber vielleicht später.«

»Na klar. Wäre mir eine Freude. In etwa einer Stunde bin ich wieder in meinem Büro.« Er gab uns seine Karte.

»Schön«, sagte Connor.

Richmond war offenbar immer noch beunruhigt. Er begleitete uns zum Aufzug. »Mr. Yoshida ist ein Herr alter Schule«, sagte er. »Er war bestimmt sehr höflich. Aber ich kann Ihnen sagen, er ist wirklich wütend über die Sache mit MicroCon. Akai Tokio setzt ihm enorm zu, und das ist sehr unfair. Washington hat ihn ins offene Messer laufen lassen. Man hatte ihm zugesichert, daß keine Einwände gegen den Verkauf erhoben würden, und dann zog ihm Morton plötzlich den Teppich unter den Füßen weg.«

»Ist es wirklich so gewesen?« fragte Connor.

»Zweifellos«, antwortete Richmond. »Ich weiß nicht, welcher Teufel Johnny Morton da geritten hat, auf jeden Fall war es eine hinterhältige Attacke. Wir hatten alles ordnungsgemäß gemeldet. Das CFIUS äußerte keinerlei Einwände – erst lange nach Abschluß der Verhandlungen. So kann man keine Geschäfte machen. Ich hoffe bloß, daß John die Kurve noch mal kriegt und die Sache durchkommen läßt. Im Augenblick sieht das Ganze nämlich ziemlich nach Rassismus aus.«

»Nach Rassismus? Wirklich?«

»Klar. Es ist genau wie bei der Fairchild-Sache. Können Sie sich daran erinnern? Fujitsu versuchte sechsundachtzig den Halbleiterhersteller Fairchild zu kaufen, aber der Kongreß verhinderte den Verkauf, da er angeblich der nationalen Sicherheit unzuträglich war. Der Kongreß wollte nicht, daß Fairchild an ein ausländisches Unternehmen verkauft wurde. Ein paar Jahre später sollte Fairchild an eine französische Firma verkauft werden, und diesmal machte der Kongreß nicht mal pieps. Offenbar ist es sehr wohl in Ordnung, wenn an ein ausländisches Unternehmen verkauft wird, aber bitte nicht an ein japanisches. Ich nenne das schlicht und einfach rassistische Politik.« Wir waren vor dem Lift angelangt. »Rufen Sie mich an! Ich werde mir Zeit für Sie nehmen.«

»Danke!« sagte Connor.

Wir betraten den Aufzug. Die Tür schloß sich.

»Arschloch!« sagte Connor.

Ich fuhr nach Norden, Richtung Ausfahrt Wilshire Boulevard, zu unserem Treffen mit Senator Morton. »Warum ist Richmond ein Arschloch?«

»Bob Richmond war bis letztes Jahr der stellvertretende Delegationsleiter für Wirtschaftsverhandlungen mit Japan unter Amanda Marden. Er war bei allen Strategietreffen der amerikanischen Regierung dabei. Nun machte er kehrt und begann, für die Japaner zu arbeiten, die ihm fünfhunderttausend im Jahr plus Sondervergütungen zahlen, damit er diesen Verkauf über die Bühne bringt. Und er ist sein Geld wirklich wert, weil er alles weiß, was es in diesem Zusammenhang zu wissen gibt.«

»Ist das erlaubt?«

»Sicher. Es ist sogar üblich. Alle machen es. Würde Richmond für eine High-Tech-Firma wie Microsoft arbeiten, müßte er eine Vereinbarung unterschreiben, daß er fünf Jahre lang zu keinem Konkurrenzunternehmen wechselt. Man versucht auf diese Weise zu verhindern, daß Betriebsgeheimnisse an den Gegner verhökert werden. Bei den staatlichen Stellen herrschen in dieser Hinsicht dagegen lockerere Sitten.«

»Aber warum ist er ein Arschloch?«

»Dieser Schwachsinn über Rassismus!« schnaubte Connor. »Er weiß es besser. Richmond weiß ganz genau, was bei der Fairchild-Sache passiert ist. Es hatte nicht das geringste mit Rassismus zu tun.«

»Nein?«

»Und er weiß noch etwas anderes, nämlich daß die Japaner die größten Rassisten der Welt sind.«

»Wirklich?«

»Da können Sie sicher sein. Das geht so weit, daß die japanischen Diplomaten…«

Das Autotelefon schnarrte. Ich drückte auf die Sprechtaste und meldete mich: »Lieutenant Smith.«

»Mein Gott, *endlich*!« dröhnte es aus dem Lautsprecher. »Wo zum Teufel habt ihr beide euch rumgetrieben? Ich will endlich ins Bett.«

Es war Fred Hoffmann, der Einsatzleiter von gestern nacht.

»Danke, daß Sie uns anrufen, Fred«, sagte Connor.
»Um was geht's denn?«
»Also, mich würde interessieren, wie das mit den Nakamoto-Anrufen war, die gestern eingingen.«
»Ihr könnt mich beide mal!« sagte Hoffmann. »Das halbe Dezernat ist mir deswegen auf die Pelle gerückt. Jim Olson campiert praktisch auf meinem Schreibtisch und geht den ganzen Papierkram durch. Dabei war es doch zunächst eine reine Routinesache…«
»Erzählen Sie einfach, wie es sich abgespielt hat.«
»Na gut. Also, als erstes ging eine Mitteilung aus der Zentrale ein, die betraf den ersten Anruf. Die in der Zentrale wußten nicht genau, was er zu bedeuten hatte, weil der Anrufer mit asiatischem Akzent sprach und ziemlich wirr klang. Vielleicht hatte er Drogen genommen. Er sagte ständig etwas von ›Problemen bei der Entsorgung der Leiche‹. Sie kriegten nicht raus, wovon er eigentlich sprach. Jedenfalls schickte ich gegen halb neun einen Streifenwagen hin. Als die meldeten, daß es sich um Mord oder Totschlag handelte, setzte ich Tom Graham und Roddy Merino auf die Sache an – und bekam dafür hinterher jede Menge Prügel.«
»Tja.«
»Aber was soll's, laut Dienstplan waren die beiden dran. Sie wissen ja, daß wir uns bei der Einteilung der Detectives streng an die Reihenfolge halten sollen, um zu verhindern, daß der Eindruck entsteht, irgendeiner würde eine Sonderbehandlung bekommen. So lautet die Regelung. Ich hab' mich nur daran gehalten.«
»Tja.«
»Also, jedenfalls hat Graham mich um einundzwanzig Uhr angerufen und mir mitgeteilt, daß es am Tatort Probleme gibt und der Kontaktmann des Sonderdezernats angefordert worden ist. Griff zum Dienstplan – Pete Smith hatte Bereitschaftsdienst. Also habe ich Graham die Privatnummer von Pete gegeben. Und er hat dich dann ja wohl auch angerufen, oder, Pete?«
»Ja, genau«, sagte ich.

»Gut«, sagte Connor. »Und was geschah dann?«
»Ungefähr zwei Minuten nachdem Graham angerufen hatte, so gegen fünf nach neun, bekomme ich einen Anruf von jemandem mit einem Akzent. Ich würde sagen, es klang nach einem asiatischen Akzent, aber ganz sicher bin ich mir nicht. Der Kerl sagte, er bitte im Namen von Nakamoto darum, daß Captain Connor mit dem Fall betraut wird.«
»Seinen Namen hat er nicht gesagt?«
»Doch, natürlich. Ich habe ihn dazu aufgefordert und mir den Namen notiert. Koichi Nishi.«
»Und der war von Nakamoto?«
»Hat er jedenfalls behauptet«, sagte Hoffmann. »Ich hocke doch immer nur hier und hänge am Telefon, woher soll ich das wissen? Heute vormittag legen die von Nakamoto förmlichen Protest dagegen ein, daß Connor auf den Fall angesetzt wurde, und sagen, bei ihnen gibt es niemand, der Koichi Nishi heißt. Sie behaupten, der Anruf war getürkt. Aber ich kann Ihnen nur sagen: Es hat mich jemand angerufen. So was erfinde ich doch nicht einfach!«
»Natürlich nicht, das wissen wir doch«, beruhigte ihn Connor. »Der Anrufer hatte also einen Akzent?«
»Ja. Er sprach ziemlich gutes Englisch, fast ein bißchen flippig, aber einen Akzent hatte er auf jeden Fall. Das einzige, was mir komisch vorkam, war, daß er ziemlich viel über Sie zu wissen schien.«
»Ach?«
»Ja. Als erstes hat er mich gefragt, ob ich Ihre Telefonnummer habe oder ob er sie mir geben soll. Ich habe gesagt, ich habe die Nummer, und ich denke mir noch, ich brauch' doch nicht irgend so einen Japaner, um die Nummern unserer Leute zu erfahren. Dann sagte er: ›Wissen Sie, Captain Connor geht nicht immer ans Telefon. Sorgen Sie dafür, daß einer hinfährt und ihn abholt!‹«
»Ist ja interessant«, sagte Connor.
»Da habe ich Pete angerufen und ihm gesagt, er soll vorbeifahren und Sie abholen. Mehr wußte ich nicht. Ich meine, das Ganze steht doch im Zusammenhang mit irgendeinem politischen Pro-

blem bei Nakamoto. Ich wußte, daß Graham nicht die glücklichste Wahl war, aber ich glaube, andere Leute wären es auch nicht gewesen. Und jedem ist bekannt, daß Connor eine ganz besondere Beziehung zu den Japanern hat. Also habe ich diese Leute auf die Sache angesetzt. Und jetzt kriege ich hier diese ganze Scheiße zu hören. Das stinkt mir gewaltig, kann ich Ihnen sagen!«

»Erzählen Sie mir von der Scheiße«, sagte Connor.

»Angefangen hat es schon um elf Uhr nachts, als der Chef mich wegen Graham anrief. Warum ich Graham eingeteilt habe. Ich hab's ihm erklärt, aber das stimmte ihn auch nicht friedlicher. So ziemlich gegen Ende meiner Nachtschicht, um fünf Uhr vielleicht, haben sie mich plötzlich mit der Frage zu piesacken begonnen, warum Connor eingeschaltet worden ist. Wie das passieren konnte, warum es passiert ist. Und jetzt steht auch noch ein Artikel in der *Times*, und das Gerede über den Rassismus bei der Polizei fängt wieder an. Ich weiß überhaupt nicht mehr, wo mir der Kopf steht. Ständig erkläre ich, daß ich alles so gemacht habe, wie es immer gemacht wird. Wie nach dem Lehrbuch. Aber keiner kauft es mir ab, dabei ist es doch die Wahrheit!«

»Ganz bestimmt«, versicherte ihm Connor. »Eines noch, Fred. Haben Sie sich den ersten Anruf in der Zentrale anhören können?«

»Und ob! Vor ungefähr einer Stunde. Warum?«

»Klang diese Stimme wie die von Mr. Nishi?«

Hoffmann lachte auf. »Ach, du lieber Gott! Wer weiß, Captain. Vielleicht. Sie fragen mich, ob eine asiatische Stimme wie eine andere asiatische Stimme klingt, die ich zuvor gehört habe. Ehrlich, ich weiß es nicht. Die erste Stimme klang, als wäre der Anrufer ziemlich durcheinander. Wie im Schock oder so. Vielleicht auch unter Drogeneinfluß, bin mir nicht sicher. Das einzige, was ich weiß, ist: Wer immer dieser Mr. Nishi in Wahrheit war, er wußte eine ganze Menge über Sie.«

»Das hilft uns schon viel weiter. Jetzt ruhen Sie sich endlich mal aus!« Connor dankte ihm noch einmal und legte auf. Ich verließ den Freeway und fuhr den Wilshire Boulevard hinauf, dorthin, wo wir uns zu dem Treffen mit Senator Morton einfinden sollten.

»Okay, Senator, und jetzt sehen Sie bitte mal dorthin... ein Stückchen mehr noch... ja, genau so. Ja, das ist ganz stark, das wirkt sehr maskulin, das gefällt mir wirklich ungeheuer. Ja, das kommt unheimlich gut! So, jetzt brauche ich drei Minuten, bitte!«

Der Regisseur, ein angespannt wirkender Mann mit Fliegerjacke und Baseballmütze, stieg von der Kamera herunter und bellte mit britischem Akzent Befehle durch die Gegend. »Jerry, da drüben muß ein weißes Tuch hin, die Sonne ist zu hell. Und können wir vielleicht irgend etwas mit seinen Augen machen? Ich brauche ein bißchen Augen-Make-up. Ellen? Siehst du die glänzende Stelle an seiner rechten Schulter? Mach das bitte weg, Süße, ja? Und streich den Kragen glatt! Man sieht das Mikro an der Krawatte. Und die grauen Haare kommen überhaupt nicht zur Geltung, toupier sie ein bißchen auf! Und dann muß noch der Teppich glattgezogen werden, damit er nicht stolpert, wenn er geht! Leute! Bitte! Los, los, Kinder! Sonst geht uns noch das tolle Licht flöten!«

Connor und ich standen an der Seite neben einer hübschen Produktionsassistentin namens Debbie, die ein Clipboard an ihren Busen gedrückt hielt und uns bedeutungsvoll mitteilte: »Der Regisseur ist Edgar Lynn.«

»Muß ich den kennen?« fragte Connor.

»Er ist der teuerste und gefragteste Werbefilmer der Welt! Ein ganz großer Künstler! Edgar hat neunzehnhundertvierundachtzig diesen phantastischen Spot für Apple gemacht und... ach, ganz viele andere. Und er hat auch berühmte Filme gedreht. Edgar ist einfach der Beste.« Sie dachte kurz nach. »Und gar nicht mal übertrieben verrückt. Wirklich.«

Vor der Kamera stand geduldig Senator Morton, an dem sich gerade vier Leute zu schaffen machten – an seiner Krawatte, an seiner Frisur und an seinem Make-up. Morton war im Anzug. Man hatte ihn unter einem Baum postiert, hinter dem der hügelige Golfplatz und die Wolkenkratzer von Beverly Hills zu sehen waren. Das Produktionsteam hatte einen schmalen, langen Teppich vor ihm ausgebreitet, auf dem er bleiben mußte, während er auf die Kamera zuging.

»Und wie ist der Senator?« fragte ich.
Debbie nickte. »Ziemlich gut. Ich glaube, er schafft's.«
»Sie meinen, er hat Chancen, Präsident zu werden?«
»Ja. Vor allem, wenn Edgar seine Wunder an ihm vollbringt. Ich meine, Senator Morton ist, ehrlich gesagt, nicht gerade Mel Gibson, wenn Sie wissen, was ich meine. Er hat eine große Nase und schon ein bißchen Glatze, und seine Sommersprossen sind ein echtes Problem, weil sie bei Aufnahmen immer deutlich rauskommen und einen von den Augen ablenken. Und ob ein Kandidat Erfolg hat oder nicht, das hängt von seinen Augen ab.«
»Von den Augen?« sagte Connor.
»Na klar, die Leute werden wegen ihrer Augen gewählt.« Sie zuckte mit den Achseln, als sei das eine Binsenwahrheit. »Aber wenn der Senator Edgar vertraut... Edgar ist ein großer Künstler – er kann es für ihn möglich machen.«
Edgar Lynn ging, mit dem Kameramann ins Gespräch vertieft, an uns vorbei. »Verdammt, du mußt die Säcke unter seinen Augen wegbringen!« sagte er gerade. »Und bring das Kinn zur Geltung! Verstärk das Kinn mit einer harten Einstellung von unten!«
»Okay«, sagte der Kameramann.
Die Produktionsassistentin entschuldigte sich. Wir blieben stehen, warteten und sahen zu. Senator Morton stand ein wenig abseits von uns; er wurde noch immer von Maskenbildnern und Leuten von der Garderobe aufgepeppt.
»Mr. Connor? Mr. Smith?« Ich drehte mich zur Seite. Ein junger Mann in einem blauen Nadelstreifenanzug stand neben uns. Er sah aus wie der typische Mitarbeiter eines Senators: hochaufgerichtet, aufmerksam, höflich. »Ich bin Bob Woodson vom Mitarbeiterstab des Senators. Danke, daß Sie gekommen sind!«
»Bitte, bitte«, sagte Connor.
»Der Senator ist sehr an dem Gespräch mit Ihnen interessiert«, erklärte Woodson. »Tut mir leid, die Sache hier scheint sich etwas in die Länge zu ziehen. Eigentlich hätten die Aufnahmen um dreizehn Uhr zu Ende sein sollen.« Er warf einen Blick auf seine Uhr. »Ich glaube, es wird noch eine Weile dauern. Aber der Senator möchte auf jeden Fall mit Ihnen sprechen.«

»Wissen Sie, um was es geht?« fragte Connor.

Jemand rief: »Probe! Ton- und Kameraprobe, bitte!«

Der Schwarm um Senator Morton löste sich auf, und Woodson wandte seine Aufmerksamkeit der Kamera zu.

Edgar Lynn stand hinter ihr und blickte durch das Objektiv. »Es ist immer noch nicht grau genug. Ellen? Du mußt mehr Grau in sein Haar bringen! So sieht das doch nach gar nichts aus!«

Woodson sagte: »Hoffentlich läßt er ihn nicht zu alt aussehen!«

Debbie, die Produktionsassistentin, schaltete sich wieder ein: »Ist ja nur für die Aufnahme! Es wirkt noch nicht überzeugend genug, deshalb machen wir noch ein bißchen Grau rein. Sehen Sie, Ellen macht es nur an den Schläfen. Damit sieht er richtig vornehm aus.«

»Ich will nicht, daß sie ihn alt machen. Er sieht manchmal ohnedies schon alt aus, besonders wenn er müde ist.«

»Keine Sorge!« sagte die Assistentin.

»Okay«, rief Lynn. »Das reicht für den Augenblick. Sollen wir noch mal eine Probe machen?«

»Wo beginnen wir?« fragte Senator Morton.

»Text?«

Ein Scriptgirl las vor: »Vielleicht sind Sie wie ich…«

»Dann ist der erste Teil also schon fertig?« fragte Morton.

»Und ob«, sagte Edgar Lynn. »Wir beginnen jetzt damit, daß Sie sich zur Kamera wenden und uns einen ganz starken, ganz direkten maskulinen Blick schenken und dann anfangen zu sprechen: ›Vielleicht sind Sie wie ich…‹ Alles klar?«

»Okay«, sagte Morton.

»Versuchen Sie, sich selbst zu sehen: maskulin, stark, alles im Griff!«

»Können wir das gleich drehen?« fragte Morton.

»Lynn treibt ihn noch zur Weißglut«, sagte Woodson.

»Also gut«, rief Lynn. »Nehmt den Probedurchgang auf! Es geht los!«

Senator Morton schritt auf die Kamera zu. »Vielleicht sind Sie wie ich besorgt über den Verfall unserer internationalen Position in

den letzten Jahren. Amerika ist immer noch die größte Militärmacht, unsere Sicherheit hängt jedoch davon ab, ob wir in der Lage sind, uns militärisch *und* ökonomisch zu behaupten. Und im Hinblick auf die Wirtschaft ist Amerika zurückgefallen. Wie weit zurück? Nun, unter den beiden letzten Regierungen ist Amerika, einst der größte Gläubiger, zur größten Schuldnernation geworden, welche die Welt je gesehen hat. Unsere Industrie ist weit hinter den Stand der restlichen Welt zurückgefallen. Unsere Arbeiter sind weniger gut ausgebildet als die Arbeiter in anderen Ländern. Unsere Investoren fordern rasche Gewinne und schwächen dadurch die Fähigkeit unserer Industrie, für die Zukunft zu planen. Das Ergebnis ist ein rapide sinkender Lebensstandard. Die Aussichten für unsere Kinder sind düster.«
Connor murmelte: »Es gibt tatsächlich jemanden, der das Kind beim Namen nennt.«
»Und in dieser Zeit der nationalen Krise«, fuhr Morton fort, »gibt es für viele Amerikaner noch einen weiteren Grund zur Beunruhigung. In dem Maße, in dem unsere Wirtschaftskraft schwindet, werden wir anfällig für eine neue Art von Invasion. Viele Amerikaner befürchten, daß wir wirtschaftlich eine Kolonie Japans oder Europas werden könnten, vor allem Japans. Viele Amerikaner haben den Eindruck, daß die Japaner unsere Industrie übernehmen, unsere Erholungsgebiete, ja sogar unsere Städte.«
Bei diesen Worten machte der Senator eine weitausholende Armbewegung über den Golfplatz und die sich dahinter erhebenden Wolkenkratzer hinweg.
»Und auf diese Weise, so befürchten viele, hat Japan die Möglichkeit bekommen, die Zukunft Amerikas zu beeinflussen und zu bestimmen.«
Morton blieb stehen und machte ein nachdenkliches Gesicht.
»Wie berechtigt sind diese Befürchtungen um die Zukunft Amerikas? Wie groß sollte unsere Besorgnis sein? Manche werden Ihnen erzählen, ausländische Investitionen seien ein Segen, sie würden unserem Land helfen. Andere sehen es völlig anders, denn ihrer Meinung nach verkaufen wir unser wertvolles Erst-

geburtsrecht. Welche Ansicht ist die richtige? Was sollen... Wie sollen... Was... Scheiße! Wie geht der Satz weiter?«

»Aus, aus!« rief Edgar Lynn. »Fünf Minuten Pause für alle. Ich muß noch ein paar Sachen ausfeilen, dann können wir es drehen. Sehr gut, Senator! Hat mir gefallen.«

Das Scriptgirl sagte: »›Wie sollen wir die Zukunft Amerikas einschätzen‹, Senator.«

Er wiederholte: »Wie sollen wir die Zukunft...« schüttelte aber plötzlich den Kopf. »Kein Wunder, daß ich mir das nicht merken kann. Wir ändern diesen Satz. Margie? Bitte, ändere diesen Satz! Nein, laß nur! Bring mir den Text, ich ändere ihn selbst.«

Wieder stürzten Maskenbildner und Garderobeleute auf ihn zu, polierten ihn auf und klopften ihn ab.

»Warten Sie hier!« sagte Woodson. »Ich versuche, ihn mal für ein paar Minuten loszueisen.«

Wir standen neben einem Anhänger, der brummende Geräusche von sich gab und aus dem sich eine Unmenge Kabel schlängelte. Als Morton auf uns zuschritt, kamen zwei seiner Mitarbeiter angerannt, die dicke Bündel mit Computerausdrucken schwangen. »Das müssen Sie sich mal ansehen, John!«

»John, das müssen Sie unbedingt in Betracht ziehen!«

»Was ist das?« fragte Morton.

»John, das ist die neue Studie von Gallup und Fielding.«

»John, das ist die nach Altersgruppen aufgeteilte Wähleranalyse.«

»Und?«

»Ergebnis: Der Präsident hat recht, John!«

»Das will ich gar nicht hören – ich trete *gegen* den Präsidenten an.«

»John, er hat recht, was das E-Wort betrifft. Sie dürfen das E-Wort in Ihrem Wahlkampfspot nicht benützen!«

»Ich soll nicht ›Energiesparen‹ sagen?«

»Nein, John, Sie dürfen es nicht sagen.«

»Es wäre tödlich, John!«

»Die Zahlen beweisen es.«

»Sollen wir die Zahlen mit Ihnen durchgehen, John?«

»Nein.« Morton sah zu Connor und mir herüber und sagte lächelnd: »Ich komme gleich zu Ihnen.«
»Aber schauen Sie doch mal, John!«
»Es ist ganz eindeutig, John. Energiesparen ist gleichbedeutend mit einer Verschlechterung des Lebensstandards, und damit haben die Leute bereits zu kämpfen. Sie haben genug davon.«
»Aber das ist falsch«, sagte Morton. »So funktioniert die Sache nicht.«
»John, so denken die Wähler nun mal!«
»Aber damit liegen sie falsch.«
»John, wenn Sie die Wähler belehren wollen – bitteschön!«
»Ja, ich will die Wähler tatsächlich belehren. Energiesparen ist nicht gleichbedeutend mit einer Verschlechterung des Lebensstandards, sondern steht für größeren Wohlstand, größere Macht und größere Freiheit. Es bedeutet doch nicht, mit weniger auskommen zu müssen. Es bedeutet, all das zu machen, was man bisher auch gemacht hat: das Haus heizen, Auto fahren – nur mit weniger Öl und Benzin. Wir brauchen effizientere Heizungen in unseren Häusern und effizientere Autos auf unseren Straßen. Wir brauchen bessere Luft, bessere Gesundheit. Und das ist möglich. Andere Länder haben es erreicht, Japan zum Beispiel.«
»Bitte, John!«
»Bitte nicht Japan, John!«
»In den letzten zwanzig Jahren«, fuhr Morton unbeeindruckt fort, »hat Japan die Energiekosten für Enderzeugnisse um sechzig Prozent gesenkt. Amerika hat nichts getan. Die Japaner können ihre Produkte deshalb heute billiger herstellen als wir, weil sie in Technologien für die Energieeinsparung investiert haben. Energiesparen heißt, sich auf den Wettbewerb einstellen. Aber wir stellen uns nicht auf den Wettbewerb ein…«
»Wunderbar, John! Energiesparen und Statistiken – langweiliger geht's nicht mehr!«
»Das interessiert doch niemanden, John!«
»Das amerikanische Volk interessiert es«, erwiderte Morton.
»Absolut nicht, John.«
»Bei so etwas hört kein Mensch hin. Passen Sie auf, John, es gibt

einen altersbedingten Konservativismus, besonders bei den über Fünfundfünfzigjährigen. Die aber bilden den stärksten Wählerblock, und die sind bei diesem Thema kompromißlos. Sie wollen keine Verschlechterung, keine Energieeinsparung. Die alten Amerikaner wollen das ganz einfach nicht.«

»Aber alte Leute haben Kinder und Enkelkinder. Sie müssen sich auch Gedanken über die Zukunft machen.«

»Den Alten ist das scheißegal, John. Hier steht es, schwarz auf weiß: Ihrer Ansicht nach kümmern sich ihre Kinder nicht um sie, und da haben sie recht. Also kümmern sie sich auch nicht um ihre Kinder. So einfach ist das.«

»Aber die Kinder…«

»Die Kinder wählen nicht, John.«

»Bitte, hören Sie auf uns, John!«

»Nichts von Energiesparen, John! Sich auf den Wettbewerb einstellen, ja. In die Zukunft blicken, ja. Die Probleme erkennen, ja. Ein neues Denken, ja. Aber nichts von Energiesparen! Sie brauchen sich bloß mal die Zahlen anzusehen!«

»Bitte!«

»Ich lasse es mir mal durch den Kopf gehen, Jungs«, sagte Morton.

Die beiden Wahlkampfhelfer merkten offensichtlich, daß im Augenblick nicht mehr zu erreichen war, und klappten ihre Statistiken zu.

»Sollen wir Margie herschicken, damit Sie den Text umschreibt?«

»Nein. Ich muß erst darüber nachdenken.«

»Vielleicht sollte Margie einfach mal ein paar Sätze vorformulieren.«

»Nein.«

»Okay, John. Okay.«

»Wissen Sie«, sagte Morton, als die beiden abgezogen waren, »eines Tages wird ein amerikanischer Politiker das tun, was er für richtig hält, statt das, was die Umfragen ihm sagen – und man wird es als geradezu revolutionär empfinden.«

Die beiden Mitarbeiter kamen wieder zurück. »Nun kommen Sie schon! Sie sind müde, John.«

»Es war doch wohl eine anstrengende Reise.«
»John, vertrauen Sie uns! Wir haben die Zahlen. Wir können Ihnen mit fünfundneunzigprozentiger Zuverlässigkeit sagen, was die Leute denken.«
»Ich weiß verdammt gut, was sie denken. Sie sind frustriert. Und ich weiß auch, warum. Es ist fünfzig Jahre her, daß sie zum letztenmal eine richtige politische *Führung* erlebt haben.«
»Bitte, nicht schon wieder. John! Wir leben im zwanzigsten Jahrhundert. Politische Führung heißt heute, den Leuten sagen, was sie hören wollen.«
Sie gingen.
Gleich darauf tauchte Woodson mit einem mobilen Telefon auf. Er setzte zum Sprechen an, aber Morton hob abwehrend die Hand.
»Nicht jetzt, Bob!«
»Senator, ich glaube, Sie sollten diesen Anruf...«
»Nicht jetzt!«
Woodson trat den Rückzug an. Morton sah auf seine Armbanduhr. »Sie sind Mr. Connor und Mr. Smith?«
»Ja«, sagte Connor.
»Gehen wir ein paar Schritte!« schlug Morton vor. Wir verließen den unmittelbaren Drehort und gingen in Richtung einer Anhöhe über den hügeligen Golfplatz. Es war Freitag. Nur wenige Leute spielten. Etwa fünfzig Meter vom Filmteam entfernt blieben wir stehen.
»Ich habe Sie hierhergebeten«, sagte Morton, »weil Sie, soweit ich unterrichtet bin, die für die Nakamoto-Sache zuständigen Officers sind.«
Ich wollte einwenden, daß das nicht stimme, daß Graham der zuständige Officer sei, aber Connor kam mir mit einer Antwort zuvor: »Ja, das ist richtig.«
»Ich habe einige Fragen zu diesem Mordfall. Er ist ja wohl mittlerweile gelöst?«
»Es sieht ganz so aus, ja.«
»Haben Sie Ihre Ermittlungen abgeschlossen?«
»Ja, was die praktischen Aspekte betrifft, sind die Ermittlungen beendet.«

Morton nickte. »Man hat mir gesagt, daß Sie beide sich besonders gut mit den Japanern auskennen. Ist das richtig? Einer von Ihnen hat sogar einmal in Japan gelebt?«

Connor machte eine angedeutete Verbeugung.

»Sie sind derjenige, der heute mit Hanada und Asaka Golf gespielt hat?«

»Sie sind gut informiert.«

»Ich habe heute vormittag mit Mr. Hanada gesprochen. Wir hatten früher in einer anderen Angelegenheit Kontakt miteinander.« Morton stellte sich abrupt vor Connor hin und sagte: »Ich habe folgende Frage: Hat die Nakamoto-Sache etwas mit MicroCon zu tun?«

»Wie meinen Sie das?« fragte Connor.

»Der Verkauf von MicroCon an die Japaner kam vor den Finanzausschuß des Senats, den ich leite. Angehörige des Ausschusses für Forschung und Technologie, der den Verkauf genehmigen muß, baten uns um eine Stellungnahme. Sie wissen ja, daß der Verkauf umstritten ist. Ich war zunächst als Gegner des Verkaufs bekannt; ich hielt ihn aus verschiedenen Gründen für falsch. Ist Ihnen das alles bekannt?«

»Ja«, sagte Connor.

»Ich habe noch immer Probleme damit. Die hochmoderne Technologie von MicroCon wurde teilweise mit Hilfe von Steuergeldern entwickelt. Ich bin darüber empört, daß unsere Steuerzahler für technologische Entwicklungen aufkommen sollen, die dann an die Japaner verkauft und schließlich im Konkurrenzkampf gegen unsere Firmen eingesetzt werden. Ich bin überzeugt, daß wir unsere Leistungsfähigkeit im High-Tech-Bereich schützen müssen. Ich finde, wir müssen unser intellektuelles Potential schützen, indem wir ausländische Investitionen in unsere Unternehmen und Universitäten begrenzen. Aber damit stehe ich offenbar völlig allein. Weder vom Senat noch von der Industrie erhalte ich Unterstützung. Der Wirtschaftsminister hilft mir auch nicht. Er befürchtet, es könnte die Vereinbarungen über den Reishandel gefährden. Den Reishandel! Sogar das Pentagon ist in dieser Sache gegen mich. Und da habe ich mich eben gefragt, ob die

Ereignisse der vergangenen Nacht etwas mit dem beantragten Verkauf zu tun haben könnten. Schließlich ist Akai Ceramics eine Tochtergesellschaft von Nakamoto.«

Er schwieg und sah uns eindringlich an. Es war, als glaube er, wir wüßten etwas.

»Es gibt keine Hinweise auf einen Zusammenhang«, sagte Connor.

»Hat Nakamoto irgend etwas Unfaires oder Unverschämtes unternommen, um den Verkauf durchzubringen?«

»Nicht, daß ich wüßte.«

»Und Ihre Ermittlungen sind offiziell abgeschlossen?«

»Ja.«

»Ich möchte nur sichergehen. Denn wenn ich meinen Widerstand gegen den Verkauf aufgebe, will ich nicht erleben müssen, daß ich meine Hand in ein Schlangennest gesteckt habe. Dann würde es heißen, die Nakamoto-Party sei ein Versuch gewesen, Gegner des Verkaufs umzustimmen. Eine Meinungsänderung in dieser Sache könnte also durchaus heikel werden. Sie wissen ja, daß man im Kongreß mit solchen Dingen schnell in Schwierigkeiten geraten kann.«

»Geben Sie Ihren Widerstand gegen den Verkauf auf?« fragte Connor.

Vom anderen Ende des Rasens rief ein Mitarbeiter: »Senator? Es kann jetzt losgehen, Sir.«

»Nun ja.« Morton hob die Schultern. »Ich befinde mich da in einer unangenehmen Lage. Kein Mensch teilt meine Einstellung zum Verkauf von MicroCon. Ich persönlich sehe darin einen zweiten Fall Fairchild. Aber wenn diese Schlacht nicht gewonnen werden kann, dann, finde ich, sollte man auch nicht in diese Schlacht ziehen. Es gibt genug andere Kämpfe, die ausgefochten werden müssen.« Er richtete sich auf und strich sich den Anzug glatt.

»Senator?« ertönte es wieder. »Wenn Sie jetzt bitte kommen wollen – wegen des Lichts.«

»Sie machen sich Sorgen wegen des Lichts«, sagte Morton kopfschüttelnd.

»Wir möchten Sie nicht aufhalten«, sagte Connor.

»Na gut. Ich wollte nur mal Ihre Ansicht hören. Sie sagten, das, was gestern nacht passiert ist, hat nichts mit MicroCon zu tun. Keiner der Beteiligten hat etwas damit zu tun. Ich werde doch nicht in einem Monat lesen müssen, daß jemand hinter den Kulissen am Werk war und den Verkauf gefördert oder blockiert hat?«

»Nein, soweit ich es beurteilen kann, werden Sie das nicht lesen müssen.«

»Meine Herren, ich danke Ihnen für Ihr Kommen«, sagte Morton, schüttelte uns die Hand und entfernte sich in Richtung Drehort. Nach ein paar Schritten kam er noch einmal zu uns zurück. »Ich wäre Ihnen dankbar, wenn Sie die Sache vertraulich behandeln würden. Wir müssen nämlich vorsichtig sein. Sie wissen ja, wir sind im Krieg mit Japan.« Er lächelte schmerzlich. »Ein Wort zuviel kann Schiffe zum Versinken bringen.«

»Ja«, sagte Connor. »Und vergessen Sie Pearl Harbor nicht!«

»Mein Gott, ja, das auch.« Er schüttelte den Kopf. Dann senkte er die Stimme und sagte plötzlich ganz vertraulich: »Wissen Sie, ich habe Kollegen, die meinen, früher oder später werden wir wieder eine Bombe auf sie abwerfen müssen. Die sind überzeugt, daß es noch so weit kommen wird.« Er grinste. »Aber ich bin da anderer Meinung. Meistens jedenfalls.«

Immer noch grinsend, eilte er zum Aufnahmeteam. Im Gehen flogen ihm die hilfreichen Geister nur so zu: zuerst eine Frau, die ihm Änderungen im Text unterbreitete, dann ein Garderobier, als nächstes ein Tontechniker, der am Mikrofon des Senators herumfummelte und die Batterie an seiner Hüfte befestigte, schließlich auch noch die Maskenbildnerin. Bald hatten wir ihn aus dem Blick verloren und sahen nur mehr einen Haufen Menschen, die sich schwerfällig auf dem Rasen bewegten.

»Er gefällt mir«, sagte ich.
Wir fuhren nach Hollywood zurück. Die Umrisse der Gebäude verschwammen im Smog.
»Warum sollte er Ihnen nicht gefallen?« fragte Connor. »Er ist Politiker. Es ist sein Job, Sie dazu zu bringen, daß er Ihnen gefällt.«
»Dann macht er seinen Job gut.«
»Sehr gut sogar.«
Connor sah schweigend aus dem Fenster. Ich hatte den Eindruck, daß ihn etwas beunruhigte.
»Fanden Sie das nicht gut, was er in dem Wahlkampfspot gesagt hat? Hörte sich genauso an wie das, was *Sie* immer sagen.«
»Ja, das stimmt.«
»Was haben Sie denn?«
»Nichts«, sagte Connor. »Ich habe nur gerade darüber nachgedacht, was er wirklich gesagt hat.«
»Er hat Fairchild erwähnt.«
»Natürlich. Morton kennt die wahre Geschichte über Fairchild sehr gut.«
Ich setzte zu der Frage an, wie die wahre Geschichte denn lautete, aber Connor begann schon, sie mir zu erzählen.
»Haben Sie mal von Seymour Cray gehört? Er baute jahrelang die besten Supercomputer der Welt. Cray Research stellte die schnellsten Computer der Welt her. Die Japaner versuchten, mit ihm Schritt zu halten, aber sie schafften es nicht. Er war einfach zu gut. Aber Mitte der achtziger Jahre hatten die billigen japanischen Chips die meisten amerikanischen Zulieferbetriebe von Cray in die Pleite getrieben, und Cray mußte seine maßgefertigten Chips nun bei japanischen Firmen bestellen; in Amerika wurden sie nicht mehr hergestellt. Bei den Lieferungen der Japaner kam es allerdings immer wieder zu mysteriösen Verzögerungen. Einmal brauchten sie ein geschlagenes Jahr, um bestimmte Chips zu liefern, die Cray bestellt hatte, und ausgerechnet in dieser Zeit machten seine japanischen Konkurrenten große Fortschritte. Es erhob sich die Frage, ob sie womöglich seine neue Technologie geklaut hatten. Cray war außer sich vor Wut.

Er wußte, daß sie ihn beschissen. Er sah sich gezwungen, mit einem amerikanischen Hersteller zusammenzuarbeiten, und entschied sich für Fairchild Semiconductor, obwohl das Unternehmen finanziell auf schwachen Beinen stand und alles andere als erfolgreich war. Aber den Japanern konnte Cray nicht mehr trauen. Nun stellte also Fairchild die nächste Generation maßgefertigter Chips für Cray her – und dann erfuhr er eines Tages, daß Fairchild an Fujitsu verkauft werden sollte, seinen großen Konkurrenten. Da reichte es ihm. Er schlug ziemlich Krach in Washington, warnte, die nationale Sicherheit könne in Gefahr geraten. Da verhinderte der Kongreß den Verkauf.«

»Und dann?«

»Na ja, dadurch wurden die finanziellen Probleme von Fairchild natürlich auch nicht gelöst. Die Firma steckte weiterhin in Schwierigkeiten und mußte schließlich doch verkauft werden. Es gab Gerüchte über einen Verkauf an das französische Unternehmen Bull, das keine Supercomputer herstellt. Dieser Verkauf wäre wahrscheinlich vom Kongreß genehmigt worden, aber letztendlich ging es in den Besitz einer amerikansichen Firma über.«

»Und MicroCon ist ein zweiter Fall Fairchild?«

»Ja, und zwar insofern, als MicroCon den Japanern eine Monopolstellung bei wichtigen Geräten zur Chipherstellung ermöglicht. Wenn sie das Monopol erst einmal haben, können sie amerikanischen Unternehmen die Geräte vorenthalten. Aber ich glaube...«

Das Telefon schnarrte. Ich ließ das Gespräch über den Lautsprecher laufen.

Es war Lauren, meine Exfrau.

»Peter?«

»Hallo, Lauren!«

»Peter, ich rufe dich an, um dir zu sagen, daß ich Michelle heute früher abholen werde.« Sie wirkte nervös und sehr förmlich.

»Ja? Ich dachte, du wolltest sie überhaupt nicht abholen.«

»Das habe ich nie gesagt. Natürlich hole ich sie ab.«

»Na gut. Ach, übrigens – wer ist eigentlich Rick?«

Einige Sekunden lang herrschte Stille. Dann sagte sie: »Also wirklich, Peter, das ist unter deinem Niveau!«

»Warum denn? Man wird doch noch fragen dürfen. Michelle hat diesen Namen heute früh erwähnt. Sie sagt, er hat einen schwarzen Mercedes. Ist er dein neuer Freund?«

»Peter! Ich glaube kaum, daß das hierhergehört.«

»Daß es wohin gehört?«

»Laß doch diese Spielchen!« sagte sie. »Es ist doch alles schon schwierig genug. Ich habe dich angerufen, damit du weißt, daß ich Michelle früher abhole. Ich gehe mit ihr zum Arzt.«

»Wieso denn? Ihr Schnupfen ist weg.«

»Ich will sie untersuchen lassen, Peter.«

»Aber warum denn?«

»*Untersuchen* lassen.«

»Ich habe es gehört. Aber...«

»Der Arzt, der die Untersuchung vornehmen wird«, unterbrach sie mich, »heißt Robert Strauss. Man hat mir gesagt, daß er ein Experte ist. Ich habe bei mir im Büro herumgefragt, wer am geeignetsten ist. Ich weiß nicht, wie die Sache ausgehen wird, Peter, aber ich muß dir sagen, daß ich sehr beunruhigt bin, vor allem in Anbetracht deiner Vergangenheit.«

»Was redest du da, Lauren?«

»Ich rede von Kindesmißbrauch. Ich rede von sexueller Belästigung.«

»Was?«

»Ich kann die Augen nicht länger davor verschließen. Du bist wegen so etwas schon einmal angezeigt worden.«

Mir wurde speiübel. Wenn eine Beziehung in die Brüche gegangen ist, bleiben immer Reste von Groll, Verbitterung und Wut – und viele private Dinge, die man über den anderen weiß und die man gegen ihn verwenden kann, wenn man will. Lauren hatte das nie getan.

»Lauren, du weißt doch, daß diese Anzeige auf falschen Beschuldigungen beruhte. Du kennst die ganze Geschichte. Wir waren doch damals noch miteinander verheiratet.«

»Ich weiß nur, was du mir erzählt hast.« Ihre Stimme klang jetzt sehr fremd, moralisierend, ein bißchen sarkastisch. Es war ihre Staatsanwältinnen-Stimme.

»Um Himmels willen, Lauren! Das ist doch lächerlich! Was soll das Ganze?«

»Es ist nicht lächerlich. Ich habe meine Verantwortung als Mutter.«

»Ach, du meine Güte, du hast dir doch früher nie auch nur einen einzigen Gedanken über deine Verantwortung als Mutter gemacht! Und jetzt auf einmal...«

»Es stimmt, ich habe einen Beruf, der mich sehr in Anspruch nimmt«, sagte sie in eisigem Ton. »Aber daß meine Tochter an erster Stelle kommt, stand nie in Zweifel. Und ich würde es zutiefst, zutiefst, bedauern, wenn mein Verhalten in der Vergangenheit auch nur im geringsten zu diesen unschönen Umständen geführt haben sollte.« Ich hatte das Gefühl, daß sie gar nicht mit mir sprach. Es klang, als übe sie ein Plädoyer ein, als probe sie bestimmte Sätze, um zu hören, wie sie vor einem Richter klingen würden. »Ich sage dir klipp und klar, Peter: Wenn da Mißbrauch im Spiel ist, kann Michelle nicht mehr bei dir leben. Dann darf sie dich nicht einmal mehr besuchen.«

Ich fühlte einen stechenden Schmerz in der Brust. »Von was redest du überhaupt? Wer hat dir irgend etwas von Kindesmißbrauch erzählt?«

»Peter, ich glaube nicht, daß ich im Augenblick irgendwelche Kommentare abgeben sollte.«

»War es Wilhelm? Wer hat dich angerufen, Lauren?«

»Es hat doch keinen Sinn, das jetzt breitzutreten, Peter! Ich teile dir hiermit offiziell mit, daß ich Michelle um vier Uhr abhole. Ich möchte, daß sie fertig angezogen ist und gleich mitkommen kann.«

»Lauren...«

»Ich habe Miss Wilson, meine Sekretärin, gebeten, mitzuhören und unser Gespräch zu protokollieren. Ich habe dich vorschriftsmäßig davon unterrichtet, daß ich meine Tochter abholen und ärztlich untersuchen lassen will. Hast du irgendwelche Fragen bezüglich meines Entschlusses?«

»Nein.«
»Also, um vier Uhr. Danke für deine Kooperation! Und laß mich noch etwas Persönliches anfügen, Peter. Es tut mir ehrlich leid, daß es soweit gekommen ist.«
Sie hängte ein.

Beruflich hatte ich einige Male mit sexuellem Mißbrauch zu tun gehabt. Ich wußte, wie so etwas lief. Auf Grund einer ärztlichen Untersuchung läßt sich meist gar nichts beweisen. Der Sachverhalt bleibt immer zweifelhaft. Und wenn ein Kind von einem Psychologen ausgefragt wird, der es mit Fragen bombardiert, fügt sich das Kind früher oder später und erfindet Antworten, um es dem Psychologen recht zu machen. Normalerweise muß der Psychologe die Befragung auf Video aufnehmen, um zu beweisen, daß sie nicht gelenkt war. Aber wenn die Sache dann vor den Richter kommt, ist meistens alles unklar. Deshalb muß der Richter bei der Urteilsfindung sehr vorsichtig sein, und das bedeutet, daß das Kind, wenn auch nur die Möglichkeit eines erfolgten Mißbrauchs besteht, von dem beschuldigten Elternteil getrennt wird oder zumindest unbeaufsichtigte Besuche beim Kind verboten werden. Also keine Übernachtungen, vielleicht nicht einmal…
»Es reicht«, sagte Connor neben mir auf dem Beifahrersitz. »Kommen Sie wieder zurück in die Realität!«
»Entschuldigung«, sagte ich, »aber es ist einfach gräßlich.«
»Ja, natürlich. Aber jetzt sagen Sie mir, was Sie mir verschwiegen haben!«
»Was soll ich Ihnen verschwiegen haben?«
»Etwas im Zusammenhang mit der Anzeige wegen sexueller Belästigung.«
»Ich habe Ihnen nichts verschwiegen. An der Sache war nichts dran.«
»*Kōhai*«, sagte er ganz ruhig, »wenn Sie es mir nicht sagen, kann ich Ihnen nicht helfen.«
»Es hatte überhaupt nichts mit sexueller Belästigung zu tun«, sagte ich. »Es ging um etwas ganz anderes. Es ging um Geld.«

Connor schwieg und sah mich nur erwartungsvoll an.
»Ach, Scheiße!« sagte ich.
Und dann erzählte ich es ihm.

Es gibt im Leben Zeiten, da glaubt man zu wissen, was man tut, aber man irrt sich. Wenn alles vorbei ist und man die Sache aus der Distanz betrachtet, erkennt man, daß man sich völlig falsch verhalten hat. Man ist in etwas hineingeschlittert und hat alles vermasselt. Aber in der Situation selbst glaubte man, alles sei in Ordnung.
Bei mir fing es damit an, daß ich mich verliebt hatte. Lauren war ein aristokratisch wirkendes Mädchen, schlank, graziös und sehr zurückhaltend. Bei ihr hatte man immer den Eindruck, sie wäre hochherrschaftlich aufgewachsen, mit Pferden und so. Sie war jünger als ich und sehr, sehr schön.
Ich wußte von Anfang an, daß es mit uns beiden nicht funktionieren würde, aber ich versuchte es trotzdem. Wir heirateten und begannen ein gemeinsames Leben, aber sie wurde ziemlich bald recht unzufrieden. Unzufrieden mit meiner Wohnung, mit dem Stadtbezirk, mit dem Geld, das uns zur Verfügung stand. Obendrein mußte sie sich ständig erbrechen, was die Sache nicht besser machte. Sie lebte nur noch von Zwieback: Zwieback im Auto, Zwieback auf dem Nachttisch, überall Zwieback. Sie war so elend und unglücklich, daß ich sie mit Kleinigkeiten aufzuheitern versuchte. Ich holte und brachte ihr, was sie wollte. Ich kochte und erledigte die Hausarbeit. Das ist sonst nicht meine Art, aber ich war eben verliebt. Und so gewöhnte ich es mir im Laufe der Zeit geradezu an, ihr ständig etwas Gutes zu tun oder es doch zumindest zu versuchen.
Dabei stand ich permanent unter Druck. Mehr dies, mehr das. Mehr Geld. Mehr, mehr, mehr.
Außerdem hatten wir noch ein ganz besonderes Problem. Lauren war zwar krankenversichert, aber weder ihre Kasse noch meine kamen für die Arztkosten bei einer Schwangerschaft auf. Nach unserer Heirat hatten wir nicht genug Geld, um uns so zu versichern, daß für das Baby gezahlt wurde. Das Ganze sollte

achttausend Dollar kosten, die galt es aufzubringen. Keiner von uns beiden hatte viel. Laurens Vater war Arzt in Virginia, aber sie wollte ihn nicht um das Geld bitten, weil er von Anfang an gegen diese Heirat gewesen war. Meine eigene Familie besitzt nichts. Lauren arbeitete für die Staatsanwaltschaft, ich arbeitete bei der Polizei. Sie hatte eine Menge Schulden auf ihrer MasterCard und noch Raten für ihr Auto abzuzahlen. Aber wir mußten achttausend Dollar auftreiben. Das hing wie ein Damoklesschwert über unseren Köpfen. Wie sollten wir es anstellen? Lauren sagte es zwar nie, aber unausgesprochen stand zwischen uns immer die Aufforderung an mich, die Sache in die Hand zu nehmen.
Eines Nachts im August wurde ich wegen eines heftigen Ehestreits in die Ladera Heights gerufen. Es war ein Hispano-Paar. Beide hatten getrunken und waren nicht schlecht aufeinander losgegangen. Sie blutete an der Lippe, er hatte ein blaues Auge, und im Nebenzimmer brüllte das Kind. Aber wir schafften es ziemlich schnell, die beiden zur Räson zu bringen, und nachdem wir uns vergewissert hatten, daß niemand ernsthaft verletzt war, machten wir uns wieder auf den Weg. Als die Frau das bemerkte, begann sie zu schreien, ihr Mann hätte sich an die Tochter herangemacht und sie sexuell mißbraucht. Als der Mann das hörte, wurde er stocksauer, und ich dachte mir: Alles Schwachsinn, die Frau will sich nur an ihm rächen. Aber die Frau bestand darauf, daß wir uns die Tochter mal ansehen. Ich ging also ins Kinderzimmer. Das Mädchen war ungefähr neun Monate alt und rot angelaufen vom vielen Brüllen. Ich zog die Decke weg, um nachzuschauen, ob das Baby Blutergüsse hatte. Da lag ein Kilopaket Heroin. Neben dem Kind unter der Bettdecke.
So.
Eine beschissene Situation. Die beiden waren verheiratet, sie hätte also gegen ihren eigenen Mann aussagen müssen, es hatte kein hinreichender Verdachtsgrund bestanden, die Durchsuchung wäre also rechtlich ungültig gewesen, und so weiter. Mir war klar, daß er mit einem halbwegs fähigen Anwalt aus der Sache rauskommen würde. Und so rief ich den Kerl ins Zimmer. Ich wußte, daß ich nichts unternehmen konnte. Mir ging nur die

ganze Zeit durch den Kopf, daß das kleine Mädchen sterben würde, wenn es das Zeug in den Mund bekam, wenn es darauf herumkaute. Darüber wollte ich mich mal mit dem Mann unterhalten. Ich nahm mir vor, ihm einen Schreck einzujagen, ihn ein bißchen in Panik zu bringen.

Er und ich standen also im Kinderzimmer. Die Frau war mit meinem Kollegen nebenan im Wohnzimmer. Plötzlich zückt der Typ einen zwei Zentimeter dicken Umschlag und reißt ihn auf. Lauter Hundert-Dollar-Scheine. Zwei Zentimeter Hundert-Dollar-Scheine. Und er sagt: »Danke, daß Sie mir geholfen haben, Officer!«

In dem Umschlag müssen zehntausend Dollar sein, vielleicht sogar mehr, ich weiß es nicht. Der Typ hält mir den Umschlag hin und sieht mich an und wartet nur darauf, daß ich zugreife.

Ich sage irgend etwas Lahmes wie, daß es gefährlich ist, Heroin in einem Kinderbett zu verstecken. Daraufhin nimmt der Kerl das Zeug, legt es auf den Boden, kickt es unters Bett, so daß man es nicht mehr sieht, und sagt: »Sie haben recht, Officer. Danke, Officer! Es wäre schlimm für mich, wenn meiner Tochter was zustoßen würde.« Und hält mir weiter den Umschlag unter die Nase.

So.

Es herrscht das völlige Chaos. Im Nebenzimmer keift die Frau meinen Kollegen an, im Kinderzimmer brüllt das Baby. Der Typ streckt mir den Umschlag hin und nickt mir grinsend zu, als würde er sagen: Los, nimm's endlich, es gehört dir. Und ich denke mir… Ich weiß nicht mehr, was ich mir gedacht habe.

Als nächstes erinnere ich mich, wie ich wieder im Wohnzimmer stand und sagte, mit dem Kind sei alles okay. Da fing die Frau an rumzulallen, *ich* hätte ihr Kind mißbraucht – jetzt war es nicht mehr der Ehemann, jetzt war plötzlich ich es –, und ich hätte mich mit ihrem Mann verbündet, wir wären beide Kinderschänder. Mein Kollege dachte, sie sei wohl von der vielen Sauferei übergeschnappt, und wir gingen. Mein Kollege sagte noch zu mir: »Du warst ziemlich lange in dem anderen Zimmer«, und ich antwortete ihm. »Ich mußte mir doch das Kind anse-

hen.« Das war alles – außer daß die Frau am nächsten Tag zur Polizei ging und Anzeige gegen mich erstattete, weil ich ihr Kind mißbraucht hätte. Sie war total verkatert und hatte ein langes Vorstrafenregister, aber so etwas ist ja eine schwere Beschuldigung. Die Sache ging also ihren Amtsweg bis zur Vorverhandlung, erst dort wurde die Anklage als völlig unbegründet fallengelassen.
So war das. So ist es passiert.
Das ist die ganze Geschichte.

»Und das Geld?« fragte Connor.
»Ich bin am folgenden Wochenende gleich nach Vegas gefahren und habe groß gewonnen. In dem Jahr zahlte ich Steuern für dreizehntausend Dollar an nichtverdientem Einkommen.«
»Wessen Idee war das?«
»Laurens. Sie erklärte mir, wie man so was macht.«
»Sie weiß also, was wirklich passiert ist?«
»Ja, natürlich.«
»Und die interne Untersuchung der Sache? Wurde über die Vorverhandlung ein Bericht erstellt?«
»So weit ist es, glaube ich, gar nicht gekommen. Sie ließen sich die Sache erzählen und verwarfen die Anklage. Wahrscheinlich gibt es in meiner Personalakte einen Hinweis darauf, aber wohl kaum einen richtigen Bericht.«
»Gut«, sagte Connor. »Und jetzt erzählen Sie mir den Rest!«

Ich erzählte ihm also auch die Sache mit Ken Shubik, der *L.A. Times* und dem Wiesel. Connor hörte mit gerunzelter Stirn schweigend zu. Während ich sprach, saugte er immer wieder durch die Zähne laut Luft in den Mund – die japanische Art, Mißfallen zu bekunden.
»Kōhai«, sagte er, als ich fertig war, »Sie machen mir das Leben extrem schwer. Und Sie lassen mich im ungünstigsten Augenblick wie einen Idioten aussehen. Warum haben Sie mir das alles nicht schon längst erzählt?«
»Weil es nichts mit Ihnen zu tun hat.«

»Kōhai.« Er schüttelte den Kopf. *»Kōhai...«*

Ich mußte wieder an meine Tochter denken – an die Möglichkeit, die schiere Möglichkeit, daß ich sie nie mehr sehen würde, daß ich nichts dagegen tun können würde...

»Hören Sie«, sagte Connor, »ich habe Ihnen ja gesagt, daß es unangenehm werden kann. Glauben Sie mir, es kann noch weit unangenehmer werden, als es schon ist. Das hier ist erst der Anfang. Es kann noch richtig übel werden. Wir müssen uns jetzt wirklich beeilen und versuchen, alles zu klären.«

»Ich dachte, es sei alles geklärt.«

Connor stieß einen tiefen Seufzer aus und schüttelte den Kopf. »Nein, es ist nicht alles geklärt. Wir müssen jetzt versuchen, alles auf die Reihe zu bekommen, bevor Sie sich um vier Uhr mit Ihrer Frau treffen. Also los! Bis dahin müssen wir fertig sein.«

»Verdammte Scheiße, die Sache ist doch voll und ganz geklärt«, sagte Graham, während er durch Sakamuras Haus in den Bergen von Hollywood stapfte. Die restlichen Mitarbeiter von der Spurensicherung packten gerade ihre Utensilien zusammen.

»Ich weiß wirklich nicht, warum der Chef sich so aufführt. Die Jungs von der Spurensicherung haben fast die ganze Arbeit gleich hier erledigt, weil er es so eilig hat. Aber Gott sei Dank paßt alles wunderbar zusammen! Sakamura ist unser Mann. Wir haben sein Bett nach Schamhaaren abgesucht, und die stimmen mit dem Haar überein, das wir an dem Mädchen gefunden haben. Von seiner Zahnbürste haben wir getrockneten Speichel. Blutgruppe und genetische Merkmale stimmen mit dem Sperma in Cheryl Austin überein. Die Identität ist zu siebenundneunzig Prozent sicher. Sein Sperma in ihr und sein Schamhaar an ihr. Erst hat er sie gefickt, und dann hat er sie getötet. Und als wir ihn verhaften wollten, hat er durchgedreht, ist geflüchtet und daran letztlich gestorben. Wo ist Connor?«

»Draußen«, sagte ich.

Durchs Fenster sah ich Connor unten vor der Garage stehen. Er

unterhielt sich mit Polizisten, die in einem Streifenwagen saßen. Er deutete die Straße hinauf und hinunter. Sie antworteten offenbar auf seine Fragen.
»Was macht er denn da unten?« fragte Graham.
Ich sagte, daß ich es nicht wisse.
»Verdammt, ich verstehe den Kerl einfach nicht. Du kannst ihm sagen, daß die Antwort auf seine Frage nein lautet.«
»Auf welche Frage?«
»Er hat mich vor einer Stunde angerufen und gesagt, er will wissen, ob wir hier Lesebrillen gefunden haben, und wenn ja, wie viele. Wir haben nachgesehen und keine einzige entdeckt. Jede Menge Sonnenbrillen, auch ein paar Damensonnenbrillen, aber sonst nichts. Ich weiß wirklich nicht, warum ihn das interessiert. Komischer Kauz, findest du nicht? Was, zum Teufel, macht er denn jetzt?«
Wir sahen, wie Connor um den Streifenwagen herumging und dann wieder die Straße hinauf und hinunter deutete. Einer der Polizisten im Auto sprach gerade über Funk. »Verstehst du, was er sagt?« fragte Graham.
»Nein.«
»Wahrscheinlich versucht er, die Mädchen ausfindig zu machen. Menschenskind, wenn wir nur den Namen von dieser Rothaarigen hätten, besonders jetzt, wo sich alles so ergeben hat! Die hat bestimmt auch mit ihm gevögelt, aus der hätten wir auch Sperma rausholen können. Dann hätten wir die hundertprozentige Übereinstimmung gehabt. Und ich steh' da wie ein Idiot und lasse die Mädels abhauen! Aber Scheiße, wer hat denn auch nur ahnen können, daß alles so kommen wird? Ging ja alles so fix. Kann einen ganz schön verwirren, wenn lauter nackte Mädchen vor einem rumtanzen. Ist doch ganz normal. Mann, die sahen gut aus, was?«
Ich bestätigte es ihm.
»Von Sakamura ist nichts mehr übrig«, fuhr er fort. »Vor einer Stunde habe ich mit den Leuten vom Erkennungsdienst in der Innenstadt geredet. Die schneiden die Leiche aus dem Wagen, aber ich glaube, er ist so verbrannt, daß man ihn nicht mehr

identifizieren kann. Die in der Gerichtsmedizin wollen es versuchen, aber da kann ich nur viel Glück wünschen.« Er starrte mißmutig aus dem Fenster. »Weißt du, was?« sagte er. »Wir haben in diesem beschissenen Fall unser Bestes getan, und ich finde, wir haben unsere Sache ziemlich gut gemacht. Wir haben den Täter gefunden, und zwar schnell und ohne viel Getue. Aber jetzt heißt es nur, wir hätten die Japaner mies behandelt. Scheiße! Nie kann man es irgendwem recht machen.«

»Mhm.«

»Und die reißen jetzt die Klappe auf, kann ich dir sagen! Ich werde total unter Druck gesetzt. Der Chef hat mich angerufen, er will die Sache geklärt haben: Eine Reporterin von der *Times* ist hinter mir her und hat irgendeinen uralten Scheiß über eine angeblich unnötige Gewaltanwendung gegen einen Hispano ausgegraben. Das war achtundsiebzig, und es ist nicht das geringste dran. Aber diese Schmiererin versucht zu beweisen, daß ich schon immer ein Rassist gewesen bin. Und warum kommt sie auf die Geschichte? Weil das gestern nacht ein ›rassistisch bedingter Vorfall‹ war. Ich bin also jetzt ein Beispiel dafür, daß der Rassismus sein häßliches Haupt wieder erhoben hat. Ich kann dir sagen! Die Japaner sind Meister, wenn es darum geht, dir was anzuhängen. Man kriegt es glatt mit der Angst zu tun.«

»Ich weiß«, sagte ich.

»Haben sie dich auch erwischt?«

Ich nickte.

»Mit was denn?«

»Sexueller Mißbrauch von Kindern.«

»Ach, du liebes bißchen! Und du hast eine Tochter.«

»Ja.«

»Kotzt dich das nicht auch an? Unterstellungen und Verleumdungen, Pete-*san*. Hat nicht das geringste mit der Wirklichkeit zu tun. Aber versuch, das einmal so einer Reporterin zu erklären!«

»Wie heißt die Reporterin«, fragte ich, »die mit dir gesprochen hat?«

»Linda Jensen, glaube ich.«
Ich nickte. Die Jensen wurde vom Wiesel protegiert. Irgend jemand hatte mal gesagt, Linda würde nicht sich selbst, sondern das Renommee anderer Leute nach oben bumsen. Vor ihrem Job in Los Angeles war sie Klatschkolumnistin in Washington gewesen.
»Ach, weißt du«, sagte Graham und zog sich die Hose hoch, »wenn du mich fragst, ich finde, das Ganze lohnt sich überhaupt nicht. Die verwandeln dieses Land ohnedies in ein zweites Japan. Manche haben schon Angst, den Mund aufzumachen und irgend etwas gegen die Japaner zu sagen. Die Leute reden schon gar nicht mehr über das, was da im Gange ist.«
»Es wäre schon viel geholfen, wenn die Regierung ein paar Gesetze erlassen würde.«
Graham lachte auf. »Die Regierung! Denen gehört die Regierung doch praktisch. Weißt du, was die ständig in Washington ausgeben? Vierhundert Millionen Dollar pro Jahr! Das reicht, um jedem im Senat *und* im Repräsentantenhaus die Wahlkampfkosten zu zahlen. Das ist verflucht viel Geld. Und jetzt sag du mir: Würden die Jahr für Jahr soviel Kohle ausgeben, wenn es sich für sie nicht lohnen würde? Natürlich nicht, ist doch klar! Scheiße! Das ist der Untergang Amerikas, mein Alter. Hey – dein Boß will was von dir.«
Ich sah aus dem Fenster. Connor winkte mich zu sich.
»Ich muß gehen«, sagte ich.
»Viel Glück«, sagte Graham. »Hör mal, ich nehme mir vielleicht ein paar Wochen Urlaub.«
»Ja? Wann denn?«
»Vielleicht noch heute. Der Chef hat irgendwas davon gesagt. Er meint, solange die beschissene *Times* hinter mir her ist, wäre es vielleicht das Beste. Eine Woche Phoenix, habe ich mir gedacht. Hab' Verwandte dort. Na egal, ich wollte dir nur sagen, daß ich vielleicht abhaue.«
»Ja, gut.«
Connor winkte mir noch einmal zu. Er schien ungeduldig zu sein. Ich eilte zu ihm hinunter. Als ich noch auf den Stufen war, sah ich

einen schwarzen Mercedes vorfahren; ihm entstieg eine wohlbekannte Figur.
Es war Wiesel Wilhelm.

Als ich unten angekommen war, hatte das Wiesel schon seinen Notizblock und einen Kassettenrecorder ausgepackt. In seinem Mundwinkel hing eine Zigarette. »Lieutenant Smith«, sagte er, »könnte ich mich mal mit Ihnen unterhalten?«
»Ich bin ziemlich beschäftigt«, sagte ich.
»Nun kommen Sie endlich!« rief Connor. »Wir haben nicht viel Zeit.« Er hielt mir die Wagentür auf.
Ich ging zu Connor. Das Wiesel wich nicht von meiner Seite. Er hielt mir ein winziges schwarzes Mikrofon vors Gesicht. »Ich nehme das auf. Hoffentlich stört Sie es nicht. Nach dem Fall Malcolm müssen wir besonders vorsichtig sein. Möchten Sie etwas zu den rassistischen Äußerungen sagen, die Ihr Kollege Detective Graham bei den Nakamoto-Ermittlungen von sich gegeben haben soll?«
»Nein.« Ich ging weiter.
»Wir haben erfahren, daß er die Japaner als ›beschissene Japsen‹ bezeichnet hat.«
»Kein Kommentar.«
»Außerdem hat er sie ›kleine Nips‹ genannt. Finden Sie eine solche Sprache passend für einen Officer im Dienst?«
»Bedaure, kein Kommentar, Willy.«
Während wir gingen, hielt er mir ständig das Mikrofon vor die Nase. Es war lästig. Ich hätte es am liebsten weggeschlagen, aber ich tat es nicht. »Lieutenant Smith, wir arbeiten an einer Story über Sie und hätten da ein paar Fragen im Zusammenhang mit dem Fall Martinez. Erinnern Sie sich an ihn? Ist schon einige Jahre her.«
Ich ging stur weiter. »Ich bin im Augenblick ziemlich beschäftigt, Willy.«
»Der Fall Martinez endete damit, daß Sylvia Martinez, die Mutter

von Maria Martinez, Sie des sexuellen Mißbrauchs des Kindes beschuldigt hat. Es kam zu einer internen Ermittlung. Haben Sie dazu etwas zu sagen?«

»Kein Kommentar.«

»Ich habe schon mit Ihrem damaligen Kollegen Ted Anderson gesprochen. Wollen Sie vielleicht dazu etwas sagen?«

»Nein, tut mir leid.«

»Sie wollen auf solch gravierende Anschuldigungen also nicht reagieren?«

»Der einzige, der meines Wissens nach Anschuldigungen gegen mich erhebt, sind Sie, Willy.«

»Das ist nicht ganz korrekt«, sagte er lächelnd. »Man hat mir mitgeteilt, daß die Staatsanwaltschaft eine Ermittlung eingeleitet hat.«

Ich schwieg und überlegte mir, ob das wahr sein konnte.

»Lieutenant, sind Sie unter diesen Umständen nicht der Ansicht, daß das Gericht einen Fehler beging, als es Ihnen das Sorgerecht für Ihre Tochter zusprach?«

Wieder sagte ich nur: »Tut mir leid, Willy, kein Kommentar.« Ich versuchte, gelassen zu wirken, aber ich hatte zu schwitzen begonnen.

»Los, los!« rief Connor. »Es pressiert.« Ich stieg in den Wagen. Connor wandte sich an Wilhelm. »Junge, tut mir leid, aber wir haben zu tun. Wir müssen weg.« Dann knallte er die Wagentür zu. Ich ließ den Motor an. »Marsch jetzt!« sagte Connor.

Willy steckte den Kopf zum Fenster hinein. »Glauben Sie, daß der rüde Ton, den Captain Connor den Japanern gegenüber anschlägt, ein weiteres Beispiel für das mangelnde Einfühlungsvermögen der Polizei bei heiklen Fällen darstellt, in die Bürger anderer Hautfarbe verwickelt sind?«

»Bis später, Willy!« Ich schloß das Fenster, startete und steuerte die Anhöhe hinunter.

»Wenn es ein bißchen schneller ginge, hätte ich nichts dagegen«, sagte Connor.

»Klar.« Ich trat aufs Gaspedal. Im Rückspiegel sah ich, wie das Wiesel zu seinem Mercedes rannte. Ich fuhr in die nächste Kurve, daß die Reifen quietschten. »Woher wußte dieser Widerling, wo wir zu finden waren? Hört er den Funk ab?«

»Wir sind nicht auf Funk gewesen«, sagte Connor. »Sie wissen, daß ich damit sehr vorsichtig bin. Aber vielleicht hat der Streifenwagen etwas über Funk gesagt, als wir ankamen. Vielleicht haben wir eine Wanze im Auto. Vielleicht hat er sich auch nur gedacht, daß wir hier auftauchen könnten. Er ist ein Arschloch. Und er hat mit den Japanern zu tun. Er ist ihr Mann bei der *Times*. Normalerweise zeigen die Japaner bei der Wahl ihrer Verbündeten ein bißchen mehr Format. Aber wahrscheinlich macht er wirklich alles, was sie ihm auftragen. Schöner Wagen, was?«

»Mir ist aufgefallen, daß es kein japanischer ist.«

»So offensichtlich darf es nicht sein. – Folgt er uns?«

»Nein. Ich glaube, wir haben ihn abgehängt. Wohin fahren wir eigentlich?«

»Sanders vom Physikalischen Institut hat inzwischen genug Zeit gehabt, die Bänder in Augenschein zu nehmen.«

Wir fuhren den Berg hinab, Richtung Freeway 101. »Ach ja«, sagte ich, »was war denn das mit den Brillen?«

»Nur ein Detail, das belegt werden mußte. Es wurden keine Lesebrillen gefunden, richtig?«

»Ja. Nur Sonnenbrillen.«

»Das habe ich mir gedacht.«

»Und Graham sagt, daß er verreisen wird. Noch heute. Nach Phoenix.«

»Aha.« Er sah zu mir herüber. »Wollen Sie auch wegfahren?«

»Nein.«

»Okay.«

Wir waren unten angelangt, ich bog in südlicher Richtung auf den Freeway ein. Noch vor ein paar Jahren wären wir in zehn Minuten auf dem Campus gewesen, jetzt, mitten am Tag, dauerte diese Fahrt fast eine halbe Stunde. Aber schnell ging eigentlich überhaupt nichts mehr, der Verkehr war zu allen Tageszeiten übel. Und der Smog auch, wir fuhren durch dichten Dunst.

»Finden Sie, daß ich mich idiotisch verhalte?« fragte ich Connor. »Meinen Sie, ich sollte mein Kind packen und ebenfalls abhauen?«

»So kann man es natürlich auch machen.« Er seufzte. »Die Japaner sind Meister der indirekten Aktion. Das hängt mit ihrer intuitiven Vorgehensweise zusammen. Wenn in Japan jemand mit Ihnen unzufrieden ist, sagt er Ihnen das niemals ins Gesicht. Er erzählt es Ihren Freunden, Ihrem Chef, und zwar so, daß Sie es erfahren. Die Japaner kennen viele Arten dieser indirekten Kommunikation. Deshalb sind sie auch so gesellig, spielen so viel Golf und trinken gemeinsam in *karaoke*-Bars. Sie brauchen solche Kommunikationsmöglichkeiten, weil sie nicht aus sich herausgehen und sagen können, was sie denken. Das ist ungeheuer ineffizient, wenn man es sich überlegt. Zeit-, Energie- und Geldverschwendung. Aber da sie nun mal keine direkte Konfrontation ertragen – sie reagieren darauf fast mit Todesangst, sie beginnen zu schwitzen und geraten in Panik –, haben sie keine andere Wahl.«

»Gut, aber...«

»Ein Verhalten, das den Amerikanern verstohlen und feige erscheint, ist für die Japaner also die übliche Art, miteinander umzugehen. Ohne besondere Bedeutung lassen sie Sie einfach wissen, daß mächtige Leute mit Ihnen unzufrieden sind.«

»Sie lassen es mich wissen? Daß ich unter Umständen bald vor Gericht um meine Tochter streiten muß? Daß die Beziehung zu meinem Kind zerstört werden kann und mein Ruf auch?«

»Ja. Das sind durchaus normale Strafen. Die Androhung öffentlicher Schmähung ist die übliche Art, jemandem mitzuteilen, daß man sich über ihn ärgert.«

»Also, ich glaube, ich habe inzwischen kapiert, daß man sich über mich ärgert«, sagte ich. »Ich weiß mittlerweile, was da gespielt wird.«

»Es ist nicht persönlich gemeint«, erklärte Connor. »Es ist einfach die übliche Vorgehensweise.«

»Ja, ja. Lügen verbreiten...«

»In gewisser Hinsicht schon.«

»Nein, nicht in gewisser Hinsicht! Es ist eine einzige verdammte Lüge!«

Connor stieß einen Seufzer aus. »Ich habe lange gebraucht, bis ich verstanden habe, daß das Verhalten der Japaner auf den Werten der Dorfgemeinschaft beruht. Man hört immer wieder von den Samurais der Feudalzeit, aber im Grunde sind die Japaner Bauern. Wenn man in einem Dorf lebte und die anderen Dorfbewohner gegen sich aufgebracht hatte, wurde man verbannt. Und das bedeutete den sicheren Tod, weil keine andere Dorfgemeinschaft bereit war, den Störenfried aufzunehmen. Wenn man seine eigenen Leute verärgert, muß man sterben. So sehen sie es nun mal. Die Japaner sind in bezug auf Gemeinschaften unglaublich sensibel. Sie sind geradezu darauf gedrillt, sich innerhalb einer Gruppe anzupassen, und das heißt: nicht auffallen, kein Risiko eingehen, nicht allzu individualistisch sein; nicht in jedem Fall auf der Wahrheit zu bestehen, gehört ebenfalls dazu. Die Japaner trauen der Wahrheit nicht besonders. Sie erscheint ihnen kalt und abstrakt. Das ist wie bei einer Mutter, deren Sohn eines Verbrechens beschuldigt wird. Der geht es auch nicht in erster Linie um die Wahrheit, sondern wesentlich mehr um ihren Sohn. Bei den Japanern ist es genauso: Für sie zählen die zwischenmenschlichen Beziehungen. Die betrachten sie als die reale Wahrheit. Die faktische Wahrheit ist unwichtig.«

»Schön und gut«, sagte ich, »aber warum setzen sie mir jetzt so zu? Was wollen sie damit erreichen? Der Mord ist doch aufgeklärt, oder?«

»Nein«, sagte Connor.

»Nein?«

»Nein. Deshalb werden wir ja so unter Druck gesetzt. Offensichtlich verspürt irgend jemand den starken Wunsch, die Sache zu einem Abschluß zu bringen. Man will erreichen, daß wir aufgeben.«

»Wenn sie mich und Graham so unter Druck setzen – warum eigentlich nicht auch Sie?« fragte ich.

»Mich setzen sie auch unter Druck«, antwortete Connor.

»Wie denn?«

»Indem sie mich für das, was Ihnen passiert, verantwortlich machen.«

»Was soll das heißen – sie machen Sie dafür verantwortlich? Den Eindruck habe ich ganz und gar nicht.«
»Ich weiß. Aber es ist so. Glauben Sie mir! Sie schieben mir die Verantwortung dafür zu.«
Ich sah auf die langsam dahinschleichende Autoschlange vor uns, die sich im Dunst der Innenstadt verlor. Wir fuhren vorbei an elektronischen Werbetafeln für Hitachi (IN AMERIKA DIE NR. 1 BEI COMPUTERN), Honda (AMERIKAS BELIEBTESTES AUTO!) und Canon (AMERIKAS FÜHRENDE KOPIERGERÄTE). Wie die meisten neuen japanischen Anzeigetafeln waren sie brillant genug, um auch tagsüber gut lesbar zu sein. So ein Billboard kostet dreißigtausend Dollar pro Tag; die meisten amerikanischen Firmen können sich das nicht leisten.
»Der Witz bei der Sache ist, daß die Japaner genau wissen, wie unangenehm sie werden können«, sagte Connor. »Indem sie um mich herum eine Menge Staub aufwirbeln, geben sie mir zu verstehen: ›Bring die Sache in Ordnung!‹ Sie glauben nämlich, ich könne das schaffen, ich könne das Ganze beenden.«
»Und – können Sie es?«
»Ja, natürlich. Wollen Sie das auch? Dann können wir jetzt ein Bier trinken gehen und uns an der japanischen Wahrheit erfreuen. Oder wollen Sie lieber herausfinden, warum Cheryl Lynn Austin ermordet wurde?«
»Ich will es herausfinden.«
»Ich auch«, sagte Connor. »Also, los, *kōhai!* Ich glaube, in Sanders Labor warten interessante Informationen auf uns. Die Videobänder sind jetzt der Schlüssel zur Lösung des Falls.«

Phillip Sanders war hellauf empört. »Das Labor ist geschlossen worden«, sagte er und hob in einer verzweifelten Geste die Hände. »Und ich kann nichts dagegen tun, rein gar nichts.«
»Wann war das?« fragte Connor.
»Vor einer Stunde. Leute vom Bauamt kamen und sagten, alle sollten sofort das Labor verlassen, und dann sperrten sie es zu.

Einfach so. An der Eingangstür hängt jetzt ein großes Vorhängeschloß.«
»Und mit welcher Begründung?« fragte ich.
»Es sei ihnen gemeldet worden, daß der Keller durch den schlechten Bauzustand der Decke unsicher geworden ist und daß die Haftpflichtversicherung der Universität nicht für Schäden aufkommt, wenn uns die Eislaufbahn auf den Kopf fällt. Die Sicherheit der Studenten sei vorrangig, hieß es. Auf jeden Fall bleibt das Labor geschlossen, bis die Untersuchung und Gutachten eines Bautechnikers vorliegen.«
»Und wann ist es soweit?«
Sanders deutete aufs Telefon. »Ich warte gerade darauf, das zu erfahren. Irgendwann nächste Woche vielleicht, möglicherweise aber auch erst im nächsten Monat.«
»Im nächsten *Monat*?«
»Ja, ganz recht.« Sanders fuhr sich mit der Hand durchs wirre Haar. »Bis zur Institutsleitung bin ich wegen der Sache gerannt, aber die sind gar nicht informiert worden. Es kommt von ganz oben, von der Universitätsleitung – wo man reiche Donatoren kennt, deren Spenden sich in Millionenhöhe bewegen. Die Anordnung kam von allerhöchster Stelle.« Sanders lachte auf. »Heutzutage ist das kein großes Geheimnis.«
»Was wollen Sie damit sagen?« fragte ich.
»Sie wissen ja, daß Japan großen Einfluß auf amerikanische Universitäten ausübt, besonders auf die naturwissenschaftlich-technischen Institute. Überall ist das so. Japan finanziert jetzt fünfundzwanzig Professuren am Massachusetts Institute of Technology, weit mehr als jeder andere Staat. Sie wissen nämlich ganz genau, daß sie, was technische Neuerungen betrifft, nicht so gut sind wie wir. Und da sie Innovationen brauchen, tun sie das einzig Vernünftige – sie kaufen sie.«
»Von amerikanischen Universitäten.«
»Klar. Auf dem Gelände der University of California in Irvine gibt es ein zweistöckiges Gebäude, in das Sie nur mit einem japanischen Paß hineinkommen. Man forscht dort für Hitachi. Eine amerikanische Universität, zu der den Amerikanern der Zutritt

verwehrt ist.« Sanders drehte sich abrupt um und machte eine ausladende Armbewegung. »Wenn irgend etwas passiert, das ihnen nicht gefällt, reicht ein Anruf beim Universitätspräsidenten. Was soll er auch machen? Er kann es sich einfach nicht leisten, die Japaner zu verärgern. Deshalb bekommen sie alles, was sie wollen. Und wenn sie wollen, daß das Labor geschlossen wird, dann wird es eben geschlossen.«
»Was ist mit den Bändern?« fragte ich.
»Die sind alle da drin. Wir mußten alles dalassen.«
»Wirklich?«
»Sie hatten es wahnsinnig eilig. Es war fast eine Nacht-und-Nebel-Aktion. Sie drängten uns hinaus. Sie können sich gar nicht vorstellen, was für eine Panik an einer amerikanischen Universität herrscht, wenn sie ihre Finanzierung gefährdet sieht.« Er seufzte. »Ich weiß nicht. Vielleicht hat Theresa es geschafft, einige der Bänder mitzunehmen. Sie können sie ja fragen.«
»Wo ist sie?«
»Ich glaube, sie ist Schlittschuh laufen gegangen.«
Ich runzelte die Stirn. »Schlittschuh laufen?«
»Jedenfalls hat sie es gesagt. Schauen Sie einfach mal dort oben nach!« Dabei sah er Connor an. Es war ein vielsagender Blick.

Theresa Asakuma war nicht Schlittschuh laufen gegangen. Dreißig Kinder tobten auf der Eisbahn umher, eine junge Lehrerin mühte sich vergeblich, sie im Zaum zu halten. Es waren wohl Viertkläßler. Ihr Gelächter und Geschrei brach sich an der hohen Decke der Eissporthalle.
Ansonsten war sie so gut wie leer; auf den Zuschauertribünen saß niemand. Nur ganz oben hockten ein paar Studenten beisammen, sahen auf die Eisfläche hinunter und knufften sich gegenseitig in die Schultern. Auf unserer Seite der Halle wischte ein Hausmeister hoch oben unter dem Dach den Boden. Unten am Eis standen, gegen die Bande gelehnt, einige Erwachsene, wahrscheinlich Eltern. Uns gegenüber las ein Mann Zeitung.
Theresa Asakuma konnte ich nirgends entdecken.
Connor seufzte, ließ sich auf einer der hölzernen Zuschauerbänke

nieder und lehnte sich zurück. Er schlug ein Bein über das andere und machte es sich auf seinem Sitz bequem. Ich blieb stehen und sah ihn an. »Was sollen wir denn hier? Sie ist doch ganz offensichtlich nicht da.«

»Setzen Sie sich!«

»Aber Sie hatten es doch bisher so eilig.«

»Setzen Sie sich! Genießen Sie das Leben!«

Ich setzte mich neben ihn. Wir sahen den Kindern zu, die auf der Eisfläche umhersausten. Die Lehrerin schrie: »Alexander? Alexander! Ich habe dir schon mal gesagt, daß hier nicht geschlagen wird! Du sollst sie nicht schlagen!«

Ich lehnte mich zurück und versuchte, mich zu entspannen. Connor beobachtete die Kinder und kicherte vor sich hin. Er wirkte ruhig und sorglos.

»Glauben Sie, daß Sanders recht hat?« fragte ich ihn. »Daß die Japaner die Universität erpressen?«

»Klar«, sagte Connor.

»Und daß die Japaner amerikanische Technologie kaufen? Professuren finanzieren und so?«

»Das ist nicht verboten. Sie fördern die Gelehrsamkeit – ein edles Unterfangen.«

Ich sah ihn skeptisch an. »Sie finden das also in Ordnung?«

»Nein. Ich finde es ganz und gar nicht in Ordnung. Wenn man die Kontrolle über seine eigenen Institutionen aufgibt, gibt man alles auf. Und im allgemeinen hat in einer Institution derjenige das Sagen, der zahlt. Wenn die Japaner bereit sind, Geld zur Verfügung zu stellen – und wenn der amerikanische Staat und die amerikanische Industrie dazu nicht bereit sind –, dann kontrollieren eben die Japaner das amerikanische Bildungswesen. Zehn amerikanische Colleges gehören ihnen ja bereits. Sie haben sie für die Ausbildung ihrer jungen Leute gekauft, um dafür zu sorgen, daß sie junge Japaner nach Amerika schicken können.«

»Aber das können sie doch schon lange. Viele Japaner besuchen amerikanische Universitäten.«

»Ja. Aber die Japaner planen wie immer auch auf diesem Gebiet voraus. Sie wissen, daß es in Zukunft für sie wahrscheinlich schwieriger werden wird. Früher oder später muß es zu einer starken Reaktion auf ihr Verhalten kommen, ganz egal, wie diplomatisch sie dabei vorgehen – und sie sind jetzt noch in der Anschaffungsphase, deshalb gehen sie äußerst diplomatisch vor. Nachdem kein Staat es gerne hat, wenn er beherrscht wird, egal, ob wirtschaftlich oder militärisch, rechnen die Japaner damit, daß die Amerikaner eines Tages aufwachen werden.«

Ich sah den eislaufenden Kindern zu und hörte ihr Gelächter. Ich dachte an meine Tochter. Ich dachte an den Termin um vier Uhr.

»Warum sitzen wir eigentlich hier herum?« fragte ich.

»Darum.«

Also blieben wir sitzen. Die Lehrerin schickte die Kinder gerade paarweise hintereinander von der Eisfläche. »Jetzt zieht ihr eure Schlittschuhe aus! Schlittschuhe ausziehen! Das gilt auch für dich, Alexander. Alexander!«

»Wissen Sie, wenn Sie einen japanischen Betrieb kaufen wollten, könnten Sie es nicht. Die Menschen in diesem Betrieb würden es als beschämend empfinden, von einem Ausländer übernommen zu werden. Für sie wäre das eine Schande. Sie würden es niemals zulassen.«

»Ich dachte, das geht. Ich dachte, die Japaner haben ihre Gesetze liberaler gemacht.«

Connor lächelte. »*Theoretisch*, ja. Rein theoretisch können Sie eine japanische Firma kaufen. Aber praktisch geht es nicht. Denn wenn man dort eine Firma übernehmen will, muß man als erstes zu ihrer Bank gehen und die Genehmigung einholen. Die braucht man, damit das Verkaufsverfahren weitergeht. Aber die Bank erteilt die Genehmigung nicht.«

»Ich dachte, General Motors besitzt Isuzu.«

»GM besitzt ein Drittel von Isuzu. Das ist keine Mehrheitsbeteiligung. Ja, einzelne Ausnahmen gibt es. Aber im großen und ganzen sind die ausländischen Investitionen in Japan im Lauf der letzten zehn Jahre um die Hälfte zurückgegangen. Eine Firma nach der anderen empfindet den japanischen Markt als zu hart. Sie haben die Lügen satt, die ewigen Reibereien, die abgekarteten Spielchen, die Manipulationen, das *dangō*, die heimlichen

Absprachen, um ausländische Firmen draußenzuhalten. Sie sind die Vorschriften von seiten der Regierung leid, das Hinundherlaufen von einer Behörde zur anderen, und eines Tages geben sie auf. Die meisten Länder haben bereits das Handtuch geworfen: die Deutschen, die Italiener, die Franzosen. Alle sind sie es leid, in Japan Geschäfte zu machen. Denn was immer sie einem auch sagen – sie blocken ab. Vor ein paar Jahren kaufte T. Boone Pickens ein Viertel der Aktien eines japanischen Unternehmens, aber er wurde nie in den Verwaltungsrat berufen. Japan blockt einfach ab.«

»Was kann man dagegen machen?«

»Das, was die Europäer tun«, erklärte Connor. »Gegenseitigkeit praktizieren. Wie du mir, so ich dir. Eins von dir für eins von mir. Jedes Land hat das gleiche Problem mit Japan. Die Frage ist nur, welche Lösung am besten funktioniert. Die europäische Lösung ist im Grunde knallhart, und sie funktioniert gut, zumindest bisher.«

Am Rand der Eisfläche machten jetzt ein paar Teenager Aufwärmübungen und erste vorsichtige Sprünge auf dem Eis. Die Lehrerin trieb ihre Schützlinge durch den Gang, an dem wir saßen. Als sie an uns vorbeikam, sagte sie: »Ist einer von Ihnen Lieutenant Smith?«

»Ja«, sagte ich.

Ein Kind fragte: »Haben Sie einen Revolver?«

Die Lehrerin sagte: »Eine Frau hat mich gebeten, Ihnen auszurichten, daß das, was Sie suchen, im Umkleideraum der Männer liegt.«

»Wirklich?« sagte ich.

Das Kind fragte: »Darf ich mir den mal anschauen?«

Die Lehrerin sagte: »Diese Asiatin, Sie wissen schon. Ich glaube, es war eine Asiatin.«

»Ja«, sagte Connor. »Vielen Dank.«

»Ich will mal den Revolver sehen!«

Ein anderes Kind fauchte seinen Mitschüler an: »Halt den Mund, du Dummkopf! Du hast ja keine Ahnung – die sind doch bei einer verdeckten Ermittlung!«

»Ich will aber den Revolver sehen!«

Connor und ich machten uns auf den Weg. Die Kinder liefen hinter uns her und quengelten weiter, sie wollten unsere Revolver sehen. Drüben auf der anderen Seite der Eisfläche hob der Mann mit der Zeitung neugierig den Blick und blickte uns nach.

»Es gibt nichts Besseres als einen unauffälligen Abgang«, sagte Connor.

Der Umkleideraum der Männer war leer. Ich begann, die grünen Metallspinde nach den Videobändern zu durchsuchen, einen nach dem anderen. Connor schien das nicht für notwendig zu halten.

»Hier hinten!« rief er mir zu.

Er stand bei den Duschen. »Haben Sie die Bänder gefunden?« fragte ich.

»Nein.«

Er hielt eine Tür auf.

Wir gingen mehrere Betonstufen hinunter, bis wir zu einem Treppenabsatz kamen. Dort waren zwei Türen. Die eine führte zu einer unterirdischen Lastwagenzufahrt, die andere in einen dunklen Gang mit Holzbalken. »Hier hinein«, sagte Connor.

Leicht gebückt gingen wir den Gang entlang. Wir befanden uns jetzt wieder unterhalb der Eissporthalle. Rechts und links von uns standen hämmernde Maschinen aus rostfreiem Stahl. Dann erreichten wir mehrere Türen.

»Wissen Sie, wohin die führen?« fragte ich.

Eine der Türen war angelehnt. Connor stieß sie auf. Es brannte kein Licht, aber ich erkannte trotzdem, daß dies das Labor war. Von hinten aus einer Ecke drang das schwache Leuchten von Monitoren zu uns.

Wir gingen auf das Licht zu.

Theresa Asakuma lehnte sich zurück, schob die Brille in die Haare und rieb sich die schönen Augen. »Alles in Ordnung«, sagte sie. »Wir dürfen nur keinen Lärm machen. Vorhin stand noch ein Posten vor dem Haupteingang zum Labor, und vielleicht steht er immer noch dort.«

»Ein Posten?«

»Ja. Die haben es wirklich ernst gemeint mit der Schließung des Labors. Es war richtig spektakulär, wie bei einer Drogenrazzia. Hat die Amerikaner sehr überrascht.«

»Sie nicht?«

»Ich habe, was dieses Land betrifft, nicht dieselben Erwartungen.«

Connor deutete auf den Monitor vor Theresa. Es war ein Standbild von Sakamura und Cheryl Austin darauf zu sehen, wie sie, sich umarmend, auf den Konferenzraum zutaumelten. Auf den anderen Monitoren erschien das gleiche Bild, jeweils in einer anderen Kameraeinstellung. Auf einigen Monitorenbildern gingen von den Lämpchen der Nachtbeleuchtung in der Büroetage rote Strahlen aus. »Was haben Sie über die Bänder herausbekommen?«

Theresa zeigte auf den Monitor vor sich. »Ich weiß nicht recht«, sagte sie. »Um ganz sicherzugehen, müßte ich 3-D-Sequenzen durchlaufen lassen, um die Dimensionen des Raums zu checken und alle Lichtquellen und die jeweiligen Schatten ausmachen zu können. Das habe ich nicht getan, und mit der hier vorhandenen Ausrüstung kann ich es wahrscheinlich auch gar nicht. Dazu müßte man wohl die ganze Nacht hindurch einen Durchlauf auf einem Spezialgerät machen. Vielleicht gibt mir das Institut für Astrophysik nächste Woche Gelegenheit dazu, aber so, wie es momentan aussieht, ist es eher unwahrscheinlich. Ich kann also im Augenblick nichts beweisen, aber ich habe einen bestimmten Verdacht.«

»Was vermuten Sie?«

»Daß die Schatten nicht übereinstimmen.«

Im schummrigen Licht des Labors sah ich Connor langsam nicken, als könne er sich einen Reim auf all das machen. »Welche Schatten stimmen nicht überein?« fragte ich.

Theresa deutete auf den Monitor. »Die Schatten, die die beiden hier werfen, während sie sich auf den Konferenzraum zubewegen, fallen einfach nicht richtig. Sie liegen falsch oder haben eine falsche Form. Es ist nur sehr schwer zu erkennen, aber ich sehe es.«

»Und die Tatsache, daß die Schatten nicht übereinstimmen, bedeutet...«

Sie hob die Schultern. »Ich würde sagen, die Bänder sind manipuliert worden, Lieutenant.«

Eine Weile schwiegen wir alle. »Und wie sind sie manipuliert worden?«

»Ich bin mir nicht sicher, was alles verändert wurde, aber es ist ziemlich eindeutig, daß noch jemand in diesem Raum anwesend war, zumindest zeitweise.«

»Noch jemand? Eine dritte Person, meinen Sie?«

»Ja. Irgend jemand hat das Ganze beobachtet. Und diese dritte Person ist systematisch getilgt worden.«

»Ach, du Scheiße!« Mir drehte sich alles im Kopf. Ich sah zu Connor hinüber, der ganz konzentriert auf die Monitoren blickte. Er schien nicht im geringsten überrascht zu sein. »Wußten Sie das schon?« fragte ich ihn.

»Ich hatte so etwas Ähnliches bereits vermutet.«

»Wie kamen Sie darauf?«

»Na, zu Beginn der Ermittlungen schien es doch ziemlich wahrscheinlich, daß die Bänder manipuliert werden würden.«

»Aber warum denn?«

Connor lächelte. »Details, *kōhai.* Diese klitzekleinen Dinge, auf die wir meist nicht achten.« Er schielte zu Theresa hinüber, wie um zu zeigen, daß er dieses Thema nicht allzu gern vor ihr ausbreiten wolle.

»Nein, ich möchte das jetzt wissen«, sagte ich. »Wann ist Ihnen klar geworden, daß die Bänder verändert wurden?«

»Im Sicherheitsraum von Nakamoto.«

»Warum?«

»Wegen des fehlenden Bandes.«

»Welches fehlende Band?« fragte ich. Er hatte es schon einmal erwähnt.

»Denken Sie mal zurück!« antwortete Connor. »Im Sicherheitsraum erzählte uns der Wachmann, daß er die Bänder bei Dienstantritt gegen einundzwanzig Uhr ausgetauscht hatte.«

»Ja...«

»Und die Videorecorder waren alle mit einer Laufzeitanzeige ausgestattet, die eine Laufzeit von etwa zwei Stunden signalisierte. Jeder Recorder war zehn, fünfzehn Sekunden später eingeschaltet worden als der jeweils vorangehende, denn so lange brauchte der Mann, um jede Kassette auszutauschen.«

»Genau...« An all das konnte ich mich gut erinnern.

»Dann machte ich ihn auf einen Recorder aufmerksam, der nicht in diese Zeitenfolge paßte. Die Kassette in diesem Gerät lief erst seit ungefähr einer halben Stunde. Ich fragte ihn, ob der Recorder kaputt sei.«

»Und der Wachmann hielt das für wahrscheinlich.«

»Ja, zumindest sagte er das. Mit meiner Bemerkung hatte ich ihm eine goldene Brücke gebaut. In Wirklichkeit wußte er nämlich ganz genau, daß das Gerät nicht kaputt war.«

»Es war nicht kaputt?«

»Nein. Das war einer der wenigen Fehler, die die Japaner bisher gemacht haben. Aber sie machten ihn nur, weil ihnen nichts anders übrigblieb – sie konnten diesen Fehler gar nicht vermeiden. Sie konnten ihre eigene Technologie nicht austricksen.«

Ich lehnte mich gegen die Wand und warf Theresa einen entschuldigenden Blick zu. Sie sah wunderschön aus im Dämmerlicht der Bildschirme. »Tut mir leid, aber da komme ich nicht mehr mit.«

»Das liegt daran, daß Sie sich gegen die auf der Hand liegende Erklärung sperren, *kōhai*. Denken Sie mal zurück! Wenn Sie eine Reihe von Videorecordern sehen, von denen jeder ein paar Sekunden später eingeschaltet wurde als der vorhergehende, und dann sehen Sie einen, der überhaupt nicht in dieses zeitliche Schema paßt, was kombinieren Sie dann?«

»Daß jemand das Band in diesem einen Recorder zu einem späteren Zeitpunkt ausgetauscht hat.«

»Ja. Und genau das ist passiert.«

»Eines der Bänder wurde später ausgetauscht?«

»Ja.«
Ich runzelte die Stirn. »Aber warum nur? Alle Bänder waren um einundzwanzig Uhr ausgetauscht worden. Also war der Mord sowieso auf keiner der neuen Kassetten zu sehen.«
»Korrekt«, sagte Connor.
»Warum sollte dann jemand ein Band nach diesem Zeitpunkt ausgetauscht haben?«
»Gute Frage. Es ist tatsächlich sehr verwirrend. Ich konnte es mir selbst lange nicht erklären. Aber jetzt kenne ich den Grund. Sie müssen den zeitlichen Hergang betrachten: Die Bänder wurden alle um einundzwanzig Uhr ausgetauscht. Dann wurde ein einzelnes Band um Viertel nach zehn noch einmal ausgetauscht. Es war also zu vermuten, daß zwischen neun und viertel nach zehn etwas Wichtiges passiert und auf Video aufgenommen worden war und daß man das Band aus irgendeinem Grund entfernt hat. Da fragte ich mich eben: Was war dieses wichtige Ereignis?«
Ich ließ mir das Ganze noch einmal durch den Kopf gehen. Ich strengte mich an, aber ich kam nicht darauf.
Theresa lächelte amüsiert und begann zu nicken. »Wissen Sie es?« fragte ich.
»Ich kann es mir denken«, antwortete sie.
»Tja«, sagte ich, »wie schön, daß offenbar jeder außer mir die Lösung kennt! Mir fällt nämlich nichts Wichtiges ein, das auf diesem einen Band aufgenommen worden sein könnte. Um einundzwanzig Uhr war das gelbe Band gespannt, der Tatort war abgesperrt. Die Leiche des Mädchens lag am anderen Ende des Raums. Vor dem Aufzug standen eine Menge Japaner herum, und Graham rief mich an, ich solle kommen und ihm helfen. Aber die Ermittlungen begannen erst, als ich so gegen zweiundzwanzig Uhr dort eintraf. Dann kam es zu diesem lästigen Hin und Her mit Ishigura. Wenn ich mich nicht irre, wurde die Absperrung erst gegen halb elf zum erstenmal überschritten – oder sagen wir um Viertel nach zehn, frühestens. Wenn sich jemand die Aufzeichnung davon angesehen hat, war darauf nur ein leerer Raum mit einem toten Mädchen auf dem Tisch zu sehen gewesen. Das ist alles.«

»Sehr gut«, sagte Connor zustimmend. »Aber eines haben Sie vergessen.«

»Ist irgend jemand durch den Raum gegangen?« fragte Theresa. »Irgend jemand?«

»Nein«, antwortete ich. »Wir hatten den Tatort mit dem gelben Band abgesperrt. Niemand durfte da hinein. Es war sogar...« Da fiel es mir schlagartig ein. »Augenblick mal! Da war ja doch jemand – dieser kleine Kerl mit der Kamera! Er war auf der anderen Seite der Absperrung und machte Fotos.«

»Ganz genau«, sagte Connor.

»Welcher kleine Kerl?« fragte Theresa.

»Ein Japaner. Er nahm Fotos auf. Wir fragten Ishiguro, wer das ist. Er sagte, der Kerl heißt, eh...«

»Mr. Tanaka«, sagte Connor.

»Ja, genau, Mr. Tanaka. Und Sie baten Ishiguro um den Film aus seiner Kamera.« Ich runzelte die Stirn. »Aber wir haben ihn nie bekommen.«

»Nein«, sagte Connor, »und ehrlich gesagt, ich hatte auch nie damit gerechnet, daß wir ihn bekommen würden.«

»Dieser Mann hat Fotos gemacht?« fragte Theresa.

»Ich bezweifle, daß er Fotos vom Tatort gemacht hat«, sagte Connor. »Oder vielleicht doch, denn er benützte eine dieser kleinen Canons...«

»Die, mit denen man Videostandfotos aufnimmt statt herkömmlicher Filmabzüge?«

»Genau. Was meinen Sie, könnte man so etwas zum Retouchieren verwenden?«

»Das ist durchaus möglich«, sagte Theresa. »Diese Bilder kann man gut zur Ausarbeitung des Bildaufbaus benützen. Sie fügen sich problemlos ein, weil sie bereits digitalisiert sind.«

Connor nickte. »Dann hat er vielleicht doch Aufnahmen gemacht. Aber es war mir von Anfang an klar, daß das nur ein Vorwand war, um die Absperrung überschreiten zu können.«

»Ah«, sagte Theresa und nickte.

»Wie kommen Sie darauf?« fragte ich Connor.

»Versuchen Sie, sich zu erinnern!«

Ich war direkt vor Ishiguro gestanden, als Graham sagte: »Verdammt, was soll *das* denn?« Ich warf einen Blick über die Schulter und sah einen kleinen Japaner ungefähr zwanzig Meter hinter der Absperrung. Der Mann kehrte mir den Rücken zu. Er machte Fotos vom Tatort. Die Kamera war sehr klein, er konnte sie mit einer Hand umschließen.

»Wissen Sie noch, wie er sich bewegt hat?« fragte Connor. »Er hat sich auf eine ganz bestimmte Weise bewegt.«

Ich versuchte, mich zu entsinnen, aber es gelang mir nicht. Graham war zur Absperrung gegangen und hatte gesagt: »Mensch, kommen Sie sofort raus da! Das ist ein Tatort! Sie können doch nicht einfach Aufnahmen machen!« Graham hatte Tanaka angebrüllt, der jedoch blieb weiterhin ganz auf seine Tätigkeit konzentriert, machte ungerührt Fotos, wobei er sich rückwärts auf uns zubewegte. Trotz des Gebrülls tat Tanaka nicht das, was jeder normale Mensch in dieser Situation gemacht hätte: sich umdrehen und zum gelben Band gehen. Statt dessen näherte er sich der Absperrung rückwärts und schlüpfte, immer noch mit dem Rücken zu uns, unter dem Band hindurch.

»Er hat sich kein einziges Mal zu uns umgedreht«, sagte ich. »Er ist die ganze Zeit rückwärts gegangen.«

»Genau. Das ist das erste Rätsel. Warum ist er rückwärts gegangen? Ich denke, wir kennen die Antwort jetzt.«

»Wirklich?«

»Er wiederholte den Gang des Mädchens und des Mörders in umgekehrter Richtung«, sagte Theresa, »um das Ganze mit Videostandfotos aufzuzeichnen und gute Aufnahmen der Schatten in diesem Raum zu bekommen.«

»Richtig«, bestätigte Connor.

Mir fiel ein, daß Ishiguro auf unseren Protest hin gesagt hatte, das sei einer ihrer Angestellten. Er arbeite für den Sicherheitsdienst von Nakamoto.

Daraufhin hatte ich gesagt, das sei unglaublich, er dürfe hier keine Fotos machen.

Und Ishiguro hatte mir erklärt, die seien doch nur zum internen Gebrauch bestimmt.

In der Zwischenzeit war der Mann zwischen den Männern vor dem Aufzug verschwunden.

Aber die sind für den internen Gebrauch unseres Unternehmens bestimmt.

»Verdammt! Tanaka haute ab, fuhr nach unten und ließ das Band verschwinden, weil auf dieser einen Kassette festgehalten war, wie er durch den Raum ging und welche Schatten er dabei warf.«

»Genau.«

»Und dieses Band brauchte er, um bestimmte Veränderungen am Originalband vorzunehmen?«

»Genau.«

Allmählich sah ich klarer. »Aber selbst wenn wir jetzt herausbekämen, wie die Bänder manipuliert wurden, würde das vor Gericht nicht anerkannt werden, oder?«

»Das stimmt«, sagte Theresa. »Jeder gute Anwalt würde dafür sorgen, daß das für unzulässig erklärt wird.«

»Wir können also nur versuchen, einen Zeugen vorzuweisen, der bestätigt, was passiert ist. Sakamura hätte es vielleicht gewußt, aber er ist tot. Wir kommen also erst dann weiter, wenn wir Mr. Tanaka haben. Am besten nehmen wir ihn sofort in Untersuchungshaft.«

»Ich bezweifle, daß es dazu kommen wird«, sagte Connor.

»Warum? Glauben Sie, daß sie ihn vor uns verstecken?«

»Nein, das ist wohl gar nicht nötig. Aller Wahrscheinlichkeit nach ist Mr. Tanaka schon tot.«

Connor wandte sich abrupt zu Theresa um und fragte sie: »Beherrschen Sie Ihren Job?«

»Ja.«

»Sind Sie wirklich gut?«

»Ich denke schon.«

»Es bleiben uns noch zwei Stunden. Arbeiten Sie mit Peter zusammen, versuchen Sie, aus dem Band herauszuholen, was geht! *Gambatte*: Strengen Sie sich an! Ihre Bemühungen werden

belohnt werden, glauben Sie mir. Ich muß inzwischen ein paar Kurzbesuche absolvieren.«
»Fahren Sie weg?« fragte ich.
»Ja. Ich brauche den Wagen.«
Ich gab ihm die Schlüssel. »Wohin fahren Sie?«
»Bin ich Ihre Frau?«
»Man wird doch noch fragen dürfen«, maulte ich.
»Zerbrechen Sie sich nicht den Kopf darüber! Ich muß nur schnell bei einigen Leuten vorbeischauen.« Er wandte sich zum Gehen.
»Aber warum sagen Sie, daß Tanaka tot ist?«
»Na, vielleicht ist er ja auch gar nicht tot. Darüber sprechen wir später, wenn wir mehr Zeit haben. Im Augenblick ist noch viel zu tun, um vier Uhr müssen wir fertig sein. Vier Uhr – das ist unser Schlußtermin! Ich glaube, ich habe einige Überraschungen für Sie auf Lager, *kōhai.* Nennen Sie es einfach meine *chokkan*, meine Intuition. Okay? Sollte es Probleme geben oder etwas Unerwartetes passieren, rufen Sie mich über das Autotelefon an. Viel Glück! So, und jetzt machen Sie sich mit dieser charmanten Lady an die Arbeit! *Urayamasii ne!*«
Weg war er. Wir hörten die hintere Tür ins Schloß fallen.
»Was hat er da gesagt?« fragte ich Theresa.
»Er sagte, daß er Sie beneidet.« Ich sah sie im Dämmerlicht lächeln. »Fangen wir an!«
Sie drückte in rascher Folge mehrere Tasten auf den Geräten. Das Band wurde zum Beginn der Sequenz zurückgespult.
»Wie sollen wir vorgehen?« fragte ich.
»Es gibt grundsätzlich drei Möglichkeiten, herauszubekommen, wie ein Video verfälscht wurde. Die erste besteht darin, auf verschwommene Stellen und Farbübergänge zu achten. Die zweite Möglichkeit bilden die Schattenränder. Wir können versuchen, mit diesen Elementen zu arbeiten, aber das habe ich nun schon die vergangenen zwei Stunden hindurch gemacht und bin damit nicht sehr weit gekommen.«
»Und die dritte Methode?«
»Reflektierte Bildelemente. Auf die habe ich noch nicht geachtet.«

Ich schüttelte den Kopf.
»Einfach ausgedrückt, sind reflektierte Elemente – REs – Teile der Szenerie, die im Bild selbst reflektiert werden, zum Beispiel wenn jemand den Raum verläßt und sein Gesicht im Spiegel erscheint. Mit großer Wahrscheinlichkeit gibt es noch andere Reflexionen in diesem Raum. Vielleicht ist eine Schreibtischlampe aus Chrom zu sehen, in der die vorbeigehenden Menschen verzerrt gespiegelt werden. Die Wände des Konferenzraums sind aus Glas; unter Umständen können wir darauf ein Spiegelbild erkennen. Oder wir entdecken einen Briefbeschwerer auf einem Schreibtisch, auf dem eine Reflexion zu erkennen ist. Oder eine Blumenvase aus Glas, oder auch ein Ablagebehälter aus Kunststoff: alles, was so glänzt, daß es spiegelt.«
Ich sah zu, wie sie die Bänder jeweils zum Anfang zurückspulte. Während sie sprach, glitt ihre gesunde Hand rasch von einer Armatur zur nächsten. Es war seltsam, neben einer so schönen Frau zu stehen, die sich ihrer Schönheit so wenig bewußt war.
»In den meisten Aufnahmen findet sich irgend etwas Reflektierendes«, erklärte sie. »Bei Außenaufnahmen sind es Autostoßstangen, nasse Straßen, Fensterscheiben. Und in einem geschlossenen Raum können es Bilderrahmen, Spiegel, silberne Kerzenhalter oder verchromte Tischbeine sein – irgend etwas entdeckt man immer.«
»Aber kann man diese Spiegelungen nicht auch präparieren?«
»Wenn man genug Zeit hat, schon. Es gibt inzwischen Computerprogramme, mit denen sich ein Bild auf jede beliebige Form legen läßt. Selbst auf eine komplizierte, gekrümmte Oberfläche kann man Bilder legen. Aber das dauert. Hoffen wir also, daß sie nicht genug Zeit dafür hatten.«
Sie ließ die Bänder vorwärtslaufen. Als Cheryl Austin am Aufzug erschien, war es sehr dunkel. Ich sah zu Theresa hinüber und sagte: »Wie werden Sie eigentlich damit fertig?«
»Wie meinen Sie das?«
»Damit, daß Sie uns, der Polizei, helfen.«

»Weil ich Japanerin bin, meinen Sie?« Sie sah mich lächelnd an. Es war ein seltsames, verzerrtes Lächeln. »Ich mache mir keine Illusionen über die Japaner. Wissen Sie, wo Sako liegt?«
»Nein.«
»Das ist eine Stadt, eine Kleinstadt, genauer gesagt, im Norden, auf Hokkaido. Eine Provinzstadt. Es gibt dort einen amerikanischen Luftlandestützpunkt. Ich bin in Sako geboren. Mein Vater war ein *kokujin*-Mechaniker. Kennen Sie dieses Wort?
Kokujin? Niguro, ein Schwarzer. Meine Mutter arbeitete in einem Nudellokal, in dem die Angehörigen der Air Force aßen. Sie heirateten, aber mein Vater starb bei einem Unfall, als ich zwei Jahre alt war. Der Witwe blieb eine kleine Pension. Wir hatten also ein bißchen Geld. Allerdings nahm sich mein Großvater den größten Teil davon mit der Begründung, meine Geburt stelle für ihn eine Schande dar. Ich war *ainoko* und *niguro*. Keine sehr schönen Wörter, mit denen er mich bezeichnete. Aber meine Mutter wollte trotzdem dortbleiben, in Japan. Ich bin also in Sako aufgewachsen, in diesem… Kaff.«
Ich hörte die Bitterkeit, die in ihrer Stimme mitschwang.
»Wissen Sie, was die *burakumin* sind?« fuhr sie fort. »Nein? Das überrascht mich nicht. In Japan, dem Land, wo angeblich alle gleich sind, spricht kein Mensch von den *burakumin*. Aber vor jeder Heirat durchstöbert die Familie des jungen Mannes die Familiengeschichte der Braut, um sicherzugehen, daß es in ihrer Vergangenheit keine *burakumin* gibt. Und die Familie der Braut macht das gleiche. Wenn irgendwelche Zweifel aufkommen, wird die Hochzeit abgeblasen. Die *burakumin* sind die Unberührbaren Japans. Die Ausgestoßenen, die Niedersten der Niederen. Es sind die Nachfahren von Gerbern und Lederarbeitern, denn diese Menschen gelten im Buddhismus als unrein.«
»Ich verstehe.«
»Und ich stand sogar unter den *burakumin*, weil ich verkrüppelt war. Die Japaner empfinden jede Verkrüppelung als eine Schande. Für sie ist es nicht etwas Trauriges oder eine große Last, sondern etwas Schändliches. Es bedeutet, daß man etwas Böses getan hat. Eine Verkrüppelung bringt Schmach über den Betroffe-

nen und seine Familie und sogar über die ganze Gemeinde. Die Leute um einen herum wünschen sich, man wäre tot. Und wenn man obendrein zur Hälfte eine Schwarze ist, die *ainoko* mit der langen amerikanischen Nase...« Sie schüttelte den Kopf. »Kinder sind grausam. Und es war ein Provinzort, eine ländliche Kleinstadt.«

Sie blickte auf das vorwärtslaufende Band.

»Ich bin froh, hier zu sein. Ihr Amerikaner wißt ja gar nicht, wie gut ihr es habt, welche innere Freiheit ihr genießt! Sie können sich nicht vorstellen, wie hart das Leben in Japan ist, wenn man aus seiner Gruppe ausgestoßen wird. Aber ich habe es am eigenen Leib erfahren. Und ich habe nichts dagegen, wenn jetzt Japaner dank meiner Bemühungen, Bemühungen meiner guten Hand, ein wenig zu leiden haben.«

Sie sah mich an. Die Intensität ihres Blicks ließ ihr Gesicht zu einer Maske erstarren.

»Ist Ihre Frage damit beantwortet, Lieutenant?«

»Ja.«

»Als ich nach Amerika kam, fand ich, daß die Amerikaner sich den Japanern gegenüber ziemlich albern benehmen – aber was soll's! So, hier haben wir die Stelle. Sie behalten die beiden oberen Monitoren im Auge, ich sehe mir die drei unteren an. Halten Sie gründlich nach reflektierenden Gegenständen Ausschau! Passen Sie gut auf! Es geht los.«

Ich stand in der Dunkelheit und starrte auf die Monitoren.

Theresa Asakumas Verbitterung gegenüber den Japanern konnte ich gut verstehen. Der Vorfall mit Wiesel Wilhelm hatte mich wütend gemacht. So wütend zumindest, wie einer werden kann, der Angst hat. Ein bestimmter Satz, den er gesagt hatte, ging mir wieder und wieder durch den Kopf.

Sind Sie unter diesen Umständen nicht der Ansicht, daß das Gericht einen Fehler beging, als es Ihnen das Sorgerecht für Ihre Tochter zusprach?

Ich hatte das elterliche Sorgerecht nie gewollt. In dem Durcheinander, das während der Scheidung herrschte, als Lauren auszog und die Sachen aufteilte – das gehört dir, das gehört mir –, in diesem Riesenchaos wollte ich alles lieber als das Sorgerecht für ein sieben Monate altes Baby. Shelly begann damals gerade, durchs Wohnzimmer zu krabbeln und sich von einem Möbelstück zum nächsten zu hangeln. Sie konnte schon »Mama« sagen, es war ihr erstes Wort. Aber Lauren wollte die Verantwortung nicht und sagte ständig: »Ich schaffe das nicht, Peter. Ich schaffe das einfach nicht.« Also übernahm ich das Sorgerecht. Was blieb mir anderes übrig?

Aber inzwischen waren fast zwei Jahre vergangen. Mein Leben hatte sich verändert. Ich hatte einen anderen Job, einen anderen Tagesablauf. Michelle war jetzt *meine* Tochter. Und der Gedanke, sie zu verlieren, war wie ein Messer, das in meinem Bauch hin und her gedreht wurde.

Sind Sie nicht der Ansicht, daß das Gericht...

Auf dem Monitor stand Cheryl Austin in der Dunkelheit und wartete auf das Eintreffen ihres Liebhabers. Ich beobachtete, wie sie sich im Raum umsah.

...einen Fehler beging...

Nein, dachte ich, das Gericht hat keinen Fehler begangen. Lauren hätte es nicht geschafft, ja, hatte es von Anfang an nicht geschafft. Jedes zweite Wochenende hatte sie geschwänzt. Sie war zu beschäftigt gewesen, sich mit ihrer eigenen Tochter zu treffen. Als sie einmal nach einem Wochenende Michelle zu mir zurückbrachte, weinte Michelle, und Lauren sagte: »Ich weiß einfach nicht, was ich mit ihr anfangen soll.« Ich sah nach. Die Windeln waren naß, und Michelle hatte eine schmerzhafte Rötung. Sie bekommt immer einen Ausschlag, wenn ihre Windeln nicht rechtzeitig gewechselt werden.

Lauren hatte sie während dieses Wochenendes nicht oft genug gewickelt. Ich legte Michelle eine frische Windel an und entdeckte dabei Kot an ihren Schamlippen. Lauren hatte ihre Tochter nicht richtig gesäubert.

Sind Sie nicht der Ansicht, daß das Gericht einen Fehler beging?

Nein, dieser Ansicht war ich nicht.
Sind Sie unter diesen Umständen nicht...
»Scheiße!« sagte ich.
Theresa drückte auf eine Taste, die Bänder blieben stehen. Auf allen Monitoren erstarrten die Bewegungen. »Was ist?« fragte sie. »Haben Sie etwas entdeckt?«
»Nein, nichts.«
Sie sah mich an.
»Entschuldigung! Ich hatte gerade an etwas ganz anderes gedacht.«
»Das sollten Sie aber nicht.«
Sie setzte die Bänder wieder in Bewegung.
Auf den Monitoren umarmte der Mann Cheryl Austin. Die Einstellungen der verschiedenen Kameras waren so koordiniert, daß ein geradezu unheimlicher Eindruck entstand. Es war, als könne man das Geschehen von allen Seiten betrachten – von vorn und von hinten, von oben und von den Seiten. Das Ganze erinnerte an einen beweglichen architektonischen Entwurf. Und es war gruslig anzusehen.
Meine beiden Monitoren zeigten den Blick von der gegenüberliegenden Seite des Raums beziehungsweise von hoch oben direkt nach unten. Auf einem der Bildschirme wirkten Cheryl und ihr Liebhaber ganz klein, auf dem anderen waren nur ihre Köpfe von oben zu sehen. Aber ich schaute trotzdem aufmerksam hin.
Theresa neben mir atmete langsam und regelmäßig ein und aus. Ich schielte zu ihr hinüber.
»Passen Sie auf!«
Ich richtete meinen Blick wieder auf die Monitoren.
Die beiden hielten einander in einer leidenschaftlichen Umarmung. Der Mann drückte Cheryl mit dem Rücken auf einen Schreibtisch. In der Einstellung von oben konnte ich ihr Gesicht sehen, das im Liegen direkt auf die Kamera gerichtet war. Neben ihrem Kopf fiel auf der Schreibtischplatte ein gerahmtes Foto um.
»Da!« sagte ich.
Theresa stoppte die Bänder.

»Was?«
»Da!« Ich deutete auf das gerahmte Foto. Es lag flach auf der Platte, mit der Vorderseite nach oben. Im Glas spiegelte sich schemenhaft der Kopf des Mannes, der sich über Cheryl beugte. Es war sehr dunkel. Man sah nur eine Silhouette.
»Können Sie davon ein Bild herstellen?« fragte ich.
»Ich weiß nicht. Versuchen wir's mal!«
Ihre Hand fuhr geschäftig über die Tasten und Knöpfe, berührte sie kurz. »Das Videobild ist digital«, sagte sie. »Es ist jetzt im Computer. Schauen wir mal, was wir damit anfangen können!«
Das Bild begann zu hüpfen und zeigte immer mehr Details, als Theresa auf den Ausschnitt zoomte: Cheryls erstarrtes, grobkörniges Gesicht, ihren erregt nach hinten geworfenen Kopf, ihre Schulter.
Während der Vergrößerung wurde der Bildausschnitt immer grobkörniger. Schließlich begann er sich in ein Punktmuster zu zersetzen wie ein Zeitungsfoto, das man zu dicht an die Augen hält. Dann wurden die Punkte ihrerseits größer, formten Ränder, verwandelten sich in kleine graue Blöcke. Schon bald hatte ich keine Ahnung mehr, was wir da eigentlich betrachteten.
»Glauben Sie, daß es klappen wird?«
»Ich bezweifle es. Aber das da ist der Rand des Rahmens, und da ist das Gesicht.«
Ich war froh, daß wenigstens sie es erkennen konnte. Ich mußte passen.
»Jetzt stellen wir es schärfer.«
Sie drückte auf einige Tasten. Computer-Menüs erschienen, verschwanden wieder. Das Bild wurde klarer, die Grobkörnigkeit ließ nach. Ich sah den Fotorahmen. Und die Umrisse des Kopfes.
»Stellen Sie es noch schärfer!«
Sie tat es. »Jetzt können wir unsere Grauwerte regulieren...«
Das Gesicht auf dem Glas des Bilderrahmens trat langsam hervor. Es war unheimlich.
In den starken Vergrößerungen erschien es sehr grobkörnig. Die Pupillen tauchten nur als schwarze Flecken auf, und es war unmöglich, zu erkennen, um wen es sich handelte. Der Mann

hatte die Augen geöffnet, sein Mund war verzogen, geradezu verzerrt vor Leidenschaft, Erregung oder Haß. Genau ließ sich das nicht sagen.

»Ist das das Gesicht eines Japaners?«

Theresa schüttelte den Kopf. »Die Vorlage hat zu wenig Details.«

»Können Sie sie nicht noch deutlicher machen?«

»Das versuche ich später. Ich glaube allerdings nicht, daß es funktionieren wird. Das Gesicht kriegen wir nicht besser. Machen wir weiter!«

Die Bilder bewegten sich wieder. Cheryl stieß den Mann abrupt von sich, schob ihn, die Hand flach gegen seine Brust gedrückt, weg. Das Gesicht verschwand vom Glas des Fotorahmens.

Wir sahen jetzt wieder alle fünf Kameraeinstellungen.

Cheryl und der Mann lösten sich voneinander. Sie schimpfte auf ihn ein und stieß ihn immer wieder von sich. Sie war wütend. Jetzt, nachdem ich die Züge des Mannes grob als Spiegelbild im Fotorahmen gesehen hatte, fragte ich mich, ob sie vielleicht Angst vor seinem Anblick bekommen hatte.

Die beiden standen in dem menschenleeren Raum und besprachen, wohin sie gehen sollten. Cheryl sah sich um. Er nickte. Sie deutete auf den Konferenzraum. Er stimmte ihr offenbar zu.

Sie küßten sich und umarmten sich wieder. In der Art, wie sie aufeinander zugingen, voneinander abließen und sich wieder einander näherten, lag etwas sehr Vertrautes.

Theresa bemerkte es auch. »Sie kennt ihn.«

»Ja, da würde ich auch sagen.«

Sich noch immer küssend, ging das Paar stolpernd auf den Konferenzraum zu. Von nun an waren meine beiden Monitoren keine Hilfe mehr. Die Kamera gegenüber hatte den ganzen Raum aufgenommen, den das Paar jetzt von rechts nach links durchquerte, aber die beiden Gestalten waren winzig und nur schwer zu erkennen. Sie bahnten sich einen Weg an den Schreibtischen vorbei, immer in Richtung…

»Warten Sie!« sagte ich. »Was ist das?«

Theresa ging Einzelbild für Einzelbild zurück.

Ich deutete auf den Bildschirm. »Sehen Sie das? Was ist das?«

Während das Paar durch den Raum taumelte, streifte die Kamera ein großes überglastes japanisches Rollbild mit kalligraphischen Zeichen, das in der Nähe des Aufzugs an der Wand hing. Auf seiner Oberfläche erschien einen kurzen Moment lang ein Lichtfleck, der mir aufgefallen war.
Ein Lichtfleck.
Theresa legte die Stirn in Falten. »Das ist kein Spiegelbild der beiden.«
»Nein.«
»Sehen wir mal nach!«
Sie zoomte auf den Lichtschimmer. Die Schriftrolle schoß uns entgegen und wurde immer grobkörniger. Auch der Lichtschein wurde vergrößert und brach in zwei Teile. In einem Eck erschienen ein verschwommener Lichtfleck, und fast über die ganze Länge des Bildes erstreckte sich ein senkrechter Lichtbalken.
»Schaukeln wir es mal ein bißchen«, sagte Theresa.
Sie ließ die Aufnahme Einzelbild für Einzelbild vor- und zurückwandern. Auf dem einen fehlte der senkrechte Balken, auf dem nächsten war er zu sehen. Die folgenden zehn Einzelbilder hindurch blieb der vertikale Streifen, dann verschwand er wieder und tauchte nicht mehr auf. Aber der diffuse Fleck in der Ecke blieb immer da.
»Hm.«
Sie peilte den Fleck an. Unter der zunehmenden Vergrößerung zerfiel er, bis er wie eine Ansammlung von Sternen auf einer astronomischen Darstellung aussah. Offenbar war er in sich irgendwie gegliedert. Es kam mir wie die Form eines X vor. Ich sagte es Theresa.
»Ja. Stellen wir es mal schärfer!«
Sie tat es. Die Computer verarbeiteten die Daten. Die verschwommene Punktmenge löste sich auf. Jetzt sah es aus wie römische Ziffern.

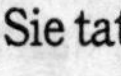

»Was zum Teufel ist das?« rief ich.
Theresa machte weiter. »Schärferegulierung«, sagte sie. Die Umrisse der römischen Ziffern wurden deutlicher.

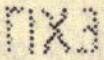

Theresa bemühte sich um eine größere Auflösung. Während sie daran arbeitete, wurde das Bild einerseits besser, andererseits unklarer. Aber dann konnten wir es endlich doch lesen.

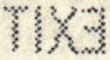

»Es ist die Reflexion eines EXIT-Schildes«, sagte Theresa. »Auf der anderen Seite des Raums, gegenüber dem Aufzug, ist ein Ausgang, oder?«

»Ja.«

»Das Schild spiegelt sich im Glas vor dem Rollbild. Das ist alles.« Sie ging zum nächsten Einzelbild. »Aber dieser vertikale Lichtstreifen, der ist interessant. Sehen Sie? Er taucht auf, und dann verschwindet er wieder.« Sie ließ das Bild einige Male vor- und zurücklaufen.

Plötzlich konnte ich mir vorstellen, was es war.

»Dort hinten ist ein Notausgang«, sagte ich. »Und eine Treppe, die nach unten führt. Es muß die Reflexion des Lichts aus dem Treppenhaus sein. Jemand öffnet die Tür und schließt sie wieder.«

»Sie meinen, jemand hat den Raum betreten?« fragte sie. »Von der Hintertreppe her?«

»Ja.«

»Interessant. Versuchen wir mal rauszukriegen, wer es ist!«

Sie ließ das Band vorwärtslaufen. Bei dieser starken Vergrößerung prasselte und explodierte das grobkörnige Bild wie ein Feuerwerk über den Monitor – so als hätten die kleinsten Bestandteile der Aufnahme ein Eigenleben, als wäre ihr Tanz unabhängig von dem Bild, das sie gemeinsam aufbauten. Es war anstrengend, dabei zuzusehen. Ich rieb mir die Augen. »Du liebe Güte!«

»Okay. Da haben wir es!«

Ich schaute wieder hin. Sie hatte das Band gestoppt. Außer unregelmäßigen schwarzweißen Flecken konnte ich nichts sehen. Sie schienen ein Muster zu bilden, aber ich erkannte nicht, was es darstellte. Es erinnerte mich an die Ultraschallaufnahmen, die ich gesehen hatte, als Lauren schwanger war. Der Arzt

hatte damals gesagt: Das ist der Kopf, und das da ist der Magen des Kindes... Aber ich hatte nichts erkennen können. Für mich war alles völlig abstrakt gewesen: meine Tochter im Bauch meiner Frau.
Der Arzt hatte gesagt: »Sehen Sie? Sie rührt die Finger. Sehen Sie? Ihr Herz schlägt.«
Das hatte ich gesehen. Ihr Herz hatte ich schlagen sehen. Das kleine Herz und die kleinen Rippen.
Sind Sie unter diesen Umständen nicht der Ansicht...
»Sehen Sie?« sagte Theresa. »Das da ist seine Schulter. Das der Umriß seines Kopfes. Jetzt geht er vorwärts – sehen Sie, wie er immer größer wird? Und jetzt steht er dort in dem Gang und lugt um die Ecke. Er ist vorsichtig. Man kann einen Augenblick lang die Nase im Profil erkennen, während er Ausschau hält. Sehen Sie? Es ist schwierig, ich weiß. Aber schauen Sie genau hin! Jetzt sieht er die beiden. Er beobachtet sie.«
Plötzlich konnte auch ich es sehen. Die Flecken formierten sich zu etwas Sinnvollem. Ich sah den Umriß eines Mannes, der vor dem Notausgang stand. Er beobachtete das Paar.
Auf der anderen Seite des Raums waren die beiden Liebenden ganz ins Küssen vertieft. Sie bemerkten den Eindringling nicht. Aber er war da und beobachtete sie. Es lief mir kalt den Rücken hinunter.
»Erkennen Sie, wer das sein könnte?« fragte ich Theresa.
Sie schüttelte den Kopf. »Unmöglich. Wir sind bis an die Grenzen gegangen. Ich kann nicht mal die Augen oder den Mund vergrößern. Gar nichts.«
»Dann machen wir weiter!«

Die Bänder liefen mit Hochgeschwindigkeit. Die Rückkehr zur normalen Größe und zu normalen Bewegungen verwirrte mich. Ich sah zu, wie die beiden sich leidenschaftlich küßten und weiter quer durch den Raum taumelten.
»Jetzt werden sie also beobachtet«, sagte Theresa. »Interessant. Was ist das eigentlich für ein Mädchen?«
»Ich glaube, man nennt solche Frauen *torigaru onna.*«

»Sie ist leicht in ihrem Vogel? *Tori* was?«
»Schon gut. Ich meine, sie ist ein lockerer Vogel.«
Theresa schüttelte den Kopf. »Männer sagen immer so etwas. Ich habe den Eindruck, daß sie ihn liebt, aber daß sie ein bißchen wirr im Kopf ist.«
Das Paar näherte sich dem Konferenzraum. Cheryl wand sich plötzlich aus der Umarmung des Mannes, versuchte, sich von ihm zu lösen.
»Wenn sie ihn tatsächlich liebt, dann hat sie eine komische Art, es ihm zu zeigen«, bemerkte ich.
»Sie spürt, daß etwas nicht stimmt.«
»Wieso?«
»Ich weiß nicht. Vielleicht hört sie etwas. Den anderen Mann. Ich weiß es nicht.«
Aus welchem Grund auch immer, Cheryl kämpfte mit ihrem Liebhaber, der jetzt beide Arme um ihre Taille geschlungen hatte und sie fast in den Konferenzraum zerrte. An der Tür machte das Mädchen noch einmal einen Befreiungsversuch, während er sie hineinzuziehen versuchte.
»Hier könnten wir Glück haben«, sagte Theresa.
Das Bild erstarrte.
Alle Wände des Konferenzraums waren aus Glas. Durch die äußeren Fenster drangen die Lichter der Stadt herein. Aber die dem Atrium zugewandten Innenwände waren so dunkel, daß sie wie schwarze Spiegel wirkten. Da Cheryl und ihr Freund unweit einer solchen Wand standen, wurde ihr Kampf vom Glas reflektiert.
Theresa ließ das Band Einzelbild für Einzelbild weiterlaufen. Sie suchte eines, auf dem mehr zu sehen war. Von Zeit zu Zeit zoomte sie sich näher heran, betrachtete die Bildpunkte und ging dann wieder zurück. Es war schwierig. Die beiden bewegten sich rasch, oft sah man sie nur verschwommen. Und die Lichter der Wolkenkratzer verzerrten manches Einzelbild, das ansonsten aufschlußreich gewesen wäre.
Es war frustrierend und zog sich quälend langsam hin.
Stop. Zoom. Umherwandern im Bild, Versuch, eine Stelle zu finden, die genug Details hergab. Aufgeben. Nächstes Bild. Stop.

Schließlich sagte Theresa aufseufzend: »Es geht nicht. Dieses Glas ist mörderisch.«
»Dann machen wir jetzt weiter!«
Ich sah, wie Cheryl sich am Türrahmen festhielt, um nicht in den Konferenzraum gezerrt zu werden. Schließlich riß der Mann sie los, und sie trat, den Ausdruck des Entsetzens im Gesicht, zurück und holte mit den Armen aus, um ihn zu schlagen. Ihre Handtasche flog durch die Luft. Dann waren beide im Konferenzraum. Man sah nur mehr Schemen, die sich hastig hin und her bewegten.
Der Mann stieß Cheryl auf den Tisch. Das Mädchen erschien im Blickfeld der Kamera, die den Konferenzraum von der Decke aus aufnahm. Ihr kurzes blondes Haar hob sich vom dunklen Holz des Tisches ab. Wieder änderte sich ihr Verhalten; sie hörte für kurze Zeit auf, sich zu wehren. Sie wirkte erwartungsvoll, aufgeregt. Sie fuhr sich mit der Zunge über die Lippen. Ihr Blick folgte den Bewegungen des Mannes, der sich jetzt über sie beugte. Er schob ihr den Rock bis zu den Hüften hinauf.
Sie lächelte, zog einen Schmollmund, flüsterte ihm etwas ins Ohr.
Er riß ihr mit einem Ruck den Slip herunter.
Sie lächelte ihn an. Es war ein angespanntes Lächeln, halb erregt, halb bittend. Ihre Angst versetzte sie offenbar in Aufregung.
Seine Hände streichelten ihren Hals.

Im abgedunkelten Labor, über uns die zischenden Geräusche der Eisläufer, sahen wir vor uns wieder und wieder den brutalen, den tödlichen Akt: Auf fünf Monitoren, aus unterschiedlichen Blickwinkeln, wurden Cheryl Austins weiße Beine auf die Schultern des Mannes gehoben, dann beugte er sich über sie und nestelte an seiner Hose herum. Bei jeder Wiederholung fielen mir Einzelheiten auf, die ich zuvor nicht bemerkt hatte. Wie sie sich mit schlängelnden Hüftbewegungen auf dem Tisch wand, ihm entgegen. Wie sein Rücken sich bog, als er in sie eindrang. Wie sich ihr

Lächeln veränderte, katzenartig wurde, wissend, berechnend. Wie sie ihn antrieb, ihm etwas sagte. Ihre Hände, die seinen Rücken streichelten. Der plötzliche Stimmungsumschwung, das zornige Aufblitzen in ihren Augen, der unerwartete Schlag. Wie sie mit ihm kämpfte – zunächst, um ihn zu erregen, später aber sah es anders aus, etwas stimmte nicht. Wie ihre Augen aus den Höhlen traten und aus ihrem Blick plötzlich echte Verzweiflung sprach. Wie sie seine Arme mit den Händen wegzudrücken versuchte, ihm dabei die Anzugärmel hinaufschob, so daß die Manschettenknöpfe kurz metallisch funkelten. Das Glitzern ihrer Armbanduhr. Ihr Arm, der mit der geöffneten Hand nach hinten fiel. Fünf Finger, die sich weiß abhoben vom schwarzen Tisch. Dann ein Zittern, zuckende Finger und Stille.
Die lange Zeit, die der Mann brauchte, um zu verstehen, daß etwas schiefgelaufen war. Wie er einen Augenblick erstarrte, dann ihren Kopf in die Hand nahm, ihn vor- und zurückbog, sie aufzuwecken versuchte, schließlich von ihr abließ. Obwohl man ihn nur von hinten sah, konnte man sein Entsetzen förmlich spüren. Er bewegte sich langsam, wie in Trance. Mit ziellosen kurzen Schritten ging er im Raum auf und ab, hierhin und dorthin. Er versuchte offensichtlich, einen klaren Kopf zu bekommen, versuchte, einen Entschluß zu fassen.
Bei jeder Wiederholung dieser Sequenzen empfand ich etwas anderes. Die ersten Male packte mich eine Spannung, eine voyeuristische, fast sexuelle Erregung. Aber dann grenzte ich mich immer stärker davon ab, betrachtete alles eher analytisch, so als entfernte ich mich räumlich davon, als träte ich immer weiter von den Monitoren zurück. Am Schluß schien sich die ganze Szene vor meinen Augen zu zerlegen, die beiden Körper verloren ihre menschliche Identität, wurden zu Abstraktionen, zu Bestandteilen eines Musters, das sich im dunklen Raum bewegte.
Theresa sagte: »Dieses Mädchen ist krank.«
»Sieht ganz so aus.«
»Sie ist kein Opfer. Die nicht.«
»Vielleicht haben Sie recht.«

Wir schauten uns den ganzen Vorgang noch einmal an, aber ich sah eigentlich keinen Sinn mehr darin. »Machen wir weiter, Theresa!« sagte ich schließlich.

Wir hatten die Sequenz bis zu einer bestimmten Stelle des Bandzählwerks laufen lassen und dann wieder zurückgespult. Einen Teil des Bandes hatten wir also immer wieder angesehen, aber weiter waren wir nicht gekommen. Nun, fast unmittelbar nachdem wir über die Stelle hinausgegangen waren, passierte etwas Auffälliges: Der Mann blieb stehen und blickte zur Seite, als habe er dort etwas gesehen oder gehört.
»Der andere?« fragte ich.
»Vielleicht.« Theresa deutete auf die Monitoren. »Das ist der Teil der Bänder, auf dem die Schatten nicht übereinstimmen. Jetzt wissen wir, warum.«
»Ist etwas gelöscht worden?«
Sie spulte das Band zurück. Auf dem Monitor, der die Seitenansicht brachte, sahen wir, wie der Mann in Richtung Ausgang blickte. Wahrscheinlich hatte er jemanden entdeckt. Aber er wirkte weder ängstlich noch schuldbewußt.
Theresa zoomte auf ihn. Der Mann erschien nur als Silhouette.
»Man kann nichts sehen, oder?«
»Das Profil.«
»Was ist damit?«
»Ich schaue mir gerade die Kinnlade an. Ja. Sehen Sie es? Sie bewegt sich. Er spricht.«
»Mit dem anderen Mann?«
»Oder mit sich selbst. Nein, er schaut zu jemand anderem hin. Und jetzt, sehen Sie – plötzlich hat er wieder Auftrieb.«
Der Mann ging im Konferenzraum herum. Er wirkte nun zielstrebig. Ich erinnerte mich daran, wie verwirrend dieser Teil gewesen war, als ich mir das Band in der Nacht zuvor in der Zentrale angesehen hatte. Aber mit den Aufnahmen von fünf Kameras wurde die Sache klar. Wir sahen jetzt ganz genau, was er tat. Er hob den Schlüpfer vom Boden auf. Und dann beugte er sich über das tote Mädchen und nahm ihm die Armbanduhr ab.

»Das darf doch nicht wahr sein«, sagte ich. »Er hat ihre Uhr genommen.«

Ich konnte mir nur einen einzigen Grund dafür denken: In die Uhr mußte etwas eingraviert sein. Der Mann steckte den Slip und die Uhr in seine Tasche und wandte sich gerade zum Gehen, als das Bild wieder einmal erstarrte. Theresa hatte das Band gestoppt.

»Was ist?« fragte ich.

Sie deutete auf einen der fünf Monitoren. »Da!«

Es war die Seitenansicht, der Konferenzraum in der Totale, vom Atrium aus aufgenommen. Ich sah die Umrisse des Mädchens auf dem Tisch und den Mann im Konferenzsaal.

»Ja – und?«

»Da!« sagte sie noch einmal und deutete mit dem Finger hin. »Das da haben sie zu löschen vergessen.« In einer Ecke des Bildschirms sah ich eine geisterhafte Gestalt. Der Winkel und die Beleuchtung waren genau richtig, wir konnten ihn im Glas gespiegelt sehen. Es war ein Mann.

Der dritte Mann.

Er war nach vorn gegangen und stand jetzt in der Mitte des Atriums, den Blick auf den Mörder im Konferenzraum gerichtet. Er spiegelte sich in seiner ganzen Größe auf der Glaswand wider, aber Einzelheiten waren nur schwach zu erkennen.

»Können Sie näher rangehen? Kriegen Sie das besser rein?« fragte ich Theresa.

»Ich kann es mal versuchen.«

Sie zoomte auf den Mann, zentrierte das Bild, das sich nun aufzulösen begann. Sie stellte es scharf, verstärkte die Kontraste. Streifen erschienen, das Bild wurde schwächer, matter. Sie machte sich an die Arbeit, baute es wieder auf, ging näher ran, vergrößerte es. Es war quälend. Fast konnten wir erkennen, wer der Mann war. Fast, aber nicht ganz.

Jetzt wurde ein Einzelbild nach dem anderen durchgeklickt. Das Bild des Mannes wurde abwechselnd scharf und verschwommen. Und dann endlich sahen wir den wartenden Mann klar und deutlich.

»Ach, du Scheiße!« sagte ich.
»Kennen Sie ihn?«
»Ja. Das ist Eddie Sakamura.«

Von da an machten wir rasche Fortschritte. Wir wußten jetzt zweifelsfrei, daß die Bänder manipuliert waren und man die Identität des Mörders verändert hatte. Wir sahen, wie der Mörder aus dem Konferenzraum trat und nach einem kummervollen Blick zurück auf das tote Mädchen dem Ausgang zustrebte.
»Wie konnten sie das Gesicht des Mörders in ein paar Stunden verändern?« fragte ich.
»Sie haben extrem leistungsstarke Mapping-Software«, erklärte Theresa. »Sie ist die mit Abstand ausgereifteste der Welt. Die Japaner werden in der Software-Produktion immer besser. Auf diesem Gebiet werden sie die Amerikaner bald genauso überholt haben wie auf dem Computermarkt.«
»Sie haben es also dank ihrer Software geschafft?«
»Selbst mit der allerbesten Software wäre es ein Wagnis, und die Japaner sind nicht wagemutig. Ich nehme daher an, daß die Sache gar nicht so besonders schwierig war. Der Mörder ist ja die meiste Zeit über damit beschäftigt, das Mädchen zu küssen, und oft steht er im Schatten, so daß man sein Gesicht nicht sieht. Ich vermute, die Idee, seine Identität zu ändern, kam ihnen ziemlich spät; war wohl ein nachträglicher Einfall. Sie sahen, daß sie nur den Teil, der jetzt kommt, ändern mußten... Da! Jetzt, wo er am Wandspiegel vorbeigeht.«
Im Spiegel war deutlich das Gesicht von Eddie Sakamura zu erkennen. Seine Hand streifte die Wand, man konnte sogar die Narbe sehen.
»Nachdem sie das verändert hatten«, sagte Theresa, »konnte der Rest bleiben, wie er war, und zwar auf allen Bändern. Es war eine sagenhaft günstige Gelegenheit, und die haben sie genutzt. Jedenfalls stelle ich es mir so vor.«
Auf den Monitoren sah man Eddie Sakamura am Wandspiegel

vorbeigehen und im Schatten verschwinden. Theresa spulte das Band zurück. »Sehen wir es uns mal genauer an!«
Sie peilte die Reflexion des Gesichts im Spiegel an und zoomte Schritt für Schritt auf das Gesicht zu, bis es in Blöcke zerfiel.
»Aha, man sieht die Bildpunkte. Sehen Sie die Regelmäßigkeit? Hier ist retouchiert worden. Da, dieser Schatten auf dem Wangenknochen, unterhalb des Auges. Normalerweise hat man an der Grenze zwischen zwei Grauwerten immer eine gewisse Schwankung. Hier ist die Linie begradigt worden, repariert, sozusagen. Und hier…«
Das Bild drehte sich seitlich.
»Ja, hier auch.«
Ich sah weitere Rasterblöcke, ohne die geringste Ahnung zu haben, um was es sich dabei handelte. »Was ist das?«
»Seine rechte Hand. Die mit der Narbe. Sehen Sie, die Narbe ist hinzugefügt worden, das erkennt man an der Anordnung der Bildpunkte.«
Ich erkannte es keineswegs, aber ich glaubte es ihr. »Wer war dann in Wirklichkeit der Mörder?«
Sie schüttelte den Kopf. »Das herauszubekommen wird schwierig sein. Wir haben die Reflexionen geprüft und nichts gefunden. Es gibt eine letzte Möglichkeit, die ich noch nicht ausprobiert habe, weil es nämlich die einfachste von allen ist, allerdings auch am einfachsten zu manipulieren. Ich meine die Untersuchung der Schattendetails.«
»Der Schattendetails?«
»Ja. Wir können versuchen, das Bild in den schwarzen Bereichen, also in den Schatten und den Silhouetten, zu intensivieren. Vielleicht finden wir eine Stelle, an der so viel Umgebungslicht herrscht, daß wir ein erkennbares Gesicht bekommen. Versuchen können wir es ja mal!«
Es klang nicht gerade zuversichtlich.
»Sie glauben, es wird nicht funktionieren?«
Sie zuckte mit den Achseln. »Nein. Aber versuchen wir es trotzdem mal! Es ist das letzte, was noch übrig bleibt.«
»Okay«, sagte ich. »Dann machen wir es.«

Sie spulte das Band zurück. Eddie Sakamura bewegte sich rückwärts vom Wandspiegel auf den Konferenzraum zu. »Augenblick!« sagte ich. »Was passiert eigentlich nach dem Spiegel? Den Teil haben wir uns noch gar nicht angesehen.«

»Ich habe ihn mir vorhin angesehen. Der Mann wird von einem Teil der Deckenverkleidung verdeckt und verschwindet in Richtung Treppenhaus.«

»Schauen wir es uns trotzdem an!«

»Gut.«

Das Band lief nun vorwärts. Eddie Sakamura ging auf den Ausgang zu. Sein Gesicht blinkte im Spiegel auf, als er an ihm vorbeikam. Je öfter ich es sah, um so manipulierter kam mir dieser Augenblick vor. Es wirkte so, als habe man seine Bewegung etwas verzögert, eine winzige Pause hinzugefügt, um uns bei der Identifizierung des Täters zu helfen.

Jetzt ging der Mörder weiter und betrat den dunklen Gang Richtung Treppenhaus, das jedoch außerhalb des Blickfeldes der Kamera lag. Die gegenüberliegende Wand war hell, und man sah die Silhouette des Mannes, allerdings ohne irgendwelche Details. Sie war vollkommen schwarz.

»Nein«, sagte Theresa, »ich erinnere mich an diesen Teil. Da ist nichts. Es ist einfach zu dunkel. *Kuronbō.* Wie sie mich immer genannt haben: schwarzer Mensch.«

»Aber Sie haben doch gesagt, Sie könnten eventuell Schattendetails ermitteln.«

»Schon, aber nicht an dieser Stelle. Ich bin sowieso sicher, daß dieser Teil hier retouchiert worden ist. Sie wußten, daß wir sowohl die Sequenz vor dem Spiegel als auch die danach genau untersuchen würden. Sie wissen, daß wir Bildpunktmikroskope benutzen und Einzelbild für Einzelbild durchgehen. Da haben sie diese Stelle bestimmt gründlich bearbeitet und die Schatten dieser Person geschwärzt.«

»Okay, aber trotzdem…«

»Hey!« sagte Theresa plötzlich. »Was ist das denn?«

Das Bild erstarrte.

Ich sah die Umrisse des Mörders, der auf die weiße Wand im Hintergrund zuging. Über ihm hing das EXIT-Schild.

»Sieht aus wie eine Silhouette.«

»Ja, aber irgend etwas stimmt da nicht.«

Sie ließ das Band langsam zurücklaufen.

Während ich gebannt auf den Monitor starrte, sagte ich: »*Machigai no umi oshiete kudasai.*« Diesen Satz hatte ich schon ziemlich am Anfang meines Japanischunterrichts gelernt.

Theresa lachte. »Ich muß Ihren Japanischkenntnissen etwas nachhelfen, Lieutenant. Wollten Sie mich fragen, ob da ein Fehler gemacht worden ist?«

»Ja.«

»Das Wort heißt *umu*, nicht *umi*. *Umi* heißt Meer. *Umu* signalisiert, daß man jemandem eine Frage stellt, auf die mit Ja oder Nein zu antworten ist. Ja, ich glaube, daß da ein Fehler gemacht wurde.«

Das Band lief weiter zurück. Die Umrisse des Mörders kamen auf uns zu. Theresa sog vor Überraschung die Luft ein.

»Da ist wirklich ein Fehler. Ich kann es kaum fassen. Sehen Sie es auch?«

»Nein.«

Sie spulte das Band vor. Ich sah, wie der Schemen sich entfernte.

»Da, sehen Sie es jetzt?«

»Nein, tut mir leid.«

Sie wurde etwas ungeduldig. »Passen Sie gut auf! Schauen Sie auf die Schulter! Betrachten Sie die Schulter des Mannes! Sehen Sie, wie sie sich bei jedem Schritt hebt und wie sie dann wieder fällt? Ganz rhythmisch. Und da plötzlich... Da! Sehen Sie?«

Ich sah es, endlich! »Der Umriß springt irgendwie. Er wird größer.«

»Ja, genau. Er wird sprunghaft größer.« Sie drehte an einigen Knöpfen. »Ein ganzes Stück größer sogar, Lieutenant. Sie haben versucht, den Größensprung mit der Aufwärtsbewegung zu verbinden, damit er weniger auffällt. Aber besondere Mühe haben sie sich nicht gegeben. Es ist ganz deutlich.«

»Und was bedeutet das?«

»Daß sie arrogant sind«, antwortete Theresa. Es klang wütend. Mir war nicht klar, warum. Deshalb fragte ich sie.

»Ja, jetzt werde ich wirklich stocksauer.« Sie zoomte mit raschen Handbewegungen auf das Bild. »Und zwar deshalb, weil sie einen offensichtlichen Fehler gemacht haben. Sie erwarten, daß wir schludern, daß wir nicht gründlich vorgehen. So intelligent sind wir nicht. So japanisch sind wir nicht.«
»Aber...«
»Ich hasse sie.« Das Bild bewegte sich. Theresa konzentrierte sich jetzt auf die Umrisse des Kopfes. »Kennen Sie Takeshita Noboru?«
»Ist das ein Firmenchef?«
»Nein. Takeshita war Ministerpräsident. Vor ein paar Jahren hat er bei einem Besuch auf einem Navy-Schiff über amerikanische Matrosen, die Japan besuchten, einen Witz gemacht. Er sagte, Amerika sei jetzt so arm, daß die Boys von der Navy es sich nicht leisten könnten, an Land zu gehen und sich in Japan zu amüsieren. Alles sei zu teuer für sie. Er sagte, sie könnten nur auf ihrem Schiff bleiben und sich gegenseitig mit Aids anstecken. Der Witz schlug gewaltig ein in Japan.«
»Hat er das wirklich gesagt?«
Sie nickte. »Wenn ich Amerikaner wäre, und jemand würde so etwas zu mir sagen, würde ich dieses Schiff sofort abbeordern und Japan sagen, es solle sich ins Knie ficken und selbst für seine Verteidigung aufkommen. Hatten Sie nicht gewußt, daß Takeshita das gesagt hat?«
»Nein...«
»Die Nachrichten in Amerika.« Sie schüttelte den Kopf. »Ein einziger Witz.«
Vor lauter Wut arbeitete sie unglaublich schnell. Ihr Finger huschten über die Tasten und Knöpfe, das Bild sprang zurück, verlor an Schärfe. »Scheiße! Kacke!«
»Immer mit der Ruhe, Theresa!«
»Nichts da, Ruhe! Jetzt machen wir sie fertig!«
Sie zoomte auf den schemenhaften Kopf, isolierte ihn vom restlichen Bild und verfolgte ihn dann Einzelbild für Einzelbild. Die Aufnahme wurde größer und deutlicher.
»Sehen Sie, hier ist der Übergang«, sagte sie. »Hier verbindet sich

das manipulierte Bild mit dem Original. An dieser Stelle befindet sich Originalmaterial auf dem Band. Das hier ist der wirkliche Mann, der sich gerade von uns entfernt.«
Die Silhouette bewegte sich auf die gegenüberliegende Wand zu. Theresa machte Einzelbild für Einzelbild weiter. Schließlich begannen die Umrisse sich zu verändern.
»Ah – okay. Gut! Genau darauf habe ich gewartet…«
»Was denn?«
»Er sieht sich noch mal um. Er wirft einen Blick zurück in den Konferenzraum. Sehen Sie? Er dreht den Kopf. Da ist seine Nase, und da ist die Nase wieder weg, weil er sich ganz umgedreht hat. Jetzt sieht er auf uns zurück.«
Der Schemen war völlig schwarz.
»Nützt uns ja nicht gerade viel.«
»Passen Sie auf!«
Wieder drückte sie mehrere Tasten.
»Es gibt Details«, sagte sie. »Das ist wie Unterbelichtung auf einem Film: Die Einzelheiten sind aufgenommen worden, man kann sie nur nicht sehen… Jetzt!«
Plötzlich, in einem einzigen, schockierenden Augenblick, blühte der Schemen auf. Die Wand dahinter war in gleißendes Weiß getaucht, so daß sie wie ein Heiligenschein um den Kopf wirkte. Das dunkle Gesicht wurde heller, und zum erstenmal konnten wir es in aller Deutlichkeit sehen.
»Ach, ein Weißer.« Es klang enttäuscht.
»Mein Gott!« sagte ich.
»Kennen Sie ihn?«
»Ja.«
Die Gesichtszüge des Mannes waren verzerrt vor innerer Anspannung, die Lippen zu einem Zähnefletschen aufgeworfen. Aber seine Identität war unzweifelhaft.
Ich sah in das Gesicht von Senator John Morton.

Ich lehnte mich zurück und starrte auf das unbewegte Bild. Ich hörte das Brummen der Apparate. Ich hörte Wasser in Eimer tröpfeln, irgendwo in der Düsternis des Labors. Ich hörte Theresa neben mir atmen, keuchen wie ein Läufer nach dem Wettrennen.

Ich saß einfach nur da und stierte auf den Monitor. Alles ergab plötzlich einen Sinn, wie Puzzleteile, die sich vor meinen Augen zu einem Ganzen zusammenfügten.

Wie sagte doch Julia Young: Sie hat einen Freund, der viel auf Reisen ist. Sie selbst verreist auch oft. New York, Washington, Seattle... Sie trifft sich dort mit ihm. Sie ist wahnsinnig verliebt in ihn.

Jenny Gonzales im Fernsehstudio: Morton hat eine junge Freundin, die ihn fast um den Verstand bringt. Sie macht ihn eifersüchtig. Irgend so ein junges Ding.

Eddie: Dieses Mädchen macht viel Ärger. Sie hat Spaß daran, Unruhe zu stiften.

Jenny: Die hängt seit ungefähr neun Monaten bei Partys mit Leuten aus Washington herum.

Eddie: Die war doch krank! Die stand auf Schmerzen.

Jenny: Morton leitet den Finanzausschuß des Senats. Das ist der Ausschuß, in dem die Anhörungen wegen des MicroCon-Verkaufs stattfinden.

Cole, der Wachmann, in der Bar: Die haben die ganz hohen Tiere in der Hand. Die sind ihnen verpflichtet. Im Augenblick sind sie unschlagbar.

Und Connor: Irgend jemand drängt darauf, daß die Ermittlungen beendet werden. Sie wollen, daß wir aufgeben.

Und Morton schließlich: Ihre Ermittlung ist also offiziell abgeschlossen?

»Verdammt!« sagte ich.

»Wer ist das denn?« fragte Theresa.

»Ein Senator.«

»Puh!« Sie sah auf den Monitor. »Und warum treiben sie einen solchen Aufwand wegen ihm?«

»Er hat großen Einfluß in Washington. Und ich glaube, er hat

etwas mit dem Verkauf einer bestimmten Firma zu tun. Vielleicht gibt es auch noch andere Gründe.«
Sie nickte.
»Läßt sich davon ein Bild ausdrucken?« fragte ich.
»Nein. Wir haben kein Gerät zum Ausdrucken von Einzelbildkopien. Das Labor kann sich so etwas nicht leisten.«
»Was sollen wir denn machen? Ich brauche etwas, das ich mitnehmen kann.«
»Ich kann ein Polaroidfoto machen. Das ist zwar nicht besonders toll, aber für den Augenblick wird es reichen.« Sie stolperte durch das dunkle Labor und suchte eine Kamera. Nach einer Weile hatte sie eine gefunden. Sie ging nahe an den Bildschirm heran und machte mehrere Aufnahmen.
Im blauen Licht der Monitoren warteten wir, bis die Polaroids entwickelt waren.
»Danke«, sagte ich. »Danke für Ihre Hilfe!«
»Gern geschehen. Und... es tut mir leid.«
»Warum denn?«
»Ich weiß, daß Sie einen Japaner erwartet haben.«
Ich merkte, daß sie von sich selbst sprach, und erwiderte nichts. Die Fotos wurden immer dunkler. Die Bildqualität war gut, alles erschien klar und deutlich. Als ich die Polaroids in meine Tasche steckte, spürte ich dort etwas Hartes. Ich holte es heraus.
»Sie haben einen japanischen Paß?« fragte Theresa.
»Nein. Das ist nicht meiner. Er gehörte Eddie Sakamura.« Ich schob ihn wieder in die Tasche. »Ich muß gehen. Ich muß zusehen, daß ich Captain Connor finde.«
»Na gut.« Sie drehte sich zu den Monitoren.
»Und was machen Sie jetzt?«
»Ich bleibe hier und arbeite weiter.«
Ich verließ den Raum durch die Hintertür und gelangte über den dunklen Korridor nach draußen.

Ich mußte mich erst einmal blinzelnd an das grelle Tageslicht gewöhnen. Dann ging ich zu einem öffentlichen Fernsprecher und rief Connor an. Er war im Wagen.
»Wo sind Sie?« fragte ich ihn.

»Wieder beim Hotel.«
»Bei welchem Hotel?«
»Beim ›Four Seasons‹. Senator Morton wohnt hier.«
»Was machen Sie denn dort? Wissen Sie, daß...«
»Kōhai«, sagte Connor. »Offene Leitung, erinnern Sie sich? Nehmen Sie ein Taxi, und fahren Sie zum Westwood Boulevard 1430! In zwanzig Minuten treffen wir uns dort.«
»Aber wie...«
»Keine weiteren Fragen.« Er hängte ein.

Ich sah mir das Gebäude Westwood Boulevard 1430 an. Es hatte eine gewöhnliche Fassade und einen Eingang mit aufgemalter Nummer. Links vom Eingang war ein französischer Buchladen untergebracht, auf der anderen Seite befand sich eine Uhrmacherwerkstatt.
Ich stieg die paar Stufen hinauf und klopfte. Unterhalb der Nummern fiel mir ein kleines Schild mit japanischen Schriftzeichen auf.
Weil niemand auf mein Klopfen reagierte, öffnete ich die Eingangstür. Ich befand mich in einer winzigen, eleganten Sushi-Bar. Es gab nur vier Sitzgelegenheiten für Gäste. Connor saß ganz allein an der gegenüberliegenden Wand. Er winkte mich zu sich. »Begrüßen Sie Imae! Er ist der beste Sushi-Koch in ganz Los Angeles. Imae-*san*, Sumisu-*san*.«
Der Koch nickte mir lächelnd zu. Dann stellte er etwas auf die Theke vor meinem Sitz. *»Kore o dōzo,* Sumisu-*san*.«
Ich setzte mich. *»Dōmo,* Imae-*san*.«
»Hai.«
Ich betrachtete das Sushi. Es bestand aus rosafarbenen Fischeiern, darauf lag ein rohes gelbes Eidotter. Es sah widerlich aus. Ich schielte zu Connor hinüber.
»Kore o tabetakoto arukai?« fragte er.
Ich schüttelte den Kopf. »Tut mir leid, da komme ich nicht mehr mit.«
»Sie werden Ihr Japanisch verbessern müssen – Ihrer neuen Freundin zuliebe.«

»Welcher neuen Freundin?«
»Ich hatte erwartet, daß Sie mir dafür danken. Schließlich habe ich es so eingerichtet, daß Sie lange mit ihr allein sein konnten.«
»Theresa meinen Sie?«
Er lächelte. »Es könnte Ihnen Schlimmeres passieren, *kōhai*. Und wahrscheinlich ist Ihnen in der Vergangenheit schon Schlimmeres passiert. Jedenfalls habe ich Sie eben gefragt, ob Sie wissen, was das ist.« Er deutete auf das Sushi.
»Nein.«
»Lachsrogen mit Wachtelei. Viel Protein. Gibt Energie. Und die brauchen Sie.«
»Muß das denn sein?« fragte ich.
»Macht Sie stark für Ihre Freundin«, warf Imae grinsend ein. Dann sagte er rasch ein paar Worte auf japanisch zu Connor. Dieser erwiderte etwas, und die beiden schüttelten sich vor Lachen.
»Was ist denn so lustig?« wollte ich wissen. Aber dann fand ich es besser, schnell das Thema zu wechseln, und aß das erste Sushi. Nachdem ich das glibberige Gefühl im Mund verkraftet hatte, schmeckte es eigentlich ziemlich gut.
»Gut?« fragte Imae.
»Sehr gut.« Ich aß das zweite und wandte mich an Connor: »Wissen Sie, was wir auf diesen Bändern entdeckt haben? Es ist unglaublich!«
Connor hob die Hand. »Bitte! Sie müssen lernen, sich auf japanische Weise zu entspannen. Alles zu seiner Zeit. *Oaisō onegai shimasu.*«
»*Hai*, Connor-*san*.«
Der Sushi-Koch präsentierte die Rechnung, und Connor zückte sein Portemonnaie. Dann verbeugte er sich, und es folgte ein weiterer Wortwechsel in rasendem Japanisch.
»Gehen wir jetzt?«
»Ja«, sagte Connor. »Ich habe bereits gegessen, und Sie, mein Freund, können es sich nicht leisten, zu spät zu kommen.«
»Wohin denn?«

»Zu dem Treffen mit Ihrer Exfrau. Haben Sie das ganz vergessen? Wir fahren jetzt zu Ihrer Wohnung.«

Ich saß wieder am Steuer. Connor schaute aus dem Fenster. »Woher wußten Sie, daß es Morton war?«

»Ich wußte es nicht«, antwortete er. »Das heißt, ich weiß es erst seit heute vormittag. Aber mir war schon gestern nacht klar, daß die Bänder manipuliert waren.«

Ich dachte an die Mühe, die Theresa und ich uns gemacht hatten, das viele Zoomen und Absuchen und das Zerlegen der Bilder. »Wollen Sie damit sagen, daß Sie nur einen Blick auf die Bänder geworfen haben und es gleich wußten?«

»Ja.«

»Aber wie denn?«

»Ein Fehler fiel mir sofort auf. Erinnern Sie sich an Eddie bei der Party? Er hatte eine Narbe an der Hand.«

»Ja. Sah aus wie eine alte Brandnarbe.«

»An welcher Hand war sie?«

»An welcher Hand?« Ich mußte überlegen. Ich versuchte, mich an das Zusammentreffen mit Eddie zu erinnern. Eddie nachts im Kakteengarten. Er hatte Zigaretten geraucht und die Kippen weggeschnippt. Ich sah ihn vor mir, wie er sich nervös bewegte, wie er die Zigaretten hielt. Die Narbe war an...

»An der linken«, sagte ich.

»Richtig.«

»Aber die Narbe sieht man auch auf dem Videoband«, sagte ich. »Sie erscheint ganz deutlich an der Stelle, an der er am Wandspiegel vorbeigeht. Da berührt er kurz die Wand...«

Ich unterbrach mich.

Er hatte die Wand mit der rechten Hand berührt.

»Mein Gott!«

»Genau«, sagte Connor. »Da haben sie einen Fehler gemacht. Vielleicht wußten sie nicht genau, was nun Reflexion war und was nicht. Ich kann mir vorstellen, daß sie in großer Hast gearbeitet haben und sich nicht mehr erinnern konnten, um welche Hand es sich handelte. Aber die Narbe wollten sie trotzdem anbringen. Solche Fehler passieren eben.«

»Gestern nacht haben Sie also die Narbe an der falschen Hand entdeckt?«

»Ja. Und da wußte ich sofort, daß die Bänder verfälscht worden waren. Ich mußte dafür sorgen, daß Sie sie gleich heute analysieren ließen. Deshalb habe ich Sie in die WE-Labors geschickt, damit Sie herausfinden, wer die Bänder untersuchen könnte. Und dann bin ich heimgefahren und schlafen gegangen.«

»Aber Sie haben es zugelassen, daß wir drauf und dran waren, Eddie zu verhaften. Warum denn? Sie müssen doch gewußt haben, daß er nicht der Mörder war.«

»Manchmal muß man den Dingen ihren Lauf lassen. Es war doch eindeutig, daß man uns glauben machen wollte, Eddie habe das Mädchen getötet. Deshalb habe ich der Sache ihren Lauf gelassen.«

»Ein Unschuldiger ist dabei umgekommen«, sagte ich.

»Ich würde Eddie nicht als unschuldig bezeichnen«, widersprach Connor. »Er steckte bis zum Hals mit drin.«

»Und Senator Morton? Woher wußten Sie, daß es Morton war?«

»Ich wußte es erst, als er uns zu diesem kleinen Treffen heute mittag bestellte. Da hat er sich selbst verraten.«

»Wie?«

»Er war einfach zu ruhig. Denken Sie darüber nach, was er uns sagte! Zwischen all dem Unsinn, den er daherredete, fragte er uns dreimal, ob unsere Ermittlungen abgeschlossen seien. Und er fragte uns, ob der Mord irgend etwas mit MicroCon zu tun hat. Wenn man es sich gründlich überlegt, ist das eine sehr sonderbare Frage.«

»Aber warum denn? Er hat doch Kontakte. Mr. Hanada und andere Leute. Das hat er uns gesagt.«

»Nein«, erwiderte Connor kopfschüttelnd. »Wenn man das ganze unsinnige Drumherum abstreicht, das Senator Morton verzapft hat, dann lautete sein Gedankengang im Grunde: Ist die Ermittlung beendet? Und kann sie mit MicroCon in Zusammenhang gebracht werden? Ich werde nämlich demnächst meinen Standpunkt hinsichtlich des Verkaufs von MicroCon ändern.«

»Okay...«

»Aber das Wichtigste hat er uns nicht erklärt: Warum hat er seinen Standpunkt geändert?«

»Das hat er uns doch gesagt: Er hatte keine Unterstützung, den anderen ist die Sache egal.«

Connor reichte mir eine Fotokopie. Es war die Kopie einer Zeitungsseite. Ich gab sie Connor zurück. »Ich muß fahren. Sagen Sie mir, was da steht!«

»Es ist ein Interview, das Senator Morton der *Washington Post* gegeben hat. Er wiederholt darin seine Ansichten über den Verkauf von MicroCon. Es schade der nationalen Verteidigung und der amerikanischen Wettbewerbsfähigkeit, die Firma zu verkaufen. Bla, bla, bla. Die Basis unserer Technologie würde ausgehöhlt, unsere Zukunft an die Japaner verscherbelt. Bla, bla, bla. Das war seine Meinung am Donnerstag vormittag. Am Donnerstag abend taucht er auf einer Party in Kalifornien auf. Am nächsten Vormittag sieht er die MicroCon-Sache plötzlich völlig anders. Er ist mit dem Verkauf einverstanden. So, und jetzt sagen Sie mir, warum wohl!«

»Meine Güte! Was sollen wir jetzt tun?«

Es ist nämlich so eine Sache, Polizist zu sein. Meistens geht es einem ziemlich gut dabei. Aber manchmal erreicht man einen Punkt, da dämmert es einem, daß man eben nur ein Bulle ist. Wenn man es nüchtern betrachtet, steht man ganz schön weit unten auf der Leiter. Und es bereitet einem große Schwierigkeiten, es mit bestimmten Leuten aufzunehmen, mit bestimmten Autoritäten. Dann wird es nämlich brenzlig. Man hat die Sache nicht mehr im Griff. Dann kann es einen brutal auf den Arsch knallen.

»Was sollen wir jetzt tun?« fragte ich noch einmal.

»Alles der Reihe nach!« sagte Connor. »Ist das da vorn Ihr Haus?«

Die Kleinbusse der Fernsehstationen standen hintereinander am Straßenrand, dazwischen einige Personenwagen mit Presseschildern hinter der Windschutzscheibe. Vor meiner Wohnungstür und an der Straße hatte sich eine Horde Reporter versammelt. Wiesel Wilhelm lehnte an seinem Wagen. Meine Exfrau konnte ich nirgends entdecken.

»Fahren Sie weiter, *kōhai*!« sagte Connor. »Bis zum Ende des Häuserblocks und dann nach rechts.«

»Warum?«

»Ich war so frei, vor einer Weile die Staatsanwaltschaft anzurufen. Ich habe es so eingerichtet, daß Sie sich mit Ihrer Frau in dem Park dort hinten treffen können.«

»Wirklich?«

»Ich dachte, das wäre für alle Beteiligten wesentlich günstiger.«

Ich bog um die Ecke. Der Hampton Park lag hinter der Grundschule. Jetzt, mitten am Nachmittag, waren die Kinder draußen und spielten Baseball. Ich fuhr langsam die Straße entlang und suchte nach einem Parkplatz. Dabei überholte ich einen Wagen mit zwei Insassen: Auf dem Beifahrersitz saß ein Mann, der eine Zigarette rauchte, hinter dem Steuer saß eine Frau. Sie trommelte mit den Fingern nervös aufs Armaturenbrett. Es war Lauren.

Ich parkte den Wagen.

»Ich warte hier«, sagte Connor. »Viel Glück!«

Sie bevorzugte helle Farben. Zu einem beigen Hosenanzug trug sie eine cremefarbene Seidenbluse. Ihr blondes Haar hatte sie nach hinten gekämmt. Kein Schmuck. Sexy und gleichzeitig sehr geschäftsmäßig – ihr ganz besonderes Talent.

Wir schlenderten auf dem Gehsteig am Rand des Parks entlang, den Blick auf die ballspielenden Kinder gerichtet. Keiner von uns sprach. Ihr Begleiter wartete im Wagen. Einen Häuserblock von uns entfernt konnten wir die Presseleute sehen, die sich vor meiner Wohnung versammelt hatten.

Lauren betrachtete sie und sagte: »Mein Gott, Peter – ich kann es nicht fassen, es ist einfach unglaublich. Du hast da unwahrscheinlichen Mist gebaut. Meine Position berücksichtigst du überhaupt nicht!«

»Wer hat diese Leute verständigt?«

»Ich nicht.«
»Irgend jemand muß es ja gewesen sein«, sagte ich. »Irgend jemand hat ihnen gesagt, daß du um vier Uhr hierherkommst.«
»Ich war es jedenfalls nicht.«
»Dann bist du also rein zufällig in vollem Make-up hier aufgekreuzt?«
»Ich war heute vormittag am Gericht.«
»Okay. Schon gut.«
»Leck mich am Arsch, Peter!«
»Ich sagte doch, daß es in Ordnung ist.«
»Was anderes, als Detektiv zu spielen, kannst du wohl nicht mehr.«
Sie drehte sich um, und wir gingen den Weg zurück, den wir gekommen waren, entfernten uns von dem Reporterauflauf.
Sie seufzte. »Hör zu! Versuchen wir, die Sache wie zivilisierte Menschen hinter uns zu kriegen!«
»Einverstanden.«
»Ich weiß nicht, wie du es geschafft hast, dich in diese fatale Lage hineinzubugsieren, Peter. Es tut mir leid, daß du das Sorgerecht aufgeben müssen wirst. Ich kann es nicht zulassen, daß meine Tochter in einer zwielichtigen Umgebung aufwächst. Das kann ich nicht dulden. Schließlich muß ich auch an meine berufliche Stellung denken, an meine Reputation innerhalb der Staatsanwaltschaft.«
Lauren ging es immer nur um Äußerlichkeiten. »Warum soll die Umgebung denn zwielichtig sein?«
»Warum? Sexueller Mißbrauch von Kindern ist eine überaus schwerwiegende Beschuldigung, Peter!«
»Es gibt hier keinen sexuellen Mißbrauch von Kindern.«
»Die Beschuldigungen aus deiner Vergangenheit müssen mit in Betracht gezogen werden.«
»Du weißt alles über diese Beschuldigungen«, sagte ich. »Du warst damals mit mir verheiratet. Du weißt in allen Einzelheiten darüber Bescheid.«
»Michelle muß untersucht werden«, beharrte sie.
»Na gut. Das Resultat der Untersuchung wird negativ sein.«

»Im Augenblick ist es mir wirklich egal, was die Untersuchung ergeben wird. Über diesen Punkt sind wir bereits hinaus, Peter. Ich werde das Sorgerecht beantragen müssen – meinem Seelenfrieden zuliebe.«
»Um Gottes willen!«
»Doch, Peter.«
»Du hast doch keine Ahnung, wie das ist, ein Kind aufzuziehen! Das würde dich viel zuviel Zeit kosten neben deiner beruflichen Tätigkeit.«
»Ich habe keine Wahl, Peter. Du hast mir keine gelassen.«
Es klang sehr wehleidig. Die Märtyrerin zu spielen, war immer schon eine ihrer wirkungsvollsten Methoden gewesen.
Ich sagte: »Lauren, du weißt, daß diese Beschuldigung damals erfunden war. Du ziehst das Ganze doch nur durch, weil Wilhelm dich angerufen hat.«
»Er hat nicht mich angerufen, sondern den stellvertretenden Bezirksstaatsanwalt. Er hat den *Chef* angerufen!«
»Lauren.«
»Tut mir leid, Peter, aber diese Suppe hast du dir selbst eingebrockt.«
»Lauren.«
»Ich meine es ernst.«
»Lauren, was du da tust, ist sehr gefährlich.«
Sie lachte hämisch auf. »Was du nicht sagst! Glaubst du wirklich, ich weiß nicht, wie gefährlich es ist, Peter? Es kann mich den Job kosten.«
»Von was redest du?«
»Von was rede ich wohl, du Arschloch!« sagte sie wütend. »Ich rede von Las Vegas.«
Ich schwieg. Ich konnte ihre Gedankengänge nicht mehr nachvollziehen.
»Paß mal auf«, sagte sie. »Wie oft warst du in Las Vegas?«
»Nur einmal.«
»Und bei diesem einen Mal hast du kräftig abgesahnt?«
»Lauren, du weißt doch alles…«
»Allerdings. Und *wie* ich alles weiß! Und wie sah das zeitlich aus

mit deinem großartigen Gewinn-Trip nach Las Vegas im Verhältnis zu dem Vorwurf des sexuellen Mißbrauchs? Lag beides eine Woche auseinander. Oder zwei Wochen?«
Das war es also! Sie hatte Angst, jemand könnte diese beiden Vorfälle in Zusammenhang bringen, könnte die ganze Sache zurückverfolgen. Und dann, so befürchtete sie, würde auch sie mit hineingezogen werden.
»Du hättest letztes Jahr noch mal hinfahren sollen.«
»Ich hatte zu tun.«
»Du kannst dich sicherlich erinnern, Peter, daß ich dir gesagt habe, daß du alle Jahre hinfahren solltest, damit es wie eine Gewohnheit aussieht.«
»Ich war beschäftigt. Ich mußte mich um das Kind kümmern.«
»Tja«, sagte sie, »und jetzt stehen wir da.«
»Wo liegt überhaupt das Problem?« fragte ich. »Die kriegen das doch nie raus!«
In diesem Augenblick explodierte sie. »Die kriegen das nie raus? Die *haben* es schon rausgekriegt! Sie *wissen* es bereits, Peter! Ich bin sicher, daß sie schon mit Martinez oder Hernandez oder wie diese Leute heißen gesprochen haben.«
»Aber sie können doch unmöglich…«
»Verdammt noch mal! Wie, glaubst du, kommt einer an einen Job als Kontakt-Officer? Wie bist *du* an den Job gekommen, Peter?«
Ich überlegte, dachte an damals zurück. Es war vor über einem Jahr gewesen. »Der Job wurde im Dezernat ausgeschrieben. Mehrere Leute haben sich für ihn beworben…«
»Ja. Und dann?«
Ich zögerte. Wenn ich ehrlich war, wußte ich selbst nicht genau, was hinter den Kulissen abgelaufen war. Ich hatte mich einfach für den Job beworben und das Ganze schon wieder fast vergessen, da bekam ich ihn plötzlich. Ich war sehr beschäftigt gewesen damals. Die Arbeit in der Presseabteilung war sehr hektisch.
»Ich erkläre dir, wie so was abläuft«, sagte Lauren. »Der Chef des Sonderdezernats trifft die letzte Entscheidung bezüglich der passenden Kandidaten nach Rücksprache mit Mitgliedern der asiatischen Gemeinde.«

»Das ist wohl richtig, aber ich verstehe nicht...«
»Und weißt du, wie lange die Mitglieder der asiatischen Gemeinde brauchen, um die Kandidatenliste durchzugehen? Drei Monate, Peter. So lange brauchen sie, um alles über die Leute auf der Liste in Erfahrung zu bringen. Alles. Die wissen Bescheid über dich, von deiner Kragenweite bis hin zu deiner finanziellen Situation. Und du kannst mir glauben, daß sie auch von dem Vorwurf des sexuellen Mißbrauchs von Kindern wissen. Und von deiner Fahrt nach Las Vegas. Und die können eins und eins zusammenzählen: Jeder kann das. Du willst mir doch nicht weismachen«, fuhr Lauren fort, »du wüßtest nicht, wie so was abläuft! Du willst mir doch nicht erzählen, du hättest die Sache nicht mitverfolgt! Ich bitte dich, Peter! Du hast doch selbst am besten gewußt, worum es bei diesem Kontakt-Job ging. Du wolltest das Geld – genau wie jeder andere auch, der irgend etwas mit den Japanern zu tun hat. Du weißt genau, wie sie ihre Geschäfte machen. Für jeden haben sie etwas parat. Du kriegst etwas, die Polizei kriegt etwas, der Polizeipräsident kriegt etwas – keiner wird vergessen. Und im Gegenzug dürfen sie sich die Person aussuchen, die sie als Kontaktmann haben wollen. Sie wissen, daß sie immer etwas gegen dich in der Hand haben, und jetzt haben sie gegen mich auch etwas in der Hand. Und alles nur, weil du letztes Jahr nicht nach Las Vegas gefahren bist. Es hätte wie eine Gewohnheit ausgesehen, so wie ich es dir gesagt habe. Verdammte Scheiße!«
»Und jetzt meinst du, du müßtest das Sorgerecht für Michelle beantragen?«
Sie seufzte. »Wir agieren doch jetzt nur mehr gemäß unseren Rollen, Peter.«
Sie warf einen Blick auf ihre Armbanduhr und dann auf die Reporter. Ich merkte, daß sie ungeduldig war. Sie wollte das Gespräch mit mir hinter sich bringen, sich dann vor die Presse stellen und die Rede halten, die sie bereits ausgearbeitet hatte. Lauren hatte schon immer einen ausgeprägten Sinn für das Dramatische gehabt.
»Weißt du denn so genau, welche Rolle du spielst, Lauren?«

fragte ich sie. »Es wird hier nämlich in den nächsten Stunden ziemlich chaotisch zugehen. Vielleicht ist es dir lieber, da nicht mit hineingezogen zu werden.«
»Ich *bin* bereits hineingezogen worden.«
»Nein.« Ich holte die Polaroidaufnahmen aus der Tasche und zeigte sie ihr.
»Was ist das?«
»Das ist ein Einzelbild aus den Überwachungsvideos von Nakamoto. Sie wurden gestern nacht aufgenommen, und zwar zum Zeitpunkt des Mordes an Cheryl Austin.«
Sie sah das Foto skeptisch an. »Das soll wohl ein Witz sein.«
»Nein.«
»Willst du das durchziehen?«
»Wir müssen.«
»Du willst Senator Morton verhaften? Hast du jetzt auch noch den letzten Rest deines mickrigen Verstandes verloren?«
»Kann sein.«
»Damit kommst du nie durch, Peter. Nie.«
»Kann sein.«
»Die machen dich so schnell und so gründlich fertig, daß du überhaupt nicht mitkriegst, wie es passiert.«
»Kann sein.«
»Das funktioniert nie und nimmer. Du weißt genau, daß du das nie schaffst. Letzten Endes wird Michelle die Leidtragende sein.«
Darauf erwiderte ich nichts. Lauren wurde mir von Minute zu Minute mehr zuwider. Wir gingen weiter. Ihre spitzen Stöckel klapperten über den Gehsteig.
Schließlich sagte sie: »Peter, wenn du weiterhin so rücksichtslos vorgehen willst, kann ich nichts dagegen tun. Als deine Freundin rate ich dir aber davon ab. Wenn du jedoch unbedingt darauf bestehst, kann ich dir nicht mehr helfen.«
Ich sagte nichts. Ich wartete nur und betrachtete sie. Im harten Tageslicht sah ich, daß sie erste Falten bekommen hatte. Ich sah ihren dunklen nachwachsenden Haaransatz. Ich sah den Lippenstiftfleck auf ihrem Zahn. Sie nahm die Sonnenbrille ab

und schaute mich besorgt an. Dann drehte sie sich von mir weg und blickte zu den Reportern hinüber; dabei klopfte sie mit ihrer Sonnenbrille auf die Innenfläche ihrer Hand.
»Wenn du das wirklich durchziehen willst, Peter, halte ich es für besser, die Sache um einen Tag zu verschieben und den Ereignissen ihren Lauf zu lassen.«
»In Ordnung.«
»Damit du mich nicht mißverstehst – meine Vorbehalte bestehen weiterhin, Peter.«
»Ich verstehe.«
»Aber ich finde, das Sorgerecht für Michelle sollte nicht in eine andere, völlig verrückte Auseinandersetzung mit hineingezogen werden.«
»Bestimmt nicht.«
Sie setzte ihre Sonnenbrille auf. »Du tust mir leid, Peter. Ehrlich. Du hattest einmal eine vielversprechende Zukunft bei der Polizei vor dir. Ich weiß, daß du für eine führende Position im Gespräch warst. Aber wenn du das hier durchziehst, kann dich nichts mehr retten.«
Ich lächelte. »Na ja.«
»Hast du außer fotografischem Beweismaterial noch irgend etwas in der Hand?«
»Ich weiß nicht, ob ich dir mehr Einzelheiten sagen soll.«
»Wenn du nämlich nur fotografisches Beweismaterial hast, dann ist es aussichtslos, Peter. Der Staatsanwalt wird das Zeug nicht anrühren. Fotografisches Beweismaterial gilt nicht mehr. Es kann zu leicht manipuliert werden, und das wissen die Gerichte. Wenn du nur ein Foto von dem Typen hast, wie er das Verbrechen begeht, taugt das überhaupt nichts.«
»Wir werden ja sehen.«
»Peter«, sagte sie, »du wirst alles verlieren: deinen Job, deine beruflichen Aussichten, dein Kind, alles. Wach endlich auf! Tu's nicht!«
Sie ging zum Wagen zurück. Ich begleitete sie. Keiner sagte mehr etwas. Ich wartete darauf, daß sie sich nach Michelle erkundigte, aber sie tat es nicht, was nicht überraschend war. Sie hatte an

anderes zu denken. Wir kamen zu ihrem Auto. Sie ging darum herum, um auf der Fahrerseite einzusteigen.
»Lauren.«
Sie blickte mich über das Wagendach hinweg an.
»Lassen wir die Sache in den nächsten vierundzwanzig Stunden auf sich beruhen, ja? Keine wohlplazierten Anrufe, okay?«
»Keine Angst«, sagte sie. »Ich habe nichts von all dem gehört. Ehrlich gesagt, wünschte ich mir, ich hätte nie etwas von *dir* gehört!«
Sie stieg ein und brauste ab. Während ich ihr nachsah, fühlte ich, wie meine Schultern sich senkten und die Anspannung nachließ. Es war mehr als der Umstand, daß ich getan hatte, wozu ich entschlossen gewesen war – ich hatte sie überredet, die Finger von der Sache zu lassen, zumindest für eine Weile. Aber es war mehr als das. Da war noch etwas anderes, das jetzt endlich ein Ende gefunden hatte.

Connor und ich stiegen die Hintertreppe meines Mietshauses hinauf, um den Presseleuten zu entkommen. Ich erzählte ihm, was passiert war. Er zuckte mit den Achseln.
»Hat Sie das überrascht – wie die Kontaktleute ausgesucht werden?«
»Ja. Ich habe mir wohl nie Gedanken darüber gemacht.«
Er nickte. »Aber so geht es vonstatten. Die Japaner haben großes Geschick darin, Anspornprämien zu verteilen. Anfangs hatte die Polizei Bedenken, Außenstehende bei der Auswahl der Kontakt-Officers mitreden zu lassen. Aber die Japaner sagten einfach, sie wollten auch gefragt werden, ihre Empfehlungen seien ja nicht bindend. Und sie betonten, wie sinnvoll es sei, an der Wahl der Kontaktleute beteiligt zu werden.«
»Mhm.«
»Um zu beweisen, daß sie unparteiisch sind, schlugen sie vor, dem Hilfsfonds der Polizei eine Spende zukommen zu lassen, die dem gesamten Police Department zugute kommen würde.«

»Wie hoch war die?«

»Eine halbe Million, glaube ich. Und der Chef wurde gebeten, nach Tokio zu kommen und sich verschiedene Systeme zur Registrierung von Straftaten anzusehen. Eine dreiwöchige Reise mit einem einwöchigen Zwischenaufenthalt auf Hawaii. Alles erster Klasse. Und natürlich jede Menge Publicity, die der Chef ja sehr zu schätzen weiß.«

Wir waren am Treppenabsatz der zweiten Etage angelangt und stiegen nun in den dritten Stock hinauf.

»Wenn so etwas erst mal über die Bühne gegangen ist, fällt es dem Polizeipräsidium natürlich schwer, die Empfehlungen der asiatischen Gemeinde zu ignorieren. Da steht dann einfach zuviel auf dem Spiel.«

»Mir ist nach Kündigen zumute«, murmelte ich.

»Diese Entscheidung steht Ihnen immer frei«, erwiderte Connor.

»Sie haben also Ihre Frau dazu gebracht, den Rückzug anzutreten?«

»Meine Exfrau. Sie hat sofort kapiert, um was es geht. Ist ein feinfühliges politisches Wesen, meine Lauren. Allerdings mußte ich ihr sagen, wer der Mörder ist.«

»In den nächsten Stunden kann sie sowieso nicht viel anstellen«, sagte Connor achselzuckend.

»Aber was ist mit den Fotos? Sie sagt, daß die vor Gericht nicht anerkannt werden. Und Sanders sagte das gleiche. Die Zeit des fotografischen Beweismaterials ist vorbei. Haben wir denn noch andere Beweise?«

»Darum habe ich mich schon gekümmert«, antwortete Connor. »Ich glaube, das geht in Ordnung.«

»Wie denn?«

Er hob die Schultern.

Wir standen vor dem Hintereingang zu meiner Wohnung. Ich schloß die Tür auf, und wir betraten die Küche. Sie war leer. Ich ging durch den Gang in die Diele. In der ganzen Wohnung herrschte völlige Stille. Die Wohnzimmertüren waren zu. Aber in der Luft hing deutlich der Geruch von Zigarettenrauch.

Elaine, meine Haushälterin, stand in der Diele und sah aus dem

Fenster zu den auf der Straße stehenden Reportern hinunter. Als sie uns hörte, drehte sie sich um. Sie wirkte verängstigt.
»Ist mit Michelle alles in Ordnung?« fragte ich.
»Ja.«
»Wo ist sie?«
»Sie spielt im Wohnzimmer.«
»Ich will sie sehen.«
»Lieutenant, ich muß Ihnen erst noch etwas sagen.«
»Vergessen Sie's«, erwiderte Connor. »Wir wissen es schon.« Er stieß die Tür zum Wohnzimmer auf. Und ich bekam den größten Schock meines Lebens.

John Morton saß, ein Kleenex rings in den Kragen gestopft, am Schminktisch im Fernsehstudio. Die Maskenbildnerin puderte gerade seine Stirn.
Woodson, sein Mitarbeiter, stand neben ihm und überreichte ihm gerade ein Fax: »Das hier empfehlen sie Ihnen für das weitere Vorgehen. Die Argumentationslinie lautet im großen und ganzen folgendermaßen«, dozierte er. »Ausländische Investitionen beleben die amerikanische Wirtschaft. Durch den Zufluß ausländischen Geldes wird Amerika gestärkt. Amerika muß viel von Japan lernen.«
»Aber wir lernen es nicht«, sagte Morton düster.
»Na ja, aber als Argument ist es nicht schlecht«, fuhr Woodson fort. »Das ist ein ausbaufähiger Standpunkt, und so wie Marjorie es formuliert hat, hört es sich weniger nach einem Positionswechsel, eher nach einer Präzisierung Ihrer früheren Ansichten an. Es wird ein Kinderspiel, John. Ich glaube nicht, daß das ein großes Thema wird.«
»Werden sie die Frage überhaupt stellen?«
»Ich glaube schon. Ich habe den Reportern gesagt, daß Sie darauf vorbereitet sind, die Modifikation Ihres Standpunktes hinsichtlich MicroCon zu diskutieren – daß Sie den Verkauf jetzt befürworten.«

»Wer wird die Frage stellen?«
»Frank Pierce von der *Times*, wahrscheinlich.«
Morton nickte. »Der ist in Ordnung.«
»Ja. Wirtschaftlich orientiert. Müßte klappen. Sie können über freie Märkte reden, über fairen Handel. Daß durch diesen Verkauf die nationale Sicherheit nicht gefährdet wird und so weiter.«
Die Maskenbildnerin war fertig. Morton stand auf.
»Entschuldigen Sie, Senator – könnte ich wohl ein Autogramm von Ihnen bekommen?«
»Klar«, sagte Morton.
»Für meinen Sohn, wissen Sie.«
»Na klar.«
Woodson sagte: »John, wir haben jetzt eine Rohfassung des Wahlkampfspots, wenn Sie sich die mal ansehen könnten. Sie ist noch sehr skizzenhaft, aber vielleicht wollen Sie doch schon mal Ihre Meinung dazu äußern. Ich habe im Nebenraum alles bereitstellen lassen.«
»Wieviel Zeit habe ich noch?«
»Neun Minuten bis Sendebeginn.«
»Gut.«
Er trat aus der Tür und erblickte uns. »Guten Abend, Gentlemen. Brauchen Sie mich?«
»Nur für ein kurzes Gespräch, Senator«, sagte Connor.
»Ich muß mir ein Video ansehen. Danach können wir uns unterhalten. Ich habe allerdings nur wenige Minuten Zeit.«
»Das wird reichen«, sagte Connor.
Wir folgten ihm in einen anderen Raum, von dem aus man das darunterliegende Studio überblicken konnte. Dort blätterten gerade in einer hellbraunen Kulisse mit der Aufschrift NEWSMAKERS drei Reporter in ihren Notizen, während ihnen die Mikrofone angesteckt wurden. Morton setzte sich vor ein Fernsehgerät, und Woodson schob die Kassette ein.
Wir sahen den Wahlkampfspot, der nur wenige Stunden zuvor gedreht worden war. Am unteren Bildrand lief ein Timecode. Zunächst sah man Senator Morton mit entschlossener Miene über den Golfplatz schreiten. Die Botschaft lautete, Amerika

habe seine wirtschaftliche Wettbewerbsfähigkeit verloren und müsse sie sich zurückerobern.

»Wir müssen uns endlich alle zusammenreißen«, sagte Morton auf dem Monitor. »Alle, von den Politikern in Washington über die Wirtschaftsführer, die Gewerkschaftsvorsitzenden, unsere Lehrer und unsere Kinder bis hin zu uns allen daheim in den Familien. Wir müssen unsere Rechnungen umgehend begleichen und unser Haushaltsdefizit verringern. Wir müssen mehr sparen, und wir müssen unsere Straßen und unser Bildungs- und Ausbildungssystem verbessern. Der Staat muß Energiesparmaßnahmen einleiten – unserer bedrohten Umwelt zuliebe, den gefährdeten Lungen unserer Kinder zuliebe, unserer weltweiten Konkurrenzfähigkeit zuliebe.«

Dann ging die Kamera dicht an das Gesicht des Senators heran, und es folgten die Schlußbemerkungen: »Manche Leute sagen, wir betreten ein neues Zeitalter der Weltwirtschaft. Sie sagen, es ist nicht mehr wichtig, wo sich Firmen befinden oder wo Produkte hergestellt werden. Das Konzept der Nationalökonomie ist altmodisch und entspricht nicht mehr den Gegebenheiten. Diesen Leuten möchte ich sagen: Japan denkt da ganz anders. Deutschland denkt da ganz anders. Die heute erfolgreichsten Länder der Welt halten weiterhin an einer Politik der Energieeinsparung, der Importkontrolle und der Ausfuhrförderung fest. Sie unterstützen ihre Industrieunternehmen, schützen sie vor unfairer ausländischer Konkurrenz. Wirtschaft und Staat kümmern sich gemeinsam um die Menschen und deren Arbeitsplätze. Und diesen Ländern geht es besser als Amerika, weil eine solche Wirtschaftspolitik den realen Gegebenheiten entspricht. Diese Politik funktioniert. Unsere funktioniert nicht. Wir leben nun einmal nicht in einer idealen Welt, und bis es soweit ist, halte ich es für ratsam, daß Amerika der Wirklichkeit ins Auge blickt. Wir werden nicht darum herumkommen, einen eigenen, knallharten wirtschaftlichen Nationalismus zu entwickeln. Wir müssen uns um uns Amerikaner kümmern. Denn außer uns wird es niemand tun. Ich möchte es ganz deutlich sagen: Die Industriegiganten Japan und Deutschland sind nicht die Ursache unseres Problems.

Diese beiden Länder fordern Amerika mit neuen Realitäten heraus, und es liegt an uns, sich diesen Realitäten zu stellen und die wirtschaftliche Herausforderung mutig anzunehmen. Wenn wir das tun, dann wird unser großartiges Land in eine Ära nie dagewesenen Wohlstandes eintreten. Wenn wir dagegen weitermachen wie bisher und immer nur die alten Phrasen von einer freien Marktwirtschaft wiederholen, steuern wir auf die Katastrophe zu. Wir haben die Wahl. Entscheiden Sie sich, zusammen mit mir den neuen Realitäten ins Auge zu sehen und dem amerikanischen Volk eine bessere wirtschaftliche Zukunft zu bereiten!«
Das Bild verschwand.
Morton lehnte sich zurück. »Ab wann soll der Spot gesendet werden?«
»Wir fangen in neun Wochen damit an. Zuerst ein Testlauf in Chicago und St. Paul/Minneapolis vor statistisch ausgewählten Zuschauern, darauf eventuelle Änderungen und im Juli dann nationale Ausstrahlung.«
»Lange nach MicroCon...«
»Aber ja.«
»Okay, in Ordnung. Machen Sie weiter wie geplant!«
Woodson nahm die Kassette und verließ den Raum. Morton wandte sich an uns. »Nun? Was kann ich für Sie tun?« fragte er freundlich.
Connor wartete, bis die Tür geschlossen war, dann sagte er: »Senator, können Sie uns etwas über Cheryl Lynn Austin erzählen?«
Es entstand eine Pause. Morton sah uns beide an. Ein Ausdruck der Leere legte sich über sein Gesicht. »Cheryl Lynn Austin?«
»Jawohl, Senator.«
»Ich bin nicht sicher, ob ich weiß, wer das...«
»Doch, doch, Senator«, sagte Connor und reichte Morton eine Armbanduhr. Es war eine goldene Rolex-Damenuhr.
»Woher haben Sie die?« fragte Morton leise mit eisig klingender Stimme.

Eine Frau klopfte an der Tür und steckte den Kopf herein. »Noch sechs Minuten, Senator.« Sie schloß die Tür wieder.
»Woher haben Sie die?« wiederholte Morton.
»Wissen Sie das nicht?« fragte Connor. »Sie haben ja nicht einmal einen Blick auf die Rückseite geworfen. Da ist etwas eingraviert.«
»*Woher haben Sie die*?«
»Senator, wir möchten, daß Sie uns von der Dame erzählen.«
Connor nahm ein durchsichtiges Plastiksäckchen aus seiner Tasche und legte es vor Morton auf den Tisch. Es enthielt einen schwarzen Damenslip.
»Ich habe Ihnen nichts zu sagen, Gentlemen. Überhaupt nichts.«
Connor holte eine Videokassette aus seiner Tasche und legte sie dem Senator vor die Nase. »Das hier ist ein Band, aufgenommen von einer der fünf Kameras, die den Vorfall im sechsundvierzigsten Stock des Nakamoto-Tower aufgenommen haben. Das Band ist manipuliert worden, trotzdem ist es uns gelungen, ein Bild daraus zu gewinnen, auf dem die Person zu sehen ist, mit der Cheryl Austin zusammen war.«
»Ich habe nichts zu sagen«, wiederholte Morton. »Videobänder können geschnitten, manipuliert und nochmals manipuliert werden. Das bedeutet gar nichts. Das sind alles nur Lügen und Behauptungen, die jeder Grundlage entbehren.«
»Es tut mir leid, Senator«, sagte Connor.
Morton erhob sich und begann auf und ab zu gehen. »Gentlemen, ich möchte Sie mit Nachdruck auf die Schwere der Beschuldigungen aufmerksam machen, die Sie erheben. Videobänder können verändert werden. Diese Bänder hier haben sich im Gewahrsam einer japanischen Firma befunden, die, so ließe sich ins Feld führen, ein Interesse daran hat, Einfluß auf mich auszuüben. Was immer auf diesen Bändern zu sehen ist oder auch nicht, sie werden einer genauen Prüfung nicht standhalten, das versichere ich Ihnen. Die Öffentlichkeit wird dies als einen Versuch durchschauen, den Namen eines der wenigen Amerikaner in Mißkredit zu bringen, die bereit sind, gegen die japanische Bedrohung anzukämpfen. Und wenn Sie mich fragen, so sind Sie beide nur ein Werkzeug in der Hand ausländischer Mächte. Die Konsequenzen

Ihres Handelns sind Ihnen überhaupt nicht klar. Sie stellen schändliche Vermutungen auf, ohne etwas beweisen zu können. Für das, was da angeblich passiert sein soll, haben Sie keine Zeugen. Ich möchte sogar so weit gehen, Ihnen zu prophezeien…«

»Senator!« Connors Stimme klang weich, aber bestimmt. »Bevor Sie fortfahren und möglicherweise etwas sagen, das Sie später bereuen, bitte ich Sie, einmal einen Blick hinunter ins Studio zu werfen. Dort sitzt jemand, den Sie sich unbedingt mal ansehen sollten.«

»Was soll das?« fragte Morton.

»Schauen Sie doch einfach mal hinunter, wenn ich bitten darf.«

Morton schnaubte wütend, schlenderte zum Fenster und sah hinunter. Ich tat es auch. Ich sah die Reporter, die sich lachend auf ihren Stühlen hin und her drehten und miteinander herumalberten, während sie darauf warteten, endlich ihre Fragen stellen zu können. Ich sah den Moderator, der seinen Krawattenknoten geraderückte und sich das Mikrofon ansteckte. Ich sah einen Arbeiter, der das NEWSMAKERS-Schild auf Hochglanz polierte. Und in der Ecke, genau dort, wo wir ihn hinbeordert hatten, sah ich eine vertraute Gestalt, die Hände in den Taschen vergraben, zu uns heraufblicken.

Eddie Sakamura.

Connor hatte natürlich sofort alles auf die Reihe bekommen. Als er meine Wohnzimmertür aufriß und meine Tochter neben Eddie Sakamura auf dem Boden mit Legosteinen spielen sah, zuckte er nicht mal mit der Wimper. Er sagte nur: »Hallo, Eddie! Ich hatte mich schon gewundert, wie lange Sie brauchen, um hierherzukommen.«

»Ich bin schon den ganzen Tag hier«, sagte Eddie. »Ihr seid einfach nicht gekommen. Ich habe gewartet und gewartet. Shelly und ich haben Sandwiches mit Erdnußbutter und Marmelade gegessen. Sie haben eine nette Tochter, Lieutenant. Ein süßes Mädchen.«

»Eddie ist lustig«, krähte meine Tochter. »Er raucht, Daddy!«
»Das sehe ich«, sagte ich. Ich kam mir ziemlich schwer von Begriff vor und konnte mir immer noch keinen Reim auf all das machen.
Meine Tochter kam zu mir und streckte mir die Ärmchen entgegen. »Heb mich hoch, Daddy!« Ich hob sie in die Höhe.
»Wirklich ein liebes Mädchen«, sagte Eddie. »Wir haben eine Windmühle gebaut, sehen Sie!« Er ließ die Flügel der Lego-Windmühle kreisen. »Funktioniert!«
»Ich dachte, Sie wären tot«, sagte ich.
»Ich?« Er lachte. »Nein. Ich war noch nie tot. Tanaka ist tot. Und mein Auto ist auch im Arsch.« Er hob die Schultern. »Hab' kein Glück mit Ferraris.«
»Tanaka auch nicht«, bemerkte Connor.
»Tanaka?« sagte ich.
Michelle fragte mich. »Daddy, darf ich ›Cinderella‹ anschauen?«
»Jetzt nicht. Warum saß Tanaka in dem Wagen?«
»Hat Panik gekriegt«, erklärte Eddie. »Ziemlich nervöser Typ, das. Vielleicht fühlte er sich auch schuldig. Hat wohl 'nen Schreck gekriegt, genau weiß ich das auch nicht.«
Connor sagte: »Sie beide, Tanaka und Sie, haben die Bänder an sich genommen.«
»Ja, klar. Gleich als Ishiguro zu Tanaka gesagt hat: ›Hol die Bänder!‹ Tanaka hat sie geholt, klar. Aber ich kannte Tanaka, deshalb bin ich mitgegangen. Er hat sie dann in irgendein Labor gebracht.«
Connor nickte. »Und wer fuhr ins ›Imperial Arms‹?«
»Ich weiß, daß Ishiguro irgendwelche Männer zum Aufräumen hingeschickt hat, aber wer das war, weiß ich nicht.«
»Und Sie fuhren ins Restaurant.«
»Ja, na klar doch. Und dann zu der Party. Zu Rods Party. Überhaupt kein Problem.«
»Und was geschah mit den Bändern, Eddie?«
»Hab' ich Ihnen doch gesagt: Tanaka hat sie irgendwohin gebracht, weiß nicht, wohin. Er war plötzlich weg. Er hat für Ishiguro gearbeitet. Für Nakamoto.«

»Ich verstehe«, sagte Connor. »Aber er hat nicht alle Bänder mitgenommen, oder?«
Eddie zog ein schiefes Grinsen. »Hey!«
»Ein paar haben Sie behalten.«
»Nein, nur eins. War ein reines Versehen, müssen Sie wissen. In meiner Tasche.« Er grinste.
Michelle sagte: »Daddy, darf ich den Disney-Sender gucken?«
»Meinetwegen.« Ich ließ sie zu Boden gleiten. »Elaine hilft dir.«
Meine Tochter verließ das Zimmer, und Connor unterhielt sich weiter mit Eddie. Ganz allmählich wurde der Ablauf der Ereignisse klar. Tanaka war mit den Bändern verschwunden und hatte offenbar irgendwann in der Nacht bemerkt, daß eines fehlte. Er fuhr zu Eddies Haus, um das fehlende Band zu holen. Dort störte er Eddie, als der gerade mit den beiden Mädchen zugange war, und forderte das Band.
»Ich weiß nicht genau, aber nachdem ich mit Ihnen gesprochen hatte, Captain, habe ich mir gedacht, die könnten mich vielleicht reinreiten. Es gab einen Riesenwortwechsel.«
»Und dann kam die Polizei. Dann kam Graham.«
Eddie nickte langsam. »Tanaka-*san* hatte eine Scheißangst. War ein unglücklicher japanischer Mann.«
»Da haben Sie ihn gezwungen, alles zu erzählen...«
»Und ob, Captain! Der hat gar nicht so schnell quasseln können, wie er...«
»Und als Gegenleistung sagten Sie ihm, wo sich das fehlende Band befand.«
»Klar – in meinem Auto. Ich habe ihm die Schlüssel gegeben, damit er aufsperren konnte. So kam er zu den Schlüsseln.«
Tanaka war in die Garage gegangen, um das Band zu holen. Da forderten ihn die Streifenpolizisten unten auf stehenzubleiben. Er ließ den Motor an und fuhr los.
»Ich habe gesehen, wie er weg ist. Fahrstil wie ein Kranker.«
Tanaka also hatte am Steuer gesessen, als der Wagen gegen die Betonwand geprallt war. Die verkohlte Leiche war seine Leiche gewesen. Eddie erklärte uns, er habe sich im Gebüsch hinter dem Schwimmbecken versteckt und gewartet, bis alle weg waren.

»War arschkalt da draußen«, sagte er.
»Wußten Sie das alles?« fragte ich Connor.
»Ich habe es vermutet. Der Unfallbericht sagte, daß die Leiche stark verbrannt war und daß sogar die Brille geschmolzen war.«
»Hey, ich trage keine Brille!« sagte Eddie.
»Eben«, fuhr Connor fort. »Trotzdem bat ich Graham am nächsten Tag, mal nachzusehen. Er fand keine einzige Brille in Eddies Haus. Der Ferrari-Fahrer konnte also nicht Eddie gewesen sein. Als wir am folgenden Tag zu Eddies Haus fuhren, bat ich die Streifenpolizisten, die Nummernschilder aller an der Straße parkenden Wagen zu überprüfen. Und tatsächlich kam raus, daß der gelbe Toyota, der etwas weiter die Straße hinauf stand, auf Akira Tanaka zugelassen war.«
»Nicht schlecht«, sagte Eddie. »Ganz schön raffiniert.«
Ich fragte ihn: »Wo haben Sie eigentlich die ganze Zeit über gesteckt?«
»Bei Jasmine. Sehr schönes Haus.«
»Wer ist Jasmine?«
»Die Rothaarige. Sehr nette Frau. Hat sogar einen Whirl-pool.«
»Aber warum sind Sie hierher gekommen?«
»Er mußte«, erklärte mir Connor. »Sie haben seinen Paß.«
»Genau«, sagte Eddie. »Und ich, ich hatte Ihre Visitenkarte. Die haben Sie mir gegeben. Privatadresse und Privatnummer. Und ich brauche meinen Paß, Lieutenant. Ich muß abhauen. Darum bin ich hierhergekommen und habe gewartet. Und dann diese vielen Reporter, die Kameras und alles. Hab' mich deshalb ganz ruhig verhalten und mit Shelly gespielt.« Er zündete sich eine Zigarette an und trat nervös auf der Stelle. »Also, wie steht es damit, Lieutenant? Wie wär's, wenn Sie mir meinen Paß aushändigen würden? *Netsutuku.* Ich hab' nichts ausgefressen. Außerdem bin ich ja sowieso tot. Okay?«
»Noch nicht«, sagte Connor.
»Kommen Sie, John!«
»Eddie, erst habe ich noch eine kleine Aufgabe für Sie.«
»Hey! Was für 'ne Aufgabe denn? Ich muß abhauen, John!«
»Nur noch eine kleine Aufgabe, Eddie.«

Morton holte tief Luft und kehrte dem Studiofenster den Rücken zu. Seine Selbstbeherrschung war bewundernswert. Er wirkte völlig ruhig. »Sieht ganz so aus«, sagte er, »als wären meine Möglichkeiten im Augenblick ein wenig beschränkt.«

»So ist es«, sagte Connor.

Morton seufzte. »Sie wissen, daß es ein Unfall war. Wirklich!«

Connor nickte verständnisvoll.

»Ich weiß nicht, was ich an ihr gefunden habe. Sie war schön, ja, natürlich, aber das... das war es nicht. Ich hatte sie erst vor ein paar Monaten kennengelernt. Ich fand sie nett. Ein süßes Texasgirl. Aber es war... Na ja, wie es eben manchmal so kommt. Es ist einfach passiert. Sie hatte eine Art – das ging einem wirklich unter die Haut. Es war vollkommen verrückt. Ganz unvorhergesehen. Plötzlich dachte ich die ganze Zeit nur an sie. Ich konnte nicht... Sie rief mich immer an, wenn ich auf Reisen war. Irgendwie bekam sie es immer heraus, wenn ich unterwegs war. Und ziemlich bald schaffte ich es nicht mehr, ihr zu sagen, daß sie wegbleiben soll. Ich konnte es einfach nicht mehr. Offenbar hatte sie immer Geld, hatte immer ein Flugticket. Sie war verrückt. Manchmal trieb sie mich fast zum Wahnsinn. Sie war wie ein, ach, ich weiß nicht, wie ein Dämon. Alles veränderte sich, wenn sie da war. Verrückt. Ich mußte aufhören, mich mit ihr zu treffen. Und irgendwann bekam ich das Gefühl, daß sie dafür bezahlt wurde. Irgend jemand gab ihr Geld dafür. Irgend jemand wußte alles über sie – und über mich. Ich mußte aufhören mit ihr. Bob sagte es mir – mein Gott, jeder im Büro sagte es mir. Aber ich konnte nicht. Und dann tat ich es doch. Es war vorbei. Doch bei diesem Empfang war sie plötzlich wieder da. Scheiße!« Er schüttelte den Kopf. »Es ist einfach passiert. Alles vermasselt.«

Das Mädchen steckte wieder den Kopf zur Tür herein. »Noch zwei Minuten, Senator. Sie sollen runterkommen, sobald Sie fertig sind.«

»Das möchte ich erst noch erledigen«, sagte Morton zu uns.

»Selbstverständlich«, erwiderte Connor.

Er hatte sich wirklich unglaublich im Griff. Eine halbe Stunde lang ließ Senator Morton sich von drei Journalisten vor den Fernsehkameras interviewen, ohne auch nur einen Anflug von Nervosität oder Unbehagen zu zeigen. Er lachte, machte Witze, scherzte mit den Journalisten herum. Es sah aus, als hätte er nicht die geringsten Probleme.

Einmal sagte er: »Ja, es stimmt, daß die Briten und die Niederländer größere Investitionen in Amerika getätigt haben als die Japaner. Aber wir dürfen nicht ignorieren, daß Japan eine zielorientierte, auf Gegnerschaft hin ausgerichtete Handelspolitik betreibt, die darin besteht, daß Wirtschaft und Staat bestimmte Bereiche der amerikanischen Wirtschaft geplant angreifen. Die Briten und die Niederländer gehen anders vor. An diese beiden Länder haben wir keine Schlüsselindustrien verloren, an Japan jedoch sehr viele. Das ist der fundamentale Unterschied – und der Grund für unsere Besorgnis. Und wenn wir«, fügte er hinzu, »eine britische oder holländische Firma kaufen wollen, können wir das selbstverständlich tun. Einen japanischen Betrieb dagegen können wir nicht kaufen.«

Das Interview ging weiter, aber keiner fragte ihn nach MicroCon. Morton mußte selbst die Sprache darauf bringen: Als Erwiderung auf eine Frage sagte er: »Wir Amerikaner sollten das Recht haben, Japan zu kritisieren, ohne gleich Rassisten oder Japanhasser genannt zu werden. Jedes Land hat bestimmte Konflikte mit anderen Ländern. Das ist unausweichlich. Unsere Konflikte mit Japan sollten offen diskutiert werden, ohne daß all diese häßlichen Attribute ins Spiel gebracht werden. Mein Widerstand gegen den Verkauf von MicroCon ist als rassistisch bezeichnet worden, aber das trifft überhaupt nicht zu.«

Jetzt endlich fragte ihn einer der Journalisten nach MicroCon. Morton zögerte einen Moment, dann beugte er sich, die Arme auf den Tisch gestützt, weit vor.

»Wie Sie wissen, George, war ich von Anfang an gegen den Verkauf von MicroCon, und ich bin immer noch dagegen. Es ist an der Zeit, daß die Amerikaner Maßnahmen ergreifen, um das Vermögen ihres Landes zu wahren, und zwar das unbewegliche

Vermögen, das finanzielle Vermögen und das intellektuelle Vermögen. Der Verkauf von MicroCon wäre töricht. Ich halte meinen Widerstand dagegen aufrecht. Daher freut es mich besonders, Ihnen sagen zu können, daß, wie ich vor kurzem erfuhr, Akai Ceramics sein Kaufangebot bezüglich der MicroCon Corporation zurückgezogen hat. Ich denke, das ist die allerbeste Lösung. Ich zolle Akai meinen tiefen Respekt für die Feinfühligkeit, die das Unternehmen in dieser Sache an den Tag gelegt hat. Der Verkauf wird nicht stattfinden. Darüber bin ich sehr befriedigt.«

»Was?« rief ich oben hinter der Glasscheibe. »Das Kaufangebot ist zurückgezogen worden?«

»Jetzt wohl schon«, sagte Connor.

Als das Interview seinem Ende zuging, wurde Morton immer fröhlicher.

»Da man mich stets als Kritiker Japans hingestellt hat, darf ich jetzt vielleicht einmal kurz meine Bewunderung für dieses Land zum Ausdruck bringen. Die Japaner haben etwas großartig Heiteres an sich, das oft ganz unerwartet an den Tag tritt. Sie wissen wahrscheinlich, daß die japanischen Zen-Mönche kurz vor ihrem Tod ein Gedicht schreiben sollen. Das ist eine traditionelle Kunstform, und die berühmtesten Gedichte werden noch Hunderte von Jahren später zitiert. Sie können sich also vorstellen, daß ein Zen-*roshi* unter großem Druck steht, wenn er seinen Tod herannahen fühlt und jeder von ihm erwartet, daß er ein großartiges Gedicht schreibt. Monatelang denkt er an nichts anderes mehr. Aber mein Lieblingsgedicht stammt von einem Mönch, der dieses Drucks schließlich überdrüssig wurde. Es lautet folgendermaßen:

Geburt ist Unruhe,
Tod ist Ruhe.
Gedicht oder nicht –
Was soll das Getue?«

Alle drei Journalisten lachten laut. »Nehmen wir die Sache mit Japan nicht allzu ernst«, sagte Morton. »Das ist auch etwas, was wir von den Japanern lernen können.«

Nach dem Interview schüttelte Morton den drei Journalisten die Hand und ging aus der Kulisse. Ich sah, daß Ishiguro im Studio eingetroffen war. Er hatte ein hochrotes Gesicht und saugte die Luft durch die Zähne ein, wie es Japaner oft tun, wenn sie aufgebracht sind.
Morton rief leutselig: »Ishiguro-*san*! Wie ich sehe, hat Sie die Neuigkeit schon erreicht.« Er schlug ihm hart auf die Schulter.
Ishiguro blickte ihn düster an. »Ich bin überaus enttäuscht, Senator. Das wird Konsequenzen haben.« Er konnte seine Wut nicht mehr verbergen.
»Hey«, sagte Morton. »Wissen Sie was? Sie können mich mal!«
»Wir hatten eine Vereinbarung«, zischte Ishiguro.
»Ja, wir hatten eine Vereinbarung. Aber Sie haben Ihren Teil dieser Vereinbarung nicht erfüllt – oder sehen Sie das etwa anders?«
Der Senator kam zu uns und sagte: »Sie wollen wahrscheinlich, daß ich eine Aussage mache. Ich lasse mich rasch abschminken, dann können wir gehen.«
»In Ordnung«, sagte Connor.
Morton ging in Richtung Schminkraum.
Ishiguro wandte sich an Connor. *»Totemo taihenna koto ni narimashita ne.«*
»Ich bin derselben Meinung wie Sie«, sagte Connor. »Es ist schwierig.«
Ishiguro fauchte: »Da werden Köpfe rollen!«
»Ihrer als erster«, erwiderte Connor. *»Sō omowa naikai.«*
Der Senator war auf der Treppe, die in den zweiten Stock führte. Woodson gesellte sich zu ihm, trat nah an ihn heran und flüsterte ihm etwas ins Ohr. Morton legte ihm den Arm um die Schulter, und so gingen sie ein paar Stufen gemeinsam. Dann stieg der Senator allein weiter die Treppe hinauf.
»Konna hazuja nakatta no ni«, murmelte Ishiguro finster.
Connor zuckte mit den Achseln. »Dafür kann ich leider nur wenig Verständnis aufbringen. Sie haben versucht, die Gesetze dieses Landes zu brechen, und jetzt wird es eben einige Probleme geben. *Eraikoto ni naruyo*, Ishiguro-*san*.«

»Wir werden ja sehen, Captain.«
Ishiguro drehte sich um und warf Eddie einen eisigen Blick zu. Eddie hob die Schultern und sagte lachend: »Hey, ich habe keine Probleme. Verstehen Sie, was ich meine, Compadre? Jetzt haben *Sie* alle Probleme am Hals.«
Der Studioleiter, ein massiger Mensch mit Kopfhörern, trat zu uns. »Ist einer von Ihnen Lieutenant Smith?«
Ich nickte.
»Eine Miss Asakuma ruft an. Sie können das Gespräch von dort aus führen.« Er deutete auf eine Wohnzimmergarnitur, eine Couch und bequeme Sessel vor einer morgendlichen Stadtsilhouette. Neben einem der Sessel blinkte ein Telefon.
Ich ging hin, setzte mich in den Sessel und hob den Hörer ab. »Lieutenant Smith.«
»Hi, ich bin's, Theresa.« Es gefiel mir, daß sie sich mit dem Vornamen meldete. »Hören Sie, ich habe mir den Schlußteil der Bänder angesehen, das allerletzte Stück. Ich glaube, es gibt da ein Problem.«
»Was für ein Problem?« Ich sagte ihr nicht, daß Morton bereits gestanden hatte. Ich warf einen Blick über das Studio. Der Senator war schon verschwunden. Sein Mitarbeiter Woodson ging am Fuß der Treppe auf und ab, blaß, mit einem verzweifelten Gesichtsausdruck. Nervös nestelte er an seinem Gürtel, den er durch die Anzugjacke abtastete.
Plötzlich hörte ich Connor sagen: »Oh, Scheiße!« Er rannte los, quer durchs Studio zur Treppe. Ich stand überrascht auf, legte den Hörer weg und folgte ihm. Als Connor an Woodson vorbeilief, sagte er: »Sie Scheißkerl!« Dann stürzte er, immer zwei Stufen auf einmal nehmend, die Treppe hinauf. Ich war dicht hinter ihm. Ich hörte Woodson etwas sagen. Es klang wie: »Aber ich *mußte* doch!«
Oben im Gang schrie Connor: »Senator!« In diesem Augenblick hörten wir einen einzelnen scharfen Knall. Er war nicht laut. Es klang, als wäre ein Stuhl umgefallen.
Aber ich wußte, daß es ein Schuß gewesen war.

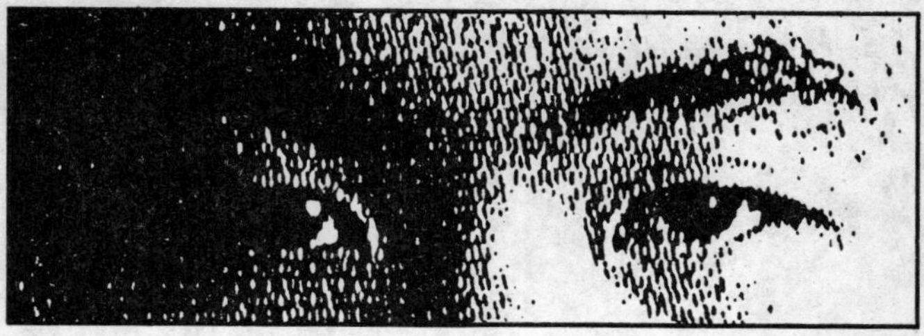

Die zweite Nacht

Die Sonne senkte sich über der *sekitei*. Die Schatten der Felsbrocken kräuselten sich auf dem zu konzentrischen Kreisen geharkten Sand. Ich saß da und betrachtete die Muster. Connor war irgendwo im Haus und sah immer noch fern. Ich konnte leise die Nachrichten hören. Selbstverständlich befand sich auf dem Gelände eines Zen-Tempels ein Fernsehgerät. Allmählich gewöhnte ich mich an solche Widersprüche.

Aber ich wollte nicht mehr fernsehen. Ich hatte in der letzten Stunde genug gesehen, um zu wissen, wie die Medien die Sache hinstellten. Senator Morton habe in der letzten Zeit unter starkem Streß gestanden. In seinem Privatleben habe es Probleme gegeben. Sein halbwüchsiger Sohn sei unlängst wegen Trunkenheit am Steuer festgenommen worden, nach einem Unfall, bei dem ein anderer Jugendlicher schwer verletzt worden sei. Die Tochter des Senators habe eine Abtreibung vornehmen lassen, hieß es. Mrs. Morton stehe für einen Kommentar nicht zur Verfügung, obwohl ihr Haus in Arlington von zahlreichen Reportern umlagert sei.

Der Mitarbeiterstab des Senators hatte einstimmig erklärt, der Senator habe in letzter Zeit unter enormem Druck gestanden, weil er sich bemüht habe, sein Familienleben und seine bevorstehende Kandidatur miteinander in Einklang zu bringen. Der Senator sei nicht mehr er selbst gewesen. Er habe sich launenhaft und verschlossen gezeigt, und, wie es einer der Mitarbeiter ausdrückte, »irgend etwas Privates scheint ihm Kummer gemacht zu haben«.

Das Urteilsvermögen des Senators zog keiner in Zweifel, aber einer seiner Kollegen, Senator Dowling, sagte, Morton sei »in bezug auf die Japaner in letzter Zeit ein wenig fanatisch geworden – vielleicht ein Anzeichen dafür, unter welchem Druck er stand. John glaubte wohl nicht mehr an eine gütliche Einigung mit den Japanern, aber natürlich wissen wir alle, daß wir eine Einigung erzielen müssen. Unsere beiden Länder sind mittlerweile zu stark

aneinander gebunden. Leider konnte niemand von uns ahnen, unter welch großer Belastung John stand. John Morton war ein sehr zurückhaltender Mensch.«
Ich sah zu, wie die Sonne im Garten die Felsen in goldenes, dann in rötliches Licht tauchte. Ein amerikanischer Zen-Mönch, Bill Harris, kam heraus und fragte mich, ob ich Tee wolle oder vielleicht eine Cola. Ich lehnte dankend ab. Er ging wieder. Beim Blick ins Innere des Gebäudes sah ich das flackernde, bläuliche Licht der Bildröhre. Connor sah ich nicht.
Ich betrachtete die Felsen im Garten.
Der erste Schuß hatte Senator Morton nicht getötet. Als wir die Toilettentür aufgerissen hatten, sahen wir ihn mit blutendem Hals sich mühsam aufrichten. Connor schrie: »Nicht!« Aber im selben Moment hielt Morton sich den Revolver an den Mund und drückte noch einmal ab. Der zweite Schuß war tödlich. Die Waffe fiel ihm aus der Hand, kreiselte über den Fliesenboden des Toilettenraums und blieb nicht weit von meinen Schuhen entfernt liegen. Die Wände waren blutbespritzt.
Dann schrie plötzlich jemand. Ich hatte mich umgedreht und sah die Maskenbildnerin in der Tür stehen. Sie hielt die Hände vors Gesicht und brüllte wie am Spieß. Erst die Sanitäter, die kurz darauf eintrafen, konnten sie mit Medikamenten beruhigen.
Connor und ich blieben, bis Bob Kaplan und Tony Marsh vom Dezernat eintrafen. Sie waren die diensthabenden Detectives; wir konnten gehen. Ich sagte Bob noch, wir würden jederzeit unsere Aussagen machen, dann verließen wir das Studio. Mir fiel auf, daß Ishiguro verschwunden war. Und Eddie Sakamura auch.
Connor war aufgebracht. »Wo ist dieser verdammte Eddie?«
»Ist doch egal«, sagte ich.
»Wir haben ein Problem mit Eddie.«
»Was für ein Problem?«
»Haben Sie nicht bemerkt, wie er sich Ishiguro gegenüber verhalten hat? Er war zu selbstbewußt, viel zu selbstbewußt. Eigentlich hätte er eingeschüchtert sein müssen, aber er war es nicht.«
Ich zuckte mit den Achseln. »Sie haben doch selbst gesagt, daß Eddie verrückt ist. Wer weiß schon, warum er tut, was er tut...«

Ich hatte den Fall satt bis obenhin und konnte Connors endloses Gerede von den japanischen Gefühlsnuancen nicht mehr hören. Ich sagte, Eddie sei wohl nach Japan geflogen oder nach Mexiko, das er schon einmal als sein nächstes Ziel angegeben hatte.

»Hoffentlich haben Sie recht«, sagte Connor.

Ich folgte ihm zum rückwärtigen Ausgang des Sendegebäudes. Connor sagte, er wolle weg sein, bevor die Presseleute einträfen. Wir stiegen in unseren Wagen und fuhren los. Er dirigierte mich zum Zen-Center, und dort blieben wir. Ich hatte Lauren angerufen, sie in ihrem Büro jedoch nicht erreichen können. Dann wollte ich Theresa im Labor anrufen, aber der Apparat war ständig besetzt gewesen. Ich rief daheim an. Elaine sagte, mit Michelle sei alles in Ordnung, und die Reporter seien verschwunden. Sie fragte mich, ob sie dableiben und Michelle das Abendessen machen solle. Ich sagte ja und erklärte ihr, daß ich wahrscheinlich erst spät nach Hause kommen würde.

Dann war ich eine Stunde lang vor dem Fernseher gesessen – bis ich keine Lust mehr hatte.

Inzwischen war es fast dunkel geworden. Der Sand hatte sich purpurn verfärbt. Mein Körper war ganz steif vom langen Sitzen, und allmählich wurde es kühl. Mein Piepser meldete sich. Wahrscheinlich ein Anruf aus der Zentrale. Oder Theresa. Ich stand auf und ging hinein.

Auf dem Bildschirm drückte gerade Senator Stephen Rowe den Hinterbliebenen sein Beileid aus und sagte, Senator Morton sei überarbeitet gewesen. Er machte deutlich, daß Akai das Kaufangebot nicht zurückgezogen habe. Der Transfer würde, soweit Rowe informiert war, ohne nennenswerten Widerstand über die Bühne gehen.

»Hm«, brummte Connor.

»Der Verkauf ist wieder aktuell?« fragte ich.

»Sieht so aus, als ob er es immer gewesen wäre.« Connor schien offensichtlich beunruhigt zu sein.

»Sie halten nichts von dem Verkauf?«

»Ich mache mir Sorgen um Eddie. Er war so von oben herab. Die Frage ist, was Ishiguro jetzt unternehmen wird.«
»Wen kümmert das schon?« sagte ich. Ich war müde. Das Mädchen war tot, Morton war tot, und der Verkauf würde über die Bühne gehen.
Connor schüttelte den Kopf. »Denken Sie daran, was alles auf dem Spiel steht!« sagte er. »Es ist enorm viel. Ishiguro macht sich keine Sorgen wegen eines schäbigen kleinen Mordes, nicht einmal wegen der strategischen Bedeutung irgendeiner High-Tech-Firma. Er ist beunruhigt wegen Nakamotos Ansehen in Amerika. Nakamoto ist hier sehr stark vertreten und möchte seine Präsenz weiter ausbauen. Eddie könnte dem Ruf der Firma schaden.«
»Wie denn?«
Connor schüttelte den Kopf. »Genau weiß ich das auch nicht.«
Wieder ertönte mein Piepser. Ich rief an. Es war Frank Ellis, der für den Nachtdienst zuständige Officer in der Zentrale.
»Hey, Pete, das Sonderdezernat ist mal wieder gefragt. Sergeant Matlovsky von der Fahrzeugsicherstellung braucht fremdsprachige Unterstützung.«
»Um was geht es?«
»Er sagt, es seien fünf japanische Staatsbürger da, die den Unfallwagen inspizieren wollen.«
Ich runzelte die Stirn. »Welchen Unfallwagen?«
»Diesen Ferrari, der gegen den Beton geknallt ist. Offenbar ist der nicht schlecht kaputt. Er wurde beim Aufprall zusammengedrückt, und gebrannt hat er auch. Die Leiche haben sie heute vormittag mit Schneidbrennern rausgeschnitten. Aber die Japaner bestehen trotzdem darauf, sich das Auto anzusehen. Aus den Dienstvorschriften kann Matlovsky nicht ersehen, ob es in Ordnung geht, wenn er jemanden einen Blick auf die Trümmer werfen läßt; ob sie Beweismaterial in einem laufenden Ermittlungsverfahren sind oder nicht, verstehst du. Und er kann mit den Japanern nichts anfangen, weil er ihre Sprache nicht spricht. Einer behauptet, er sei mit dem Toten verwandt. Also, fährst du hin und kümmerst dich um die Sache?«

Ich stieß einen Seufzer aus. »Habe ich heute nacht Dienst? Ich war doch erst gestern nacht dran.«
»Also, du stehst auf der Liste. Hast offenbar mit Allen getauscht.«
Ich erinnerte mich vage. Ich hatte mit Jim Allen den Dienst getauscht, weil er mit seinem Kind zu einem Hockeyspiel der Kings gehen wollte. Es war erst eine Woche her, daß ich es mit ihm ausgemacht hatte, aber es kam mir vor wie etwas lange Vergangenes.
»Okay«, sagte ich. »Ich kümmere mich drum.«
Ich teilte Connor mit, daß ich wegfahren müsse. Er hörte sich die Geschichte an und sprang plötzlich auf. »Aber natürlich! Natürlich! Daß ich *darauf* nicht gekommen bin! Verdammt!« Er schlug sich mit der Faust in die Handfläche. »Los, *kōhai*!«
»Fahren wir zur Fahrzeugsicherstellung?«
»Nein, natürlich nicht.«
»Wohin denn dann?«
»Verdammt, verdammt! Ich bin wirklich ein Idiot.« Er war schon auf dem Weg zum Wagen. Ich lief hinter ihm her.

Als ich vor Eddie Sakamuras Haus vorfuhr, sprang Connor sofort aus dem Auto und raste die Treppe hinauf. Ich parkte und rannte ihm nach. Der Himmel war dunkelblau. Es war fast Nacht geworden.
Connor nahm jeweils zwei Stufen auf einmal. »Das kann ich mir nicht verzeihen«, sagte er. »Darauf hätte ich viel früher kommen müssen. Ich hätte wirklich kapieren müssen, was es bedeutet.«
»Was *was* bedeutet?« fragte ich japsend, als wir oben angelangt waren.
Connor stieß die Haustür auf. Wir gingen hinein. Das Wohnzimmer sah genauso aus wie vor Stunden, als ich mich mit Graham darin unterhalten hatte.
Connor eilte von einem Zimmer ins andere. Im Schlafzimmer fanden wir einen geöffneten Koffer auf dem Bett; daneben lagen Jacketts von Armani und Byblos, die offenbar eingepackt werden sollten.
»Dieser Dummkopf!« sagte Connor. »Er hätte nie hierhergehen dürfen.«

Die Pool-Lampen waren eingeschaltet. Sie warfen ein grünes Kräuselmuster an die Decke. Connor ging hinaus.

Die Leiche lag mit dem Gesicht nach unten im Wasser, trieb nackt in der Mitte des Pools, eine dunkle Silhouette im grünlich schimmernden Rechteck. Connor nahm ein Netz und schob Eddie mit der Stange zum Beckenrand. Dann hievten wir ihn auf die Betoneinfassung.

Der Körper war blau angelaufen und eiskalt. Die Totenstarre hatte schon eingesetzt. Äußere Verletzungen waren nicht zu erkennen.

»Dafür haben sie schon gesorgt.«

»Wofür?«

»Daß man nichts sieht. Aber wir finden bestimmt trotzdem Spuren...« Er holte seine kleine Stablampe hervor und leuchtete in Eddies Mund. Dann untersuchte er die Brustwarzen und die Genitalien. »Ja, da haben wir es schon. Sehen Sie diese kleinen roten Flecke? An den Hoden und hier, an der Innenseite der Schenkel?«

»Alligatorklammern?«

»Ja. Für das Kabel, mit dem sie ihm die Elektroschocks verpaßt haben. Verdammt noch mal! Warum hat er mir nichts davon gesagt? Er hätte es mir doch auf der Fahrt von Ihrer Wohnung zum Fernsehsender erzählen können! Er hätte mir doch die Wahrheit sagen können!«

»Die Wahrheit über was?«

Connor antwortete nicht. Er war ganz in Gedanken versunken. Nach einer Weile seufzte er. »Wissen Sie, letzten Endes sind und bleiben wir eben *gaijin*, Fremde. Noch in seiner größten Verzweiflung hat er uns ausgeschlossen. Und wahrscheinlich hat er uns auch deshalb nichts gesagt, weil...«

Er fiel in Schweigen und starrte auf die Leiche. Dann ließ er sie ins Wasser zurückgleiten. Sie trieb wieder in die Mitte des Schwimmbeckens.

»Sollen andere den Papierkram erledigen«, sagte Connor und richtete sich auf. »Muß ja nicht sein, daß ausgerechnet wir ihn finden. Ist doch völlig egal.« Er folgte Eddies Leiche mit den Blicken. Der Kopf senkte sich ein bißchen, und die Fersen ragten über die Wasseroberfläche.

»Irgendwie habe ich ihn gern gemocht«, sagte Connor. »Er hat mir manchen Gefallen erwiesen. Als ich in Japan war, habe ich sogar seine Familie kennengelernt, einen Teil davon zumindest. Den Vater allerdings nicht.« Er betrachtete weiterhin die Leiche, die nun langsam zu kreisen begann. »Aber Eddie war in Ordnung. Und jetzt will ich der Sache auf den Grund gehen.«

Ich kapierte überhaupt nichts mehr. Ich hatte nicht die geringste Ahnung, wovon er redete, aber ich fand es besser, nichts zu sagen. Connor sah wütend drein.

»Los jetzt!« sagte er schließlich. »Wir müssen uns beeilen. Es gibt nur wenige Möglichkeiten. Und wir sind bereits wieder mal dabei, den Ereignissen hinterherzurennen. Aber diesen Dreckskerl schnappe ich mir, und wenn es das letzte ist, was ich noch tue.«

»Welchen Dreckskerl?«

»Ishiguro.«

Wir fuhren zu meiner Wohnung zurück. »Haben Sie heute nacht frei?« fragte Connor.

»Ich komme mit.«

»Nein, ich erledige das allein, *kōhai*. Es ist besser, wenn Sie nichts davon mitkriegen.«

»Von was?«

So ging es eine Weile weiter. Er wollte mir nichts verraten. Aber dann sagte er endlich doch etwas. »Tanaka ist gestern nacht zu Eddie gefahren, weil der das Videoband hatte, und zwar das Originalband, aller Wahrscheinlichkeit nach.«

»Genau...«

»Und Tanaka wollte es wiederhaben. Deshalb haben sie gestritten. Als Sie und Graham auftauchten und das Chaos losbrach, sagte Eddie zu Tanaka, daß das Band im Ferrari liegt. Tanaka ging runter, geriet in Panik, als er die Polizei sah, und brauste mit dem Wagen davon.«

»Genau.«

»Ich bin die ganze Zeit davon ausgegangen, daß das Band bei dem Aufprall und dem Brand des Wagens flötenging.«

»Ja...«

»Aber offenbar war es nicht so. Eddie hätte es niemals gewagt, Ishiguro gegenüber so forsch aufzutreten, wenn er nicht noch das Band in seinem Besitz gehabt hätte. Das Band war sein heimlicher Trumpf. Das wußte er. Aber er hat wohl nicht geahnt, wie rücksichtslos Ishiguro vorgehen würde.«

»Sie haben ihn wegen des Bandes gefoltert?«

»Ja. Aber Eddie muß sie überrascht haben. Er hat es nicht preisgegeben.«

»Woher wissen Sie das?«

»Wenn er es ihnen überlassen hätte, würden jetzt nicht fünf Japaner darum bitten, mitten in der Nacht einen zertrümmerten Ferrari inspizieren zu dürfen.«

»Sie suchen also immer noch nach dem Band?«

»Ja. Oder nach Spuren, die auf das Band hinweisen. Vielleicht wissen sie im Augenblick nicht einmal, wie viele Bänder überhaupt fehlen.«

Ich ließ mir alles noch einmal durch den Kopf gehen.

»Was wollen Sie jetzt unternehmen?« fragte ich Connor.

»Das Band aufspüren, das ist jetzt das Wichtigste. Wegen dieses Bandes müssen Menschen sterben. Wenn wir das Original finden...« Er schüttelte den Kopf. »Dann würde Ishiguro ganz tief in der Scheiße stecken – und genau da gehört er hin.«

Ich parkte vor meinem Haus. Wie Elaine gesagt hatte, waren sämtliche Reporter verschwunden. Die Straße lag ganz ruhig da. Ruhig und dunkel.

»Darf ich wirklich nicht mitkommen?« fragte ich.

Connor schüttelte den Kopf. »Ich höre bald auf zu arbeiten, Sie nicht. Sie müssen an Ihre Pension denken. Und da ist es besser, wenn Sie nicht genau wissen, was ich heute nacht tun werde.«

»Ich kann es mir vorstellen. Sie werden versuchen herauszufinden, was Eddie gestern nacht gemacht hat. Er verließ sein Haus und blieb dann bei der Rothaarigen. Vielleicht ist er noch woandershin gefahren…«
»Hören Sie, *kōhai*, verschwenden wir nicht noch mehr Zeit! Ich habe einige Kontakte und ein paar Leute, auf die ich mich verlassen kann. Lassen wir es damit gut sein. Wenn Sie mich brauchen, können Sie mich per Autotelefon erreichen. Aber rufen Sie nur an, wenn es unbedingt nötig ist. Ich habe nämlich zu tun.«
»Aber…«
»Los, *kōhai*, raus aus dem Wagen! Verbringen Sie einen netten Abend mit Ihrem Kind! Sie haben gute Arbeit geleistet, aber jetzt ist Ihr Auftrag erfüllt.«
Widerwillig stieg ich aus.
»*Sayonara*«, sagte Connor, winkte mir in einer ironischen Geste zu und fuhr davon.

»Daddy! Daddy!« Sie lief mit ausgestreckten Armen auf mich zu. »Heb mich hoch, Daddy!«
Ich hob sie hoch. »Hi, Shelly!«
»Daddy, darf ich ›Dornröschen‹ gucken?«
»Weiß nicht – hast du schon zu Abend gegessen?«
»Sie hat zwei Hot dogs und ein Eis am Stiel verdrückt«, sagte Elaine, die in der Küche stand und Geschirr spülte.
»Wir wollten ihr doch kein Junkfood mehr geben«, sagte ich.
»Aber etwas anderes ißt sie nicht«, erwiderte Elaine gereizt. Sie hatte einen langen Tag mit einem zweijährigen Kind hinter sich.
»Daddy, darf ich ›Dornröschen‹ gucken?«
»Augenblick noch, Shelly… Ich unterhalte mich gerade mit Elaine.«
»Ich habe es mit Suppe versucht«, fuhr Elaine fort, »aber die hat sie nicht mal angerührt. Sie wollte unbedingt Hot dogs.«
»Daddy, darf ich den Disney-Sender anschauen?«
»Michelle!«
»Ich fand es besser, daß sie überhaupt etwas ißt«, sagte Elaine.

»Ich glaube, sie war ziemlich durcheinander – die Reporter und alles, die ganze Aufregung.«
»Darf ich, Daddy? ›Dornröschen‹?« Sie wand sich in meinen Armen und tätschelte mein Gesicht, um auf sich aufmerksam zu machen.
»Na gut, Shel.«
»Jetzt gleich, Daddy?«
»Okay.«
Ich ließ sie herunter. Sie rannte ins Wohnzimmer und schaltete routiniert per Fernbedienung den Fernseher ein. »Ich glaube, sie sieht zuviel fern.«
»Tun sie doch alle«, sagte Elaine achselzuckend.
»Daddy?«
Ich ging zu ihr hinüber und schob die Kassette ein. Ich spulte im Schnellauf bis zum Vorspann und ließ das Band dann normal laufen.
»Das da nicht!« sagte Shelly ungeduldig.
Also spulte ich bis zum Beginn der Handlung weiter. Ein Buch erschien, dessen Seiten wie durch Geisterhand umgeblättert wurden.
»Ja, das da, das da!« rief sie und zog mich an der Hand.
Ich ließ das Band mit Normalgeschwindigkeit weiterlaufen. Michelle setzte sich in den Sessel und begann am Daumen zu lutschen. Dann ließ sie ihn für einen Moment los, klopfte auf den Sessel neben sich und sagte: »Hierher, Daddy!«
Sie wollte es mit mir gemeinsam ansehen.
Ich warf einen Blick durch den Raum und seufzte. Das Zimmer war ein einziges Durcheinander. Michelles Malstifte und Malbücher lagen über den ganzen Boden verteilt, und die große Lego-Windmühle stand auch noch da.
»Ich räume erst mal auf«, sagte ich, »dann setze ich mich zu dir.«
Sie schob den Daumen wieder in den Mund und richtete ihre ganze Aufmerksamkeit auf den Bildschirm.
Ich sammelte die Stifte ein und legte sie in die Schachtel zurück. Dann schichtete ich die Malbücher aufeinander und verstaute den Stapel im Regal. Plötzlich war ich sehr müde. Ich setzte mich

kurz neben Michelle auf den Boden. Auf dem Bildschirm kamen gerade drei Feen, eine rote, eine grüne und eine blaue, in den Thronsaal des Schlosses geflogen.
»Das ist Merryweather«, erklärte Michelle mit ausgestrecktem Zeigefinger. »Die blaue da.«
Aus der Küche rief Elaine: »Soll ich Ihnen ein Sandwich machen, Lieutenant?«
»Das wäre super.« Ich wollte plötzlich nur mehr hier sitzen bleiben und bei meiner Tochter sein. Ich wollte alles vergessen, wenigstens für eine Weile. Ich war Connor sehr dankbar, daß er mich abgesetzt hatte. Ich saß einfach nur da und stierte in die Glotze.
Elaine brachte mir ein Salamibrot mit Salatblatt und Senf. Ich hatte einen Riesenhunger. Elaine warf einen Blick auf den Fernseher, schüttelte den Kopf und ging wieder in die Küche. Ich aß das Sandwich, Michelle wollte ein paarmal abbeißen. Salami mag sie. Ich mache mir manchmal Gedanken über die chemischen Zusätze in der Wurst, aber wahrscheinlich ist Salami auch nicht ungesünder als Hot dogs.
Nachdem ich etwas gegessen hatte, ging es mir ein bißchen besser. Ich stand auf, um den Rest aufzuräumen. Ich begann, die Lego-Windmühle auseinanderzunehmen, und legte die Steine in die Schachteln zurück.
»Nicht das! Nicht das!« rief Michelle plötzlich mit gequält klingender Stimme. Ich dachte, sie wolle nicht, daß ich die Windmühle zerstöre, aber es ging um etwas ganz anderes. Sie hielt sich die Hände vor die Augen, um Maleficent, die böse Hexe, nicht sehen zu müssen. Ich spulte das Band im Schnellauf weiter, bis die Passage mit der Hexe vorbei war. Michelle beruhigte sich bald wieder.
Ich zerlegte die Windmühle und sortierte die Steine ordentlich. Dann verschloß ich die Schachteln und legte sie auf das unterste Brett des Bücherregals, ihren angestammten Platz. Das Spielzeug liegt immer unten, damit Michelle es sich selbst holen kann. Eine der Schachteln fiel hinunter und landete auf dem Teppichboden. Ich hob sie auf. Da lag etwas auf dem Regalbrett: ein

kleines, graues, rechteckiges Ding. Ich wußte sofort, was es war.
Es war eine Acht-Millimeter-Videokassette mit einem japanisch beschrifteten Etikett.

Elaine sagte: »Brauchen Sie noch irgendwas, Lieutenant?« Sie hatte ihren Mantel angezogen und wollte nach Hause gehen.
»Bleiben Sie bitte noch einen Augenblick«, sagte ich.
Ich ging zum Telefon und rief die Vermittlung in der Zentrale an. Ich bat, mich mit Connors Wagen zu verbinden. Dann wartete ich ungeduldig. Elaine sah mich fragend an.
»Nur eine Minute noch, Elaine.«
Auf dem Bildschirm sang der Prinz gerade im Duett mit Dornröschen, begleitet von zwitschernden Vögeln. Michelle lutschte hingebungsvoll am Daumen. Das Mädchen von der Vermittlung sagte: »Tut mir leid, aber der Wagen meldet sich nicht.«
»Hat Captain Connor vielleicht eine Nummer hinterlassen?«
Nach einer kurzen Pause hieß es: »Er steht nicht auf unserem aktuellen Dienstplan.«
»Ich weiß. Aber hat er eine Nummer hinterlassen?«
»Ich habe nichts, Lieutenant.«
»Ich versuche, ihn zu finden.«
»Augenblick mal!« Die Telefonistin verlegte das Gespräch auf eine Warteleitung. Ich fluchte.
Elaine stand ungeduldig in der Diele.
Die Telefonistin meldete sich wieder. »Lieutenant? Captain Ellis sagt, Captain Connor ist weggefahren.«
»Weggefahren?«
»Er war vor einer Weile hier, aber jetzt ist er weg.«
»Sie meinen, er war in der Zentrale?«
»Ja, aber jetzt ist er weg. Ich habe keine Nummer, unter der er zu erreichen wäre, tut mir leid.«
Ich legte auf. Was um alles in der Welt hatte Connor in der Zentrale zu suchen gehabt?

Elaine stand immer noch in der Diele. »Lieutenant?«
»Einen Augenblick noch, Elaine!«
»Lieutenant, ich habe...«
»Einen Augenblick noch, habe ich gesagt!«
Ich ging auf und ab. Ich wußte nicht, was ich tun sollte. Plötzlich hatte ich wahnsinnige Angst. Sie hatten Eddie wegen des Bandes umgebracht. Sie würden nicht davor zurückschrecken, auch noch jemand anderen deswegen zu töten. Ich betrachtete meine Tochter, die daumenlutschend auf den Bildschirm starrte. »Wo steht Ihr Wagen?« fragte ich Elaine.
»In der Garage.«
»Okay. Passen Sie auf: Ich möchte, daß Sie Michelle mitnehmen und zu...«
Das Telefon klingelte. Ich griff nach dem Hörer in der Hoffnung, Connor sei dran. »Hallo.«
»Moshi moshi, Connor-*san desu ka?«*
»Er ist nicht hier«, sagte ich. Kaum hatte ich es ausgesprochen, verfluchte ich mich dafür. Aber es war zu spät, der Schaden war angerichtet.
»Sehr gut, Lieutenant«, sagte die Stimme mit dem schweren Akzent. »Sie haben, was wir haben wollen, richtig?«
»Ich weiß nicht, wovon Sie reden.«
»Ich glaube doch, Lieutenant.«
Ich hörte ein leises Pfeifen. Der Anruf kam von einem Autotelefon. Sie konnten überall sein.
Sie konnten vor meinem Haus stehen.
Verdammt!
»Wer spricht denn da?« fragte ich.
Aber ich hörte nur mehr das Freizeichen.
»Was ist denn, Lieutenant?« fragte Elaine.
Ich lief zum Fenster. Unten auf der Straße standen in zweiter Reihe geparkt drei Autos. Fünf Männer stiegen aus, schwarze Schemen in der Nacht.

Ich bemühte mich, Ruhe zu bewahren. »Elaine, nehmen Sie Michelle und gehen Sie ins Schlafzimmer! Verstecken Sie sich unter dem Bett! Dort bleiben Sie und verhalten sich ganz still, egal, was passiert. Haben Sie mich verstanden?«

»Nein, Daddy!«

»Los, Elaine!«

»Nein, Daddy! Ich will ›Dornröschen‹ sehen!«

»Du kannst es dir später zu Ende anschauen.« Ich hatte meinen Revolver zur Hand genommen und überprüfte den Ladestreifen. Elaine riß die Augen auf.

Sie nahm Michelle in den Arm. »Komm, mein Schatz!«

Michelle versuchte, sich loszuwinden. »Nein, Daddy!«

»*Michelle!*«

Sie wurde still; mein Ton hatte sie erschreckt. Elaine trug sie ins Schlafzimmer. Ich lud einen zweiten Ladestreifen auf und steckte ihn in meine Jackentasche.

Dann knipste ich die Lampen im Schlafzimmer und in Michelles Zimmer aus. Vorher warf ich noch einen Blick auf ihr Bettchen, auf die Bettwäsche mit dem Elefantenmuster. Danach löschte ich auch das Küchenlicht.

Ich ging ins Wohnzimmer zurück. Der Fernseher lief noch. Die böse Hexe gab ihrem Raben Anweisung, Dornröschen ausfindig zu machen. »Du bist meine letzte Hoffnung, Tierchen. Enttäusch mich nicht!« sagte sie zu dem Vogel, der daraufhin losflog.

Ich verhielt mich ganz still. Ich schlich geduckt zur Wohnungstür. Das Telefon klingelte wieder. Ich kroch hin.

»Hallo.«

»*Kōhai.*« Es war Connor. Ich hörte das Rückkopplungspfeifen des Autotelefons.

»Wo sind Sie?« fragte ich.

»Haben Sie das Band?«

»Ja. Wo sind Sie?«

»Am Flughafen.«

»Kommen Sie sofort hierher! Sofort! Und fordern Sie Unterstützung an, in Gottes Namen!«

Ich hörte ein Geräusch vor meiner Wohnungstür. Ein leises Geräusch, Schritte.
Ich legte den Hörer auf. Ich war schweißnaß.
Wenn Connor am Flughafen war, würde es zwanzig Minuten dauern, bis er eintraf. Vielleicht sogar noch länger.
Ich mußte die Sache ganz allein erledigen.
Ich starrte auf die Tür und lauschte angestrengt. Aber ich konnte nichts mehr hören.
Aus dem Schlafzimmer drang die Stimme meiner Tochter an mein Ohr. »Ich will ›Dornröschen‹ sehen, ich will Daddy!« Ich hörte, daß Elaine ihr etwas zuflüsterte. Michelle wimmerte.
Dann war alles ruhig.
Das Telefon klingelte wieder.
»Lieutenant«, sagte die Stimme mit dem schweren Akzent, »Sie brauchen keine Unterstützung.«
Mein Gott, sie hörten das Autotelefon ab!
»Wir wollen Ihnen nichts tun, Lieutenant. Wir wollen nur eines: Wären Sie so freundlich, uns das Videoband auszuhändigen?«
»Ich habe das Band«, sagte ich.
»Das wissen wir.«
»Sie können es haben.«
»Das wird auch gut sein.«
Ich wußte, daß ich ganz auf mich allein gestellt war. Ich überlegte in rasender Eile. Mein einziger Gedanke war: Ich muß sie abwimmeln. Ich muß sie von meiner Tochter fernhalten.
»Aber nicht hier«, sagte ich.
An der Wohnungstür klopfte es. Ein lautes, beständiges Pochen. Verdammt!
Ich spürte, wie sich die Vorgänge immer enger um mich schlossen. Alles geschah viel zu schnell. Ich kauerte auf dem Boden; das Telefon hatte ich vom Tisch genommen und neben mich gestellt. Ich wollte unterhalb der Fenster sein.
Wieder klopfte es.
»Sie können das Band haben«, sagte ich in den Hörer hinein. »Aber lassen Sie erst Ihre Jungs abrücken!«
»Was, bitte?«

Verdammt, jetzt gibt es auch noch Verständigungsprobleme!
»Sagen Sie Ihren Männern, daß sie weggehen sollen. Sie sollen zurück auf die Straße. Ich will sie sehen.«
»Lieutenant, wir brauchen das Videoband!«
»Ich weiß, ich weiß. Ich gebe es Ihnen ja.« Während ich sprach, ließ ich die Tür nicht aus den Augen. Ich sah, daß der Türknauf sich bewegte. Jemand versuchte, in die Wohnung zu kommen, ganz leise, ganz langsam. Dann wurde der Knauf plötzlich losgelassen und etwas Weißes unter der Tür durchgeschoben.
Eine Visitenkarte.
»Lieutenant, bitte kooperieren Sie doch mit uns!« kam es aus dem Telefon.
Ich kroch zur Tür und hob die Karte auf. JONATHAN CONNOR, CAPTAIN, LOS ANGELES POLICE DEPARTMENT stand darauf.
Dann hörte ich ein Flüstern von draußen: *»Kōhai!«*
Ich wußte, daß es ein Trick war. Connor hatte gesagt, er sei am Flughafen. Es mußte ein Trick sein...
»Vielleicht kann ich helfen, Lieutenant.«
Genau diesen Satz hatte er ganz zu Beginn unserer Ermittlungen gesagt. Ich war verwirrt.
»Machen Sie doch die verdammte Tür auf, *kōhai*!«
Er war Connor. Ich hob den Arm und öffnete die Tür. Er schlüpfte gebückt herein. Er zog etwas Blaues hinter sich her, eine Kevlar-Weste. »Ich dachte, Sie sind am...« sagte ich.
Er schüttelte den Kopf und flüsterte: »Ich wußte, daß es hier ist. Es mußte hier sein. Ich habe in der Straße hinter dem Haus im Auto gewartet. Wie viele sind es?«
»Fünf, glaube ich. Können auch mehr sein.«
Er nickte.
Die Stimme am Telefon sagte: »Lieutenant? Sind Sie noch dran? Lieutenant?«
Ich hielt den Hörer so, daß Connor mithören konnte. »Ja, ich bin da.«
Aus dem Fernseher ertönte lautes Hexengelächter.
»Ich höre etwas, Lieutenant!«
»Das ist nur ›Dornröschen‹«, sagte ich.

»Was? Donnrös…? Was ist das?«
»Im Fernsehen«, antwortete ich. »Es ist der Fernseher.«
Daraufhin hörte ich im Hörer Stimmen miteinander flüstern und das Geräusch eines vorbeifahrenden Autos. Mir fiel ein, daß die Männer dort unten ziemlich exponiert waren. Sie befanden sich auf einer Straße in einem Wohngebiet, umgeben von Häusern, umgeben von vielen Fenstern. Jedermann konnte sie sehen. Es konnte jemand vorbeikommen. Die Männer mußten sich beeilen. Vielleicht taten sie es schon.
Connor zupfte mich am Ärmel. Er gab mir zu verstehen, daß ich die Jacke ausziehen solle. Während ich es tat, sprach ich in den Hörer hinein. »Gut. Was soll ich denn tun?«
»Sie bringen uns das Band.«
Ich sah zu Connor hinüber. Er nickte.
»In Ordnung«, sagte ich. »Aber erst pfeifen Sie Ihre Leute zurück.«
»Wie bitte?«
Connor ballte eine Hand zur Faust und zog eine wütende Grimasse. Er wollte, daß ich zornig reagierte. Er legte die Hand über die Sprechmuschel und flüsterte mir einen japanischen Satz ins Ohr.
»Passen Sie mal auf«, sagte ich. »*Yoku kike!*«
»*Wakatta*. Die Männer gehen weg. Und jetzt kommen Sie heraus, Lieutenant!«
»Okay. Ich komme.«
Ich legte den Hörer auf.

Connor flüsterte: »Dreißig Sekunden!« und verschwand durch die Wohnungstür. Ich war noch damit beschäftigt, mein Hemd über der kugelsicheren Weste zuzuknöpfen. Die Kevlar ist sperrig und heiß. Ich begann sofort zu schwitzen.
Ich wartete eine halbe Minute, den Blick starr auf den Sekundenzeiger meiner Armbanduhr gerichtet. Dann ging ich auch hinaus.

Jemand hatte das Licht im Treppenhaus ausgeschaltet. Ich stolperte über einen Körper. Ich rappelte mich wieder hoch und blickte in ein schmales fernöstliches Gesicht. Es war fast noch das eines Kindes, erstaunlich jung. Ein Teenager. Er hatte das Bewußtsein verloren und atmete ganz flach.
Langsam ging ich die Treppe hinunter.
Auf dem Absatz im zweiten Stock war niemand. Ich ging weiter. Hinter einer Tür im zweiten Stock hörte ich Konservengelächter aus einem Fernseher. Eine Stimme sagte: »Und jetzt verraten Sie uns mal, wohin Sie bei diesem ersten Rendezvous gefahren sind!«
Ich ging ins Erdgeschoß hinunter. Die Haustür war aus Glas. Ich warf einen Blick hinaus, sah aber nur geparkte Autos, eine Hecke und einen kleinen Teil des Rasens vor dem Gebäude. Die Männer und ihre Wagen mußten weiter links stehen.
Ich wartete. Ich holte tief Luft. Mein Herz klopfte. Ich wollte nicht dort hinausgehen, aber mein einziger Gedanke war, diese Typen von meiner Tochter fernzuhalten, das Ganze von hier wegzubekommen.
Ich trat in die Nacht hinaus.
Die Luft kühlte mein schweißnasses Gesicht, meinen schweißnassen Hals.
Ich machte zwei Schritte.
Jetzt konnte ich die Männer sehen. Sie standen ungefähr zehn Meter entfernt neben ihren Autos. Es waren vier. Einer winkte mich zu sich. Ich zögerte.
Wo sind die anderen?
Außer den Männern bei den Autos konnte ich niemanden sehen. Der eine winkte noch einmal. Ich ging auf die vier zu. Plötzlich spürte ich von hinten einen schweren, dumpfen Schlag. Ich fiel vornüber, mit dem Gesicht ins feuchte Gras.
Es dauerte eine Weile, bis ich wußte, was passiert war.
Man hatte mich von hinten angeschossen.
Dann knallten überall um mich herum Schüsse. Aus Automatikwaffen. Das Gewehrfeuer ließ die Straße erstrahlen wie bei einem Gewitter. Die Schüsse hallten von den Gebäuden auf

beiden Seiten der Straße wider. Glas splitterte. Von überallher hörte ich Menschen schreien, und immer wieder Schüsse. Ich hörte Motoren, die gezündet wurden, Autos, die an mir vorbei die Straße hinunterrasten. Fast unmittelbar danach heulten Polizeisirenen durch die Luft. Reifen quietschten, Scheinwerfer flammten auf. Ich blieb, wo ich war, mit dem Gesicht im Gras. Ich hatte das Gefühl, schon seit einer Stunde dort zu liegen. Dann fiel mir auf, daß um mich herum auf englisch gerufen wurde.
Endlich kam jemand, ging neben mir in die Hocke und sagte: »Nicht bewegen, Lieutenant! Ich muß erst mal nachsehen.« Es war Connors Stimme. Er tastete meinen Rücken ab. Dann sagte er: »Können Sie sich umdrehen, Lieutenant?«
Ich rollte mich auf den Rücken.
Im harten Licht der Scheinwerfer stand Connor vor mir und sah zu mir herunter. »Die Weste hat gehalten. Aber morgen werden Sie einen verdammt wunden Rücken haben.«
Er half mir auf die Beine.
Ich drehte mich um. Ich wollte den Mann sehen, der auf mich geschossen hatte. Aber da war niemand. Nur ein paar Patronenhülsen funkelten vor der Haustür dunkelgelb im grünen Gras.

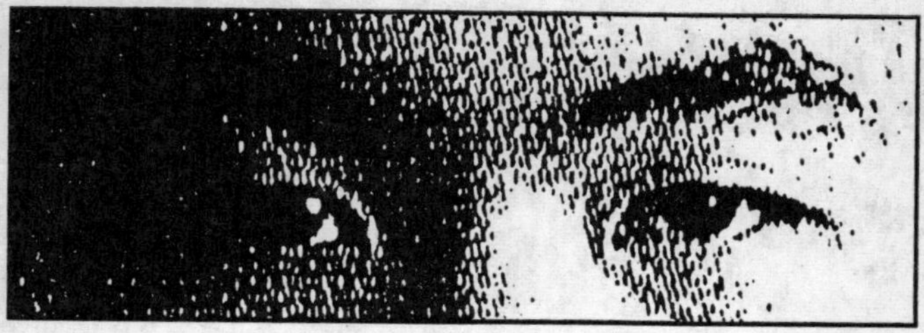

Der dritte Tag

Die Schlagzeile lautete: VIETNAMESISCHE BANDE SCHLÄGT IN DER WESTSIDE ZU. Im Artikel hieß es, Peter Smith, ein Officer des Sonderdezernats, sei Ziel eines hinterhältigen Racheakts gewesen, den eine in Orange County unter dem Namen Bitch Killers bekannte Gang verübt habe. Zweimal sei auf Lieutenant Smith geschossen worden, erst dann seien Kollegen von ihm am Tatort eingetroffen und hätten die angreifenden Jugendlichen in die Flucht getrieben. Keiner der Verdächtigen habe lebend gefaßt werden können. Zwei seien bei der Schießerei getötet worden.

Ich las die Zeitung in der Badewanne, wo ich meinem wunden Rücken etwas Gutes zu tun versuchte. Links und rechts der Wirbelsäule hatte ich einen großen, häßlichen Bluterguß. Das Durchatmen tat weh.

Michelle hatte ich übers Wochenende zu meiner Mutter nach San Diego geschickt, ich wollte sie in Sicherheit wissen, bis die Sache ausgestanden war. Elaine hatte sie noch spät in der Nacht hingefahren.

Ich las weiter.

Den Berichten nach hielt man die Bitch Killers für dieselbe Gang, die eine Woche zuvor auf einen zweijährigen schwarzen Jungen zugegangen war und ihn in den Kopf geschossen hatte, während er im Vorgarten seines Elternhauses in Inglewood auf seinem Dreirad herumfuhr. Man hielt solche Gewalttaten für Initiationsrituale, die vollführt werden mußten, um in die Gang aufgenommen zu werden. Die Brutalität des Vorfalles hatte eine heftige Diskussion darüber ausgelöst, ob die Polizei von Los Angeles noch in der Lage sei, die Bandenkriminalität in Südkalifornien in den Griff zu bekommen.

Wieder standen eine Menge Reporter vor meiner Tür, aber ich sprach mit keinem. Das Telefon klingelte ununterbrochen. Ich hatte den Anrufbeantworter eingeschaltet. Ich saß in der Badewanne und versuchte zu entscheiden, was ich tun solle.

Am späten Vormittag rief ich Ken Shubik in der *Times* an.

»Ich habe schon damit gerechnet, daß du dich melden würdest«, sagte er. »Mußt ja saufroh sein.«
»Wieso?«
»Na, weil du noch lebst. Diese Kids sind echte Killer.«
»Die vietnamesischen Kids von gestern nacht meinst du?« fragte ich. »Die sprachen komischerweise japanisch.«
»Nein.«
»Doch, Ken.«
»Dann stimmt unser Report gar nicht?«
»Nicht ganz.«
»Das erklärt alles«, sagte Ken.
»Was erklärt es?«
»Das Wiesel hat die Story verbrochen. Und das Wiesel ist heute ziemlich schlecht angeschrieben. Es geht sogar das Gerücht, daß er gefeuert wird. Keiner weiß Genaueres, aber irgend etwas ist hier im Gange. Irgend jemand an der Redaktionsspitze hat ganz plötzlich einen Riesenzores auf Nippon. Jedenfalls starten wir jetzt eine Serie, in der japanische Firmen in Amerika unter die Lupe genommen werden.«
»Was du nicht sagst!«
»Aus der heutigen Ausgabe ist das natürlich nicht ersichtlich. Hast du schon einen Blick in den Wirtschaftsteil geworfen?«
»Nein, warum?«
»Darley-Higgins hat bekanntgegeben, daß MicroCon an Akai verkauft wird. Wirtschaftsteil, Seite vier. Eine Fünf-Zeilen-Meldung.«
»Das ist alles?«
»Gibt wahrscheinlich nicht mehr her. Einfach eine amerikanische Firma mehr, die an die Japaner verkauft wird. Ich habe mal nachgesehen. Seit siebenundachtzig sind von den Japanern hundertachtzig amerikanische High-Tech- und Elektronikfirmen aufgekauft worden. Das hat keinen Nachrichtenwert mehr.«
»Aber die Zeitung will die Verkäufe unter die Lupe nehmen?«
»Heißt es, ja. Das wird gar nicht einfach sein, weil alle psychologischen Faktoren negativ sind. Die Zahlungsbilanz mit Japan hat sich zwar leicht verändert, aber natürlich sieht sie nur deshalb

besser aus, weil sie jetzt nicht mehr so viele Autos hierher exportieren; sie produzieren sie gleich hier. Und sie haben die Produktion an die kleinen Drachen vergeben, damit die Defizite in deren Bilanzen auftauchen und nicht in der japanischen. Sie haben mehr Orangen und Bauholz gekauft, damit das Ganze ein bißchen besser aussieht. Im Grunde behandeln sie uns wie ein unterentwickeltes Land. Sie importieren unsere Rohstoffe, aber unsere Fertigerzeugnisse kaufen sie nicht. Sie sagen, wir würden nichts herstellen, was sie brauchen können.«

»Vielleicht stimmt das, Ken.«

»Das glaubst du doch wohl selbst nicht!« Er seufzte. »Aber ich weiß nicht, ob das die Öffentlichkeit überhaupt interessiert. Das ist wirklich die Frage. Wahrscheinlich sind den Leuten sogar die Steuern egal.«

Ich hatte das Gefühl, nicht ganz mitzukommen. »Die Steuern?«

»Wir machen gerade eine große Serie über die Steuern. Die Regierung hat endlich kapiert, daß japanische Firmen hier Riesengeschäfte tätigen, aber nicht viel Steuern in Amerika zahlen. Manche bezahlen gar keine, und das ist wirklich lachhaft. Sie steuern ihre Profite, indem sie die japanischen Halbfertigprodukte überteuern, die ihre amerikanischen Montagebetriebe importieren. Es ist empörend, aber die amerikanische Regierung war noch nie schnell bei der Sache, wenn es darum ging, Japan zu bestrafen. Und die Japaner geben in Washington jährlich eine halbe Milliarde aus, um jedermann ruhigzustellen.«

»Aber ihr wollt eine Story über die Steuern bringen?«

»Ja. Und wir werden uns auch Nakamoto ganz genau ansehen. Meine Informanten haben mir erzählt, daß Nakamoto mit einer Anklage wegen Preisabsprache rechnen muß. Preisabsprache ist das A und O japanischer Unternehmen. Ich habe hier eine Liste mit Firmen, die entsprechende Prozesse abgebogen haben: einundneunzig Nintendo wegen Preisabsprache bei Computerspielen, Mitsubishi ebenfalls einundneunzig wegen Preisabsprache bei Fernsehgeräten, neunundachtzig Panasonic, siebenundachtzig Minolta. Und das ist nur die Spitze des Eisbergs, verstehst du?«

»Dann ist es ja gut, daß ihr die Story bringt.«
Ken hüstelte. »Möchtest du eine Stellungnahme abgeben über diese Vietnamesen, die japanisch sprechen?«
»Nein.«
»Wir sitzen doch alle im selben Boot«, sagte Ken.
»Ich glaube nicht, daß es gut wäre.«

Ich aß mit Connor in einer Sushi-Bar in Culver City zu Mittag. Als wir vor dem Lokal vorfuhren, befestigte gerade ein Mann ein Schild mit der Aufschrift GESCHLOSSEN an der Tür. Als er Connor sah, drehte er es sofort wieder um: GEÖFFNET.
»Die kennen mich hier«, sagte Connor.
»Sie meinen, sie mögen Sie.«
»Das ist schwer zu sagen.«
»Sind sie auf Sie als Kunden angewiesen?«
»Nein«, sagte Connor. »Hiroshi würde bestimmt lieber zumachen. Es bringt ihm nichts ein, seine Leute für nur zwei *gaijin*-Gäste weiterarbeiten zu lassen. Aber ich komme oft hierher, und aus diesem Grund erweist er mir die Ehre. Mit Geschäft oder Sympathie hat das eigentlich nichts zu tun.«
Wir stiegen aus.
»Die Amerikaner verstehen das nicht«, fuhr Connor fort. »Das japanische System ist eben völlig anders.«
»Na, ich glaube, allmählich beginnen sie es zu verstehen«, wandte ich ein. Ich erzählte ihm von Ken Shubiks Story über die Preisabsprachen.
Connor seufzte. »Es ist wirklich billig zu behaupten, die Japaner seien unehrlich. Sie sind nicht unehrlich – sie spielen nur nach anderen Regeln. Das kapieren die Amerikaner einfach nicht.«
»Schön und gut«, sagte ich. »Aber Preisabsprachen sind nun mal illegal.«
»In Amerika, ja. Aber in Japan ist so was ein ganz normaler Vorgang. Denken Sie daran, *kōhai*: Japan ist völlig anders. Geheimabsprachen sind dort gang und gäbe. Der Nomura-Aktienskandal hat das deutlich gezeigt. Die Amerikaner sehen Geheimabsprachen unter einem moralistischen Gesichtspunkt, anstatt

sie einfach als eine andere Art des Geschäftemachens zu betrachten. Denn etwas anderes sind sie nicht.«

Wir betraten die Sushi-Bar. Wieder einmal gab es jede Menge Verbeugungen und Begrüßungsformeln. Connor sprach japanisch. Wir setzten uns an die Bar, aber wir bestellten nichts.

»Sollen wir nichts bestellen?« fragte ich.

»Nein. Das käme einer Beleidigung gleich. Hiroshi wird für uns entscheiden, was wir essen wollen.«

Wir saßen also an der Theke, und Hiroshi kam mit den Gerichten. Wir sahen ihm zu, wie er den Fisch schnitt.

Das Telefon klingelte. Vom anderen Ende des Lokals rief ein Mann: »Connor-*san, onna no hito ga matteru to ittemashita yo.*«

»*Dōmo*«, sagte Connor nickend. Er sah mich an und stand auf. »Wir werden wohl doch nichts essen. Zeit für unser nächstes Rendezvous. Haben Sie das Band dabei?«

»Ja.«

»Gut.«

»Wohin fahren wir?«

»Zu Ihrer Freundin Miss Asakuma.«

Wir schaukelten über die Schlaglöcher auf dem Santa Monica Freeway Richtung Innenstadt. Der nachmittägliche Himmel war grau; es sah nach Regen aus. Mein Rücken tat mir weh. Connor blickte aus dem Fenster und summte vor sich hin.

In der Aufregung hatte ich Theresas Anruf vom Vorabend ganz vergessen. Sie hatte gesagt, sie habe sich die Schlußpartien der Bänder angesehen und glaube, daß es ein Problem gebe.

»Haben Sie mit ihr gesprochen?« fragte ich Connor.

»Mit Theresa? Nur kurz. Ich habe ihr einen Tip gegeben.«

»Gestern abend sprach sie von einem Problem mit den Bändern.«

»Ach? Das hat sie mir gegenüber gar nicht erwähnt.«

Ich fühlte, daß er mir nicht die Wahrheit erzählte, aber in meinem Rücken pochte der Schmerz, und ich hatte keine Lust, ihn auszufragen. Manchmal war mir, als wäre Connor selbst zum Japaner geworden, denn dann war er genauso zurückhaltend, genauso geheimnistuerisch.

»Sie haben mir nie erzählt, warum Sie Japan verlassen haben«, sagte ich.

»Ach das.« Er seufzte. »Ich hatte einen Job, arbeitete für eine Firma: Beratung in Sicherheitsfragen. Aber es funktionierte nicht.«

»Warum nicht?«

»Na ja, der Job selbst war in Ordnung. War sogar sehr gut.«

»Aber?«

Er schüttelte den Kopf. »Die meisten Leute, die einmal in Japan gelebt haben, gehen mit gemischten Gefühlen. Die Japaner sind in vieler Hinsicht ein wunderbares Volk. Sie arbeiten hart, sind intelligent und humorvoll. Sie sind wirklich integre Menschen. Gleichzeitig aber sind sie die größten Rassisten der Welt. Deshalb beschuldigen sie ständig andere Völker, rassistisch zu sein. Sie haben solche Vorurteile, daß sie allen anderen dasselbe unterstellen. Und in Japan zu leben... Ich hatte es einfach nach einer Weile satt, wie die Dinge dort liefen. Ich hatte es satt mitanzusehen, daß Frauen auf die andere Straßenseite wechselten, wenn sie mir nachts begegneten. Ich hatte keine Lust mehr, ständig bemerken zu müssen, daß die letzten beiden freien Sitze in der U-Bahn die neben mir waren. Es machte mir keinen Spaß mehr, mir anzuhören, wie die Stewardessen im Flugzeug japanische Passagiere fragten, ob es ihnen etwas ausmache, sich neben einen *gajin* zu setzen in der Annahme, ich würde nicht verstehen, was gesprochen wurde. Ich hatte genug davon, immer ausgeschlossen zu sein, unterschwellig gönnerhaft behandelt zu werden, mir hinter meinem Rücken Witze über mich anhören zu müssen. Ich hatte es endgültig satt, ein Nigger zu sein. Ich... ich hatte die Schnauze voll bis obenhin. Ich habe das Handtuch geworfen.«

»Klingt ja nicht gerade so, als könnten Sie die Japaner besonders gut leiden.«

»Doch«, sagte Connor, »ich mag sie. Ich mag sie sogar sehr. Aber

ich bin nun mal kein Japaner, und das lassen sie einen nie vergessen.« Er seufzte noch einmal. »Ich habe viele japanische Freunde, die in Amerika arbeiten, und für die ist es auch schwierig. Beide Seiten bekommen den Unterschied zu spüren. Auch sie fühlen sich ausgeschlossen. Hier setzten sich die Leute ebenfalls nicht neben sie. Meine Freunde bitten mich immer, daran zu denken, daß sie in erster Linie Menschen sind, und dann erst Japaner. Leider hat mich die Erfahrung gelehrt, daß das nicht immer stimmt.«
»Sie meinen, viele sind in erster Linie Japaner?«
»Familie bleibt eben Familie«, sagte er mit einem Achselzucken. Den Rest der Fahrt über schwiegen wir beide.

Wir befanden uns in einem kleinen Zimmer im dritten Stock des Wohnheims für ausländische Studenten. Theresa Asakuma erklärte uns, daß dies nicht ihr Zimmer sei, sondern einer Freundin gehöre, die ein Semester in Italien studiere. Theresa hatte den kleine Videorecorder und einen kleinen Monitor auf dem Tisch aufgebaut.
»Ich fand es besser, aus dem Labor zu verschwinden«, sagte sie, während sie die Schnellvorlauftaste betätigte. »Aber ich wollte, daß Sie sich das mal ansehen. Das ist der Schlußteil von einem der Bänder, die Phase unmittelbar nachdem der Senator den Raum verlassen hat.«
Sie verlangsamte den Bandlauf, und wir sahen das sechsundvierzigste Stockwerk im Nakamoto-Gebäude in der Totale. Die Etage war menschenleer. Der bleiche Leichnam Cheryl Austins lag auf dem dunklen Konferenztisch.
Das Band lief weiter. Nichts geschah. Eine Szenerie ohne jede Bewegung.
»Was soll denn da zu sehen sein?« fragte ich.
»Warten Sie ab!«
Das Band lief weiter. Noch immer geschah nichts. Aber dann sah ich plötzlich ganz deutlich das Bein des Mädchens zucken.

»Was war *das* denn?«
»Ein Krampf vielleicht?«
»Ich weiß nicht.«
Jetzt bewegte sich der Arm des Mädchens, der sich weiß vom dunklen Holz abhob. Es gab nicht den geringsten Zweifel: Die Finger schlossen und öffneten sich.
»Sie lebt noch!«
Theresa nickte. »Sieht ganz so aus. Jetzt achten Sie auf die Uhr!«
Die Wanduhr zeigte zwanzig Uhr sechsunddreißig. Ich sah aufmerksam hin. Nichts geschah. Das Band lief weitere zwei Minuten.
Connor seufzte. »Die Uhr bewegt sich nicht.«
»Nein«, sagte Theresa. »Ich ging ganz nahe drauf, und da fiel mir als erstes die Anordnung der Pixel auf. Die Bildpunkte springen vor und zurück.«
»Was bedeutet das?«
»Wir nennen das Rock 'n' Roll. Damit vertuscht man normalerweise ein Standbild. Ein normales Standbild läßt sich mit bloßem Auge als solches erkennen, weil die kleinsten Bestandteile des Bildes plötzlich unbewegt sind, während sie sich bei einem normalen Projektionsbild immer ein bißchen bewegen, wenn auch ganz zufällig. Deshalb greift man zu Rock 'n' Roll, das heißt, man wiederholt drei Sekunden die Aufnahme immer wieder, wodurch eine geringe Bewegung entsteht, die das Standbild besser kaschiert.«
»Wollen Sie damit sagen, daß das Band um acht Uhr sechsunddreißig gestoppt wurde?«
»Ja. Und zu diesem Zeitpunkt war das Mädchen offenbar noch am Leben. Genaueres kann ich nicht sagen.«
Connor nickte. »Deshalb ist das Originalband so wichtig.«
»Welches Originalband?« fragte Theresa.
Ich holte das Band hervor, das ich in meiner Wohnung gefunden hatte.
»Lassen Sie es durchlaufen«, sagte Connor.

In gestochen scharfer farbiger Aufnahme sahen wir den sechsundvierzigsten Stock vor uns. Es war der Blickwinkel der seitlich angebrachten Kamera, der eine gute Übersicht über den Konferenzsaal bot. Und es war ein Originalband: Wir sahen den Mord, und wir sahen, wie Morton das Mädchen auf dem Tisch zurückließ.

Das Band lief weiter. Wir beobachteten das Mädchen.

»Kann man die Wanduhr sehen?«

»Aus dieser Perspektive nicht.«

»Wieviel Zeit, glauben Sie, ist inzwischen vergangen?«

Theresa schüttelte den Kopf. »Es ist mit Zeitraffer aufgenommen. Ich weiß nicht, ein paar Minuten vielleicht.«

Da bewegte Cheryl Austin sich. Ihre Hand zuckte, dann hob sie leicht den Kopf vom Tisch. Ganz ohne Frage – sie lebte.

Und im Glas des Konferenzraums sahen wir den Umriß eines Mannes gespiegelt. Er kam von rechts und betrat den Raum, nachdem er sich einmal umgedreht hatte, um sicherzugehen, daß er allein war. Es war Ishiguro. Zielstrebig schritt er auf den Tisch zu, umfaßte mit beiden Händen den Hals des Mädchens und erwürgte es.

»Mein Gott!«

Es schien eine Ewigkeit zu dauern. Cheryl Austin wehrte sich gegen ihren Tod. Auch als sie sich nicht mehr bewegte, hielt Ishiguro sie noch lange auf den Tisch gedrückt.

»Er geht kein Risiko ein.«

»Nein«, sagte Connor.

Endlich trat Ishiguro von der Leiche zurück, knöpfte sich die Manschetten zu und strich sich die Anzugjacke glatt.

»In Ordnung«, sagte Connor. »Sie können das Band jetzt stoppen. Ich habe genug gesehen.«

Wir waren wieder im Freien. Das Sonnenlicht kämpfte sich mühsam durch den dichten Smog. Autos fuhren an uns vorbei, hoppelten über die Schlaglöcher. Die Häuser entlang der Straße schienen mir schäbig und heruntergekommen.

Wir stiegen in unseren Wagen.

»Und was jetzt?« fragte ich.
Connor reichte mir den Telefonhörer. »Rufen Sie in der Zentrale an und sagen Sie denen, daß wir ein Videoband haben, auf dem Ishiguro als Mörder zu sehen ist. Sagen Sie ihnen, daß wir jetzt zu Nakamoto fahren und Ishiguro verhaften.«
»Ich dachte, Sie trauen dem Autotelefon nicht.«
»Tun Sie, was ich Ihnen gesagt habe! Wir sind sowieso bald fertig.«
Also rief ich an. Ich erklärte dem Disponenten, was wir vorhatten und wohin wir fahren würden. Er fragte, ob wir Unterstützung wollten. Connor schüttelte den Kopf, und ich sagte nein.
Dann legte ich auf.
»Und jetzt?«
»Jetzt fahren wir zu Nakamoto.«

Nachdem ich den sechsundvierzigsten Stock so oft auf Video gesehen hatte, war es seltsam, plötzlich wieder an Ort und Stelle zu sein. Obwohl es Samstag war, herrschte geschäftiger Betrieb, ständig eilten Sekretärinnen und andere Angestellte an uns vorbei. Am Tag sah die Büroetage ganz anders aus; durch die großen Fenster strömte von allen Seiten das Sonnenlicht herein, und die benachbarten Wolkenkratzer wirkten trotz des Smogs ganz nahe.
Als ich nach oben blickte, sah ich, daß die Überwachungskameras von der Decke und den Wänden entfernt worden waren. Den rechten Konferenzraum, in dem Cheryl Austin gestorben war, hatte man neu eingerichtet. Die schwarzen Möbel waren verschwunden. Arbeiter stellten gerade einen hellen Holztisch und neue, beige Stühle auf. Der Raum wirkte völlig verändert.
An der anderen Seite des Atriums fand im großen Konferenzsaal gerade eine Besprechung statt. Durch die Glaswände fiel das Sonnenlicht auf etwa vierzig Leute, die zu beiden Seiten eines langen, mit grünem Filz bezogenen Tisches saßen: auf der einen

Seite Japaner, auf der anderen Amerikaner. Jeder hatte einen säuberlich geordneten Stapel Unterlagen vor sich aufgebaut. Unter den Amerikanern erkannte ich den Anwalt Bob Richmond. Connor, der neben mir stand, stöhnte.
»Was ist?«
»Das Samstagstreffen, *kōhai*.«
»Sie meinen, *das* ist jenes Samstagstreffen, von dem Eddie gesprochen hat?«
Connor nickte. »Die Konferenz, die den Verkauf von MicroCon besiegelt.«
Vor den Aufzügen saß eine Empfangsdame. Sie beobachtete uns eine Weile, dann sagte sie: »Kann ich Ihnen helfen, Gentlemen?«
»Nein, danke«, sagte Connor. »Wir warten auf jemanden.«
Ich runzelte die Stirn. Von dort, wo wir standen, konnte ich im Konferenzraum deutlich Ishiguro sehen. Er saß auf der japanischen Seite nahe der Tischmitte und rauchte eine Zigarette. Der Mann rechts neben ihm beugte sich zu ihm hinüber und flüsterte ihm etwas zu. Ishiguro nickte lächelnd.
Ich blickte Connor an.
»Warten wir ab!«
Mehrere Minuten vergingen, dann lief ein junger japanischer Assistent quer durchs Atrium und betrat den Konferenzraum. Drinnen ging er langsamer weiter, umrundete zaghaft den Tisch und blieb kurz vor der Schmalseite hinter dem Stuhl eines eleganten grauhaarigen Herrn stehen. Er beugte sich zu dem älteren Mann hinunter und flüsterte ihm etwas ins Ohr.
»Das ist Iwabuchi«, sagte Connor.
»Wer ist das?«
»Der Leiter von Nakamoto America. Sitz in New York.«
Iwabuchi nickte dem Assistenten zu und stand auf. Der junge Mann rückte den Stuhl für ihn beiseite. Iwabuchi schritt die Tischseite der japanischen Unterhändler ab. Einem der Männer strich er im Vorübergehen leicht über die Schulter. Er ging bis zur anderen Schmalseite, öffnete die Glastür und trat hinaus auf eine hinter dem Konferenzsaal liegende Terrasse.
Wenige Sekunden später stand der zweite Mann auf und ging.

»Moriyama«, sagte Connor, »Leiter der Niederlassung in Los Angeles.«
Auch Moriyama ging auf die Terrasse hinaus. Die beiden Männer standen im Sonnenlicht und rauchten. Der Assistent trat zu ihnen und sprach hastig auf sie ein. Moriyama hörte aufmerksam zu, dann wandte er sich ab. Der Assistent blieb stehen.
Kurz darauf drehte Moriyama sich wieder zu dem jungen Mann um und sagte ihm etwas. Der Assistent verbeugte sich rasch und kehrte in den Konferenzsaal zurück, wo er auf einen dunkelhaarigen Mann mit Schnurrbart zuging und ihm etwas ins Ohr flüsterte.
»Shirai«, sagte Connor. »Verantwortlich für die Finanzen.«
Auch Shirai stand auf, ging aber nicht zur Terrasse, sondern öffnete die Tür zum Atrium, durchquerte dieses und verschwand in einem Büroraum an der gegenüberliegenden Seite der Etage.
Im Konferenzsaal ging der Assistent nun auf einen vierten Mann zu, den ich als Yoshida, den Chef von Akai Ceramics, wiedererkannte. Auch Yoshida stahl sich aus dem Raum und kam ins Atrium heraus.
»Was ist da eigentlich los?« fragte ich Connor.
»Sie distanzieren sich. Sie wollen nicht dabei sein, wenn es passiert.«
Ich warf einen Blick zur Terrasse hinüber und sah die beiden Japaner draußen lässig durch eine Tür in der gegenüberliegenden Wand verschwinden.
»Auf was warten wir denn noch?« wollte ich von Connor wissen.
»Geduld, *kōhai*!«
Der Assistent verschwand. Die Besprechung im Konferenzsaal wurde fortgeführt. Im Atrium zog Yoshida den jungen Mann zu sich heran und flüsterte ihm etwas zu.
Der Junge kehrte in den Konferenzsaal zurück.
»Hm«, sagte Connor.
Diesmal ging der Assistent zur amerikanischen Tischseite und flüsterte Richmond etwas ins Ohr. Richmonds Gesicht konnte ich nicht sehen, weil er mit dem Rücken zu uns saß, aber er zuckte deutlich zusammen. Er lehnte sich zurück, drehte den Oberkör-

per nach hinten und flüsterte dem Assistenten etwas zu. Der nickte und ging.
Richmond blieb am Tisch sitzen. Er schüttelte immer wieder langsam den Kopf und beugte sich über seine Unterlagen. Dann reichte er Ishiguro ein Stück Papier über den Tisch.
»Das ist unser Zeichen«, sagte Connor. Er ging zur Empfangsdame, zeigte ihr seine Polizeimarke, und wir durchquerten rasch das Atrium Richtung Konferenzsaal.

Vor dem Tisch stand ein junger Amerikaner im Nadelstreifenanzug und sagte: »Wenn Sie Ihre Aufmerksamkeit jetzt bitte auf Anhang C richten wollen, die zusammenfassende Auflistung der Vermögenswerte...«
Connor hatte den Raum als erster betreten. Ich folgte dicht hinter ihm.
Ishiguro hob den Blick ohne ein Zeichen der Überraschung. »Guten Tag, Gentlemen.« Sein Gesicht war wie eine Maske.
Richmond sagte freundlich: »Gentlemen, das kann doch sicherlich warten. Wir sind hier mitten in einer ziemlich komplizierten...«
Connor unterbrach ihn. »Mr. Ishiguro, ich verhafte Sie wegen Mordes an Cheryl Lynn Austin.« Dann las er ihm seine Rechte vor. Ishiguro starrte ihn die ganze Zeit wie gebannt an. Die anderen im Raum waren vollkommen still. Niemand an dem langen Konferenztisch machte auch nur eine Bewegung. Es sah aus wie ein Gemälde.
Ishiguro blieb sitzen. »Das ist doch absurd.«
»Mr. Ishiguro«, sagte Connor, »würden Sie bitte aufstehen!«
Richmond sagte leise, an Connor gewandt: »Ich hoffe, Sie wissen, was Sie da tun!«
»Ich kenne meine Rechte, Gentlemen«, sagte Ishiguro.
Connor sagte noch einmal: »Würden Sie bitte aufstehen, Mr. Ishiguro!«
Ishiguro rührte sich nicht vom Fleck. Der Rauch seiner Zigarette kräuselte sich nach oben.
Lange sprach niemand ein Wort.

Dann sagte Connor zu mir: »Zeigen Sie ihnen das Band!«
An einer Wand des Konferenzraumes standen Videogeräte. Ich fand einen passenden Recorder und schob die Kassette ein. Aber auf dem großen mittleren Monitor erschien kein Bild. Ich drückte auf verschiedene Tasten; es tat sich nichts.
Aus der Ecke kam eine japanische Sekretärin, die Protokoll geführt hatte, herbeigeeilt, um mir zu helfen. Unter entschuldigenden Verbeugungen drückte sie die richtigen Tasten und kehrte an ihren Platz zurück.
»Danke!« sagte ich.
Endlich erschien das Bild auf dem Monitor. Selbst im hellen Sonnenlicht war es noch scharf. Es war die Szene, die wir uns bei Theresa angesehen hatten. Ishiguro näherte sich dem Mädchen und drückte den zappelnden Körper nach unten.
»Was ist das?« fragte Richmond.
»Eine Fälschung«, sagte Ishiguro. »Der reinste Betrug.«
»Das hier wurde von den Nakamoto-Überwachungskameras im sechsundvierzigsten Stock aufgenommen«, erklärte Connor, »und zwar am Donnerstagabend.«
»Das ist illegal«, sagte Ishiguro. »Das ist ein Trick.«
Niemand hörte ihm zu. Alle starrten auf den Monitor. Richmond stand der Mund offen. »Herr im Himmel!« sagte er.
Es schien ewig zu dauern, bis das Mädchen tot war.
Ishiguro warf Connor einen wütenden Blick zu. »Das ist doch nur ein sensationsheischender Publicity-Trick. Das ist manipuliert. Das hat überhaupt nichts zu bedeuten!«
»Mein Gott!« murmelte Richmond, den Blick auf den Monitor geheftet.
Ishiguro sagte: »Das hat keinerlei juristische Grundlage. Das wird vor Gericht nicht zugelassen. Damit kommen Sie nie durch. Sie wollen doch nur...«
Er stockte. Zum erstenmal hatte er zum Tischende hinuntergesehen und festgestellt, daß Iwabuchis Stuhl leer war.
Er sah zum anderen Tischende hinüber. Seine Blicke schossen durch den Raum.
Moriyamas Stuhl war leer.

Shirais Stuhl.
Auch der von Yoshida.
Ishiguros Lider zuckten. Er sah Connor voller Verwunderung an. Dann nickte er, stieß ein heiseres Brummen aus und erhob sich. Alle anderen starrten noch auf den Monitor.
Ishiguro trat auf Connor zu. »Das sehe ich mir nicht weiter mit an, Captain. Wenn Sie mit Ihrer Scharade hier fertig sind, finden Sie mich dort draußen.« Er zündete sich eine Zigarette an und musterte Connor mit wütendem Blick. »Dann können wir reden. *Kicchiirito na.*« Er öffnete die Tür und ging auf die Terrasse hinaus. Die Tür ließ er hinter sich offen.
Ich wollte ihm nachgehen, aber Connor sah mich an und schüttelte kurz und ruckartig den Kopf. Also blieb ich, wo ich war.
Ich konnte Ishiguro draußen sehen. Er stand am Geländer. Er rauchte seine Zigarette und hielt das Gesicht der Sonne entgegen. Dann blickte er zu uns zurück und schüttelte mitleidig den Kopf. Er lehnte sich gegen das Geländer und stellte einen Fuß auf die Bodenleiste.
Im Konferenzsaal lief das Videoband weiter. Eine Angehörige der amerikanischen Delegation, eine junge Frau, stand auf, schloß ihren Aktenkoffer und verließ den Raum. Die anderen rührten sich nicht vom Fleck.
Dann war das Band endlich zu Ende, und ich nahm es aus dem Gerät.
Im ganzen Raum herrschte Schweigen. Ein leichter Luftzug ließ die Papiere auf dem langen Tisch aufflattern.
Ich sah zur Terrasse hinaus.
Sie war leer.
Als wir am Geländer angelangt waren, hörten wir unten schon schwach die Sirenen.

Unten war die Luft staubig und erfüllt vom ohrenbetäubenden Lärm der Preßluftbohrer. Nakamoto ließ gerade ein Nebengebäude errichten, die Bauarbeiten waren in vollem Gang. Am Straßenrand standen mehrere riesige Betonmischwagen. Ich bahnte mir einen Weg durch die Ansammlung von Japanern in blauen Anzügen und drängte mich vor, um einen Blick in die Baugrube zu werfen. Ishiguro war in einer Schicht frischen Betons gelandet. Er lag auf der Seite, nur der Kopf und ein Arm ragten aus der weichen Masse heraus. In sich verzweigenden Strömen rann Blut über die graue Fläche. Bauarbeiter mit blauen Helmen versuchten, die Leiche mit Stangen und Seilen herauszuhieven, jedoch ohne Erfolg. Schließlich watete ein Arbeiter in schenkelhohen Gummistiefeln hinein, um Ishiguro zu bergen. Aber dies erwies sich als schwieriger denn erwartet. Er mußte Hilfe herbeirufen.

Unsere Leute waren eingetroffen, Fred Perry und Bob Wolfe. Wolfe sah mich und kam näher. Er hielt sein Notizbuch in der Hand und schrie mir über den Lärm der Preßlufthämmer hinweg zu: »Weißt du irgendwas Näheres darüber, Pete?«

»Ja.«

»Kennst du den Namen?«

»Masao Ishiguro.«

Wolfe warf mir einen schnellen Blick zu. »Kannst du das mal buchstabieren?«

Ich begann, den Namen über den Baulärm hinweg zu buchstabieren. Dann gab ich es auf, suchte in meiner Tasche nach Ishiguros Visitenkarte und reichte sie Wolfe.

»Das ist er?«

»Ja.«

»Woher weißt du das?«

»Ist 'ne lange Geschichte«, sagte ich. »Aber er wurde in einem Mordfall gesucht.«

Wolfe nickte. »Wir müssen erst mal die Leiche hier rauskriegen, dann können wir uns unterhalten.«

»Gut.«

Schließlich zogen sie Ishiguros Leiche mit dem Baukran heraus. Sie wurde, schwer herabhängend und von Beton triefend, in die Luft gehoben und über meinen Kopf hinweg vorbeigeschwungen. Ein paar Tropfen Beton trafen mich, andere bekleckerten ein Schild vor meinen Füßen. Es war ein Schild der Nakamoto Construction Company. In breiten Buchstaben stand darauf: WIR

Bauen für eine neue Zukunft. Und darunter: Wir bitten um Entschuldigung für die durch die Bauarbeiten bedingten Behinderungen.

Bis am Ort des Geschehens alles geregelt war, verging eine weitere Stunde, aber der Chef wollte noch am selben Tag unsere Berichte haben. Wir mußten also gleich zum Parker Center fahren und die Schreibarbeit erledigen.

Als wir über die Straße zum Café neben Antonios Kreditbüro gingen, um zwischendurch mal vom Papierkrieg wegzukommen, war es vier Uhr nachmittags.

»Warum hat Ishiguro das Mädchen eigentlich umgebracht?« fragte ich Connor.

Der seufzte. »Das ist mir auch nicht recht klar. Ich kann es mir nur so erklären: Eddie arbeitete die ganze Zeit über für die *kaisha* seines Vaters. Zu seinen Aufgaben gehörte es unter anderem, Mädchen für hohe Gäste heranzuschaffen. Das hatte er schon seit Jahren gemacht. Es fiel ihm nicht schwer; er war ein Party-Typ; er kannte die Mädchen. Die Kongreßabgeordneten wiederum wollten die Mädchen, und er bekam auf diese Weise Gelegenheit, sich mit Kongreßabgeordneten anzufreunden. Cheryl nun stellte eine ganz besondere Chance dar, weil Senator Morton, der Vorsitzende des Finanzausschusses, Gefallen an ihr fand. Morton war klug genug, die Affäre abzubrechen, aber Eddie schickte Cheryl mit Privatflugzeugen hinter ihm her, damit die Sache am Laufen blieb. Eddie hatte natürlich auch etwas mit dem Mädchen, und er war es, der sie zu der Nakamoto-Party mitbrachte, weil er wußte, daß Morton ebenfalls eingeladen war. Er drängte Morton, den Verkauf zu verhindern. Eddie hatte deshalb das Samstagstreffen vor Augen, was Sie ja auf dem Videoband der Fernsehstation gehört haben. Ich glaube, Eddie wollte, daß Cheryl sich einfach nur mit Morton traf. Ich bezweifle, daß er dafür den sechsundvierzigsten Stock vorgeschlagen hat. Er hat ganz bestimmt nicht erwartet, daß sie mit Morton dort hinaufgeht. Das muß ihr während der Party irgend jemand von Nakamoto vorgeschlagen haben. Die Firma hat die Büroetage aus einem ganz einfachen Grund zugänglich gelassen: Dort oben befinden sich Schlafzimmer, in die sich die Führungskräfte manchmal zurückziehen. Irgendwo ganz weit hinten.«

»Woher wußten Sie das?« fragte ich.

Connor grinste. »Hanada-*san* erwähnte einmal, daß er diese Suite benutzt hat. Sie ist offenbar sehr luxuriös ausgestattet.«

»Sie haben also doch Kontakte!«

»Ein paar. Ich glaube, Nakamoto wollte einfach nur gastlich sein. Vielleicht haben sie die Kameras dort oben eingebaut, um Erpressungsmaterial zu bekommen, aber ich habe mir sagen lassen, daß in der Schlafzimmersuite selbst keine Kameras angebracht waren. Und die Tatsache, daß sie eine Kamera mitten im Konferenzsaal hatten, zeigt mir, daß Phillips' Vermutung stimmt: Die Kameras waren angebracht worden, um die Büroangestellten zu *kaizen*. Man konnte unmöglich damit gerechnet haben, daß das mehr oder weniger zärtliche Beisammensein dort stattfinden würde, wo es dann tatsächlich stattfand.

Wie auch immer – als Eddie sah, daß Cheryl mit Morton in der nächsten Etage des Nakamoto-Gebäudes verschwand, müssen bei ihm sämtliche Alarmglocken geschrillt haben. Er folgte den beiden, wurde Zeuge des Mordes, der, wie ich glaube, wirklich ein Unfall war, und half dann seinem Freund Morton. Er beruhigte ihn und sorgte dafür, daß er sich aus dem Staub machen konnte: Sie gingen gemeinsam zur Party zurück.«

»Und die Videobänder?«

»Ach, ja. Sie erinnern sich, daß wir mal über Bestechung gesprochen haben, ja? Zu den Leuten, die Eddie bestach, gehörte ein kleiner, für Sicherheitsfragen zuständiger Angestellter namens Tanaka. Ich glaube, daß Eddie ihn mit Drogen versorgt hat. Jedenfalls kannte Eddie ihn schon seit einigen Jahren. Als Ishiguro Tanaka beauftragte, die Bänder verschwinden zu lassen, erzählte Tanaka das Eddie.«

»Und Eddie ging runter und holte sich die Bänder selbst.«

»Ja. Zusammen mit Tanaka.«

»Aber Phillips sagte doch, daß Eddie allein gewesen ist.«

»Phillips log, weil er Tanaka kannte. Deshalb hat er auch keinen Alarm geschlagen – Tanaka versicherte ihm, die Sache gehe in Ordnung. Als Phillips uns die Story erzählte, ließ er Tanaka einfach aus.«

»Und dann?«

»Ishiguro schickte ein paar Kerle zum Aufräumen in Cheryls Wohnung, Tanaka brachte die Bänder irgendwohin zum Kopieren, und Eddie fuhr zu der Party in den Bergen.«

»Aber *ein* Band behielt Eddie.«

»Ja.«

Ich überlegte. »Aber als wir uns bei der Party mit Eddie unterhielten, hat er doch eine vollkommen andere Geschichte erzählt.«

Connor nickte. »Er log.«

»Sogar Sie hat er angelogen, seinen Freund?«

Connor zuckte mit den Achseln. »Er hat geglaubt, damit durchzukommen.«

»Und was ist nun mit Ishiguro? Warum hat er das Mädchen getötet?«

»Um Morton in der Hand zu haben. Es hat ja auch funktioniert: Er zwang Morton, seinen Standpunkt in bezug auf MicroCon zu ändern. Morton hätte jetzt für den Verkauf grünes Licht gegeben.«

»Für so etwas hat Ishiguro getötet? Für irgend so einen Firmenverkauf?«

»Nein, ich glaube nicht, daß das Ganze so geplant war. Ishiguro stand unter Hochdruck, er mußte sich seinen Vorgesetzten gegenüber bewähren. Er war so gestreßt, daß er sich nicht mehr wie ein typischer Japaner benahm. In einer Art Panik erwürgte er das Mädchen, diese völlig unbedeutende Person, wie er sagte.«

»Ach du meine Güte!«

»Aber ich glaube, es gab noch andere Gründe. Morton nahm den Japanern gegenüber eine sehr ambivalente Haltung ein. Ich habe das Gefühl, daß er voller Ressentiments steckte – diese Witze über den Bombenabwurf und so weiter. Und es mit einer Frau auf dem Nakamoto-Konferenztisch zu treiben, das ist doch… nicht gerade ehrerbietig, finden Sie nicht? So etwas muß Ishiguro zur Weißglut gebracht haben.«

»Und wer hat den Mord gemeldet?«

»Eddie.«

»Warum?«

»Um Nakamoto in eine peinliche Lage zu bringen. Eddie brachte Morton wieder zur Party hinunter, und dann rief er bei uns an, wahrscheinlich von einem Apparat in der Etage, in der das Fest stattfand. Als er anrief, wußte er noch nichts von den Überwachungskameras. Das erzählte ihm erst Tanaka, und er begann, sich Sorgen zu machen, Ishiguro könne ihn mit reinziehen. Deshalb hat er noch mal angerufen.«

»Und er verlangte seinen Freund John Connor.«

»Ja.«

»Eddie war also Koichi Nishi?«

Connor nickte. »Kleiner Gag. Koichi Nishi ist der Name einer Figur in einem berühmten japanischen Film über Wirtschaftskorruption.«

Connor trank seinen Kaffee aus und wandte sich zum Gehen.

»Und Ishiguro? Warum haben ihn die Japaner im Stich gelassen?«

»Ishiguro ging zu eilig und zu leichtsinnig vor. Er handelte zu unabhängig. Das mögen sie nicht. Nakamoto hätte ihn schon bald zurückgepfiffen. Er hätte den Rest seines Lebens in Japan in einer *madogiwa-zoku* verbringen müssen, das ist ein Platz am Fenster – jemand, der von seiner Firma fallengelassen worden ist und nun den ganzen Tag aus dem Fenster starrt. In gewisser Hinsicht ist das wie eine lebenslange Freiheitsstrafe.«

Ich ließ mir alles noch einmal durch den Kopf gehen. »Als Sie über Autotelefon in der Zentrale anriefen und erklärten, was Sie vorhatten – wer hat da mitgehört?«

»Schwer zu sagen.« Connor hob die Schultern. »Aber ich mochte Eddie. Ich schuldete ihm noch einen Gefallen. Ich wollte nicht, daß Ishiguro unbehelligt nach Hause fliegen konnte.«

In meinem Büro wartete eine ältere Frau auf mich. Sie war in Schwarz gekleidet und stellte sich mir als Cheryl Austins Großmutter vor. Cheryls Eltern waren bei einem Autounfall gestorben, als das Kind vier Jahre alt war, danach hatte die Großmutter das kleine Mädchen großgezogen. Sie wollte sich für meinen Beitrag bei den Ermittlungen bedanken. Sie erzählte mir, wie Cheryl als kleines Mädchen in Texas gewesen war.

»Natürlich war sie hübsch, und die Jungs mochten sie sehr. Immer hingen sie an ihr dran, nicht mal mit einem Besenstiel hätte man die von ihr weggebracht.« Sie schwieg eine Weile. »Natürlich wußte ich, daß sie nicht ganz richtig im Kopf war, aber sie wollte diese Jungs in ihrer Nähe haben. Und sie mochte es auch, wenn sie um sie kämpften. Ich weiß noch, als sie sieben oder acht war, rauften einmal ein paar um sie, wälzten sich auf dem Boden, und sie sah zu und klatschte in die Hände. Als Teenager hatte sie schon richtige Routine darin, sie wußte ganz genau, wie man es macht. Es war nicht gut, das mit ansehen zu müssen. Nein, nein, irgendwas stimmte nicht in ihrem Kopf. Sie konnte richtig gemein sein. Und dieses Lied, das sie immer spielte, Tag und Nacht. Irgendwas mit ›den Verstand verlieren‹ kommt drin vor, glaube ich.«

»Jerry Lee Lewis?«

»Ich habe natürlich gewußt, warum sie das Lied so gern hatte. Das war der Lieblingssong ihres Daddys gewesen. Als sie noch ganz klein war, fuhr er mit ihr in seinem Cabrio in die Stadt; er legte ihr den Arm um die Schulter, und aus dem Radio kam diese grauenhafte Musik. Sie hatte da immer ihr schönstes Sommerkleidchen an. Sie war ein so hübsches Kind, ihrer Mutter wie aus dem Gesicht geschnitten.«

Bei diesen Erinnerungen fing die Frau zu weinen an. Ich gab ihr ein Papiertaschentuch und versuchte, ihr mein Mitgefühl zu zeigen.

Dann wollte sie wissen, was eigentlich passiert war. Wie Cheryl gestorben war.

Ich wußte nicht, was ich ihr sagen sollte.

Als ich das Parker Center verließ und an dem großen Brunnen vorbeiging, hielt mich ein Japaner an. Er war ungefähr vierzig

Jahre alt, trug einen Anzug, hatte dunkles Haar und einen Schnurrbart. Er begrüßte mich sehr förmlich und gab mir seine Karte. Es dauerte eine Weile, bis mir klar war, daß Mr. Shirai vor mir stand, der für die Finanzen zuständige Mann von Nakamoto.

»Ich wollte Sie persönlich sprechen, Sumisu-*san*, um Ihnen zu versichern, wie sehr meine Firma das Verhalten von Mr. Ishiguro bedauert. Was er tat, war nicht richtig, und er hat es ohne Erlaubnis getan. Nakamoto ist eine ehrenwerte Firma, wir brechen keine Gesetze. Ich möchte Ihnen versichern, daß Mr. Ishiguro weder unsere Firma noch unser Geschäftsgebaren repräsentiert. Mr. Ishiguro ist bei seiner Arbeit in diesem Land mit vielen Investment-Bankern und mit Männern zusammengekommen, die kreditfinanzierte Unternehmensaufkäufe tätigen. Wenn ich ehrlich sein soll, so glaube ich, daß er zu lange in Amerika gewesen ist. Er hat hier sehr viele schlechte Gewohnheiten angenommen.«

Da war es wieder: Entschuldigung und Beleidigung in einem Atemzug. Ich wußte nicht, was ich sagen sollte.

Schließlich rang ich mich zu den Worten durch: »Mr. Shirai, es gab da mal das Angebot, mir ein kleines Haus zu finanzieren...«

»Ach, wirklich?«

»Ja. Vielleicht hat man Sie davon nicht unterrichtet.«

»Doch, doch, ich glaube, ich habe davon gehört.«

»Ich frage mich, was Sie nun in dieser Sache unternehmen werden.«

Er schwieg lange. Nur das Plätschern der Brunnen rechts von mir war zu hören.

Shirai blinzelte mich im dunstigen Nachmittagslicht an und versuchte zu entscheiden, wie er sich verhalten sollte.

Schließlich sagte er: »Sumisu-*san*, dieses Angebot ist unschicklich. Es wird selbstverständlich zurückgezogen.«

»Danke, Mr. Shirai.«

Connor und ich waren auf dem Weg zu meiner Wohnung. Keiner von uns beiden sprach. Ich fuhr den Santa Monica Freeway entlang. Die Schilder über uns waren von Straßengangs besprüht worden. Mir fiel auf, wie uneben und holperig die Fahrbahn war. Rechts sah ich, ganz verschwommen im Smog, die Wolkenkratzer von Westwood. Alles wirkte ärmlich und verfallen.

»Das war also der einzige Grund für alles?« fragte ich nach einer Weile. »Die Konkurrenz zwischen Nakamoto und irgendeiner anderen japanischen Firma in der MicroCon-Sache? Oder was?«

Connor zuckte mit den Achseln. »Es steckten wohl verschiedene Absichten dahinter. Die Japaner denken nun mal so. Und für sie ist Amerika heutzutage nur eine Arena für den Konkurrenzkampf Nippons, soviel steht fest. Wir sind in ihren Augen einfach nicht wichtig.«

Wir bogen in meine Straße ein. Früher hatte ich sie ganz nett gefunden, diese kleine, baumgesäumte Straße mit Mietshäusern und einem Spielplatz am Ende des Häuserblocks, auf dem sich meine Tochter vergnügen konnte. Jetzt sah ich alles mit anderen Augen. Die Luft war schlecht, und die Straße wirkte schmutzig und häßlich.

Ich parkte den Wagen. Connor stand auf und schüttelte mir die Hand. »Lassen Sie sich nicht entmutigen!«

»Ich bin aber entmutigt.«

»Versuchen Sie, es nicht zu sein. Es ist eine ernste Sache, aber es kann sich alles wieder ändern. Es hat sich schon mal geändert, und es kann sich wieder ändern.«

»Na ja.«

»Was werden Sie jetzt tun?« fragte er mich.

»Ich weiß nicht. Ich hätte Lust, woandershin zu gehen. Aber wohin denn?«

Er nickte. »Werden Sie den Dienst quittieren?«

»Wahrscheinlich. Das Sonderdezernat möchte ich auf jeden Fall verlassen. Es ist mir einfach zu… zu unkonkret.«

Connor nickte. »Passen Sie auf sich auf, *kōhai*! Und Dank für Ihre Hilfe!«

»Ihnen auch, *senpai*!«

Ich war müde. Ich stieg die Treppe zu meiner Wohnung hinauf und öffnete die Tür. Alles war still, meine Tochter war ja nicht da. Ich nahm eine Dose Cola aus dem Kühlschrank und ging ins

Wohnzimmer. Als ich mich in den Sessel setzte, tat mein Rücken weh. Ich stand wieder auf und schaltete den Fernseher ein. Aber ich konnte mich nicht konzentrieren. Connor hatte gesagt, in Amerika würden sich alle nur mit den unwichtigen Dingen abgeben; darüber mußte ich ständig nachdenken. Es war genau wie die Situation gegenüber Japan: Wenn man das Land an die Japaner verkauft, dann besitzen sie es, ob man will oder nicht. Und Menschen, die etwas besitzen, machen damit, was *sie* wollen. So läuft das nun mal.

Ich ging ins Schlafzimmer und zog mich um. Auf dem Nachtkästchen lagen die Fotos vom Kindergeburtstag meiner Tochter, die ich gerade sortiert hatte, als alles anfing. Auf den Bildern sah sie ganz anders aus als heute, die Fotos stimmten nicht mehr mit der Wirklichkeit überein. Ich hörte blechernes Gelächter aus dem Fernseher im Nebenzimmer. Früher hatte ich geglaubt, daß im großen und ganzen alles in Ordnung sei. Aber es war nicht alles in Ordnung.

Ich ging ins Zimmer meiner Tochter. Ich betrachtete ihr Bettchen und die Bettwäsche mit den Elefanten darauf. Ich dachte daran, wie sie aussah, wenn sie schlief, so vertrauensvoll, auf dem Rücken liegend, die Arme über den Kopf geworfen. Ich dachte daran, wie sehr sie darauf vertraute, daß ich ihre Welt für sie einrichtete. Und ich dachte an die Welt, in die sie hineinwachsen würde. Und als ich anfing, ihr Bett zu machen, packte mich eine tiefe Besorgnis.

ABSCHRIFT DER AUFZEICHNUNG VOM 15. MÄRZ (99)

Befrager: Okay, Pete, ich glaube, das reicht. Oder wollen Sie noch etwas sagen?

Peter J. Smith: Nein, das ist alles.

B.: Ich habe gehört, daß Sie den Dienst im Sonderdezernat quittiert haben.

P.J.S.: Ja, das stimmt.

B.: Und Sie haben Chief Olson schriftlich den Vorschlag gemacht, die Ausbildung der für Fernost zuständigen Kontakt-Officers zu ändern. Sie sagten, die Verbindung mit der Gesellschaft für japanisch-amerikanische Freundschaft soll abgebrochen werden?

P.J.S.: Ja.

B.: Warum?

P.J.S.: Wenn das Department Officers mit einer Spezialausbildung haben will, soll es selbst für diese Ausbildung zahlen. Ich halte das einfach für gesünder.

B.: Für gesünder?

P.J.S.: Ja. Es ist an der Zeit, daß wir die Verantwortung für unser Land wieder selbst übernehmen. Es ist an der Zeit, daß wir selbst dafür zahlen.

B.: Hat Chief Olson darauf reagiert?

P.J.S.: Nein, noch nicht. Ich warte noch darauf.

»Wenn ihr nicht wollt,
daß Japan es kauft,
dann verkauft es nicht.«

AKIO MORITA

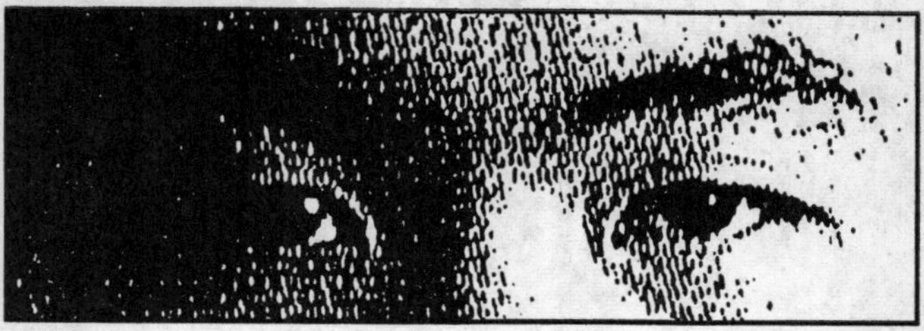

Nachwort

Die Menschen verleugnen die Realität. Sie bekämpfen reale Gefühle, die durch reale Umstände hervorgerufen wurden. Sie konstruieren Phantasiewelten, die aus ›sollte‹, ›müßte‹ und ›hätte sein müssen‹ bestehen. Wirkliche Veränderungen beginnen mit der realitätsgerechten Bewertung und Anerkennung dessen, was ist. Nur dann ist realitätsgerechtes Handeln möglich.«
Das sind die Worte von David Reynolds, einem amerikanischen Vertreter der japanischen Morita-Psychotherapie. Er bezieht sich auf das Verhalten des einzelnen, aber seine Bemerkungen sind auch auf das wirtschaftliche Verhalten der Nationen anwendbar. Früher oder später werden die Vereinigten Staaten sich mit der Tatsache auseinandersetzen müssen, daß Japan zur weltweit führenden Industrienation aufgestiegen ist. Die Japaner haben die höchste Lebenserwartung. Sie haben die höchste Beschäftigungsrate, die niedrigste Analphabetenrate sowie die kleinste Kluft zwischen arm und reich. Sie stellen die besten Industrieerzeugnisse her. Sie haben die beste Ernährung. Ein Land von der Größe des amerikanischen Bundesstaates Montana und der Hälfte unserer Bevölkerungszahl wird bald eine wirtschaftliche Größe erreicht haben, die der unseren gleicht.
Aber das ist den Japanern nicht etwa gelungen, indem sie genauso vorgegangen sind wie wir. Japan ist kein westlicher Industriestaat; es ist völlig anders organisiert. Und die Japaner haben eine ganz neue Art von Geschäft erfunden: auf Gegnerschaft hin ausgerichtetes Geschäft, Geschäft als Krieg, Geschäft, das darauf zielt, die Konkurrenz auszuschalten. Das hat Amerika mehrere Jahrzehnte lang nicht verstanden. Die Vereinigten Staaten bestehen immer noch darauf, daß Nippon alles so machen soll wie wir. Die Japaner reagieren darauf immer häufiger mit der Frage: Warum sollen *wir* uns ändern? Wir machen unsere Sache doch besser als ihr! Und daran besteht ja nun kein Zweifel.
Wie soll Amerika darauf reagieren? Es ist absurd, den Japanern ihren Erfolg vorzuwerfen oder sie aufzufordern, sie sollten ihr

wirtschaftliches Wachstum verlangsamen. Solche Vorschläge von amerikanischer Seite sind in den Augen der Japaner nur kindisches Gegreine, und mit dieser Einschätzung haben sie recht. Es stünde den Vereinigten Staaten besser an, endlich aufzuwachen, Japan so zu sehen, wie es ist, und der Realität entsprechend zu handeln.

Das läuft letztendlich auf große Veränderungen in den Vereinigten Staaten hinaus, aber es ist nun einmal unweigerlich die Aufgabe des schwächeren Partners, sich den Erfordernissen einer Beziehung anzupassen – und die Vereinigten Staaten sind heute ohne Frage in den Wirtschaftsbeziehungen mit Japan der schwächere Partner.

Einer der Gründe, weshalb die Japaner so wenig Verständnis aufbringen für unsere Weigerung, uns zu ändern, ist, daß ihre Gesellschaft sich in den letzten hundert Jahren zweimal einer grundlegenden Veränderung unterziehen mußte. Als die amerikanische Flotte Admiral Perrys das Land vor einem Jahrhundert der Welt zugänglich machte, war Japan eine reine Feudalgesellschaft. Die Japaner sahen ein, daß sie sich ändern mußten, und sie taten es auch. Mit Beginn der sechziger Jahre des 19. Jahrhunderts ließen sie Tausende von westlichen Spezialisten in ihr Land, die sie berieten, wie sie ihre Staatsform und ihre Industrie verändern sollten. Die gesamte Gesellschaft wurde revolutioniert. Nach dem Zweiten Weltkrieg gab es dann eine zweite, ähnlich dramatische Umwälzung.

Beide Male sahen die Japaner dieser Herausforderung mutig ins Gesicht und nahmen sie an. Sie sagten nicht, lassen wir einfach die Amerikaner unser Land und unsere Institutionen aufkaufen, und hoffen wir, daß sie uns beibringen, wie man die Sache besser macht. Keineswegs. Die Japaner luden Tausende von Experten ein – und schickten sie dann wieder nach Hause. Wir würden gut daran tun, das gleiche zu versuchen. Die Japaner sind nicht unsere Retter. Sie sind unsere Konkurrenten. Das sollten wir nicht vergessen.

Danksagung

Für ihre Ratschläge und für die Unterstützung bei meinen Recherchen danke ich Nina Easton, James Flanigan, Ken Reich und David Shaw, alle von der *Los Angeles Times*; Steve Clemons von der Japan America Society of Southern California; Senator Al Gore; Jim Wilson vom Jet Propulsion Laboratory; Lieutenant Fred Nixon vom Los Angeles Police Department; Ron Insana von CNBC/FNN sowie Keith Manasco. Für Verbesserungsvorschläge und Manuskriptkorrekturen bin ich Mike Backes, Douglas Crichton, James Fallows, Karel van Wolferen und Sonny Mehta zu Dank verpflichtet. Valery Wright las sich durch die vielen Überarbeitungen des Manuskripts, Shinoi Osuka und später Sumi Adachi halfen mir kompetent bei den japanischen Textstellen, und Roger McPeek ließ mich an seinem Wissen über Videotechnologie und zukünftige Sicherheitssysteme teilhaben.

Das Thema japanisch-amerikanische Beziehungen wird äußerst kontrovers diskutiert. Ich möchte deutlich sagen, daß die in diesem Roman zum Ausdruck gebrachten Ansichten meine eigenen und keiner der oben angeführten Personen zuzuschreiben sind.

Bibliographie

Dieser Roman stellt die herkömmliche Prämisse in Frage, daß unmittelbare Fremdinvestitionen in die amerikanische High-Tech-Industrie von Natur aus positiv sind und deshalb weiterhin unbeschränkt erlaubt sein sollen. Ich meine, die Sache ist nicht so einfach. Auch wenn *Nippon Connection* ein Roman ist, gründen meine Ansichten über das japanische Wirtschaftsgebaren und Amerikas inadäquate Reaktion darauf auf einem wohlgegründeten Fundament von Expertenmeinungen, wie sie im folgenden Literaturverzeichnis weitgehend dokumentiert sind. Zahlreiche dieser Quellen wurden bei der Arbeit am Roman direkt herangezogen. Es wäre schön, wenn es meinem Buch gelänge, den Leser zur Lektüre kompetenterer Autoren anzuregen.

Quellen, die in deutscher Übersetzung vorliegen

Bryan Burrough und John Helyar, *Die Nabisco-Story* (Ullstein Verlag, Berlin 1991)

Michael L. Dertouzos, Richard K. Lester und Robert M. Solow, *Die Krise der USA* (Keip Verlag, Frankfurt 1990)

Peter F. Drucker, *Neue Realitäten* (Econ Verlag, Düsseldorf 1989)

David Halberstam, *Das 21. Jahrhundert* (Droemer Knaur Verlag, München 1991)

Paul Kennedy, *Aufstieg und Fall der großen Mächte* (Fischer Verlag, Frankfurt 1989, Taschenb. 1991)

Michael Lewis, *Wall Street Poker* (Econ Verlag, Düsseldorf 1990)

Kenichi Ohmae, *Die neue Logik der Weltwirtschaft* (Hoffmann und Campe Verlag, Hamburg 1991)

Michael E. Porter, *Nationale Wettbewerbsvorteile* (Droemer Knaur Verlag, München 1991)

Karel van Wolferen, *Vom Mythos der Unbesiegbaren* (Droemer Knaur Verlag, München 1989)

Weitere Quellen

Daniel E. Bob und SRI International, *Japanese Companies in American Communities: Cooperation, Conflict and the Role of Corporate Citizenship* (Japan Society, New York 1990)

Alfred D. Chandler jr., *Scale and Scope: The Dynamics of Industrial Capitalism* (Belknap Press of Harvard University Press, Cambridge, Mass. 1990)

Pat Choate, *Agents of Influence* (Alfred A. Knopf, New York 1990)

Ronald Dore, *Taking Japan Seriously: A Confucian Perspective on Leading Economic Issues* (Stanford University Press, Stanford 1987)

James Fallows, *More Like Us: Putting America's Native Strengths and Traditional Values to Work to Overcome the Asian Challenge* (Houghton Mifflin, Boston 1989)

ders., »Containing Japan«, *The Atlantic*, Mai 1989, S. 40–54

ders., »Getting Along with Japan«, *The Atlantic*, Dezember 1989, S. 53–64

Kichiro Hayashi (Hg.), *The U.S.-Japanese Economic Relationship: Can It Be Improved?* (New York University Press, New York 1989)

Kanji Ishizumi, *Acquiring Japanese Companies* (The Japan Times, Tokio 1988)

Michael T. Jacobs, *Short-Term America, The Causes and Cures of Our Business Myopia* (Harvard Business School Press, Boston 1991)

Chalmers Johnson, *MITI and the Japanese Miracle* (Stanford University Press, Stanford 1982)

Gary Katzenstein, *Funny Business: An Outsider's Year in Japan* (Prentice Hall Press, New York 1989)

Maryann Keller, *Rude Awakening: The Rise, Fall and Struggle for Recovery of General Motors* (William Morrow and Co., New York 1989)

W. Carl Kester, *Japanese Takeovers: The Global Contest for Corporate Control* (Harvard Business School Press, Cambridge, Mass 1991)

Dorinne K. Kondo, *Crafting Selves: Power, Gender and Discourses of Identity in a Japanese Workplace* (University of Chicago Press, Chicago 1990)

Philip Kotler, Liam Fahey und S. Jatusripitak, *The New Competition: What Theory Z Didn't Tell You About Marketing* (Prentice Hall, New Jersey 1985)

Paul Krugman, *The Age of Diminished Expectations: U.S. Economic Policy in the 1990's* (M.I.T. Press, Cambridge, Mass. 1990)
Robert Kuttner, *The End of Laissez-Faire: National Purpose and the Global Economy after the Cold War* (Alfred A. Knopf, New York 1991)
Takie Sugiyama Lebra, *Japanese Patterns of Behavior* (University of Hawaii Press, Honolulu 1976)
Charles A. Moore, *The Japanese Mind: Essentials of Japanese Philosophy and Culture* (University of Hawaii Press, Honolulu 1967)
Kenichi Ohmae, *Fact and Friction: Kenichi Ohmae on U.S.-Japan-Relations* (The Japan Times, Tokio 1990)
Daniel I. Okimoto, *Between MITI and the Market: Japanese Industrial Policy for High Technology* (Stanford University Press, Stanford 1989)
L.Craig Parker jr., *The Japanese Police System Today: An American Perspective* (Kodansha, New York 1987)
Jim Powell, *The Gnomes of Tokyo: The Positive Impact of Foreign Investment in North America* (American Management Association, New York 1989)
Clyde V. Prestowitz jr., *Trading Places: How We Are Giving Our Future to Japan and How to Reclaim It* (Basic Books, New York 1989)
ders., Alan Tonelson und Robert W. Jerome, »The Last Gasp of GATT-ism«, *Harvard Business Review*, März-April 1991, S. 130–38
Michael Random, *Japan: Strategy of the Unseen* (Thorsons Publishing Group, Wellingborough, Engl. 1987)
Donald Richie, *The Films of Akira Kurosawa* (University of California Press, Berkeley 1970)
Donald M. Spero, »Patent Protection or Piray-A CEO Views Japan«, *Harvard Business Review*, September-Oktober 1990, S. 58–67
Robert M. Stern, *Trade and Investment Relations Among the United States, Canada and Japan* (University of Chicago Press, Chicago 1989)
Sheridan M. Tatsuno, *Created in Japan: From Imitators to World-Class Innovators* (Harper & Row, New York 1990)
Peter Trasker, *The Japanese: Portrait of a Nation* (New American Library, New York 1987)
Ezra F. Vogel, *Japan as Number One: Lessons for America* (Harvard University Press, Cambridge, Mass. 1979)
Thomas R. Zengage und C. Tait Ratcliffe, *The Japanese Century: Challenge and Response* (Longman Group, Hongkong 1988)

Knaur

Michael Crichton

(60021)

(60223)

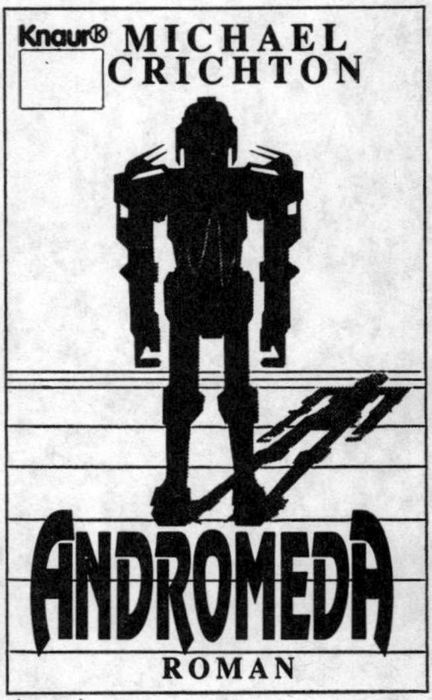

(3258)